Marcus Glenwood muss sich dem gefährlichsten Fall seiner Karriere stellen: eine junge Frau ist in China verschwunden, wo sie den Zuständen in den Fabriken des mächtigen internationalen Sportartikelgiganten »New Horizons« nachspürte. Glenwood fängt an zu recherchieren und kommt bald hinter die düsteren Machenschaften der Firma. Doch deren Macht und Einfluss sind so groß, deren Methoden so skrupellos, dass eine Klage nahezu aussichtslos scheint. Glenwood nimmt den ungleichen Kampf auf und muss sich nicht nur dem übermächtigen Gegner, sondern auch den Geistern seiner eigenen Vergangenheit stellen.

»Ein gefährlicher Fall, ein Kampf gegen eine skrupellose Firma.« *ORF*

»Thematisch ein dicker Hammer ... politisch brisant.« *Buchmarkt*

T. Davis Bunn wuchs in North Carolina auf, er arbeitete als internationaler Finanzexperte unter anderem in der Schweiz, in Afrika und im Nahen Osten. Heute lebt er als freier Schriftsteller mit seiner Frau in Oxford, England.

Unsere Adresse im Internet: www.fischer-tb.de

T. Davis Bunn

KEIN WEG ZURÜCK

Roman

Aus dem Amerikanischen von Rainer Schmidt

Fischer Taschenbuch Verlag

Veröffentlicht im Fischer Taschenbuch Verlag,
ein Unternehmen der S. Fischer Verlag GmbH,
Frankfurt am Main, November 2002

Lizenzausgabe mit Genehmigung des Argon Verlags, Berlin
Die amerikanische Originalausgabe erschien 2000
unter dem Titel ›The Great Divide‹ im Verlag Doubleday, New York

Published by arrangement with Doubleday Broadway Publishing Group,
a division of Random House Inc.
Für die deutsche Ausgabe:

Druck und Bindung: Clausen & Bosse, Leck
Printed in Germany
ISBN 3-596-15275-5

FÜR ISABELLA,
die dem Geschenk beides verleiht, Sinn und Freude

PROLOG

Der Tag und die Welt waren grau wie der Himmel. Grimmig und heiß und Furcht erregend. Es war nicht zu leugnen, dass sie große Angst hatte. Grauen packte sie mit der Macht einer zeitlosen Wüste. Die Tatsache, dass sie hier war, dass ihr tatsächlich gelingen könnte, was sie über so lange Zeit geplant und ausgeheckt hatte, bedeutete nichts. Nicht jetzt.

Gloria wandte sich der nächstbesten Person zu, die zu den Toren hastete, und als sie sprach, erkannte sie ihre eigene Stimme nicht. »Da, fragen Sie den. Halt, bitte, laufen Sie nicht weg!« Gloria fuhr zu dem geduckt dastehenden Dolmetscher herum. »Warum fragen Sie ihn nicht?«

Der Dolmetscher war ein verhutzelter Mann, den sie in Hongkong engagiert hatte. Sie war über eine Agentur gegangen und hatte das Zweifache dessen bezahlt, was der gleiche Service sie auf der Straße gekostet hätte. Aber sie hatte eine Spur aus Papier hinterlassen wollen. Wenn sie beobachtet wurde, wie sie hoffte, dann sollten sie wissen, dass sie kam; dafür wollte Gloria sorgen.

Der Dolmetscher starrte sie in zornigem Trotz an. »Sie nicht sprechen mit Ihnen.«

»Sie müssen schneller sein. Schnappen Sie sie, bevor sie das Gelände betreten.« Sie packte ihn bei der wattierten Schulter seiner billigen Jacke und riss ihn herum. »Da, schnell, da kommt eine neue Busladung!«

»Nicht Anzug anfassen!«

Sie ließ ihn los. »Wir brauchen nur eine einzige Person, die in Fabrik 101 arbeitet! Nur eine!«

Er murmelte ein wütendes Schimpfwort, zog sich mit einem Ruck das Revers zurecht und stolzierte auf die Truppe zu, die dem Bus entstieg.

Gloria riskierte einen kurzen Blick auf die Tore. Eine Gruppe Posten stand am Torhaus; sie beäugten sie mürrisch und redeten miteinander. Aber keiner traf Anstalten, auf sie zuzukommen. Sie wandte sich wieder ab, voller Sorge, ihr Plan könnte scheitern. Voller Angst, er könnte gelingen.

Sie beobachtete, wie der Dolmetscher die Leute bearbeitete. Sie wusste, was er sagte, denn er hatte es ihr erzählt. Fabrik 101 – irgendjemand, der in Fabrik 101 arbeitet, wir suchen jemanden, der da war oder hineingeschaut hat. Irgendjemanden, der mit den Arbeitern in Fabrik 101 gesprochen hat. Irgendjemanden.

Im staubigen Sonnenschein auf dem Parkplatz sah es aus, als trügen die aussteigenden Arbeiter die Last einer Schicht, die noch gar nicht begonnen hatte. Einige waren aus entfernten Bezirken der Provinz Guangdong gekommen und hatten an die zehn Stunden in diesen rostigen, überfüllten Bussen gehockt. Sie kamen, um eine Woche lang im Wohnheim zu leben und täglich zehn Stunden zu arbeiten. Dann ging es für einen Tag zurück in schmutzige Bauerndörfer, zu Familien, die verzweifelt auf jede Art von Lohn angewiesen waren, ehe sie zu einer weiteren Runde zurückkehrten.

Trotzdem schwatzten die meisten immer noch lautstark, während sie auf das Haupttor des Industriekombinats Guangzhou zugingen. Aber kaum hatten sie die Frage ihres Dolmetschers gehört, war alle Lebhaftigkeit verflogen. Das erlebte Gloria immer wieder. Auf die Worte des Dolmetschers reagierten die Arbeiter mit kurz aufblitzendem Schrecken – und dann gar nicht mehr. Der Vorhang fiel. Sie eilten vorbei, ohne nur einmal einen Blick in ihre Richtung zu werfen. Weitere Bestätigungen brauchte sie gar nicht mehr.

Der Dolmetscher kehrte zu Gloria zurück. »Sie nicht sprechen mit Ihnen.«

»Nur einer. Ich brauche nur einen Einzigen …«

»Warum Sie nicht hören?« Sein Englisch verfiel immer weiter, je länger sie blieben. »Alle haben viel zu fürchten. Ich auch. Kommen. Wir gehen.«

»Wir versuchen noch einen Bus.«

Mit einer wütenden Bewegung deutete er auf die Fabriktore. Die Geste offenbarte graue Schweißflecken unter seinen Achseln. »Die Wache auch stellen Fragen!«

Gloria sah sich um. Es stimmte. Die Wachtposten griffen sich einzelne Arbeiter heraus und zeigten zu ihr und dem Dolmetscher herüber. Sogar da weigerten die Arbeiter sich, in Glorias Richtung zu schauen. Aber die Posten waren kühner. Ein Soldat stapfte in die Wachstube, nahm einen Telefonhörer ab und beobachtete sie durch das offene Fenster.

»Wir gehen. Jetzt.«

Gloria blinzelte, als ihr der Schweiß in die Augen lief. Warum regnete es nicht? Der Tag umhüllte sie wie ein schmutziger, dampfender Lappen. Hinter der hohen Ziegelmauer spien Dutzende und Aberdutzende von Schloten bunte Wolken hervor; einer, der unmittelbar hinter den Toren stand, würgte leuchtendes Gelb in den Himmel. Die Luft brannte in ihrer Kehle. »Wir versuchen es noch ein letztes Mal.«

Seine Angst verwandelte sich in Wut. »Sie verrückt! Die Soldaten, sie Ihnen wehtun!«

Sie wischte sich übers Gesicht. »Noch einen Bus. Dann gehen wir.«

Der Dolmetscher trat gegen einen Stein und stapfte davon; erbost murmelte er etwas auf Kantonesisch. Gloria blieb auf dem mehrere hundert Meter breiten Parkplatz stehen. Überall auf der nicht asphaltierten Fläche standen chinesische Schrifttafeln, mit denen die Halteplätze für die Busse aus den diversen entlegenen Dörfern gekennzeichnet wurden; es waren Hunderte von verrosteten Schildern. Roter Staub wehte über den unebenen, von Schlaglöchern übersäten Platz. Ihre Kleidung war schmutzig, und Hände und Gesicht waren von einer schweißfeuchten Staubschicht überzogen. Gloria spürte die feindseligen Blicke der Soldaten. Noch nie hatte sie sich so verwundbar gefühlt. All ihre sorgfältigen Pläne, das monatelange Organisieren, all ihr drängender Eifer – und sie erinnerte sich an nichts, was außerhalb dieser aufsteigenden Wolke der Verzweiflung lag.

Sie waren zu spät angekommen. Gloria hatte vorgehabt, vor der Morgendämmerung in Hongkong aufzubrechen. Sie hatte über das Hotel einen Wagen mit Fahrer und über die Agentur einen Dolmetscher bestellt. Dem Fahrer hatte sie gesagt, wohin es gehen sollte, dem Dolmetscher nicht. Der Dolmetscher war mit zweistündiger Verspätung eingetroffen, mürrisch und verschlafen in seinem Sharkskin-Anzug, und seine dumpfe Erschöpfung hatte sich rasch in Gereiztheit und dann in erboste Angst verwandelt, als er schließlich erfahren hatte, wohin sie fuhren. Aber er lehnte nicht ab – nicht, nachdem sie ihm das Dreifache seines Tagessatzes versprochen hatte, wenn er mitkäme.

Das Kombinat lag zweiundzwanzig Kilometer weit östlich der Stadtgrenze von Guangzhou, vierzehn Kilometer nördlich des Flusses, acht Kilometer weit am Ende einer Straße, die sonst nirgends hinführte. Lastwagen rollten in stetigem Strom auf ein zweites Tor zu, das ein Stück weiter unten in der Mauer zu sehen war, und sie erfüllten die ohnehin übermäßig belastete Luft mit ihrem Lärm und ihren Dieselabgasen. Sie sah sich wieder nach den Wachtposten und den Fabrikanlagen hinter der Mauer um. Das Kombinat war so groß wie eine kleine Stadt. Baukräne sprossen in die Höhe wie kranke Bäume in einem Albtraumgarten. Seit fast acht Monaten recherchierte sie jetzt über das Kombinat und wusste immer noch nicht, wie viele Leute hier arbeiteten. Nach manchen Berichten waren es neunzigtausend, nach anderen eher an die hundertzwanzigtausend. Sie wusste nicht einmal, welches Gebäude die Fabrik war, die sie suchte. Mit Sicherheit wusste sie nur eines: dass sie hier war. Der Name beschwor Schatten und angstvolles Flüstern sogar unter den Auslandschinesen hervor, die neuntausend Meilen weit entfernt lebten, zu Hause in Washington, D. C. Zu Hause, wo sie jetzt verzweifelt gern auch gewesen wäre.

Dennoch, als die nächsten zwei Busse, schwarzen Qualm hervorrülpsend, auf den Platz gerollt kamen, schrie sie den Dolmetscher beinahe an: »Da kommen sie!«

Der Mann winkte mit einer Hand ab und schrie etwas zurück. Nur ein einziges Wort davon war englisch. »Verrückt!«

»Fragen Sie sie.« Ihr blieb nichts anderes übrig als zu betteln. »Nur noch diese eine Gruppe, dann fahren wir.«

Das stimmte den Mann um. »Fahren nach Hongkong?«

»Nur noch diese Gruppe!«

Die Busse waren uralt und verschrammt und gleichförmig von bräunlich grauem Staub bedeckt. Sie rollten schwankend auf das Tor zu und hielten fast unmittelbar vor Gloria an. »Bitte!«, rief sie dem Dolmetscher zu.

Der Mann ging zu einer Bustür und blieb davor stehen. Resigniert ließ er die Schultern hängen. Aber diesmal schwatzten die aussteigenden Fahrgäste nicht, und sie schauten ihn auch nicht an, als er mit seiner Rede anfing. Stattdessen schauten sie unverwandt zu den Toren hinüber, und zwar mit so angespannten und angstvollen Gesichtern, dass Gloria sich unwillkürlich umdrehen musste.

Die ersten beiden Soldaten packten sie bei den Armen und zogen sie von den Bussen weg. Zwei weitere postierten sich zwischen sie und die Fahrzeuge. Der Dolmetscher war unvermittelt verschwunden. Die ankommenden Arbeiter zerstreuten sich beinahe ebenso schnell.

Gloria schrie: »Ich bin amerikanische Staatsbürgerin!«

Ein Mann trat dicht an sie heran, ebenso klein wie die andern, aber jünger und in Zivilkleidung. »So, amerikanische Staatsbürgerin, und wer schickt Sie? Vereinte Nationen? Rotes Kreuz?«

»Niemand.« Hinter dem Mann stand ein zweiter Zivilist, größer und älter als er. Er hatte eine Figur wie ein Stier auf zwei Beinen: mächtige Arme, keinen Hals, ein plattes Gesicht und Augen so hart wie die Stimme des Jüngeren.

»Was denn, Sie nur ein kleiner Tourist, kommen und fragen nach Fabrik 101?«

»Ich bin Studentin an der Georgetown University.« Wenn sie doch nur ihre Stimme in der Gewalt hätte und den zittrigen Ton unterdrücken könnte. »Ich erforsche die Arbeitsbedingungen in China.«

»Studentin? Sie Studentin?« Er sagte etwas zu den Soldaten, die sie nicht festhielten. Die beiden kamen heran; der eine riss ihr die Handtasche von der Schulter, der andere tastete sie mit grob forschenden Händen ab.

»Ich bin amerikanische Staatsbürgerin! Sie können hier nicht …«

»Mund halten.« Der junge Mann durchwühlte ihre Tasche, warf dem zweiten Mann den Kassettenrecorder und die Kamera zu, zog ihren Pass heraus, klappte ihn auf, betrachtete das Foto, fand ihren Studentenausweis und verglich beides mit ihr. »Gloria Hall.«

»Ganz recht. Ich verlange …«

Ein einzelnes Wort von dem jungen Mann, und der Bullige wurde so schnell aktiv, dass sie nichts davon sah, nicht einmal eine verschwommene Bewegung. Gerade hatte er noch hinter dem jungen Mann gestanden, und im nächsten Augenblick brannte ihr Gesicht in schreiendem Schmerz. Ihr wurde grau, fast schwarz vor Augen. Es fühlte sich an, als hätte er sie mit einem Holzhammer geschlagen.

»Gut so. Jetzt Mund halten, Miss Studentin Gloria Hall.« Er schnippte mit dem Finger gegen ihren Plastikausweis. Sie hörte es durch das Klingen in ihren Ohren. »Georgetown ist Stadt?«

»Eine Universität.« Der Schlag hatte ihre Stimme um eine Oktave sinken lassen. »In Washington, D. C.«

Der junge Mann sagte noch etwas. Die Soldaten begannen sie zum Tor zu schleppen. Sie kreischte. »Wohin bringen Sie mich?«

»Sie kommen weiten Weg. Sie wollen wissen von Fabrik 101.« Der junge Mann schenkte ihr ein schmallippiges Lächeln. »Kein Problem. Wir zeigen.«

Bis zur vierten Woche war die Arbeit so weit zur Routine geworden, dass ihre erschöpften Gedanken abzuschweifen begannen.

Gloria stand in einer Reihe von siebzig identischen Dampfpressen, die sich quer über die ganze vierte Etage des Gebäudes erstreckte. Die Laufgänge verliefen diagonal. Vor sich hatte sie den Rücken einer Frau, die eine Miniaturwebmaschine bediente, auf der Schnürsenkel hergestellt wurden. Dann kam eine Frau, die die Sohlen an Basketballschuhen laminierte. Jeder Vorgang wurde siebzigfach multipliziert. Drei Maschinen vor der Laminiererin führte eine Stahltreppe zu zwei verglasten Kammern hinauf. In der linken befand sich das Zentralbüro, aus dem sie immer beobachtet wurden. Immer. Die rechte Kammer war jetzt leer. Trotzdem konnte Gloria nicht zu ihr hinschauen. Niemand konnte das. Sie konnten es nur dann, wenn der große Mann die Gänge entlangging und ihnen brüllend befahl, es zu tun. Dann hatten sie keine andere Wahl.

Auf allen Seiten sah sie Reihen von dunklen Köpfen, die in der heißen, dunstigen Ferne verschwammen. Der Lärm war ohrenbetäubend. Viele der Maschinen waren nagelneu. Andere, wie die Presse, die sie zu bedienen hatte, waren uralt. Ihre Presse zischte und jammerte jedes Mal, wenn sie zugeschlagen wurde. Einige Pressen waren schwerer zu bedienen als andere. Manche der leichteren Frauen mussten mit beiden Händen zupacken und das Oberteil herunterwuchten, und dabei hoben sich ihre Füße vom Boden. Es war ein sehr heikles Verfahren, denn sie mussten den Hebel loslassen, wieder auf dem Boden landen und zurückspringen, bevor der Dampf durch die Polsterung zischte. Nach einer Zehnstundenschicht mit drei Fünfzehnminutenpausen war es schwer, noch die Kraft zum Wegspringen zu finden. Die Erschöpfung erreichte einen Punkt, wo man den Schmerz nicht mehr spürte. In der Dusche hatte Gloria gesehen, dass mehrere Frauen die Striemen von zahllosen Dampfverbrühungen quer über den Leib trugen.

Gloria hatte auch ihre Narben, aber die schlimmsten verheilten allmählich. Sie hatte Striemen an der rechten Wange, am Hals, an der Stirn, an beiden Oberarmen, am Ellenbogen und Handgelenk des linken Arms und an beiden Handflächen. Viele davon hatte sie sich zugezogen, als sie gelernt hatte, die Dampfpresse zu bedienen. Aber nicht alle. Ihr rechtes Ohr brannte noch von den Prügeln, die sie zwei Tage zuvor bezogen hatte, und das warme Gefühl am Hals ließ vermuten, dass sie wieder blutete. Sie tastete nicht danach. Es würde nichts nützen. Und wenn sie noch ein Hemd mit Blut verschmutzte, würde man sie wieder verprügeln.

Das Brennen und der Hunger und die Erschöpfung blieben nicht ohne Wirkung auf ihren Verstand. Aber das war nicht schlimm. Die Arbeit ging schneller und reibungsloser, wenn sie nicht zu viel nachdachte. Man zog einfach ein frisch gewaschenes und gefärbtes Hemd aus dem Korb und zog es über das untere Polster. Strich die schlimmsten Falten glatt. Hob die Hand und zog das Oberteil herunter, warf den Hebel herum, blinzelte und lehnte sich zurück, um dem Dampf auszuweichen. Öffnete die Presse, legte die Ärmel zurecht – zuklappen, Hebel umlegen, blinzeln. Aufklappen, falten, zuklappen, zurücklehnen, blinzeln. Aufklappen und das fertige Hemd auf den Stapel zur Linken legen. Das nächste Hemd aus dem Korb ziehen. Und alles wieder von vorn.

Die ganze Woche hatte sie jetzt Pyjamaoberteile für die Kinderlinie von »New Horizons« gemacht. Was ihre Gedanken in diese spezielle Richtung hatte abschweifen lassen. Sie spähte durch den Dampf auf einen ungebügelten Ärmel. Dutzende von tanzenden Teddybären lächelten sie an, ein jeder umrahmt vom berühmten Kometenlogo der Firma mit seinem funkelnden Regenbogenschweif. Sie klappte die Presse auf, faltete den Ärmel um und schloss die Presse wieder. Aber es half nichts, den winzigen Ärmel zu verstecken. Denn als sie durch den Dampf blinzelte, sah sie nicht die Fabrik, sondern wieder ein Gesicht, das sie anlächelte, und diesmal gehörte es ihrem Verlobten.

Sie schüttelte den Kopf, klappte die Presse auf und faltete das kleine Hemdchen zusammen. Jetzt war es, als wäre Gary hinter ihr, als käme er dicht heran und küsste ihren Nacken, was sie immer erschauern ließ. Diesmal aber ließ der Schauer eine heiße Flut der Trauer aufbranden – um die Lebensjahre, die ihnen gestohlen wurden, um die Kinder, die sie niemals haben würden. Gloria streckte die Hand aus und streichelte das heiße Hemd, und der Raub des Verlorenen schmerzte tief. So viel hatte man ihnen genommen.

Sie fuhr aus ihrem Jammer hoch, als sie spürte, dass ihr Fußknöchel von der Maschine losgekettet wurde. Sie schnappte erschrocken nach Luft und ließ sie dann in einem panischen Schrei wieder entweichen, als die bulligen Schultern und der kahle Schädel vor ihren Augen heraufkamen. Sie kreischte die ersten Worte Kantonesisch, die sie nach ihrer Ankunft hier gelernt hatte: »Ich erfülle mein Soll!«

Der Mann hieß Chou. Es war der, der sie draußen auf dem staubigen Parkplatz geschlagen hatte, an dem Tag, als sie hergekommen war. Seitdem hatte er sie oft genug geschlagen, und sie hatte oft genug gesehen, wie er andere schlug, um schon bei seinem bloßen Erscheinen von Entsetzen gepackt zu werden. Dass er so nah herankam und sah, dass sie nicht arbeitete – das durfte nicht sein. Trotzdem war es geschehen. Wieder schrie sie, was alle schrien, wenn Chou zu ihnen kam: »Ich erfülle mein Soll!«

Das waren die Worte, die sie am Ende jeder Schicht zu schreien hatten. Danach wurden die Ketten, mit denen sie an ihren Arbeitsplatz gefesselt waren, abgenommen, und man führte sie nach unten in die Schlafsäle mit den Reihen von Pritschen und kahlen Tischen und den gestankverseuchten Toiletten. Aber jetzt hatten diese Worte keine Wirkung. Chou packte sie mit eiserner Hand beim Oberarm und zerrte sie von der Bügelpresse weg. Schreiend klammerte sie sich an die dampfdurchfeuchtete Maschine. Sie spürte nicht, wie ihre Handflächen Blasen warfen. Er riss sie los und schleppte sie den Gang hinunter.

Niemand blickte von der Arbeit auf, als sie nach vorn geschleift wurde. Keiner blickte je auf. Nicht einmal die einzige Freundin, die sie gefunden hatte, die Frau an der Laminiermaschine, eine ehemalige Universitätsstudentin, die ein paar Worte Englisch sprach. Hao Lin hielt den Kopf gesenkt und die Hände beschäftigt. Niemand konnte irgendetwas tun. Wer aufblickte, würde nur Anteil am Grauen nehmen, und davon hatten sie alle selbst schon zu viel zu ertragen. Man würde sie noch früh genug zwingen hinzuschauen.

Sie klammerte sich an das Geländer, an die Treppenstufen, an den Türrahmen. Wie sie es alle taten. Schrie und heulte und wurde trotzdem in die Strafkammer geschleift, deren gläserne Wand den Blick über die gesamte Fabriketage eröffnete. Dampf erhob sich von den Pressen, und die Maschinen klapperten in zornigem Gelächter über ihre Hilflosigkeit. Gloria hörte nichts außer der steigenden Flut ihrer eigenen Angst.

Sie stammelte flehentlich auf Englisch, während sie an den Bestrafungsstuhl geschnallt wurde. Chou richtete sich auf und verließ den Raum. Das tat er immer. Dass er das Warten in die Länge zog, war Bestandteil des Terrors. Sie wimmerte und zappelte und zitterte so heftig, dass der Stuhl auf dem Zementboden klapperte. Chou kam mit einem Arm voll langer Metallstangen zurück. Ihr Wimmern verwandelte sich in Schluchzen. Sie hatte keine Ahnung, was er da mitbrachte; sie wusste nur, dass es ihr sehr wehtun würde.

Er verschwand hinter ihr und fing an, zu klappern und zu klirren. Der Sohn des Eigentümers kam herein, der zierliche junge Mann, der an jenem Tag auf dem staubigen Platz mit ihr gesprochen hatte. Auch er hatte etwas bei sich, etwas, das ihr irgendwie bekannt vorkam; aber ihre Panik war so groß, dass sie es nur undeutlich sehen konnte. Er blieb am anderen Ende des Tisches und stellte dort etwas auf, das wie ein Stativ aussah. Als keiner der beiden Männer sie anrührte oder sich auch nur näherte, gelang es Gloria, durch ihre Angst hindurchzusehen. Es war tatsächlich ein Stativ, und darauf befestigte er eine Videokamera.

Hinter ihr legte Chou einen Schalter um, und jäh war der Raum von grellem Licht durchflutet. Gloria fuhr zusammen, als der junge Mann auf sie zukam. Aber er warf nur ein Blatt Papier vor ihr auf den Tisch und befahl: »Das lesen!«

»Was ist das?« Aber sie starrte bereits blinzelnd auf die gekritzelten Worte. Und als ihr Blick sich schärfte und sie lesen konnte, fing sie wieder an zu schluchzen, ohne dass sie es wollte.

»Nein, nicht weinen! Lesen Worte!«

Aber sie konnte nicht aufhören. Nur vier Wochen war sie hier gewesen. Aber die Zeit war lang genug, um den Grund für ihr Kommen und die neun Monate der Planung und die zwei Jahre Recherche und den Verlust ihres geliebten Gary zu einer Pfütze aus ziellosen Gedanken und schmerzhafter Trauer zerschmelzen zu lassen. Und jetzt, hier vor ihr auf dem Tisch, wurden die Pläne wieder Wirklichkeit. Die Pläne, die Hoffnung, das Ziel. Sie schluchzte so heftig, dass sie kaum noch Luft bekam. Sie hatte gewonnen.

»Aufhören weinen, oder wir machen wirklich Schmerz!« Der junge Mann schlug mit der flachen Hand auf den Tisch. »Sofort aufhören!«

»J-ja. Gut …« Gloria atmete mühsam ein. Noch einmal. Sie musste es tun. Sie schüttelte ruckhaft den Kopf, um die Tränen abzuschütteln. Vertrieb die unvergossenen blinzelnd. Kniff die Augen zusammen. Konzentrierte den Blick. Holte tief Luft. Und las die Worte laut.

Als sie fertig war, nahm der junge Mann die Kassette aus der Videokamera und ging. Chou schaltete die grellen Lampen aus und folgte ihm. Nicht lange, und sie waren wieder da. Chou kam zu ihr und machte sie los. Eine eiserne Hand packte sie beim Arm und zog sie hoch. Sie wurde aus der Kammer und die Treppe hinuntergeführt. Aber nicht wieder den Gang entlang. Stattdessen zog Chou sie herum zu einer zweiten Treppe, die zu der Tür führte, durch die kein Gefangener öfter als einmal ging. Das wusste sie, weil Hao Lin es ihr gesagt hatte. Glorias Schluchzen wurde noch lauter, und Chou trug sie halb, die Treppe hinunter und hinaus. Sie hatte wirklich gewonnen.

EINS

»Ich rufe Marcus Glenwood in den Zeugenstand.«

Richterin Gladys Nicols wandte sich dorthin, wo Marcus saß, isoliert und ungeschützt. »Ein letztes Mal, Marcus: Besorgen Sie sich einen Anwalt.«

Er hörte sie kaum. Der spärliche Teil seines Verstandes, der normal funktionierte, sah zu, wie jemand anders aufstand und zum Zeugenstand ging. Dieser andere wurde vereidigt und setzte sich hin. Und wartete.

Suzie Rikkers war eine schmächtige Kindsgestalt von Anwältin, und die Gewohnheit, übergroße Kleidung zu tragen, ließ sie noch kleiner erscheinen. Heute war es ein dunkler Rock mit einem dazu passenden Zweireiher, dessen Schulterpolster so dick waren, dass die Revers auf eine Höhe mit ihren Ohren angehoben wurden. Auf diesen Augenblick freute sie sich seit langem. »Sie sind Marcus Glenwood?«

»Ja.« Das, was jetzt kommen würde, hatte ihm zwei qualvolle, schlaflose Wochen eingebracht. Marcus hatte sich die Szene in so lebhaften Details vorgestellt, dass seine Phantasien jetzt, da er alles durch den Nebel der Erschöpfung gefiltert wahrnahm, viel realer erschienen.

Suzie Rikkers war eine Angestellte in seiner ehemaligen Anwaltsfirma. Er war wesentlich daran beteiligt gewesen, ihre Beförderung zur Partnerin zu blockieren. Als sie jetzt auf den Zeugenstand zukam, schenkte sie ihm ein Lächeln voll purer Rachsucht. »Sie sind wohnhaft in der Gegend von Raleigh, die als Oberlin bekannt ist?«

»Nicht mehr.«

»Natürlich nicht.« Ihre Stimme klang wie eine kaputte Orgel: Pfeifen und schrille Luftströme. »Sie haben das Haus dort verkauft, nicht wahr?«

»Ja.«

»Und wie viel ist Ihnen in bar übrig geblieben, nachdem Sie die Hypothek bezahlt hatten?«

»Sie haben doch die Zahlen.«

Sie fuhr herum. »Euer Ehren, bitte weisen Sie den Zeugen an, die Frage zu beantworten.«

Richterin Gladys Nicols war seit mehreren Jahren mit Marcus befreundet – seit er ihr geholfen hatte, eine Maßnahme der Anwaltskammer zu erzwingen, die alle großen Kanzleien verpflichtete, »Pro bono«-Tätigkeiten zu übernehmen. »Pro bono« bedeutete »zum Wohle der Öffentlichkeit«, und damit waren Tätigkeiten für Klienten gemeint, die dafür nicht bezahlen konnten. In alten Zeiten, als der größte Teil der anwaltlichen Aufgaben von einem eng verflochtenen Clan Einheimischer erledigt wurde, wurde jemand, der es ablehnte, »pro bono« zu arbeiten, kaltgestellt. Heutzutage aber galten Anwälte, die regelmäßig auch für mittellose Mandanten arbeiteten, als Trottel.

Richterin Nicols' Gesicht ließ deutlich erkennen, wie sehr es ihr missfiel, sich vorzubeugen und zu sagen: »Sie kennen die Übung, Marcus.«

»Ungefähr hunderttausend Dollar«, sagte Marcus.

»Plus etwa achtzehntausend Dollar aus der Versteigerung der Antiquitätensammlung Ihrer Frau. Die, wie ich vielleicht hinzufügen sollte, auf ungefähr das Neunfache dieses Betrages geschätzt worden war.«

»Sie wollte die Sachen nicht haben. Ich habe geschrieben …«

»Sie *wollte* nicht?« Suzie Rikkers ging dermaßen katzenhaft auf und ab, dass Marcus das Gefühl hatte, zu sehen, wie ihr Schwanz hin und her zuckte. »Sie haben Kontakt mit Carol Rice aufgenommen, als sie noch im Krankenhaus war, und als sie nicht sofort antwortete, haben Sie alles verkauft, was sie mit in die Ehe gebracht hatte! Ist das nicht so?«

»Ich habe ihr Gelegenheit gegeben, die Sachen zu nehmen. Ich hatte ja keinen Platz zum Einlagern von …«

Suzie Rikkers schnitt ihm das Wort ab. »Sie waren gleichberechtigter Partner in der örtlichen Kanzlei Knowles, Barbour and Bradshaw. Das heißt, bis man Sie dort feuerte. Ist das nicht zutreffend?«

»Ich habe gekündigt. Sie haben mich nicht gefeuert.«

»Natürlich nicht.« Suzie Rikkers pirschte weiter in seinem Gesichtsfeld hin und her. »Würden Sie nicht sagen, dass Ihr rasanter Aufstieg in dieser Kanzlei großenteils auf die Beziehungen Ihrer Frau zurückzuführen war?«

»Sie hat mir ein bisschen dabei geholfen.« Und sich bitter darüber beklagt, wann immer man sie fragte.

»Ich würde vermuten, dass es mehr als nur ein bisschen war. Ich würde vermuten, dass diese Beziehungen der Hauptgrund dafür waren, dass man Sie zum Partner machte. Sie wurden in der Kanzlei befördert, weil man sich davon versprach, dass die Rice Corporation und der Name der Familie Rice und die Beziehungen der Familie Rice einen Zuwachs an Aufträgen bringen würden.«

»Das ist nicht wahr.«

Sie beugte sich vor, um dem verächtlichen Grinsen Nachdruck zu verleihen, und fügte die ganze Wucht ihrer überwinzigen Gestalt hinzu. »Sie wurden also der jüngste Partner in der hundertjährigen Geschichte der Kanzlei, nur weil Sie ein so guter Anwalt sind?«

Er wusste, warum Suzie Rikkers ihn verabscheute und warum sie nach der Gelegenheit gelechzt hatte, seine Frau nach der Trennung zu vertreten. Marcus war nicht der einzige Partner gewesen, der Suzie nicht leiden konnte. Aber er war der Einzige, der formell vorgeschlagen hatte, sie zu entlassen. Und der Einzige, der öffentlich erklärt hatte, dass die Frau emotional instabil sei. Eine Borderline-Psychopathin – so hatte er es in der Partnerkonferenz ausgedrückt. Die Protokolle dieser Konferenzen galten als streng vertraulich. Aber Suzie Rikkers wusste Bescheid. O ja. Sie wusste alles. »Das trifft zu.«

Sie drehte sich um, damit der Mann, der unmittelbar hinter ihrem Tisch saß, an ihrem Lachen teilhaben konnte. Logan Kendall hatte an diesem Tag im Gericht nichts zu suchen – außer Marcus bluten zu sehen. Logan war der neueste Partner in Marcus' ehemaliger Firma. Er war auf den Platz befördert worden, den Marcus frei gemacht hatte. Es war erst das zweite Mal, dass Logan eine Schlacht gegen Marcus gewonnen hatte. Er war offensichtlich hier, um sich zu revanchieren.

Suzie Rikkers fuhr fort. »Ihre Behauptung wird durch das, was seit dem Auszug Ihrer Frau geschehen ist, nicht erhärtet. Sie haben die Partnerschaft in einer Kanzlei in der Hauptstadt des Staates aufgegeben und praktizieren jetzt im Keller eines baufälligen Wohnhauses in einer Kleinstadt in North Carolina.« Sie teilte ihr Entzücken über diesen Umstand mit Logan und endete dann mit echtem Behagen: »Sie haben buchstäblich jeden einzelnen Ihrer Klienten verloren.«

»Ich habe sie nicht gebeten, mir zu folgen.«

»Oh, bitte.« Sie fuhr wieder herum und sah ihn an. »Ersparen Sie uns diese unverschämten Geschichten, ja? Ihr Leben ist ein totales Trümmerfeld. Sie haben alles verloren. Und warum? Weil Ihre Frau nicht mehr da ist, um Sie aufrecht zu halten.«

»Das ist nicht wahr.«

Langsam näherte Suzie Rikkers sich dem Zeugenstand. Die nächste Frage stellte sie beinahe zartfühlend. »Natürlich war von Ihrem Lexus nichts mehr übrig für eine Versteigerung, nicht wahr?«

»Nein.« Zu seiner Bestürzung begannen die betäubenden Umschlingungen der Erschöpfung zu welken, und der Zeugenstand drang ihm schneidend ins Bewusstsein. Gefangen in einem holzverkleideten Käfig, belauert von Suzie Rikkers. »Nichts mehr.«

Sie holte zum letzten Schlag aus und lächelte. »Sprechen wir über die Ereignisse, die dazu führten, dass Ihre Frau ins Krankenhaus kam.«

Er hörte, wie Richterin Nicols' Stuhl knarrte, als sie erbost ihr beträchtliches Gewicht verlagerte. Aber sie konnte ihn nicht retten. Das konnte niemand. Marcus blieb nichts anderes übrig, als dazusitzen, durchzuhalten und zu hoffen, dass es nicht allzu lange dauern würde.

Am Tisch des Klägers unmittelbar vor ihm saß neben dem Stuhl, auf dem Suzie Rikkers gesessen hatte, noch eine Frau. Seine ehemalige Schwiegermutter beobachtete ihn mit kaltem Abscheu. Hinter ihr verfolgte Logan Kendall Marcus' Qualen mit bitterem Behagen.

Suzie Rikkers blieb auf der einen Seite, um den beiden die Sicht nicht zu versperren. »Sie waren übers Wochenende unten auf Figure Eight Island. Sie waren mit mehreren neuen Klienten dort. Ihre Frau und Ihre Kinder waren dabei. Ist das richtig?«

Seine Kinder. Die Worte schnürten ihm die Kehle zu.

»Mr. Glenwood, können Sie uns folgen?«

»Ja.«

»Was geschah auf dem Heimweg nach diesem Wochenende?«

Keine Antwort.

»Sie waren in einen Unfall verwickelt, nicht wahr?«

Er nickte.

»Beantworten Sie meine Frage, Mr. Glenwood. Waren Sie in einen Unfall verwickelt?«

»Ja.«

»In einen schrecklichen Unfall.« Ihr Lächeln verschwamm immer wieder vor seinen Augen. »Waren Sie schuld?«

»Die Polizei hat gesagt, nein.«

»Ich habe nicht gefragt, was die Polizei gesagt hat. Ich habe Sie gefragt. War der Unfall Ihre Schuld?«

»Nein.« Nur diese Hoffnung machte den Tag noch möglich.

»Aber Sie hatten getrunken, nicht wahr?«

»Nicht an dem Tag.«

»Aber am Abend zuvor. Und den ganzen vorigen Tag. Sie hatten das Wochenende über fast ununterbrochen getrunken. Genau genommen war das Trinken mehr oder minder eine Konstante in Ihrem Leben.« Als er nicht antwortete, fragte sie: »Haben Sie ein Alkoholproblem, Mr. Glenwood?«

»Nein.« Nicht mehr.

»Ich behaupte, Sie haben doch eins.« Sie kam näher, sodass Marcus nichts anderes übrig blieb, als sie anzuschauen. »Ich behaupte, dass

Ihr chronisches Alkoholproblem Ihren Kopf benebelt und zu einer Tragödie geführt hat, die das Leben Ihrer Frau zerstört und alle ihre Hoffnungen auf die Zukunft zerschlagen hat. Der Unfall ging also ganz und gar auf Ihr Konto, Mr. Glenwood. Sie sind hier der Schuldige. Ist es nicht so?«

Die Fragen speisten sich aus dem Grauen seiner finstersten Stunden. Marcus bemühte sich, aber er bekam keine Luft zum Antworten. Aber das machte nichts, denn er wusste sowieso nicht, was er hätte sagen sollen.

Suzie Rikkers beugte sich noch weiter vor. »War Ihnen nicht furchtbar zumute, als es passiert war? Hätten Sie nicht besser fahren können? Hätten Sie ihnen nicht das Leben retten können?«

Der Hammer schlug mit solcher Wucht auf den Richtertisch, dass sie beide zusammenfuhren. »Okay, das genügt!«

Suzie fasste sich wieder. »Euer Ehren, ich versuche nur festzustellen …«

»Ich weiß genau, was Sie versuchen, Miss Rikkers. Und ich gestatte nicht, dass diese Travestie fortgesetzt wird!« Sie erhob sich, und die Anwesenden erhoben sich mit ihr. »Ich bitte Sie und Mr. Glenwood in mein Zimmer.«

»Aber Euer Ehren …«

»Sofort, Miss Rikkers. Noch in dieser Minute.«

Vor dem Richterzimmer hielt Marcus Abstand von Suzie Rikkers, indem er sich in die enge Garderobe stellte. An einer Wand ragte ein zersprungener Spiegel und verspottete ihn. Der Fremde, der ihm da entgegenfunkelte, sah mit seinem gemeißelten Gesicht aus wie der jüngere Bruder eines Marlboro-Mannes, und er hatte die Figur eines College-Athleten. Dahinter verbargen sich eine besänftigende Stimme, ein guter Verstand und ein noch besseres Lächeln. Jahrelang hatte er das alles mit beiläufigem Stolz behandelt. Jetzt passte es ihm wie Kleider, die von einem Eindringling geborgt waren.

Die Tür zum Richterzimmer öffnete sich, und die kraftvolle Stimme sagte: »Okay, herein mit Ihnen beiden.«

Das enge Büro war erfüllt von einem Durcheinander aus Kisten und Büchern und Papierstapeln. Bevor Marcus sich auf einen Stuhl vor dem Richterschreibtisch setzen konnte, nahm Gladys Nicols ihn aufs Korn. »Ich brauche Ihnen doch nicht zu sagen, dass eine Fortsetzung des Verfahrens ohne Anwalt wie ein Footballspiel ohne Helm ist.« Als Marcus nicht antwortete, fuhr sie ihn an: »Hören Sie mir zu, Mr. Glenwood?«

»Jawohl, Euer Ehren.«

»Das ist gut, denn ich habe etwas dagegen, hier meinen Atem zu verschwenden. Und vor allem stört es mich, wenn mein letzter Tag in diesem Gerichtssaal auf diese Weise belastet wird.« Richterin Gladys Nicols war vor kurzem zum Bundesbezirksgericht befördert worden; sie war die erste schwarze Frau in der Geschichte des Staates, die diesen Status erreicht hatte. Selbst diejenigen, denen ihre scharfe Zunge und ihr noch schärferer Verstand ein Gräuel waren, mussten zugeben, dass Richterin Nicols zu den kompetentesten Juristen des Staates gehörte. Und zu den zähesten. »Sie sind lange genug bei Gericht, um zu wissen, was mit *Pro-se*-Parteien passiert. Habe ich Recht?«

Eine *Pro-se*-Partei war jemand, der darauf bestand, sich in einem Gerichtsverfahren selbst zu vertreten. Charlie Hayes, Marcus' erster Mentor und ehemals bester Freund, hatte eine *Pro-se*-Partei in einem Scheidungsprozess als jemanden bezeichnet, der in einer Badewanne voll Kerosin unbedingt eine Zigarette rauchen wollte. »Jawohl, Euer Ehren.«

Richterin Nicols richtete ihren finsteren Blick wie einen Gewehrlauf auf Suzie Rikkers. »Sie konzentrieren sich in Ihrer Befragung auf ein paar höchst emotionsbeladene Sachverhalte, die in diesem Scheidungsprozess absolut irrelevant sind.«

Suzie Rikkers gab sich nicht geschlagen. »Euer Ehren, wenn Sie mir erlauben, bis zu meiner beabsichtigten Schlussfolgerung fortzufahren, werden die Fakten für sich sprechen. Marcus Glenwood ist ein Mörder. Er verdient, in der Hölle zu braten. Da wir dafür nicht sorgen können, werden wir uns mit allem zufrieden geben, was er hat.«

»Ich sage Ihnen, was die Fakten sind«, schoss Nicols zurück. »Ihre

Mandantin da draußen ist reich wie Krösus. Sie will kein Geld. Sie will Rache. Sie will diesen Mann aus Gehässigkeit zerbrechen.«

»Das ist ihr gutes Recht, Euer Ehren. Und er hat es verdient.«

»Nicht in meinem Gericht.« Sie deutete mit einem knochigen Finger zur Tür. »Jetzt gehen Sie da raus und sagen Ihrer Mandantin, sie hat zwei Möglichkeiten. Die erste ist: Ich werde diesen Fall auf unbestimmte Zeit vertagen, bis die Ehefrau selbst vor mir erscheint.«

Suzie Rikkers zeigte unerwartete Bestürzung. »Euer Ehren, die ehemalige Mrs. Glenwood hat ihrer Mutter uneingeschränkte Vertretungsvollmacht verliehen. Sie selbst ist ja durch Mr. Glenwoods Handeln schwer verletzt worden. Sie ist nicht in der Verfassung ...«

»Sparen Sie sich das. Von mir aus kann dieser Fall eingefroren werden, bis sämtliche Beteiligten tot und begraben sind. Haben Sie das verstanden? Die Alternative ist, dass sie eine vernünftige Entschädigung akzeptiert. Sagen wir, die Hälfte dessen, was Mr. Glenwood an flüssigen Mitteln zur Verfügung hat.« Sie funkelte über ihren mit Papieren bestreuten Schreibtisch hinweg. »Gehen Sie raus, und sagen Sie ihr, wie es steht, Miss Rikkers. Sie haben zehn Minuten.«

Als Suzie Rikkers hinausgestürmt und sie hinter der zugeschlagenen Tür allein zurückgelassen hatte, lehnte Gladys sich auf ihrem Stuhl zurück und seufzte. »Marcus, Marcus, was um alles in der Welt soll ich bloß mit Ihnen anfangen?«

Weil sie eine Freundin war und weil sie sich weit aus dem Fenster gelehnt hatte, um ihm zu helfen, war er gezwungen, ihr zu antworten. »Ich hatte keine Wahl. Wenn ich einen Anwalt nähme, würde das die Sache nur noch länger hinausziehen. Meine einzige Hoffnung bestand darin, sie wüten zu lassen und die Sache so schnell wie möglich hinter mich zu bringen.«

Gladys Nicols griff nach dem Telefonhörer. Aus der Nähe sah man die feinen Fältchen, die ihre strengen Züge beeinträchtigten, und die silbernen Federstriche in ihren straffen schwarzen Locken. Sie wählte eine Nummer und sagte: »Bringen Sie mir diese ›New Zion‹-Unterlagen, bitte.« Sie legte auf, musterte ihn von neuem und sagte: »Sie haben damit gerechnet, dass ich sie stoppe, nicht wahr?«

»Ich bin mir nicht sicher, dass ich Sie jetzt verstanden habe.«

»Kommen Sie mir nicht mit Ihren Albernheiten. Das alles war genau kalkuliert und geplant. Sie wussten, wenn Suzie Rikkers über Sie herfällt und Sie vernichtet und wehrlos dasitzen, wird mir nichts anderes übrig bleiben, als sie an die Kandare zu nehmen.«

Er nickte. »Ich habe es gehofft.«

»Und das an meinem letzten Tag in diesem Ortsgericht. Sie sollten sich schämen.«

»Sie wollten, dass ich mich vertreten lasse. Sie wollten, dass ich kämpfe. Sie wollten die Sache wochenlang hinziehen.« Er holte angestrengt Luft und schloss dann: »Ich konnte es nicht aushalten, wie sie dastand und mir alle diese Fragen stellte. Ich stelle sie mir selbst Nacht für Nacht, seit achtzehn Monaten.«

»Dieser Unfall war nicht Ihre Schuld, Marcus. Ich habe den Polizeibericht gelesen. Der Lastwagen kam aus heiterem Himmel.«

»Tagelange Kreuzverhöre hätte ich nicht ertragen«, wiederholte er, und die Anstrengung des Bekenntnisses machte seine Stimme rau. »Meine einzige Hoffnung bestand darin, allem zuzustimmen, was sie sagte, und die Sache hinter mich zu bringen.«

»Und dabei haben Sie riskiert, alles zu verlieren.«

Statt einer Antwort hob Marcus den Blick und sah sie an, und er offenbarte ihr den hohlen Kern, der einmal sein ganzes Leben enthalten hatte.

Dieser eine Blick genügte, um sie zurückzucken und sich abwenden zu lassen. Als es an der Tür klopfte, war Richterin Nicols beinahe dankbar. »Herein.«

Hinter Marcus meldete die Stimme einer jüngeren Frau: »Das Dokument ist fertig, Richterin.«

»Geben Sie her.« Sie schob ihre Lesebrille auf die Nase. »Marcus, Sie kennen meine Sekretärin, Jenny Hail.«

Marcus hob das Kinn, aber nicht den Blick. Er fuhr sich mit der Zunge über die Lippen, brachte aber kein Wort hervor. Seine Kehle umschloss das Unausgesprochene: dass er bereits alles Wertvolle verloren hatte.

»Okay, das scheint in Ordnung zu sein.« Nicols griff nach ihrem Füller und kritzelte geschäftig. »Auf der Grundlage Ihrer Darlegungen und Ihrer formellen Beschwerde erlasse ich hiermit eine Verfügung gegen ›New Horizons‹.«

Marcus brachte nur ein mattes »Danke« hervor.

Zu seinen neuen Klienten gehörte eine schwarze Kirche in Rocky Mount, seinem derzeitigen Wohnsitz. Die Kirche von New Zion war mit den ersten Einkünften freigelassener Sklaven gegründet worden. Ihr Friedhof barg die Erinnerung an sechs Generationen – ein Friedhof, der jetzt an das Gelände der »New Horizons Inc.« grenzte, des weltweit größten Erzeugers von Sportschuhen, Sportmode und dem, was sie in ihrer Werbung ständig als »Teen Gear« bezeichneten. »New Horizons« war außerdem der größte Arbeitgeber im Bereich von sechs Countys. Zurzeit bauten sie eine neue Firmenzentrale auf einer Anhöhe mit Blick auf die Kirche. Seit langem daran gewöhnt, ihren gewichtigen Einfluss geltend zu machen, hatten »New Horizons« Einwände dagegen erhoben, dass man vom Vorstandszimmer aus auf ein mehrere Morgen großes Gelände mit regenverwaschenen Gräbern hinunterblicken musste. Sie hatten den Stadtrat aufgefordert, die Anlage zu enteignen und die Gräber einzuebnen.

»Ihrem Antrag entsprechend, weise ich hiermit die County Commission an, die Altrechte des Friedhofs zu respektieren und die derzeitige Nutzung des Geländes auch weiterhin zu genehmigen.« Sie schob die Unterlagen in eine Mappe und reichte sie hinüber. »Fahren Sie nach Hause, Marcus.«

»Aber wir wissen doch noch nicht, ob Rikkers und Carols Mutter Ihre Bedingungen akzeptieren.«

»Um die beiden kümmere ich mich schon. Fahren Sie nach Hause.« Sie schenkte ihm einen Blick voller Mitleid. »Ruhen Sie sich aus. Werden Sie gesund. Bringen Sie diesen Tag hinter sich.«

ZWEI

Der Nachmittagshitze fehlte die Glut des vergangenen August, als Marcus sich in den hektischen Stoßverkehr in Richtung Küste einfädelte. Alles lechzte danach, noch ein letztes Septemberwochenende am Strand zu verbringen. Die Autos und Allradfahrzeuge ringsum waren voll gestopft mit Kindern und Gepäck, und Surfbretter und Boote waren auf die Dächer geschnallt. Im Heckfenster des Kleinbusses vor ihm erschienen zwei junge Gesichter. Ein Junge und ein Mädchen winkten ihm zu. Als Marcus nicht reagierte, fingen sie an zu schielen und Zungen und Nasen an die Scheibe zu pressen. Marcus beobachtete sie; er war außerstande, woanders hinzuschauen, als das Schicksal und zwei Kinder seine Leere verhöhnten.

Er folgte dem Kleinbus und den beiden albernen Kindern bis Rocky Mount. Sie winkten wild, als er in die Ausfahrt abbog. Er fuhr weiter in seinen geschützten Winkel der Welt und dachte an Lachen und an einfache Freuden und daran, wie leicht das alles einmal erschienen war.

Ein Pick-up voller Leitern und Planen und Farbeimern versperrte seine Einfahrt. Marcus parkte auf der Straße. Als er an der großen Magnolie vorbeikam, die mitten auf seinem Rasen ankerte, flatterte ein Kardinalsvogel vorbei. Fünf Pappeln standen an der Grundstücksgrenze auf Posten, und ein alter Hartriegel und ein turmhoher Ahorn beschirmten das Erkerfenster seines künftigen Büros. Als er die Stufen zur Haustür hinaufstieg, bemerkte er mit leerer Genugtuung, dass das Geißblatt endlich anfing, sich am Garagenspalier hochzuranken. Eine Spottdrossel sang ihm quer über die rings ums Haus führende Veranda hinweg zu, und der Tag umhüllte ihn mit dem Duft von Magnolienblüten und Geißblatt. Bei einem besseren Mann, einem, der weniger Schuld auf sich geladen hätte, wäre dieser Zauber vielleicht sogar erfolgreich gewesen.

Als er die von seinem Großvater erbaute viktorianische Villa betrat, wurde er von leisen Stimmen, Sägemehl und dem Geruch frischer Farbe begrüßt. Marcus durchquerte den kuppelgekrönten Eingangsflur und betrat die zwei miteinander verbundenen Zimmer, die an der rechten Seite seines Hauses lagen. Wenn sie fertig wären, sollte das vordere eine Kombination aus Bibliothek und Besprechungszimmer und das hintere sein Büro werden. Jetzt waren überall Planen drapiert, und alles glänzte von feuchter Farbe.

Ein großer Schwarzer, dessen Gesicht so zerfurcht wie ein Acker im Winter war, hörte mit dem Pinseln auf und schaute von seiner hohen Leiter herunter. »Wie geht's?«

Marcus begutachtete die Fortschritte. »Anscheinend sind Sie hier drin bald fertig.«

Der alte Mann räusperte sich laut und fuhr fort, den antiken Deckenstuck zu betupfen. In einem Zimmer auf der anderen Seite des Flurs sagte eine Frauenstimme: »Ich werde es ausrichten, sobald Marcus kommt, Sir. Vielen Dank für Ihren Anruf.« Stuhlrollen quietschten, als Marcus' Sekretärin sich von ihrem Schreibtisch abstieß. Sie kam herein, blieb bei ihm stehen und sagte: »Und?«

»Er sagt nichts«, erklärte der Alte von seiner hohen Warte.

»Weil Sie ihn nicht richtig gefragt haben.« Sie pikste ihm mit dem Finger in die Rippen. »Marcus Glenwood, ich werde mir Ihre Abscheulichkeiten nicht gefallen lassen, hören Sie?«

Der alte Mann hörte wieder auf mit dem Malen. Marcus schaute zu Boden und antwortete: »Es kam ganz so, wie ich es erwartet hatte. Sie haben mich im Gerichtssaal auf den Boden genagelt und lebendig gehäutet.«

Der Maler hieß Deacon Wilbur und war der pensionierte Pastor der Kirche von New Zion. Deacon war sein Name, nicht sein Titel; sein Daddy, ein Pachtfarmer, hatte für seinen Erstgeborenen nichts Besseres erhoffen können und war als glücklicher Mann gestorben, nachdem er gesehen hatte, wie sein Sohn zur Kanzel schritt. Wie die altmodischen Pastoren vieler schwarzen Kirchen ernährte Deacon Wilbur sich und seine Familie mit einem Zweitjob.

Deacon fragte die Sekretärin: »Wer ist *sie*?«

»Miss Rices Momma und der Aasgeier, den sie engagiert hat.« Netty Turner hatte einen Tag nach Marcus' Einzug vor der Tür gestanden und gefragt, ob er irgendeinen Job für sie hätte. Sie ging zu Deacon in die Kirche, wenn sie konnte. »Miss Rices Momma hat mehr Geld als die Wall Street. Sie hat dem armen Marcus nie verziehen, dass er ihr Miss Rice gestohlen hat. Sie hat sich eine Anwältin genommen, die genauso abscheulich ist wie sie selbst. Ein Geier auf hohen Absätzen. Ihr Nagellack hat die Farbe von getrocknetem Blut.«

»Sie haben Suzie Rikkers doch noch nie gesehen«, protestierte Marcus.

»Aber oft genug mit ihr telefoniert. Und ihre eigene Sekretärin kann sie ebenso wenig ausstehen wie ich.«

»Suzie Rikkers hat hier angerufen?« Das war etwas Neues. »Wann?«

»Keine Sorge. Ich habe mich um den Geier gekümmert. Mehr brauchen Sie nicht zu wissen.«

»Netty, wenn ein Anwalt mich anruft, müssen Sie es mir sagen.«

Sie stemmte die Fäuste in die knochigen Hüften. »Hör sich einer an, wie Sie hier das Maul aufreißen.«

»Ich reiße nicht …«

»Jedes Mal, wenn Sie mit diesem Geier zusammentreffen, kommen Sie zurück und haben ein paar Federn gelassen. Und jetzt schauen Sie sich an: Sie sind so gut wie gerupft.« Netty Turner war in einem früheren Leben Sekretärin gewesen, bevor ihr einziges Kind mit einer schweren Behinderung zur Welt gekommen und ihr Mann verschwunden war. Jetzt musste sie in der Nähe bleiben, damit sie auf Notfälle reagieren konnte. Bei ihrem Sohn gab es oft Notfälle. Für Netty Turner waren Marcus' Erscheinen und seine lässige Einstellung zu ihren Dienstzeiten ein wahres Gottesgeschenk. »Der Geier wollte Unterlagen. Ich habe ihr Unterlagen geschickt.«

Deacon Wilbur wischte sich seine Hände, die so breit und flach wie Mörtelbretter waren, an einem farbverschmierten Lappen ab. »Ich sage immer noch, es war ein Fehler, dass Sie da allein reingegangen sind.«

Marcus versuchte, die unglaubliche Last des Tages von sich abzuschütteln. »Ich wüsste nicht, wieso die Sache leichter geworden wäre, wenn irgendjemand als Zeuge dabei gewesen wäre.«

»Ich rede nicht von Zeugen.« Deacon stopfte sich den Lappen in die Gesäßtasche seines Overalls. »Ich rede davon, dass man für einen Freund in Not da ist.«

Deacons Güte drohte die Bänder aufzuknoten, die sein malträtiertes Herz an seinem Platz hielten. Marcus stellte seinen Aktenkoffer auf einen Sägebock und ließ die Verschlüsse aufschnappen. Er zog einen braunen Umschlag heraus und hielt ihn in die Höhe. »Das Gericht hat über den Antrag Ihrer Kirche entschieden.«

Der alte Maler machte große Augen. »Ist alles erledigt?«

»Unterschrieben, besiegelt und ausgefertigt. Na also, nehmen Sie's schon. Das ist Ihr Exemplar.«

»Nein, Sir. Erst muss ich mir die Farbe von den Händen waschen.« Er kletterte von der Leiter herunter, ohne die Mappe aus den Augen zu lassen. »Sie haben da die Hoffnung von tausend lebenden Seelen in dieser Akte. Sechs Generationen und eine ganze Welt von Erinnerungen, jawohl, da brauche ich saubere Hände, um so was anzufassen.«

Marcus klappte die Akte auf und stellte sich so hin, dass Deacon Wilbur über seine Schulter lesen konnte. »Ich habe das Gericht um ein Feststellungsurteil gebeten. Im Grunde handelt es sich um die Anweisung an ›New Horizons‹ und an die County Commission, die Finger von Ihrem Besitz zu lassen.«

»Nicht von meinem Besitz, nein. Ich bin nur der Treuhänder für eine Menge Leute, hier wie im Jenseits.« Der alte Mann sprach plötzlich in den sanften Kadenzen eines Predigers. »Sie haben sich eine Menge Leute zu Dank verpflichtet.«

»Ich habe nur meine Arbeit getan.«

»Jawohl, Sir, eine Menge Leute.« Er redete weiter, als hätte Marcus gar nichts gesagt. »Da werden viele Familien besser schlafen, weil sie wissen, dass ihre Lieben in Frieden ruhen werden, bis der Herrgott kommt mit Fanfaren und feurigen Wagen. Jawohl, viele Familien.« Er schaute Marcus in die Augen. »Es wird diesen Leuten mehr bedeuten, als ich sagen kann, wenn sie Gelegenheit bekommen, Ihnen persönlich zu danken.«

»Das ist nicht nötig.«

»Doch, das ist es. Sehr nötig sogar. Sehr. Familien aus dem ganzen County werden Ihnen die Hand schütteln wollen.« Dunkle, strahlende Augen unter vorgewölbten Brauen schauten Marcus unverwandt an. »Werde Sie jetzt um einen Gefallen bitten, Sir. Kommen Sie am Sonntag zu uns in den Gottesdienst.«

»Wie bitte?«

»Sie brauchen nicht zu bleiben, wenn Sie nicht wollen. Kommen Sie nur für einen Augenblick, damit die Leute den Mann sehen können, der dafür gearbeitet hat, dass ihre Familien in Frieden ruhen können. Jawohl.« Er fasste Marcus' Schweigen als Einwilligung auf. »Also Sonntag um neun. Bin Ihnen sehr verbunden, Sir. Sehr verbunden.«

Als Marcus blinzelnd und verdattert aus dem Sonntagsgottesdienst kam, streckte Deacon Wilbur einen langen Arm aus und zog ihn heran. »Mr. Marcus, kommen Sie doch mal her, Sir. Ich möchte Ihnen zwei liebe Freunde von mir vorstellen. Das sind Alma und Austin Hall.«

»Nett, Sie kennen zu lernen.« Marcus hörte die Worte wie aus weiter Ferne. Es kam ihm vor, als sei die ganze Welt durch einen Lärm gefiltert, den er nicht mehr hörte.

Die Frau sagte: »Deacon hat uns erzählt, Sie haben sich mit ›New Horizons‹ angelegt und gewonnen.«

»So ist es.« Der alte Pastor lächelte nicht, aber er lockerte sich doch so weit, dass er beifällig nicken konnte. »Mr. Marcus ist hingegangen und hat dic letzte Ruhestätte unserer Familien gerettet.«

Alle wandten die Gesichter gleichzeitig dem Friedhof zu. Heute bekam Marcus das Gelände zum ersten Mal tatsächlich zu Gesicht, und zum Teil konnte er sehr gut verstehen, weshalb »New Horizons« es so anstößig gefunden hatte. Der Friedhof war nicht nur groß; er hatte auch ein lässig zusammengewürfeltes Aussehen, das jedem ordentlichen, von Gewinnstreben bewegten Denken missfallen musste. Familien spazierten auf den breiten Kieswegen, zeigten auf Namen, schauten den Kindern zu, die mit Blumensträußen und wehenden Girlanden vorausliefen. Ringsherum kämpfte ein wackliger Zaun gegen das herandrängende Unkraut. Die ältesten Gräber waren mit verwitterten Kreuzen markiert und mit Kieselsteinen, Muscheln und bunten Glasscherben umsäumt. Sonnenlicht, Kinderlachen und der Widerhall des Schlusslieds aus der Kirche tanzten in der Luft über den Gräbern wie das leise Schlagen unsichtbarer Flügel.

Alma Hall brachte ihn wieder zu sich. »Wir brauchen auch einen Anwalt, der bereit ist, gegen den Behemoth dort auf der Höhe zu Felde zu ziehen.«

Die Worte hingen zwischen ihnen in der Luft. Vielleicht lag es an der Art, wie Alma Hall ihn angesprochen hatte – als habe sie ihre Rolle wochenlang einstudiert. Vielleicht musste nach diesem Gottesdienst aber auch alles, was die Frau sagen konnte, ob grob oder poetisch, in der klaren Septemberluft klingen wie eine Kristallglocke.

»Haben Sie auch einen Grundstücksstreit mit ›New Horizons‹?«, fragte er.

Deacon Wilbur summte einen einzelnen Ton. Anscheinend war Marcus' Frage genau die Antwort, auf die er gehofft hatte. Austin Hall dagegen seufzte so lang gezogen und tief, dass es sich anhörte, als hätten die Worte seiner Frau sein Herz durchbohrt und alle Luft aus seinem Körper entweichen lassen. Müde sagte er: »Alma, jetzt komm. Lass uns nicht davon anfangen.«

Alma zog es vor, ihren Mann völlig zu ignorieren. »Ja, wir haben eine Auseinandersetzung mit ›New Horizons‹, und nein, es geht nicht um ein Grundstück.«

Marcus riss sich von Austin Hall los, der mit hängenden Schultern und leerem Blick dastand. Er schaute über den Friedhof hinweg zu der Anhöhe, die einmal bewaldet gewesen war. Unten am Hang wetteiferten immer noch ein paar Kiefern mit Eichen und Ahornbäumen um die letzten Plätze. Die Hügelkuppe aber war glatt geschliffen, als habe eine Riesenhand alles Grüne weggefegt und dann so hart auf die Erde eingehämmert, dass sie roten Ton blutete. Zur Rechten hockte ein älteres Gebäude aus Metall und Glas. Geradeaus vor ihm pflanzte man stählerne Spindeln in die rohe Tonerde, leblose Parodien der Vegetation, die es nicht mehr gab.

»Es ist eine Sache von großer Dringlichkeit«, fuhr Alma fort. »Könnten Sie nicht heute Nachmittag bei uns vorbeikommen?«

Marcus drehte sich wieder um. Alma Halls Anziehungskraft war ebenso sehr eine Frage der Haltung wie des Aussehens. Sie war grobknochig und sprach mit sorgfältiger Überlegung. Die Sonne schien so kräftig, dass sie ihre honigbraune Haut durchscheinend aussehen ließ; es war, als könne Marcus durch eine Vielfalt von Schichten hinabtauchen und die Verzweiflung sehen, aus der sich dieser formelle Ton speiste. »Ich komme gegen drei.«

Nach einem einsamen Lunch wanderte Marcus im Haus herum; er tat, als hantiere er mit diesem und jenem, aber in Wirklichkeit erledigte er kaum etwas. Er fegte das Sägemehl aus den Ecken seines künftigen Büros und trug Deacons leere Farbeimer in den Container hinter dem Haus. Manchmal genügten solche Augenblicke des Müßiggangs, um die Erinnerung an liebevollere Zeiten aufsteigen zu lassen. Heute aber wollten die Geister der Vergangenheit nicht erscheinen, um ihn zu trösten, und er war froh, als es Zeit wurde zu gehen.

Die Halls wohnten in Rocky Mount, in einem der vielen neuen Vororte, die zwischen Zebulon und Raleigh aus dem Boden wuchsen. Die kürzlich fertig gestellte, achtspurige Beltline erschloss den reicheren Süden und Westen für den ärmeren Osten. Computertechniker, Laborantinnen, Sekretärinnen und Angestellte des unteren Managements konnten sich Häuser auf großen Grundstücken kaufen und dafür weniger bezahlen, als eine Hundehütte in der Gegend des Research Triangle Park gekostet hätte.

Das Haus der Halls war luftig, hell und freundlich, ein scharfer Kontrast zu der Begrüßung, mit der Austin Hall ihn empfing. Der Mann warf einen vorwurfsvollen Schatten, als er Marcus schweigend in das geräumige Wohnzimmer führte. Dann zog er sich zurück und ließ Marcus allein.

Marcus stand an dem großen Fenster an der Rückseite des Hauses und tat, als interessiere es ihn, wie die hohen Fichten das Nachmittagslicht filterten. Irgendwo oben war deutlich zu hören, dass das Ehepaar sich stritt.

»Ich bitte dich lediglich, die Tür zu öffnen, und du machst daraus das Drama deines Lebens.«

»Ich habe getan, worum du mich gebeten hast, Alma. Ich habe es getan, obwohl ich diesen Mann nicht in meinem Haus haben möchte, weder jetzt noch sonst irgendwann. Wir brauchen ihn hier nicht.«

»Du hast gehört, was Deacon gesagt hat. Der Mann hat ›New Horizons‹ attackiert und gewonnen.«

»Das ändert gar nichts, und das weißt du auch.«

»Was willst du dann tun? Einfach untätig dasitzen und unser Baby leiden lassen?«

»Du hast keinen Grund, so mit mir zu reden. Nicht den geringsten. Das weißt du genauso gut wie ich.«

»Ich weiß nur, dass du der halsstarrigste Mann bist, dem ich je das Unglück hatte zu begegnen.« Schwere Schritte polterten oben den Korridor entlang. »Jetzt kommst du mit.«

»Alma, ich werde nicht …«

»Fang nicht wieder an. Versuch's gar nicht erst.« Die teppichbelegte Treppe dröhnte wie eine gedämpfte Basstrommel unter ihren wütenden Schritten. »Du kommst *sofort* mit herunter.«

Marcus wartete ab und drehte sich erst um, als er sie sagen hörte: »Danke, dass Sie gekommen sind, Mr. Glenwood.«

»Aber gern.« Er ließ sich nicht anmerken, dass er irgendetwas Unziemliches gehört hatte. Ehestreitigkeiten in den Augen der Öffentlichkeit waren eine bittere Erfahrung für ihn.

»Wollen Sie nicht Platz nehmen?«

»Danke.« Möbel, Teppiche und Tapeten waren in verschiedenen Schattierungen von abgetöntem Weiß gehalten, was den milchkaffeefarbenen Wandregalen und dem lackierten Backsteinkamin einen tieferen Ton verlieh. Das Ganze hatte eine gedämpfte, beruhigende Wirkung. Marcus schaute sich rasch nach Familienfotos um, nach irgendetwas, das auf das Vorhandensein von Kindern schließen ließe, aber er fand nichts.

»Kann ich Ihnen etwas bringen? Ich habe frischen Eistee, aber ich kann auch Kaffee machen.«

»Nein danke.«

»Schön.« Sie sah zu, wie ihr Mann seinen mürrischen Einzug ins Wohnzimmer vollführte; ihr Gesicht blieb ausdruckslos wie ein unbehauener Stein. Erst als Austin sich in dem der Tür zum Flur am nächsten stehenden Sessel niedergelassen hatte, wandte Alma sich wieder Marcus zu. »Unsere Tochter ist entführt worden.«

»Wann?«

»Das kann ich nicht mit Sicherheit sagen. Aber ich schätze, es ist ungefähr sechs Wochen her.«

»Sechs Wochen«, wiederholte Marcus. »Und erst jetzt wollen Sie zu den Behörden gehen?«

»Meine Frau hat sich die Füße wund gelaufen«, knurrte Austin Hall. »Hat mit jeder Be-hör-de gesprochen, die es gibt.«

Alma atmete mit wütendem Zischen aus. Marcus fasste es als Erlaubnis auf, Austin Hall zu inspizieren. Der Mann war dunkler als seine Frau und vier oder fünf Zentimeter kleiner. Er besaß die gleiche würdevolle Autorität, nur dass es bei ihm straffer wirkte, als habe er sich in einen Anzug gezwängt, der ihm zwei Nummern zu klein war. »Was sind Sie von Beruf?«

»Ich?« Der Mann versteifte sich ein wenig; es missfiel ihm, für den Augenblick im Scheinwerferlicht zu stehen. »Ich lehre Statistik an der State University.«

»In Raleigh?«

»Ja.«

»Sie gehören zum Fachbereich Mathematik?«

»Ja. Aber sie verleihen mich an die Wirtschaftswissenschaft. Ich gebe zwei Kurse in Ökonometrie. Außerdem gebe ich Einführungen in die Analysis.«

Marcus nickte, als sei diese Neuigkeit von großer Bedeutung. »Sie sagen, Ihre Frau hat Kontakt mit den Behörden aufgenommen?«

Eine Hand griff nach dem Knoten der Krawatte, die Austin Hall längst abgelegt hatte. Er trug immer noch eine dunkle Anzughose und ein sauber gebügeltes Hemd. Sein Haar war kurz geschnitten, und er hatte goldene Manschettenknöpfe. Marcus hatte den Eindruck, dass für diesen Mann die Grenze des Informellen erreicht war, wenn er den Schlips abnahm. »Sie fing damit an, als wir Glorias Brief bekamen, und seitdem hat sie nicht mehr aufgehört. Nicht einen Augenblick lang.«

»Verstehe.« Marcus wandte sich nicht wieder der Ehefrau zu. Noch nicht. Es wäre zu einfach, Austin Halls Benehmen als das eines höchst ungeduldigen Mannes abzutun. Eines Mannes, der es satt hatte, mechanisch immer wieder das Gleiche zu tun, und der wütend über die Störung in seiner straff geordneten Welt war. »Haben Sie schon einmal mit einem Anwalt gesprochen?«

»Mit zweien.« Austin Hall warf einen Blick zu seiner Frau hinüber, aber nicht, damit sie seine Antwort bestätigte, sondern eher, um Marcus mitzuteilen: Hier, dort müssten Sie Ihre Fragen stellen. »Einer war von hier, und er meinte, das sei nicht sein Gebiet.«

Marcus ließ Austin Hall nicht aus den Augen. »Und der andere?«

»Der hat sich die Sache angesehen.« Er versuchte, trotzig zu klingen, aber es gelang ihm nicht. »Dann sagte er, unsere Behauptungen stünden auf so wackligen Füßen, dass wir eine Gegenklage der Firma wegen leichtfertiger Verdächtigung riskierten. Er sagte, das Gericht habe ihm einen Verweis erteilt. Wollte die Sache nicht einmal mehr mit der Kneifzange anfassen.« Als seine Frau ungeduldig im Sessel hin und her rutschte, fügte er hinzu: »Genau das waren seine Worte, Alma. Du hast sie genauso gehört wie ich.«

Marcus war fasziniert – nicht so sehr von den Worten des Mannes als vielmehr von seinen Augen. Da war ein hohler Punkt im Zentrum seines dunklen Blicks, ein Schatten, der so tief war, dass er ein Loch mitten durch den Mann brannte. »Wissen Sie noch, wie dieser Anwalt hieß?«

»Larry Grimes. Von Morgan und Jones.«

»Das ist eine gute Firma. Eine der größten im Staat.« Endlich wandte Marcus sich von dem Mann und seinem angespannt leeren Blick ab und fragte Alma Hall: »Sie glauben, dass ›New Horizons‹ etwas mit dieser Sache zu tun hat?«

»Ich glaube es nicht. Ich weiß es.«

»Aha.«

Alma Hall hatte ein paar Sommersprossen auf den hohen, schrägen Wangenknochen. Es war das einzig Zarte an ihrem Gesicht, ihrem Ton, ihrem Blick.

»Sie behaupten, eines der größten Unternehmen im östlichen North Carolina hat Ihre Tochter entführt?«

»Genauso ist es.«

»Ist das hier in Rocky Mount geschehen?«

»Nein. In China.«

Als Marcus sich zurücklehnte, nahm das Sofa ihn auf, als werde ihm nun nie wieder gestattet werden, aufzustehen und die Sache hinter sich zu lassen. »In China.«

»Ganz recht. Zwischen Hongkong und einer Stadt namens Guangzhou.« Alma Hall hatte offenbar viel Übung darin, diesen Namen auszusprechen. »Ungefähr fünfunddreißig Meilen weit hinter der ehemaligen chinesischen Grenze.«

»Mrs. Hall …«

»Gloria recherchiert seit fast zwei Jahren die unwürdigen Arbeitsbedingungen bei ›New Horizons‹.« Alma hatte nicht die Absicht aufzugeben. »Von Anfang an waren sie an schmutzigen Praktiken beteiligt. Gloria hat alles Mögliche an Beweismaterial zusammengetragen. Sie hat mir eine ganze Schachtel mit Zeitungsausschnitten über eine einzige Fabrik oben in Richmond gezeigt.«

Marcus behielt die Liste seiner Einwände für sich. Manchmal war es für einen Anwalt unumgänglich, abzuwarten und zuzuhören, bis dem Klienten der Dampf ausging.

»›New Horizons‹ zeigen nach außen hin diese schicke Fassade. Verpflichten Topstars in allen erdenklichen Sportarten – Tennis, Basketball, Golf, Football, Ski und so weiter. Sie geben tonnenweise Geld für ihre Werbung aus. Coole Musik, wildes Licht, alles, was man sich vorstellen kann.«

»Ich kenne die Werbung.«

»Natürlich kennen Sie sie. Der Rest der Welt kennt sie auch. Den Stars zahlen sie Millionen, aber ihre Angestellten behandeln sie wie Dreck.« Jetzt war sie in Fahrt wie eine Dampfwalze. »Gloria hatte sich vorgenommen zu zeigen, dass sie ihre Fabriken in den ärmsten Gegenden ansiedeln, hier wie auch im Ausland. An Orten wie Rocky Mount, wo die Behörden auf ihrer Seite sind, ganz gleich, was für Schweinereien passieren. Und da passieren viele Schweinereien.«

»Was sind Sie von Beruf, Mrs. Hall?«, fragte Marcus ruhig.

»Ich bin Zulassungsdekanin an der Shaw University drüben.« Shaw war eins der größten schwarzen Colleges im Staat.

Alma Hall wühlte in ihrer Jackentasche und verbrachte dann einen Augenblick damit, ein Blatt Papier sorgsam auseinander zu falten und die Kniffe glatt zu streichen. »Gloria ist unser einziges Kind. Sie ist mit einem vollen Stipendium von hier zur Georgetown University gegangen. Sie hat zwei Vordiplome erworben, in Soziologie und in Wirtschaftswissenschaft, und jetzt arbeitet sie an ihrem Master-Examen in Arbeitsbeziehungen. Und der Gegenstand ihrer Hausarbeit ist ›New Horizons‹.«

Sie reichte ihm das Blatt. »Vor sechs Wochen haben wir diesen Brief bekommen.«

Marcus nahm das maschinengeschriebene Blatt entgegen und las es aufmerksam. Dann las er es noch einmal. Und ein drittes Mal.

Er wandte sich ab und schaute aus dem großen Fenster. Die Sonne flutete durch die Fichten und übergoss die Scheibe mit strahlendem Licht. Ein leichter Wind ließ die Schatten der Bäume schwanken und malte eine schwarze Schrift auf goldenen Grund. Gloria schrieb so klar und entschlossen, wie ihre Mutter redete. Sie habe jemanden namens Kirsten gebeten, diesen Brief eine Woche nach ihrer Abfahrt abzuschicken. Es sei die beste Möglichkeit, schrieb Gloria, dafür zu sorgen, dass ihre Eltern nicht versuchten, sie aufzuhalten. Sie wollte hinüberfahren, um Gerüchten über die Produktionsanlage von »New Horizons« in China auf den Grund zu gehen. Fabrik 101 hieß sie, und nach allem, was sie bisher zusammengetragen habe, müsse sich dort ein Blick in die Hölle auftun. Der Gedanke an die Menschen dort tue ihr weh, schrieb Gloria. Sie wollte Arbeiter aus dem Kombinat befragen, dem Fabrik 101 angehörte. Es gebe einen besonderen Grund, diese Reise ausgerechnet jetzt zu unternehmen. Etwas, das ihrer Mission eine entscheidende Bedeutung gebe. Wenn sie diesen Brief bekämen und von ihr persönlich noch nichts gehört hätten, sollten sie sich an die Botschaft der Vereinigten Staaten in Peking, an das Konsulat in Hongkong und an das FBI wenden. Sie sollten sich den besten Anwalt nehmen, den sie finden konnten, und Druck machen. Großen Druck. Ihr Leben könne davon abhängen.

Marcus starrte weiter aus dem Fenster, und die Fichten ritzten weiter ihre Schattenschrift ins Sonnenlicht. Eine ganze Weile suchte Marcus nach einer Botschaft, bis er zu dem Schluss kam, dass der Nachmittag seine Geheimnisse in einer unlesbaren Sprache niederschrieb. Die Luft im Haus war so still, dass er eine Uhr in einem anderen Zimmer leise die halbe Stunde schlagen hörte. Und ein Wort, das Gloria mehrmals wiederholt hatte, klang mit dem Schlagen der Uhr durch die sonnengesprenkelte Luft. *Mission.*

Marcus drehte sich wieder um, weil er es musste. Alma Hall sah es ihm am Gesicht an, dass er verstohlen nach einem Ausweg suchte. Sie schnitt ihm das Wort ab, bevor er etwas sagen konnte; sie beugte sich vor und ließ sich von der Verzweiflung die Kehle zuschnüren, dass jedes einzelne Wort wund gescheuert aus ihrem Mund kam. »Mr. Glenwood, mein Baby *leidet.* Sie braucht Hilfe. Ich kann Ihnen nicht erklären, woher ich das weiß, aber mit jedem Atemzug höre ich das Rufen des Kindes aus der Wildnis.« Bei jedem anderen Gesicht wäre dieser Blick aus dem Grenzland des Wahnsinns gekommen. »Vielleicht wurden Sie aus einem bestimmten Grund zu uns geführt. Haben Sie sich das schon einmal überlegt? Sie wurden hergeführt, weil Sie der Mann sind, der meine Gloria nach Hause bringen kann.«

DREI

Am Montagmorgen fuhr Marcus in weniger als fünfzig Minuten nach Raleigh und daran vorbei. Da, wo der Highway von Rocky Mount in die Raleigh Beltline mündete, stockte der Verkehr, aber nur für ein kurzes Stück. Neun Uhr war eine Zeit, zu der man ziemlich gefahrlos zum Research Triangle Park fahren konnte. Die Rushhour der Techniker begann um sechs und war um halb acht zu Ende, morgens wie abends. Dieser Teil von North Carolina hielt sich etwas darauf zugute, dass hier die Uhren genauso schlugen wie in Silicon Valley.

Die Anwaltsfirma Morgan und Jones hatte ihren Sitz in einem der ultramodernen Gebäude am Rande des Parks. Die Fassade bestand aus Backstein, Schiefer und Spiegelglas, das Innere war luxuriös und unpersönlich. Nach einer angemessenen Wartezeit für jemanden ohne Termin führte man Marcus in eines der fensterlosen Innenbüros, in denen die angestellten Anwälte arbeiteten. »Mr. Glenwood?«

»Ja.«

»Larry Grimes. Kommen Sie herein. Entschuldigen Sie das Durcheinander.« Ein Schwarzer mit Hosenträgern und einem Hundert-Dollar-Powerschlips wuchtete einen Stapel Aktenordner von einem Stuhl. »Nehmen Sie einen Kaffee?«

»Nein danke.«

»Okay. Es stört Sie hoffentlich nicht, wenn ich weiterpacke. Sie haben mir nur bis übermorgen Zeit gegeben, um oben in Charlotte in die Gänge zu kommen.« Grimes legte die Akten in einen Karton, zog einen Stift aus der Tasche und schrieb etwas auf den Deckel. »In Ihrem Fax stand, Sie möchten über einen meiner Klienten sprechen, der Sie um Vertretung gebeten hat?«

»Ganz recht.« Das Büro war übersät von halb vollen Kartons und Stapeln unsortierter Papiere. Nägel ragten aus einer kahlen Powerwand, und darunter stand ein Karton mit den dazugehörigen Plaketten, Fotos und Diplomen. »Alma und Austin Hall.«

Grimes zögerte einen winzigen Augenblick und lachte dann einmal kurz und bellend auf. »Sie machen Witze.«

»Dann erinnern Sie sich also an den Fall.«

»Natürlich erinnere ich mich. Aber es gibt keinen Fall. Die Sache ist totale Zeitverschwendung.«

»Alma Hall ist nicht dieser Meinung.«

»Alma Hall ist eine emotional verstörte Mutter, die alles tun würde, um ihre Tochter zurückzubekommen. Haben Sie den Vater kennen gelernt?«

»Ja.« Marcus sah, wie der junge Anwalt seine Krawatte glatt strich. Noch einmal. Strich mit geistesabwesender, nervöser Geste über die Seide. »Seine Reaktion konnte ich mir nicht erklären.«

»Was gibt's da zu erklären? Der Mann kann logisch denken.«

»Ich bin mir nicht so sicher, dass das schon alles ist.« Er achtete fast gar nicht auf das, was er sagte. Konzentrierte sich auf den Anwalt in seinem Nadelstreifenhemd mit dem weißen Kragen und mit seinem Alligatorgürtel, auf die Augen, deren Blick tanzend durch das Büro irrte. »Mr. Hall sagt, Sie haben es abgelehnt, den Fall zu übernehmen.«

»Ich sage doch, was für einen Fall? Die kleine Hall war volljährig, sie war als Troublemaker bekannt, sie fuhr nach China, und sie beschloss, eine Weile dort zu bleiben.«

»Troublemaker inwiefern?«

Die Stimme des Anwalts wurde härter. »Hören Sie, die Ansprüche sind unbegründet. Mehr brauchen Sie gar nicht zu wissen. Die einzige Verbindung zwischen dem Mädchen und ›New Horizons‹ besteht in einem Brief, um den zu viel Wind gemacht wird.«

Marcus nickte langsam. Der Mann war jung, schick, geschmeidig und unter Druck. Was Marcus nicht ergründen konnte, war, woher der Druck kam. »Haben Sie viel im Bundesrecht zu tun?«

»Ein bisschen. Hören Sie, ich würde gern noch plaudern, aber ich habe alle Hände voll zu tun.«

»Könnte ich eine Kopie der relevanten Informationen bekommen, die Sie gefunden haben?«

Als er sah, dass der Mann im Begriff war abzulehnen, stand Marcus auf und fügte hinzu: »Ich bin mir sicher, dass die Halls ein formelles Ersuchen einreichen, wenn ich sie darum bitte.«

Der Mann war plötzlich so still, dass Marcus an ein nervöses Wild denken musste. »Sie können doch nicht ernsthaft daran denken, den Fall zu übernehmen?«

»Ein Mädchen wird vermisst, und niemand scheint sonderlich erpicht darauf zu sein, es wieder zu finden. Da frage ich mich doch.«

»Sie verschwenden Ihre Zeit.« Steif wie eine Marionette zuckte er die Achseln. »Aber, hey, wenn Sie es so nötig haben – seien Sie mein Gast.«

»Danke.« Marcus reichte ihm seine Karte und ging zur Tür, als ihm plötzlich noch ein Gedanke kam. Er drehte sich um und gab einen Schuss ins Blaue ab. »Übrigens, herzlichen Glückwunsch.«

Grimes erstarrte wieder. »Woher wissen Sie das?«

»Ach, Sie wissen doch, wie sich so was herumspricht.«

Grimes beugte sich wieder über seinen Karton. »Verrückt. Kedrick und Walker haben gesagt, ich muss die Partnerschaft bis zur nächsten Generalversammlung geheim halten.«

Marcus trommelte mit den Fingern an den Türrahmen, und seine Gedanken überschlugen sich. »Ich erwarte die Unterlagen bis zum Wochenende.«

Rocky Mount besaß eine zweigeteilte Vergangenheit und eine gegenwärtige Kluft. Der Tar River floss mitten hindurch, dunkel und träge, und bildete eine Scheidelinie, die nicht einmal der rechtliche Zusammenschluss von Nash und Edgecombe County überbrücken konnte. Im Westen lagen Raleigh und der Wohlstand. Alle Geschäfte und der größte Teil der Neuinvestitionen – private wie öffentliche – befanden sich ebenfalls westlich des Tar. Auf der Ostseite, in der Gegend, wo Marcus' Großeltern vor ungefähr vierzig Jahren ihr Haus gebaut hatten, wucherte eine planlose Ansammlung von Vororten. Die meisten waren schwarz, arm und verbittert.

Das Ostufer des Tar River war eine Zeitschleuse in eine ärmere, härtere Ära. Während das westliche Rocky Mount sich mit drei neuen Einkaufszentren, neun Banken und einem Dutzend neuer Fabriken schmücken konnte, gab es in Edgecombe auf der anderen Seite nach wie vor nur eine Firma. Bei »New Horizons« arbeitete fast jeder, der einen festen Job hatte; es waren über viertausend Leute, und die Firma expandierte immer noch. Kurz nach seinem Einzug hatte Marcus von einem schwarzen Nachbarn gehört, dass »New Horizons« und der von Weißen beherrschte Stadtrat mit dieser Situation sehr zufrieden waren.

Im östlichen Teil von Rocky Mount waren die Schaufenster mit Brettern vernagelt, die Straßen hatten Schlaglöcher, und die wenigen Läden waren fast leer. Müde und resigniert schlurften die Menschen auf rissigen Gehwegen dahin. Dieser Teil der Stadt grenzte an eine Indianersiedlung, drei von ehemaligen Sklaven gegründete Gemeinden und North Carolinas größte noch existierende Armutsregion. Von alldem hatte Marcus wenig gewusst, als er nach dem Unfall hierher zurückgekehrt war, und er lernte immer noch. Anfangs hatten die schwarzen Teenager, die in seinem Block straßauf, straßab auf den Veranden herumlungerten, ihm Angst gemacht. Inzwischen waren sie ein Teil des Straßenbilds. Die weißen Einwohner, die immer weiter nach Westen abwanderten, bezeichneten dieses Ende der Stadt als »Dreckscombe«.

Als sein Großvater hier das Traumhaus seiner Frau gebaut hatte, war die zu Edgecombe County gehörige Seite von Rocky Mount die Heimat derjenigen Leute gewesen, die von ihren feineren Nachbarn im Westen nie vollständig akzeptiert worden waren – von den Sägewerksbesitzern und Lagerhausbetreibern und Gerbern und Schweinemetzgern und Grundbesitzern, deren Reichtum auf dem Schweiß der Pachtfarmer beruhte. Marcus' Großvater war Tabakauktionator gewesen, bis ein Schlaganfall ihm Stimme und Beweglichkeit geraubt hatte. Nach dem Tod der Großeltern hatte Marcus das Haus behalten, hauptsächlich weil es die letzte spärliche Verbindung zu einer Vergangenheit war, aus der kaum ein Erbe und noch weniger Familienbande geblieben waren.

Er bog in seine Straße ein – eine Straße, die leise summend traurige Geschichten von früherer Größe erzählte. Heruntergekommene viktorianische Häuser, von hohen Eichen geschützt, beobachteten schüchtern, wie er vorbeifuhr. Manchmal fiel es ihm schwer, sein Haus in diesem renovierten Zustand zu sehen. In gewisser Weise fehlte ihm, was das Heimkommen die meiste Zeit in den letzten achtzehn Monaten bedeutet hatte: der Anblick eines Rasens, bedeckt von Sägemehl, Bretterstapeln, Dachpfannen und Bauwerkzeug. Jetzt hing das Dach nicht mehr durch, die Fensterhöhlen gähnten nicht mehr offen, der große Ahornbaum bohrte nicht mehr einen Ast durch die Kuppel im zweiten Stock, die Treppe sah nicht mehr aus wie betrunken, und dem Verandageländer fehlte nicht mehr der größte Teil seiner Zähne.

Er war mitten auf der Vordertreppe, als seine Sekretärin durch ihr offenes Fenster herausrief: »Sind Sie für einen Anruf aus Washington zu sprechen?«

»Ja.«

»Irgendeine Lady. Ich hab den Namen nicht mitbekommen.«

Marcus schob sich seitwärts um Deacon Wilburs Leiter herum, die mitten im Hausflur stand. »Sind die Extraleitungen für Computer und Fax schon freigeschaltet?«

»Seit letzter Woche. Was ich Ihnen aber schon gesagt habe. Zwei Mal.«

»Gut. Dann gehen Sie ins Internet und zu einem dieser Unternehmenssuchdienste. Egal, zu welchem. Beschaffen Sie eine komplette Aufstellung von allen Orten, an denen ›New Horizons‹ eine Produktionsanlage unterhält.« Er ging hinüber zu seinem behelfsmäßigen Schreibtisch in einer Ecke von Nettys Büro. Er nahm den Hörer ab, schaute sich um und sah, dass Deacon Wilbur halb von seiner Leiter gestiegen war, um durch die offene Tür hereinzuspähen. »Was gibt's?«

»Soll das heißen, Sie helfen Austin und Alma, ihr Kind nach Hause zu holen?«, fragte Deacon.

»Ich weiß ja noch gar nichts.« Er wandte sich an Netty. »Wenn Sie die Aufstellung haben, geben Sie sie in eine juristische Suchmaschine ein.«

Seine Sekretärin und der farbbekleckste Schwarze wechselten einen Blick. »Wie bitte?«, fragte Netty.

»LEXIS ist gut. Nehmen Sie die.« Marcus legte den Hörer hin und buchstabierte den Namen. »Lassen Sie sich frühere Gerichtsakten ausgeben. Wir suchen nach laufenden oder erledigten Verfahren gegen diverse Fabriken von ›New Horizons‹. Sagen Sie ihnen, wir brauchen ein einfaches Register; wir wollen nur die bisherige Praxis ermitteln.« Er wartete. Netty und Deacon wechselten wieder einen Blick. »Also?«

Netty sagte zu dem Alten: »Hört sich doch an, als ob hier 'ne echte, richtige Anwaltspraxis betrieben würde.«

Marcus nahm den Hörer wieder zur Hand. »Marcus Glenwood.«

»Mein Name ist Kirsten Stanstead«, sagte eine nervöse Stimme.

»Das Mädchen, das Gloria in ihrem Brief erwähnt?«

»Ja. Wir wohnen zusammen. Und ich bin Glorias beste Freundin.«

Zum Zerreißen gespannt – so klang sie. Als wäre ihre Stimme eine Cellosaite und jemand hätte am Wirbel gedreht, bis sie von allein vibrierte. »Haben Sie von ihr gehört?«

»Natürlich nicht.« Es war keine schnippische Antwort, auch wenn Kirsten die hochfahrende, großstädtische Art einer Tochter reicher Eltern hatte. Es hörte sich an, als stünde sie kurz vor einer Explosion. »Würden wir diesen Aufwand betreiben, wenn Gloria sich bei uns gemeldet hätte?«

»Auch wahr«, sagte Marcus. »Ich verstehe.«

»Ich höre, Sie wollen den Fall übernehmen.«

»Ich überlege es mir.«

»Sie überlegen es sich.« Die Stimme spannte sich um eine weitere Drehung. »Welch ein Glück für Gloria, dass ihre Eltern einen so engagierten Mann gefunden haben.«

Marcus hörte einen leicht nasalen Unterton unter all der Anspannung. Boston wahrscheinlich. Was mochten ihre Eltern davon halten, dass ihre blaublütige Tochter mit einer Schwarzen aus Rocky Mount zusammenwohnte. »Zuerst einmal muss ich sehen, ob es überhaupt einen Fall gibt, Miss ...«

»Stanstead. Ich persönlich bin davon überzeugt, schon ein Mindestmaß an Recherche würde ergeben, dass es ausgezeichnete Argumente für einen Rechtsfall gibt.«

»Ich verstehe.«

»Tatsächlich rufe ich an, um Ihnen meine Unterstützung anzubieten. Gloria hat ein paar Dokumente hinterlassen, die Sie als Beweismaterial heranziehen könnten. Das war ja von vornherein ihre Absicht.«

Marcus beugte sich tiefer über seinen Schreibtisch. »Gloria Hall hat eine Klage gegen ›New Horizons‹ vorbereitet?«

»Habe ich das nicht gerade gesagt?« Kirsten atmete entnervt aus. »Es war das Thema ihrer Hausarbeit für das Masterdiplom. Alma sagt, sie hat darüber schon mit Ihnen gesprochen.«

»Ich weiß von der Hausarbeit, ja. Aber nichts von einem Rechtsfall. Oder von zusammengetragenem Beweismaterial.«

»Ich habe ihr geholfen. Ich habe ein Jahr Jura studiert.«

»Sie studieren auch in Georgetown?«

»Nein.« Kurzes Zögern. »In den letzten paar Jahren habe ich mich ausschließlich mit Wohltätigkeitsarbeit befasst.«

»Aha.« Er schaute zur Wand und nickte. Die perfekte Society-Antwort. Wenn das Leben mehr Herausforderungen mit sich brachte, als ihnen lieb war, versteckten die Reichen sich in Wohltätigkeiten. Wahrscheinlich organisierte sie Versteigerungen von Prominentenschmuck oder Bridge-Nachmittage. Seine Exfrau hatte sich wohltätige Weinproben zum Beruf gemacht. »Miss Stanstead, könnten Sie mir sagen, welcher Art der Trouble war, den Gloria gemacht hat?«

Aus der Anspannung in ihrem Ton wurde blitzartig Wut. »Was ist bloß los mit euch Typen?«

»Entschuldigung, ich …«

»Sie haben mit diesem anderen Anwalt geredet!«

»Es ist allgemein üblich, dass ein Anwalt, der neu …«

»Ach, hören Sie schon auf! Ich hätte es wissen sollen! Ihr seid alle gleich, nichts als geldgierige Parasiten!«

Marcus hielt den Hörer ein Stück weit von seinem Ohr weg und zog den Kopf ein wie eine Schildkröte, wie er es so oft vor seiner Frau getan hatte. »Durchaus nicht …«

»Jetzt hören Sie mal zu. Der einzige Trouble, den Gloria gemacht hat, bestand darin, dass sie sich um die Rechte von Menschen gekümmert hat, die sich nicht selbst darum kümmern konnten! Und das ist mehr, als man je über Sie und Ihresgleichen sagen könnte.«

Sie legte mit lautem Knall auf. Marcus setzte sich und starrte den Hörer an. Vielleicht war das etwas, das Mütter ihren Töchtern in der verfeinerten Luft des langfristigen Reichtums beibrachten. Vielleicht war es aber auch eine genetische Sache, diese Fähigkeit, bei einer einzigen unpassenden Silbe unverzüglich einen hemmungslosen Wutanfall hinzulegen.

Er drehte sich um und sah Netty und Deacon in der Tür. Netty stand am Fuße der Leiter, Deacon beugte sich aus halber Höhe herunter. Beide beobachteten ihn. »Was ist los?«

»Scheint mir aber eine Menge Aufwand für einen Fall, den Sie ganz bestimmt nicht übernehmen«, stellte Netty fest.

Der Prediger sagte nichts, was Marcus hätte hören können. Deacon summte eine einzelne Note, während er wieder hochkletterte und mit dem Malen fortfuhr. Er tauchte seinen Pinsel ein, und die Leiter knarrte, als er sich hinüberlehnte, um eine Ecke zu erreichen, und noch immer summte er diesen einen Ton.

Logan Kendalls Sekretärin rief durch die offene Tür: »Randall Walker ist da.«

»Machen Sie Kaffee. Ich hole ihn nach hinten. Und Suzie Rikkers soll dazukommen.« Logan hastete den Korridor der Partner hinunter und blieb vor der Tür zum Eingangsfoyer noch einmal stehen, um sein Spiegelbild zu überprüfen. Er hatte einmal mit angehört, wie seine Sekretärin ihn als Mittelgewichtsboxer mit einer Vorliebe für Armani beschrieb. Tatsächlich gab es nur eine Sache, die Logan Kendall mehr liebte als das Kämpfen, und das war das Gewinnen. Deshalb war er nur ein guter Jurist, aber ein ausgezeichneter Prozessanwalt. Logan hatte sechs Jahre geboxt; sein College hatte er nach der Qualität seiner Boxmannschaft ausgesucht. Er strich sich den Schnurrbart glatt, rückte Krawatte und Lächeln zurecht und trat mit ausgestreckter Hand hinaus in die Lobby. »Mr. Walker, ich kann Ihnen nicht sagen, welch eine Ehre das ist.«

»Randall für Sie, mein Junge.« Der Gründer des juristischen Kraftwerks Kedrick und Walker bewegte Logans Hand wie einen Pumpenschwengel. In der Clansatmosphäre des Justizsystems von Carolina war Randall Walker so etwas wie eine Legende. Zwei von Logans Seniorpartnern waren anwesend und konnten miterleben, wie sein Aktienkurs in die Höhe stieg. »Und die Ehre ist ganz auf meiner Seite.«

»Ich habe das Konferenzzimmer der Partner für unser Meeting vorbereiten lassen.«

»Schön, schön. Bin nicht hier gewesen, seit ihr Jungs umgezogen seid. Wie lang ist das jetzt her?«

»Nicht ganz zwei Jahre.« Tatsächlich waren sie die ersten Mieter gewesen, die einen langfristigen Vertrag im gerade fertig gestellten First Federal Tower, dem höchsten Gebäude von Raleigh, unterschrieben hatten. Sie hatten die obersten drei Stockwerke übernommen und die exorbitante Miete ohne Mäkeln akzeptiert, nachdem man ihnen zwei Bedingungen erfüllt hatte: Die Firma Knowles, Barbour und Bradshaw musste die einzige Anwaltskanzlei sein, die in diesem Gebäude ihr Büro unterhalten durfte, und die First Federal musste sie als externe Anwälte engagieren.

Randall schlenderte lässig neben Logan her. »Diese Vereinbarung hat Marcus Glenwood ausgehandelt, nicht wahr?«

Logan stockte für einen Augenblick. Marcus Glenwood war ein Name, den er immer noch verabscheute. Der einzige Mensch, der Glenwood noch mehr hasste, war Suzie Rikkers. Und das aus gutem Grund. »Daran waren mehrere von uns beteiligt«, sagte er.

»Selbstverständlich. Trotzdem, ich muss sagen, es war ein cleverer Schachzug von Glenwood. Sehr clever. Der Vertrag mit der First Federal, den er geholt hat, bringt ja mehr ein als die Miete.«

Logan verkniff sich das Zähnefletschen, bevor es ganz zustande kommen konnte. Als Randall Walkers Sekretärin angerufen hatte, um dieses Meeting zu verabreden, hatte sie gesagt, Randall gehe davon aus, dass er den vollen Stundensatz zu zahlen habe. Für Suzie und für Logan. Damit konnte Randall den Titel eines Klienten beanspruchen. Und einem Klienten war es gestattet, eine höhnische Bemerkung zu machen. Eine.

Logan führte ihn in den größten Besprechungsraum der Partnerschaft. »Ich glaube, Sie kennen meine Mitarbeiterin noch nicht. Suzie Rikkers.«

Suzie Rikkers war eine Absonderlichkeit: eine herausragende analytische Juristin und eine ordentliche Prozessanwältin, die ständig am Rande der Entlassung stand. Was die meisten Leute an Suzie Rikkers befremdete, war ihre Haltung. Abwechselnd behandelte sie das Leben als Schlachtfeld und beklagte sich darüber, dass man ihr nie eine Chance gebe. Jedes Problem war ein persönlicher Angriff. Wenn sie nicht wütend war, klang ihre Stimme wie ein schrilles Quäken. Die meisten Partner vermieden es, mit ihr zu arbeiten, und den angestellten Anwälten und Anwaltsgehilfen war sie ein Gräuel. Zwei Gründe gab es, weshalb Suzie Rikkers in der Firma gehalten wurde: eine solide Klientenbasis und Logan Kendall. Logan ertrug ihre Attitüde und liebte ihre Loyalität. Vielleicht war sie eine Hexe mit einer Kreissägenstimme. Aber sie war seine Hexe.

Suzie Rikkers reichte dem Gast eine spindeldürre Hand. »Mr. Walker.«

»Ein Vergnügen, auf das ich lange gewartet habe, Miss Rikkers.« Randall Walker verneigte sich leicht, als er ihr die Hand gab, und sah sich dann bewundernd im Raum um. »Sie haben es hier noch schöner, als man es mich hat erwarten lassen.«

Das innerste Heiligtum der Firma war durchdrungen vom Geruch nach juristischer Vergangenheit und Bienenwachspolitur. Als das alte Gerichtshaus abgerissen worden war, hatte die Firma das Privatbüro des Obersten Gerichtspräsidenten erworben. Eine Täfelung aus südamerikanischem Mahagoni schmückte drei der Wände; die vierte bestand aus einer enormen Glasscheibe.

Logan wandte sich einem Beistelltisch zu, auf dem ein Kaffeeservice aus feinem Porzellan stand. »Wie trinken Sie Ihren Kaffee, Randall?«

»Schwarz, zwei Stück Zucker.« Er setzte seine Besichtigung der inneren Wände fort. Zwei Chagall-Lithographien und ein seidener Kashmir-Wandbehang versahen den Raum mit Farbtupfern. »Ich glaube, Mr. Glenwood war auch für den Erwerb der Einrichtung für diesen Raum verantwortlich. Charlie Hayes, der alte Gerichtspräsident, war ein persönlicher Freund von ihm, nicht wahr?«

Logans Hand zuckte so heftig, dass er Kaffee auf die Untertasse verschüttete. Er stellte die Kanne hin und nahm eine Serviette, um die Pfütze aufzuwischen. Mit dem Rücken zum Zimmer gewandt, antwortete er: »Wie gesagt, wir haben alle eine Rolle bei dem Umzug gespielt.«

»Ja, ja, natürlich haben Sie das. Und meine Güte, was für eine entzückende Lage. Mr. Glenwood hat da wirklich eine vorzügliche Wahl getroffen. Der Blick von hier ist prachtvoll, finden Sie das nicht auch, Miss Rikkers?«

Logan drehte sich rechtzeitig um und sah noch, wie Suzie ein einzelnes Wort hervormahlte. »Toll.« Marcus Glenwood hatte zweimal namentlich dafür gesorgt, dass sie bei der Beförderung zum Partner übergangen worden war. Und nachdem sie seine bevorzugte Anwaltsgehilfin so lange gehetzt hatte, bis die Frau zu einer anderen Firma gegangen war, hatte Marcus monatelang versucht, genug Unterstützung zusammenzubekommen, um Suzie feuern zu lassen. Diesen Antrag abzuschmettern war die einzige Schlacht gewesen, die

Logan im Kampf gegen Marcus Glenwood wirklich hatte gewinnen können.

»Danke, Logan.« Randall nahm die Tasse in Empfang und deutete in den sonnenhellen Tag hinaus. »Ist das der Turm von White Memorial, den ich da draußen sehe?«

»Ich habe keine Ahnung.« Logan schenkte sich auch eine Tasse ein und setzte sich. Er brauchte die Aussicht nicht zu bewundern. Am ersten Wochenende nach seiner Ernennung zum Partner hatte er einen ganzen Samstagnachmittag lang auf einem dieser gepolsterten Lederstühle gesessen. Raleigh war voll von Parks und Bäumen, die alt genug waren, um alle bis auf die höchsten Gebäude zu verdecken. Abseits der Stadtmitte ragten Türme in die Höhe wie zugespitzte Erinnerungen daran, dass dies tatsächlich eine Stadt war und kein gut gepflegtes Waldland.

Statt, wie erwartet, den Platz am Kopfende des Tisches neben Logan einzunehmen, ging Randall um den Konferenztisch herum und blieb nah am Fenster stehen. Nachdem er geräuschvoll einen Schluck aus seiner Tasse genommen hatte, erklärte er: »Wissen Sie, ich kann Ihnen von hier aus die Hauptverwaltungen von fünf unserer Klienten zeigen. Nein, sogar sechs. Ich bin mir fast sicher, dass ich dort hinten in der Ferne das Dach der Burroughs-Zentrale sehen kann.« Er drehte sich um und strahlte ins Zimmer. »Da müssen Sie sich doch fühlen wie die Herren über alles, was Sie sehen, wenn Sie in diesem prächtigen Raum hier sitzen. Apropos, Logan, ich glaube, da ist ein Glückwunsch angebracht. Sie sind kürzlich zum Partner gemacht worden, stimmt's nicht?«

»Ja.« Morgen vor vier Monaten, um genau zu sein. An manchen Tagen konnte er kaum glauben, dass er es geschafft hatte. Meistens aber kam es ihm vor, als wäre er schon sein Leben lang dabei.

Das großartige Lächeln richtete sich auf Suzie, die dasaß und an ihrem Kaffee nippte. »Und ich habe keinen Zweifel, dass auch Ihr Stern bald aufgehen wird, Miss Rikkers.« Er unterbrach sich, um noch einmal einen Schluck Kaffee zu schlürfen, und fügte dann hinzu: »Zumal jetzt, da Ihre Nemesis beseitigt wurde.« Randall Walker wandte sich wieder dem Panorama zu. Bewundernd schüttelte er den Kopf. »Junge, Junge.«

»Könnten Sie uns sagen«, fragte Logan, »warum Sie dieses Meeting einberufen haben?«

»Oh, ich dachte, das wäre inzwischen klar. Ich möchte über Marcus Glenwood sprechen.« Bevor sie sich wieder fassen konnten, fuhr er fort: »Logan, Sie sind seit acht Jahren in dieser Firma, wenn meine Informationen zutreffen. Und Miss Rikkers, Sie sind schon ein bisschen länger dabei, ist es nicht so?«

Suzie warf Logan einen verblüfften Blick zu und hoffte auf ein Stichwort. »Fast neun.«

»Genau genommen sind es nächsten Monat zehn, nicht wahr?« Er richtete seine Fragen weiterhin an das Fenster. »Logan, Sie sind aus Baltimore. Bin ich da recht informiert?«

»Ich weiß nicht genau, was …«

»Vordiplom an der University of Maryland, Jurastudium an der UVA. Haben eine Frau aus Raleigh geheiratet, die Kunstgeschichte an dieser prachtvollen Jefferson'schen Einrichtung studierte. Drei reizende Kinder, zwei Jungen und ein Mädchen, dessen zweiter Geburtstag jetzt gerade bevorsteht.« Wieder dieses lautstarke Schlürfen. »Und Sie, Miss Rikkers, kommen aus Chicago, dieser herrlichen, windigen Stadt. Vordiplom und Jura an der Northwestern. Und immer noch unverheiratet, eine Tatsache, die ich höchst erstaunlich finde. Der Grund liegt zweifellos in Ihrer Vorliebe, nicht in einem Mangel an Gelegenheit.« Er sprach mit höfischem Gehabe, als rede er auf einem königlichen Empfang. »Marcus ist in der Gegend von Philadelphia geboren. Obgleich seine Wurzeln großenteils hier in der Gegend liegen.«

Suzie Rikkers' Stimme hatte den metallischen Klang von etwas, das auf einem Amboss platt gehämmert worden war. »Warum haben Sie Erkundigungen über mich eingeholt?«

»Ganz einfach, Miss Rikkers. Ich habe es gern, wenn ich die Leute kenne, an die ich mich wende.« Randall wandte sich endlich vom Fenster ab und ließ sich ihnen unmittelbar gegenüber am Tisch auf einen Stuhl gleiten. »Vielleicht wären Sie jetzt so freundlich, mir Ihren Eindruck von Ihrem kürzlich ausgeschiedenen Kollegen zu vermitteln.«

Logan musterte den Mann, der ihnen da gegenübersaß. Innerhalb weniger Minuten hatte Randall Walker ihr Reich betreten und die Herrschaft an sich gerissen, und er hatte es auf die allerfreundlichste Art und Weise getan. Der Mann wurde seinem Ruf jedenfalls gerecht. Randall Walker hatte als jüngster Richter aller Zeiten beim Bundesappellationsgericht gearbeitet. Nach acht Jahren dort hatte er eine Partnerschaft gegründet, die inzwischen zwei ehemalige Senatoren und einen pensionierten Gouverneur zu ihren Mitgliedern zählte. Randall saß im Vorstand von mehr als einem Dutzend Fortune-500-Unternehmen und hatte Beraterverträge mit weiteren fünf bis sechs. Er berechnete 450 Dollar pro Stunde, das höchste Honorar von allen Anwälten des Staates.

»Marcus Glenwood ist Geschichte«, fauchte Suzie Rikkers. »Mehr brauchen Sie nicht zu wissen.«

Randall nickte gütig. »Er muss ein ziemlich guter Prozessanwalt gewesen sein, wenn er in weniger als sechs Jahren zum Partner aufsteigen konnte.«

»Geht so. Er hatte gute Beziehungen.« Suzies Fingernägel vollführten einen nervösen Tanz auf der Tischplatte. »Hauptsächlich durch seine Frau. Ihre Familie hatte altes Geld, und zwar nicht zu knapp.«

»Seine Frau, ja. Sie haben sie bei der Scheidung vertreten – wie hieß sie gleich?«

»Carol Clay Rice.«

»Genau. Rice wie in Rice Communications und der Rice-Stiftung.«

Logan schätzte es nicht, so überrascht zu werden, und er misstraute dem höflichen Gebaren des Mannes. Er schwieg und überließ es Suzie zu antworten. »Marcus war bettelarm. Das weiß ich von seiner ehemaligen Schwiegermutter. Seine Eltern trennten sich und verschwanden, als er ungefähr zehn Jahre alt war. Er wuchs bei seinen Großeltern auf.«

Randall lächelte entzückt, als hätte Suzie ihm die Weisheit des Jahrhunderts offenbart. »Haben Sie je mit ihm in einem Prozess zusammengearbeitet?«

»Einmal. Er ist mit fliegenden Fahnen untergegangen.«

Logan hörte sich an, wie Suzie die Wahrheit verdrehte, als hätte sie einen verzweifelten Fall zu vertreten, und er fragte sich, wie viel Randall schon wusste. Wusste er zum Beispiel, dass Suzies Darstellung ein Haufen eigennütziger Lügen war und dass Marcus den Fall von einem Partner übernommen hatte, der kurz davor war, an Krebs zu sterben? Logan war dabei gewesen, als Marcus dem Klienten gleich in seinem ersten Meeting erklärt hatte, dass wenig mehr dabei herauskommen würde als eine äußerst kostspielige Beerdigung, wenn er den Fall übernähme. Der Klient hatte der Firma daraufhin eine Tonne Geld in den Rachen geworfen und sie angefleht, seine wertlose Haut zu retten. Marcus hatte den Geschworenen, wenn man es genau betrachtete, ein erstaunlich mildes Urteil entlocken können. Logan beobachtete, wie Randall Walker dasaß und sich an Suzie Rikkers' Monolog ergötzte, und er kam zu dem Schluss, dass der alte Anwalt sehr viel besser Bescheid wusste, als er sich hier anmerken ließ.

Randall Walker konnte beim besten Willen nicht als attraktiver Mann gelten. Das Alter hatte die Falten seines Gesichts nach unten gezogen wie geschmolzenes Wachs, bis es so aussah, als werde sein Kinn nur noch von dem gestärkten Kragen und der Krawattennadel gehalten. Seine Sommersprossen hatten sich zu Altersflecken gedehnt. Aber seine blauen Augen funkelten, und sein Lächeln bezauberte Geschworene und Damen gleichermaßen. Randall Walkers Ruf beschränkte sich nicht auf den Gerichtssaal.

Sogar auf Suzie schien sein Zauber zu wirken. »Ich kann Ihnen gar nicht sagen, Miss Rikkers, was eine so vorzügliche Beurteilung wie die Ihre für einen Outsider wie mich bedeutet.«

Logan fand, dass es jetzt an der Zeit war, selbst ein paar Fragen beantwortet zu bekommen. »Warum interessieren Sie sich für Marcus?«

»Sein Name ist in der letzten Zeit in einigen Diskussionen aufgetaucht.«

Logan durchströmte ein bitteres Gefühl. Das wäre typisch für seine alte Nemesis, auf allen vier Füßen zu landen und einen Job bei Kedrick und Walker angeboten zu bekommen. »In Ihrer Firma?«

»Nein, bei einem Klienten.«

»Marcus versucht, Ihrer Firma einen Klienten zu stehlen?«

»Nein, Sir, Marcus könnte einen Klienten von mir mit einer Klage überziehen.«

Suzie schaltete sich ein. »Dann hat Ihr Klient nicht den geringsten Anlass zur Sorge.«

Das gütige Lächeln trat wieder zutage. »Und warum nicht, Miss Rikkers?«

»Marcus hatte vor achtzehn Monaten einen Totalzusammenbruch.« Sie versuchte gar nicht, ihr Vergnügen zu verbergen. »Nach dem Unfall.«

»Der Unfall, ja, wie tragisch. Seine beiden Kinder auf diese Weise zu verlieren. Das muss ein schrecklicher Schlag gewesen sein.«

»Marcus war am Boden zerstört. Ich habe es selbst miterlebt.« Sie lächelte tatsächlich. »Die Firma wollte ihn entlassen.«

Logan wollte sie korrigieren, überlegte sich dann aber, dass es keinen Sinn hatte.

»Ich glaube, er hat von sich aus gekündigt«, sagte Randall.

»Erst nachdem die Firma ihn fast ein Jahr durchgeschleppt hatte. Marcus war eine tote Last.«

»Und Sie sagen, er hat sich immer noch nicht erholt?«

»Sie haben ihn bei der Scheidungsverhandlung nicht gesehen. Er war erbärmlich.« Die Erinnerung wirkte höchst erheiternd auf Suzie. »Wenn Richterin Nicols nicht eingegriffen hätte, hätte ich dem Mann die Eingeweide aus dem Leib gerupft.«

»Äußerst interessant.« Randall Walker erhob sich von seinem Stuhl, kam um den Tisch herum und ergriff Suzies Hand mit beiden Händen. »Miss Rikkers, ich danke Ihnen für diese höchst aufschlussreiche kleine Plauderei.«

»War mir ein Vergnügen.«

»Logan, vielleicht wären Sie so freundlich, mich hinauszubegleiten.«

Randall verließ den Raum, noch immer weitgehend Herr der Lage. Als er mit Logan allein war, stellte er fest: »Ich kann mir gut vorstellen, dass die giftigen Äußerungen Ihrer Kollegin über Mr. Glenwood durchaus nach Ihrem Geschmack sind.«

»Marcus und ich waren keine Freunde.«

»Allerdings nicht. Wie ich höre, war er auf jeder Stufe Ihres Aufstiegs in der Firma Ihr Hauptwidersacher.« Er schoss einen durchbohrenden Blick aus blauen Augen auf Logan ab. »Und er hat öfter gewonnen als verloren, nicht wahr?«

Logan blieb mitten im leeren Korridor stehen. »Wer ist Ihr Klient in dem Fall, den Glenwood da aufnimmt?«

»Es gibt zurzeit noch keinen Fall, aber ich verstehe, was Sie meinen. Manche Dinge plaudert man nicht so leichthin herum.«

Logan blieb stumm und rührte sich nicht.

»Nein, wirklich nicht.« Logans Schweigen schien Randall tatsächlich sogar zu gefallen. »Vielleicht wären Sie so freundlich, mir eine Frage zu beantworten. Wie würde es Ihnen gefallen, meinen Klienten zu vertreten, sollte diese unglückselige Angelegenheit tatsächlich zustande kommen?«

Logan konnte seine Überraschung nicht verbergen. »Sie wollen, dass ich Ihren Klienten in einem Prozess vertrete?«

»Wenn es nötig ist, Sir. Nur, wenn es nötig ist.«

»Staats- oder Bundesgericht?«

»Das wäre noch zu entscheiden. Aber ich würde vermuten, Bundesgericht.«

»Und der Anwalt der Klagepartei wäre Marcus Glenwood?«

»Es hat den Anschein.«

»Hat er eine Chance?«

»Eine geringe, bestenfalls.«

»Ich bekäme Gelegenheit, Marcus Glenwood vor einem Bundesgericht zu blamieren.« Logan brauchte keine Bedenkzeit. »Ich würde auf mein Honorar verzichten.«

Diesmal war das Lächeln so großartig, dass es perlweiße Jacketkronen sehen ließ. »Eine sehr begrüßenswerte Regung, die aber nicht in die Tat umgesetzt werden muss. Dessen kann ich Sie versichern.«

VIER

Am Donnerstag wartete Marcus, bis Netty in die Mittagspause gegangen war, bevor er in Washington anrief. Als die angespannt kultivierte Stimme sich meldete, sagte er: »Miss Stanstead, hier ist Marcus Glenwood. Wir haben am Montag miteinander gesprochen; ich bin Rechtsanwalt in …«

»Woher haben Sie diese Nummer?«

»Von Alma Hall.«

»Sie haben mit Alma gesprochen?« Die Anspannung verstärkte sich. »Übernehmen Sie den Fall?«

»Deshalb rufe ich an, Miss Stanstead. Ich versuche herauszufinden, ob es hier überhaupt einen Fall gibt.« Er wartete, und als keine weitere Explosion über ihn hereinbrach, fuhr er fort: »Sie haben gesagt, Sie würden mir helfen, mich durchzuarbeiten.«

»Ja. Gut.« Sie atmete so heftig aus, dass Marcus ihr Unbehagen in seiner eigenen Brust spüren konnte. »Sagen Sie mir, was Sie wollen.«

»Ich habe eine vorläufige bundesweite Suche nach Gerichtsakten durchgeführt.« Marcus schob die beiden Papierstapel in die Mitte seines Schreibtischs. »›New Horizons‹ hat Fabrikationsanlagen in sechzehn Bundesstaaten. Wenn meine Informationen zutreffen, gibt es an vierzehn Orten davon laufende oder in Revision befindliche Verfahren, in denen ›New Horizons‹ als Beklagte geführt wird.«

»Das weiß ich.«

»Das wissen …?« Marcus starrte die Wand an. Netty hatte Deacon Wilbur beauftragt, ihr ganzes Büro butterbeige anzustreichen. Die

Farbe schien ihm vor den Augen zu verschwimmen. »Darf ich fragen, woher?«

»Das habe ich Ihnen gesagt.« Schnippisch. Wachsam. Kalt und feindselig. »›New Horizons‹ war der Gegenstand von Glorias Diplomarbeit. Ich habe ihr dabei geholfen.«

Marcus blätterte in den Zusammenfassungen bis zu der mit einer Büroklammer markierten Seite. »Der uns am nächsten gelegene Fall war anscheinend der in ihrer früheren Fabrik in …«

»In Richmond. Ich weiß.«

Marcus ließ die Blätter fallen. »Sie wissen es.«

»Sie wurden vor fünf Jahren wegen Verunreinigung des James River verklagt. Kläger waren zwei örtliche Ökogruppen und die Staatswasserbehörde. Als ›New Horizons‹ den Prozess verlor, ging sie in die Berufung und schloss gleichzeitig ihr Werk.« Sie sprach jetzt schneller. Ungeduldig. »Das ist die übliche Taktik bei ›New Horizons‹, sich zu rächen, wenn lokale Verwaltungen sich gegen sie stellen, ganz gleich, aus welchem Grund. Das müssen Sie doch wissen.«

»Nein.« Er drehte sich dahin, wo die Wand von der Nachmittagssonne betupft wurde. »Nein, mir war nichts dergleichen bekannt.«

»Nach einem ähnlichen Fall in Delaware haben sie ihre Zentrale nach North Carolina verlegt. Dort haben die Arbeitsbehörde und zwei Gewerkschaften geklagt. Man konnte ihnen ungefähr ein Dutzend Verstöße gegen das Arbeitsrecht nachweisen.« Als diese Neuigkeit mit Schweigen beantwortet wurde, redete sie weiter. »Gloria hat für ihre Arbeit gelebt, Mr. Glenwood. Wir waren Freundinnen. Ich habe ihr geholfen, wo ich konnte.«

»Wie lange haben Sie mit Gloria zusammengewohnt?«

»Fast vier Jahre.«

»Meine Informationen stammen von einer Internet-Suchmaschine und sind bestenfalls skizzenhaft.« Marcus blätterte nervös in seinen Ausdrucken. »Die Revision gegen das Urteil von Richmond wurde anscheinend beim Appellationsgericht bei Ihnen in Washington eingelegt. Ich habe mich gefragt, ob Sie mir da wohl die einschlägigen Unterlagen heraussuchen könnten.«

Kirsten Stansteads Tonfall wurde wieder wachsam. »Übernehmen Sie den Fall?«

Er atmete tief durch und sagte dann: »Wenn es überhaupt einen Fall gibt, ja. Aber ich brauche sehr viel mehr Informationen, als ich jetzt habe, um diese Entscheidung zu treffen.«

»Dann lautet die Antwort: Ich brauche nichts herauszusuchen. Gloria hat ihre Dokumentation immer auf dem neuesten Stand gehalten.« Der hochfahrende, ungeduldige Ton drang wieder durch. »Ich habe das alles mit Mr. Grimes durchgesprochen. Haben Sie denn mit ihm nicht geredet?«

Marcus griff nach dem Umschlag, der am Morgen in der Post gewesen war. »Sie haben mit Larry Grimes gesprochen?«

»Das habe ich Ihnen schon in unserem letzten Gespräch gesagt, Mr. Glenwood. Ich wiederhole mich nicht gern.«

»Nein. Natürlich nicht.« Der Umschlag von Grimes enthielt nichts außer der Anfangsvereinbarung mit Glorias Eltern, eine Seite mit lückenhaften Notizen und den Brief, der die Halls davon in Kenntnis setzte, dass es keine Grundlage für einen Rechtsfall gebe. »In welchem Umfang hat Gloria Daten gegen ›New Horizons‹ zusammengetragen?«

»Ich weiß es nicht.« Ihre wachsame Feindseligkeit klang schneidend. »Der Dachboden ist voller Kisten. Gloria war vieles, aber ordentlich war sie nicht.«

Marcus prüfte die drei dürftigen Seiten noch einmal, schüttelte den Umschlag und fand nichts weiter. »In dem Brief, den Gloria an ihre Eltern geschrieben hat, erwähnte sie, dass der Zeitpunkt für ihre Reise nach China entscheidende Bedeutung bekommen habe. Hat sie Ihnen gegenüber davon auch etwas gesagt?«

»Nein. Und ich muss jetzt gehen, Mr. Glenwood. Ich komme jetzt schon zu spät zu einer Verabredung.«

Marcus klappte die Mappe zu und spreizte die flache Hand auf der glatten Oberfläche. »Hätten Sie etwas dagegen, wenn ich nach Washington käme, um mir Glorias Arbeit anzuschauen?«

»Wohl nicht. Wann würden Sie kommen?«

»Morgen Nachmittag, sagen wir, gegen vier.« Er schloss die Hand zur Faust. »Ich fahre hier los, sobald es hell wird.«

Nach dem Lunch unternahm Marcus eine Autofahrt. Sein einziger Wagen in diesen Tagen war ein sechs Jahre alter mattgrauer Blazer mit hunderttausend harten Meilen auf dem Buckel – ein himmelweiter Unterschied zu seinem früheren Lexus. Marcus fuhr langsamer, als er an der Kirche von New Zion vorbeikam. Das weiß gestrichene Gebäude war zu drei Seiten von Hartriegel und Pappeln umgeben, die höher waren als der Kirchturm. Die Luft über dem alten Bauwerk schimmerte noch von den Überresten des Sonntagsgottesdienstes. Als er am Friedhof vorbeifuhr und in das ansteigende Waldland kam, war ihm, als hörte er noch immer die rufenden Stimmen und das dauernde Händeklatschen.

Die ersten Septembertage waren trocken, warm und wolkenlos geblieben. Das Sonnenlicht fiel wie Messerklingen zwischen den Bäumen hindurch und zerplatzte flach an seiner Frontscheibe, als er auf der Höhe angelangt war. Marcus bremste und bog in die Zufahrt von »New Horizons« ein. Das Schild auf dem Backsteinsockel an der Einfahrt konnte er nicht lesen, weil das Nachmittagslicht zu grell war. Er hielt am Straßenrand an und stieg aus.

Vor der Kulisse donnernder Baumaschinen betrachtete Marcus die Anlage von »New Horizons«. Trotz der rohen Narben der jüngsten Bauarbeiten bot sie das Bild eines Hightech-Campus. Nach Osten hin standen die ältesten Gebäude, die jetzt neben einem mit Klinker und Rauchglas verkleideten Behemoth geradezu winzig wirkten. Eine Tafel, die in den Landschaftsgarten davor gepflanzt war, verkündete, dass es sich um die neue Vertriebszentrale handelte. In die beiden Wände, die er sehen konnte, war das Firmenzeichen von »New Horizons« eingeprägt: leuchtend goldene Sterne, die silbergefasste Regenbogen hinter sich herzogen. Unter den Logos schrien drei Stockwerk hohe Lettern den neuesten Slogan von »New Horizons« heraus: GET IN GEAR.

In unmittelbarer Nähe der Landstraße hatte man ein altes, hölzernes Farmhaus und eine Scheune zu Gästehäusern umgebaut. Die

Farmgebäude waren jetzt durch einen säulengesäumten Wandelgang miteinander verbunden und mit Obstbäumen und blühenden Spaliergittern verziert.

Ein halbes Dutzend Fabrik- und Lagerhallen aus Ziegelgemäuer bedeckten die Fläche zu seiner Linken, allesamt umgeben von makellosen Gärten und jugendlichen Bäumen. Zur Rechten erhoben sich die skeletthaften Konturen von drei mammuthaften Neubauten. Vor jedem stand eine Tafel mit dem weltberühmten Logo, unter dem das Datum der Fertigstellung zu lesen war. Staub und Lärm waren ebenso konstant wie das Licht.

Marcus stieg wieder in den Wagen und fuhr den Hang hinauf zum Verwaltungskomplex. Das ältere Gebäude war aus Marmor, Stahl und verspiegeltem Glas. Der Neubau, der sich rechts daneben erhob, war doppelt so hoch. Als Marcus mit dem Blazer auf den Besucherparkplatz fuhr, konnte er zwischen den Baumwipfeln auf die holzverschalte Kirche und den alten Friedhof hinunterschauen, die in der Sonne leuchteten.

Das Erste, was er beim Betreten des marmorverkleideten Foyers bemerkte, war die Batterie von Kameras. Vier Stück. Zwei oben in den Ecken hinter dem Empfangstisch, eine über der automatischen Tür, die ins Innere des Gebäudes führte, und eine, die sich mitten in der hohen Decke drehte. Auch der Empfangstisch war einen zweiten Blick wert: brusthoch und mit den gleichen Fliesen verkleidet, die auch auf dem Boden lagen. Die beiden Männer hinter der Marmortheke trugen dunkelblaue Jacketts und schnurlose Telefon-Headsets. Der eine war weiß und klobig, der andere schwarz und noch massiger. Hinter ihnen plätscherte ein Wasserfall über eine Aluminiumrinne herab. Beide Männer schauten Marcus mit ausdrucksloser Miene entgegen, als er herankam.

Der Schwarze fragte: »Kann ich Ihnen helfen?«

»Ich würde gern mit jemandem von Ihrer Rechtsabteilung sprechen.«

»Haben Sie einen Termin?«

»Nein.«

»Dann können wir Ihnen nicht helfen.«

Marcus wählte seine Worte mit Sorgfalt. »Ich komme in einer gewerkschaftlichen Angelegenheit.«

Die Blicke auf ihn konzentrierten sich. »Zu welcher Gewerkschaft gehören Sie?«

»Zu keiner. Ich bin Anwalt.«

»Sie heißen?«

»Marcus Glenwood.«

»Wen vertreten Sie?«

Es war klar, dass sie nicht zum ersten Mal mit einem solchen Besucher zu tun hatten. Marcus wich der Frage aus. »Darüber würde ich lieber mit jemandem aus Ihrer Rechtsabteilung sprechen.«

Die beiden Männer hatten die dicksehnigen Hälse und steilen Schultern von ernsthaften Bodybuildern. Der Schwarze deutete mit dem Kinn an Marcus vorbei. »Warten Sie da drüben.«

Marcus zog sich gehorsam zu einer Reihe von Marmorbänken mit Wildlederpolstern zurück. Das Firmenlogo war überall – in den Polstern, an den Wänden, es war in den Aluminiumwasserfall geschnitten und als Mosaik in den Boden eingelassen. An der Wand gegenüber dem Eingang prangte ein riesiger Bildschirm, über den in stetem Strom die Werbefilme des Unternehmens flimmerten, und in allen sah man die Spitzensportler der Nation mit ihren heißesten Bewegungen. Zwischen den einzelnen Filmen sprühte das Kometenlogo Funken, die dann die Worte GET IN GEAR bildeten. Rechts und links von dem Bildschirm zeigten von hinten beleuchtete Poster so gut wie jede erdenkliche Sportart. Der Topgolfer der PGA spähte den Fairway entlang zu einem ehemaligen Stürmer der Chicago Bulls, der gerade einen Ball in den Korb legte. Hinter ihm kreiselte die olympische Goldmedaillengewinnerin im Eiskunstlauf der Frauen. Marcus spazierte von Bild zu Bild und tat, als ignoriere er die beiden Empfangsposten. Sie schauten nie zu ihm her, aber er spürte, dass sie ihn dauernd beobachteten.

Die Automatiktür öffnete sich wispernd, und eine strahlende junge Frau kam geradewegs auf ihn zu. »Mr. Glenwood – habe ich das richtig verstanden?«

»Ja.«

»Wunderbar«, sagte sie mit strahlendem Lächeln und ausgestreckter Hand. »Ich bin Tracy. Willkommen bei ›New Horizons‹.«

»Sie sind keine Anwältin.«

»Absolut nicht. Ich bin Sommerpraktikantin in der PR-Abteilung. Das ist meine letzte Woche. Nächsten Montag fängt die Schule wieder an.« Sie zog eine lebhafte Grimasse. »Zurück in die alte Tretmühle.«

»Ich habe darum gebeten, mit jemandem aus der Rechtsabteilung sprechen zu dürfen.«

»Hey, ich weiß, tut mir Leid. Aber alle haben richtig viel zu tun. Sie können sich nicht vorstellen, wie beschäftigt wir sind.«

»Natürlich.«

»Aber man hat mich gebeten, Ihnen eine Unternehmensbroschüre zu geben und Ihnen für Ihren Besuch zu danken.« Sie reichte ihm ein Hochglanzmagazin. »Sagen Sie, haben Sie eine Karte?«

Marcus zögerte. »Ich ziehe gerade um.«

»Na klar. Das verstehe ich. Ich auch.« Wieder eine Grimasse. »Ein ziemlicher Schlauch, was?«

Marcus ließ sich von ihr zum Ausgang führen. »Hat es Ihnen hier gefallen?«

»Oh, hey, super.« Der blaue Firmenblazer konnte ihre hüpfenden Kurven nicht vollständig verbergen. »Sie würden nicht glauben, wen ich hier alles gesehen habe. Letzte Woche erst habe ich mitgeholfen, Todd Rankin zu betreuen.«Als Marcus sich nicht hinreichend beeindruckt zeigte, fügte sie hinzu: »Den Quarterback der Dallas Cowboys.«

»Ich weiß, wer das ist.«

»Natürlich. Wissen Sie, ich selbst, ich bin schlicht und einfach sportverrückt. Schätze, deshalb haben sie auch gesagt, ich könnte nächstes Jahr wieder kommen.« Sie blieb stehen, als die Türen aufglitten. Sofort waren sie vom Mahlen der Baumaschinen umgeben. Sie schenkte ihm noch ein fröhliches Lächeln und hob die Stimme. »Vielen Dank, dass Sie gekommen sind.«

Er ging zurück zu seinem Blazer, setzte sich hinein und ließ den Motor an, und dann blieb er eine ganze Weile sitzen und starrte den steilen Hang hinunter zu der kleinen Holzkirche. Er fragte sich, warum sie sich überhaupt die Mühe gemacht hatten, diese Cheerleader-Queen herunterzuschicken. Schließlich legte er den Gang ein und fuhr vom Parkplatz.

An der Einmündung hielt er an, und dann fuhr er am Baugelände vorbei. Die Straße verschwand unter lehmigen Reifenspuren und rumpelndem Dieseldonner.

In diesem Augenblick schlugen sie zu.

Marcus sah Licht auf Metall und drehte sich gerade noch rechtzeitig um, als ein Pick-up den Schotterhang heruntergeschossen kam. Ungläubig sah er, wie der schlammbespritzte Laster auf eine unsichtbare Bodenwelle prallte und sich mit allen vier Rädern aus dem Lehm erhob.

Fast hätte er zu lange gezögert. Dann trieb das Dröhnen des Pick-up-Motors ihn, das Gaspedal durchzutreten. Deshalb traf der Pick-up nur seinen hinteren Kotflügel und nicht die Fahrertür.

Der Aufprall schleuderte ihn quer über den Sitz, und das Lenkrad wirbelte unter seiner Hand herum. Bevor er sich aufrappeln konnte, wurde er wie mit einem Hammer in die andere Richtung zurückgeschlagen. Der zweite Truck hatte höher getroffen und die Beifahrertür zerschmettert. Glassplitter prasselten auf ihn herab.

Der Fahrer des zweiten Lasters riss die Wagentür auf und lehnte sich über das Trittbrett herein. Er trug eine schweißfleckige Baseballkappe und einen Zweitagebart. »Typen wie du sind hier nicht willkommen!«, schrie er durch das Dröhnen.

Marcus warf einen Blick nach links hinten. Der Fahrer des anderen Lasters stieß seine Wagentür auf und langte hinter sich nach etwas, das an seinem Gewehrhalter hing. Vielleicht war es ein Baseballschläger, vielleicht auch eine Flinte.

Der Mann schrie durch das Seitenfenster: »Mit deiner Sorte werden wir fertig!«

Marcus stemmte sich hoch und trat auf das Gaspedal. Der Blazer sprang über den Randstein und spritzte Erde und losen Schotter hinter sich. Der Angreifer landete einen guten Schlag und ließ Marcus' Heckfenster zersplittern. Marcus bemühte sich, den Wagen in seine Gewalt zu bringen, als der Hang steiler wurde; er flog wieder über den Randstein und raste mit brüllendem Motor davon. An der Ausfahrt nahm er die Kurve zu eng und streifte das Firmenlogo auf seinem Ziegelsockel.

Schleudernd erreichte er die Landstraße, jagte durch das Waldstück und schoss schließlich in die grünen Felder hinaus, die an die alte Kirche grenzten. Er zitterte so heftig, dass er Mühe hatte, den Fuß vom Gas zu nehmen und den Griff ums Lenkrad zu lockern. Er schaute sich um und suchte die Straße hinter sich ab, aber er sah nichts. Als er sich wieder nach vorn drehte, sah er gerade noch das Schild, das ihn in Rocky Mount begrüßte, der Heimat des neuen Südens.

FÜNF

Wie gewöhnlich kam der Albtraum in der rabenschwarzen Stunde vor dem Morgengrauen. Wie immer stand Marcus müde und geschlagen auf und begann den Tag mehrere Stunden, bevor sein Körper bereit war.

Ein Jahr vor dem Unfall war bei einem der Seniorpartner der Firma Krebs im Endstadium diagnostiziert worden. Marcus hatte den kritischsten Fall dieses Partners übernommen, einen Fall, den er mit Sicherheit verlieren würde. Er hatte eine Menge Zeit mit dem Seniorpartner verbracht – anfangs, weil Marcus Anleitung gebraucht hatte, und später, weil der Mann wenigstens durch diesen dünnen Faden mit dem Leben verbunden bleiben musste, das er hinter sich ließ. Wieder und wieder hatte Marcus gehört, wie der Partner seine Krankheit schlicht »den Krebs« nannte. Damals hatte Marcus nicht viel Notiz davon genommen; er hatte vermutet, der Mann rede nur wegen Marcus' eigener Empfindsamkeiten so kurz und bündig darüber. Heute wusste er es besser. Sein eigenes Bündel von Tragödien konnte er auch nur als »den Unfall« bezeichnen. Hätte er ihm mehr Raum gegeben, in Gedanken oder in Worten, hätte ihn das vollends zerbrochen. Das Gleiche galt für seine neue Nemesis, den Albtraum. Es war ihm unmöglich, weitere Worte zu benutzen und dabei das Grauen und den Schmerz im Zaum zu halten. Der Albtraum kam jede Nacht. So war es seit dem Unfall. Er wachte kurz vor der Morgendämmerung davon auf und sah sich dadurch um die kostbarste Stunde seines Schlafes beraubt. Der Albtraum trieb einen Stachel durch das Herz jedes neuen Tages.

Marcus packte seine Tasche und frühstückte dann im Stehen an der Küchentheke. Er fuhr auf der Beltline um Raleigh herum zum Flughafen; auf der nachtdunklen Straße herrschte angespannt dichter Verkehr – die ersten Techniker, die zur Arbeit fuhren.

Die früheste Maschine von Raleigh nach Washington war ein Propellerflugzeug von United Express. Marcus stellte sich in die Schlange der anderen Passagiere; er betrachtete ihre finsteren Gesichter und steinharten Augen und fragte sich, welche Dämonen an diesem Tag wohl noch mit ihnen reisten.

Marcus kam aus dem National Airport in Washington und sah, wie die Morgendämmerung den Himmel über der Stadt mit hundert verschiedenen Schattierungen von sehr blassem Blau streifig überzog. Er fuhr mit dem Taxi in die Stadt, begleitet von Bruchstücken unwillkommener Erinnerungen. Seit achtzehn Monaten war er nicht in Washington gewesen. In der ganzen Zeit hatte er North Carolina nicht verlassen. Früher war Marcus fast ständig auf Reisen. Er war mindestens zweimal im Monat nach Washington gekommen – manchmal geschäftlich, manchmal, um Carols Eltern zu besuchen.

Genau wie er war seine ehemalige Frau ein Einzelkind. Im Scherz hatte er einmal gesagt, dass dies der einzige Aspekt ihrer Herkunft sei, den sie miteinander gemeinsam hätten. Carols Familie war alter Geldadel aus Delaware. Mit sehr altem Geld. Einer ihrer direkten Vorfahren hatte Land von König George III. geschenkt bekommen. Die Urkunde mit ihren Siegeln und moiréseidenen Bändern hing immer noch an der Wohnzimmerwand auf ihrem Anwesen in Wilmington. Sie besaßen außerdem ein Sommerhaus bei Annapolis, das der Familie gehörte, seit Carols Urgroßvater zweimal Senator der Vereinigten Staaten gewesen war. Die Kinder hatten die weitläufige, holzverkleidete Villa geliebt; nur deshalb hatte Marcus die Wochenenden mit Carols Eltern über sich ergehen lassen. Sie hatten noch ein Penthouse am Central Park West und ein Apartment in einem Stadthaus an der Rue Faubourg St. Honoré, aber dorthin hatte man ihn nie eingeladen. In Europa war er überhaupt noch nicht gewesen. Es war eins der Dinge, die er Carol immer versprochen hatte, ohne das Versprechen jemals halten zu können. Eins von vielen Dingen.

Marcus saß im Fenster eines Starbuck-Cafés in Foggy Bottom und tat, als läse er die *Washington Post*. Die sechs Angestellten hinter ihm riefen in unablässigen Kadenzen und trommelten schnelle Wirbel auf ihren Kaffeemaschinen. Vor seinem Fenster lief ein hektischer Freitagsstrom von Leuten vorbei; die meisten sahen jung und intelligent aus und konzentrierten sich auf den Tag, der vor ihnen lag. Marcus nahm einen Schluck Kaffee und sah Reflexe seiner eigenen Vergangenheit in diesen zielstrebigen jungen Gesichtern.

In den Anfangstagen ihrer Ehe hatte er den Job, den Carols Vater ihm anbot, aus tausend verschiedenen Gründen abgelehnt. Der wichtigste war seine eigene Kampflust gewesen. Er hatte eine Stellung haben wollen, wo er sich abrackern und drängen und kämpfen und es nach seinen eigenen Bedingungen schaffen konnte. Die Firma Knowles, Barbour und Bradshaw hatte sich seiner Meinung nach dafür am besten geeignet, und mehrere Jahre lang stimmte das auch. Die Firma war aus mehreren örtlichen Partnerschaften zusammengeschustert worden, die allesamt unter dem Dach einer ehemals in San Francisco ansässigen Firma fusioniert hatten. Jetzt gab es sie überall; sie hatten Niederlassungen in zweiunddreißig Staaten und dazu elf im Ausland. Für Marcus war es ein Lebenselixier gewesen – die Sechzehn-Stunden-Tage, die Neunzig-Stunden-Wochen, die Konkurrenz, das halsbrecherische Tempo, der ständige Druck, immer mehr Stunden zu berechnen. Carol entstammte einer langen Reihe von Workaholics und hatte schon früh gelernt, sich darüber nicht zu beklagen.

Er wusste nicht genau, wann die Ehe angefangen hatte, sich aufzulösen. Es wäre zu einfach gewesen zu sagen: in seinem letzten Jahr an der Universität, an dem Tag, als sie einander begegnet waren. Aber es war etwas Wahres daran. Genug, um ihn jetzt von seinem Stuhl hoch-, zur Tür hinaus- und die Constitution Avenue hinunterzutreiben.

Um Punkt neun Uhr meldete er sich am Haupteingang des Außenministeriums in der C Street an. Fünf Minuten später näherte sich ein kahlköpfiger Mann, Ende vierzig, mit dem Pokergesicht eines Bürokraten. »Mr. Glenwood?«

»Ja.«

»James Caldwell. Wie man Ihnen gestern schon am Telefon gesagt hat, es gibt nichts, was irgendjemand hier für Sie tun könnte.«

Marcus fand sich damit ab, dass der Mann ihn nicht einmal auffordern würde, sich zu setzen. »Mir scheint, wenn eine amerikanische Staatsbürgerin vermisst wird …«

»Wir haben nicht die nötigen Ressourcen.« Der Mann trug einen schlecht sitzenden, bläulich grau karierten Anzug und hatte in seinem Spitzbart mehr Haare als auf dem Kopf. »Wir beschränken uns strikt auf politische Angelegenheiten.«

»… und wenn sie in China vermisst wird, dürfte dies doch eine Angelegenheit von hinreichender Bedeutung sein, um das Interesse unserer Regierung zu wecken.«

»Durchaus. Mr. Glenwood, in elf Wochen werden der Vizepräsident und der Außenhandelsminister eine Handelsmission nach China anführen. Wir haben siebzehn Plätze und mehr als vierhundert Unternehmensmanager, die mitkommen wollen. Vom halben Kongress nicht zu reden. Außerdem müssen wir Positionspapiere zu einem halben Dutzend verschiedenen Themenbereichen vorbereiten.«

Und das hier, erkannte Marcus, war eine sorgfältig einstudierte kleine Rede. »Die Vorbereitungstreffen zu dieser Mission wären eine ideale Gelegenheit, den Fall einer vermissten amerikanischen Staatsbürgerin zur Sprache zu bringen.«

»Ausgeschlossen.« Die Worte hallten laut durch die geräumige Lobby. »Hören Sie, vielleicht könnten Sie Ihren Kongressabgeordneten oder Senator bitten, die Angelegenheit vorzutragen.«

»Auf diesem Weg haben die Eltern es bereits versucht.«

»Dann kann ich nichts für Sie tun.«

»Ich kann nicht glauben, dass das State Department eine dermaßen gleichgültige Haltung annimmt, wenn eine amerikanische Staatsbürgerin gekidnappt worden ist.«

Der Mann grinste tatsächlich spöttisch. »Das wissen Sie doch gar nicht.«

Marcus musterte den Mann eingehender. »Sie kennen Gloria Hall?«

»Absolut nicht. Wir machen es uns zum Grundsatz, uns niemals mit verrückten Randgruppen einzulassen.«

Marcus beugte sich vor. »Womit?«

»Gloria Hall war bereit, sich jeder beliebigen Gruppe anzuschließen, die den Chinesen Ärger machen wollte. Wie Sie sehr wohl wissen.« Der Mann schüttelte den Kopf; es war eine schnelle Bewegung wie bei einem Hund, der nass geworden ist. »Hören Sie, Mr. Glenwood, Sie verschwenden Ihre Zeit. Gloria Hall hat Trouble gesucht, und sie hat welchen gefunden. Wir können Ihnen nicht helfen.«

Die junge Dame bei der Internationalen Handelskammer war nicht minder direkt, aber viel höflicher. Sie hieß Patricia Calloway, und sie führte Marcus durch ein Gewirr kleiner Bürozellen in ein Zimmer mit Fenster. Auf ihrer Karte stand, sie sei stellvertretende Direktorin für Fernostbeziehungen, und die Plaketten an der Wand verrieten, dass sie die Ausbildung für den diplomatischen Dienst in Wellesley und Georgetown mit Auszeichnung abgeschlossen hatte. Als Marcus seine Einleitung vorgetragen hatte, fragte sie: »Sie haben mit jemandem im Außenministerium gesprochen?«

»Ich habe es versucht. Aber sie haben mir nichts anbieten können.«

»Das überrascht mich nicht. Wenn ein größerer Geschäftsausflug am Horizont lockt, ziehen sie alle die Köpfe ein.«

»Trotzdem finde ich es erstaunlich, wie wenig Interesse sie für eine verschwundene Amerikanerin aufbringen.«

»Weil es eine Büchse der Pandora ist, die sie nicht gern aufmachen.« Sie musterte ihn mit ihren intelligenten grünen Augen und war offensichtlich dabei, einzuschätzen, ob er es wert war, dass sie ihm ihre Zeit widmete, und ob er sich tatsächlich anhören würde, was er nicht hören wollte. »Eine Reihe von chinesischen Dissidenten haben die doppelte Staatsbürgerschaft und sind auch Amerikaner. Sie fahren hin, um sich verhaften zu lassen, weil sie hoffen, mit ihrer Mission Washington unter Druck zu setzen und wegen Menschenrechtsverletzungen zum Handeln zu zwingen.«

Marcus verspürte ein drängendes Gefühl im Hinterkopf. *Mission.* Er brauchte einen Augenblick, um sich zu erinnern, wo er diesem Wort kürzlich begegnet war. »Eine Konfrontation wegen Menschenrechtsverletzungen so kurz vor einer Handelsmission wäre ...«

»Ein absolutes Debakel«, vollendete sie fröhlich. »Für das State Department das Worst-case-Szenario.«

»Ich meine mich aber zu erinnern, dass diese Regierung die Menschenrechte in ihr Wahlprogramm aufgenommen hatte.«

»Das kann sein. Aber jetzt heißt es: Handel zuerst, Menschenrechte zuletzt. Und China ist zufällig der größte unerschlossene Markt der Welt.«

»Ihre Offenheit überrascht mich«, bekannte Marcus.

»Oh, wir sind entschieden für den Handel hier.« Sie lächelte kurz. »Aber das macht uns nicht blind für die Realität.«

»Und die wäre?«

»China ist seit dem Tiananmen-Platz in Menschenrechtsfragen immer weiter zurückgefallen. Es macht auch kein Geheimnis daraus. Die jüngsten Verhaftungen von prodemokratischen Aktivisten wurden massiv publiziert, innerhalb wie außerhalb Chinas. Das war ein kalkulierter Akt. Es teilt dem Rest der Welt mit: Dies ist eine interne Angelegenheit, und wir sind zu groß und zu mächtig, als dass ihr riskieren dürftet, uns zu ärgern. Also macht kein Theater deshalb, sonst machen wir unsere Geschäfte anderswo.«

Wieder schenkte sie ihm ein kurzes Lächeln. »Das war meine Zehn-Cent-Einführung. Die tischen wir jedem auf, der vorhat, den chinesischen Markt anzuzapfen. Der durchschnittliche amerikanische Geschäftsmann kommt hier hereinmarschiert und erzählt uns so etwas wie: Da drüben gibt's eine Milliarde Menschen und keine einzige Firma, die kleine rote Dinger herstellt. Und wir sagen: Schön, aber sind Sie bereit, sich die Hände schmutzig zu machen? Denn niemand, der in China Geschäfte macht, bleibt ganz sauber.«

Er lauschte auf das, was jetzt unter der Oberfläche vor sich ging, und ihm war, als höre er einen verwirrenden Unterton von Besorgnis. »Kannten Sie Gloria Hall?«

»Dem Namen nach. Wir sind uns nie begegnet. Sie war dabei, sich den Ruf zu erwerben, mehr als nur eine von zahllosen lauten Aktivistinnen zu sein.«

Er beugte sich vor. »Inwiefern?«

»Das sind alles nur Gerüchte. Aber man hört so manches in diesem Geschäft. Sie wurde in zwei Gerichtsverfahren gegen chinesische Firmen erwähnt, weil sie dies und jenes behauptet hatte. Meistens hatte es mit Arbeitsrecht zu tun. Dann war da eine Sache in Hongkong – ein Mann, der bei einer Razzia verletzt worden war, glaube ich. Und sie hat meinem Boss Petitionen zu mehreren amerikanischen Firmen vorgelegt, die in Tibet operieren.«

Marcus dachte darüber nach. »Ein Troublemaker.«

»Das haben Sie von mir nicht gehört. Aber es war das Wort, das auf den Korridoren die Runde machte.« Wieder ein Lächeln, diesmal von Bedauern gefärbt. »Sie gehörte zu den Bösen.«

Marcus fing an, laut zu denken. »Das heißt, wenn Gloria Hall tatsächlich nach China gefahren ist und wenn sie in einer Fabrik wegen Misshandlung von Arbeitskräften recherchieren wollte und dabei verschwunden ist …«

Das Lächeln verschwand. »Dann würde ich sagen, sie ist in ernsthaften Schwierigkeiten. Und Sie wissen nicht, wie ernsthaft Schwierigkeiten sein können, bis Sie in einem Land wie China welche haben.«

Obwohl weniger als zwei Meilen weit vom Weißen Haus gelegen, war das Büro der Menschenrechtsorganisation »Asia Rights Watch« am falschen Ende der Pennsylvania Avenue. In all den sieben Jahren seiner intensiven Reisetätigkeit hatte Marcus nie einen Grund gehabt, diese Gegend aufzusuchen. Sein Taxi fuhr am Vietnam Veterans' Memorial vorbei, umrundete das Tidal Basin und gelangte in das Viertel, das schlicht als Southwest bekannt ist.

Das Taxi hielt vor einem neuen, vierstöckigen Gebäude im kolonialen Backsteinstil. Draußen gab es kein Schild, keinen Hinweis darauf, wer die oberen drei Stockwerke innehatte. Der Eingangsflur war mit Teppichboden ausgelegt, steril und still wie ein Grabmal. Eingangs- und Aufzugtüren waren von Sicherheitskameras flankiert.

Marcus trat im dritten Stock aus dem Lift und sah sich vor einer Doppeltür aus verstrebtem Stahl. Der Flur wurde durch eine feuersichere Decke und dicke Betonwände komprimiert, und es war so still, dass die Klimaanlage ein andauerndes, heiseres Seufzen hervorbrüllte.

Er drückte auf einen Knopf neben der Doppeltür. Eine ernste Stimme sagte: »Sie wünschen?«

»Marcus Glenwood. Ich habe einen Termin.«

»Schauen Sie gerade in die Kamera. Nein, in die andere, rechts von Ihnen. Danke.«

Die Tür öffnete sich mit einem Klick. Er betrat einen fensterlosen Empfangsraum. Noch immer sah er kein Schild, das ihm mitteilte, wo er sich befand. Der Tisch und die Stühle waren helles skandinavisches Design, Boden und Wände gleichförmig weiß. Die übliche abgehängte Decke war hier entfernt worden, und man sah Heizungsrohre, Beleuchtungssysteme und Beton, alles hellblau gestrichen.

»Mr. Glenwood?«

»Ja.« Er drehte sich um und musste den Blick nach unten richten. »Mr. Gautam – spreche ich das richtig aus?«

»Allerdings, ja.« Der Mann reichte ihm nicht die Hand. Stattdessen strahlte er breit genug, um mehr Zähne zu entblößen, als Marcus in einem so kleinwüchsigen Kopf vermutet hätte. Er winkte zu einem Nebenkorridor hinüber. »Kommen Sie, wir unterhalten uns in meinem Büro.«

In der Ungestörtheit des schmalen Ganges fragte Marcus: »Warum haben Sie die Deckentäfelung abgenommen?«

»Nur eine Vorsichtsmaßnahme, Mr. Glenwood. Vermutlich ohne Nutzen.« Dee Gautam hatte einen starken Akzent mit amerikanischen Obertönen. Die winzige Gestalt führte ihn in ein fensterloses

Büro von ebenso schlichter Strenge wie der Eingangsflur. »Bitte dort Platz zu nehmen.«

»Danke. Vorsichtsmaßnahmen wogegen?«

»Gegen Angriffe von oben. Einige meiner Kollegen verfügen über eine gut entwickelte Paranoia.« Er lachte fröhlich, während er sich hinter seinem Schreibtisch niederließ. »Also. Was kann ich für Sie tun?«

»Ich habe am Telefon erwähnt, dass ich möglicherweise namens einer jungen Dame, die in China vermisst wird, vor Gericht gehen werde.«

»Ja, das haben Sie.« Der Mann bestand aus spindeldürren Gliedmaßen und schütterem schwarzen Haar, und seine Haut hatte die Farbe von Tee mit Milch. Er trug ein adrett gebügeltes kurzärmeliges Hemd und eine dunkle Hose. »Eine Miss Gloria Hall.«

»Sie kennen Sie?«

»Ich kann mich nicht erinnern.« Er nahm die Hände aus dem Schoß und hob ausdrucksvoll die Schultern. »Ich komme mit so vielen Leuten zusammen.«

Marcus' Blick verharrte starr auf dem Punkt, den die Hände erreicht hatten, bevor sie wieder unter die Tischplatte gesunken waren. Er war sich nicht sicher, was er da genau gesehen hatte, aber es hatte genügt, um seinen Magen in dickflüssiges Eis zu verwandeln. »Aber es könnte sein, dass Sie sie kennen.«

»Ich meine mich an eine nette junge Frau zu erinnern, die sich für China interessierte. Ich interessiere mich auch dafür. Wir haben uns getroffen. Wir haben uns unterhalten. Vielleicht. Es kann aber auch jemand anders gewesen sein.«

»Können Sie sich erinnern, worüber Sie vielleicht gesprochen haben?«

Der Mann lachte wieder. Es war ein schrilles Geräusch im sterilen Bauch dieses Raumes. »Wenn wir uns getroffen haben, dann haben wir uns wahrscheinlich über *lao gai* unterhalten. Ja, ganz bestimmt über *lao gai*. Sie wissen, was das ist, Sir?«

»Nein.«

»*Lao gai* sind die unsichtbaren Gefängnisse. Die, von denen Sie niemals hören. Selbst unter uns sprechen wir den Namen nie sehr laut aus. O nein. Wir flüstern nur.« Er beugte sich über den Schreibtisch und hauchte: »*Lao gai.*« Dann lachte er wieder.

Marcus brachte ein Lächeln zustande. Aber sein Blick ruhte starr auf Dee Gautams Händen, die jetzt auf dem Tisch lagen. Beide Daumen schienen ein zusätzliches Gelenk zu haben, das sie in die der normalen entgegengesetzte Richtung weisen ließ. Dann kam ein weiterer Knick, und sie verliefen weiter wie gewohnt. Aber was Marcus ein mulmiges Gefühl bereitete, waren die tiefen Löcher auf halbem Wege zwischen Handgelenken und Ellenbogen. Die Narben waren gut verheilt, aber immer noch fast zwei Zentimeter tief – als habe jemand Nägel durch die Knochen getrieben.

»*Lao gai* gibt es überall, Sir. O ja. In allen chinesischen Provinzen brauchen sie Orte, an denen sie diejenigen verstauen können, die zur Plage werden. Sie möchten der Provinzregierung mit Forderungen nach politischen Rechten oder nach rechtsstaatlichen Verfahren auf die Nerven gehen? Bitte sehr. Kein Problem. Wir laden Sie ein, Gast des Staates zu sein.«

Die Arme hoben und spreizten sich, und das breite Lächeln kehrte zurück. »Willkommen im Grandhotel *lao gai,* du lästiger Kerl. Vielleicht lernst du hier, was ordentlicher Respekt ist, ja?«

»Ja.« Marcus schluckte mit trockenem Mund und bemühte sich, die Bewegungen der beiden Arme nicht zu verfolgen. »Aber ich dachte, Gloria Hall wollte Erkundigungen über eine Fabrik anstellen.«

Die Arme verschwanden wieder im Schoß. »Das hat sie Ihnen erzählt?«

»Nicht mir. Sie hat ihren Eltern einen Brief hinterlassen.«

»Welche Fabrik ist das, bitte?«

»Ich weiß nicht viel darüber. Nur eine Nummer. Fabrik 101. Irgendwo in der Nähe von Hongkong.«

»In der Provinz Guangdong. Ja.« Das Lächeln war verschwunden. Die dunklen Augen blickten stetig und prüfend. »Und welches Interesse haben Sie an dieser Sache, bitte?«

»Gloria Halls Eltern haben mich gebeten, gegen den angeblichen amerikanischen Partner dieser Fabrik Klage einzureichen.« Hier in diesem Raum, konfrontiert mit der Realität dieser unsichtbaren Hände und all der Flecken, die von der weißen Wandfarbe verdeckt wurden, klang diese Feststellung lahm. »Um ehrlich zu sein, es gibt nicht besonders viel Material dafür. Aber wenn eine solche Partnerschaft besteht, könnten die Amerikaner vielleicht helfen, sie ausfindig zu machen, um abträgliche Publicity zu vermeiden.«

»Das stimmt. Und wie heißt das amerikanische Unternehmen?«

»›New Horizons‹.« Er kehrte zu seiner vorigen Frage zurück. »Was könnte eine chinesische Fabrik mit einem dieser Gefängnisse zu tun haben?«

»Das *Lao-gai*-Netzwerk enthält mehr als zwei Millionen Gefangene, Mr. Glenwood. Wir *glauben*, es sind zwei Millionen. Vielleicht sind es auch drei, vielleicht fünf. Niemand weiß das. Nicht einmal Beijing weiß es. Sie müssen wissen, Sir, viele der *Lao-gai*-Gefangenen bekommen kein Gerichtsverfahren. O nein. Kein Verfahren, keine öffentlichen Unterlagen. Sie kommen vor ein Parteitribunal oder ein Militärgericht. Schwupp, sind sie verurteilt – die Verhandlung dauert zwei, vielleicht drei Minuten. Und dann sind sie lange verschwunden. Jahrelang. Vielleicht für immer.«

»Und die Fabriken?«, drängte Marcus.

»So viele Gefangene, und alle müssen lernen, gute chinesische Staatsbürger zu werden, ja?« Wieder spreizte er die Arme und hob dabei die Schultern. »Gäbe es einen besseren Weg als die Umerziehung durch körperliche Arbeit?«

»Wollen Sie damit sagen, ein amerikanisches Unternehmen lässt von politischen Gefangenen Sportbekleidung herstellen?«

»Oh, Sir, es gibt hier so viel zu lernen. Wahrhaftig. Sie stellen Fragen wie Gloria.«

»Sie erinnern sich also, dass Sie mit ihr gesprochen haben.«

»Ja, vielleicht. Diese Fragen und der Name. Fabrik 101. Vielleicht.« Geistesabwesend legte er seine Hände über Kreuz auf den Tisch und starrte ins Leere. »Ich muss das überprüfen.«

»Ich verstehe immer noch nicht …«

»Diese Dinge sind nicht so einfach, Mr. Glenwood. Sie werden nicht offen und ehrlich behandelt wie amerikanische Geschäfte. Der brave westliche Geschäftsmann trifft mit den chinesischen Behörden zusammen. Der Chinese gehört vielleicht zur Kommunistischen Partei, vielleicht zum Militär, vielleicht ist er auch der Sohn oder die Tochter eines Spitzenbeamten, aber immer ist er ein Fabrikbesitzer. Immer tragen sie zwei Hüte, aber dem Besucher aus dem Westen zeigen sie nur einen.« Der Akzent wurde stärker, und er sprach gegen die kahle Wand an seiner Seite. »Der chinesische Funktionär sagt, ja, ich produziere Ihnen das zu einem Zehntel der Kosten, die Sie zu Hause aufbringen müssen. Der Amerikaner wittert das große Geld. Fragt er: Wie sind die Arbeitsbedingungen in Ihrer Fabrik? Woher bekommen Sie Ihre Arbeitskräfte?«

»Nie im Leben«, sagte Marcus. »Er nimmt das Geld und verschwindet.«

Dee Gautam ließ sein breites Lächeln erstrahlen. »Jetzt haben Sie begriffen, wie man mit den Chinesen Geschäfte macht. Sehr gut.«

»Aber warum sollten sie eine amerikanische Studentin entführen? Das ergibt doch keinen Sinn.«

»Nein. Wahrhaftig nicht.« Abwesend begann der kleine Mann, an der Wunde auf dem einen Arm zu kratzen. Schob sanft den Finger in die Höhlung, liebkoste die Narbe. »Es sei denn, Miss Gloria Hall hätte etwas entdeckt, das sie geheim halten wollen, ja? Etwas, das wir nicht wissen dürfen.«

»Zum Beispiel?«

»Ah. Wir müssen sehen, ob wir das herausfinden können.« Er stand auf und zog Marcus mit sich. »Aber jetzt müssen Sie mich entschuldigen. Ich habe einen Termin auf dem Capitol Hill. Man hat mir drei Minuten gewährt, um einen Ihrer Kongressabgeordneten davon zu überzeugen, dass man den Opfern politischen Terrors mehr Visa erteilen muss.«

Marcus fühlte sich irgendwie klein, als er neben der schmächtigen Gestalt herging. »Woher kommen Sie? Aus Indien?«

»Nein. Nah dran. Aus Sri Lanka.« Dee Gautam blieb an der Stahltür stehen und reichte ihm eine verunstaltete Hand. »Sie werden den Fall übernehmen?«

»Vielleicht.« Der deformierte Daumen fühlte sich knotig und knochig an, als Marcus die Hand ergriff. »Wenn es ein Fall ist.«

»Dann werden wir uns vielleicht wieder sehen, ja? Es war mir ein Vergnügen, Sir. Ein Vergnügen.«

Marcus bat den Taxifahrer, gegenüber der chinesischen Botschaft anzuhalten. Er stieg aus, ließ das Taxi warten und überquerte die Straße an der Ampel. Die Botschaft war ein Rotklinkerbau aus den Sechzigerjahren, breit und gedrungen, von der Connecticut Avenue durch einen dreieckigen Platz getrennt, auf dem ein paar spärliche Büsche wuchsen. Ein Sicherheitsmann stand gelangweilt auf Posten neben den gläsernen Eingangstüren. Ein paar Leute gingen ein und aus, die meisten in dunklen Anzügen und von professioneller Erscheinung. Ein Stück weiter unten an der Straße erhob sich das Washington Hilton, und ein paar Straßen weiter lag der Dupont Circle. Der Verkehr war nur leicht, die Straße war sonnig und still, der Himmel blau. Keine Protestdemonstranten, keine gespenstische Atmosphäre, nichts, was dieses Gebäude mit all dem verbunden hätte, was er soeben gehört hatte. Marcus stieg wieder in sein Taxi und nannte eine Adresse in Georgetown.

Die P Street war schmal und belaubt und von Reihenhäusern aus der Konföderationszeit gesäumt; manche blitzten frisch renoviert, andere hatten das müde Aussehen nach langjähriger, starker Abnutzung. Das Taxi hielt vor einem Haus aus Ziegeln und angestrichener Holzverschalung; es sah gepflegt aus, hatte aber nicht die Frische einer Generalüberholung. Tür und Fensterläden im Erdgeschoss waren waldgrün lackiert.

Marcus stieg die Ziegelstufen hinauf, und er bedauerte, dass es nötig war, überhaupt mit dieser Frau zusammenzutreffen. Er sah diesen Typ mit bitterer Klarheit vor sich: zu reich, zu dünn, das Kinn zu hoch auf dem zu langen Hals. Kleidung aus einem Geschäft an der Fifth Avenue, das für gedämpfte Karos und klobige Schuhe bekannt war.

Vokale sorgfältig ausgesprochen, Konsonanten mit einem prätentiösen Näseln versehen. Die Augen klar, der Blick hochfahrend, als erfordere es große Mühe, auf seine Schmuddelebene hinabzuschauen. Alles an ihr würde eckig, spitz und knochig sein. Vor allem ihre Ansichten. Marcus betätigte die Türglocke, den Schild erhoben, bereit für die Begegnung mit der lange vermissten Cousine seiner ehemaligen Frau. Schlimmer noch, mit einer jüngeren Version seiner Exschwiegermutter. Was ihn anging, lag Gloria Halls größter Nachteil derzeit im Benehmen ihrer Wohngenossin am Telefon.

Die Tür ging auf. Eine vertraute Stimme sagte: »Ja?«

Aber das Gesicht passte nicht zu der Stimme. »Miss Stanstead?«

»Ja.« Ein Licht flackerte auf. »Sie sind Marcus Glenwood.«

»Ja.«

Die Tür blieb nur einen Spaltbreit geöffnet. »Sie haben sich verspätet.«

Das stimmte nicht, aber er verspürte nicht das Bedürfnis nach einem Gegenangriff. Nicht einmal die Lust dazu. »Sorry.«

»Ich habe mir für einen Teil des Nachmittags freigenommen und hätte schon vor einer Stunde wieder bei der Arbeit sein müssen.« Widerstrebend gab sie die Tür frei und ließ sie weit aufschwingen. Marcus trat in einen schmalen Hausflur mit mintgrünen Wänden und verzapften Böden aus breiten Dielen, wahrscheinlich Eiche. Das Wohnzimmer zu seiner Rechten wies einen anscheinend originalen Kamin aus glasierten Backsteinen auf. »Wo waren Sie?«

»Außenministerium, Internationale Handelskammer, Asia Rights Watch, Chinesische Botschaft.« Sein Blick kehrte zu der Frau zurück. Sie stand in einem bizarren Kontrast zu dem Haus und zu seinen Erwartungen. Sie trug Kampfstiefel, eine ausgebeulte Khakihose mit einem Stahlkettengürtel und ein Männer-T-Shirt, und ihr kurzes blondes Haar war mit Gel zu unzähligen Stacheln geformt. Er merkte, dass er sie anstarrte, und senkte den Blick auf seine Uhr. »Ich dachte, wir hätten gesagt, vier Uhr.«

»Dann dachten Sie falsch. Ich habe ein Meeting mit unserer Brüsseler Gruppe in der Stadt, in fünfzehn Minuten.«

»Sie haben doch gesagt, Sie arbeiten für eine Wohltätigkeitsorganisation, richtig?«

Die Spannung ließ die Luft zwischen ihnen vibrieren. »Bei diesem Gespräch geht es nicht um mich, Mr. Glenwood.«

Er beobachtete, wie sich eine Hand zum Kopf hob, die Stacheln berührte und wieder herabsank. Er hatte den deutlichen Eindruck, dass sie sich nicht wohl in ihrer Haut fühlte. Und alles, was sie anhatte, war nagelneu. »Nennen Sie mich Marcus.«

»Werden Sie sich ›New Horizons‹ vornehmen oder nicht?«

»Es gibt nicht viel Material. Im Grunde könnten wir ihnen allenfalls Rauch ins Gesicht blasen.«

»Vielleicht nicht.« Sie nahm eine braune Mappe von einem Beistelltisch und reichte sie ihm. »Hier sind die Informationen über den Prozess in Richmond, die Sie haben wollten.«

»Sehr gut.« Aber seine Aufmerksamkeit blieb unverändert bei dem ganz und gar ungeschminkten Gesicht. Was merkwürdig war. Marcus hatte sehr lange nicht mehr auf eine Frau geachtet. Kirsten Stansteads Lippen waren so hell, dass sie selbst dann zart wirkten, wenn sie zu einem hypergespannten Strich zusammengepresst waren. Sie war ein bisschen stupsnasig, und ihre Augenbrauen waren ebenso blond wie ihr Haar. Ihre Augen waren fesselnd. Türkisblau und groß, als habe ein heftiger Schreck sie weit aufgerissen erstarren lassen. Schreck und Trauer zugleich, denn es war ein tragischer Blick. Marcus musste flüchtig an Saphire denken, die im Mixer zermahlen worden waren. Er überlegte, was er noch sagen könnte. »Haben Sie zufällig auch die Adresse des Anwalts der Klägerseite gefunden?«

»Auf Seite eins.«

»Ich dachte, ich miete mir vielleicht einen Wagen und fahre nach Richmond hinunter, um mit ihm zu sprechen.« Marcus klappte die Mappe auf, um etwas anderes als sie anschauen zu können. »Außerdem brauche ich den Namen eines guten Chinaanwalts. Jemanden, der sich mit ihren Gesetzen auskennt.«

»Ich will sehen, was ich tun kann. Aber jetzt muss ich wirklich los.« Aussprache und Haltung waren so stachlig wie ihr Haar.

Marcus ließ sich zur Haustür führen. »Sie sagten etwas von weiteren Daten?«

»Es ist alles durcheinander. Ich sortiere es, so schnell ich kann. Ich schicke es Ihnen, sobald ich fertig bin.« Sie schob ihn tatsächlich zur Tür hinaus. »Und jetzt auf Wiedersehen. Und rufen Sie mich nicht wieder an – es sei denn, Sie übernehmen den Fall.« Zur Unterstreichung des letzten Wortes flog die Tür ins Schloss.

Marcus blieb auf der obersten Stufe stehen. Stumm fragte er den sonnigen Nachmittag, warum Kirsten Stanstead sich solche Mühe machte, ihn dazu zu bringen, dass er sie nicht leiden konnte.

»Glenwood hat genau das getan, was zu erwarten war.«

Stirnrunzelnd betrachtete Randall Walker die Szenerie vor seinem Autofenster. Er verabscheute den Zwang zur Verstohlenheit und auch das spezielle Funktelefon, das nur für solche Gespräche verwendet wurde. Aber gleichzeitig liebte er es auch. Es war eine Paradoxie, die er nicht zu hinterfragen brauchte. Er hatte sich längst an die Tatsache gewöhnt, dass vieles von dem, was ihm im Leben am besten gefiel, gleichzeitig auch zu den Dingen gehörte, für die er sich irgendwie schämte. »Und was soll das genau heißen?«

»Was ich gesagt habe. Er hat die Runde gemacht. Hat all die richtigen Leute besucht und all die falschen Fragen gestellt.«

»Jetzt hören Sie mal.« Randall tarnte seine Nervosität mit einem ganz ungewohnten Kläffen. Er hatte zu viele Geschichten über Hamper Caisse gehört, als dass ihm wohl dabei gewesen wäre, mit dem Mann zu tun zu haben, ganz gleich, aus welchem Anlass. »Ich bezahle Ihnen diese irrwitzigen Beträge nicht, damit Sie mir Ihre Meinung zum Besten geben. Ich will Fakten. Einzelheiten. Zeiten, Daten, einen Beleg dafür, dass Sie tatsächlich Ihre Arbeit getan haben.«

»Die ganze Übung war ohne Hirn zu erledigen.« Die Stimme am anderen Ende klang, als hänge sie zwischen einem Flüstern und einem Stöhnen fest. Was tadellos zu dem Mann passte. Randall starrte in den sonnigen Tag hinaus und sah ihn vor sich. Klein und ohne jeden spitzen Winkel. Schütterer Schnurrbart, runde Brillengläser. Der

Anzug so grau wie die Haare und die Augen. Völlig frei von besonderen Merkmalen. Wer in seine Richtung schaute, würde keinen zweiten Blick verschwenden, so wenig gab es zu sehen. Deshalb war er in seinem Job erstklassig.

»Glenwood war im Außenministerium, bei der Internationalen Handelskammer, bei der Asia Rights Watch. Er hat an der Chinesischen Botschaft Halt gemacht, sich aber nicht reingetraut. Dann hat er die Wohnungsgenossin der Hall besucht, diese Stanstead. Es sah aus, als ob sie ihm eine Akte gegeben hat.«

»Das ist schlecht. Und der Besuch bei Asia Rights ist noch schlechter.« Aber Randall war sich nicht sicher, dass es so war. Ein Teil seiner selbst hätte Hamper Caisse und seiner gelassenen Einschätzung gern zugestimmt. Der Mann hatte eine beinahe perfekte Vergangenheit, sowohl im Hinblick auf das Sammeln von Daten als auch auf Situationsanalyse. Das war es nicht, was Randall Walker nervös machte.

Er hatte die Legenden gehört. Geschichten, die in den Vorstandszimmern der Unternehmen die Runde machten, die Hamper Caisses Dienste in Anspruch nahmen. Wie er sich seinen Ruf bei der CIA erworben hatte und dass er bereit war, für einen Klienten alles zu tun. Wirklich alles.

Selbst auf eine Entfernung von mehreren hundert Meilen ging Randall die groteske Mischung aus Friedfertigkeit und Skrupellosigkeit, die der Mann an den Tag legte, an die Nieren. »Das könnte ernsthaften Ärger bedeuten.«

»Ich glaube, da irren Sie sich. Glenwood ist eindeutig ein kleines Licht. Das hier ist bei weitem nicht seine Kragenweite.« Wenn es ihm Spaß machte, Randall zu korrigieren, so merkte man es nicht. »In Washington trifft man viele von der Sorte. Kreuzen gelegentlich auf Empfängen der unteren Ebene auf, sammeln die Brosamen ein, die sie finden können. Fasst man sie einmal hart an, reißen sie ihre Zelte ab und wieseln zurück in das Loch, aus dem sie gekrochen sind.«

»Na schön. Und wie geht's jetzt weiter?«

»Er hatte einen Platz in der United-Maschine um sechs Uhr fünfzehn zurück nach Raleigh gebucht. Aber als er von der Stanstead kam, hat er sich einen Wagen gemietet. Im Moment folge ich ihm durch den Berufsverkehr auf der I 95. Ich schätze, er will runter zu diesem Anwalt in Richmond, der so viel Wind mit seiner Umweltklage gemacht hat. Ein feines Paar werden sie abgeben.«

»Bleiben Sie an ihm dran«, befahl Randall und fügte dann, fast wie zu sich selbst, hinzu: »Ich wüsste zu gern, was in der Akte ist.«

»Was kann die kleine Hall denn herausgefunden haben? Ich habe sie für Sie überprüft – wie oft? Drei Mal? Sie ist eine ganz alltägliche Schnüfflerin. Schade, dass Glenwood sie nicht kennen lernen konnte. Sie wären wahrscheinlich sofort aufeinander reingefallen. Geradewegs in die Grube. Hätte uns allen 'ne Menge Umstände erspart.«

Randall wollte ihm gern glauben. Wollte gern einsehen, dass er sich umsonst Sorgen machte, dass das Feuer sicher gelöscht und alles unter Kontrolle war. Aber irgendetwas bereitete ihm Unbehagen. Etwas, das er nicht vollständig ignorieren konnte. »Ich möchte, dass Sie das Haus der Stanstead durchsuchen. Stellen Sie fest, ob da noch etwas herumliegt.«

»Sie machen Witze.«

»Wir dürfen hier kein Risiko eingehen.«

Eine Pause. »Ist Ihr Geld.«

»Ganz recht, das ist es.« Randall unterbrach die Verbindung und starrte aus dem Fenster seines Mercedes. Wenn er doch nur wüsste, was ihn da so sehr beunruhigte.

Als er im Berufsverkehr auf der I 95 stand, griff er zum Handy, um schon einmal anzurufen. Der Anwalt in Richmond klang feindselig und halb betrunken. Marcus bedrängte den Mann, bis er ihm fünf Minuten seiner Zeit und seine Privatadresse abgehandelt hatte.

Die Hundert-Meilen-Fahrt durch den dichten Verkehr dauerte drei Stunden. Marcus folgte der schwerzüngigen Wegbeschreibung des Anwalts, nahm eine Abfahrt zur Stadtmitte von Richmond und gelangte in eine verwundete Stadt. Die Dunkelheit verbarg die schlimmsten der Narben, aber was zwischen Straßenlaternen und Schatten zutage trat, war kein angenehmer Anblick. Die Gebäude hatten das verlassene Aussehen alter Grabsteine. Die Gehwege waren leer bis auf die Leute, die dort in Gruppen herumlungerten und vorüberfahrenden Autos nachriefen, als grüßten sie den Tod.

Als er von der Hauptstraße abbog, wurde es so dunkel, dass er kein Straßenschild und erst recht keine Hausnummern erkennen konnte. Endlich erblickte er eine beleuchtete Veranda, und als er versuchte, die Hausnummer zu entziffern, sah er auch das Gitter, wo eine Fliegentür hätte sein sollen. Marcus fuhr einen Block weiter bis zur richtigen Adresse und parkte.

Er stieg die Treppe zum Haus des Anwalts hinauf und hörte die blechernen Stimmen einer Fernseh-Gameshow. Das Geräusch verstärkte die Finsternis und seine eigene, schleichende Angst. Er tastete nach einer Türglocke, fand keine und hämmerte an die Tür. Hinter sich auf dem Gehweg hörte er schlurfende Schritte. Er hämmerte noch lauter.

»Yeah?«

»Mr. Taub, ich bin Marcus Glenwood. Ich habe Sie angerufen.« Er wartete nicht auf eine Antwort, sondern schlug noch einmal gegen die Tür. »Machen Sie auf.«

»Moment.« Der Riegel fuhr ratternd zurück, und die Tür öffnete sich einen Spaltbreit. »Ich habe Ihnen gesagt, Sie verschwenden Ihre …«

Marcus drängte sich ins Haus und hätte den Mann fast zu Boden gestoßen. »Sorry. Da draußen war jemand.«

Marshall Taub war anscheinend kein bisschen überrascht. »Yeah, das hier ist 'ne schräge Gegend. Ich gehe abends nie raus.« Er schwenkte die Hand hin und her, und sein Drink schwappte auf den ohnehin schon fleckigen Teppich. »Sie können sich ruhig hinsetzen.«

Die Beleuchtung im Zimmer war gelb und matt, und das Haus war muffig von alten Gerüchen. Auf einem billigen Eckregal stapelten sich Teller. Auf dem Couchtisch zwischen dem verschlissenen Sofa und dem Fernsehapparat standen zwei leere Flaschen und ein halbes Dutzend Gläser. Marcus ging zielstrebig zum Fernseher und schaltete ihn ab. »Wie ich schon am Telefon sagte, vertrete ich einen Klienten, der eine Klage gegen ›New Horizons‹ einreichen möchte.«

Marshall Taub verschloss und verriegelte die Haustür wieder. »Machen Sie das nicht.«

»Ich habe eine Akte über Ihren Fall.« Im Stau auf der Interstate hatte Marcus die ersten Seiten überfliegen können. »Ich möchte Sie nur gern fragen …«

»Ich sage Ihnen, lassen Sie die in Ruhe.« Taub schwenkte sein Glas ein zweites Mal. »Wollen Sie einen Drink?«

»Nein danke.« Der Richmonder Anwalt hatte das teigige Aussehen eines Mannes mit der schlimmsten Art von Übergewicht. »Sie haben Ihre Klage gegen ›New Horizons‹ gewonnen, nicht wahr?«

»Nichts hab ich gewonnen. Verloren hab ich. Alles verloren.«

»Aber die Unterlagen ergeben …«

»Setzen Sie sich doch, ja?« Er nahm einen mächtigen Schluck aus seinem Glas. »Glauben Sie nicht, was Sie lesen. Glauben Sie nie, was Sie lesen.«

Marshall Taub konnte vierzig, er konnte aber auch fünfundsechzig sein. Sein grau gesträhnter Bart maskierte die Teigigkeit seines Gesichts nur teilweise. Er hatte die zittrigen Hände und den leeren Blick eines Mannes, der entschlossen war, sich langsam umzubringen. »Was ist denn an den Gerichtsakten auszusetzen, Mr. Taub?«, fragte Marcus.

»Nichts. Gar nichts. Bloß, dass sie gelogen sind.« Er leerte sein Glas, griff nach der Flasche auf dem Couchtisch, und der Bourbon schwappte ihm ins Glas und über die Hand. »Sie wollen wirklich nichts trinken?«

»Mr. Taub, wer vertritt denn die Klage in der Revision?«

»Niemand. Keine Menschenseele.« Wieder ein großer Schluck aus dem Glas. »Wissen Sie, wie viele Anträge sie beigefügt haben? Siebenundvierzig.«

»Sie wollen das Revisionsverfahren begraben«, vermutete Marcus.

»Den Fall begraben, den Anwalt begraben.« Er fand den Gedanken lustig genug, um ihn zu wiederholen. »Den Prozess gewonnen, alles verloren.«

Marshall Taub setzte das Glas zu einem tiefen Zug an und wäre beinahe hintenübergekippt; er fing sich und ließ sich in einen Sessel fallen, dessen blank hervorschauende Federn teilweise von einer verschlissenen Wolldecke bedeckt wurden. »Machen Sie's nicht.«

Marcus sah die dunklen Flecken auf den Sofapolstern und beschloss, lieber stehen zu bleiben. »Erzählen Sie mir, was passiert ist.«

»Fing an mit Drohungen. Anträge im Vorverfahren, Drohungen im Vorverfahren.« Der Bart teilte sich zu einem verschwiemelten Grinsen. »Das hat nicht geklappt, und da gingen sie mir an die Kehle. Meine anderen Klienten fingen an zu verduften. Meine Partner fingen an, sich Sorgen zu machen. Ich wurde wütend, wollte nicht loslassen, und da haben sie mich fallen lassen. Ich hatte ›New Horizons‹ am Kanthaken. Erstklassiger Fall.«

»Sie haben Ihre Firma verlassen?«

»Ja. Und da wurde es übel. Wirklich übel.« Er trank sein Glas leer, und es rutschte ihm aus der Hand auf den Boden. »Sie hatten Bilder von mir mit 'ner Lady, die ich kannte. Haben sie meiner Frau geschickt.«

»Sie haben Ihnen etwas angehängt?«

»Kann man so sagen.« Er langte fummelnd nach der Flasche, bekam sie zu fassen, nahm einen großen Schluck. »Meine Frau hat mich verlassen. Hat die Kids mitgenommen. Ist zur Tür hinausspaziert an dem Tag, als ich den Prozess gewonnen hatte.« Wieder das verschwiemelte Grinsen. »Erstklassiger Sieg, was?«

SECHS

Marcus kam im sanften Licht des frühen Samstagmorgens an der Villa Hayes an. Noch ehe er den Motor abstellte, war sein ramponierter Blazer von drei breitbrüstigen Labradors umzingelt. Die Hunde umdrängten ihn und stupsten ihn mit kalten Nasen an, als er aus dem Wagen kletterte. Die äußerst gut abgerichteten Jagdhunde bellten nicht, als sie seine vertraute Witterung nahmen, und sie wurden auch nicht aufdringlich. Stattdessen liefen sie in freundlichem Abstand abwechselnd vor und hinter ihm her, als er auf das offene Garagentor zuging.

Villa war das einzige Wort, mit dem das Tausend-Quadratmeter-Haus aus gelben Ziegeln angemessen beschrieben war – auch wenn Türen, Fensterläden, Pilaster, Portikus und Garage samt und sonders in einem erschreckenden Himmelblau angestrichen waren. Die Vierergarage hatte ein übergroßes Tor, das an einen Flugzeughangar gehörte; es war mit dem Emblem der »Tar Heels«, der Footballmannschaft der University of North Carolina, bemalt. Dahinter brütete ein Wohnmobil, größer als ein Greyhoundbus und genauso blau lackiert wie der Zierrat am Haus. Als Marcus die Zufahrt heraufkam, war der Eigentümer des Hauses gerade dabei, himmelblaue Hundeboxen hinten in einen blauen Cherokee zu laden, auf dessen Nummernschild der Schlachtruf der Footballfans prangte: »GO-HEELS«. Marcus wusste, dass Boomer Hayes für dieses Nummernschild eine Viertelmillion Dollar an die UNC-Football-Stiftung gespendet hatte, da das Schild früher einmal das persönliche Eigentum des Trainers der »Tar Heels« gewesen war.

»Marcus!« Boomer Hayes hatte eine Stimme, die zu seiner Gestalt passte: wuchtig, rau und aggressiv. »Hab ich dich eingeladen?«

»Nein.«

»Macht nichts. Hast du ein Gewehr?«

»Nein.«

»Ist auch okay. Geh nach unten, und such dir zwei aus.« Boomer gab einem der Hunde einen Klaps. Sie umkreisten ihn aufgeregt. »Passt auf, dass euch die Schwänze nicht abfallen. Ich kümmere mich gleich um euch.« Er drehte sich zu Marcus um: »Du weißt noch, wo ich die Gewehre aufbewahre?«

»Ja.« Boomers Gewehrkammer war ein Kellerraum, der sich über die gesamte Länge des Hauses erstreckte. An einem Ende war ein Arsenal, mit dem man einen stattlichen Aufstand hätte bewaffnen können. Am anderen Ende ragte eine Unterhaltungselektronikanlage mit vierzehn Lautsprechern und einem 118-Zoll-Fernseher aus der Schweiz. Teppiche, Vorhänge, Waffenschränke, Ledersofas und Wände, alles war carolina-blau. Boomer Hayes nahm nur drei Dinge ernst: Carolina-Football, seine Spielsachen und seine Familie. Die Reihenfolge hing davon ab, wie gut die »Tar Heels« sich im betreffenden Jahr schlugen. Marcus sagte: »Ich will nicht auf die Jagd.«

»Aber natürlich willst du. Hat doch nichts zu sagen, dass ich vergessen habe, dich einzuladen.« Er klappte die erste Hundebox auf, und die Hunde fingen an zu winseln. Sie wussten, wohin es ging. »Die ›Heels‹ spielen erst am Sonntag um sieben. Wir haben reichlich Zeit, ein paar Vögel abzuschießen.«

Eine nörgelnde Stimme hallte von einem Seiteneingang des Hauses herüber, der in einen separaten Apartmentflügel führte. »Er interessiert sich nicht für deinen blöden Football, und auf die Jagd will er auch nicht.«

Boomer bückte sich nach dem nächstbesten Hund und hob ihn in die Box. »Ist 'ne Schande, wie tatterig der Alte wird. Nicht mehr lange, schätze ich, und wir müssen ihn an den Bettpfosten anketten.«

Ein Mann mit der Zerbrechlichkeit sehr alter Leute kam schlurfend in Sicht. Er hatte einen Stock, benutzte ihn aber nicht, als habe er ihn nur zur Sicherheit bei sich. »Kann mir bitte mal jemand erklären, woher mein einziger Sohn diese fanatische Begeisterung für eine so absurde Sache wie ›Tar Heel‹-Football hat?« Charlie Hayes kam zu Marcus herübergehumpelt, pustete einmal und fuhr dann fort: »Ich hab mir die Mannschaft angesehen. Carolina. Zwei Mal. Im Vorstudium vor dem Krieg und als Jurastudent danach. Ich hatte nie das Gefühl, dass die Welt untergeht, wenn Carolina ein Spiel verliert.«

Boomer warf dem alten Mann einen betroffenen Blick zu. »Sag nicht solch scheußliche Sachen, Daddy.«

»Hmmph!« Charlie spähte zu Marcus herauf. Seine Zweistärkenbrille hatte so dicke Gläser, dass seine Augen Form und Farbe änderten, wenn er das Kinn bewegte. »Das erste Mal seit über einem Jahr, dass Marcus vorbeikommt, und du hast für deinen alten Freund nicht mal ein Wie-geht's übrig.«

»Aber das stimmt nicht.« Boomer schloss die Klappe an der dritten Hundebox und begann, Gewehre in Lederfutteralen wie Langholz zu stapeln. Hinter den Drahtgittertüren ihrer Boxen schauten die Hunde mit schlenkernden Zungen zu. »Ich habe ihn gebeten, mit auf die Jagd zu kommen. Habe ich dich nicht gefragt, Marcus?«

»Doch, das hast du.«

»Siehst du? Noch netter kann man doch wohl nicht sein, oder?«

Marcus sagte zu dem Alten: »Du siehst gut aus, Charlie.«

»Tue ich nicht. Ich sehe aus, als ob der Tod mein Bettgenosse wäre. Du willst dich nur bei mir einschleimen, weil du so lange nicht vorbeigekommen bist.« Charlie Hayes fuchtelte Marcus mit seinem Stock vor dem Gesicht herum. »Na, es wird dir aber nichts nützen. Ich habe dich abgeschrieben, und zwar endgültig.«

Boomer warf die Heckklappe zu. »So ist er, mein Daddy. Liebenswert und freundlich.«

»Das ist schade«, sagte Marcus. »Ich bin gestern Abend von einer Reise zurückgekommen und habe erfahren, dass ich für heute Morgen eine Einladung zum Angeln habe. Ich bin nur vorbeigekommen, um zu hören, ob du mitkommen wolltest.«

»Da müsste ich mir noch mal überlegen, was ich gesagt habe«, antwortete Charlie auf der Stelle. »Ich würde kaltes, hartes Bargeld dafür zahlen, noch mal aufs Wasser zu kommen und eine Angelrute in den Händen zu halten.«

Boomer murmelte etwas, das undeutlich wie »Altersheim« klang.

»Das habe ich genau gehört. Wenn du mich in so ein parfümiertes Haus des Todes abschiebst, komme ich zurück und spuke.«

»Das würde er wirklich tun, weißt du.« Boomers Blick fiel auf die verbeulte Flanke des Blazer. Er marschierte die Zufahrt hinunter und rief dann herauf: »Verflixt, Marcus! Wer hat denn deine Mühle so zugerichtet?«

»Zwei Redneck-Gorillas drüben bei ›New Horizons‹.«

Boomer ging weiter um den Blazer herum. »Sieht aus, als ob sie dich in die Mangel genommen hätten.«

Charlie ging zu seinem Sohn. »Haben sie dich von beiden Seiten gepackt?«

»Ja.« Marcus ging zu ihnen hinunter. Die beiden Fenster rechts und hinten sahen aus wie Steppdecken aus Plastikfolie und Klebstreifen. Mit dem Stemmeisen hatte Marcus die Überreste des hinteren Kotflügels abgehebelt. »Von beiden Seiten.«

Charlie Hayes stocherte mit seinem Stock an dem Drahtkleiderbügel herum, der die hintere Stoßstange hielt. »Womit hast du sie geärgert?«

»Ich habe gesagt, ich bin Anwalt und vertrete eine Gewerkschaft.«

Boomer lachte dröhnend. »Verdammt, da hättest du dich auch gleich mit Benzin überschütten und sie um Feuer bitten können.«

»Was weißt du über sie?«, fragte Marcus.

»Ich weiß, dass es eine Textilfirma in Carolina ist. Keine von denen hat für Gewerkschaften etwas übrig. Sogar ein umgetopfter Yankee wie du sollte das wissen.«

Charlie korrigierte ihn. »Die Familie seiner Momma stammt aus Carolina wie nur irgendjemand.«

»Na, dann eben ein Halbyankee. Wenn du Gewerkschaft und Rechtsanwalt in einem Atemzug sagst, kannst du ebenso gut mit einer roten Unterhose vor einem wütenden Stier herumwedeln.« Boomer begutachtete den Schaden. »Du kannst von Glück sagen, dass sie nicht mit dem Hackenstiel auf dich losgegangen sind.«

»Sind sie.« Er sah Charlie an. »Du wirst auf meiner Seite einsteigen und rüberrutschen müssen. Die Beifahrertür geht nicht auf.«

»Dann kannst du von Glück sagen, dass du noch am Leben bist.« Boomer stapfte in seinen Stiefeln der Größe achtundvierzig die Zufahrt hinauf und klopfte Marcus im Vorbeigehen auf die Schulter. »Schön, dich wieder zu sehen, alter Junge. War schrecklich langweilig hier.«

Charlie wartete, bis sie auf halbem Wege nach Rocky Mount waren. »Willst du mir erzählen, weshalb du eine solche Dummheit gemacht hast?«

»Ein Ehepaar hat mich angesprochen. Sie beschuldigen ›New Horizons‹, ihre Tochter entführt zu haben. Ich wollte sehen, ob die Firma zu so einer rauen Taktik imstande ist.«

Charlie spielte mit seinem Spazierstock, einem Geschenk von seinem Sohn. Der Elfenbeinknauf war zu einem Widderkopf geschnitzt und himmelblau gefärbt. »Wieso gehen sie mit so was nicht zum FBI?«

»Haben sie getan, aber das FBI kann ihnen nicht weiterhelfen. Die Entführung hat angeblich in China stattgefunden.«

Charlie hörte auf zu spielen. »China wie in ›fernes Land‹? China?«

»Ganz recht.«

Der alte Mann stützte sich mit beiden Händen auf das Armaturenbrett, um sich umzudrehen. »Also schön. Ich höre.«

Bis Marcus das wenige erzählt hatte, was er wusste, waren sie in Rocky Mount. Er schlängelte sich durch die samstäglich leeren Straßen und folgte Deacons sorgfältig in Druckschrift verfasster Beschreibung zu den Feldern und Wäldern südlich der Stadt. »Ich habe die Unterlagen gestern Abend durchgelesen«, sagte er schließlich. »Was immer sie sonst sein mag, Gloria Hall ist eine erstklassige Rechercheurin. Sie hat den Richmond-Fall von Anfang an verfolgt. Sie hatte sämtliche relevanten Daten, einschließlich eines vertraulichen Berichts aus dem beratenden Ausschuss der staatlichen Umweltschutzbehörde, den die Verteidigung aus dem Verfahren hat heraushalten können. ›New Horizons‹ hat tonnenweise Gifte in diesen Fluss geschüttet.«

Die Reaktion des Alten zeigte jenen scharfsinnigen Verstand, der Richter Charlie Hayes mehr als vierzig Jahre lang zu einem Machtfaktor im juristischen Establishment gemacht hatte. »Ist aber ein weiter Weg von der Verunreinigung des James River bis zur Entführung einer Studentin in China.«

»Das ist mir klar.«

»Hast du irgendwelche konkreten Verbindungen gefunden?«

»Noch nicht.«

»Wirst du den Fall übernehmen?«

Marcus entdeckte Wilbur Deacons farbbekleckten Pick-up und hielt am Straßenrand an. »Ich habe mich noch nicht entschieden.«

Charlie spähte durch die sonnenbeschienene Frontscheibe und sagte beiläufig: »Manchmal braucht man einen Fall nicht zu gewinnen, um Erfolg zu haben.«

Marcus wandte sich seinem ältesten Freund unter seinen juristischen Berufskollegen zu. Man sah Charlie Hayes jedes seiner achtundsiebzig Jahre an. »Was soll das heißen?«

»Denk mal gelegentlich drüber nach.« Charlie lehnte sich herüber und rief durch Marcus' Fenster: »Deacon Wilbur, wenn ich gewusst hätte, dass Sie heute unser Führer sind, dann wäre ich sogar um Mitternacht herausgekommen.«

Zum ersten Mal sah Marcus, dass der Pastor außerhalb seiner Kirche lächelte. »Welch ein Glanz in der Morgenstunde. Wenn das nicht Richter Hayes ist!«

»Geh mir aus dem Weg, Söhnchen. Ich will aussteigen und Deacon die Hand schütteln.« Ungeduldig ließ Charlie sich von Marcus und dem Pastor aus dem Truck helfen. »Wie geht es Ihnen, Sir?«

»Kann nicht klagen, Richter. Kann nicht klagen.« Deacon Wilbur umfasste Charlies Hand mit beiden Händen. »Marcus hat mir gesagt, dass er jemanden mitbringt, aber ich hatte keine Ahnung, dass Sie es sein würden. Wie schön, Sie wieder zu sehen.«

»Mit Marcus habe ich mich zusammengetan, als er noch ein grüner Junge war. Kam von irgendeinem schnöseligen College oben im Norden, der Bengel. Hat ihm aber nichts genutzt. Als er das erste Mal in einem Gerichtssaal in Carolina stand, sah es aus, als würde er absaufen.« Und zu Marcus gewandt, fuhr er fort: »Deacon und ich kennen uns schon lange.«

»Das stimmt, das tun wir. Mein Daddy und Ihr Daddy sind so viele Jahre zusammen fischen gegangen, dass ich sie gar nicht mehr zählen kann.«

»Deacons Daddy war vermutlich der beste Barschangler, dem ich je begegnen werde. Wie lange ist er jetzt schon nicht mehr?«

»Oh, es ist jetzt schon eine ganze Reihe von Jahren her, dass wir ihn zur Ruhe gebettet haben. Und er ruht in Frieden, nachdem Marcus hier sich um unseren Friedhof gekümmert hat.« Jetzt sah Deacon das verklebte Fenster auf der anderen Seite des Blazer. »Was um alles in der Welt ist denn da passiert?«

»Das ist eine lange Geschichte«, antwortete Marcus.

»Und was war mit diesem Friedhof?«, wollte Charlie wissen.

»Noch eine lange Geschichte.«

»Kommen Sie, lassen Sie uns auf den Fluss hinausfahren.« Deacon griff nach einer Rute und einem Angelkoffer. »Gibt kein Gesetz, das uns verbietet, uns beim Angeln zu unterhalten. Es macht Ihnen nichts aus, ein kleines Stück den Pfad entlangzugehen, Richter?«

»Nein. Hol mir meinen Stock, Marcus.«

»Es ist nicht weit. Gleich da vorn hinter der Biegung.«

Nach hundert Schritten rückten die Sumpfzypressen und mittelalterlichen Eichen dichter zusammen. Die Luft wurde feucht und schwer von allerlei Waldgerüchen, und das Morgenlicht begleitete sie nicht weiter. Das Einzige, was noch auf das Hochwasser des vergangenen Jahres hinwies, waren das verstreute Gras- und Reisiggestrüpp und die Wassermarken hoch oben an den Bäumen. Vor ihnen zog der Fluss dahin, dunkel und gleichmäßig und zeitlos. Marcus half Charlie eine schlüpfrige Böschung hinunter, und sie drangen tiefer in das zeitlose Zwielicht ein. Unten wartete ein junger Schwarzer mit zwei Aluminiumruderbooten.

»Das hier ist der Sohn meines jüngsten Bruders, Oathell. Mister Charlie, kommen Sie doch zu mir herüber. Vorsicht jetzt, gut festhalten, Junge.« Der Pastor ließ sich in das flache Boot gleiten, drehte sich um und sagte: »Geben Sie mir die Angelrute des Richters, Marcus. Richter, Sie wissen, dass ich Sie nicht arbeiten lassen werde; Sie können das Paddel also gleich wieder weglegen. Ihr beide klettert in das andere Boot und folgt uns flussaufwärts.«

Die Boote waren beide mit Elektromotoren ausgerüstet, die bis auf ein hohes Sirren lautlos liefen. Mühelos glitten sie unter einem Dach aus Ästen und sonnenbestrahlten Blättern stromaufwärts. Der Fluss strömte dunkel und träge wie Melasse, und wenn die Sonne doch einmal durchdringen konnte, leuchtete er in rötlichem Gold. Aus dem Bug des zweiten Bootes hörte Marcus, wie die beiden vor ihm leise miteinander redeten. Marcus ließ sich zufrieden durch die sanfte Stille in dieser grünen Kathedrale treiben. Der junge Mann blieb schweigsam, bis die beiden Alten vor ihnen einmal laut auflachten; er räusperte sich beträchtlich und brummte: »Jawohl, Sir, Mister Charlie, jawohl, *Sir.*« Aber er sagte es laut genug, damit Marcus es hörte und gewarnt war.

Sie folgten Deacon in ein schmales Seitengewässer; Marcus hätte es für eine der vielen Spalten zwischen den ölig schwarzen Wurzeln gehalten, aber es mäanderte durch überflutete Haine und Schleier von Spanischem Moos, bis sich ein verborgener Teich vor ihnen auftat, ungefähr dreißig Meter breit und umringt von längst abgestorbenen Bäumen wie von grauen Säulen. Hoch über ihnen krächzten nistende Falken ihr Missfallen über die Ankunft der Boote herunter. Es war stickig, faulig, still und sehr schön.

»Hier könnten sie genauso gut ein Schild aufstellen«, sagte Charlie leise übers Wasser zu Marcus. »Barsche willkommen.«

»War mir nicht sicher, was wir nach dem Hochwasser hier finden würden. Aber anscheinend hat's die Barsche nur ein bisschen aufgemuntert.« Deacon schwenkte seine Rute hinaus. »Gibt nur fünf, sechs Leute, die von dieser Stelle wissen. So wenige, dass sie nicht mal einen Namen hat.«

»Und wer sie kennt, redet nicht drüber.« Charlie nickte grinsend und deutete übers Wasser. »Sehen Sie sich Ihren Neffen an da drüben. Als ob er gestorben und in den Barschhimmel aufgefahren wäre.«

Der Pastor warf einen Blick hinüber, aber er lächelte nicht. »Wäre nett, wenn du auch niemandem davon erzählst.«

»Nein, Sir, Deacon.« Jetzt klang er gedämpft. Respektvoll.

Der Pastor fragte Marcus: »Wollen Sie fliegenfischen?«

»Ist eine Weile her. Aber ich würd's gern versuchen.«

»Fahren Sie rüber zu der großen Zypresse auf der anderen Seite. Da spielen Fische zwischen den Wurzeln, an die ich mit meiner Bambusrute nicht rankomme.«

Ihr Boot glitt durch den Kreis aus Sonne und Hitze und war dann wieder im kühlen Schatten auf der anderen Seite des Teiches. Hin und wieder hallte ein Jauchzer von dem anderen Boot herüber. Marcus war zufrieden mit der Stille in seinem eigenen Boot. Es gab mehr als genug, worauf er sich jetzt konzentrieren musste, als er das Werfen wieder lernte.

Nachdem er seinen zweiten Fisch und Oathell seinen vierten ins Boot gezogen hatte, sagte der junge Mann: »Mein Onkel sagt, Sie möchten sich nach Gloria erkundigen.«

»Kannten Sie sie?«

»Ich schätze, ja. Wir hatten was miteinander, bis sie nach Washington ging.«

»Wie war sie?«

Geschickt warf Oathell seine Angel zwischen den Zypressenwurzeln aus. Sofort brodelte das Wasser wild auf. Er zog die Rute hoch, rollte die Schnur ein. Marcus hielt den Kescher bereit, und dann hob er die tropfende Beute über den Kopf und spendete leise Beifall. Der Barsch hing zu beiden Seiten aus dem Netz. »Muss mehr als sechs Pfund wiegen.«

»Das ist meine Prämie«, sagte Oathell und nahm Netz und Fisch in Empfang. Er dehnte das letzte Wort, sodass es wie *Prääää*-mie klang. »Seit ich laufen kann, bin ich hinter Deacon her, damit er mir diese geheime Stelle zeigt.« Ein finsterer Blick huschte zu ihm herüber.

»Onkel sagt, wenn ich mit Ihnen rede, nimmt er mich mit. Wollte mir aber nicht sagen, wieso er Sie herbringt.«

»Ich nehme an, es ist ein Bestechungsversuch«, sagte Marcus mild. »Er findet, ich sollte die Halls vertreten.«

Der junge Mann starrte ihn jetzt ganz unverhohlen an, bevor er sich mit einem leisen »Hah« wieder dem Teich und den Fischen zuwandte. Noch ein paar Würfe, und dann sagte er: »Gloria hatte 'ne wilde Ader. Sie konnte es ganz gut verbergen, aber dann brachte sie irgendwas in Fahrt. Mann, das war ein Unterschied wie Tag und Nacht. Haben Sie ihren Daddy schon mal gesehen?«

»Letzten Sonntag.«

»Was hielten Sie von ihm?«

Marcus fiel unvermittelt etwas ein, das seine Großmutter immer gesagt hatte. »Er kam mir vor wie einer, dem sein Fell nicht passt.«

Oathell lachte einmal kurz auf, ein knappes Bellen, das gleichwohl in der stillen Luft vibrierte, als das Geräusch lange verhallt war. Marcus empfand es wie ein unerwartetes Kompliment. »So ist Austin Hall, ganz genau. Aber seine Tochter hat er geliebt. Wie er sie geliebt hat, das war wie eine Zwangsjacke, so kam es mir wenigstens vor. Manchmal wurde ihr die Jacke zu eng, und dann drehte sie einfach durch.«

»Ist sie deshalb nach Georgetown gegangen?«

»Zum Teil. Das Mädchen war clever. Sie hätte überall hingehen können.« Ein zorniges Zucken der Rute. »Ich wollte nicht, dass sie weggeht. Wir waren jung, gut, aber ich war bereit, mich niederzulassen. Wir haben versucht weiterzumachen, ich hier am Nash Community College und sie oben in der großen Stadt. Hätte mich fast verrückt gemacht, wie ich dauernd versucht habe, die Frau im Blick zu behalten. Hab mir nicht gern vorgestellt, wie sie da oben wild wurde, während ich …« Wieder ließ er die Rute wütend zucken. »In dem Frühling hab ich Gloria gefragt, ob sie mich heiraten will. Sie sagte, sie sei noch längst nicht so weit. Wir kriegten Streit. Sie machte Schluss.« Er warf die Angel von neuem aus. »Vielleicht hatte sie Gary da schon kennen gelernt, aber das glaube ich gar nicht. Sie sagt, es war schon ein Jahr vorbei mit uns, als das passierte.«

Marcus tat nicht länger so, als achtete er auf das Wasser. »Gary?«

»Gary Loh. Asiate. Chinesische Eltern, aber hier geboren. Medizinstudent in Georgetown. Der Mann hatte alles. Das Aussehen, den Verstand, die Kohle. Leitete 'ne Art Campus-Filiale für eine Kirche in der Gegend.« Ein Blick zu Marcus, kurz und flink wie das Zucken des Köders. »Sind Sie religiös?«

»Nein.«

»Ich hab gehört, Sie waren letzten Sonntag bei Deacon in der Kirche. Wie fanden Sie's?«

»Mir dröhnen immer noch die Ohren.«

Wieder das kurz aufbellende Lachen, aber leise diesmal. »Ich weiß, was Sie meinen. Gloria hatte nichts übrig für irgendeine Kirche, bis dieser Gary anfing rumzuschnüffeln. Von da an hieß es dann, Gott hier und Gott da, wenn sie mal nach Hause kam. Konnte einen verrückt machen. Und dann ist was passiert. Ich kann nicht genau sagen, wann – vielleicht vor einem Jahr. Sie haben Schluss gemacht, hab ich gehört. Ich hab versucht, wieder mit ihr anzufangen, aber sie wollte nichts davon wissen.«

Marcus legte seine Angelrute hin und wandte sich zum Heck. Er bewegte sich langsam und bedächtig. Er musterte Oathell, der immer wieder auswarf und einrollte, eine Bewegung so beständig wie das Atmen. »Wie lange ist es her, dass Sie beide sich getrennt haben?«

Oathell schleuderte die Fliege weit über das Wasser hinaus. »Sechs Jahre.«

Der junge Mann sah gut aus, auch wenn der Schmerz einer nie überwundenen Liebe seine Züge verfinsterte. Oathell war ungefähr so groß wie Marcus, etwa eins fünfundachtzig, und hatte breite Schultern und eine schmale Taille. »Was sind Sie von Beruf?«, fragte Marcus.

»Ich bin Techniker bei IBM, draußen im Research Triangle. Ich schleife Siliziumplatten für die Chip-Herstellung. Da bin ich seit dem College.«

Marcus sah die leicht gekrümmten Schultern und erkannte, dass dem jungen Mann vor einer weiteren Flut von persönlichen Fragen graute. Er hatte kein Verlangen danach, irgendjemandem unnötiges Unbehagen zu bereiten. Also fragte er: »Warum könnte Gloria sich mit ›New Horizons‹ anlegen?«

Die Muskeln entspannten sich, der Mann atmete durch. »Sie kennen doch Dinge, die man richtig gern hasst. So was ist ›New Horizons‹.«

»Dann sind die Geschichten über die Art und Weise, wie sie ihre Mitarbeiter behandelt, also wahr?«

»Ich weiß nicht, welche Geschichten Sie gehört haben, aber ich nehme an, dass sie wahr sind. Jede Familie in der Kirche hat jemanden, der da drüben gearbeitet hat. Und jeder, der für ›New Horizons‹ arbeitet, wird früher oder später seine ganz eigene Geschichte zu erzählen haben.« Er hob den Köder aus dem Wasser und saß da und betrachtete den tropfenden Haken. »Mein Daddy hat neunzehn Jahre da gearbeitet. Und jede Minute war ihm zuwider.«

Marcus sprach laut aus, was er dachte. »Gloria könnte also durch ihre Kontakte in der Kirche an eine Menge interner Informationen gekommen sein.«

»Ich schätze, das Mädchen konnte an praktisch alles kommen, was es haben wollte.« Der düstere Gesichtsausdruck kehrte zurück. »Es ist schwer, in dieser Kirche jemanden zu finden, der Gloria nicht liebt.«

Marcus dachte an seinen eigenen Kontakt mit dem Unternehmen auf der Höhe. »Trotzdem sind viele Leute auf das Geld angewiesen, das sie von ›New Horizons‹ bekommen.«

Oathell warf ihm wieder einen Blick zu, und dieser war so schwarz wie das Wasser unter dem Boot. »Wir haben viel Übung darin, das Brot von Leuten zu essen, die wir verabscheuen.«

SIEBEN

Marcus' Ankunft bei der Kirche an diesem zweiten Sonntag war von Donnerhall begleitet.

Vier junge Frauen standen auf der Empore hinter dem Podium und trugen einen Rap über das Abweichen vom rechten Wege vor. Die Verstärkermusik war so laut, dass er den Text zum größten Teil nicht verstand. Marcus wollte sich in die letzte Reihe schieben, aber lächelnd und mit kleinen Handbewegungen lud man ihn ein, nach vorn zu kommen. Er sah nichts von der Verdrossenheit, die er in Edgecombe an jeder Straßenecke fand, nichts von der schweigenden Wachsamkeit. Freundliche Hände klopften ihm auf den Rücken, als er sich auf einen Platz in der Mitte der Gemeinde begab.

Das Unbehagen, das er am Sonntag zuvor empfunden hatte, kam nicht wieder auf. Nicht einmal, als der junge Pastor an sein Pult trat, segnend die Hände erhob und die Gemeinde einlud, die Neuankömmlinge zu begrüßen. Nicht einmal, als eine Frau, die dreimal so viel wiegen musste wie er, sich zu ihm umdrehte und ihn in eine Wolke von Fliederduft und Talkumpuder hüllte. Nicht einmal, als ein Dutzend andere an ihre Stelle traten, die alle seinen Namen kannten und ihm zum Gruß den Sabbatfrieden anboten. Nicht einmal, als die Gemeinde das nächste Lied anstimmte und Marcus still wieder auf die Bank sank.

Die Leute nickten ihm zu und lächelten, wann immer ihre Blicke sich trafen. Er war weder der Größte unter den Männern noch das einzige weiße Gesicht. Und er war bei weitem nicht der Bestgekleidete. Als das Singen schließlich aufhörte und das Beten anfing, hatte

Marcus begriffen, dass der einzige Missklang der war, den er selbst mitgebracht hatte.

Nach dem Gottesdienst sah er Alma und Austin Hall auf dem Parkplatz und ging auf sie zu. Als Austin ihn erblickte, wandte er sich ab und ging davon. Marcus blieb vor der grobknochigen Frau stehen. »Tut mir Leid, dass ich Ihren Mann beunruhige.«

»Es liegt nicht an Ihnen, Mr. Glenwood.«

»Nennen Sie mich Marcus, bitte.«

»Es liegt nicht an Ihnen«, wiederholte sie, und ihre Stimme war so betrübt wie ihr Blick, als sie ihrem Mann nachschaute.

»Ich wollte fragen, ob ich heute vorbeikommen und mit Ihnen sprechen kann.«

»Ich habe eine Kuratoriumskonferenz, die die ganze Woche dauert. Ich werde heute den Rest des Tages und morgen fast den ganzen Tag in Strategiesitzungen verbringen müssen. Könnten wir uns nicht hier rasch unterhalten?«

Er folgte ihr über den Parkplatz, und er sah, wie die Leute die Vertraulichkeit zwischen ihnen bemerkten und sich höflich abwandten. Er bewegte sich durch eine turbulente Menge, und doch wurde er sogar vor den Kindern abgeschirmt. Eltern bugsierten die Kleinsten beiseite, und die größeren Kinder bemerkten die Reaktion ihrer Eltern sofort und taten, als ob die beiden nicht mehr da wären. »Die Leute hier halten viel von Ihnen.«

»Gloria ist eine von ihnen«, erklärte Alma nüchtern. Sie wartete, bis sie an dem Weg angekommen waren, der am Friedhof entlangführte, bevor sie fragte: »Weshalb wollten Sie mit mir sprechen?«

»Sie haben nichts gegen ›New Horizons‹ in der Hand.« Er hatte nicht die Absicht gehabt, sich so auszudrücken. Aber der Tag vibrierte noch immer von einer Autorität, die ihm nicht erlaubte, seine Botschaft zu beschönigen. »Ich habe das Material viele Stunden lang geprüft, und ich sage Ihnen hier und jetzt: Ich könnte keinen Antrag stellen, der Aussicht auf ein positives Urteil hätte.«

Alma Hall ging den Kiesweg entlang. Der hüfthohe Friedhofszaun war ziemlich heruntergekommen; viele der Eisenstäbe waren zerfressen und weinten rostige Tränen. Der Weg selbst war ungepflegt und voller Unkraut. Disteln und Geißblatt wucherten über den Zaun und kletterten an den ältesten Grabsteinen herauf. Die Luft duftete nach Blumen und Brombeeren. Auf den Friedhofswegen spazierten Familien; sie blieben hin und wieder stehen, um Gräber zu betrachten und leise miteinander zu plaudern, während die Kinder singend umhertanzten. Es herrschte eine gedämpfte, aber fröhliche Atmosphäre in diesem freundlichen Reich der Erinnerungen und des Friedens.

Alma Hall fragte auf ihre ruhige, präzise Art: »Warum habe ich den Eindruck, dass Sie mir noch mehr erzählen möchten?«

Marcus holte tief Luft und hielt den Atem an. Hielt ihn eine scheinbare Ewigkeit lang in der Brust verschlossen, lange genug, um am hinteren Ende um die Ecke zu biegen. Hier blieb Alma stehen und wandte sich zu ihm um. »Nun?«

Er spähte hinauf zu den Stahlträgern für die neue Hauptverwaltung von »New Horizons«, die wie riesige Spieße in den zernarbten Hügel gerammt waren. Und atmete aus. Und verpflichtete sich. »Ich muss wissen, ob Sie tatsächlich das Ziel haben, einen Prozess gegen ›New Horizons‹ zu gewinnen.«

»Ich will mein Baby nach Hause holen.« Eine Antwort, so fest und solide wie die Frau selbst.

»Das könnte uns schon dadurch gelingen, dass wir Klage einreichen. Ein Vorwurf von dieser Größenordnung würde eine Menge negative Aufmerksamkeit erregen.«

»Dann tun Sie's.«

»Ich verspreche Ihnen nichts, Mrs. Hall.«

»Es wird Zeit, dass Sie mich Alma nennen.«

»Die Sache könnte auf schreckliche Weise nach hinten losgehen.« Fast wünschte er sich, sie würde nachgeben und ihn laufen lassen. »Wenn ›New Horizons‹ bei der Entführung Ihrer Tochter die Hand im Spiel hatte, könnte man sie damit noch tiefer in Deckung treiben.«

Sie stach mit einem Finger in den Sonntagnachmittag. Der Finger war so gerade und real wie die fernen Stahlträger. »Diese Leute da drüben sind Schlangen. Sie sind böse. Man braucht kein Genie zu sein, um zu wissen, dass sie die Hand im Spiel haben. Sie verbringen ihr ganzes Leben damit, in der Deckung herumzukriechen.«

Marcus betrachtete die Frau. »Das sind ziemlich starke Worte.«

»Sie können jeden fragen, der etwas mit dieser Gruppe zu tun hat. Sie tarnen es mit einem schicken Logo und hübschen Farben, aber sie sind Schlangen, die es darauf abgesehen haben, den jungen Leuten das Fell über die Ohren zu ziehen. Sie erschaffen eine Märchenwelt und erzählen den Kids, dass sie Stars werden, wenn sie nur diese schicken Klamotten und diese speziellen Schuhe kaufen.« Sie ließ den Arm sinken. »Was ist mit der Warnung, die der andere Anwalt an meinen Mann gerichtet hat – dass das Gericht uns in Haft nehmen könnte?«

»Tatsächlich würden sie mich schnappen, nicht Sie. Man nennt es leichtfertig erhobene Klage. Und jawohl, es könnte passieren.«

»Aber Sie sind trotzdem bereit, gegen sie vorzugehen? Obwohl der andere Anwalt uns weggeschickt hat?«

Die Sonne lag wie eine sanfte Hand auf seinem Kopf und seinen Schultern. »Sagen wir mal, ich habe sehr viel weniger zu verlieren als er.«

ACHT

Das Ritual des angstvollen Zitterns trieb Marcus aus dem Bett, lange bevor es so hell geworden war, dass man von Morgen sprechen konnte. Nach dem Frühstück nahm er eine letzte Tasse Kaffee mit hinaus auf die Veranda. Diese rund um das Haus führende Veranda war eine der vielen Eigentümlichkeiten des Hauses; dicke, frei liegende Balken aus Wildkirsche trugen ein Dach aus Zedernholzschindeln mit einer kleinen, unechten Kuppel an jeder Ecke. Die Pfosten waren aus Ahorn, auch die neuen, die Marcus selbst geschnitten und gedrechselt hatte, und die Bodendielen waren aus zehnzölligem Fichtenkernholz. Ein rundes Dutzend Schaukelstühle hatte er aus seiner Kindheit in Erinnerung; drei davon hatten vor Termiten und Holzfäule bewahrt werden können. Marcus überlegte gerade, in welchen er sich setzen sollte, als der Gerichtszusteller kam und ging wie ein Geist aus den Träumen, von denen er doch gehofft hatte, dass sie nicht hervorkommen würden. Er setzte sich trotzdem und ließ den klobigen Umschlag ungeöffnet neben sich auf dem Stuhl liegen.

Morgennebel wisperte lautlose Fabeln von herbstlicher Kälte. Die Bäume standen wie Erscheinungen im grauen Zwielicht. Sogar die Verbindung des Hauses selbst mit der Erde wirkte spinnwebzart und zerbrechlich. Irgendwo draußen, jenseits der Grenzen seines Gesichtsfeldes, schnurrte ein Motor. Er schien aus allen Richtungen gleichzeitig zu kommen, so dicht war der Nebel. Ein klobiger Schatten glitt in die Zufahrt. Eine Autotür wurde zugeschlagen. Ein Gespenst kam mit knirschenden Schritten den Kiesweg herauf und verwandelte sich in den alten Pastor in seinem farbverschmierten Overall.

»Überall im County sieht man die Zeichen, sagen mir die Leute«, erzählte Deacon Wilbur statt einer Begrüßung. »Vorzeichen eines harten Winters, der uns bevorsteht.«

»Sobald dieser Nebel verdampft ist, haben wir es wieder sommerlich heiß«, sagte Marcus.

»Vorläufig noch.« Der alte Mann wandte sich ab und starrte über das Geländer nach draußen; sein ganzes Gesicht legte sich dabei in Falten, als spähe er durch den Nebel der Zeit. »Aber der Hartriegel wirft schon seine Blätter ab, als hätten wir wochenlang Frost gehabt. Und man hört Geschichten von grauen Eichhörnchen, die sich um Nüsse balgen, während die Eicheln zehn Zoll hoch unter den Bäumen liegen. Von Ziegen, deren Winterbärte schon einen Fuß lang sind. Von Uhus, die die ganze Nacht schreien, so rastlos, als jagten sie gegen den Winterhunger. Haben Sie so was schon mal gehört?«

»Nicht, seit ich auf der Welt bin.« Marcus mochte den alten Mann ungeheuer gern.

»Machen Sie sich nicht lustig. Machen Sie sich ja nicht lustig. Solche Vorzeichen und Omen sind von der Hand der Natur geschrieben für jeden, der die Sprache versteht.«

Noch nie war Deacon dem so nah gekommen, was Marcus vielleicht als normales Gespräch unter Freunden betrachtet hätte. »Ich könnte eine Kanne frischen Kaffee aufbrühen, wenn Sie eine Tasse möchten.«

»Danke, nein. Meine Backenzähne sind jetzt schon locker.«

»Wollen Sie sich dann hersetzen?«

»Dagegen hab ich nichts.« Deacon Wilbur ließ sich neben Marcus in einem Schaukelstuhl nieder. Der Stuhl hieß ihn behutsam knarrend willkommen, und der Boden vibrierte behaglich, als der Mann den Morgen in langsames Schaukeln versetzte. »War schön, Sie gestern in der Kirche zu sehen, wie Sie da unter den Gläubigen saßen.«

Der glatte Nebel schimmerte leicht. »Es hat mir gefallen.« Marcus befürchtete, seine Worte könnten so unzulänglich sein, dass sie wie eine Beleidigung wirkten, aber der alte Pastor schaukelte nur und summte lauschend einen leisen Ton. »Und die Musik war unglaublich.«

»Ich wollte schon immer schrecklich gern singen. Das Einzige, was ich je geschafft habe, war schrecklich zu singen.«

»Waren Sie schon mal in einer weißen Kirche?«, fragte Marcus.

»Ein paar Mal. Es war ganz okay, nehme ich an.« Deacon Wilbur wählte seine Worte sorgfältig. »Das Problem lag nicht bei den Kirchen. Es lag bei mir. Ich hörte den Geist dort, jawohl. Ich wollte aufstehen und Gott für dieses Geschenk danken. Ich wollte tanzen, rufen, in die Hände klatschen.«

»Und die andern nicht.«

»Nicht, so weit ich sehen konnte. Kam mir vor, als säße ich unter den auserkorenen Eingefrorenen.«

»Als ich in Ihrer Kirche war, habe ich mich wohl gefühlt. Behaglich und entspannt.« Marcus kapitulierte vor seiner Unfähigkeit zu gestehen, wie selten solche Augenblicke geworden waren.

»Was ich Ihnen jetzt sage, ist die reine Wahrheit.« Deacon Wilburs Worte flossen im Takt zum Knarren des Schaukelstuhls. »Sie sind herzlich willkommen. Sie haben dort einen Platz. Ich weiß nicht, wie ich es noch klarer sagen soll.«

Marcus spürte, dass das Geschenk des Pastors eine ehrliche Antwort verdiente, und deutete auf das Paket, das auf dem Stuhl neben ihm lag. »Vor einer Stunde ist ein Gerichtszusteller mit dem endgültigen Scheidungsurteil aufgekreuzt.«

»Tut mir Leid, das zu hören.« Die Worte waren in den Nebel gesprochen. »Wirklich.«

Das Mitgefühl in Deacons Stimme machte Marcus so wehrlos, dass er nicht umhinkonnte zu sagen, was wie ein Brandeisen in seinem Magen glühte. »Ich denke ernsthaft daran, mich zu betrinken.«

Er hörte nichts von der Missbilligung, die er erwartet und halb erhofft hatte. »Wusste nicht, dass Sie trinken.«

»Ich hab's früher getan. Dachte immer, es gehört zum guten Leben. Und es passte zum Job. Bei einem Anwalt laden die Leute ihre Probleme ab wie bei einem Arzt. Ich fand, dass es mit Bourbon leichter zu ertragen war.« Er wartete auf eine Antwort, und als keine kam, ließ der brodelnde Druck ihm keine andere Wahl, als weiterzusprechen.

»An dem Wochenende, als der Unfall passierte, hatte ich getrunken. Eine Menge.«

Deacon betrachtete eine ganze Weile den Nebel, bevor er mit seiner dunklen, honigfarbenen Stimme fragte: »Haben Sie seitdem noch einmal getrunken?«

Marcus leerte seinen Becher und wünschte, es wäre nicht bloß kalter Kaffee darin. »Nicht nach der ersten Woche.«

Der Pastor sprach, als lese er, was im Nebel geschrieben stand. »Und Sie haben Angst, wenn Sie jetzt anfangen, hören Sie vielleicht nie mehr auf.«

»So ungefähr.«

»Haben Angst, wenn Sie auf dem Grund der Flasche angekommen sind, starren Sie ins Dunkel der ewigen Nacht. Starren geradewegs in Ihre ganz private Hölle.«

Marcus sprach auf den Grund seines Bechers. »Das hört sich an, als wären Sie auch schon da gewesen.«

»Es ist etwas, das ich auf der harten Straße des Lebens gefunden habe. Wenn ich die großen Versuchungen anstarre, werde ich von einer noch größeren Gelegenheit abgelenkt.« Zum ersten Mal, seit er sich gesetzt hatte, schaute er Marcus an. »Haben Sie etwas, das getan werden muss? Etwas, das stark genug ist, um zu Ihrem Herzen zu rufen, wie dieser Hunger in Ihrem Bauch brennt?«

Zu seiner Überraschung gab der blendende Nebel plötzlich frei, was er schon den ganzen Morgen halb gesehen hatte. »Ja.«

»Dann, schätze ich, werden Sie Ihren Trost finden, indem Sie hingehen und es tun.« Deacon erhob sich und legte Marcus dabei eine feste Hand auf die Schulter. Dem Nebel wandte er den Rücken zu; die Zeichen waren gelesen und abgetan. »Meine Knochen werden morgens gern faul. Am besten, ich treibe sie an und bringe sie in Bewegung.«

Die North Carolina State University hatte sich einst damit begnügt, die leeren Flächen östlich der Hillsboro Street zu besetzen. Jetzt war die Hillsboro eine sechsspurige Schnellstraße, die geradewegs zum

Capitol führte, und der Campus der State University wucherte in alle erdenklichen Himmelsrichtungen. In den Fünfzigerjahren hatte sie den Spitznamen »Cow College« getragen, weil mehr als die Hälfte der Studentenschaft aus Farmerkindern aus Piedmont bestanden hatte, die heruntergekommen waren, um die neue Landwirtschaftswissenschaft zu erlernen. Heute hatte die Kerntechnik-Abteilung sieben Forschungsaufträge von der NASA, und die Abteilung für Agrargenetik entwickelte für die Vereinten Nationen sowie im Auftrag von sieben afrikanischen Staaten schädlingsresistente Getreidesorten, zwei Professoren hatten einen Nobelpreis in Biochemie gewonnen, und die veterinärmedizinische Abteilung hatte über tausend bahnbrechende Patente.

Marcus parkte vor dem alten steinernen Glockenturm und fragte nach dem Weg zur mathematischen Abteilung. Er fand Dr. Austin Halls Namen auf der Tafel im Eingangsflur und stieg hinauf in den zweiten Stock. Eine Sekretärin nahm Notiz von seinem Alter und seinem Anzug; sie teilte ihm mit, Dr. Hall habe jetzt ein Seminar, werde aber in ungefähr zwanzig Minuten in sein Büro kommen. Marcus nutzte die Zeit, um die Mappe von Kirsten Stanstead noch einmal durchzulesen.

»Mr. Glenwood?« Seiner steifen Haltung zum Trotz wirkte Austin Hall ernsthaft erschrocken, als er Marcus sah, der sich vor seinem Büro niedergelassen hatte. »Was machen Sie hier?«

Marcus klappte die Akte zu und erhob sich von der Bank. »Wir müssen uns unterhalten.«

»Ich habe äußerst viel zu tun.« Ein Schlüsselbund in der Hand des Professors klirrte nervös. »Ich habe in zehn Minuten Fachbereichssitzung …«

»Das schaffen Sie vielleicht noch.« Marcus ließ sich nicht abwimmeln. »Wenn wir nicht noch mehr Zeit hier draußen verschwenden.«

Austin Halls Gesicht erschlaffte resigniert. »Kommen Sie schon.«

Der Professor trug einen dreiteiligen anthrazitgrauen Anzug, und seine Schuhe knarrten, als er auf seine Tür zuging. »Ich wünschte, Sie würden nur mit meiner Frau sprechen.«

»Es hat nichts mit Mrs. Hall zu tun.« Er sah, dass der Mann Mühe hatte, den Schlüssel ins Schloss zu schieben, und wusste, dass es richtig gewesen war herzukommen. »Es geht nur Sie und mich etwas an.«

Austin Hall betrat ein Büro, das ebenso sauber und straff strukturiert war wie seine Kleidung. Er legte seine Aktentasche auf den Tisch und zog sich hinter die blanke Holzplatte zurück. »Also gut. Worum geht es?«

Marcus schloss die Tür. »Bitte setzen Sie sich, Dr. Hall.«

»Ich sagte doch, ich muss gleich …«

»Setzen Sie sich hin.«

Am Kiefer des Mannes traten Muskelknoten hervor, aber er gehorchte. Marcus zog einen Stuhl in die Mitte vor dem Tisch, setzte sich auf die Kante, atmete ein. Noch einmal. Zwang sich, die Luft und die Worte hervorzupressen, auch wenn er dazu die Fäuste und den Bauch anspannen musste. »Vor achtzehn Monaten war ich auf der Heimfahrt von Wrightsville Beach. Meine zwei Kinder saßen auf dem Rücksitz. Meine Frau saß neben mir. Mittags machten wir an einem Imbiss Halt. Dann stiegen wir wieder ein und fuhren weiter, und wir stritten uns, wie wir es schon seit der Abfahrt vom Strand taten.«

»Wirklich, Mr. Glenwood, ich weiß nicht, weshalb Sie hier hereinplatzen und diese höchst privaten Details vor mir abladen müssen.«

Marcus hob das Kinn ein kleines Stück. Nichts weiter. Nur so, dass der Mann seine Augen sehen konnte. Das genügte, um seinen Protest verstummen zu lassen. Austin Hall senkte den Blick, knöpfte sich fummelnd das Jackett auf und spielte mit der goldenen Uhrkette, die im Bogen vor seinem Bauch hing. Er tat alles, um Marcus nicht wieder in die Augen schauen zu müssen.

Marcus behielt seinen ruhigen Ton bei, einen Ton, der in seinen eigenen Ohren beinahe zu sanft klang. Es klang wie die Stimme des Arztes, der an jenem Tag im Krankenhaus zu ihm gekommen war. Es lag so viel Emotion in dieser Stimme, dass für Kraft kein Platz mehr war. »Wir kamen an eine Kreuzung, ich hätte schwören können, dass wir Grün hatten, aber ich weiß es nicht, der andere Fahrer sagte, es war Rot, und meine Frau und ich stritten uns immer noch …« Er rang um Luft, die seine Lunge nicht füllte und es auch nie wieder tun würde. »Ich sah nichts als ein Licht, das rechts von mir aufblitzte, hörte weder die Hupe noch die Bremsen, obwohl im Polizeibericht stand, dass die Bremsspur sechs Meter lang war. Nur das Blitzen vom Kühlergrill des Lastwagens, und dann prallte er gegen uns. Dicht hinter der Tür bei meiner Frau. Fuhr in die rechte hintere Tür und …«

Er wusste nicht mehr, warum er mit dieser Geschichte angefangen hatte. Wusste nur noch, dass er sie zu Ende erzählen musste. »Ich weiß nicht mehr viel von dem, was als Nächstes passierte. In meiner Erinnerung ist es, als wäre da dieser Lichtblitz gewesen, und im nächsten Augenblick saß ich auf einer Bank im Krankenhaus, eine Schwester verband mir die Stirn, und ein Arzt beugte sich über mich, um etwas zu sagen.«

Und dann fiel ihm ein, warum er gekommen war. Warum dies so wichtig war. Sein Kopf tauchte aus einem Meer von Schmerz auf, und er konzentrierte sich auf den Mann, der ihm gegenübersaß. »Ich wollte nicht, dass dieser Arzt etwas sagte. Wenn ich eine Pistole gehabt hätte, dann hätte ich ihn erschossen, auf der Stelle, nur um nicht zu hören, was ich in seinen Augen sah.«

Marcus verstummte und wartete, bis sein Schweigen den Mann dazu brachte, den Kopf zu heben. Austin Hall warf ihm nur einen kurzen Blick zu. Eine Welt des Grauens in einem raschen Augenaufschlag. Marcus fuhr fort: »Und deshalb bin ich hier, um Ihnen klar zu machen, dass Sie es nur zu sagen brauchen, und ich gehe weg. Nein, mehr noch: Wenn Sie mich nicht *auffordern* weiterzumachen, werde ich diesen Fall auf sich beruhen lassen. Und ich bezweifle sehr, dass irgendjemand sonst ihn je anrühren wird.«

Die dunklen Finger zwirbelten die Kette, eine dunkle Spirale vor seinem Leib. »Es wird nichts nützen. Alma …«

»Ich sage Ihrer Frau kein Wort von unserem Gespräch. Es ist eine Sache zwischen Ihnen und mir.« Wieder ein tiefer Atemzug, der schwerste von allen. »Von Vater zu Vater.«

Der Blick, der den seinen traf, war ausgehöhlt von Nächten voll wispernder Schatten. »Ich könnte es nicht ertragen, wenn meine Gloria …«

»Das weiß ich«, sagte Marcus, »nur allzu genau.«

Lachen und laute Studentenstimmen hallten von irgendwoher den Korridor herauf und holten sie zurück vom Abgrund. Austin Hall fragte: »Glauben Sie wirklich, es könnte irgendetwas nützen, die Sache vor Gericht zu bringen?«

»Vielleicht. Mehr würde ich ungern sagen. Aber es wäre möglich. ›New Horizons‹ lebt im Scheinwerferlicht. Wenn wir auch nur damit drohen könnten, ihr Ansehen öffentlich zu besudeln, würde sie vielleicht reagieren.« Marcus entspannte die Fäuste, spreizte die Hände, leer. »Aber es ist ein Schuss ins Blaue, bestenfalls.«

Austin Halls Antwort bestand darin, sich abzuwenden und aus dem Fenster hinter seinem Schreibtisch zu starren, und Marcus stand auf und ging aus dem Zimmer.

NEUN

Logan Kendalls Sekretärin klopfte an die offene Tür. »Mr. Walker ist hier, Sir.«

»Führen Sie ihn herein.« Logan wartete mit dem Aufstehen, bis der ältere Mann durch die Tür gekommen war. »Randall, schön, Sie zu sehen. Möchten Sie einen Kaffee?«

»Schwarz, zwei Stück Zucker.«

»Nehmen Sie doch hier Platz, ja?« Logan sah den aufblitzenden Ärger, als der Mann sich auf den Stuhl vor dem Schreibtisch statt auf das Sofa in der Ecke verwiesen sah. Gut so. Diesem blank polierten Furnier einen Riss zu verpassen war ein ausgezeichneter erster Schritt. Logan ging wieder um seinen Schreibtisch herum und ließ sich in seinen Sessel sinken. »Was kann ich für Sie tun?«

Randall Walker hatte das gelassene Lächeln, das mit altem Südstaatengeld einhergeht, und Augen wie aus geronnenem Schlamm. »Ich schlage vor, wir warten, bis die junge Dame meinen Kaffee gebracht hat.«

»Wenn Sie wollen.« Logan schaute demonstrativ auf seine Armbanduhr, auf seine Schreibtischuhr, in seinen Terminkalender. »Ich muss allerdings ziemlich bald weg. Da kommt ein großer Fall auf mich zu.«

Randall lächelte weiter, nur sein Blick verhärtete sich. »Nur, wenn Sie Glück haben.«

»Wie bitte?«

»Ich bin hier, um Ihnen das Angebot zu machen …« Er brach ab, als die Sekretärin zurückkam – mit einem Becher, wie Logan es ihr vorher aufgetragen hatte. Kein feines Porzellan diesmal, keine Vorstandszimmerbesprechung, keine Bühne, die Randall beherrschen konnte. Das hier war Logans Büro und ganz allein seine Show.

Randall betrachtete den Becher und hob ihn dann amüsiert und anerkennend. »Sie lernen schnell.«

»Sie wollten etwas sagen …?«

»Ja, allerdings.« Ein Schluck Kaffee, ein beifälliges Nicken. »Ich bin heute gekommen, um Ihnen anzubieten, einen Traum wahr werden zu lassen.«

Logan beschloss, diesen Satz zu missdeuten. »Tut mir Leid, aber ich bin für einen Wechsel nicht zu haben. Ich bin ganz glücklich, wo ich bin.«

»Das ist gut. Wirklich gut. Denn ich habe diese Reise nicht unternommen, um Ihnen eine Stellung anzubieten. Nein. Ich möchte Ihnen einen Fall anbieten.«

Logan stemmte sich auf den gepolsterten Armlehnen hoch, bis er aufrecht saß. »Sie wollen gegen Marcus vorgehen.«

»Im Gegenteil. Marcus Glenwood hat beschlossen, gegen uns vorzugehen. Genauer gesagt, gegen einen lieben und hoch geschätzten Klienten, für den ich zufällig als externer Berater tätig bin.«

»Und der wäre?«

Randall benutzte seinen Kaffeebecher als Requisite und zog den Augenblick mit der Haltung eines Veteranen in die Länge. Er nahm einen Schluck, seufzte, nahm noch einen Schluck und sagte schließlich: »›New Horizons‹.«

Wider Willen war Logan verdattert. »Marcus verklagt ›New Horizons Incorporated‹?«

»Er hat noch keine Klage eingereicht, aber es erscheint zunehmend wahrscheinlich, dass er tatsächlich vor das Bundesgericht gehen wird.«

»Mit wem arbeitet er?«

»Anscheinend hat der Gentleman beschlossen, es auf eigene Faust zu versuchen.«

Jetzt musste Logan lachen. »Das kann nicht Ihr Ernst sein. Niemand, der bei Sinnen ist, würde versuchen, einen Fall vor dem Bundesgericht allein zu übernehmen. Schon gar nicht, wenn er gegen einen Milliarden-Dollar-Konzern vorgehen will. Für wen hält er sich, für den Lone Ranger?«

»Eine Frage, die ich ihm sehr gern selbst stellen würde.«

»Marcus sorgt eigenhändig dafür, dass man ihn zerquetschen wird wie eine Wanze.« Die Aussicht darauf verschaffte ihm große Genugtuung.

Randall nickte einmal. »Das hoffe ich aufrichtig.«

Logan zögerte. »New Horizons« als Klienten zu gewinnen wäre ein beachtlicher Coup. Sein Status würde blitzartig in die Höhe schießen. Aber die Frage musste trotzdem gestellt werden. »Warum ich?«

»Wie bitte?«

»Kedrick und Walker haben hundert Anwälte, die für die Chance, ›New Horizons‹ vor Gericht zu vertreten, einen Mord begehen würden. Warum kommen Sie zu mir?«

Randall nestelte am Knoten seiner Krawatte. Das Dreiecksmuster war mit Fäden durchwoben, die wie echtes Silber aussahen; sie reflektierten jedenfalls das Licht wie Dutzende von winzigen Spiegeln. »Ich habe mich ein bisschen über Sie informiert. Was man in unserer eng verflochtenen kleinen Gemeinschaft so hört, bestätigt eigentlich das, was ihre Kollegin Miss Rikkers schon angedeutet hat. Sie waren ein besserer Prozessanwalt, Marcus ein besserer Strippenzieher.«

»Und?«

»Und trotzdem war Marcus derjenige, der zum Partner gemacht wurde, und nicht Sie. Das erscheint doch kaum fair, oder?« Randall beugte sich vor. »Ich brauche für diesen Fall nicht irgendeinen Juristen. Ich brauche einen Anwalt, der ein Hühnchen zu rupfen hat.«

Logan wartete ab. Er atmete kaum.

»Ich brauche jemanden, der Marcus Glenwood verabscheut. Jemanden, der bereit ist, ihm alle Glieder einzeln auszureißen.«

Seine Kehle war so zugeschnürt, dass er kaum ein Wort hervorbrachte. »Mit Vergnügen.«

»Sie sollen diesen Fall nicht nur gewinnen«, sagte Randall. »Ich will Marcus Glenwood so gedemütigt sehen, dass sein Name für alle Zeit aus dem Gedächtnis des Rechtswesens getilgt ist.«

Logan ging ein Licht auf, und gleichzeitig lockerte sich die zugeschnürte Kehle wieder ein wenig. Er lechzte nach dieser Chance, aber er wollte auch mit weit offenen Augen an diesen Fall herangehen. »Es geht Ihnen überhaupt nicht um Marcus. Sie wollen dafür sorgen, dass niemand diesen Fall je wieder aufnimmt.«

Diese Feststellung trieb Randall wieder zurück an die Stuhllehne. »Marcus Glenwood hat keinen Fall. Es sind leichtfertige Anschuldigungen. Wir wollen, dass die Sache im Keim erstickt wird.«

»Aber ich habe Recht, nicht wahr?«

Randalls Blick war wie die Erde aus einem sehr alten Grab. »Was immer meine Gründe sind – wenn Sie diesen Fall übernehmen, dann mit dem expliziten Ziel, einen Haufen Asche zu hinterlassen, der im Winde verweht.«

Logan ließ ein Grinsen durchschimmern. »Dann bin ich eindeutig Ihr Mann.«

ZEHN

Marcus bog in die Hayes'sche Zufahrt ein und hielt hinter einem neuen Jeep Cherokee in Mitternachtsblau. Sein Misstrauen wuchs, als er den Schlüsselbund sah, der an der Hecktür baumelte. Weshalb er unbedacht wurde und seine Wagentür so heftig zuschlug, dass das eine Ende der hinteren Stoßstange sich von dem Kleiderbügel löste und scheppernd zu Boden fiel.

»Marcus Glenwood!«, gellte eine Frauenstimme. »Du schaffst sofort diese Kakerlake von Auto vor meinem Haus weg!«

»Hallo, Libby.«

Die Haustür flog zu. Es klang wie ein Gewehrschuss. »Ich schwöre beim Allmächtigen, wenn mein Gärtner es wagen würde, in einem solchen Schrotthaufen aufzukreuzen, würde ich ihn auf der Stelle feuern.«

»Nett, dich mal wieder zu sehen, Libby.«

Boomers Frau war sonnengebräunt und fit und hatte einen Willen, der stark genug war, um dafür zu sorgen, dass Boomer und ihre drei Kinder im Collegealter nicht aus der Reihe tanzten. Sie trug die für Carolina obligatorische Freizeituniform: ein pastellfarbenes Karohemd der Marke Izod, Shorts mit Bügelfalte und Aufschlag, einen Alligatorgürtel mit einer goldenen Schnalle, die ihre Initialen trug, und Bass-Mokassins an den bloßen Füßen. Sie kam heruntermarschiert, umkreiste sein Auto und stellte fest: »Es ist noch schlimmer, als Boomer gesagt hat.«

»Wem gehört der Jeep hier, Libby?«

»Dir, sobald du die Papiere unterschrieben hast.« Unter missbilligendem Zungenschnalzen kam sie zu ihm. »Erstaunlich, dass diese Gorillas dich haben davonkommen lassen.«

»Ich kann mir kein neues Auto leisten, Libby.«

Eine vertraute Stimme kläffte: »Spar deinen Atem, Marcus.« Charlie Hayes kam die Zufahrt heruntergehumpelt. Der Alte wohnte in einem Apartment im ersten Stock, das durch eine Betonmauer vom Rest des Hauses abgeteilt war. Diese Mauer war eine der beiden Bedingungen, die Charlie Hayes gestellt hatte, bevor er sich bereit gefunden hatte, zu seinem Sohn zu ziehen. Die andere hatte darin bestanden, dass Boomer nicht mehr damit drohen durfte, seinen ältesten Sohn zu enterben, weil er in Wake Forest hatte studieren wollen. »Die Fahrzeugpapiere sind bereits auf deinen Namen ausgestellt.«

Bevor Marcus weitere Einwände erheben konnte, sagte Libby: »Boomer will es so, Marcus. Du hast noch nie eine Auseinandersetzung mit Boomer gewonnen, und du wirst jetzt nicht damit anfangen.«

Charlie Hayes blieb pustend stehen und wandte sich dem Jeep zu. »Das verdammte Ding musste natürlich blau sein, was?«

»Ich werde es bezahlen«, erklärte Marcus.

»Ja, natürlich.« Libby lächelte ihn an. »Charlie hat uns von dem Fall Hall erzählt. Boomer sah schwarz für alle.«

»Ich habe den Fall noch nicht übernommen.« Es war ein lahmer Protest, aber mehr brachte er in diesem Moment nicht zustande.

»Das wirst du aber«, sagte der Richter. »Jetzt komm her, und fahr mich zum Lunch. Ich hab Hunger auf Schweinebauch mit Kohl. Das Einzige, was ich hier kriege, ist Hühnchen mit Zitronen-Joghurt-Plempe. Die Frau macht sich einen Spaß draus, noch den letzten Tropfen Fett aus allem rauszupressen.«

»Fett ist nicht gut für dich.« Libby lächelte Marcus immer noch an, und ein geheimer Blick lag in ihren klaren grauen Augen.

»Fett ist das, wo sie den Geschmack verstecken«, behauptete Charlie, kletterte in den Jeep und schlug die Tür zu.

Libby tätschelte Marcus den Arm. »Geh und kämpfe für die gute Sache, Marcus Glenwood. Tu es für uns gewöhnliche Leute. Damit wir sicher sein können in unserer gemütlichen kleinen Welt.«

Obwohl er seit Jahren hinfuhr, war der Farmers' Market für Marcus immer noch neu und fremdartig. Er erinnerte sich noch, wie er früher mit seiner Großmutter hergekommen war; der Kofferraum des alten Chevy war mit Körben voll Gartengemüse beladen gewesen. Im reifen Alter von elf Jahren hatte er die zerfransten Körbe mit Palerbsen und Okra und Mais und Rote Beete herausgewuchtet und sie so aufgestellt, wie es dem künstlerischen Auge seiner Großmutter gefallen hatte. Fünfundsiebzig Cent hatte er für neun Stunden schweißtreibender Arbeit bekommen, und er hatte sich glücklich geschätzt – aber nicht wegen des Geldes. Wenn er gekonnt hätte, hätte Marcus seiner Großmutter etwas für die Gelegenheit bezahlt, überhaupt hier sein zu dürfen.

Der alte Farmers' Market war damals kaum mehr als ein staubiges Feld aus rotem Lehm gewesen, hart gestampft von Pick-ups und Pferdekarren in Jahrzehnten vor ihnen. Wegen ihres Alters hatte seine Großmutter einen der begehrten Plätze unter dem Dach des offenen Schuppens gehabt, vor der Sonne geschützt durch das Dach, das mehr aus Rost als aus Blech bestand. An der einen Seite war eine Wasserleitung gewesen, wo die Jugend sich versammelte und ihre Eimer füllte, um zu trinken und um ihre Ware nass zu machen. In Marcus' Erinnerung hatten die Kids bei den Wasserkränen immer gelacht, seine Großmutter hatte immer ein freundliches Wort für ihren Jungen gehabt, und der Sommerhimmel war immer so klar gewesen, dass er abseits der Sonne fast schwarz erschienen war. Und da war ein rothaariges kleines Schätzchen in einem Mehlsackkleid gewesen, dessen Eltern unten in Richtung Wilson als Pachtfarmer gelebt hatten; in seiner Erinnerung war sie immer da und wartete, dass Marcus kam, hoffte immer auf ein Lächeln und ein Wort von dem lang aufgeschossenen Jungen mit dem seltsamen Akzent. Daran erinnerte er sich auch jetzt, als er hineinfuhr und vor dem neuen Restaurant parkte, wie das rothaarige Mädchen nicht über seine Sprechweise hinweggekommen war und wie sein Akzent aus Philadelphia die Worte für sie so fremdartig gefärbt hatte, dass sie schon lachen musste, wenn er nur seine Waren aufzählte. Marcus folgte Charlie Hayes über den Parkplatz und erinnerte sich an das kleine Mädchen und wie sie herangelaufen kam und ihr staubiges Auto mit den Worten begrüßte: »Erzähl mir was Komisches, Marcus.« Wenn er sich doch nur an ihren Namen erinnern könnte.

Der neue Farmers' Market war im Vergleich dazu ein wahrer Palast. Die zahlreichen Schuppen waren geräumig und bunt gestrichen, und der Boden war aus Zement, sodass man ihn mühelos abspritzen konnte. Nur die Farmer wirkten unverändert mit ihren langsamen Reden und verschlossenen Gesichtern; ihre Haut war wie Leder, und ihre Augen blickten beunruhigt, weil man sie zwang, sich auf Preise und Wechselgeld zu konzentrieren und auf die seltsame Sprache von Leuten aus der Großstadt. Marcus liebte den Duft des frischen Gemüses, bei dem die Erde noch an den Wurzeln klebte.

Es gab jetzt zwei Restaurants im Market, und sie waren fast immer voll. In dem einen gab es lange Holztische und eine Fastfood-Theke, und man bekam nur Fisch. Und den Fisch bekam man nur auf eine Art: gebraten. Was immer an diesem Tag gerade im Angebot war – Barsch, Alse, Brasse, Shrimp, Forelle –, wurde mit frittierten Maisknödeln, Bratkartoffeln und Kohlsalat serviert. Bohnen gab es extra. Niemand, der öfter als einmal in das Fischrestaurant am Farmers' Market kam, sagte ein Wort über Kalorien oder Fettgehalt oder Cholesterin. Man konnte unter drei Portionsgrößen wählen, und die große Portion hätte gereicht, um ein hungerndes Volk einen Monat lang zu ernähren.

Das andere Restaurant war für Marcus das liebste unter allen Lokalen der Welt. Als er drei Tage nach seinem Juraexamen das erste Mal hierher gekommen war, war er Gast des Bundesrichters Charlie Hayes gewesen. Der Gentleman hatte aufmerksam beobachtet, wie Marcus den Zementboden, die einfachen Tische, den Lärm und die Düfte in sich aufgenommen hatte. Marcus hatte sich schließlich dem Richter zugewandt und erklärt: »Falls ich es je schaffe, in den Himmel zu kommen, rechne ich damit, dass es dort ungefähr so aussieht wie hier.« Charlie Hayes hatte einmal mit dem Kopf genickt und gesagt: »Ich glaube, für dich ist noch Hoffnung.« Seitdem waren sie Freunde.

Während Marcus sein Huhn mit Klößen verzehrte, berichtete er von seiner Fahrt nach Washington und Richmond. Diese Mittagsdiskussionen hatten angefangen, als Charlie pensioniert worden war, und sie waren eine so eingefleischte Gewohnheit geworden, dass die beiden Männer sie inzwischen als ganz natürlich empfanden. Für einen streitsüchtigen, voreingenommenen Mann, der so gut wie alles im Leben mit Ungeduld betrachtete, war Charlie ein ausgezeichneter Zuhörer – wie die meisten guten Richter. Er ließ Marcus erzählen, klärte dabei dieses und jenes und machte sich Notizen.

Erst als Marcus beim Dessert seinen morgendlichen Besuch bei Austin Hall schilderte, fiel er ihm ins Wort. »Ich bin mir nicht sicher, ob das richtig war.«

»Ich hatte keine andere Wahl.«

»Na ja. Vielleicht hattest du keine, vielleicht doch. Manchen Leuten macht es Spaß, die schwersten Entscheidungen anderen zu überlassen. Du hast nichts weiter gesehen als eine Kabbelei zwischen Mann und Frau. Du weißt nicht, ob das der Tango ihres Lebens war, den sie da getanzt haben.«

»Und ich sage dir, ich hatte keine andere Wahl.« Marcus war sich dessen sicher. »Vielleicht muss man so etwas durchmachen, um es zu verstehen.«

»So was darfst du nicht mal denken.« Charlie schob sein halb verzehrtes Dessert beiseite. »Jetzt sieh dir an, was du gemacht hast. Hast mir mit deinem abscheulichen Gerede eine tadellose Bananencremetorte versaut.«

»Die kriegst du bloß deshalb nicht mehr auf, weil du ein Pfund Kalbsleber und zweimal so viele Pastinaken gegessen hast. Sogar Boomer hätte heute große Mühe, mehr zu essen als du.«

Charlie nahm einen großen Schluck von seiner Limonade. »Boomer ist vielleicht nichts Besonderes, aber er ist alles, was ich habe. Zumindest hat er genug Verstand gehabt, um ordentlich zu heiraten.«

»Libby ist wunderbar«, stimmte Marcus zu.

»Das ist sie. Eine gute Mutter für ihre Kinder und auch für ihren

Mann. Boomer ist ein Bengel und wird immer einer bleiben. Danke, mein Schatz.« Charlie hielt sein Limonadenglas hoch, als die Kellnerin mit dem Krug kam. »Und die Frau ist schlau wie ein Fuchs. Kurz nachdem sie geheiratet hatten, war ich stinksauer, weil sie Boomer überredet hatte, sein Jurastudium an den Nagel zu hängen und stattdessen die Chrysler-Vertretung ihres Daddys zu übernehmen. Ich bin rübergefahren und wollte ihr das Fell über die Ohren ziehen, weil sie das Leben meines Jungen ruiniert hatte. Und weißt du, was sie sagte?«

»Ich kann mir nicht vorstellen«, sagte Marcus, »dass Libby Hayes zu Wort kam.«

»Die Lady nahm mich bei den Hörnern und sagte, sie hätte uns beiden eine Welt des Jammers erspart. Sie sagte, mein Problem sei es, dass ich den wahren Boomer Hayes nie kennen gelernt hätte, weil ich ihn immer dazu gedrängt hätte, wie ich zu werden. Aber so sei er nicht, und so werde er auch nie sein. Libby sagte, Boomer sei der Sohn, den ihr Daddy nie gehabt hätte: ein Mann, der für die Jagd und das Angeln und den Football und die Familie lebt.«

Einen hohlen Augenblick lang bedachte Marcus so viel Liebe und Weisheit und wusste, dass er dergleichen niemals besitzen würde. »Das klingt ganz nach Libby.«

»Und dann sagte sie, ich sollte losziehen und mir jemand andern suchen, den ich schieben und drängeln und in den Himmel erheben könnte.« Charlie drehte sein Limonadenglas hin und her und wechselte das Thema. »Randall Walker hat mich heute Morgen angerufen.«

»Was du nicht sagst.«

»Wollte wissen, ob wir noch Kontakt hätten, du und ich.«

Marcus schob seinen leeren Teller zur Seite und beugte sich über den Tisch. »Und was hast du gesagt?«

»Ab und zu, hab ich gesagt. Da wollte er wissen, was für ein Anwalt du in meinen Augen bist. Ich hab so getan, als ob ich die Frage nicht verstände. ›Na ja‹, sagte er, ›ist Marcus ein Bürohengst, oder kann er sich auch im Gerichtssaal durchsetzen?‹« Charlie leerte sein

Limonadenglas und fuhr sich mit einer altersfleckigen Hand durchs Gesicht. »Ich hab ihm gesagt, du wärest so schlapp wie das Spülwasser von gestern.«

»Gut.«

»Das fand Randall nicht. Randall fand, das sei doch eine himmelschreiende Schande. Sie hätten da eine Position für einen erfahrenen Anwalt zu besetzen, und er hätte gedacht, du seist genau der richtige Mann dafür.« Charlie hob das Kinn, bis er Marcus durch seine Zweistärkenbrille genau im richtigen Winkel fixieren konnte. »Ich hab ihm gesagt, da brauchte er seine Zeit nicht zu verschwenden.«

»Aber er hat nicht wegen eines Jobs angerufen«, sagte Marcus.

»Sehe ich aus wie ein Trottel? Das war mir klar.«

»Randall Walker ist externer Berater für ›New Horizons‹.«

»So was Ähnliches hab ich mir gedacht. Randall Walker ist ein Ziegenbock mit einem guten Schneider. War er immer schon.« Jetzt löffelte er doch den Rest von seinem Bananencremetörtchen. »Bist du dir sicher? Was den externen Beratervertrag angeht?«

»In der Akte, die Glorias Hausgenossin mir gegeben hat, war eine Kopie des Bestätigungsschreibens.«

Charlie zwirbelte seine Serviette. »Woher konnte sie die denn haben?«

»Das würde ich sie auch gern fragen.«

»War noch mehr in der Akte?«

»Ja.« Marcus berichtete, was er gefunden hatte.

Charlie wischte sich noch einmal den Mund ab, langsamer diesmal. »Hört sich an, als wärest du besser bewaffnet, als du zuerst dachtest.«

»Sieht so aus.«

»Weißt du noch, was ich gesagt habe, bevor wir zum Angeln gefahren sind?«

Marcus nickte. »Wir brauchen den Fall nicht zu gewinnen, um Erfolg zu haben.«

»Gut. Du hast zugehört. Das gefällt mir.« Charlies Finger krabbelten über den Tisch auf die Rechnung zu. »Ich hoffe wirklich, dein Professor Hall entschließt sich mitzumachen.«

Marcus zog ihm die Rechnung weg. »Allmählich geht es mir ganz genauso.«

Das erwartungsvolle Gefühl, Fortschritte zu machen, blieb bei ihm, bis Marcus vor seinem Haus anhielt und sah, dass seine Einfahrt von einem verbeulten, schmutzigen Pick-up versperrt war. Der Anblick ließ sein Herz galoppieren, als er die lehmverschmierten Flanken sah.

Der Fahrer schaute nicht zu ihm herüber. Das brauchte er auch nicht. Das Profil genügte, um Marcus mit Wut und Angst zu erfüllen.

Bevor er den Motor abstellen konnte, war ein zweiter Mann an seinem Wagen aufgetaucht. Er trug einen dunklen Anzug und lächelte ein echtes Südstaatenlächeln – lauter Zähne und keine Augen. »Ja, hey, Mr. Glenwood. Freut mich, dass Sie gut nach Hause gekommen sind.«

Marcus knurrte durch sein offenes Wagenfenster: »Ich rufe die Polizei und lasse den Mann da wegen tätlichen Angriffs verhaften.«

»Nein, das tun Sie nicht.« Er wandte sich ab und rief zu dem Pick-up hinüber: »Schon okay, Lonnie. Wir sehen uns später.«

Marcus stieß die Tür seines Jeeps auf, stellte sich draußen auf das Trittbrett und versuchte, das schmutzige Nummernschild zu lesen. Er konnte nur zwei Ziffern erkennen. Der Fahrer winkte lässig und fuhr davon. »Wie heißt Lonnie mit Nachnamen?«

»Wissen Sie, jetzt kann ich mich überhaupt nicht erinnern. Ist das Gedächtnis nicht 'n komisches Ding?«

»Und wie heißen Sie?« Sein Atem ging in gepressten, dicht zusammengeklumpten Stößen. »Können Sie sich wenigstens daran erinnern?«

»Aber klar, Mr. Glenwood. Hank Atterly.« Er begann langsam um Marcus' neuen Jeep herumzugehen. »Bin im Stadtrat. Hab ein kleines Geschäft in der Stadt. Familie war schon hier, als Amerika noch gar kein Staat war.«

»Und das sind die Methoden, nach denen Sie hier verfahren? Lassen Ihren Standpunkt von Gorillas vertreten?«

»Tja, das kommt drauf an. Lonnie ist ein ganz netter Kerl, solange ihn keiner ärgert.« Der Mann strich mit dem Finger über die Flanke von Marcus' neuem Auto. »Aber wenn sich einer 'n schicken Anwalt nimmt, der hier reingetanzt kommt und sagt, er macht irgendwelchen Ärger wegen der Gewerkschaft, na ja, dann wird Lonnie wahrscheinlich sauer.«

»Was wollen Sie?«

»Das Gleiche wie Lonnie, Mr. Glenwood.« Das Lächeln verschwand. »Dass Leute wie Sie uns in Ruhe lassen. Mich, meine Familie und die Leute, die dafür sorgen, dass Essen auf meinen Tisch kommt.«

»Sie sind Lieferant für ›New Horizons‹.«

»Man hat mir schon gesagt, dass Sie ein heller Bursche sind. Jetzt hören Sie zu, Mr. Glenwood, denn ich sag's Ihnen nur einmal.« Er kam einen Schritt näher, und seine Stimme wurde zu einem gepressten Grollen. »Sie halten sich fern von ›New Horizons‹. Entweder das, oder Sie kriechen zurück in Ihren feinen neuen Wagen und fahren geradewegs aus der Stadt.«

»Ich rufe die Polizei.«

»Rufen Sie, wen Sie wollen. Das wird Ihnen nichts nützen.« Das Lächeln war verzerrt und so hart wie die Stimme. »Wir wissen genau, wie Sie Ihre Kids und die Missus verloren haben. Ist 'ne Schande, wie gefährlich die Straßen in der Gegend sind.«

Marcus fühlte, wie es ihm die Luft aus der Lunge trieb. Der Mann beobachtete seine Reaktion genussvoll und wartete, bis Marcus wieder atmen konnte. »Jetzt denken Sie darüber einfach mal ein Weilchen nach. Wenn Sie das nächste Mal jemanden herschicken – ja, dann werden Sie es überhaupt erst merken, wenn es vorbei ist.«

Marcus ging langsam über seinen Rasen. Am Himmel zogen Wolken auf, und die Luft war schwül vom bevorstehenden Regen. Er roch die frische Farbe von Deacons jüngstem Werk, und er sah, wie die Fensterrahmen und Läden vom zweiten Anstrich des Morgens glitzerten. Das abgetönte Weiß des Holzwerks ließ die alten gebrannten Ziegel wie poliert erscheinen. Deacon saß oben auf dem Fenstersims unter der Eckkuppel im Obergeschoss, den Pinsel in der Hand, und sein Blick war ernst und wachsam. Marcus sagte nichts, denn es war nicht nötig. Er ging die Vordertreppe zur Veranda hinauf. Sein Haus. Alles, was er noch hatte.

Netty beobachtete ihn aus sicherer Deckung hinter der Fliegentür. »Alles in Ordnung?«

Er öffnete die Tür, drehte sich dann um und schaute über den Rasen hinweg. Im trüber werdenden Licht leuchtete das Gras smaragdgrün. »Wissen Sie, wer das war?«

»Hank Atterly. Ich hab die Polizei gerufen. Nicht, dass es irgendwas nützen könnte.« In ihrer Stimme lag müde alte Bitterkeit. »Hank und seinesgleichen sind der Grund, weshalb diese Seite der Stadt an eine Vergangenheit gekettet ist, die niemand außer denen da oben behalten möchte.«

»Und der Kerl in dem Pick-up?«

»Noch nie gesehen. Aber wenn er sich mit Hank rumtreibt, dann können Sie drauf wetten, dass er auch Ungeziefer ist.«

»Atterly behauptet, er sei im Stadtrat.«

»Ist er, war er, wird er immer sein. Er oder einer von seiner Sorte. Er hat Sie weggejagt, nicht?«

»Er hat gesagt, ich soll mich von ›New Horizons‹ fern halten.«

»Sag ich doch. Er hat Sie weggejagt.« Sie schaute hinaus auf die Straße, wo die Luft immer noch verschmutzt aussah. »'ne üble Brut. Wenn's nach den Hank Atterlys dieser Welt ginge, dürften Leute mit dunkler Haut nie über Grundschule und Mindestlohn rauskommen.«

»Ich habe sagen hören, der Ostteil von Rocky Mount ist arm, weil die Leute mit Geld lieber anderswo wohnen.«

»Glauben Sie diese Lüge nicht eine Minute. Gibt keinen Grund, weshalb derselbe Stadtrat dieselben Straßen, die sie westlich vom Tar River haben, nicht auch auf dieser Seite anlegen könnte. Gibt keinen Grund, weshalb sie nicht auch hier drüben ein Stück Brachland für ein Shopping-Center ausweisen oder uns eins von den blitzblanken neuen County-Verwaltungsgebäuden oder sogar 'ne anständige Schule hinstellen könnten.« Sie schüttelte entschieden den Kopf. »Wenn Sie hier erst lange genug wohnen, werden Sie das schon lernen.«

Das Telefon klingelte. Sie wandte sich ihrem Büro zu und sagte über die Schulter: »Die ganze Welt hat sich verändert, seit Ihr Granddaddy dieses Haus hier gebaut hat. Bloß eins hat sich nicht geändert: Wir haben immer noch einen Stadtrat und ein Unternehmen mit Einfluss, die beide nach besten Kräften dafür sorgen, dass sie uns unten halten.«

Marcus hörte, wie sie sich mit seinem Namen meldete, und in der Ferne grollte der Donner, als sie zurückkam. »Es ist Alma Hall.«

Marcus ging zu seinem Schreibtisch in der Ecke und nahm den Hörer ab. Und hörte eine Stimme, die vertraut und doch völlig neu klang. »Kommen Sie rüber.«

»Alma?«

»Sofort, hören Sie nicht?«

»Was ist denn los?«

»Vergeuden Sie keine kostbare Zeit mit Fragen. *Kommen Sie!*«

ELF

Marcus sah keinen Regen auf der Fahrt, aber jede Fläche war nass von frischen Tränen. Die Straßen waren verstopft vom Autoverkehr und von den Rinnsalen eines Unwetters, das vollständig an ihm vorbeigegangen war.

Bei seiner Ankunft fand er eine Situation vor, die dem Wetter glich. Alma Hall öffnete ihm die Tür, groß und aufrecht und immer noch in ihrer Dienstkleidung, einem dunklen Kostüm mit flachen Schuhen. Aber ihr Gesicht war zerfurcht von Schmerz und verschmiert von Tränen, die sie gar nicht erst weggewischt hatte. Ihre Stimme hatte einen tragischen, gebrochenen Klang. »Danke, dass Sie gekommen sind, Marcus.«

»Sie haben Neuigkeiten.« Es konnte nichts anderes sein.

»Hier entlang.« Sie führte ihn ins Wohnzimmer, wo das Panoramafenster heute den Blick auf eine Welt in monochromem Grau eröffnete. Marcus hatte Zeit für einen kurzen Blick hinaus, bevor er bemerkte, dass eine dritte Person im Zimmer war. Er blieb wie angewurzelt stehen.

»Ich glaube, Sie kennen Kirsten.«

»Was tun Sie hier?«, fragte er herausfordernd.

»Setzen Sie sich, Marcus.« Das kam von Austin Hall. Es war das erste Mal, dass er Marcus mit Namen anredete. Er klang ebenso gebrochen wie seine Frau. »Hier drüben, damit Sie den Fernseher sehen können.«

Marcus tat wie geheißen, aber sein Blick wanderte zurück zu der schweigenden Kirsten. Heute trug sie Jeans und einen Zopfmusterpullover mit einem weichen Rollkragen, als wolle sie in seinen weichen Falten Schutz suchen. Das platinblonde Haar lag kurz und dicht am Kopf. Fort war der beherrschende Zorn, die Stachelfrisur, die Barrieren. Nur die Augen waren wie beim letzten Mal, veilchenblau und nur deshalb trocken, weil sie keine Tränen mehr vergießen konnte.

»Hat Gloria Kontakt mit Ihnen aufgenommen?«, fragte Marcus.

Alma setzte sich zu Kirsten auf das Sofa und nahm ihre Hand. »Kannst du es dir noch einmal ansehen?«

»Das ist egal. Ich kann ebenso gut bleiben.« Die Worte klangen ausgehöhlt, tonlos, leblos. »Ich werde es vor mir sehen, solange ich lebe.«

»Also gut.« Alma atmete bebend ein und nickte ihrem Mann zu. »Fang an, Austin.«

Mit einer Fernbedienung schaltete er Fernsehapparat und Videorekorder ein. Ehe das Tape in Gang kam, schluchzten beide Frauen leise. Austins Schultern zuckten krampfhaft.

Eine Kette nackter Glühbirnen hing hinter der Person, die da auf dem Bildschirm erschien, und Marcus sah nur eine verschwommene Silhouette. Das Hinschauen tat den Augen weh, denn die Kamera hatte das gleißende Licht viel besser eingefangen als die Person. Er beugte sich vor und versuchte, durch den Schatten zu spähen.

Die Kamera zog über den Fokus hinweg, ging zurück, und das Bild wurde wieder schärfer. Marcus hatte den Eindruck, dass die Silhouette ein wenig zerdrückt aussah, vor allem auf der linken Seite. Dann wurde ihm klar, dass er eine Person mit stark verfilzten Haaren sah. Wahrscheinlich eine Frau.

Eine Stimme sprach. »Hallo, Mutter. Hallo, Dad. Mir geht es gut. Hier ist alles in Ordnung. Ich bleibe eine Weile hier. Ich arbeite. Ich studiere fleißig. Mir geht es gut.«

Die leblose Stimme klang wie computergeneriert. Marcus begriff, dass sie offenbar etwas vorlas, das man ihr gegeben hatte. Etwas, das jemand geschrieben hatte, der so schlecht Englisch sprach, dass er nicht merkte, wie falsch es sich anhörte. Oder es war ihm einfach egal.

»Ich brauche Geld für meine Arbeit. Schickt jetzt Geld. Schickt Geld, und es wird mir … gut gehen. Ich bin glücklich. Schickt Geld. Und lasst mich in Ruhe. Aber schickt Geld. Hunderttausend Dollar. Schickt es an die Guangzhou Bank, Filiale Hongkong. Konto Nummer vier-fünf-fünf-sieben-zwei-zwei.« Als sie die Summe und die Kontonummer wiederholte, begann im Zimmer ein mattes Wimmern, ein Laut, der so natürlich zu der Szene passte wie Marcus' eigener Atem. »Ich bin glücklich«, endete Gloria. »Schickt das Geld. Tut es sofort.«

Marcus blieb sitzen und starrte den leeren Bildschirm an, bis die drei andern sich wieder gefasst hatten. Schließlich sagte Glorias Mutter: »Das ist nicht mein Baby.«

Marcus verstand nicht. »Die Frau auf dieser Kassette ist nicht Ihre Tochter?«

»Nein, nein.« Sie stieß mit dem Zeigefinger nach dem Fernseher. »Das haben sie aus ihr *gemacht*. Aber es ist nicht mein Kind. Sie haben meinem Baby wehgetan. Sehr wehgetan.«

Kirsten starrte Marcus mit rot umrandeten Augen an. »Finden Sie jetzt, dass Sie endlich genug Material für eine Klage haben?«

»Das ist kein zulässiges Beweismaterial«, sagte Marcus, und seine eigene Stimme klang hohl in seinen Ohren.

»Eine juristisch tadellose Feststellung.« Kirsten war zu sehr ausgelaugt, um mehr als einen Hauch von Bitterkeit in ihre Worte zu legen. »Dann sind Sie ja anscheinend in Sicherheit.«

»Es gibt keinen definitiven Hinweis auf Gefangenhaltung, keine Möglichkeit, die Authentizität der Kassette nachzuweisen. Wir brauchen beides, bevor …«

»Ach, verschonen Sie mich damit. Im Grunde wollen Sie nur sagen, dass Sie sich immer noch nicht darauf einzulassen brauchen. Habe ich Recht?« Sie stand auf und ging hinaus. Von der Treppe her rief sie: »Sagt mir Bescheid, wenn dieses Stück Mist gegangen ist.«

»Stören Sie sich nicht an ihr«, sagte Alma leise. »Die beiden Mädchen standen einander so nah wie Zwillinge.«

Austin Hall erhob sich seufzend; er tat es sorgsam und bedächtig.

Dann ging er hinüber zu den Bücherregalen neben dem Fernseher. »Wo hast du die Fotos hingetan?«

»Unten rechts in den Schrank«, sagte Alma leise. »Da in der Ecke.«

Austin öffnete die kleinen Türen, suchte ein gerahmtes Foto hervor, richtete sich wieder auf und blieb dann lange so stehen. Seine Reglosigkeit veranlasste Alma, wieder zu schniefen.

Langsam wandte er sich wieder ins Zimmer. Erst jetzt erkannte Marcus, wie aufgelöst der Mann war. Von hinten war er immer noch der straff gespannte Professor in seiner Weste und dem gestärkten Hemd und der Anzughose. Aber die Weste hing offen herab, und die Krawatte war fort, und das Hemd war aufgeknöpft, sodass man ein T-Shirt und einen Ansatz von grauem Brusthaar sehen konnte. Er kam mit seiner Bürde zurück und blieb leicht schwankend bei Marcus stehen. »Alma hat diese Sachen weggeräumt, als sie sah, wie weh es mir tat, sie anzuschauen.«

Marcus nickte. Das verstand er sehr gut.

Austin drehte das Bild so, dass Marcus es sehen konnte. »Das ist meine Gloria. Nicht das, was Sie da auf dem Bildschirm gesehen haben. Das hier ist mein kleines Mädchen. Hier. Sehen Sie, was sie ihr angetan haben?«

»Ja.« Die Frau auf dem Foto war elektrisiert. Sie lachte so laut, dass er ihre Stimme hören konnte. Mehr als das. Er hörte seine eigenen Kinder, hörte seinen Sohn im Garten singen und lachen wie die Glocken des Himmels.

Gloria Hall trug ein smaragdgrünes Cocktailkleid, wahrscheinlich aus Seide. Sie war geschmückt mit einem Ansteckbouquet und dem prachtvollsten Lächeln, das er je gesehen hatte. Sie war eine große Bezauberin, keineswegs schön – dazu hatte sie viel zu viel von der kraftvollen Gestalt ihrer Mutter und den strengen, starken Zügen ihres Vaters. Ihre Schultern und Arme machten sich lustig über die Zartheit des Kleides. Das war ihr bewusst, und es war ihr gleichgültig. Marcus starrte das Bild an und wusste, dass er nie einen Menschen gesehen hatte, der in seiner Haut glücklicher gewesen war.

»Was immer notwendig ist«, sagte Austin, und seine Stimme verbrannte die Worte zu verkohlter Asche. »Haben Sie verstanden? Was immer Sie tun müssen.«

Marcus blieb bei der ganzen polizeilichen Vernehmung dabei. Als die Halls sich weigerten, das Originalvideo herauszugeben, regelte er das Nötige, was bedeutete, dass er mit ihnen fahren musste, um es kopieren zu lassen. Es folgten telefonische Diskussionen mit verschiedenen Leuten vom Außenministerium und der Besuch eines lokalen FBI-Agenten – alles völlig ergebnislos. Als der letzte Polizist das Haus der Halls verlassen hatte, war Marcus nicht nur erschöpft. Er hatte Angst.

Er nahm die erste Abfahrt zum Ostteil von Rocky Mount und fuhr, bis er die erste Bar sah. Sie eignete sich perfekt für seine Bedürfnisse. Das Lokal war voll von Schatten und harten Trinkern: Männern, die Gewichtheben mit Gabelstaplern statt mit Hanteln betrieben, und Frauen, die sich für sechs Dollar die Stunde plus Überstundenzulage mit einer von Tiraden verseuchten Welt abgefunden hatten. Dem Barkeeper gelang es, seine Bestellung entgegenzunehmen, ohne ihm in die Augen zu schauen. Niemanden interessierte es, dass Marcus im ganzen Laden der Einzige mit einer Krawatte war. Er war auch nur ein Herumtreiber auf der Suche nach einem Drink und einer Musicbox, die für ihn weinte.

Als er beim dritten Glas war, wisperten ihm die Schatten verhasste Erinnerungen ins Ohr, und die Luft war hart und niederträchtig geworden. Marcus kaufte eine Flasche Wodka und nahm sie mit. Zu Hause gingen die Drinks glatter herunter, aber die Luft blieb schwer. Marcus trank, bis das Wispern aufhörte, oder zumindest, bis er nichts mehr davon hörte. Er stolperte die Treppe hinauf. Das Geländer war irgendwo weit weg, außer Reichweite.

Er erwachte in der harten Schwärze vor einer neuen Morgendämmerung. Sein Atem ging seufzend wie bei einer weinenden Frau, und da erinnerte er sich, warum er mit dem Trinken Schluss gemacht hatte. Es war nichts Edles gewesen, kein Gelübde oder die Hoffnung, die Vergangenheit ins Lot zu bringen oder nach Besserem zu streben.

Nichts dergleichen. Das Trinken kettete ihn ganz unten an, wo er den Albträumen nicht entrinnen konnte. Und dann stand es ihnen frei, stundenlang an ihm zu fressen, lange genug, um das Bett mit seinem Schweiß zu beflecken. Marcus ließ seine Bettwäsche in einem feuchten Haufen auf dem Badezimmerboden liegen und ging seine Laufsachen suchen.

Früher war Sport eine natürliche, leichte Sache gewesen. Aber seit dem Unfall hatte Marcus außer der Arbeit im Haus fast nichts mehr getan. Er brauchte eine halbe Stunde, um die Laufschuhe zu finden. Bis dahin waren seine Kopfschmerzen zurückgegangen, und aus grellen Blitzen war rollender Donner geworden.

Die erste halbe Meile war die reine Qual. Er atmete Feuer und schmeckte Galle. Nach der zweiten halben Meile hatte er die Reste von Alkohol und bösen Träumen ausgeschwitzt. Trotzdem zählte das geistige Metronom gleichmäßig mit, und als er eine Meile hinter sich gebracht hatte, wusste er, er musste jetzt aufhören oder sterben.

Als er schließlich wieder Luft bekam, schaute er sich um und erkannte, dass er keine Ahnung hatte, wo er war.

Er brauchte fast eine Stunde, um den Heimweg zu finden. Lange genug, um leisen Hunger zu entwickeln und sich einen Plan für die Arbeit des Tages zurechtzulegen. Als er geduscht und sich einen Kaffee aufgebrüht hatte, regnete es wieder. Er frühstückte im Stehen an der Küchentheke und sah zu, wie kristallene Vorhänge seine Welt verschlossen.

Das Telefon läutete, als er Papiere und Post sortierte. Es war Netty. »Jay geht es mal wieder schlecht.«

»Dann kommen Sie nicht ins Büro.«

»Nach dem Mittagessen könnte ich es vielleicht schaffen. Im Moment ist es ziemlich schlimm.«

»Keine Sorge deswegen.« Er hörte ein schrilles Heulen im Hintergrund, einen einzelnen Ton, der sich endlos in die Länge zog, als habe der Umstand, dass er geistig behindert auf die Welt gekommen war, Jay mit der Fähigkeit versehen zu schreien, ohne Luft zu holen. »Kommen Sie denn zurecht?«

»Das sollte ich Sie eigentlich fragen. War das Video so schlimm, wie sie sagen?«

Er versuchte das Schreien auszublenden. »Woher wissen Sie von dem Video?«

»Dies ist eine kleine Stadt in einer kleinen Stadt. Jemand hat in der Kirche davon gehört und herumtelefoniert. Alles spricht sich hier herum. Auch, wo Sie gestern Abend gewesen sind.«

»Das soll wohl ein Witz sein.«

»Hören Sie zu, Marcus. Wenn Sie noch mal was trinken wollen, dann trinken Sie unter Freunden. Da hätte gestern Abend auch ein Nachtschwärmer mit einem Gehaltsscheck von ›New Horizons‹ in der Tasche unterwegs sein können. Jemand, der zu gern damit angeben würde, dass er es war, der Sie zu Brei gehauen hat.«

»Das klingt wie aus einer anderen Zeit.«

»Nein, tut es nicht. Es hört sich an wie guter alter Menschenverstand. Also, war das Video schlimm?«

»Es war schrecklich«, antwortete Marcus leise.

»Die armen Leute. Werden wir ihnen helfen?«

Er merkte, dass es ihm gefiel, wie sie das gesagt hatte. Wir. »Ich glaube, wir werden's versuchen.«

»Das ist wirklich gut. Rufen Sie mich an, wenn Sie mich brauchen.«

»Ich komme schon zurecht.« Und nachdem er aufgelegt hatte, glaubte er es eine Zeit lang wirklich.

Marcus rackerte den ganzen Tag in seiner von Wasser umschlossenen Welt. Seine Ecke von Nettys Büro war bald umringt von Gesetzestexten und Kommentaren, aufgeschlagen und übereinander gestapelt. Marcus hatte die Bücher vor Jahren für sein häusliches Arbeitszimmer gekauft, als ein Anwalt gestorben war und die Witwe seine Sachen versteigert hatte. Damals hatte der Mann ihm Leid getan. Die Bücher waren staubig und rochen, weil sie lange außer Gebrauch gewesen waren. Nach einer Weile trat der Geruch wie der Regen in den Hintergrund. Der Mittag kam und ging, und der Hunger war bald nur noch ein weiteres leises Grummeln am Horizont, bemerkt, aber nicht zur Kenntnis genommen.

Um halb vier war er fertig. Marcus duschte, und dann stand er vor den hohen Schiebefenstern in der Küche und aß Eier mit Toast. Irgendwann in der vergangenen Stunde hatte der Regen nachgelassen. Der Dunst fiel jetzt nicht mehr, sondern schwebte eher in der stillen Luft. Vor dem Fenster standen die Kiefern geduldig im grauen Nachmittag; ihre Zweige hatten sich in schweren grünen Kristall verwandelt. Er stand da und lauschte dem leisen Trommeln der Tropfen, die vom Dach fielen. Das Geräusch schlug den Takt zu dem ruhigen Stampfen in seinem Kopf. Marcus stellte seinen Teller hin, griff nach Schlüssel, Jacke und Mappe und fuhr zu den Halls.

Alma öffnete und führte ihn ins Wohnzimmer. Das Bild vom vergangenen Nachmittag hatte sich nur wenig geändert, nur, dass Kirsten wieder aufgetaucht war, und ein paar andere Leute waren auch zusammengekommen. Deacon Wilbur und seine scharfkantige Frau grüßten mit ernstem Nicken. Alma wollte ihn zwei anderen Frauen vorstellen, die eine weiß, die andere *hispanic*, aber dann fand sie, dass sich die Mühe nicht lohnte. Ein anderes Paar, an das er sich von der Kirche her unbestimmt erinnern konnte, stand in der Nähe und doch im Hintergrund. Deacon sah Marcus' Gesichtsausdruck und schlug leise vor, der Familie ein bisschen Ruhe zu gönnen. Als Kirsten aufstand, um zu gehen, winkte Alma ihr aus Gründen, die Marcus nicht verstand, noch zu bleiben.

Er lehnte den Kaffee ab, den Alma ihm anbot; er wartete, bis sie sich neben Austin gesetzt hatte, und fing ohne Einleitung an. »Mit einer Klageeinreichung verbinden sich ein paar schwer wiegende Risiken.«

»Sie wollen den Fall übernehmen?« Almas Stimme klang immer noch so hohl wie am Tag zuvor. »Sie werden mithelfen, mein Baby zu suchen?«

Marcus wartete, bis sie wieder schwieg, und fuhr dann fort. »Was den Fall selbst angeht, so besteht unser größtes Problem darin, dass wir keinen direkten Kausalzusammenhang zwischen ›New Horizons‹ und Glorias Verschwinden herstellen können. Solange ich nichts Konkretes vorweisen kann, und zwar bald, wird die Sache höchstwahrscheinlich abgewiesen, und mich wird man wegen leichtfertiger Klageeinreichung bestrafen.«

»Die Polizei ist gekommen und wieder gegangen, diesmal mit einem Detective und jemandem aus dem FBI-Büro in Raleigh.« Alma verwandelte die Worte in eine tragische Litanei. »Und wir haben noch drei Anrufe vom State Department bekommen. Niemand sagt uns irgendetwas, was wir nicht schon wissen. Niemand bietet uns irgendeine echte Hilfe an. Sie sagen alle nur …«

»Sei still, Alma, Honey.« Austin sagte es ohne Schärfe. Er ließ Marcus nicht aus den Augen. »Lass den Mann zu Ende reden.«

»Wie ich Ihnen am Sonntag schon erklärt habe«, sagte Marcus, »haben wir im Grunde nichts in der Hand. Aber was ist unser Ziel? Sind wir auf eine umfangreiche finanzielle Einigung aus? In dem Fall haben wir verloren, bevor wir angefangen haben.«

Er klopfte mit einem Finger auf den braunen Umschlag. »Aber wenn wir in Wirklichkeit darauf aus sind, Ihre Tochter zurückzuholen, dann besteht die Chance, dass wir sie durch die bloße Klageeinreichung zum Handeln zwingen. ›New Horizons‹ könnte so viel Angst vor schlechter Publicity haben, dass sie die Chinesen bedrängt, etwas zu tun, was wir nicht können.«

Marcus schwieg kurz und fuhr dann langsamer fort. »Es gibt dabei noch ein Risiko. Die Klage könnte genau den gegenteiligen Effekt haben. ›New Horizons‹ könnte zu dem Schluss kommen, dass es in ihrem besten Interesse ist, jeglichen Beweis zu beseitigen.«

Mehr sagte er nicht. Er schaute stumm über den Glastisch. Und wartete.

Es war Alma, die dann explodierte. Alma Hall, eine der gefasstesten und distinguiertesten Damen, die Marcus je kennen gelernt hatte, geriet völlig aus den Fugen. »Was werden sie meiner Gloria *jetzt* noch antun? Wissen Sie, was der FBI-Mann mir erzählt hat? Er habe Kontakt zu unserer Botschaft aufgenommen! Wissen Sie, wo die Botschaft ist? In Beijing! Wissen Sie, wie weit es von dort bis zu meiner Gloria ist? Zweitausend Meilen!«

Marcus warf einen Blick zu ihrem Mann, und der sagte schlicht: »Sie wissen schon, wie ich darüber denke.«

Austins ruhiger Ton brachte seine Frau zur Besinnung. Sie schaute ihn an. »Du stimmst mir zu?«

»Abwarten ist zu gefährlich.« Das sagte Austin zu ihnen beiden. »Wir müssen zuschlagen, so gut wir können.«

Alma griff mit beiden Händen nach der Hand ihres Mannes und drehte sie so, dass sie sie in ihrem Schoß zusammenpressen konnte. Hielt sie fest. Sie schaute Marcus an. »Was werden Sie tun?«

»Mit Ihrer Erlaubnis werde ich von hier aus geradewegs zum Bundesgericht nach Raleigh fahren. In Ihrem Namen reiche ich Zivilklage gegen ›New Horizons‹ und unbekannte chinesische Partner ein.« Seine Stimme klang kraftvoll in seinen eigenen Ohren. Professionell. Ohne jede Spur von der Bangigkeit, die er innerlich empfand. »Die Vorwürfe lauten auf Freiheitsberaubung, Verstöße gegen Arbeits- und Menschenrechte und absichtliche Zufügung von emotionalem und körperlichem Leid.«

Marcus schob ihnen die Mappen hinüber. »Eine davon ist für mich, eine für das Gericht, und die dritte ist eine Kopie für Sie. Das erste Blatt ist eine Einverständniserklärung, mit der Sie mich mit Ihrer Vertretung beauftragen. Da hier insofern unterschiedliche Staatsbürgerschaften betroffen sind, als unsere Klage sowohl nationale als auch internationale Dimensionen aufweist, ist dies ein Fall für das Bundesgericht. Ich fordere sowohl Schadenersatz als auch Schmerzensgeld. Sie müssen das alles sorgfältig lesen.«

»Nein, muss ich nicht.« Austin Hall löste seine Hand aus der Umklammerung seiner Frau und klappte die Mappe auf. »Leihen Sie mir Ihren Stift.«

»Mr. Hall …«

»Nennen Sie mich Austin, und geben Sie mir Ihren Stift. Zum Lesen ist später noch Zeit genug.«

Marcus kapitulierte. »Sie müssen sämtliche Durchschläge unterschreiben. Sie auch, Alma.«

Austin kritzelte seine Unterschrift und schob die Mappen nacheinander mit zornigem Ruck beiseite. Alma beobachtete ihn, eine Hand auf seinen Arm gelegt, und sagte leise: »Ich habe gestern die ganze Nacht im Bett gelegen und gehört, wie meine Gloria um Hilfe rief. Gehen Sie los, und tun Sie's, Marcus. Tun Sie's gleich.«

ZWÖLF

Dass Kirsten gekommen war, hörte Marcus überhaupt nur, weil er dem nächtlichen Chor vor seinem offenen Fenster lauschte. Das erste Geräusch war eine zarte Andeutung an der Grenze des Hörbaren, ein Rascheln auf dem Rasen, ein Scharren auf der Treppe. Aus irgendeinem Grund kam ihm erst viel später in den Sinn, dass das Geräusch ihn auch vor einer nahenden Gefahr hätte warnen können. So, als habe er auf irgendeiner Ebene weit jenseits von Hören und Sehen schon gewusst, dass dieses Geräusch etwas Gutes ankündigte.

Als er auf seine Vorderveranda hinauskam, sah er nur noch einen blonden Kopf, der in die Nacht hinaushüpfte. Dann erblickte er die Kiste, die neben der Tür stand, und begriff. Er sprang die Stufen hinunter, lief auf den Rasen hinaus und rief leise: »Kirsten!«

Sie fuhr herum. Einen kurzen Augenblick lang beleuchtete die Straßenlaterne eine andere Kirsten, eine mit weichen Kanten und bebenden Bedürfnissen. Dann ließ sie die Hand, die nach ihrer Kehle gegriffen hatte, wieder sinken, und der harte, zornige Ton in ihrer Stimme und in ihren Zügen war wieder da. »Schleichen Sie sich doch nicht so an!«

Er sah keinen Sinn darin, sie darauf hinzuweisen, dass wohl eher sie es war, die sich angeschlichen hatte. »Sorry.«

»Ich wollte nur noch ein paar Daten über ›New Horizons‹ abliefern.«

Sie sagte nichts weiter, als er sie eingeholt hatte und neben ihr herlief – vielleicht, weil die Nacht so still und so dunkel war, vielleicht auch, weil sie sich schämte, dass sie ihr Auto zwei Häuser weiter unten geparkt hatte, statt in seine Einfahrt zu kommen. »Haben Sie Klage eingereicht?«

»Ich bin erst vor zwei Stunden zurückgekommen.«

»Alles gut gegangen?«

»Ist ja eine ziemlich narrensichere Prozedur. Ich habe die Unterlagen beim Gericht in den Briefkasten geworfen.«

Kirsten blieb an einem unauffälligen Nissan stehen. Sie schob den Schlüssel ins Kofferraumschloss und klappte den Deckel auf. Zwei weitere Kästen kamen zum Vorschein. »Ich weiß nicht, wieso ich dieses Zeug von Washington heruntergekarrt habe. Die ganze Zeit habe ich angenommen, Sie würden alles wieder fallen lassen, genau wie der andere Anwalt.«

Marcus erkannte, dass dies die einzige Abbitte war, die sie je aussprechen würde. Er hob eine der Kisten hoch; sie war überraschend leicht für ihre Größe. »Ein Freund von mir hat mich darauf hingewiesen, dass manche Fälle auch dann gewonnen sind, wenn man sie verloren hat.«

Aus irgendeinem Grund wurde ihr Blick bei diesen Worten noch aufschlussreicher. Aber sie sagte nichts, nahm nur die letzte Kiste aus dem Kofferraum und wartete, dass Marcus den Deckel schloss. Zusammen überquerten sie den Rasen. Das Haus wartete gelbrot und einladend vor ihnen. »Alma hat gesagt, das Haus hat Ihren Großeltern gehört«, sagte Kirsten.

»Und mir. Es ist das einzige Zuhause, das ich je gekannt habe.« Merkwürdig, wie die Nacht und diese verschlossene Frau ihn öffneten. »Meine Eltern hatten nicht viel übrig fürs Elterndasein. Sie haben getrunken. Mein Dad verschwand, als ich neun war. Kam eines Tages einfach nicht mehr nach Hause. Meine Mom hielt noch ein Jahr länger durch. Dann wachte ich eines Nachts auf und hörte, wie sie am Telefon ihre Mom, meine Großmutter, ankreischte. Sie könne es nicht mehr aushalten, könne mich nicht großziehen, entweder käme meine Grandma mich holen, oder sie gäbe mich ins Waisenhaus.«

Ihre Reaktion war so leise, dass er sie fast nicht hörte. »Das ist schrecklich.«

»Es war das Beste, was mir je passiert ist.« Die Nacht hatte seine Worte von allem Schmerz entkleidet; sie kamen so nüchtern und sachlich hervor, dass Marcus sich nicht einmal fragte, warum er überhaupt darüber redete. »Mein Grandpa hatte ungefähr ein Jahr zuvor einen Schlaganfall gehabt. Er war nicht mehr beweglich, und so fing ich gleich am ersten Tag an, mich nützlich zu machen. Er hatte dieses Haus für meine Großmutter gebaut, als die Zeiten noch gut waren. Sie hat es geliebt. Es wäre ihr nie eingefallen, es zu verkaufen, nicht mal, als wir zum Leben nur noch die Sozialhilfe meines Großvaters hatten und das, was wir im Garten anpflanzen konnten. Aber meine Großmutter war eine von den Frauen, die einfach alles hinkriegten. Ich weiß nicht, wie ich sie sonst beschreiben soll.«

Er stieg die Stufen zur Veranda hinauf, versunken in der Erinnerung daran, wie gut es gewesen war, nach Hause zu kommen und hinter der Fliegentür eine alte Frau zu finden, die immer fürsorglich war. Ruhig und liebevoll und stark und immer für ihn da.

Erst als er seine Kiste auf die erste stellte, merkte er, dass Kirsten nicht die Treppe heraufgekommen war. Marcus drehte sich um und fragte leise: »Was ist mit Ihrer Familie, Kirsten?«

»Meine Eltern sind bei einem Autounfall ums Leben gekommen.« Sie bewältigte die erste Stufe, nahm keine Notiz davon, dass er herunterkam und ihr die Kiste aus den Armen nahm. Blieb einfach stehen und hielt sich an der Nacht fest. »Ungefähr vier Monate vorher hatte ich Gloria kennen gelernt. Sie hat mir geholfen. So sehr.«

Er stellte die Kiste zu den andern und kam zu ihr zurück. »Und jetzt wollen Sie ihr helfen.«

Kirsten reagierte, als habe man sie geschlagen, sie fuhr herum, ihr Blick war wieder scharf, ihre Augen blitzten. Sie öffnete den Mund, klappte ihn hart wieder zu und sagte dann nur: »Ich muss gehen.«

Marcus sah ihr nach, als sie sich abwandte und in der Nacht verschwand, und er wunderte sich über die Geräusche, die die Luft erfüllten. Sein Herz schien in einem silbernen Akkord zu summen, den er so lange nicht mehr gehört hatte, dass ihm gar nicht mehr einfallen wollte, was er bedeutete.

Aber die Nacht war noch nicht mit ihm fertig. Bis kurz vor Tagesanbruch kämpfte Marcus mit den Informationen, die Kirsten bei ihm abgeladen hatte. Mit jeder Stunde, die verging, wechselte seine Stimmung; aus Erstaunen wurde Empörung und dann morbide Neugier. Um halb fünf hatte er erledigt, was er konnte, bis auf einen letzten Anruf. Er blätterte in seinem Telefonverzeichnis und suchte den Namen eines Ladungszustellers heraus, dessen Dienste er schon öfter in Anspruch genommen hatte, eines früheren FBI-Agenten in Washington, D. C. Die Uhrzeit kümmerte ihn nicht. Solche Zusteller waren dafür bekannt, dass sie außerhalb der regelmäßigen Gewohnheiten lebten, die den Rest der Menschheit regierten.

Der Mann meldete sich wie immer. »Was gibt's?«

»Hier ist Marcus Glenwood.«

»Und?«

»Ich hätte Vorstandsmitgliedern von ›New Horizons‹ ein paar Beweisfragen zuzustellen.«

»Bei denen ist man schon gewesen.«

»Sie?«

»Nein. Aber wenn jemand so viele Fliegen anlockt, spricht sich das herum.«

Marcus warf einen Blick auf das Material, das jetzt in seinem Büro verstreut war. Es reichte bis ins nächste Zimmer, über den Boden drapiert wie seidige Kleider in den Farben eines überreifen Regenbogens. »Spricht sich auch herum, wie schwer es war, diese Leute aufzustöbern?«

»Nahezu unmöglich. Die sind sehr geübt im Weglaufen. Geht's um was Großes?«

»Sehr.«

»Dann rate ich Ihnen, sich alle vorzunehmen – bis runter zum Nachtwächter. Denn der ist ungefähr der Einzige, den Sie vor ein Gericht kriegen werden.«

DREIZEHN

Am nächsten Morgen hörte Randall Walker sich am Handy den Bericht von Hamper Caisse an. »Ich habe getan, was Sie wollten, und bin in dem Haus der Stanstead in der P Street gewesen.« Die Stimme klang lakonisch wie immer, so grau wie der ganze Mann. »Es gibt keine weiteren Akten.«

»Sind Sie sich sicher?«

»Ich habe das Haus mehr als drei Stunden durchsucht. Ich habe alles kopiert, was sie im Computer hatte – Festplatte und Disketten. Habe noch mal sieben Stunden darauf verwandt, die alle durchzusehen. Sie werden's auf meiner Rechnung finden.«

Randall ließ sein Büro allwöchentlich nach Wanzen absuchen, und trotzdem sprach er mit diesem Mann immer nur über dieses auf den Namen einer Anwaltsgehilfin zugelassene Mobiltelefon. Die Anwaltsgehilfin hatte keine Ahnung, dass sie Besitzerin eines digitalen Satellitenanschlusses war. Und trotzdem machte es Randall unruhig, mit diesem Mann zu sprechen. »Haben Sie die Dissertation der Hall gefunden?«

»Noch ganz genauso wie vorher. Drei Kapitel im Entwurf. Absolut unschuldiges Material. Sie weiß nichts, was uns interessieren könnte.«

»Ich will einen Ausdruck.«

»Sie verschwenden Ihre Zeit. Und meine.«

Randall zögerte. »Wahrscheinlich haben Sie Recht«, räumte er dann ein. Hamper Caisse hatte meistens Recht.

»Dafür bezahlen Sie mich. Dass ich in solchen Dingen Recht habe.«

Aber die Sorgen ließen sich nicht verleugnen. »Wieso sagt mein Bauch mir dann was anderes?«

Eine kurze Pause. »Sie sind immer noch beunruhigt?«

Randall empfand leise Genugtuung dabei, dass der graue Mann überhaupt eine Reaktion zeigte, auch wenn es nur milde Verwunderung war. »Allerdings.«

»Ich könnte vermutlich noch mal zurückgehen und ihre Wohnung verwanzen. Aber Sie würden nur noch mehr Geld verschwenden.«

»Tun Sie es trotzdem. Ihr Auto auch.«

Er beendete die Verbindung, starrte durch das vom Boden zur Decke reichende Fenster auf das Waldpanorama hinter dem Parkplatz und fragte sich, warum er weiter solche Angst hatte.

VIERZEHN

Suzie Rikkers hatte seit drei Tagen nicht mehr gut geschlafen – nicht, seit sie von Logan erfahren hatte, dass sie Marcus Glenwood vor dem Bundesrichter toasten würden. Immer wenn sie die Augen schloss und eindämmerte, durchfuhr sie der Gedanke an das, was da bevorstand, wie ein elektrischer Strom. Bzzzt! Dann war sie jäh wieder wach und lag da und starrte an die Decke. Starrte hinauf in die Dunkelheit und lächelte.

Suzie Rikkers tigerte auf dem Gehweg vor dem Bundesgerichtsgebäude auf und ab und rauchte und ärgerte sich über die Warterei. Sie war groß im Heimzahlen. Als kleines Mädchen hatte sie mit angesehen, wie ihr Dad ihre Mom und ihren älteren Bruder und ihre Schwester herumgeschubst hatte. Oft. Sie hatte gelernt, sich zu verstecken, wenn die raue Stimme und der Schnapsdunst ihr anzeigten, dass ihr Daddy zu Hause war. Sie hatte er nicht oft geschlagen, hauptsächlich, weil ihre Schwester sich, als sie schließlich zu groß geworden war, um sich unter dem Badezimmerwaschbecken zu verstecken, ein eigenes Apartment genommen hatte. Sie war zu Hause ausgezogen und hatte ihren Bruder und die kleine Schwester mitgenommen. Hatte auch ihre Mom mitnehmen wollen, aber die Frau hatte nicht mitkommen wollen. Suzie war sehr froh darüber gewesen. Soweit es ihren achtjährigen Verstand betraf, trug ihre Mom ebenso viel Schuld wie ihr Dad, weil sie es nie geschafft hatte, den schlimmen Zeiten selbst ein Ende zu machen.

Suzie trug diese Ladung frühen Hasses immer bei sich. Sie hatte sie sich verdient. Sie durfte sie benutzen. Jeder, der ihr im Weg stand, wurde in Kniehöhe niedergemäht. Vor allem Männer. Suzie Rikkers tat nichts lieber, als irgendein selbstgefälliges, selbstgerechtes Erbsenhirn zu erledigen, das sich einbildete, nur weil sie klein und feingliedrig war, sei sie eine leichte Zielscheibe. Das Skalpell mit Umsicht verwenden, das war ihr Motto. Sie lehren, in einer höheren Tonlage zu singen.

Der unlöschbare Durst nach Rache leistete bei Gericht gute Dienste. Suzie Rikkers betrat den Gerichtssaal, als wäre es ein Schlachtfeld. Nichts gefiel ihr besser als juristische Attacken. Aber anderswo führte ihre Haltung zu Schwierigkeiten. Besonders in der Firma. Die Sekretärinnen und Anwaltsgehilfinnen hatten eine Heidenangst vor ihr. Das war kein Problem. Sie konnten ihr nichts anhaben, konnten sich allenfalls weigern, mit ihr zusammenzuarbeiten. Das Problem waren die Partner. Sie erwarteten gelegentliche Verbeugungen und Kratzfüßchen. Sogar die beiden weiblichen Partner. Aber der einzige Partner, der es je gewagt hatte, sie direkt zu attackieren, war Marcus Glenwood gewesen. Der Name genügte, um ihr Gesichtsfeld von Flammen umlodern zu lassen. Marcus Glenwood hatte auf dem halbjährlichen Partnermeeting zweimal formell beantragt, sie zu entlassen. Marcus Glenwood hatte sie als Affront gegen das juristische Establishment bezeichnet, als wandelnde Zeitbombe, die eines Tages explodieren und sie alle mit neurotischem Müll besudeln würde. Logan hatte ihr die Protokolle dieser Meetings gezeigt.

Heute war Zahltag. Sie war so aufgeregt, dass sie zwei Stunden vor dem Termin am Gericht war. Suzie Rikkers marschierte auf dem Gehweg auf und ab und rauchte so viele Zigaretten, dass ihr war, als habe sie einen Aschenbecher zum Frühstück gegessen. Sie bedauerte nur eins: dass Logan darauf bestanden hatte, die Entgegnung selbst zu übernehmen. Das war nicht gut, aber auch nicht allzu schlimm. Logan hatte seine eigenen Gründe, Marcus zu hassen. Sie schaute auf die Uhr und sah mit einem Seufzer der Erleichterung, dass die Zeiger endlich an die richtige Stelle gekrochen waren. Sie warf die letzte Zigarette in den Rinnstein und betrat das Gebäude. Vielleicht würde es nicht ihre Hand sein, die das Messer führte. Aber zumindest würde sie da sein und das Blut fließen sehen.

Marcus ging bis zum Ende des Korridors im sechsten Stock und drückte auf den Summer. Als der Öffner klickte, drückte er die Tür auf und betrat die neuen Räume der Bundesbezirksrichterin Gladys Nicols. Das Vorzimmer war geräumig und gut eingerichtet. Der Empfang war mit einem kompakten Mann im grauen Anzug mit silberweißem Bart besetzt. Die meisten Bundesrichter hatten pensionierte Polizisten der Highway Patrol im Empfangs- und Wachdienst. Alle waren bewaffnet.

»Marcus Glenwood. Ich möchte zu Jenny Hail. Sie erwartet mich.«

»Marcus, hallo, schön, dass Sie vorbeikommen.« Die Bürochefin der Richterin war noch genauso, wie er sie in Erinnerung hatte: ein zierliches Bündel von intelligenter Energie. »Wie geht's Ihnen?«

»Gut.«

»Sie sehen, na ja, besser aus.«

»So geht's mir auch.«

»Kommen Sie, ich mache die Zehn-Cent-Führung mit Ihnen.« Sie ging so flott, wie sie redete, und nach drei Minuten hatten sie den Rundgang durch Konferenzraum, Bibliothek, Schreibzimmer, einen kleineren Besprechungsraum und zwei Nebenzimmer für Assistenten beendet. Im Zimmer der Bundesrichterin gab es einen dicken Teppich, die neuesten Zeitschriften und Bücher, neue Schreibtische, prächtig gerahmte Drucke und neue Tapeten.

»Eine ziemliche Veränderung.«

»Wem sagen Sie das.« Sie führte ihn an der geschlossenen Tür zum inneren Heiligtum der Richterin vorbei.

»Ihr neuer zweiter Assistent ist Yale-Absolvent.«

Bundesrichter pflegten die Creme der jungen Juristen anzuziehen. »Machen Sie sich deshalb keine Sorgen. Richterin Nicols wäre dumm, wenn sie Sie gehen ließe. Was sie ganz entschieden nicht ist.«

Jenny führte ihn zurück zum Empfang. Augen, so hell wie ein Zaunkönigsei und fast so blau, musterten ihn. »Und wie ist es mit Ihnen? Sind Sie bereit für das Hearing heute?«

Er wusste nicht genau, warum dieses Gespräch vor dem Mann am Empfang stattfinden sollte, aber er war hier der Gast, und es war klar, dass sie die Spielregeln bestimmte. »Ich denke, schon. Es geht ja nur darum, die Voranträge einzureichen.«

Jenny warf einen Blick auf den Wachmann, der alles mit sorgfältiger Ruhe im Auge behielt. »So habe ich es aber nicht gehört.«

»Sondern?«

»Sie wissen, wer ›New Horizons‹ in diesem Fall vertritt?«

»Eine offizielle Mitteilung habe ich noch nicht bekommen, aber ich bin davon ausgegangen, dass es einer von Randall Walkers Lakaien sein wird.«

Sie schüttelte den Kopf. »Raten Sie noch mal.«

»Sagen Sie's mir.«

»Ihre alte Firma.« Wieder ein Blick zu dem Expolizisten. »Ihre alte Nemesis.«

»Logan Kendall?« Sein Herz zog sich zusammen. »Machen Sie Witze?«

»Wenn Sie aus dem Fenster gucken, könnte es sein, dass die Schwarze Witwe da unten noch immer eine Furche in den Gehweg fräst.«

»Logan hat Suzie Rikkers mitgebracht?« Marcus hoffte, dass sein Lächeln echter aussah, als es sich anfühlte. »Welch ein Paar.«

»Wie man hört, haben sie nur einen einzigen Vorabantrag gestellt.«

»Ich habe mich gefragt, weshalb die Anhörung schon zwei Tage nach meiner Klageeinreichung stattfindet.« Aber irgendetwas entging ihm hier noch. Er starrte den Expolizisten an, und der schaute völlig ausdruckslos zurück. Dann ging ihm ein Licht auf. »Sie beantragen sofortige Abweisung der Klage.«

»Das nehmen wir an.«

Seine Gedanken überschlugen sich, und der pensionierte Highway-Cop beobachtete ihn wie ein Habicht. Marcus ging zu ihm und streckte die Hand aus. »Ich glaube, wir kennen uns noch nicht. Marcus Glenwood.«

»Jim Bell. Nett, Sie kennen zu lernen. Die Richterin und Jenny haben Gutes über Sie berichtet.«

Marcus drehte sich zu Jenny um, sah ein kaum merkliches Kopfnicken. Fragte sich, was es bedeuten mochte. »Das ist schön.«

»Sie werden außerdem beantragen, dass Sanktionen gegen Sie verhängt werden. Die wollen Sie begraben.« Sie wartete, und als er nicht reagierte, fragte sie: »Sind Sie darauf vorbereitet?«

Seine Gedanken kehrten zu den drei Kisten zurück, die Kirsten vor zwei Tagen abends abgeliefert hatte. Er war an diesem Morgen schon halb aus der Einfahrt gewesen, als er noch einmal zurückgesetzt und sie in den Kofferraum geladen hatte, ohne genau zu wissen, warum. »Ich glaube, ja.«

»Marcus.« Jenny zögerte und fuhr dann mit großer Sorgfalt fort. »Sie könnten inoffiziell um Verschiebung bitten. Damit Sie mehr Zeit zur Vorbereitung haben.«

»Das ist nicht nötig.«

»Sind Sie sich sicher? Sie können sich wirklich nicht leisten ...«

»Wir müssen für Gloria Hall tun, was wir können. Sie kennen den Namen?«

Jenny warf einen Blick auf den Polizisten, ehe sie antwortete. »Ich bin mir nicht sicher.«

»Sie ist verschwunden. Wir behaupten, dass ›New Horizons‹ etwas damit zu tun hat. Unsere einzige Hoffnung besteht darin, dass wir sie mit dieser Klage so weit unter Druck setzen, dass sie sie herausrückt. So einfach ist das. Ich kann nicht warten. Nicht einen einzigen Tag.«

Als Jenny nichts weiter sagte, wandte er sich zur Tür. »Ich muss noch etwas aus dem Wagen holen.«

Das neue Büro der Richterin lag am Ende eines langen Korridors, und auf der ganzen Länge gab es keine weitere Tür. Marcus widerstand dem Drang, den Korridor hinunterzusprinten. Er hatte immer noch Zeit. Alles in Ordnung. Er ging zum Wagen und stützte sich auf den Kofferraum. Irgendwo über ihm zwitscherte ein Vogel. Sogar das klang verhängnisvoll.

Er war nicht bereit für so etwas. Für nichts von alldem. Nicht für den Druck eines Gerichtsverfahrens mit hohem Einsatz, nicht dafür, den Kampf gegen seine alte Nemesis aufzunehmen, nicht für Suzie Rikkers. Und schon gar nicht dafür, dass so wunderbare Leute wie die Halls von ihm abhängig waren. Marcus atmete zwei Mal angestrengt durch und widerstand dem Drang, in hilfloser Wut auf den Kofferraumdeckel einzuschlagen. Das Geschenk der Sympathie eines Menschen, den er so sehr bewunderte wie Richterin Gladys Nicols, machte alles noch schlimmer. Jenny Hail hätte die Sache nie zur Sprache gebracht, wenn ihre Chefin es ihr nicht aufgetragen hätte. Das offensichtliche Mitleid hinter Nicols' Handeln traf ihn hart.

Marcus stemmte sich mit den Fäusten hoch. Er starrte in den unglaublich blauen Himmel hinauf und wünschte, es gäbe eine Möglichkeit, senkrecht hineinzuspringen. Sich in dieser endlosen Tiefe zu verlieren, einfach wegzuschwimmen aus dieser Welt mit ihrem unmöglichen Jammer.

Jenny und der Polizist standen zusammen am Fenster im hinteren Teil des Empfangsraums, vertieft in die Szene unter ihnen. Jenny sagte: »Sie hatten Recht.«

»Es war die Richterin, die gesagt hat, Marcus würde nicht verschieben wollen«, sagte Jim Bell. »Ich habe ihr nur zugestimmt.«

»Okay, dann hatten Sie eben beide Recht.«

Jim Bell zuckte gleichmütig die Achseln. »Aber Sie hatten Recht, ihn zu fragen.«

Jenny schaute auf den Mann hinunter, der da über den Kofferraum seines Wagens gebeugt stand. »Ist er krank?«

»Unbedingt.« Der Polizist besaß die Fähigkeit, jeden beliebigen Platz als sein Eigentum in Beschlag zu nehmen, solide und fest verwurzelt wie ein Berg. »Dem Kerl ist das Herz mitten entzweigerissen worden. Wenn er nicht so ein Mann wäre, wie die Richterin sagt, dann wäre er nach dem, was er durchgemacht hat, mausetot.«

Jenny warf einen Seitenblick auf Bell. Sie arbeiteten erst seit kurzer Zeit zusammen, aber sie fing an, ihn als Freund zu betrachten. »Wie war es eigentlich bei der Highway Patrol?«

»Einsam. Man muss eine spezielle Sorte Mann sein, um mitten in der Nacht die Landstraßen abzufahren und Ärger zu suchen.« Ein kurzes, kleines Grinsen durchbohrte seinen Bart. »Die verrückte Sorte.«

Jenny wandte sich wieder dem Fenster zu. Marcus war jetzt dabei, den Himmel zu inspizieren; anscheinend fiel ihm das Atmen schwer. »Für mich sieht er jedenfalls krank aus.«

»So was hab ich schon gesehen.« Jim Bells Stimme hatte die ruhige Nüchternheit eines Mannes, der schon fast alles gesehen hatte. »Ein beliebiger Akt der Freundlichkeit trifft ihn wie eine Kugel in die Brust.«

»Wieso?«

»Weil er in ihm den Wunsch erweckt zu fühlen. Aber alles, was er in sich hat, ist Schmerz – mehr, als er bewältigen kann.«

Er wandte sich zu ihr um, und seine friedlichen grauen Augen blickten ausdruckslos wie eine stählerne Wand. »Die Richterin hat Recht, wenn sie sich Sorgen macht. Ich habe Männer in meiner Truppe gehabt, die es so hart getroffen hat. Die meisten verbringen den Rest ihres Lebens mit der Suche nach einer geeigneten Stelle, wo sie abstürzen und in Flammen aufgehen können.«

Sie wandte sich ab vor dem, was sich da in seinem Blick verbarg, und sah zu, wie Marcus sich damit abkämpfte, sich eine Kiste unter jeden Arm zu klemmen. »Ob er es schafft?«

»Ich schätze, das werden wir bald genug herausfinden.« Er ging vom Fenster weg; offenbar hatte er genug gesehen. »Ein Jammer, dass es die Richterin sein wird, die ihn abschießt.«

FÜNFZEHN

Die Amtsräume des Magistrats waren eine kleinere Version des Richterbüros, aber ohne die Sicherheitsmaßnahmen. Ein Fall vor dem Bundesbezirksgericht muss zuerst vor dem Bundesmagistrat verhandelt werden. Dieser niederrangige Richter hat die Befugnis, den Fall abzuweisen, nicht entscheidende Maßnahmen zu verfügen und ihn unter bestimmten Voraussetzungen sogar zu verhandeln. Diese Amtsräume liegen im zweiten Stock, und näher kommen die meisten Fälle unter dem Bundesrecht nicht an einen Gerichtssaal heran. Bei den wenigen, die das Hearing überstanden, hatte der Magistrat dann die Vorbereitung der Anträge zu arrangieren und den Verhandlungstermin festzusetzen.

Marcus erschien bepackt mit einer klobigen Sporttasche und zwei kantigen Kisten, in denen man normalerweise juristische Akten aufbewahrte. Suzie Rikkers drehte sich um und beobachtete, wie er hereinkam. Logan Kendall tat es nicht. Er war zu sehr damit beschäftigt, sich dem Magistrat zu widmen und über die jüngste Niederlage der Carolina Panthers zu reden. Logan hatte zwar die Statur eines kleinen Napoleon, aber das Profil eines Footballstürmers – knochig, entschlossen und wild. Nur ein frustrierter Ballspieler konnte so viel Enthusiasmus auf etwas so Unwesentliches verwenden.

»Hallo, Marcus.« Magistrat Bill Willoughby war ein korpulenter Mann mit der distanzierten, nüchternen Haltung eines Priesters. Ohne aufzustehen, streckte er die Hand aus. »Wie geht's?«

»Gut, Sir.«

»Bitte nehmen Sie dort Platz. Miss Rikkers und Logan hier kennen Sie natürlich.«

»Irgendwo hab ich gelesen, dass der ehemalige Linebacker der Panthers sich schon wieder hat verhaften lassen.« Absichtsvoll ignorierte Logan den Mann, der jetzt links von ihm saß. »Muss wohl immer noch dabei sein, sich selbst zu finden – oder was immer es war, was ihn veranlasst hat, überhaupt wegzulaufen. Verrückt, wenn Sie mich fragen. Sie sollten ihn ein Weilchen einbuchten.«

Suzie Rikkers' Kostüm war im Standard-Juristenblau gehalten und nicht gut geschnitten. Es klaffte um ihre hyperdünne Gestalt. Die dürftige, handgebundene Schleife an ihrem Hals wirkte clownshaft, als habe sie sie dort in dem verzweifelten Versuch verknotet, ihre Schultern daran zu hindern, dass sie durch den Halsausschnitt ihrer Bluse rutschten. Logan war elegant wie immer. »Hallo, Suzie. Logan.«

Suzie sagte gar nichts, Logan begnügte sich mit einem »Marcus«, ließ sich aber von seinem aufgeräumten Monolog nicht abbringen. »Das Problem bei solchen Typen ist, sie wissen nicht, wie hart es in der wirklichen Welt zugeht. Man sollte sie mal eine Saison als Klempnergehilfe arbeiten lassen, ihnen den Rolls und die Weiber wegnehmen – dann wird man schon sehen, wie sie sich auf dem Spielfeld anstrengen.«

»Ja, zweifellos. Lassen Sie uns jetzt anfangen.« Willoughby mochte sanften Südstaatengeist ausstrahlen, aber er besaß mehr als dreißig Jahre Erfahrung auf dem Richterstuhl. Fehden zwischen Anwälten waren nicht unbekannt, aber sie waren alles andere als willkommen. »Wir haben ein Ersuchen von Richterin Nicols. Sie möchte, dass ihre Büroleiterin bei diesem Hearing zugegen ist. Da sie auf dieser Ebene des Gerichts neu sind, fanden wir, dass es ein angemessener Wunsch ist. Aber nur, wenn beide Parteien einverstanden sind.«

»Keine Einwände, Euer Ehren«, sagte Marcus.

Logan grinste tatsächlich. »Ist uns auch recht, Euer Ehren.« Es war klar: Je mehr Zeugen bei seinem bevorstehenden Schlachtfest zugegen wären, desto besser.

»Gut.« Der Richter wandte sich an seine Stenographin. »Stellen Sie fest, ob Miss Hail so weit ist, dass sie zu uns kommen kann.«

Jenny Hail kam herein und lächelte einmal schief durchs Zimmer, bevor sie links hinten hinter Magistrat Willoughbys Tisch Platz nahm. Der Magistrat fuhr fort. »Mr. Kendall, Sie haben um diese Besprechung gebeten. Wie ich Ihnen schon am Telefon gesagt habe, entspricht eine derart kurzfristig angesetzte Vorverhandlung nicht der Norm. Mr. Glenwood, es ist Ihr gutes Recht, eine Verschiebung zu beantragen.«

»Vielen Dank, Euer Ehren, aber ich habe keine Einwände.«

»Gut.« Er wandte sich an Logan. »Ich nehme an, wir sind hier, um die Vorverfahrensanträge der Verteidigung zu erörtern.«

»Wir haben nur einen, Euer Ehren.« Logan reichte dem Richter eine schlanke Akte, wartete, bis Suzie ein Exemplar an Marcus gegeben hatte, und fuhr dann fort. »Wir beantragen, die Klage unverzüglich abzuweisen und Mr. Glenwood die Anwaltszulassung zu entziehen.«

Die Miene des Magistrats wurde streng. »Die Zulassung ist eine Angelegenheit der Anwaltskammer und gehört nicht in ein Hearing vor dem Bundesgericht. Wie Sie sehr wohl wissen.«

Logan ließ sich nicht einschüchtern. »Mit allem Respekt, Euer Ehren, aber unserer Ansicht nach zeugt diese Angelegenheit von absurder Leichtfertigkeit. Eine Empfehlung von Ihnen hätte beträchtliches Gewicht, wenn wir damit vor die Anwaltskammer gehen.« Zum ersten Mal wandte Logan sich an Marcus. »Was wir zu tun gedenken, sobald diese Klage in den Papierkorb geflogen ist.«

»Ich verstehe.« Der Richter schaute von einem Anwalt zum andern, klappte dann die Akte auf und rückte seine Brille zurecht. »Also gut. Ich höre.«

»Eine junge Frau namens Gloria Hall ist verschwunden. Marcus Glenwood nutzt die Situation der beiden extrem besorgten Eltern für sich aus. Seine Absichten liegen in krasser Weise auf der Hand. Er will öffentliche Aufmerksamkeit auf sich lenken, indem er den guten Namen eines der meistgeachteten Unternehmen in diesem Staat in den Schmutz zieht.«

Der Richter las schnell, blätterte, Seite um Seite. »Was sind hier die Fakten?«

»Das ist ja das Problem, Euer Ehren. Es gibt keine Fakten, um die Behauptungen des Klägers zu untermauern. Glenwood behauptet, mein Klient habe eine Entführung organisiert. Die ganze Sache ist absurd.«

Ein schneller Blick zu Marcus. »Der Kläger behauptet, ›New Horizons Incorporated‹ sei verantwortlich für eine Entführung?«

»Nicht der Kläger, Euer Ehren«, sagte Logan. »Ich glaube nicht, dass Gloria Halls Eltern etwas mit dieser Behauptung zu tun haben. Das ist etwas, das Glenwood sich ganz allein zusammengesponnen hat.«

Richter Willoughby schaute Logan über seine Lesebrille hinweg an. »Worin genau *besteht* denn dann der Vorwurf?«

»Glenwood bezichtigt ›New Horizons Incorporated‹, eine amerikanische Staatsbürgerin entführt zu haben. Und zwar ausgerechnet in China. China, Euer Ehren. Neuntausend Meilen von hier.«

Als der Blick des Richters ihn traf, erläuterte Marcus: »Gloria hat die arbeitsrechtliche Praxis in einer berüchtigten Fertigungsanlage in China recherchiert, die schlicht als Fabrik 101 bekannt ist. Diese Anlage operiert in Zusammenarbeit mit ›New Horizons‹.«

»Das ist eine lächerliche und unbeweisbare Behauptung!«, blaffte Logan.

»Moment.« Willoughby machte eine Kopfbewegung »Fahren Sie fort.«

»Gloria Hall hat die Verstöße gegen das Arbeitsrecht bei ›New Horizons‹ mehr als zwei Jahre lang untersucht, und zwar im Rahmen einer Magisterdissertation an der Georgetown University. Leider kam sie an dieser Stelle der Wahrheit zu nahe und wurde entführt.«

»Euer Ehren, das ist ein abwegiges Gebräu aus unverschämten Lügen!«, erklärte Logan.

Willoughby blätterte eine Seite um. »Sie sagen, ›New Horizons‹, steht in keinerlei Beziehung zu« – er blätterte zurück – »Fabrik 101?«

Logans Antwort kam wie aus der Pistole geschossen. »In keiner,

Euer Ehren. Wir bestreiten kategorisch jegliche Beziehung zu dieser Fabrik und stellen hier fest, dass es nicht die geringste Grundlage für eine Klage gegen uns gibt.«

»Aha.« Er studierte die letzte Seite, blätterte noch einmal um und vergewisserte sich, dass er nichts übersehen hatte. »Sie haben also weiter keine Vorverfahrensanträge zu stellen? Keine Erklärungen, Beweisanträge, Klarstellungen?«

»Keine, weil nichts dergleichen erforderlich ist. Es gibt keinen Klagegrund. Nichts, was die Eröffnung eines Verfahrens rechtfertigen könnte.« Wieder ein kurzer Blick auf Marcus. »Wir bitten deshalb um unverzügliche Entscheidung unseres Antrags auf Klageabweisung. Und wir beschuldigen Glenwood des leichtfertigen Fehlverhaltens nach Regel elf.«

Obwohl er gewusst hatte, dass es kommen würde, durchfuhr ihn diese Ankündigung wie ein Schock. Regel elf war einer der Albträume in der Welt eines jeden Prozessanwalts, ein Statut, auf dessen Grundlage Marcus für sämtliche aus seiner Klageeinreichung für »New Horizons« entstandenen Anwalts- und Gerichtskosten haftbar gemacht werden konnte und außerdem ein stattliches Bußgeld zu gewärtigen hatte. Und eine Entscheidung nach Regel elf, die gegen ihn ausfiel, würde dazu führen, dass die Anwaltskammer tätig wurde. Er konnte seine Zulassung als Rechtsanwalt verlieren.

»Schwerwiegende Äußerungen.« Richter Willoughby nickte. »Also gut, Mr. Glenwood. Ich höre.«

»Danke, Euer Ehren.« Marcus erhob sich und fummelte am Deckel der ersten Kiste. »Als Beweismittel in der Vorverhandlung lege ich folgende Gegenstände vor.«

Mit Hilfe seines eigenen und der beiden leeren Stühle an der seitlichen Wand stellte Marcus drei Paar Schuhe und drei sehr bunte Trikots aus. »Diese Stücke gehören zu einer Sportbekleidungslinie, die ›New Horizons‹ unter der Bezeichnung ›Teen Gear‹ vermarktet.«

»Euer Ehren«, protestierte Logan, »das ist doch nur ein Spielchen mit Rauch und Spiegeln ...«

»Mr. Glenwood hat Ihnen die Höflichkeit gewährt, schweigend zuzuhören«, unterbrach Richter Willoughby. »Ich schlage vor, Sie halten es genauso.«

»Danke, Euer Ehren.« Marcus klappte den Deckel der zweiten Kiste auf und nahm zwei dicke Aktenordner heraus. Den einen reichte er dem Richter, den anderen Logan. Dann blieb er neben dem Richtertisch stehen und beobachtete, wie sein alter Widersacher den Ordner öffnete. Und sah, wie Logans Unterkiefer herunterklappte. Er wandte sich wieder dem Richter zu und sah, dass auch dieser Logans Reaktion bemerkt hatte. »Diese internen Firmenunterlagen zeigen, dass ›New Horizons‹ jeweils zwei Millionen Einheiten von diesen Schuhen und Trikots geordert hat, und zwar in einem direkten Liefervertrag mit Fabrik 101 in Guangzhou in China.«

Logan sammelte sich, so gut es ging. »Das ist unzulässiges Material, Euer Ehren. Es darf nicht berücksichtigt werden.«

Richter Willoughby funkelte ihn über seinen Tisch hinweg an. »Mir scheint, Sie hatten vorhin genug Gelegenheit, Ihre Beweisanträge zu stellen.«

»Aber Euer Ehren, das hier sind vertrauliche …«

»Seien Sie still. Mr. Glenwood, fahren Sie fort.«

»Wenn Sie sich der nächsten Abteilung zuwenden, werden Sie sehen, dass ebendiese ›Teen Gear‹-Bekleidungsstücke seit drei Jahren im Mittelpunkt der Anzeigenkampagne des Unternehmens stehen; das Datum steht jeweils in der oberen linken Ecke. Sie werden sehen, dass in diesen Anzeigen mehrere Spitzenstars aus dem Sportbereich als Models eingesetzt werden, unter anderen der Träger des Preises für den wertvollsten Spieler der National Basketball Association. Auf allen Bildern wird für die ›Teen Gear‹-Produkte aus der Fabrik 101 geworben.«

Marcus ließ das alles einen Augenblick lang wirken und folgerte dann: »Dies ist ein unumstößlicher Beweis dafür, dass eine unmittelbare Beziehung zwischen ›New Horizons‹ und der infrage stehenden Produktionsanlage in China besteht, und zwar seit mindestens drei Jahren.«

Logans Stimme klang gepresst. »Ich verlange Auskunft darüber, wie Sie in den Besitz vertraulicher Unternehmensunterlagen gelangt sind.«

Marcus schwieg. Allzu gern würde er Kirsten Stanstead die gleiche Frage stellen.

Der Richter schlug den Ordner mit einem Knall zu. Sein Gesicht war cholerisch gerötet. »Gehört es zu Ihrer üblichen Praxis, Bundesmagistratsrichter anzulügen, Mr. Kendall?«

»Euer Ehren, bitte, das ist mir alles neu.«

»Ist es das?« Der Blick des Richters war geeignet, dem Mann die Haut abzuschälen. »Ist es das wirklich?«

Logan schaute auf die Akte, die er auf dem Schoß liegen hatte. »Euer Ehren, ich bitte respektvoll um Gelegenheit zur Abfassung einer Zurückweisung.«

»Abgelehnt«, fauchte Willoughby.

»Euer Ehren …« Aber ein einziger Blick genügte, um zu zeigen, dass weitere Beschwörungen sinnlos waren. »Ich erhebe Einspruch dagegen, dass der gegnerische Anwalt im Besitz vertraulicher Firmenunterlagen ist.«

»Abgelehnt.«

Marcus öffnete den Reißverschluss der Sporttasche und wühlte darin. Er förderte einen Stoß Ordner zutage, einen Packen für den Richter, einen für die Gegenseite. »Euer Ehren, dies sind meine Anträge zu Beweisaufnahme, Offenlegung und Zeugenbefragung.«

»Gut.« Willoughby legte besitzergreifend eine Hand auf den Aktenstoß und gab Logan bekannt: »Ich gebe Ihnen drei Tage Zeit für eine Erwiderung.«

»Drei Tage!« Logans Aufschrei riss ihn halb vom Stuhl. »Euer Ehren, das ist absolut …«

»Sie haben eine beschleunigte Vorverhandlung verlangt«, sagte Willoughby, und sein Blick war so hart wie seine Stimme. »Sie haben sie bekommen. Drei Tage.«

SECHZEHN

Logan Kendall stapfte durch den Konferenzraum bei Kedrick und Walker von einem Ende zum andern. Die Wände zu beiden Seiten bestanden vom Boden bis zur Decke aus Glas. Die inneren Scheiben eröffneten den Blick in den Empfangsbereich, hinter den äußeren lag der Research Triangle Park, der aus dieser Perspektive jungfräulich grün aussah. Logan sah nichts davon. Er marschierte blindwütig brüllend an der inneren Glaswand entlang und sah auch die furchtsamen Blicke nicht, die von außen hereingeworfen wurden. Der Empfangsraum war voller Leute. Alle starrten sie an. Jeder Einzelne.

Logan war das völlig gleichgültig. »Wie konnten Sie das tun?«

»Es war ein schrecklicher Fehler.« Randall Walker saß auf dem heißen Stuhl auf der anderen Seite des Tisches, genau in der Mitte. »Ich bitte Sie von ganzem Herzen um Entschuldigung.«

»Das ändert jetzt auch nichts mehr.« Logan fuhr herum und schrie: »Was ist bloß in Sie gefahren, dass Sie ein so total ekelhaftes Manöver in Gang setzen? Noch dazu auf meine Kosten?«

»Es war ein Fehler.«

»Es war mehr als das, Freundchen! Es war eine absolute, totale Katastrophe!«

»Meine Schuld.«

»Ich habe gute Lust, Sie wegen dieser falschen Darstellung zu verklagen. Wir reden hier über mein Ansehen!« Logan war am Ende des Raums angekommen und schlug mit der Faust gegen die seidig schimmernde Wandtäfelung, drehte sich um und stapfte zurück. Suzie Rikkers war die einzige andere Anwesende im Zimmer. Sie saß am hinteren Ende des Tisches und bemühte sich, nicht jedes Mal zusammenzuzucken, wenn er in ihre Richtung schaute oder auf sie zukam. »Ich habe dagesessen und dem Richter genau das erzählt, was Sie mir erzählt hatten. Wissen Sie, was ich gesagt habe?«

»Dass zwischen ›New Horizons‹ und Fabrik 101 nicht die geringste Verbindung besteht.« Randall Walker wirkte schmerzlich zerknirscht. Er hatte das Jackett ausgezogen, den Kragen aufgeknöpft, den Krawattenknoten gelockert. »Eine furchtbare Fehleinschätzung. Das gebe ich unumwunden zu.«

»Sie haben mich angewiesen, da hineinzugehen und Glenwood zu Staub zu zermahlen. Schön. Kein Problem.« Logan lief durch den Konferenzraum wie durch einen Boxring. Es war gut, dass Randall so reumütig blieb, denn sonst wäre er längst über die Seile geflogen. »Bloß, dass Sie ihm eine Pistole geben, dass Sie sie laden, dass Sie für ihn zielen, und ...«

Logan erstarrte. Blieb stehen, verstummte. Brach einfach ab.

»Es war die absolut schlimmste Fehleinschätzung meiner gesamten beruflichen Laufbahn.« Randall zog ein Taschentuch hervor und wischte sich über die Stirn. »Entsetzlich.«

Durch den Nebel seiner Wut sah Logan jetzt zum ersten Mal seine Umgebung. Er sah, wie Randall dasaß, sah die offenen Vorhänge, die Zuschauermenge draußen. Und begriff.

»Infolgedessen habe ich Sie öffentlich lächerlich gemacht«, fuhr Randall fort. »Es war ein kalkuliertes Risiko. Aber eines, das schrecklich nach hinten losgegangen ist.«

Logans Wut verebbte. Er nickte. Öffentliches Blamieren verlangte öffentliche Zerknirschung. Und das hatte Randall geschickt arrangiert. Dies war kein Konferenzraum. Es war eine Bühne. Man *erwartete*, dass Logan wütete und tobte. Es würde sich herumsprechen – wie er den großen Mann fertig gemacht hatte und wie Randall ihn dann angefleht hatte, trotzdem dabeizubleiben. Alles nach Randalls Bedingungen. Es musste sich herumsprechen. Ein junger Partner aus einer anderen Firma stürmt da hinein und vernichtet in aller Öffentlichkeit Randall Walker? In der Juristenbruderschaft von Carolina war das eine Schlagzeile wert. Es würde sich bis zu Magistratsrichter Willoughby herumsprechen. Logans Ansehen wäre wieder hergestellt. Die Schuld läge bei Randall Walker.

Was bedeutete, dass hinter dieser sorgfältig orchestrierten Performance eine Absicht stehen musste.

Logan musterte Randall, nahm die theatralische Präzision seines Ausdrucks zur Kenntnis, die sorgfältig zerzauste Erscheinung, das zerknüllte Taschentuch, den niedergeschlagenen Ton, die zerknirschte Art, wie er sagte: »Welch eine chaotische Sauerei habe ich da nur angerichtet.«

Logan stakste um den Tisch herum und zog sich neben dem Mann einen Stuhl heraus. Rückte dicht an ihn heran. Bis sich ihre Knie fast berührten. Und sagte schlicht: »Okay. Die Show ist vorbei.«

Randall fuhr zurück, so weit sein Stuhl es erlaubte. »Wie bitte?«

»Sie haben mich verstanden.« Logan schob einen Fuß hinter Randalls Stuhlbein und hakte ihn fest. Er fühlte, wie Randall versuchte, sich zurückzuschieben, und sah die kurze Unsicherheit, die über die polierten Züge huschte. Sah auch den Augenblick, in dem Randall erkannte, dass er die Kontrolle verloren hatte. Verspürte das erste bisschen Vergnügen seit dem Debakel vor dem Magistratsrichter. »Frage eins: Haben Sie das arrangiert, um mich von dem Fall wegzubringen?«

Seufzend akzeptierte Randall die neue Situation. »Absolut nicht.«

Logan spürte die Blicke der Zuschauer immer noch auf sich. Gut. Jetzt sang er seine Arie. Alles andere war nur ein Warmlaufen gewesen. »Sie haben mich engagiert, damit ich mir Marcus vornehme. Steht das noch?«

»Auf jeden Fall.« Randalls Stimme hatte ihren niedergeschlagenen Ton verloren. Und sein Gesichtsausdruck hatte sich verändert. Logan erkannte, dass der Mann ihn zum ersten Mal nicht als Werkzeug, sondern als gleichberechtigten Partner behandelte. »Das ist unser ausdrückliches Ziel.«

»Okay. Das wird folgendermaßen gehen.« Logan rückte noch näher, bis seine Knie wirklich an die Kante von Randalls Stuhl stießen.

»Von jetzt an werden Sie mit mir Klartext reden, nichts anderes. So weit kapiert?«

»Ja.«

»Gut.« Es gab keinen Grund, laut zu werden. Es war auch nicht nötig, das Ultimatum mit Unheildrohungen aufzuladen. Logan besaß seine eigenen theatralischen Waffen, geschärft vor Hunderten von Geschworenen und feindseligen Zeugen. »Sie werden uns, Ihr Verteidigerteam, mit allem versorgen, was wir brauchen, um uns auf diesen Fall vorzubereiten und ihn zu gewinnen. Angefangen mit der absoluten Wahrheit.«

»Ja.« Randall versuchte, seinen Stuhl zurückzuschieben. »In Ordnung.«

Logan stoppte seine Absetzbewegung, indem er eine Hand auf Randalls Armlehne legte. »Und Sie werden mir eines der leitenden Vorstandsmitglieder von ›New Horizons‹ vorstellen. Nicht irgendeinen PR-Fuzzi. Jemanden, der volle Prokura hat.«

Randall erstarrte. »Das wird nicht möglich sein.«

»Warum nicht?«

»Der Vorstand tagt in Genf.«

Jetzt war es Logan, der ein winziges Stückchen zurückwich. »Genf, wie in ›Schweiz‹?«

Randall nickte angespannt. Er wählte seine Worte sorgfältig. »Die internationale Abteilung von ›New Horizons‹ hat ihren Sitz in der Schweiz. Von dort führen sie alle neunundzwanzig Auslandsunternehmen. Einmal im Jahr versammelt sich der komplette Vorstand in Genf und lässt sich einen detaillierten Überblick präsentieren.«

»Und wann kommen sie in die USA zurück?«

Randall schaute Logan in die Augen – zum ersten Mal, seit Logan dicht an ihn herangerückt war. »Sie sind in der Schweiz.«

Das Gespräch zwischen Randall Walker und Hamper Caisse, das unmittelbar nach Logans Besuch begann, nahm keinen guten Verlauf. »Was soll das heißen, Sie haben nichts gefunden?«

»Das habe ich nicht gesagt.« Die monotone Stimme des grauen

Mannes war so leise und fein, dass es leicht fiel zu glauben, er habe nichts zu verbergen, könne unmöglich mit etwas Bösem zu tun haben. »Ich sage Ihnen, es gibt nichts zu finden. Nichts.«

Nur war Randall heute nicht bereit, sich dem stillen Bann des Mannes zu unterwerfen. »Ist das eine Tatsache?«

»Sie bezahlen mich dafür, dass ich mich damit befasse. Mit Tatsachen.«

Der Zorn und die Frustration, die Randall gezwungenermaßen bei Logan hatte schlucken müssen, brachen jetzt in keuchendem Atem und stampfender Wut hervor. »Dann können wir uns ja vermutlich alle in unsere warmen, flauschigen Decken einwickeln und uns tief in unser Bettchen kuscheln. Denn Hamper Caisse ist losgezogen und hat die Welt für die Demokratie sicher gemacht.«

Das war offenbar nicht der Ton, den Hamper Caisse zu hören gewohnt war. Er stand in dem lebenslangen Ruf, der Beste zu sein. Der Mann, den niemand sah. »Wir sind hier offensichtlich nicht auf derselben Wellenlänge.«

»Freundchen, wir sind nicht mal auf demselben Planeten. Wissen Sie, was mir gerade passiert ist? Nun, Sir, ich will es Ihnen sagen. Ich habe soeben den schlimmsten Tag meiner gesamten beruflichen Laufbahn erlebt.« Die Wucht seines Zorns hob Randall aus seinem Ledersessel. »Dieser Anwalt, den Sie belanglos genannt haben, der ohne Blindenhund und Kompass angeblich nicht mal seine eigene Haustür finden konnte erinnern Sie sich an den?«

»Marcus Glenwood, sicher.«

»Eben derselbe. Der marschiert vor den Bundesmagistratsrichter, bewaffnet nur mit dem, was er von diesem kleinen blonden Stachelkopf bekommen hat. Sie wissen sicher, von wem ich rede.«

»Ich war es schließlich, der Ihnen gesagt hat, dass Kirsten auf dem Weg herunter war. Aber …«

»Warten Sie. Moment! Es wird noch viel besser.« Randall wusste, dass seine Stimme laut genug war, um draußen durch den Korridor zu dringen und von den Marmorfliesen am Empfang widerzuhallen. Was perverserweise dazu führte, dass er sich besser fühlte als den ganzen

Tag bisher. Eine öffentliche Demütigung hatte er bereits ertragen – die schlimmste, seit er sein Diplom in einem Büro aufgehängt hatte, so winzig, dass neben ihm kein Besen mehr hineingepasst hätte. Randall Walker hatte einen weiten Weg zurückgelegt, bis er nach ganz oben auf den juristischen Misthaufen geklettert war. Und ganz oben gedachte er zu bleiben.

Er holte tief genug Luft, um den Brüllpegel noch einen Strich höher zu schieben. Die Anstrengung krümmte ihn über den polierten Walnussholzschreibtisch. Das rot überhauchte Spiegelbild, das zu ihm heraufstarrte, war kein schöner Anblick. »Und rollt sich dieser belanglose Anwalt auf den Rücken und stellt sich tot, wie Sie es vorausgesagt haben? Noooo, Sir! Der doch nicht! Der zieht die Machete heraus, die das stachelköpfige Mädchen ihm gereicht hat und von dem Sie sagen, dass es sie nicht hatte, und macht sich daran, meinen Anwälten die Eingeweide aus dem Leib zu schneiden!«

»Das kann nicht sein.«

»Erzählen Sie mir das nicht! Sie mussten nicht in meinem Konferenzraum sitzen und sich anhören, wie unser Anwalt bei lebendigem Leibe gehäutet wurde!«

»Nein.« Ein Hauch von Nervosität schlich sich in die ausdruckslose Stimme. Der erste Mal, dass Randall so etwas bei ihm wahrnahm. »Ich meine, die Informationen müssen woanders herstammen.«

»Möchten Sie mir vielleicht sagen, woher? Von Glorias Momma?« Das Gebrüll diente noch einem zweiten Zweck: Andere würden jetzt wissen, dass jemand anders für Randalls Debakel verantwortlich war. Es war nicht viel, aber es war alles, was er hatte. »Warum hat die Frau es dann nicht gleich dem ersten Anwalt gegeben? Dem, den wir unter Kontrolle hatten? Oder glauben Sie vielleicht, dieser Glenwood hat es geschafft, drei Jahrgänge von vertraulichen, internen Aktennotizen durchzukämmen und das alles selber herauszuwühlen?«

»Nein. Sie haben Recht. Es muss die Wohnungsgenossin gewesen sein.« Pause. »Er war mit vertraulichen Aktennotizen bewaffnet, die über drei Jahre zurückreichen?«

»Länger.« Randall sackte in seinen Sessel. Er hatte das Gefühl, sein Herz werde gleich explodieren.

»Vielleicht hat sie das Material schon vorher im Kofferraum verstaut. Vor unserer ersten Durchsuchung, meine ich.«

»Wollen Sie das Risiko eingehen? Vielleicht befürchten, dass sie ein zweites Ass im Ärmel hat, von dem wir noch gar nichts wissen?«

»Aber ich sage Ihnen, das Haus war *clean*.« Für den kleinen Mann war das eine verzweifelte Beteuerung. »Und nicht nur das, ich höre ihre Gespräche mit, seit sie wieder hier oben ist. Und ich sage Ihnen, Kirsten Stanstead hat keine Ahnung. Sie ist eine verwöhnte reiche Göre, die ihre Zeit mit einer Washingtoner Wohltätigkeitsorganisation verbringt. Sie redet von Kerlen. Sie redet davon, wer zu welcher Cocktailparty eingeladen ist. Sie redet über Artikel aus dem *Cosmo*, und …«

»Irgendetwas übersehen wir hier.«

»Ich wüsste nicht, wie. Ich habe jedes Zimmer in ihrem Haus verdrahtet. Und jetzt ist auch ihr Wagen verwanzt.«

»Nein, das meine ich nicht.« Randall Walker zog sein Taschentuch hervor, zog eine Grimasse angesichts der Notwendigkeit, es an einem Nachmittag zum zweiten Mal zu benutzen, und wischte sich übers Gesicht. Das Dumme war, dass er auch nicht wusste, was er meinte. »Gehen Sie wieder rein, und schauen Sie noch einmal nach.«

»Okay.« Jetzt klang es resigniert. »Aber es wird riskanter sein, nachdem sie zurückgekommen ist.«

»Sie haben doch selbst gesagt, sie verbringt ihre Zeit mit Wohltätigkeit. Tun Sie's dann. Morgen. Nehmen Sie die Bude auseinander. Suchen Sie nach Falltüren, verborgenen Safes.«

»Habe ich schon.«

»Dann tun Sie's noch mal.« Wieder wischte Randall sich übers Gesicht. »Mein Bauch sagt mir, dass wir etwas Wesentliches übersehen.«

Oathell war unten im County-Knast. Wieder mal. War gekommen, um Kaution für seinen jüngeren Bruder Darren zu stellen. Wieder mal. Darren hatte ihn zehn Minuten nach Mitternacht angerufen und ihn angefleht, zu kommen und ihn herauszuholen. Ihre Momma anzurufen, das wagte Darren nicht. Darren wusste, seine Momma würde sich um seine Unschuldsbeteuerungen nicht kümmern. Sie würde ihn verprügeln und rauswerfen. Ihn mit einem Tritt aus dem Haus befördern. Das hatte sie versprochen, seit Darren den Mann in der Bar verprügelt und ihm jeden Knochen seines Gesichts gebrochen hatte. Da war's egal, dass der Mann mit einer Flasche in der einen und einem Stuhlbein in der anderen Hand auf Darren losgegangen war. Darren hatte in dieser Bar nichts verloren gehabt. Noch einmal in solchen Schwierigkeiten, hatte ihre Momma Darren gewarnt, nur noch ein einziges Mal, und der Junge hätte kein Zuhause mehr, in das er kommen könnte. Deshalb hatte Darren ihn geweckt. Wieder mal.

Aber Oathell hatte eine Schwäche für den Jungen, schon immer. Und da war etwas in Darrens Tonfall gewesen, etwas anderes noch als die Panik angesichts dessen, dass die Polizei von Rocky Mount ihn festhielt. Zumindest hatte Oathell glauben wollen, dass da noch etwas war.

Das County-Gefängnis war ein Anbau an der Rückseite des Polizeihauptreviers. Welches, wie alles andere in Rocky Mount, das mit Steuerdollars gekauft und bezahlt worden war, auf der zu Nash County gehörigen Seite des Tar River stand. Es kam nicht darauf an, dass sechzig Prozent der Stadtbevölkerung auf der östlichen Seite des Flusses lebten. Nein. Das Einzige, was man in dem Teil von Rocky Mount, der zu Edgecombe County gehörte, kaufen konnte, waren Burger und Schnaps. Das umsatzstärkste Hardees-Burgerrestaurant der gesamten Vereinigten Staaten lag zwei Straßen weit von Oathells Haus entfernt – eine Tatsache, die Hardees tief in ihren Unternehmensstatistiken vergruben.

Der Knast war denkbar trist: eine Serie von Metallkäfigen und keine Innenwände, keine einzige. Nur große alte Käfige in einem ehemaligen Tabaklager. An der Nordwand des Gebäudes stand immer noch der alte Name: SMITH BROTHERS AUCTIONEERS, SEIT 1887. Der Lärm – selbst im Warteraum des Polizeireviers – war schlichtweg schrecklich. Oathell lehnte den Kopf an die Ziegelwand hinter seiner

Bank und legte eine Geduld an den Tag, die er nicht empfand. Fast alle Leute in Uniform waren weiß, fast alle, die in diesem heruntergekommenen Loch warteten, waren schwarz.

Darren war kein übler Junge. Davon war Oathell ehrlich überzeugt. Sonst hätte er seinen kleinen Bruder schon vor langer Zeit aufgegeben. Das Problem war, dass Darren weder clever noch ehrgeizig genug war, um zu tun, was er wollte, nämlich von hier *abzuhauen*.

Oathell wandte den Kopf zur Seite und fuhr erschrocken hoch. Denn wer kam da zur Tür hereinspaziert? Niemand anders als Deacon Wilbur. Und bei ihm war dieser weiße Anwalt mit dem düsteren Gesicht, dieser Glenwood. Sie kamen geradewegs herüber und setzten sich hin, bevor Oathell auch nur den Mund wieder richtig zubekam.

»Wie geht's, mein Sohn?«, fragte der Reverend.

»Okay.« Oathell warf einen Blick zur Tür; er rechnete damit, dass jetzt jeden Augenblick seine Momma hereingestürmt kommen würde.

»Sie weiß nicht, dass wir hier sind.« Deacon verstand ihn genau.

Oathell entspannte sich geringfügig. »Wie haben Sie von diesem Mist erfahren?«

»Ein Freund bei der Polizei.« Deacon seufzte tief und schwer. »Weiß nicht, warum ich nicht bei dir zu Hause angerufen habe. Bin mir nicht sicher, dass ich das Richtige getan habe.«

»Erzählen Sie ihr nichts. Überhaupt nichts.« Oathell schaute hinüber zu dem Weißen, der auf der anderen Seite neben dem Reverend saß. Schräg. Der Typ war angezogen wie für die Innenstadt von Raleigh – hübscher Anzug, Seidenkrawatte. So kam der in den Knast von Rocky Mount. Um zwei Uhr morgens. »Was machen Sie hier, Mann?«

Deacon übernahm die Antwort. »Marcus ist hier, weil ich ihn gebeten habe mitzukommen. Mein Freund sagt, es könnte sein, dass Darren etwas vorgeworfen wird, was er gar nicht getan hat.«

»Sie haben mir noch nichts mitgeteilt. Ich sitze hier seit über einer Stunde, und ich weiß immer noch nichts.« Oathell war zu müde und zu wütend, um sich noch um Freundlichkeit zu bemühen, als er den weißen Anwalt fragte: »Wieso sind Sie denn so fein gemacht?«

Marcus erhob sich. »Manchmal hilft ein Anzug, die Dinge in Bewegung zu bringen. Wissen Sie, wer hier zuständig ist?«

»Der Mann da, dem der Wanst über den Gürtel hängt. Sergeant Richards.«

Marcus musterte den Polizisten, der seinerseits so tat, als habe er noch gar nicht bemerkt, dass sich im Warteraum etwas verändert hatte, auch wenn alle andern Cops im Raum wachsame Blicke in Marcus' Richtung warfen. »Gibt es irgendetwas, das ich über Ihren Bruder wissen sollte, bevor ich mit dem Officer rede?«, fragte Marcus.

Irgendetwas war an der Art, wie der Mann sprach – sanft und doch kraftvoll, distanziert und doch hier bei ihm. Keine Reden vom hohen Berg herab wie bei vielen der weißen Manager bei IBM. Nein. Diesem weißen Anwalt war es recht, hier zu sein. Genau wie auf dem Boot beim Angeln. Der Mann hatte nichts Überhebliches. Deshalb konnte Oathell sagen: »Darren ist so ungefähr der gewaltigste Mann, dem Sie je begegnen werden.«

»Ist knapp zwei Meter zehn«, stimmte der Pastor zu. »Und stark. Hat Ball gespielt, bis sein Knie hin war – wann war das? In seinem vorletzten Jahr am College?«

»Nein, im letzten.« An Marcus gewandt, fuhr er fort: »Darren hat nie in seinem Leben Ärger gesucht. Er ist ein guter Mann. Wirklich gut. Aber er kann kämpfen, und er lässt sich von niemandem etwas gefallen. Das ist ein Problem in dieser Gegend.«

»Und er stottert«, sagte Deacon.

»Yeah, aber er ist so still, dass die meisten Leute gar nicht merken, wie schlecht er sprechen kann.«

»Okay.« Marcus ging hinüber zum Tisch des Dienst habenden Polizisten. »Ich möchte bitte meinen Klienten sprechen.«

Sergeant Richards war als der hässlichste Mann des ganzen Piedmont bekannt und dumm genug, um darauf auch noch stolz zu sein. Oathell sah, wie das pockennarbige Gesicht sich herumdrehte und die stumpfen braunen Augen sich weiteten, als habe er den Weißen jetzt endlich gesehen. »Ihren Klienten?«

»Darren Wilbur.«

Ein schiefes Grinsen bohrte sich hinauf in eine aufgedunsene Wange. »Der Wilbur-Boy hat sich einen schicken Anwalt besorgt, he?« Er senkte den Blick auf die Papiere in seiner Hand. »Na, er wird auch einen nötig haben.«

»Was wird ihm zur Last gelegt?«

»Bewaffneter Raubüberfall.«

Oathell schnappte nach Luft und wäre von der Bank gesprungen, wenn Deacon nicht die Hand ausgestreckt und ihm aufs Bein gelegt hätte. Nur ruhig.

Trotzdem schaute der Sergeant zu Oathell herüber. Und grinste. Seine Zähne waren so braun wie seine Augen. »Yeah. Er kam brüllend und schreiend in den Seven-Eleven-Supermarkt drüben am Highway gestürmt. Fuchtelte mit seiner großen alten Pistole rum – auf dem Video sieht's aus wie eine Kanone.«

Marcus nickte und bedachte diese Aussage gelassen. »Sie haben die ganze Sache auf Video?«

»Na klar.«

»Und Darrens Gesicht ist deutlich zu erkennen?«

»Nein, der Junge ist ja so groß, dass er einfach aus dem Schatten raustrat und irgendwie vor dem armen Mädchen an der Theke aufragte. Hat ihr 'ne Todesangst eingejagt, wie er da mit dieser Kanone fuchtelte ...«

»Und auf dem Video brüllt und schreit er sie an, sagen Sie?«

»Mit den unflätigsten Ausdrücken, die ich je gehört hab.« Wieder ein spöttisches Grinsen in Oathells Richtung. »Der Richter wird entzückt sein.«

»Davon bin ich überzeugt«, sagte Marcus, immer noch sehr ruhig. »Besonders, wenn ich Darren in den Zeugenstand treten und die Geschworenen hören lasse, wie schlimm er stottert.«

Der Mann fuhr so schnell herum, dass sein Bauch auf seinem Gürtel hüpfte. »Was sagen Sie?«

»Hat der Officer, der ihn festgenommen hat, davon nichts gesagt? Vielleicht hat er sich ja nicht die Mühe gemacht, überhaupt etwas davon zu bemerken. Er wollte nichts weiter, als einen großen Schwarzen hochzunehmen und den Fall abzuschließen.«

»Der Junge stottert?«

»Holen wir ihn doch heraus«, sagte Marcus, »und lassen den *Mann* für sich selbst sprechen.«

Richards wog zweimal so viel wie Marcus mit seinen fleischig roten Armen, die aus dem kurzärmeligen Hemd ragten, und die Haut über den zernarbten Knöcheln an seinen Fäusten zuckte. Aber er sagte nur: »Jimbo, lauf mal nach hinten, und hol diesen Wilbur-Jungen heraus.«

»Sofort, Sarge.«

Aller Augen waren jetzt auf die beiden gerichtet, und alle Anwesenden hörten, wie Richards sagte: »Ich hab von Ihnen gehört. Sie sind dieser Glenwood.«

»Richtig.«

»Na klar.« Wieder das spöttische Grinsen. »Man erzählt sich ja so allerlei. Wie man Ihnen drüben in Raleigh den Arsch aufgerissen hat. Da haben Sie sich wohl gedacht, Sie können jetzt hier reinmarschiert kommen und Ihre Big-City-Nummer abziehen, was?«

Marcus antwortete nicht.

»Yeah, hab ich mir schon gedacht.« Richards lachte gurgelnd. »Da gebe ich Ihnen ungefähr eine Woche.«

Darren erschien in der Tür, die nach hinten zu den Käfigen führte. Sein T-Shirt war so eng, dass es aussah, als wären seine Muskeln in den Baumwollstoff eingemeißelt. Die Handschellen an seinen Händen blinkten wie das blanke Böse, und Oathell wünschte sich, er hätte eine Pistole. Aber er schluckte seine Wut herunter, stand auf und ging hinüber, äußerlich völlig ruhig.

»O-oathell, d-du b-b-b-b-…« Darren schluckte und versuchte es noch einmal, aber wie immer, wenn er aufgeregt war, wollten die Worte einfach nicht über seine Lippen.

»Schon okay, kleiner Bruder.« Albern, so etwas zu einem Mann zu sagen, der turmhoch fast bis zur Decke reichte. Aber Darren war sein kleiner Bruder und würde es immer bleiben. »Es ist alles in Ordnung.«

»A-a-a-aber i-i-ich h-h-h-hab n-n-n-nicht …« Die Anstrengung, diese kleinen Wörtchen zu formen, zerrte seinen Kopf hoch und zur Seite.

»Ich weiß, dass du es nicht getan hast. Nur die Ruhe, Mann. Wir haben diesmal Hilfe mitgebracht.«

»Schreiend und brüllend«, sagte Marcus. »Das haben Sie doch gesagt, Sergeant, oder?«

»Jimbo«, schnarrte der Sergeant, »nimm ihm die Handschellen ab.«

»Ich nehme an, dass Sie sämtliche Vorwürfe gegen ihn fallen lassen«, sagte Marcus.

Der Polizist war cholerisch rot angelaufen. »Nehmen Sie mal lieber gar nichts an, City Boy. Nicht mal, dass wir Ihnen besonders lange erlauben, sich hier in dieser Gegend rumzutreiben.«

Marcus hob die Hand und winkte Oathell und seinem Bruder und dem Reverend zu gehen. Oathell brauchte keine zweite Einladung. Er packte den Arm seines Bruders – der sich anfühlte wie warmer Granit – und zog ihn weiter. »Gehen wir, Darren.«

Marcus schaute den Sergeant an. »Schön zu wissen, dass ich mich darauf verlassen kann, dass die örtliche Polizei ihre Arbeit tut.«

»Natürlich können Sie das, City Boy.« Das Grinsen war reinste Bösartigkeit. »Wenn Sie 'ne Eskorte zur Stadtgrenze brauchen, sagen Sie nur gleich Bescheid.«

SIEBZEHN

Mit der Morgendämmerung kam Nordostwind auf, aber ohne die gewohnte Fracht von kaltem, hartem Regen mitzubringen. Marcus trat auf die Veranda hinaus und atmete das salzgeladene Geschenk des Atlantiks ein. Obwohl das Meer hundertfünfzig Meilen weiter östlich lag, schien sich Möwengeschrei in die Rufe von Kardinälen und Elstern zu mischen. Beim dritten Atemzug spürte er, dass der Sommer jetzt vorbei war. Die schwül dampfige Hitze würde vielleicht noch einmal für einen Tag zurückkehren, und mit zerknirschtem Schimmern würde die Erde sich entschuldigen für das Unbehagen, das sie verursachte. Aber von jetzt an würde die Tageshitze als Gast kommen, nicht als König herrschen.

Um halb zehn herrschte im Haus ein Treiben wie in einem Bienenkorb. Deacon Wilbur war in der Küche dabei, Wänden und Schränken den letzten Anstrich zu geben. Darren war mitgekommen und hatte jetzt den Auftrag, Geländer und Eichenholzstufen der Treppe zum ersten Stock abzuschleifen. Die Schleifmaschine mit ihrem schrillen Sirren lag wie ein Spielzeug in den wuchtigen Händen des jungen Mannes. Ein anderer Maler, ein Freund von Deacon mit dem schlimmsten Überbiss, den Marcus je gesehen hatte, schleppte Planen nach oben, um Flur und Gästeschlafzimmer zu verhängen und anzustreichen. Das große Schlafzimmer und das Bad hatte Deacon sich selbst für den Nachmittag reserviert. Eine neue Stimmung zog sich durch die Arbeit, ein Gefühl der Hast, wie Marcus es noch nicht bemerkt hatte. Es ließ ahnen, dass die Sache sich der Vollendung näherte.

Um zehn hatte Marcus mit vier neuen Mandanten gesprochen.

Zwei gehörten der Kirche an. Zwei waren mit dem Auto aus Princeville gekommen – seit dem Hochwasser im letzten Jahr ein Ort mit düsteren Hütten und dunkler Verzweiflung. Sein Besprechungsraum und das Büro waren zwar im Wesentlichen fertig, aber die Türen waren noch nicht eingehängt, und die Möbel stapelten sich noch in der Garage. Netty bediente das Telefon und hielt die Stellung in ihrem Vorzimmer, während Marcus seine Vorgespräche in der Küche führte. Wenn es einen der Mandanten störte, juristische Probleme am Frühstückstisch zu besprechen, während Deacon drei Meter weiter im Flur auf einer Leiter balancierte, so behielt er es für sich.

Kurz vor elf schob Netty den Kopf durch die Tür. »Anruf für Sie.«

Marcus beendete eben sein Gespräch mit den Partnern einer landwirtschaftlichen Erzeugergenossenschaft, die von einer Supermarktkette unter Druck gesetzt wurde. »Nehmen Sie eine Nachricht an.«

»Es ist diese Stanstead.«

Marcus war schon auf dem Weg zur Tür. Er lief schnell genug an Netty vorbei, um zu ignorieren, dass sie spöttisch grinste und bemerkte: »Wie ich höre, ist sie ganz hinreißend.«

Marcus lief in sein Eckzimmerchen und griff zum Hörer. »Kirsten?«

»Ich habe den Namen des Anwalts.«

»Wie bitte?«

»Sie haben mich gebeten, einen Anwalt in Washington zu finden, der mit China zu tun hat. Ich habe einen Namen.«

»Oh.« Verwundert bemerkte er, wie enttäuscht er war.

»Er heißt Ashley Granger. Ich hab ihn angerufen; er ist heute den ganzen Tag im Büro.« Kurze Pause. »Außerdem hab ich noch ein paar Akten für Sie.«

»Großartig.« Dann kam ihm ein Gedanke, so plötzlich, dass er unwillkürlich lächelte. »Ich komme heute Nachmittag rauf und hole sie ab.«

»Was?«

»Ich muss diesen Granger persönlich sprechen.« Er stürmte weiter, bevor sie eine Ablehnung formulieren konnte. »Ich fahre unterwegs in Richmond vorbei. Also wird es spät sein, wenn ich zu Granger komme. Ich rufe ihn an und frage, ob er mich zu Büroschluss noch schnell empfängt. Wie wär's, wenn Sie danach mit mir essen?«

»Ich ...« Die Pause dauerte so lange, dass Marcus sich schon mit der Ablehnung abgefunden hatte, als eine dünne Stimme sagte: »Ich versuche etwas zu arrangieren und bin dann da.«

Marcus legte auf, und dann stand er da und starrte aus dem Fenster, und er sah nur Licht. Eine Stimme hinter ihm sagte: »Da geht's also wieder ab in die Großstadt, ja?«

Er antwortete mit einem Kopfnicken – auf das Gelächter einer Elster ebenso wie auf die Frage.

Im günstigsten Fall dauerte die Fahrt nach Richmond etwas mehr als zwei Stunden und die Fahrt von dort nach Washington noch einmal zwei. Wetter und Verkehr waren auf seiner Seite; der Nachmittag war schön, die Straßen ruhig. Gleich hinter der Grenze nach Virginia sah Marcus das erste bunte Herbstlaub. Ein Wäldchen mit Platanen und Ulmen, elf Monate im Jahr in einem größeren Bestand von Kiefern und Fichten verborgen, schrie jetzt seine trotzige Freude über die plötzliche Unabhängigkeit heraus. Er fuhr langsamer und erwies ihnen stumm die Ehre, und dann fuhr er weiter, begleitet von guten Erinnerungen.

Der Herbst war die Jahreszeit seiner Großmutter gewesen. Tatsächlich war sie ein Immergrün, eine Frau, die in allen Jahreszeiten zurechtkam, so rau oder so trocken sie auch sein mochten. Aber im Herbst gedieh sie am besten. Seltsam, wie eine Frau, die durch Alter, Armut und einen verkrüppelten Mann ans Haus gefesselt war, das Leben so sehr lieben konnte. Aber sie hatte es getan. Vor allem in den kühlen, trockenen Monaten vor dem Ansturm des Winters.

Es begann, wenn die ersten wilden Beeren reiften. Im Haus roch es nach Zimt, Nelken, Melasse und einem ebenso dunklen karibischen Rum und nach Gebäck. Maude Glenwood trank keinen Schnaps, aber sie hatte nichts dagegen, ihn als Gewürz zu verwenden. Sie machte alle möglichen Sorten von Beerentörtchen mit Krusten aus Graham

Crackers oder Zuckerkeksen und verkaufte sie auf dem Farmers' Market. Sie hatte einen Namen als Törtchenbäckerin, ebenso wie für ihre Wortkargheit. Marcus erinnerte sich an die Fahrten durch die Morgendämmerung nach Raleigh, wo sämtliche Törtchen verkauft waren, ehe die ersten Kunden kamen – verkauft an die Farmer, die ihre Erzeugnisse herankarrten. An solchen Septembertagen waren sie von ihrer Fahrt zurück, ehe die Sonne ganz über die Baumwipfel heraufgekommen war, und hatten kein Wort miteinander gesprochen.

Wenn das Laub sich bunt färbte, fing Maude mit ihren Gesichtern an. Sie war sehr wählerisch, was die Elemente ihrer Kunst anging. Aus einem ganzen Eimer Blätter nahm sie vielleicht nur ein Dutzend. Sie klebte die Kupfertöne auf einem Pappdeckel zusammen, benutzte ein Ulmenblatt als Bart, Bucheckern als Augen, knochenweiße Birkenrinde als Zähne. Gepresste Hartriegelblüten waren Hüte für die Damen. Die Männer bekamen Kappen aus geflochtenem Stroh. Die Gesichter verkauften sich fast so schnell wie die Torten. Durch die geschickten Finger seiner Großmutter lebte und atmete und schwelgte Marcus in der majestätischen Pracht des Herbstes.

In Marcus' erstem Jahr an der Universität war sein Großvater schließlich gestorben. An dem Abend, als Marcus zur Beerdigung nach Hause kam, hatte er zugesehen, wie seine Großmutter die ganze Nacht vor der Totenfeier gebacken hatte. Die beiden besten Torten, eine mit Blaubeeren und eine Apfeltorte mit braunem Zucker, waren auf das Bord über dem leeren Stuhl ihres verstorbenen Mannes vor dem hinteren Fenster gestellt worden. Als Marcus vier Tage später wieder abgefahren war, hatten sie immer noch dort gestanden. Maude Glenwood sah keine Notwendigkeit, eine Erklärung dazu abzugeben. Marcus hatte nicht das Bedürfnis, sie zu fragen.

Die Leute auf der Beerdigung seines Großvaters waren größtenteils Farmer und Freunde aus der Kirchengemeinde, Ostküstenbewohner, die das Schweigen höher schätzten als Worte. Auch war eine bemerkenswert hohe Anzahl von Schwarzen in der Trauergemeinde gewesen – eine erstaunliche Tatsache in einem County, wo es wenig gesellschaftlichen Umgang zwischen den Rassen gab, besonders nicht in der Kirche und in der Trauer. Marcus hatte die Beerdigung als stille, wachsame Begebenheit in Erinnerung, bei der er sich gefragt hatte, ob Maude irgendwo in ihrem Schweigen vielleicht froh war, von dieser Bürde befreit zu sein.

Am letzten Abend vor seiner Rückkehr nach Pennsylvania hatten sie auf der Veranda gesessen und den Grillen zugehört, und seine Großmutter hatte gesagt, das Haus werde übermäßig still sein ohne ihre beiden prächtigen Männer. Für Maude Glenwood war das eine stattliche Rede gewesen. Fünf Wochen später war sie im Schlaf verschieden, war so lautlos gegangen, wie sie gelebt hatte. Am Tag nach dieser zweiten Beerdigung war Marcus noch einmal zum Friedhof gegangen und hatte ihr Grab mit dem bedeckt, was von der Pracht des Herbstes noch übrig war.

Marshall Taubs Kanzlei lag in Richmond in einer Einkaufspassage zwischen einer Billardhalle und »Bubba's Barbecue Palace«. Marcus ging hinein, durchquerte das leere Vorzimmer und klopfte an die innere Tür. »Mr. Taub?«

Die Stimme klang vertraut, aber forscher und fitter. Und wachsam. »Wer will das wissen?«

»Mein Name ist Marcus Glenwood.« In dem Büro war es eine Idee ordentlicher als bei dem Mann zu Hause, und es roch sehr viel weniger unangenehm. »Ich bin Anwalt in Rocky Mount.«

Marshall Taub trug ein verschlissenes weißes Hemd, keine Krawatte, Hosenträger. Er blinzelte. »Kennen wir uns?«

Marcus zögerte nur einen Augenblick lang. »Ich habe in Richmond nicht viel zu tun.«

»Sie kommen mir bekannt vor.«

»Wir haben telefoniert. Ich habe Sie zu Hause besucht.«

»Oh. Na gut.« Offenbar war er es gewöhnt zu vergessen, was passierte, nachdem er sein Büro verlassen hatte. »Was führt Sie hier herauf?«

»Was dagegen, wenn ich mich setze?«

»Nein, natürlich nicht. Entschuldigen Sie die Unordnung. Die Sekretärin macht gerade 'ne lange Mittagspause.« Die Andeutung eines Lächelns. »Schon ungefähr acht Monate lang.«

»Ich weiß, was Sie meinen.« Die Stuhllehne knarrte bedrohlich, und Marcus verlagerte sein Gewicht vorsichtshalber nach vorn. Der Teppich war aus limettengrünem Plüsch, und das metallische Braun des Schreibtischs passte zu den Aktenschränken. »Ich behelfe mir mit 'ner Stundenkraft.«

Tränenfeuchte Augen, die besser zu einem zweimal so alten Mann gepasst hätten, musterten Marcus flink. »Komisch, ich hatte Sie für einen Partner in irgendeinem Laden für Unternehmensrecht gehalten.«

»Das war ich auch bis vor ungefähr acht Monaten.«

»In welchem?«

»Knowles, Barbour und Bradshaw.«

Augenbrauen hüpften auf und ab. »Muss nett gewesen sein. Was ist passiert – hat man Sie bei der Vergabe der Partnerschaften übersehen?«

»So was Ähnliches.« Draußen vor dem Fenster, an der Rückseite des Hauses, lieferte ein Budweiser-Laster Bierkästen für den Billardsalon nebenan. »Ich habe vor dem Bundesgericht Klage gegen ›New Horizons‹ eingereicht.«

Marshall Taub lehnte sich mit seinem Stuhl zurück, bis er fest an der Wand klemmte. »Was Sie nicht sagen.«

»Wir haben Grund zu der Annahme, dass sie in die Entführung einer Frau verwickelt ist, die wegen rechtswidriger Beschäftigungspraktiken recherchiert hat.«

»Würde mich kein bisschen wundern.« Das kam ohne Zögern. »Weder, dass sie gegen Arbeits- und Menschenrecht verstoßen, noch, dass sie jemanden entführen, der sich zwischen sie und den nächsten allmächtigen Dollar stellt. Was war sie denn – eine Gewerkschaftsaktivistin?«

»Nein. Nur eine Studentin.«

»Egal. Wenn sie sich zwischen ›New Horizons‹ und den Profit stellt, putzen sie sie von der Platte.«

»Ich habe das Protokoll Ihres eigenen Falls gelesen.«

»Haben mich vor dem Appellationsgericht versenkt.« Seine Stimme begann zu knirschen. »Diesen Fall zu übernehmen war das Schlimmste, was ich je getan habe.«

»Ich möchte, dass Sie aussagen. Ich will versuchen, eine Argumentation auf vergangener Praxis aufzubauen.« Das bedeutete, dass er seine Argumentation untermauerte, indem er zeigte, wie die früheren Handlungen des Unternehmens nach einem übereinstimmenden Muster verlaufen waren. »Es ist ein kühner Versuch, aber eine bessere Möglichkeit habe ich nicht.«

»Kein Problem.« In den Augen funkelte eine Spur ihrer alten Lebendigkeit. »Mit Vergnügen erzähle ich meine Geschichte einer weiteren Jury.«

»Ich könnte mir vorstellen, dass die Verteidigung dann …« Marcus zögerte und tastete sich dann behutsam weiter. »Dass sie dann alle unappetitlichen Details über Sie ans Licht zerrt, die sie finden kann.«

»Hey, es ist nicht so, dass ich noch 'ne Menge zu verlieren hätte.« Er kippte seinen Stuhl nach vorn und beugte sich über den Schreibtisch. »Wo wir gerade davon sprechen, Sie sollten auch lieber vorbereitet sein. Die werden ihr absolut Bestes tun, um Sie über einem offenen Feuer zu braten.«

Marcus erhob sich. »Ich habe auch nicht mehr viel zu verlieren.«

Marshall Taub grinste jetzt zum ersten Mal. »Hört sich an, als wären Sie vielleicht der richtige Mann für den Job.«

ACHTZEHN

Ashley Granger, der Anwalt, den Kirsten Stanstead ihm genannt hatte, arbeitete in einer kleinen Bürosuite in der M Street nicht weit vom Washington Marriott – auf jeden Fall Citylage, aber doch eher mittlere Preisklasse. Eine Serie von chinesischen Drucken hing an der Wand, der Warteraum war durch einen handgewebten Orientteppich, eine Vase und zwei Lackschalen auf einem Beistelltisch markiert. Marcus nannte der Sekretärin am Empfang seinen Namen, ließ den Blick durch das enge Vorzimmerchen wandern und fasste Grangers Unabhängigkeit als gutes Zeichen auf. Hier war jemand, der sich eine Nische geschaffen hatte und darin erfolgreich genug war, um sein eigener Herr zu bleiben, aber nicht so erfolgreich, dass er in eine der vornehmen Suiten ziehen könnte, in denen die Lobbyisten und Verbündeten der Megakonzerne residierten. In einem anderen Leben wäre es eine Position gewesen, die er auch gern gehabt hätte.

»Mr. Glenwood? Ashley Granger. Gehen wir doch hinein.« Ashley Granger war groß, und früher war er wahrscheinlich einmal schlank gewesen. Aber Schreibtisch und Großstadtleben hatten seine Gestalt gepolstert. Sein welliges Haar wurde dünner, war aber immer noch eher kupferrot als grau, und sein Gesicht hatte sich die Erscheinung des sommersprossigen Jungen bewahrt. Seine grauen Augen blickten offen, sein Blick war unverstellt. Schon bevor er sich hinter seinem Schreibtisch niedergelassen hatte, fragte er: »Was kann ich für Sie tun?«

»Ich bin dabei, eine Zivilklage gegen ein Unternehmen aus North

Carolina und eine ihm angeschlossene Fabrik in der Volksrepublik China, nicht weit von Hongkong, einzureichen.«

»Befindet sich diese Fabrik in einem Special Territory?«

Marcus versuchte, sich ebenso geradeheraus zu verhalten. »Ich habe keine Ahnung, was das ist.«

»Ein Special Territory ist die chinesische Variante einer Freihandelszone. Spezielle Gesetze, spezielle Ausnahmeregelungen. Ausländische Joint-Venture-Unternehmen entscheiden sich oft für die Ansiedlung dort, weil der Kapitalfluss weniger stark eingeschränkt ist.« Ashley sprach mit einem leichten Südstaatenanklang. Seine Haltung war ebenso entspannt wie großstädtisch lebhaft. »Gibt dort sogar andere Justizsysteme zur Regelung von Streitigkeiten.«

»Ich weiß es nicht mit Sicherheit, aber ich bezweifle, dass diese Fabrik in einem Special Territory liegt.« Marcus ließ den Blick über die Wände wandern, bis er bei den gerahmten Doppeldiplomen hängen blieb. »Sie waren in Wake Forest.«

»Vor- und Hauptstudium. Sie haben mir einen Freifahrschein gegeben, und ich wollte nicht widersprechen.«

»Kann ich Ihnen nicht verdenken. Ich habe mich aus genau demselben Grund für Duke und Penn entschieden.« Er musterte den Mann. Wenn er doch wüsste, wem er vertrauen konnte – und wie weit. »Wie kommt ein Wake-Forest-Absolvent dazu, die chinesische Variante des internationalen Unternehmensrechts zu praktizieren?«

»Meine Eltern waren als Missionare drüben. Erst in Taiwan, dann in Hongkong, dann bei der chinesischen Bevölkerung von Singapur und Malaysia.« Worte, die er so oft gesprochen hatte, dass sie seinen Geist nicht sehr beanspruchten. Sein Blick blieb wachsam und abschätzend. »Darf ich Sie fragen, woher Sie meinen Namen haben?«

»Eine junge Dame, die hier wohnt und mit einer Washingtoner Hilfsorganisation zusammenarbeitet, hat Sie vorgeschlagen. Wie sie auf Sie gekommen ist, weiß ich nicht.«

»Ich arbeite gelegentlich honorarfrei für ein paar Gruppen in der Gegend. Vielleicht liegt da der Zusammenhang.«

»Für Asia Rights Watch?«

»Manchmal.«

»Kennen Sie einen Mr. Dee Gautam?«

Granger hielt Marcus' Karte noch einmal hoch, um sie genauer zu inspizieren. »Für einen Anwalt aus Rocky Mount kommen Sie ganz schön herum, Mr. Glenwood.«

Marcus konnte sich die Frage nicht verkneifen. »Haben Sie je eine Frau namens Gloria Hall kennen gelernt?«

Er sah, dass da etwas flackerte, tief innen, und im nächsten Augenblick war es vorbei. Trotz seines jungenhaften Aussehens hielt Ashley seine Karten dicht vor der Brust und spielte sie gut. »Möglich. Ich lerne bei diesem Spiel eine Menge Leute kennen.«

»Mehr oder weniger die gleiche Antwort habe ich auch von Dee Gautam bekommen.«

»Wahrscheinlich, weil es so ist. Bei der Pro-Bono-Arbeit gibt es eine große Grauzone. Manchmal ist es schwer, genau zu sagen, was unter die anwaltliche Schweigepflicht fällt und was nicht.« Weitere Inspektion. »Machen Sie selbst viel Pro-Bono-Arbeit, Mr. Glenwood?«

»Ein bisschen.« Offensichtlich wollte der Mann mehr hören, also fuhr Marcus fort. »Bis vor achtzehn Monaten habe ich in Raleigh eine Gruppe geführt, die sich darum bemüht hat, diese Praxis für alle großen Kanzleien verbindlich einzuführen.«

»Das ist jetzt interessant.« Granger griff nach seinem gelben Notizblock und zog einen Stift aus der Hemdtasche. »Haben Sie da unten jemanden, der das bestätigen kann?«

Marcus wollte fragen, warum das wichtig sei, und beschloss dann, dem Mann die Führung zu überlassen. »Charlie Hayes ist ein pensionierter Richter am Bundesappellationsgericht. Gladys Nicols war früher Lokalrichterin, aber sie ist jetzt am Bundesbezirksgericht. Wir drei haben das Programm geleitet.«

Granger nickte zweimal, als pflichte er einer inneren Stimme bei, und redete dann geradewegs los. »Das Geschäft in China, Mr. Glenwood, hat nicht annähernd die gleiche Transparenz, die Sie nach amerikanischem Recht vorfinden. Die Chinesen haben kein so gut entwickeltes Rechts- oder Handelssystem. Wenn Sie die Geschäftsbeziehungen mit China betrachten, müssen Sie ein gewisses Maß an Skepsis behalten. Die Vereinigten Staaten sind ein Rechtsstaat, Sie haben hier regulierende Instanzen, Sie haben Präzedenzfälle, Sie haben eine existierende Justizstruktur. Im Vergleich dazu ist China der Wilde Westen. Es gibt dort keinen standardisierten Prozess, nach dem die rasante Kommerzialisierung stattfindet. Resultat ist ein bunt zusammengewürfeltes Justiz- und Regulierungssystem, das mehr auf den Präferenzen der Machthaber als auf den Rechten des Durchschnittsbürgers basiert. Die kleinen Leute werden ausgepresst, aber sie haben keine Stimme, kein Rechtsmittel, kein demokratisches Instrument zur Beeinflussung der Politik. Die Karawane der Machthaber zieht einfach weiter. Das gilt vor allem für Firmen, die nicht mitten im Scheinwerferlicht stehen. Kleinere Firmen, darunter auch viele internationale Joint Ventures, operieren in einer Unterwelt jenseits dessen, was wir als die normalen Beschränkungen durch Recht und Regulierung bezeichnen würden. Legales Vakuum dieser Art wird von der falschen Sorte US-Unternehmen gesucht und ausgebeutet.«

Marcus hörte ihm bis zum Ende zu und verstand über eine spezielle Tatsache hinaus wenig. »Ich glaube, ich muss Ihnen vollständig vertrauen.«

Granger lächelte schmal. »Ein großer Fehler.«

»Ich habe ein ernsteres Problem als das. Kennen Sie ›New Horizons Incorporated‹?«

»Den Namen, sicher.«

»Haben Sie sie je vertreten?«

»Nie im Leben. Schauen Sie sich doch um, Mr. Glenwood.«

»Nennen Sie mich Marcus.«

»Ich arbeite mit den kleinen Fischen. Unternehmen wie ›New Horizons‹ sehen sich in der höheren Preislage um. Da gibt es eine Gruppe namens China Trade Council; die existiert für den Bedarf von Unternehmen dieser Größe. Dieser ›Handelsrat‹ kassiert eine Viertelmillion im Jahr für den Beitritt zur Elite, aber seine Mitglieder haben auch Zugang zu den Spitzenleuten auf beiden Seiten des Ozeans. Leute wie ›New Horizons‹ vertreten ihre Interessen auf Ebenen, die ich nicht erreiche. Wir operieren nicht in denselben Sphären.«

»Gloria Hall wurde anscheinend gekidnappt, als sie Arbeitermisshandlungen in einer chinesischen Fabrik untersuchte. Einer Fabrik, die angeblich gemeinsam mit ›New Horizons‹ betrieben wird. Sie heißt Fabrik 101 und befindet sich angeblich in einem so genannten Industriekombinat Guangzhou.« Marcus wartete auf eine Reaktion, und als keine kam, sagte er: »Wenn diese Sache in den USA vorgefallen wäre, würde ich Strafanzeige erstatten.«

»Aber das sind nicht die USA«, antwortete Granger nüchtern. »Gibt es Kontakt mit den Jungs vom Außenministerium?«

»Und mit dem FBI. Wir wissen lediglich, dass sie über die Botschaft Erkundigungen einziehen.«

»Die Ihnen exakt null Erkenntnisse einbringen werden. Sie wissen von dem bevorstehenden China-Besuch des Vizepräsidenten?«

»Ja.«

»Das Hauptinteresse dabei ist der Handel. Die Boys mit den dicken Brieftaschen haben keineswegs vor, eine Regierung zu unterstützen, die sich auf Menschenrechte konzentriert. Oder auch nur auf verschwundene Amerikaner. Die Leute, die die Wahlkampagnen finanzieren, wollen freien Handel, offene Grenzen – und Finger weg von allem, was mit Geldverdienen zu tun hat.«

»Und was kann man tun?«, fragte Marcus.

»Feststellen, wer für diese Fabrik der verantwortliche Mann ist. Herausfinden, wer vor Ort das Sagen hat. Und denken Sie daran, was ich gesagt habe: Bei Geschäften in China geht es ausschließlich darum, wer die Macht hat. Man muss sehen, ob man den Oberboss unter Druck setzen kann.«

»Können Sie das übernehmen?«

Granger erhob sich und streckte die Hand aus. »Geben Sie mir ein paar Tage Zeit.«

Es war dunkel, und der Berufsverkehr war längst vorbei, als Marcus nach Georgetown kam. Ein paar Straßen weit von dem Haus in der P Street entfernt erwischte er einen Parkplatz. Dann ging er zu Fuß durch dunstige Regenschleier; Autos fuhren langsam an ihm vorbei, und ihre Reifen wisperten auf dem nassen Asphalt. Lichter wirkten im Regen weich gezeichnet, Gehweg, Straße und Häuser verwandelten sich in ein unvollendetes Gemälde. Er sah keinen Menschen und genoss es, für den Moment allein zu sein.

Kirsten öffnete die Tür, bevor er klopfen konnte. In ihrer Begrüßung lag keine Freude und wenig Herzlichkeit. »Es ist etwas dazwischengekommen. Man hat mich ins Büro zurückgerufen.«

Enttäuschung wurde allmählich zu einer vertrauten Reaktion auf diese Frau. »Ich hatte mich auf einen netten Abend gefreut.«

Der einzige Trost, den sie zu bieten hatte, war die Abwesenheit von Zorn. Sie öffnete die Tür ein Stück weiter und sagte: »Ich habe uns einen Salat gemacht. Mehr Zeit habe ich nicht.«

Marcus folgte ihr durch das Haus nach hinten. In der Küche brannten alle Lampen. Es war so ordentlich wie in einem Musterhaus. Auf der Küchentheke warteten zwei Teller, zwei Hocker standen rechtwinklig zueinander davor. Wassergläser, kein Essensgeruch. Nur Brot und Käse und eine Schüssel grüner Salat. Er schaute zu Kirsten hinüber. Sie stand da, die Arme um den Leib geschlungen, bereit, seine Verärgerung zu akzeptieren. Also lächelte er und versuchte es mit einem »Sieht gut aus«.

Beim Essen berichtete er von seiner Begegnung mit Ashley Granger. Sie spielte mit ihrem Essen, mied seinen Blick, sagte fast nichts. Schließlich war er mit seiner Geschichte zu Ende, und seine erste Frage stellte er so beiläufig wie möglich. »Wie sind Sie auf Ashleys Arbeit gestoßen?«

»Bei der Durchsicht von Glorias Unterlagen.«

»Gibt es da noch viel mehr, was ich nicht gesehen habe?«

Ihr Blick erhob sich von der Theke und tanzte über die Decke und durch die Ecken. »Nein. Nicht viel.«

»Wann kann ich den Rest bekommen? Ich brauche alles, was uns helfen könnte, die tatsächliche Zusammenarbeit von ›New Horizons‹ mit den Chinesen nachzuweisen …«

»Sie haben mir nie erzählt, wie Sie Ihre Frau kennen gelernt haben.«

Er starrte sie an, sie und ihren huschenden Blick. »Wie bitte?«

»Ich dachte nur.« Ihr Tonfall klang unbekümmert, aber ihre Züge waren straff wie ein gespanntes Trommelfell. »Sie brauchen's mir nicht zu erzählen, wenn Sie nicht wollen.«

»Nein, nein, das ist schon in Ordnung.« Er sprach Worte, die er selbst kaum hörte, und suchte nach dem, was sie anscheinend entschlossen verbarg. »Ich habe Carol kennen gelernt, als ich oben im Norden dabei war, mein Jurastudium abzuschließen. Sie war all das, was ich nie gekannt oder gehabt hatte, so fremdartig, als wäre sie auf dem Mars aufgewachsen. Reich – eine Familie mit altem Geld. So eingerichtet in ihrem Reichtum und ihrer Macht, dass sie sich benahmen, als wäre es ihr Recht, glücklich und gesund und stark und mächtig zu sein.«

Irgendwie brachten seine Worte sie zum Schmelzen. Er wusste nicht, was er gesagt hatte, dass er damit eine solche Reaktion hervorgerufen hatte, aber es war schön zu sehen, wie die Anspannung und die Barrieren sich auflösten. Also redete er weiter, obwohl das Erzählen seine Seele mit rasiermesserscharfen Stacheln zerfleischte. »Ich glaube, wir wussten beide von Anfang an, dass es ein Fehler war. Zumindest bilde ich mir heute gern ein, dass ich die Weisheit besaß zu sehen, was ich da tat, und mich nur weigerte, es zu akzeptieren. Das ist besser, als mich damit abzufinden, dass ich die ganze Zeit blind und dumm war. Sie war glücklich mit dem Status quo und erwartete von mir, dass ich in die Form passte, die ihr Vater und ihr Onkel und alle anderen Männer, die ihr nah standen, geprägt hatten. Gesellschaftlich rege. Oper, Golf, Spenden an die richtigen Wohltätigkeitsorganisationen, Haus in der richtigen Straße, Ferienhaus hier, Apartment dort. Für die Firmen ihres Daddys arbeiten, in Vorständen sitzen, weil ihre Familie dort Mehrheitseigner war. Macht ausüben, ohne je meine Stimme zu erheben.«

Er lächelte über seine eigene Torheit und fand Kraft in der Art, wie Kirsten die Lippen gleichzeitig mit ihm kräuselte. Es war, als schaue er in einen Spiegel und sehe das Abbild seines eigenen Schmerzes in ihrem schönen Gesicht mit den bleichen Lippen und dem zerborstenen, türkisblauen Blick. »Aber ich kann Opern nicht ausstehen, und Golf macht mir auch keinen Spaß. Ich war ehrgeizig, und ich hatte das Gefühl, dass ich nur dann der Mensch sein könnte, den sie brauchte, wenn ich mich aus eigener Kraft nach oben kämpfte. Was verrückt war – ich weiß. Alles Geld, das ich verdiente, würde neues Geld sein, und alle Macht besudelt durch meinen Ehrgeiz und durch meine harte Arbeit.«

Marcus brach ab, verblüfft über diese Beichte. Seit über anderthalb Jahren hatte er nicht mehr so viel über sich selbst gesprochen; zum ersten Mal überhaupt hatte er die Gedankenbänder zusammengeflochten, die sich fast täglich durch die frühen Morgenstunden zogen. Er musste sich abwenden von all dem, was er gesagt hatte, was er sich selbst mit ungewohnter Klarheit vor Augen geführt hatte. Die einzige Möglichkeit dazu bestand in einer Frage. »Und wie sind Sie hier oben gelandet?«

»Ich habe in Georgetown Jura studiert.« Sie kämpfte, bemühte sich, die straffe Maske wieder an ihren Platz zu rücken. Aber die Worte kamen fast aus eigener Kraft aus ihrem Mund. »Meine Eltern sind bei einem Autounfall ums Leben gekommen. Das habe ich Ihnen schon erzählt.«

»Das tut mir Leid, Kirsten.«

»Es waren die großartigsten Eltern, die je jemand hatte. Als sie starben, bin ich auseinander gebrochen.« Sie atmete tief ein. »Wenn Gloria nicht gewesen wäre – ich weiß nicht, was ich getan hätte. Sie hat sich um mich gekümmert, hat mir geholfen, das Haus der Familie oben in Boston zu verkaufen. Ich war ein Einzelkind. Ich hätte nie zurückgehen können. Die Beerdigung war schon schlimm genug. Die bloße Vorstellung, ich sollte ihre Sachen einpacken …«

»Ich verstehe.«

»Sie hat mir geholfen, dieses Haus zu finden, die Scherben einzusammeln, ein neues Leben anzufangen. Gloria kannte eine Wohltätigkeitsorganisation, die Hilfe brauchte. Sie brachte mich morgens in Gang. Tag für Tag. Sie ließ nicht zu, dass ich aufhörte. Erlaubte mir nicht, herumzuhängen und zu brüten.«

»Klingt, als wäre sie ein großartiger Mensch.«

Die Anstrengung, die es sie kostete, die Welt wieder fest unter Kontrolle zu bringen, erschütterte ihren ganzen Körper. Vor und zurück wiegte sie sich und versuchte, Worte und Emotionen zu ersticken. Marcus widerstand dem Drang, die Hände auszustrecken und ihren Kampf und ihr Wiegen zu beenden, indem er sie an sich drückte. Dann war es vorbei, ihre Offenheit ein Mythos, so flüchtig wie Dampf. »Hier geht es nicht um mich, Marcus.«

Ihm blieb nichts anderes übrig, als zu nicken.

»Ich lebe schon sehr lange ohne einen Mann. Und ich möchte, dass es genau so bleibt.« Sie stand auf, stellte die Teller zusammen und erfüllte die Luft mit munterem Klappern. »Und Sie sollten jetzt wirklich gehen.«

»Können Sie mir etwas über Gary Loh erzählen?«

Die Frage ließ sie erstarren. »Über wen?«

»Glorias Freund. Sie kannten ihn nicht?«

»Ich bin mir nicht sicher.« Ihre Bewegungen waren ruckartig, ebenso gezwungen wie ihre Worte. »Kann sein, dass sie da etwas erwähnt hat.«

»Ich brauche alles, was Sie mir ...«

»Ich habe doch gesagt, ich gebe es Ihnen, sobald ich kann. Aber es ist nicht viel.« Hart setzte sie die Teller ab. »Und Sie müssen gehen. Sofort.«

Das Telefon weckte Randall Walker eine Stunde nach Mitternacht. Die graue Stimme sagte nur: »Sie hatten Recht.«

»Rufen Sie in fünf Minuten wieder an.« Randall legte auf und glitt aus dem Bett. Seine Frau regte sich, drehte sich aber nicht um. Wenn man Klienten in der ganzen Welt hatte, waren nächtliche Störungen nichts Ungewöhnliches. Randall ging ins Bad, wusch sich das Gesicht und bereute den dritten Scotch, den er am Abend getrunken hatte. Und den vierten. Sein Spiegelbild sah mehr als müde aus. Es sah alt aus. Und sehr besorgt.

Er nahm den zweiten Anruf in seinem Arbeitszimmer entgegen. »Ich höre.«

»Sie hatten die ganze Zeit Recht.« Hamper Caisse klang so besorgt, wie Randall ihn noch nie gehört hatte. »Die Stanstead hat noch eine Akte.«

Vielleicht lag es an der nächtlichen Stunde, aber Randall brauchte einen Moment, um die kalte Hand zu erkennen, die sich in seine Eingeweide krallte: Angst. »Erzählen Sie.«

»Sie hat mit Glenwood bei sich zu Hause gegessen. Sie hat ihm erzählt, dass es noch mehr Informationen gibt. Nicht viel, aber doch etwas.«

»Sie haben Ihr Haus durchsucht.« Das war keine Frage.

»Und ihr Büro. Von unten bis oben. Nichts.«

»Dann hat sie es versteckt.« Er seufzte und wünschte, es wäre vorüber, und er verfluchte die Ansammlung von Dummheiten, die ihn in diese Lage gebracht hatte. »Das könnte übel sein.«

»Sie sagt, es ist nicht viel.«

»Wir können nicht riskieren, dass sie gelogen hat.«

»Was soll ich tun?«

»Bleiben Sie an ihr dran. Versuchen Sie, sie abzufangen. Suchen Sie etwas, das uns dahin führt, wo sie ihr Zeug versteckt.«

»Ich könnte sie … na ja, stoppen.«

»Und riskieren, dass die Presse dann findet, was sie versteckt hat, und noch lauter ins Horn tutet?« Er ließ einen Atemzug entweichen, der seine schlaffen Wangen flattern ließ. »Ich werde mir auf dieser Seite etwas einfallen lassen.«

Randall legte auf, erhob sich und wandte sich zu der Flasche auf der Bar. Er wollte keinen Drink mehr, aber er brauchte einen. Er schmeckte bereits den beißenden Rauch, als der Whiskey hinabfloss und die Hohlräume in ihm ausfüllte. Oder sie zumindest so weit betäubte, dass der Schlaf zurückkehren konnte.

NEUNZEHN

Das Wochenende widmete Marcus einer erschöpfenden Durchsicht von Beweismaterial und Schriftsätzen. Nur einmal verließ er das anschwellende Durcheinander in seinem Büro, nämlich als er am Sonntag zur Kirche ging, und auch das war nur eine zweistündige Sichtung aus größerem Abstand. Am Montagabend war er so müde, dass selbst die Treppe ihn zu überfordern schien. Er zog sich aus und fiel ins Bett, und seine letzten Gedanken galten einer weich konturierten Frau und der geheimnisvollen Frage, warum sie sich so verzweifelt bemühte, hart zu sein.

Er erwachte vom Sonnenlicht, von Stimmen und vom Rumoren im Erdgeschoss. Der Albtraum war nur ein unbestimmtes Murmeln in seinem Hinterkopf, Erinnerungen, die ein Fremder erzählt. Das Licht war nicht die gedämpfte, waagerecht einfallende Morgendämmerung, sondern ein starkes, eher senkrecht einfallendes Licht. Er warf einen Blick auf die Uhr und schwang die Füße auf den Boden. Die Zeiger standen auf halb elf.

Er zog sich hastig an und band sich noch die Krawatte um, als er schon die Treppe hinunterlief, nur um auf halber Höhe stehen zu bleiben, als er sah, wie Oathell und Darren seinen Konferenztisch zur Haustür hereinwuchteten. Marcus hatte ihn bei derselben Versteigerung wie die rechtswissenschaftlichen Bücher erstanden. In einem früheren Leben hatte er ein formelles Esszimmer geziert und zwölf Personen bequem Platz geboten. Marcus sah, wie Oathell am Teppich hängen blieb und beinahe gefallen wäre.

»Pass auf, wo du deine großen Füße hinstellst!« Eine Frau, zierlich wie ein Zahnstocher, kletterte mit einer Lampe in jeder Hand herein. Marcus erkannte Fay Wilbur, Deacons Frau. »Versaut ihr diesen Boden, kriegt ihr Ärger mit mir, habt ihr verstanden?«

»Ja, Tante Fay.« Oathells gewohnt verächtlicher Ton war nicht zu hören. Aus gutem Grund. Deacon Wilburs Frau sah aus, als sei sie durchaus bereit, ihn mit der einen oder der anderen Lampe niederzuhämmern. »Das Ding ist bloß schwer.«

»Hmph. Du passt bloß nicht auf, wo du hintrittst. Ich geb dir gleich ›schwer‹. Ich geb dir so viel ›schwer‹, dass du alle Engel im Himmel brauchst, um dich hinaufzuholen.«

Deacon Wilbur kam grunzend durch die offene Tür und schleppte den Sessel, der in Marcus' Büro kommen sollte. Er schaute zu Marcus herauf und dann wieder weg. Aber der eine Blick hatte genügt.

Fay Wilbur fuhr herum, und ihr Gesicht sah aus wie ein wütendes Waschbrett. »Wie lange hatten Sie eigentlich vor, in diesem Saustall von einem halb fertigen Haus zu leben?«

Marcus zog sich die Krawatte wieder herunter und hängte sie über das Ende des Geländers. »Nur bis Ihr Mann mit dem letzten Anstrich fertig ist.«

»Deacon ist fertig. Schon lange.« Sie funkelte die Seidenkrawatte an, als wäre sie eine tote Schlange. »Haben Sie vor, dieses Durcheinander da hängen zu lassen?«

Marcus raffte die Krawatte an sich. »Nein, Ma'am.«

»Gut. Denn ich bin zu alt und zu wütend, um hinter Ihnen herzuräumen.« Sie stellte die Lampen behutsam auf den Boden, richtete sich auf und stemmte die knotigen Fäuste in die Hüften. Bei ihren schmalen Augen, dem vorgestreckten Kinn und dem finsteren Stirnrunzeln wirkten die angewinkelten Arme wie Pistolenabzüge. »Jetzt hören Sie zu. Fenster mache ich nicht, haben Sie gehört?«

Marcus war klug genug, nicht zu diskutieren. »Laut und deutlich.«

»Dann sehen Sie zu, dass Ihr Gedächtnis so gut ist wie Ihre Ohren.« Sie schwieg und beobachtete die drei Männer, die jetzt wieder hereindrängten. Alle drei schwitzten und keuchten. »Bewegt euch jetzt ein bisschen. Wir haben hier jede Menge zu tun.«

»Ich komme gleich und helfe«, rief Marcus.

»Nein, das werden Sie nicht tun. Sie haben sich um Ihre Juristerei zu kümmern. Was glauben Sie, weshalb ich hier bin – aus Gesundheitsgründen? Ich habe fünf Kinder und vierzehn Enkel und eine wachsende Kirchengemeinde und so viel Durcheinander, wie ich nur *jemals* brauchen werde. Da brauche ich Ihres nicht auch noch. No, Sir. Ich bin nur hier, weil mein Mann nicht weiß, wann es an der Zeit ist, mit Anstreichen aufzuhören und mit Saubermachen anzufangen.«

»Entschuldigung.« Netty erschien in der Seitentür und sah Marcus an. »Randall Walker ist auf dem Weg hierher.«

»Randall Walker kommt hierher?«

»Jeden Augenblick. Ich wollte Oathell eben hinaufschicken, damit er Sie weckt.« Sie klang kleinlaut. »Ich dachte, Sie werden ihn sehen wollen.«

»Da haben Sie richtig gedacht.«

»Er sagte, es sei extrem wichtig. Und dringend.«

»Das ist okay, Netty.«

»Da, sehen Sie?« Fay Wilbur hatte jetzt keine Lust mehr zuzuhören. »Kümmern Sie sich um Ihren Anwaltskram, und überlassen Sie das Möbelrücken Deacon und den Jungs.«

»Ich brauche eine Tasse Kaffee«, sagte Marcus zu niemandem im Besonderen.

»Die Kanne steht schon den ganzen Morgen auf dem Feuer. Sollte jetzt genau richtig sein. Hab eine Eierschale reingetan, für das Aroma, genau wie Ihr Granddaddy es gern hatte.«

Marcus starrte die runzlige Frau an. »Sie kannten meine Großeltern?«

»Darüber reden wir ein andermal.« Ein Knochenfinger erhob sich zwischen ihnen in die Luft. »Jetzt habe ich Ihnen nur noch eins zu sagen. Ich werde von Zeit zu Zeit vorbeikommen, um Ihnen beim Saubermachen zu helfen, damit dieses Haus eine weibliche Hand erkennen lässt. Kann nicht sagen, wann, kann nicht mal sagen, wie oft. Ich komme, wenn ich kann. Aber unter einer Bedingung.« Der Finger kam näher. »Bringen Sie niemals irgendein Durcheinander von draußen in dieses Haus. Tun Sie das, bin ich weg, bevor ich angefangen habe. Haben Sie gehört?«

»Jawohl, Ma'am.« Marcus sah ihr nach, als sie die Lampen hochhob und davonstapfte.

Seine Sekretärin lächelte voller Genugtuung. »Wurde auch Zeit, dass Sie mal jemand auf Vordermann bringt.«

Marcus ging in die Küche und hatte eben seine erste Tasse Kaffee halb ausgetrunken, als Deacon pustend zur Hintertür hereinkam. »Marcus, ich kann Ihnen gar nicht sagen, wie Leid …«

»Ist okay.«

»Nein, ist es nicht. Fay ist nicht oft so, aber wenn sie so ist, kann man sie nicht bremsen.«

»Es ist mehr als okay. Wollen Sie einen Kaffee?«

Das war offensichtlich nicht die Reaktion, die Deacon erwartet hatte. »Lieber nicht.«

»Ich hatte vor, Charlie Hayes und die Halls zusammenzuholen und heute Nachmittag mit ihnen zu einem Schweinsbarbecue zu fahren. Kommen Sie mit?«

Die Augen des alten Mannes leuchteten auf. »Meine Güte, so ein Schweinsbarbecue auf dem Lande ist natürlich was Feines.«

»Fragen Sie Oathell und seinen Bruder, ob sie auch mitkommen. Ich muss ihnen ja für all das hier danken.«

»Nein, Oathell muss in seine Firma, und Darren hat heute Nachmittag irgendeinen Gelegenheitsjob. Deshalb beeilen wir uns ja so.« Der sorgenvolle Gesichtsausdruck kehrte zurück. »Aber all dieser Trubel, und in Ihrem Haus, während Sie noch oben waren …«

»Es ist mehr als okay«, versicherte Marcus ihm. »Es ist ein Geschenk.«

Marcus telefonierte eben mit Austin Hall, als seine Sekretärin Randall Walker in das neu eingerichtete Büro führte. Marcus beendete das Gespräch mit den Worten: »Dann holen Sie Richter Hayes ab und sind in einer Stunde hier bei uns? Danke, Professor, das ist großartig. Auf Wiedersehen.«

Randall beobachtete, wie er den Hörer auflegte, und fragte dann: »Das war wohl nicht zufällig der alte Charlie Hayes, oder? Ich dachte, der ist tot.«

Randall Walker stand da und wartete, dass man ihn zur Kenntnis nahm und zu einem Stuhl geleitete. Aber Randalls hochtrabender Versuch herauszufinden, ob Charlie von ihrer Unterredung gesprochen hatte, veranlasste Marcus, seine guten Manieren zusammen mit seinem Stift einfach fallen zu lassen. »Was wollen Sie, Randall?«

Das Lächeln verschwand. »Und der Professor, nehme ich an, ist Austin Hall.«

Marcus lehnte sich in seinem Sessel zurück. Es gefiel ihm, wie er sich knarrend seinem Gewicht fügte. Er wartete.

»Ganz nette Behausung haben Sie hier.« Randall inspizierte den Raum noch einmal langsam. »Viel netter, als ich erwartet hatte, muss ich gestehen.«

Marcus musste ihm Recht geben. Das Zimmer war geräumig. An der Decke hing ein Messinglüster, der einmal eine Gaslampe gewesen war. Durch hohe Schiebefenster flutete das Vormittagslicht herein. Eine große Platane und der älteste Hartriegelstrauch, den er je gesehen hatte, standen draußen Wache. Die Eichenholzdielen leuchteten rötlich und antik. Der schlachterprobte Schreibtisch war aus massivem alten Mahagoni, das den Geruch von Fay Wilburs Leinölbehandlung verströmte. Die Luft war gesättigt von den Dünsten eines frisch fertig gestellten Hauses. Es war ein guter Ort zum Leben und Arbeiten, und Randall Walkers Anwesenheit war ein Fluch auf diesen neuen Anfang. Marcus wiederholte ruhig: »Was wollen Sie?«

Randall fand sich damit ab, dass diese Frage die einzige Einladung war, die er je bekommen würde, und ließ sich Marcus gegenüber auf den Stuhl sinken. »Ich bin hier herausgekommen, um Ihnen einen Freudentag zu bereiten.«

Marcus verschränkte die Hände über dem Leib und versuchte, den Knoten der plötzlichen Anspannung zu lockern.

»Nein. Streichen Sie das. Sagen wir, ein Freudenjahr – das trifft's eher.« Randall strahlte ihn mit voller Wattstärke an; es war das Strahlen, das die Herzen von tausend weiblichen Geschworenen zum Schmelzen gebracht hatte. »Sie kennen unsere Firma.«

»Ich weiß von ihr.«

»Natürlich. Ein pensionierter Gouverneur, zwei Senatoren, der Kongressabgeordnete Hodges – lauter Partner. Landesweit angesehen. Ja, wir denken jetzt sogar daran, ein Büro in London aufzumachen. England.«

Marcus begriff, dass der Mann die Pause eingelegt hatte, weil er eine Reaktion erwartete. »Ein weiter Weg von Rocky Mount.«

»Da sagen Sie was.« Das Lächeln wurde noch breiter, wenn das möglich war. »Wie würde es Ihnen gefallen, dieses Büro ein, zwei Jahre zu führen? Und diesen ganzen Schlamassel samt Ihrem Gepäck hier zu lassen?«

»Bieten Sie mir einen Job an?«

»Mehr als das, mein Sohn. Mehr als das. Ich biete Ihnen eine *Zukunft*. Die Chance, noch einmal von vorn anzufangen. Wir haben Sie beobachtet. Haben gesehen, wie Sie fast zusammengebrochen wären, haben gesehen, wie Sie wieder auf die Beine kamen. Nicht viele Männer kommen zurück von da, wo Sie waren.« Das Lächeln war jetzt verschwunden, und die Maske zeigte tiefe Anteilnahme. »Sie sind ein starker Mann, Marcus. Und ein guter Mann. Wir wollen Sie in unserem Team.«

Marcus griff nach seinem Stift; seine Hände wurden plötzlich unruhig. Sich anzuhören, wie Worte über seine Vergangenheit zwischen diesen Lippen hervorglitten, erfüllte ihn mit Mordlust. »Ich bin geehrt.«

»Na, das sollten Sie auch sein.« Das gütige Lächeln kehrte zurück. »Yes, Sir – geehrt sein ist die absolut richtige Reaktion.«

Marcus musterte sein Gegenüber. Randall Walkers Anzug war aus marineblauem Mohair, seine Schuhe waren handgemacht. Sein Haar war präzise geschnitten und seinem Kopf angepasst wie sein Lächeln. Die Haut von Wangen und Hals hing über den gestärkten Kragen. »Was steckt hinter diesem Angebot?«

»Das ist doch ganz einfach.« Die Frage brachte Randall kein bisschen aus dem Konzept. »Eine Hand wäscht die andere – die juristische Welt ist voll davon. Erfolgreiche Anwälte lernen frühzeitig und gründlich, einander Gefallen zu erweisen. Aber das wissen Sie doch alles, oder? Natürlich wissen Sie das. Das Leben selbst baut darauf auf, dass man herausfindet, wie jeder gewinnt.«

»Sie wollen, dass ich die Hall-Sache fallen lasse.«

»Na ja, es ist manchmal schwer zu sagen, wie gut ein Anwalt wirklich gearbeitet hat.« Das Lächeln wurde straffer – eine dünne Linie, die sich durch die teigigen Züge schnitt. »Ein negatives Urteil können Sie jederzeit dem Richter oder den Geschworenen in die Schuhe schieben. Oder dem Wind.«

Marcus nickte langsam, als müsse er das alles erst einmal verdauen. Schließlich sagte er: »Lassen Sie das Mädchen laufen, und wir ziehen sämtliche Vorwürfe zurück.«

Das Lächeln verschwand unbemerkt. »Das können Sie nicht ernst meinen.«

»Todernst.«

»Mein Junge, wir reden hier von einer Karrierechance, die es nur einmal im Leben gibt.«

Marcus beugte sich über den Schreibtisch. »Ich will Gloria Hall.«

»Was Sie nicht sagen.« Die Worte klangen jetzt hart. »Schade, dass ich nicht die leiseste Ahnung habe, wovon Sie da reden.«

Marcus schaute dem Mann mit dem klebrigen Blick geradewegs in die Augen. »Dann haben wir nichts zu diskutieren. Nicht wahr?«

»Wenn ich nicht der Gentleman wäre, der ich bin, dann würde ich Ihnen jetzt sagen, worin Sie kopfüber landen werden.«

»Danke für Ihren Besuch, Randall.«

»Na schön.« Der Mann erhob sich. »Bin froh, dass ich diese letzte Chance hatte, Sie kennen zu lernen, Marcus.« Er tippte mit leichter Hand auf den Schreibtisch. »Sie brauchen nicht aufzustehen – ich finde den Weg hinaus.« Er tippte noch einmal. »Sie bleiben einfach da sitzen. Freuen Sie sich an diesem Laden, solange Sie können.«

Sie verließen Rocky Mount kurz nach Mittag und fuhren Richtung Osten. Marcus saß am Steuer, Austin Hall neben ihm. Charlie Hayes und Deacon Wilbur hatten es sich auf dem Rücksitz bequem gemacht und stritten mit dem gutmütigen Geplänkel alter Freunde über den richtigen Weg. Hin und wieder warf Marcus einen Seitenblick auf seinen Klienten, um zu sehen, ob die Streiterei ihm auf die Nerven ging. Austin saß schweigend und ruhig da, starr wie ein Hinterbliebener.

Es gab gute Gründe, die Strecke mit Bedacht zu wählen, denn ihr Ziel hatte keinen Namen und wechselte jeden zweiten oder dritten Herbst den Schauplatz. Marcus bog vom Highway auf eine Landstraße und dann auf eine lange, schmale Piste, die eine Asphaltschneise durch Tabakplantagen schnitt, zwischen verwitterten Farmhäusern hindurch. Für alle außer Austin Hall wurde die Fahrt zu einem Rückzug aus einer Welt der Sorgen.

Sie wussten, dass sie bald da waren, als ihr Wagen sich einem Konvoi anschloss. Die meisten anderen Fahrzeuge waren Pick-ups mit Gewehren im Heckfenster und einem Haufen Kinder und Hunde auf der Ladefläche. Lederne Arme hoben sich zum trägen Gruß an andere schlammbespritzte Wallfahrer. Alle fuhren in dieselbe Richtung.

Der Parkplatz war ein frisch gepflügtes Feld. Dicht an der Straße funkelten ein paar Buicks und Cadillacs, deren Besitzer den Großstadtglanz nicht verderben wollten. Marcus folgte den Pick-ups über einen roten Lehmweg zu einer uralten Tabakscheune und hielt dort an. Ein längst vergessenes Gemälde warb dort für Redham-Kautabak in Lettern, aus denen alle Farbe herausgewaschen war. Darunter, gleich neben der Tür, war eine fast unsichtbare Reklame für Burma Shave.

Charlie Hayes redete, als sie den hart gestampften Lehmweg entlanggingen. »Da hinten war früher die Straße nach Columbia.«

»Nein, nein, Richter«, korrigierte Deacon ihn, »da irren Sie sich. Die Straße führte nach New Bern.«

Charlie machte ein empörtes Gesicht. »Wollen Sie behaupten, dass Sie die Gegend hier besser kennen als ich?«

Wenn Deacon grinste, war sein Gesicht so zerfurcht wie nicht einmal der Acker, den sie eben überquert hatten. »Schätze, das ist wohl so.«

Charlie wandte sich an den Mann im Overall, der vor ihnen herging. »Mister, kennen Sie die Gegend hier?«

»Pflanze fünf Meilen weiter nördlich Tabak, seit ich gehen kann.«

»Dann machen Sie dem Gentleman mal klar, wo die Straße da hinführt.«

»Würd ich gern, kann ich aber nicht.«

»Wieso nicht?«

»Weil er Recht hat und Sie nicht.« Der Mann spuckte einen braunen Strahl und einen gut durchgekauten Priem in den rostigen Farbeimer neben der Tür. »Klarer kann man's nicht sagen.«

»Na, da soll mich doch ...« Charlie schien im Begriff, seinen Gehstock von sich zu werfen. »Hätte nie gedacht, dass ich es mal erleben würde, so von Unwissenheit umzingelt zu sein.«

Der Streit wurde beendet, als die Schlange sie in die Scheune hineinführte. Drinnen war es nur wenig kühler als in einem Hochofen. Die Luft war dick und stickig vom Geruch von Tabak, Schweiß und Schweinefleisch. Zwei Männer arbeiteten an dem hohen Ziegelofen; einer kümmerte sich um das Feuer aus Holzspänen, der andere drehte eine mächtige Eisenkurbel. Durch die gusseiserne Ofentür sah Marcus, dass drinnen drei ganze, fetttriefende Schweine brieten. Ein dritter Mann schnitt mit einer rasiermesserscharfen Machete Stücke herunter; sie fielen auf einen Holzspatel, den er in der anderen Hand hielt. Er schnitt, fing das dampfende Schweinefleisch auf, drehte sich um und deponierte es auf einem Pappteller. Marcus legte für die vier Teller zwei Zwanziger hin – ein Preis für alles, was sie essen konnten. Niemand trödelte lange in der Scheune herum.

Die Luft draußen wirkte plötzlich frühlingsfrisch. Tische auf Sägeböcken standen in langen Reihen, und Plastiktonnen mit Bohnen und Kraut- und Kartoffelsalat und eisgekühlten Drinks reihten sich im mittleren Gang aneinander. Während die andern ihre Teller mit allem beluden und einen Tisch in Beschlag nahmen, ging Marcus hinüber zu zwei Frauen, die an einer Fritteuse arbeiteten, und kam mit einem

Korb voll frittierter Teigklößchen zurück. Deacon sprach ein Tischgebet, und dann langten sie zu.

Ihr Tisch zog mehr als die üblichen Blicke auf sich. Es gab viele Gruppen, die sich aus Schwarzen, Weißen und Native Americans zusammensetzten, aber nirgends trug einer der Schwarzen einen Anzug mit Weste und eine goldene Taschenuhr. Bald aber wandte sich die Aufmerksamkeit anderswohin, und man überließ es ihnen, sich so willkommen zu fühlen, wie sie wollten. So saßen die Farmer an diesem milden Tag eine Zeit lang in einem Restaurant mit Wänden aus reifem Tabak und einer Decke von endlosem Blau, in müder Zufriedenheit vereint. Wieder ging eine Pflanzsaison zu Ende. Auktionatoren und Tabakeinkäufer waren in der Stadt, um ihre Gebote abzugeben und zu bezahlen. In den Lagerhäusern und Hinterzimmern, wo Fachleute goldblättrige Panatelas rollten und das Aroma der diesjährigen Ernte verkosteten, sprach sich herum, wo das Schweinsbarbecue in diesem Jahr stattfinden würde. Falls zufällig ein Inspektor der Gesundheitsbehörde in der Menge sitzen sollte, war er vernünftig genug, schweigend zu schmausen.

Marcus wartete, bis die andern fertig waren, ehe er zu Austin Hall sagte: »Ich habe Charlie gebeten mitzukommen, weil ich hoffe, dass er mir in diesem Prozess helfen wird. Er ist schon in inoffizieller Position. Haben Sie etwas dagegen, wenn wir ein bisschen über Geschäftliches reden?«

»Ich habe keine Geheimnisse vor Deacon«, sagte Austin.

»Man kann den Mann, der spricht, daran messen«, warf Deacon ein, »dass er tatsächlich meint, was er sagt.«

»Wir müssen hier eine Entscheidung treffen. Tut mir Leid, dass Alma nicht mitkommen konnte.«

»Sie musste in die Dozentensitzung. Ich soll für uns beide entscheiden, hat sie gesagt.«

Deacon schenkte dem Mann ein sanftes Lächeln. »Dann gibt es hierzulande tatsächlich noch Wunder.«

»Wir können Ihnen gar nicht genug danken«, antwortete Austin mit einem Ausdruck von wehmütiger Offenheit.

»Sie brauchen nichts zu sagen.«

»Doch, das muss ich. Alma und ich, wir waren so bewegt – Sie können es sich nicht vorstellen.« Austin richtete den Blick auf Marcus und erklärte: »Die Kirche hilft uns, das Lösegeld zusammenzubringen.«

»Wir sind für einen Freund in Not da. Mehr ist es nicht.« Deacon holte tief Luft. »Da wir schon einmal davon reden, müsste noch etwas gesagt werden. Ein großer Teil des Geldes kam von Kirsten Stanstead.«

Austin drohte vollends die Fassung zu verlieren. »Was?«

»Sie dachte sich, wenn sie direkt zu Ihnen geht, sagen Sie nein. Sie hat nur deshalb nicht die gesamte Summe gespendet, weil ich nein gesagt habe. Es gibt noch andere in der Gemeinde, die helfen wollten. Und von Fay soll ich Ihnen sagen, dass die Leute rund um die Uhr beten, und das werden sie so lange tun, bis Ihr Kind wieder zu Hause ist.«

Austin brauchte fremde Hilfe in seinem Ringen um Fassung. Marcus fragte in möglichst klinischem Ton: »Sie haben sich also dafür entschieden, das Lösegeld zu zahlen?«

»Ich sehe keine andere Möglichkeit.« Austin brachte ein raues Durchatmen zustande. »Polizei und FBI sind dagegen, aber was haben sie denn für uns getan? Sie haben mit der Botschaft gesprochen. Die Botschaft hat einen Brief an die chinesischen Behörden geschrieben.«

»Mehr als das«, widersprach Marcus.

»Aber nicht genug!« Ein paar Köpfe wandten sich zu ihnen um. »Nicht genug. Sie haben uns nichts zu berichten. Wir hören immer nur, dass sie nicht begreifen, was Gloria denn in China zu tun hatte. Immer wieder dieselben Worte.«

»Das ist nur natürlich.« Charlie Hayes ergriff zum ersten Mal das Wort. »Sie sind Regierungsmitarbeiter. Regierungsmitarbeiter lernen sehr früh, dass der wichtigste Teil ihres Jobs darin besteht, immer dafür zu sorgen, dass die Schuld jemand anderem in die Schuhe geschoben wird.«

»Als Ihr Anwalt«, sagte Marcus, »kann ich Ihnen nicht offiziell raten, ein Lösegeld zu zahlen. Inoffiziell würde ich Ihnen eindringlich empfehlen, die Polizei zu informieren, sobald das Geld transferiert ist.«

»Gloria hat gesagt, keine Polizei.«

»Es ist eine gute Empfehlung, Dr. Hall«, sagte Charlie. »Ich würde mich daran halten, wenn ich Sie wäre.«

Weil Austin den alten Mann unverwandt anschaute, sagte Marcus: »Charlie und ich haben schon in so vielen Fällen zusammengearbeitet, dass ich sie nicht mehr zählen möchte. Er ist mein Freund, seit ich praktiziere, und mein bester Ratgeber, seit er als Bundesrichter in den Ruhestand gegangen ist. Er ist immer noch Mitglied der Anwaltskammer, und er kennt das Prozedere am Bundesgericht in- und auswendig.«

»Dann wäre es wohl am besten«, sagte der Professor, »wenn Sie mich Austin nennen.«

»Wäre mir ein Vergnügen, Sir.«

»Wir müssen auch über das Timing sprechen«, fuhr Marcus fort. Eine sanfte Brise berührte die Pflanzen ringsum; die meisten waren weit über zwei Meter hoch und bis auf die obersten Blätter abgeerntet. Diese aber wisperten und raschelten in einem Orchester aus Vogelgesang, Insektengesumm und ruhigen Unterhaltungen. Die anderen Tische ließen sie ungestört, wie es bei den auf dem Land Geborenen üblich ist. »Ich habe einen Anruf aus dem Büro des Richters erhalten. Die Verteidigung hat für morgen um eine Besprechung ersucht und für übermorgen um eine weitere.«

»Und?«

»Ich schätze, sie werden die sofortige Prozesseröffnung beantragen, damit wir praktisch keine Zeit haben, schriftliche Aussagen und Beweismaterial zusammenzutragen.«

Jetzt schaltete Charlie sich ein. »Normalerweise ist das zum Vorteil der Verteidigung, denn es hindert den Kläger daran, sich umfassend vorzubereiten. Oder nach neuen Ansätzen zu suchen.«

»Aber wir haben nicht allzu viel Material«, fuhr Marcus fort. »Und um ehrlich zu sein, ich glaube nicht, dass uns mehr Zeit weiterhilft. Wir wollen ein bisschen Lärm machen. Nichts weiter.«

Austin bewegte diese Auskunft in seinem analytischen Verstand hin und her und stellte dann fest: »Die Zahlung.«

»Genau. Wenn Sie die Überweisung des Geldes wirklich in die Wege leiten, wollen Sie der Sache dann mehr Zeit lassen? Ich habe keine Ahnung, ob Zeitdruck zu unseren Gunsten oder gegen uns arbeitet.«

»Machen Sie's.« Austin zögerte nicht einen Augenblick lang. »Machen Sie's sofort. Nicht warten. Wir tun alles, was möglich ist, und zwar so bald wie möglich.« Sein Gesicht war so streng, wie Marcus es nur je gesehen hatte. »Schlagen Sie sie, so hart Sie können.«

»Die meisten Anwälte haben nicht den Mumm, ihren Klienten die guten, die schlechten *und* die hässlichen Nachrichten aufzutischen.« Logans einleitende Worte waren keine Standardkost für seine beiden Gäste, und das war ihren Gesichtern anzusehen. Ihm war das gleichgültig. Er hatte nicht einmal mehr vierundzwanzig Stunden bis zu seiner nächsten nichtöffentlichen Sitzung mit Richterin Nicols, und der Fall verschaffte ihm bereits einen schlechten Geschmack im Mund. »Aber dieses Problem habe ich nicht. Randall, Sie haben mich in der erklärten Absicht engagiert, diesen Glenwood zu begraben. Schön. Sie erzählen mir, es gibt keinerlei Verbindung zwischen ›New Horizons‹ und dieser chinesischen Fabrik. Ich marschiere also da hinein und will ihm den Gnadenschuss geben. Und was passiert? Marcus stellt sich vor den Richter und beweist, dass es eine Verbindung *gibt*. Und jetzt sitzen Sie hier und erzählen mir, dass diese Verbindung hauchdünn ist, bestenfalls. Ich weiß nicht genau, ob ich das glauben sollte, Randall.«

Randall Walker saß da und ließ es über sich ergehen, weil er musste. Er war derjenige, der um diese Besprechung gebeten hatte, und aus irgendeinem Grund hatte er Logans Seniorpartner zur Unterstützung hinzugezogen. Zwei Busenfreunde aus der alten Machtstruktur, poliert und gelassen, die Niedertracht tief im Innern verborgen. Aber

Logan wusste, dass sie vorhanden war. Er hatte sie beide schon in Aktion gesehen. Mit solchen Typen wurde man nur fertig, wenn man hart in die Offensive ging.

Logan war vorbereitet, als Randall einwerfen wollte: »Es ist mir wichtig, dass Sie …«

»Warten Sie, Randall. Warten Sie einfach ab, okay? Ich bin es, der morgen Auge in Auge vor Richterin Nicols stehen wird. Wichtiger Termin. Und ich habe immer noch eine Menge Fragen, die auf Antworten warten. Zum Beispiel, woher hatte Glenwood die Informationen, die er dem Magistratsrichter gezeigt hat?«

»Das weiß ich nicht. Ich wünschte, ich wüsste es.«

»Könnte er sie aus Ihrem Büro haben?«

»Auf keinen Fall.«

»Sie wollen mich doch nicht verarschen, oder, Randall?«

Randall lief rot an, bewahrte aber seinen ruhigen Ton. »Ich will, dass Sie diesen Fall gewinnen.«

»Okay. Dann spielen Sie mit offenen Karten.«

»Ich habe den Hauptbuchhalter für North Carolina und die beiden für den Vertrieb zuständigen Manager aus Rocky Mount mitgebracht.«

»Moment mal. Ich rieche hier mehr als bloß Möbelpolitur. Zwei Leute aus dem mittleren Management ohne Kenntnis der internationalen Märkte? Wem wollen Sie was vormachen, Randall? Wo sind die Vorstandsleute?«

»Das habe ich Ihnen gesagt. Die sind alle in der Schweiz.«

»Kann ich mit ihnen telefonieren?«

»Nein.« Randall wandte sich an Logans Seniorpartner, um seinen Worten Nachdruck zu verleihen. »Ausgeschlossen.«

Logan wartete, um seinem Boss die Chance zu geben, ihm den Rücken zu stärken. Der ältere Anwalt behielt seine versteinerte Miene. Logan seufzte. »Okay. Vorläufig brauche ich alles, was Sie mir beschaffen können, um einen Firewall hochzuziehen. Sie sagen, zwischen diesen beiden Unternehmen liegt nicht bloß eine Armlänge, sondern eine neuntausend Meilen breite Schlucht. Ist das korrekt?«

»Genau.«

»Ich brauche Beweise, Randall. Dieses Wort haben Sie doch sicher schon mal gehört.«

Der Seniorpartner schüttelte den Kopf und sagte milde: »Logan.«

Aber Logan ließ sich nicht bremsen. »Was wir brauchen, sind Beweise, Randall. Beweise, die ich der Richterin unter die Nase reiben kann.«

»Sie sind gleich nebenan.«

»Worauf warten wir dann?«

Der Seniorpartner und Randall rührten sich nicht. Randall sagte: »Ich möchte Sie um etwas bitten.«

Logans Blick ging von einem zum andern. »Was ist los? Haben Sie beide eine Strategiebesprechung abgehalten und vergessen, den Anwalt der Verteidigung einzuladen? Freunde, falls es euren Spatzenhirnen entfallen sein sollte, mein guter Name steht hier auf dem Spiel.«

»Logan, Randall hat doch nur gesagt ...«

»Es ist in Ordnung.« Aber Randalls Gesichtsausdruck strafte seine Worte Lügen. Ein Blick genügte, und Logan wusste, dass überhaupt nichts in Ordnung war. Randall beobachtete ihn vorsichtig, wachsam abschätzend. Logan begriff, dass er ihn offenbar nicht für einen so harten Brocken gehalten hatte. Was gut war. Denn in Glenwoods Fall drohte das gleiche Risiko. Randall fuhr fort. »›New Horizons‹ unterhält ausgedehnte Geschäftsbeziehungen zu Fabrik 101 in China. Aber wir möchten nicht, dass Sie das morgen zugeben.«

Logan starrte die beiden älteren Männer mit offenem Mund an. »Sie sind alle beide geisteskrank.«

»Keineswegs.«

»Morgen ist die vorletzte Vorbesprechung mit der Richterin, bevor das Verfahren eröffnet wird!«

»Wir müssen feststellen«, sagte Randall und betonte jedes Wort mit hartem Nachdruck, »wie viel es genau ist, was Marcus weiß.«

Der Seniorpartner schaltete sich ein. »Uns ist klar, dass wir da eine Menge von Ihnen verlangen.«

»Was soll dieses *Wir*? Auf wessen Seite stehen Sie eigentlich?«

»Wir stehen alle auf derselben Seite.« Der Seniorpartner tätschelte mit flacher Hand sein silberglänzendes Haar und fügte zufrieden hinzu: »Randall Walker bietet uns einen beträchtlichen Anteil am Firmenetat von ›New Horizons‹. Einen Etat, den Sie persönlich managen sollen.«

Logan lehnte sich zurück. »Okay. Ich höre.«

»Die Beziehung von ›New Horizons‹ zu Fabrik 101«, sagte Randall, »ist ein entscheidender Bestandteil ihres gesamten Importgeschäfts. Ein Bestandteil, den wir lieber nicht ins Licht eines amerikanischen Gerichtssaals gezerrt haben möchten. Deshalb müssen wir Sie bitten, sich zurückzuhalten und festzustellen, ob Marcus Glenwood es geschafft hat, das Unmögliche herauszubringen.«

Logan dachte darüber nach. Dann fragte er: »Und wie groß sind die Geschäfte, die Sie mit diesen Chinesen da machen?«

Auf der Heimfahrt nach dem Barbecue saß Deacon vorn, weil Austin darauf bestand. Ein Blick in den Rückspiegel genügte, um zu zeigen, warum: Austin verbrachte die Fahrt mit starrem Blick aus dem Seitenfenster – die Augen blind, das Gesicht müde wie bei einem, dem man den Schlaf gestohlen hat. Die Stimmung im Wagen blieb nachdenklich und ruhig, bis Marcus wieder auf die Überlandstraße einbog und sie in vertraute Gegenden kamen. Jetzt drehte Deacon sich zur Seite, bis er an der Tür lehnte und Marcus und Charlie gleichzeitig ansehen konnte. »Haben Sie eigentlich Marcus' Granddaddy gekannt, Mr. Charlie?«

»Nein, ich kann nicht sagen, dass mir dieses Privileg zuteil geworden ist.«

»Der alte Mr. Horace war ein feiner Mann. Ein wirklich feiner Mann. Hat uns geholfen, unsere Kirche zu bauen, könnte man sagen.«

Marcus warf ihm einen kurzen Seitenblick zu. »Was?«

»Die Felder zwischen dem Friedhof und der Anhöhe, die haben einmal Mr. Horace gehört. Sie waren ihm zum Ausgleich für irgendwelche Forderungen überschrieben worden. Und damals, in meinen ersten Tagen auf der Kanzel, wurde die alte Kirche vom Blitz getroffen.

Zumindest vermuteten wir das. Spät in der Nacht war ein mächtiges Unwetter durchgezogen. Am nächsten Morgen hatten wir nur noch Asche. Diese Kirche hatten freigelassene Sklaven mit dem ersten selbst verdienten Geld gebaut. Am Tag nach diesem Gewitter gab es lautes Wehklagen unter ihren Enkeln und Urenkeln. Hatten nur noch eine Glocke und die vier Ecksteine. Alles verloren.«

»Ein schwerer Schlag«, meinte Charlie.

»Marcus' Granddaddy kam am selben Tag vorbei und überschrieb uns das Land. Er sagte, er hätte keine Verwendung für Schwemmland; er wäre kein Farmer und würde auch nie einer werden. Es wäre aber eine Schande, gutes Tabakland brachliegen zu lassen.«

»Davon wusste ich ja gar nichts«, sagte Marcus.

»Wir haben das Land bepflanzt, die Ernte verkauft und die neue Kirche gebaut. Ja, Mr. Horace war ein feiner Mann. Und, Junge, was konnte er reden.« Bei der Erinnerung musste Deacon lächeln. »Konnte einem toten Maultier noch das Hinterbein abschwatzen. Konnte reden den ganzen Tag und die ganze Nacht.«

»Marcus, dein Granddaddy war doch Tabakauktionator«, sagte Charlie. »Oder täusche ich mich?«

»Bis zu seinem Schlaganfall.« Aber Marcus war gefangen von der Erinnerung an einen alten Mann, der sich nicht rührte und nicht sprach, wenn seine Frau ihn in dem Schaukelstuhl in der Ecke untergebracht hatte. Marcus' Großvater hatte die Jahre seines Heranwachsens beobachtet und nie einen Laut von sich gegeben. Für einen geborenen Redner musste das ein Aufenthalt in der Hölle gewesen sein.

Ernüchterte Stille erfüllte den Wagen, als sie an dem Ziegelsockel mit dem Firmenlogo vor der Einfahrt zum Komplex von »New Horizons« vorbeifuhren. Eine Ecke war abgesplittert – die Narbe, wo Marcus das Mauerwerk gestreift hatte. Eine Arbeitskolonne war dabei, ein blankes Kupferschild auf den Sockel zu montieren; es trug das Stern-und-Regenbogen-Logo und eine geprägte Inschrift mit dem weltberühmten Befehl: GET IN GEAR. Sie fuhren auf der gewundenen Straße den Hang hinunter durch den Wald und gelangten wieder ins Licht, als die Straße flacher wurde und die Kirche in Sicht kam. Marcus betrachtete die Felder ringsum mit neuem Interesse. »Kaum zu glauben, dass das alles angefangen hat, weil sie den Friedhof weghaben wollten.«

Deacon verlagerte ungehalten sein Gewicht. »War nicht der Friedhof, und hat nicht deshalb angefangen.«

Marcus wollte erwidern, dass er allerdings aus der Sicht eines Betroffenen spreche. Aber etwas in Deacons Tonfall ließ ihn spüren, dass es hier nicht nur um Konversation ging. »Was meinen Sie damit?«

Es dauerte eine Weile, bis der alte Mann antwortete. Sie waren schon fast in der Straße, in der Marcus wohnte, bevor er schließlich sagte: »Über manche Dinge spricht es sich schwerer als über andere. Dunkle Punkte, von denen man sich wünscht, es hätte sie nie gegeben, Schatten, die man nicht vertreiben kann.«

»Sie brauchen mir nichts zu erzählen, wenn Sie nicht wollen.«

Er hätte sich seine Worte sparen können. »Mit der Tabakernte auf dem Land, das Ihr Granddaddy uns geschenkt hat, und mit unseren Kollekten konnten wir die Wände hochziehen und die Fenster einsetzen. Aber dann fehlten uns noch ungefähr zweitausend Dollar. Der Winter kam, und der Dachdecker wollte erst arbeiten, wenn wir ihn bezahlten. Damals stand Bakers Fabrik auf der Anhöhe hinter uns, nicht ›New Horizons‹.«

»Der alte Baker war auch so ein Prachtstück«, warf Charlie ein.

»Ein böser Mann«, murmelte Deacon, und seine Stimme war finster wie sein Blick. »Trug die Finsternis mit sich herum. Das Gras verwelkte, wo er hintrat.«

»Ich hatte ihn zweimal in meinem Gerichtssaal«, sagte Charlie. »Jedes Mal, wenn er wieder draußen war, hatte ich gute Lust, den Raum vom Gerichtsdiener mit Lauge abwaschen zu lassen.«

Marcus hielt vor seinem Haus, stellte den Motor ab und drehte sich um, sodass er Deacon anschauen konnte, als dieser weitersprach. »Der alte Baker kam zu mir. Sagte, er wollte uns die zweitausend geben, und dazu noch fünfhundert für zwei Buntglasfenster. Aber dafür wollte er die Kirche den ganzen Winter über jeden Freitag und jeden Samstagabend benutzen. Ich fragte ihn, wozu. Sein Grinsen wird mich bis ins Grab begleiten, als er sagte: ›Soweit es Sie betrifft, handelt sich's nur um ein paar Freunde, die einen Ort suchen, wo sie sich ein bisschen amüsieren können.‹«

»Glücksspieler«, vermutete Charlie.

»Das und mehr«, sagte Deacon düster. »Ein ganzer übler Haufen mehr.«

Charlie schlug sich mit der flachen Hand aufs Knie. »Ich habe Geschichten von ihrem wüsten Treiben gehört. Waren wahrscheinlich von der Polizei irgendwo vertrieben worden und suchten jetzt einen Ort, wo sie keine Razzia befürchten mussten.«

»Einen ganzen Winter lang haben sie unsere Kirche besudelt. Haben die beiden Buntglasfenster herausgeschossen, kaum dass wir sie eingesetzt hatten. Wir haben sie aber auch nicht ersetzt – erst, als wir eigenes Geld dafür hatten.« Deacon atmete schwer und schüttelte den Kopf. »Dann kam der Mai und die Pflanzzeit, und ich ging zum alten Baker. Die Kirchenältesten nahm ich mit; das war ein Weg, den ich nicht allein gehen konnte. Wir sagten ihm, dass wir jetzt an den Wochenenden Bibelunterricht veranstalten wollten, und deshalb müsste er sich einen anderen Treffpunkt suchen. Der alte Baker sagte, vielleicht hätten wir ja noch mal Verwendung für zweitausend Dollar. Nein, Sir, sagte ich. Die Zeit des Sündigens wäre vorbei. Da schaute er mich wieder mit seinem Totenkopfgrinsen an und meinte, es wäre doch jammerschade, wenn man den Bau schon wieder abfackeln müsste.«

Der Blick, mit dem er Marcus anschaute, war erfüllt von schwer verdienter Weisheit. »Gibt nur eine Möglichkeit, mit solchen Männern fertig zu werden. Man muss aufstehen, stark sein, den Kampf des Guten kämpfen.«

ZWANZIG

Am Mittwochmorgen saß Marcus in einer Ecke des Vorzimmers bei Bundesbezirksrichterin Gladys Nicols. Er musste sich mit einem einfachen Stuhl begnügen, denn das Team der Verteidigung, sieben an der Zahl, war vor ihm da gewesen. Sie drängten sich auf dem Sofa und den Sesseln in der anderen Ecke und beharkten ihn mit wütenden Blicken. Der Einzige, der ihn begrüßte, war Jim Bell, der pensionierte Highway-Polizist am Empfang, der alle halbe Stunde zu ihnen kam, um für die Verspätung der Richterin um Entschuldigung zu bitten. Man ließ sie jetzt seit fast zwei Stunden warten, aber Marcus war zu beschäftigt, um dem Team der Verteidigung oder der Uhrzeit besonders viel Beachtung zu schenken.

Er saß da, blätterte in seinen Entscheidungsanträgen und grübelte über die Geheimnisse, die der Morgen offenbart hatte. Einige seiner Fragen drehten sich sogar um den Prozess.

»Morgen, Marcus.«

Er klappte seine Akte zu und stand auf. »Logan.«

Der Mann, der vor ihm stand, hatte die Figur eines Tänzers und das Gesicht eines Metzgers. Logan Kendalls Stirn war ein breiter Wulst, mit dem er sich gern wie ein Stier den Weg durch jeglichen Widerstand bahnte. Aus der Ferne sah er auf eine knorrige Weise gut aus, ein Eindruck, der durch seine geschmeidige Stimme, die maßgeschneiderten Anzüge und schicken Krawatten noch verstärkt wurde. Aus der Nähe sah man aber das Narbengewebe unter den Augen und da, wo seine Nase chirurgisch modelliert worden war.

Logan bedachte ihn mit einem spöttischen Grinsen anstelle eines

Händedrucks. »Schön zu wissen, dass Sie wieder so weit auf den Beinen sind, dass Sie sich den wandelnden Verwundeten anschließen.«

»Ich bin beschäftigt.«

»Ja, ich habe schon gesehen, dass Sie ganz allein hier drüben hocken und sich immer noch bemühen, Ihre Klage zusammenzuschustern.« Logan fuhr ruckartig herum; die Bewegung war erschreckend flink. Das war auch eine seiner kleinen Eigenarten, seine boxerische Schnelligkeit in blitzartigen Bewegungen zu offenbaren. Er deutete auf die einzige Frau in seinem dunkel gekleideten Team. »Sie erinnern sich natürlich an Suzie.«

Marcus ignorierte ihr wütendes Funkeln. »Was wollen Sie, Logan?«

»Ich dachte mir, ich gebe Ihnen eine letzte Chance auszusteigen, solange Ihr Fell noch intakt ist.« Sein Tonfall blieb unbekümmert und leise, sodass der Mann am Empfang nur ein leises, lyrisches Summen hörte. »Sie wissen, dass Suzie danach lechzt, zu Ende zu bringen, was sie bei Ihrem letzten Auftritt vor Gericht angefangen hat.«

»Ich werde die Klage mit Vergnügen fallen lassen, und ich habe Randall Walker auch ganz klar gesagt, wann und unter welchen Bedingungen.«

Logan blinzelte. »Sie haben mit Randall gesprochen?«

Jetzt war es an Marcus, in leisen Singsang zu verfallen. »Mir scheint, da gibt es ein Kommunikationsproblem zwischen Klient und Anwalt.«

Logan fasste sich, so gut er konnte. »Er wird es nicht weitergegeben haben, weil Ihr Angebot absolut indiskutabel war. Genau wie Ihre Klage.«

»War nett, mit Ihnen zu plaudern, Logan.« Als sein Gegner sich abwandte, hatte Marcus einen plötzlichen Einfall. »Was sagt Ihnen der Ausdruck *lao gai*?«

Logans Schritt stockte nicht. »Ich bin nicht hier, um Wortspiele zu treiben, Marcus. Ich bin hier, um Ihr Fell an die Wand zu nageln.«

Statt zu seinem Platz zurückzukehren, ging Marcus zum Fenster. Der Nebel war verdunstet und hatte einen sonnendurchfluteten Tag zurückgelassen. Das Bundesgerichtsgebäude war ein relativ neuer Eindringling in dem, was als Old Raleigh bekannt war. Die Region östlich der Gouverneursvilla war ein in Jahrzehnten tragischen Niedergangs zustande gekommenes Durcheinander. Von seiner hohen Warte im sechsten Stock aus sah Marcus vier viktorianische Villen, eine Auspuffwerkstatt, ein Restaurant, das auf »viel und fettig« spezialisiert war, und zwei Betrunkene, die sich um eine Flasche stritten. Er stand da und dachte daran, wie er selbst diesen seltsam klingenden Ausdruck das letzte Mal gehört hatte: *lao gai.*

Ashley Granger, der Anwalt aus Washington, hatte ihn am Morgen angerufen. »Ich hatte mit dem Anrufbeantworter Ihres Büros gerechnet.«

»Mein Büro ist mein Zuhause.«

»Tut mir Leid, dass es so lange gedauert hat. Und auch, dass ich Sie so früh anrufe. Aber ich bin soeben von jemandem geweckt worden, der mir endlich etwas sagen konnte, das sich weiterzugeben lohnt.« Nach einer kurzen Pause kam eine weitere Entschuldigung: »Drüben in China ist es jetzt spät am Nachmittag.«

»Sie brauchen sich nicht zu entschuldigen. Geben Sie mir nur eine Sekunde Zeit, um mir noch eine Tasse Kaffee einzuschütten und etwas zum Schreiben zu holen.«

Als er zurückkam, begann Ashley: »Fabrik 101.«

»Ja.«

»Manchmal ist das, was nicht gesagt wird, genauso wichtig wie das, was Sie tatsächlich hören. Sie können mir folgen?«

»Ich bin mir nicht sicher.«

»Ich habe mich per Fax und E-Mail an ein paar Kontaktleute in der Gegend von Hongkong und Guangzhou gewandt. Sie haben die Verbindung sofort gekappt, als ob sie von der Erdoberfläche verschwunden wären. Ich habe ein paar andere angerufen. Als sie hörten, wer am Apparat war, legten sie auf. Schon bevor ich meine erste Frage stellen konnte, waren sie weg.«

»Da muss etwas Großes im Gange sein.«

»Sie haben zum Teil Recht, aber überwiegend Unrecht. Ein Berufsrisiko, wenn man es mit China zu tun hat. Nicht das, was geschieht, lässt die Leute verstummen.«

»Sondern wer dahinter steckt«, vermutete Marcus.

»Sehen Sie, Sie lernen's schon. Am Montag habe ich schließlich einen Anwalt vor Ort engagiert. Sie verstehen – ich brauchte keinen Anwalt. Ich musste Informationen erwerben. Dieser spezielle Anwalt ist mittelehrlich. Das lokale Geschäft dieser Leute kommt aus einer zentralen Quelle, und sie lernen, die Bedeutung des Wortes Ehrlichkeit um das herumzubiegen, was ihnen diese zentrale Quelle als Whopper der Woche präsentiert.«

»Ich bin mir nicht sicher, ob meine Klienten zu diesem Zeitpunkt damit einverstanden sind, einen chinesischen Anwalt zu bezahlen«, warnte Marcus.

»Das klären wir, wenn es so weit ist. Einstweilen wollte ich nur herausfinden, weshalb alle Welt so aufgeregt ist. Und dafür brauchte ich eine lokale Quelle.«

»Ist das riskant für Sie?«

»Das werde ich bei meiner nächsten Reise nach drüben merken. Jetzt aber kann ich Ihnen offiziell bestätigen, dass Fabrik 101 unzweifelhaft ein *Lao-gai*-Gefängnis ist.«

»Wie Dee Gautam gesagt hat.«

»Ja, das kleine Wiesel hatte wieder mal Recht. Mir wollte er natürlich nicht mal die Uhrzeit verraten, als ich ihn fragte. Gerüchte zu verbreiten ist ihm ein Gräuel, dem alten Dee. Meinte, ich sollte mich engagieren und selbst ein bisschen wühlen. Was ich getan habe.« Ashley Granger hatte offenbar großen Spaß an der Sache. »Haben Sie schon mal von einem Ort namens Daolin gehört?«

»Ich glaube, nicht.«

»Macht nichts. Die Sache ist die: *Lao gai* sind über das ganze Land verteilt. Die lokalen Behörden benutzen sie als Abladeplatz für Troublemaker.«

»Aber wenn sie etwas so Alltägliches sind, wieso wollte man dann nicht mit Ihnen sprechen?«

»Genau. Und die Antwort auf diese Frage – oder ein Teil davon –

lautet: Daolin. Das ist eine Bauerngemeinde nördlich von Guangzhou. Die Einheimischen dort haben in den letzten zwei Jahren zweimal revoltiert. Das ist eine große Sache. Die Bauern waren das Rückgrat von Maos Revolution. Seit Jahren leiden sie unter einer zweifachen Belastung durch künstlich niedrige Preise einerseits und die Korruption der Kommunistischen Partei andererseits. Die Ortsgruppe der Partei kauft ihre Erzeugnisse zu Preisen, die in Peking festgesetzt werden. Dieselben Lokalbonzen verlangen Schmiergelder für alles – für Saatgut, Werkzeug, die Benutzung genossenschaftlicher Maschinen, Geburtsurkunden, Reisegenehmigungen. Die Korruption wird schlimmer, die Preise bleiben gleich.«

»Also haben sie rebelliert«, sagte Marcus. »Und?«

»Und jetzt weiß die Staatspartei, dass sie auf einem Pulverfass sitzt. Sie hat der Lokalmiliz befohlen, hart durchzugreifen. Und jetzt raten Sie mal, wo all die armen Kerle gelandet sind.«

»In der Fabrik 101.« Marcus atmete ein und aus. »Wer führt sie?«

»Ja, das ist eine interessante Frage. Ungefähr so interessant wie die, ob sie nun mit ›New Horizons‹ unter einer Decke stecken oder nicht. Und die Antwort auf beide Fragen ist: Ich weiß es nicht. Aber ich wühle weiter.«

Marcus dachte unversehens an einen kleinen braunen Mann mit unglaublich vergnügten Augen. »Glauben Sie, Dee Gautam weiß es vielleicht?«

»Kann nicht schaden, ihn noch mal anzurufen.«

Marcus zögerte und merkte dann, dass er die Frage stellen musste. »Wissen Sie, was mit seinen Armen und Daumen passiert ist?«

Die Antwort kam sofort. »Ich habe mich nie getraut, ihn zu fragen. Weiß nicht, ob er's erzählen würde. Aber ich wette, es hat wehgetan.«

Marcus schluckte, als er an Gloria Hall dachte. »Sehr weh.«

Als die Anwälte schließlich eingelassen wurden, begrüßte Richterin Nicols sie mit den Worten: »Ich muss mich dafür entschuldigen, dass ich Sie habe warten lassen. Aber es gibt gewisse bürokratische Reifen, durch die eine neue Bundesrichterin springen muss.«

Sie bekamen ihre Plätze in Richterin Gladys Nicols' neuem Amtszimmer zugewiesen. Das Büro war volle zehn Meter lang; ihr Tisch stand am hinteren Ende, flankiert von der Staats- und der Nationalflagge. Die Richterin trug ein formelles graues Kostüm, das ihre Körpermassen fest umschloss. Marcus saß auf seinem einsamen Stuhl am Fenster und fand, dass Richterin Nicols den Eindruck machte, als sitze sie schon seit Jahrzehnten im Bundesgericht; sie wirkte nicht wie jemand, der sich auf seinen ersten Prozess vorbereitete. Rechts von ihrem Sessel saß ihre Büroleiterin Jenny Hail. Links saß die Gerichtsschreiberin vor ihrer einsatzbereiten Stenomaschine.

Viele Prozessanwälte in Raleigh verabscheuten Gladys Nicols. Es war ein verbreitetes Gerücht unter den Geiern der Gerichtssäle, dass ihre Ernennung zustande gekommen war, weil sie das richtige Geschlecht und die richtige Hautfarbe zur richtigen Zeit gehabt hatte. Marcus hatte schon häufig vor ihr gestanden und kannte sie als hart gesottene Taktikerin, die weder Drückeberger noch Schaumschläger duldete. Sie hatte eine scharfe Zunge und konnte es nicht ausstehen, wenn jemand sie in Rechtsfragen belehren wollte. Man kannte sie als niederträchtig, schnippisch, unangenehm und übellaunig. Marcus war schon vor langer Zeit zu dem Schluss gekommen, dass dies nur das Resultat des Umgangs mit weißen Südstaatenanwälten war, bei denen jedes Wort, jede Geste von dem Verlangen triefte, diese schwarze Frau auf dem Richterstuhl mit einer Ohrfeige auf ihren Platz verwiesen zu sehen.

Richterin Gladys Nicols kam aus einer armen Farmerfamilie. Vermöge eines unermüdlichen Ehrgeizes und einer skalpellscharfen Intelligenz hatte sie sich über die University of North Carolina bis zu einem Jurastudium in Harvard aufschwingen können. Sie war absichtlich in den Süden zurückgekehrt, weil sie sich einen Namen als Südstaatenrichterin machen wollte. Das wusste Marcus, weil sie es ihm gesagt hatte. Sie machte keinen Hehl aus ihrem Ehrgeiz. Sie wollte ein Leuchtfeuer für andere junge schwarze Frauen sein. Sie gab jedes Semester zwei Seminare, eines in Verfahrensrecht an der Duke Law School und eines über die Geschichte der Bürgerrechte für Vordiplomstudenten an der UNC. Sie hatte eine eisenharte Schale, und wenn darunter ein Herz aus Gold schlug, so verbarg sie es gut.

Logan entbot ein so ehrliches Lächeln, wie es seine ramponierten Gesichtszüge nur zustande brachten. »Darf ich Sie zu Ihrer jüngsten Ernennung beglückwünschen?«

»Danke.« Sie wartete den Beifallschor von Logans Lakaien ab und schaute dann auf die Uhr. »Wir können jetzt bis nach dem Lunch vertagen oder gleich anfangen.«

»Wir sind bereit anzufangen, Euer Ehren«, sagte Logan.

Als die Richterin zu ihm herüberschaute, reichte Marcus ihr eine dünne Akte. »Das ist die Liste der von uns beantragten Vorladungen für Repräsentanten der Firma ›New Horizons Incorporated‹.«

Die kraftvollen Züge zeigten Überraschung. »Wie viele sind denn das?«

»Sechsunddreißig. Mir ist klar, dass es mehr ist, als normalerweise …«

»Um das Zehnfache.«

»Ja, Euer Ehren. Aber ich kann mich auf mildernde Umstände berufen. Alle Vorstandsmitglieder und leitenden Angestellten haben ihren Wohnsitz zugleich in den Vereinigten Staaten und in der Schweiz.«

Sie stutzte. »Alle?«

»Jeder Einzelne.«

Logan konnte sich nicht länger zurückhalten. »Das ist durchaus vernünftig, Euer Ehren. ›New Horizons‹ erzielt fast vierzig Prozent ihres Gesamtumsatzes im internationalen Geschäft. Eine ganze Reihe der internationalen Tochterfirmen haben ihren Sitz in der Schweiz.« Er machte eine Pause und warf Marcus einen hasserfüllten Blick zu. »Wir erheben weiterhin Einspruch gegen dieses Verfahren, Euer Ehren. Zwischen den Anschuldigungen des Klägers und meinen Klienten hat sich keinerlei Zusammenhang herstellen lassen. Wir beantragen daher die summarische Abweisung der Klage.«

Richterin Nicols trug eine goldumrandete Lesebrille, über die sie jetzt hinwegstarrte wie über die Kimme eines Gewehrs. »Kein Zusammenhang mit den Anschuldigungen des Klägers.«

»Ganz recht, Euer Ehren.«

»Ich meine mich zu erinnern, dass Sie dem Magistratsrichter auch erzählt haben, es gebe keinen Zusammenhang zwischen Ihrem Klienten und dieser chinesischen *Fabrik*.«

Logan hüstelte und scharrte mit den Füßen. »Das habe ich zu dem Zeitpunkt nach bestem Wissen so vorgetragen, Euer Ehren.«

Der finstere Blick ließ ihn nicht los. »Aber jetzt gestehen Sie zu, dass es eine Verbindung zwischen ›New Horizons‹ und dieser« – sie hielt inne und warf einen Blick in ihre Notizen – »dieser Fabrik 101 gibt.«

»Ja, Euer Ehren. Eine *geschäftliche* Verbindung. Sie produzieren, wir kaufen. Das ist aber alles.« Ein kurzer Blick zu Marcus. »Nichts so Lächerliches, wie der Anwalt der Klägerseite anzudeuten versucht.«

Richterin Nicols wandte ihre Aufmerksamkeit Marcus zu, und der entgegnete: »Wir gedenken zu beweisen, dass diese Verbindungen weit über bloße Handelsverträge hinausgehen, Euer Ehren. Und dass ›New Horizons‹ und Fabrik 101 tatsächlich gemeinsame Sache gemacht haben, um Gloria Hall mitsamt ihren gefährlichen Nachforschungen verschwinden zu lassen. Die Unterlagen und Aussagen, die wir angefordert haben, werden diesen Zusammenhang bestätigen.«

Der Blick der Richterin schwenkte wie ein Gewehrlauf zurück zu Logan, der höhnisch das Gesicht verzog. »Diese Anträge sind nichts als ein Angelausflug, Euer Ehren. Mr. Glenwood hat zum jetzigen Zeitpunkt nichts zu bieten, und deshalb will er die Unterlagen meiner Klienten durchwühlen und sehen, ob er nicht ein bisschen Schmutz findet.«

»Mir scheint doch, dass in unserer Sitzung vor dem Magistratsrichter die erste Stufe unserer Beweisführung dokumentiert worden ist«, konterte Marcus.

»Was haben Sie bewiesen?«, schoss Logan zurück. »Handelsbeziehungen zwischen einer chinesischen Fabrik und einem amerikanischen Unternehmen? Gar nicht zu reden von der Tatsache, Euer Ehren, dass das Material des Klagevertreters aus vertraulichen Firmenunterlagen bestand. Ich finde, wir haben ein Recht zu erfahren, wie diese Unterlagen in seine Hände gelangt sind.«

»Wollen Sie einen entsprechenden Antrag stellen?«, fragte Richterin Nicols.

Die Art, wie Logan den Kopf einzog, verriet, dass er diese Frage befürchtet hatte. Marcus verstand auch, warum. Wenn er jetzt ja sagte, bedeutete es, dass dieses Verfahren über die Abweisung wegen leichtfertiger Klageerhebung hinaus weitergeführt würde. Wenn er nein sagte, setzte er zum zweiten Mal alles auf eine Karte. Das aber durfte er nicht riskieren. »Ja, Euer Ehren«, räumte er widerstrebend ein. »Wir beantragen, die Richtigkeit dieser Unterlagen zu überprüfen. Waren Angestellte rechtswidrig an ihrer Beschaffung beteiligt? Hat der Kläger Kontakt zu feindseligen Gewerkschaften?«

»Absolut nicht«, antwortete Marcus.

»Euer Ehren, wir haben ein Video von Mr. Glenwood, wie er in der Unternehmenszentrale vorstellig wird und behauptet, eine ungenannte Gewerkschaft anwaltlich zu vertreten.«

Marcus schoss sofort zurück. »Zeigt Ihr Video auch, wie Mitarbeiter des Unternehmens mein Fahrzeug demolieren und mein Leben bedrohen?«

Diesmal waren Logans Qualen bühnenreif. »Euer Ehren, das ist typisch für die Argumente, die dieser Mann gegen uns vorzubringen hat. Absurde Vorwürfe und glatte Lügen.«

»Mr. Glenwood?«

»Ich wollte sehen, wie sie reagieren. Einer der Vorwürfe, die wir beweisen werden, ist der, dass es ein Muster gewalttätiger Praktiken in der Vergangenheit gegeben hat. Davon wollte ich mich mit eigenen Augen überzeugen.«

Sie starrte Marcus an. Durchdringend. »Sie sind zu ›New Horizons‹ gegangen, um sie absichtlich und mit Bedacht zu provozieren?«

»Ja.«

»Warum?«

»Ich hatte mich noch nicht entschieden, den Fall zu übernehmen. Ich wollte sehen, ob ›New Horizons‹ auf eine Weise reagieren würde, die vermuten ließ, dass sie dazu fähig ist, eine junge Frau zu entführen und schwer zu misshandeln.«

»Einspruch, Euer Ehren! Das sind weitere Fiktionen, ausgebrütet von einem Mann, der verzweifelt publicitysüchtig ist!«

»Es ist gut, Mr. Kendall.«

»Das ist nichts als üble Nachrede, Euer Ehren.«

»Es ist genug, Mr. Kendall. Ihren Antrag auf Abweisung der Klage lehne ich ab.« Sie griff nach ihrem Stift. »Da ich neu in dem Job bin, stelle ich fest, dass meine Prozessliste noch fast leer ist. Wenn ich recht verstehe, ersucht die Verteidigung um ein zügiges Verfahren?«

»Das ist die einzige Möglichkeit, die lächerlichen Pläne des Klägers zu vereiteln, meinen Mandanten durch den Dreck zu ziehen.«

»Ich habe gesagt, es ist genug.« Diesmal klang es mild; es war ihr bewusst, dass die Verteidigung sich noch nicht davon erholt hatte, dass dieser Fall in den Blick der Öffentlichkeit getragen werden würde. Ihr Funkeln richtete sich jetzt gegen Marcus, genau wie der strenge Tonfall. »Mr. Glenwood, ich gebe zu Protokoll, dass ich mit Sorge sehe, wie Sie die Zeit des Gerichts mit einer solchen Angelegenheit in Anspruch nehmen und dabei ganz allein auftreten. Sind Sie sich sicher, dass Sie dazu in der Lage sind?«

»Ich glaube, ja, Euer Ehren.«

»Nun, ich habe meine Zweifel. Ich bin gut informiert über Ihren Hintergrund. Während ich außerhalb des Gerichtssaals Sympathie für Sie äußern könnte, bin ich in diesen Amtsräumen gezwungen, das Gesetz aufrechtzuerhalten und die Rechte aller Betroffenen zu wahren.« Sie beugte sich über ihren Tisch. »Deshalb möchte ich, dass Sie es sich sehr eingehend überlegen, ob Sie diesen Fall in Angriff nehmen wollen oder nicht. Es wäre mir sehr unangenehm, wenn ich Sie für inkompetent erklären müsste.«

Marcus ignorierte die runden Augen des Verteidigungsteams, so gut er konnte. »Mir ebenfalls, Euer Ehren.«

»Wenn Sie gegen die Regeln dieses Gerichts verstoßen, werde ich Sie mit harten Sanktionen belegen. Wenn Sie die Rechte und Ansprüche der Kläger in irgendeiner Weise veruntreuen, werde ich persönlich dafür sorgen, dass Ihre Zulassung überprüft wird.« Sie ließ diese Ankündigung einen Moment lang wirken und lehnte sich dann zurück. »Die Verteidigung hat darum gebeten, dass wir fortfahren. Ich bin einverstanden. Die abschließende Vorverhandlung wird morgen früh um neun stattfinden. Der Prozess beginnt nächste Woche. Sie sind entlassen.«

Marcus begab sich langsam zur Tür und ließ dem Team der Verteidigung einen guten Vorsprung. In der Tür drehte er sich noch einmal um und sagte: »Vielen Dank, Richterin.«

Gladys Nicols blickte nicht vom Schreiben auf. »Wieso, glauben Sie, hat die Verteidigung es bloß so brandeilig?«

»Das habe ich mich eben auch gefragt.«

Es sah aus, als spreche die Richterin mit sich selbst. »Muss eine mächtig große Sache sein, was immer es ist.«

Marcus nickte und schloss die Tür hinter sich.

EINUNDZWANZIG

Der Anruf kam noch in der Mitte desselben Nachmittags. Danach stürmte Marcus aus dem Haus und rief Netty etwas zu, was er selbst kaum verstand, während er zum Auto rannte. Mit neunzig Meilen pro Stunde raste er über den Highway nach Raleigh und war in Rekordzeit beim Haus der Halls. Er parkte ein Stück weiter unten an der Straße, weil die Zufahrt und die Straße vor dem Haus von grauen Behördenfahrzeugen blockiert waren.

Alma Hall öffnete die Tür, schmallippig und finster. »Dem Himmel sei Dank.«

»Sie haben nichts gesagt?«

»Kein Wort. Aber wenn Sie noch viel länger gebraucht hätten, wäre Blut geflossen.«

»Lassen Sie sich nicht von ihnen auf die Palme bringen, Alma.«

»Ich bemühe mich.« Sie führte ihn ins Haus. »Der Himmel weiß, ich bemühe mich, so gut ich kann.«

Marcus betrat das Wohnzimmer und ging geradewegs zu Austin. »Halten Sie durch«, sagte er nur.

Austin erhob sich mit den anderen. Seine Miene war so straff gespannt wie der Knoten seiner Pepita-Krawatte. »Der Mann dort sagt, sie werden mich verhaften.«

»Wunderbar.« Marcus wandte sich in das von eisigen Blicken erfüllte Zimmer. »Welch ein reizendes Bild würde das in den Sechs-Uhr-Nachrichten abgeben. Angesehene Mitglieder der schwarzen Community im Gefängnis, weil sie Geld an ihre verschwundene Tochter geschickt haben.«

Die Gesichtszüge des Mannes, der ihm am nächsten war, waren ebenso scharf wie seine Stimme. »Dies ist eine private Besprechung.«

»Und dieser Mann ist Marcus Glenwood«, sagte Alma Hall. »Er ist unser Anwalt. Und er ist in diesem Haus *sehr* viel willkommener als Sie.«

»Ich möchte bitte ein paar Ausweise sehen.« Marcus zog Stift und Block aus der Tasche. »Von jedem.«

Es waren zwei FBI-Agenten aus dem Büro in Raleigh, einer vom Staatsbüro, ein Sheriff's Deputy in Zivil und ein Vertreter der Bezirksstaatsanwaltschaft. Marcus nahm sich Zeit mit den Ausweisen, ließ alle durchatmen, übernahm behutsam die Kontrolle im Raum. »Okay. Was heißt das, Sie wollen Anklage erheben?«

»Man hat uns darüber informiert, dass ein Lösegeld gezahlt worden ist.« Der Staatsanwalt, Wayde Barrett, hatte die aggressive Haltung eines Mannes, der andere zum Vergnügen drangsalierte. »Das ist eine Straftat.«

»Streng genommen wäre es eine Ordnungswidrigkeit.« Marcus wandte sich an die FBI-Agenten. »Ich kann nicht fassen, dass Sie sich an diesem Zirkus beteiligen.«

»Ach, die Jungs wurden da reingezogen, genau wie ich.« Der Deputy Sheriff sprach mit dem gedehnten, flachen Näseln der Küstenebenen von Carolina. Ein weißer Stetson baumelte an den Fingern seiner rechten Hand. »Jemand hat im Büro angerufen, hat gesagt, es stünde eine größere Festnahme bevor und wir müssten dabei sein.« Er sah die schweigenden Männer in den grauen Anzügen an. »War's nicht so?«

Damit fachte er den Zorn des Staatsanwalts nur noch weiter an. »Die Finanzierung einer Straftat ist ein schwerwiegendes Vergehen!«

»Das ist absoluter Unfug«, sagte Marcus zu allen Anwesenden.

»Warum setzen wir uns nicht alle wieder hin«, schlug der Deputy vor.

Alle taten es, nur der Staatsanwalt nicht, was ihn aussehen ließ wie ein Volksredner auf einer Seifenkiste. »Dafür könnten Sie Ihre Anwaltszulassung verlieren!«

Der Deputy hatte einen langen Hals, und die Haut war so lose, dass sie wie bei einer Hühnergurgel über den Kragen hing. Aber seine Augen waren scharf wie eisblaue Messerklingen, und an seiner eins achtzig großen Gestalt war nicht ein Gramm Fett. Er sprach mit Marcus, als wären sie beide allein im Zimmer. »Sie sind der Bursche, der in das Haus seines Granddaddys drüben in Rocky Mount gezogen ist.«

»Ganz recht.«

Der Deputy zupfte an einem Hosenbein und offenbarte einen Stiefel aus Eidechsenleder. »Sind Sie ein so großer Troublemaker, wie die Leute sagen?«

»Unbedingt«, antwortete Marcus. »Welche Leute sagen das?«

»Ach, Sie wissen doch, wie man in dieser Gegend so redet.« Der Deputy beugte sich vor und streckte eine schwielige Hand aus. »Amos Culpepper.«

»Nett, Sie kennen zu lernen.« Der Mann hatte einen Händedruck aus Eisen. »Hat man Sie deshalb geschickt? Damit Sie mich warnen?«

»Warnen ist nicht meine Branche, Mr. Glenwood. Auf eines freue ich mich nicht, wenn der Sheriff sich nächsten Frühling zur Ruhe setzt und ich seinen Job übernehme, und das ist der Umgang mit Leuten, die mir gern sagen möchten, was ich zu tun habe.«

»Und bei mir zu Hause ist neulich abends ein Geschäftsmann aus der Stadt mit einem anderen Mann vorbeigekommen. Mit einem Mann, der meinen Wagen gerammt hatte, als ich bei ›New Horizons‹ war. Die beiden haben mir gedroht.« Marcus' Stimme klang in seinen eigenen Ohren knirschend. »Das hat mir auch nicht gefallen.«

Erbost darüber, dass man ihn ignorierte, blaffte der Staatsanwalt: »Wie wär's, wenn wir über etwas reden, das wichtig ist?«

Der Deputy nahm nicht die geringste Notiz von ihm. »Haben Sie Anzeige erstattet?«, fragte er Marcus.

»Es wurde nichts Gerichtsverwertbares gesagt oder getan. Aber die Drohung war klar.«

»Haben Sie Namen?«

»Der Geschäftsmann war Hank Atterly. Seinen Muskelaffen nannte er Lonnie.«

Der Staatsanwalt ließ sich Marcus gegenüber auf das Sofa fallen. Er kochte. »Das ist doch absurd.«

»Hank kenne ich gut. Der andere Name sagt mir nichts.« Der Deputy fuhr mit der Zunge im Mund herum, als suche er einen Priem, der nicht da war. »Haben Sie denn einen genaueren Blick auf diesen anderen Kerl werfen können?«

»Schlank, rötlich grauer Bürstenschnitt, großer, hässlicher Pick-up, Redneck-Akzent.« Die Karambolage und die Drohungen klangen Marcus von neuem in den Ohren. »An dem Angriff bei ›New Horizons‹ war ein zweiter Mann beteiligt. Stämmiger, mit einer Glatze. Den habe ich aber nur einen Augenblick lang im Rückspiegel gesehen, bevor er mit einem Baseballschläger meine Heckscheibe zertrümmert hat.«

»Können wir zur vorliegenden Angelegenheit zurückkehren?«, fragte der Staatsanwalt herausfordernd.

Der Deputy musterte ihn mit kaltem Blick. »Ich weiß nicht, was *Ihre* Angelegenheiten sind, Freundchen. Meine Angelegenheit ist die Verbrechensbekämpfung.« Er wandte sich wieder an Marcus. »Viele Familien in der Stadt bezahlen das, was sie essen, mit einem Gehaltsscheck von ›New Horizons‹. Ich habe den Eindruck, Sie würden länger gesund bleiben, wenn Sie denen keinen Rauch in die Augen blasen.«

»Ich habe vor, ihnen aus dem Weg zu gehen, keine Sorge.« Marcus sah den Staatsanwalt an. »Ich vermute, dass Sie ohne die Ermächtigung Ihres Vorgesetzten hier sind. Das ist eine Schikane, die für Sie leicht nach hinten losgehen könnte.«

Der Staatsanwalt verzog hämisch das Gesicht. »Es heißt, Sie hätten keinen Anlass, irgendjemanden über die Feinheiten des Rechts zu belehren, Glenwood.«

Marcus ließ es hingehen. Das fiel ihm in letzter Zeit viel leichter. »Wir wollen nur die Tochter der Halls nach Hause holen. Da sollten Sie uns helfen, statt uns zu drohen.«

»Versuchen Sie nicht, mir zu sagen, wie ich meine Arbeit zu tun habe!« Der Staatsanwalt hatte ein Gesicht, das leicht rot anlief. »Es kann mich nichts daran hindern, Sie ebenfalls unter Anklage zu stellen!«

»Mit welcher Begründung denn?«

Der Staatsanwalt schaute in die Runde seiner Begleiter und fand dort keine Unterstützung. Hochfahrend stand er auf und fauchte: »Sie werden von meinem Büro hören, Glenwood.« Als die Haustür ins Schloss flog, atmeten alle im Zimmer leichter.

Die beiden FBI-Leute erhoben sich, und der Ältere sagte: »Wir dürften irgendwann nächste Woche den Bericht von der Botschaft in Peking haben.«

Almas Zorn war verraucht, und ihre Stimme klang flach und müde. »Glauben Sie, es wird etwas nützen?«

Die Agenten wechselten einen Blick. »Um ganz ehrlich zu sein, viel Hoffnung habe ich nicht«, sagte der eine. Als sie an der Tür waren, fuhr er fort: »Wir lassen das Konto, auf das Ihre Zahlung gegangen ist, andauernd beobachten. Wenn die Behörden in Hongkong ihre Arbeit tun, sollten wir in der Lage sein festzustellen, wer das Geld abhebt.«

Amos Culpepper wartete, bis die Agenten gegangen waren, ehe er zu Alma und Austin sagte: »Ich habe von diesem Staatsanwalt schon gehört. Und nie was Gutes. Tut mir Leid, dass Sie so was durchmachen mussten.« Er wandte sich Marcus zu. »Er ist ehrgeizig und dumm. Das macht ihn für Angebote von der falschen Seite zugänglich. Wenn Sie was brauchen, sagen Sie mir Bescheid.«

In der Leere, die Culpeppers Abschied hinterließ, äußerte Marcus die einzige Hoffnung, die er anzubieten hatte. »Das letzte Hearing findet morgen im Amtszimmer der Richterin statt. Es dürfte keine Überraschungen geben, aber ich rufe Sie an, sobald ich wieder da bin, und sage Ihnen Bescheid.«

Randall Walker war sich sehr wohl bewusst, dass die größte Macht oftmals die geheimste war. Was ein Grund dafür war, weshalb er irgendwann das Richteramt aufgegeben hatte. Sein größtes Vergnügen hatte Randall früher darin gefunden, auf den Angeklagten hinunterzuschauen und das Urteil zu verkünden Aber diese Macht war durch das Gesetz und das Scheinwerferlicht der Öffentlichkeit begrenzt gewesen und mit der Zeit schal geworden.

Er hatte jahrelang Machiavelli studiert und kannte seine Schriften gut genug, um ganze Passagen so zu zitieren, als wären es originär eigene Gedanken. Das war ein Mann, der begriffen hatte, wo die wahre Macht wohnte. Sollten andere den Thron beanspruchen, das Vorstandszimmer, das Fernsehstudio. Früher oder später würden sie feststellen, dass ihre Rolle riskant, dass das Auge der Öffentlichkeit eine zu große Einschränkung war. Und dann wandten sie sich an ihn. Und jedes Mal, wenn das geschah, nahm seine Reichweite zu. Wenn dieser »›New Horizons‹«-Fall vorbei wäre, würde Randalls Macht sich über Kontinente und Staatsgrenzen hinaus erstrecken, über die große Scheidelinie der Geschichte und der nationalen Interessen hinwegreichen. Randall brauchte nur zu gewinnen. Und zwar im großen Stil zu gewinnen.

Weshalb seine Reaktion auf den Bericht des Detektivs noch überraschender war. Hamper Caisse rief an, als er gerade zum Essen mit einem Klienten gehen wollte, und teilte ihm mit: »Die Stanstead ist verschwunden. Ich hatte einen Mann auf sie angesetzt und versucht, sie abzufangen. Er hat sie verloren.«

Randall empfand fast nichts von dem erwarteten galligen Zorn. Stattdessen war es vor allem gespannte Erwartung, was ihn in diesem speziellen Augenblick erfüllte, als er seiner Frau winkte, sie solle schon zum Wagen gehen und ihn ungestört telefonieren lassen. »Und wie, wenn ich fragen darf, hat er das fertig gebracht?«

»Er sagt, sie hat ihn bemerkt. Ich habe ihn schon öfter eingesetzt; der Mann ist ein Profi. Er sagt, sie hat das Haus verlassen und ist zur Arbeit gefahren, und sie hatte nichts bei sich außer ihrer Handtasche. Er ist in ihren Wagen eingebrochen und hat nichts gefunden. Keine Akte, keine Zahnbürste. Sie kam gegen vier aus dem Büro dieser Wohltätigkeitsorganisation, ging in ein Café in der Nachbarschaft und kam nicht mehr raus. Eine halbe Stunde verstreicht, er geht rein, sie ist weg.«

»Sie ist auf dem Weg hier herunter.« Randall hatte noch nie zu Gewalt gegriffen. Hatte nie einen wirklichen Grund dazu gehabt. Aber er hatte sich immer gefragt, wie es sein würde, sich mit einer

Bedrohung konfrontiert zu sehen, die eine handgreifliche Reaktion erforderte. Jetzt, da dieser Augenblick gekommen war, empfand er ein beinahe erotisches Kribbeln. »Und sie hat weitere Informationen für Glenwood.«

»Vielleicht.«

»Diesmal gibt's kein Vielleicht.« Es war Zeit für eine Entscheidung. Zeit zum Handeln. Er hatte Geschichten über das gehört, was Hamper Caisse tun würde, wenn man ihn fragte. Dass ihm eine solche Macht zu Gebote stand, verschlug ihm ein wenig den Atem. »Okay. Lassen Sie es gut sein, und kommen Sie her. Heute Abend noch. Ich brauche Sie hier.«

»Ich soll das Mädchen nach Rocky Mount verfolgen?«

»Ich bezweifle sehr«, sagte Randall, »dass Sie dazu noch Zeit haben werden.«

Marcus saß auf seiner Veranda und sah zu, wie der Tag dahinschwand. Er trug ein verschlissenes Sweatshirt und abgeschnittene Jeans und glänzte von trocknendem Schweiß. Seine Ohren dröhnten noch immer von dem Rasenmäher, den er einem Nachbarn für fünfundzwanzig Dollar abgekauft hatte. Der Schalldämpfer war längst weggerostet, und das Ding dröhnte wie eine müde Kriegsmaschine. Als er mit dem hektargroßen Gartengrundstück fertig war, war er überzeugt, dass er zu viel bezahlt hatte.

Das herbstliche Dämmerlicht verweilte länger, als es Marcus natürlich vorkam. Straßenlaternen glühten in einer matten Mimikry der letzten Farben des Himmels. Bäume und Nachbarhäuser verblassten nach und nach zu dunklen Silhouetten ihres früheren Daseins. Die Luft roch nach frisch gemähtem Gras und dem Rauch der Grills in den Gärten, und sie war erfüllt vom Lärmen der Kinder, die auf der Straße spielten.

Ein kleiner, schmaler Schatten löste sich vom nächsten Baum, und eine fremdartige und doch vertraute Stimme sagte: »Ihr Heim sieht überaus einladend aus, Mr. Glenwood. Darf ich mich zu Ihnen setzen?«

Marcus erhob sich, hoch getrieben von einem jähen, enervierenden Schrecken. Er erinnerte sich an einen kahlen Korridor in Washington und massive Stahltüren, die in eine weiß gekalkte Welt des schweigenden Grauens führten. »Ist das Dee Gautam?«

»Bemerkenswert, Mr. Glenwood. Überaus bemerkenswert.« Der schlanke Schatten näherte sich und nahm Gestalt an, beginnend mit einem Lächeln. »Sie überraschen mich immer wieder. Zuerst denke ich, Sie sind nichts als ein amerikanischer Anwalt, der unsere Büros besucht, wie jemand anders in einen Zoo geht. Ich schaue Sie an und denke mir, da ist jemand, dem es sehr behaglich ist in seinem Wohnzimmer mit dem Teppichboden und dem Großbildfernseher. Zu behaglich, um sich Sorgen um Fremde zu machen, die in weiter Ferne irgendwo leiden.«

Seine Schritte knarrten nicht, als er auf die Veranda heraufkam. Dee Gautam stand da und schaute lächelnd zu Marcus auf. »Dann höre ich, dass dieser seltsame Amerikaner sich von einem Fall, den er nicht gewinnen kann, trotzdem nicht abwendet. Nein. Er stellt viele Fragen und bekommt überraschende Antworten. Da beschließe ich, herzukommen und zu sehen, ob er meinen Warnungen Gehör schenken wird, und ich stelle fest, dass dieser seltsame amerikanische Anwalt allein in einer Gegend wohnt, wo fast alle andern schwarz sind.«

»Warnungen wovor?«

»Darf ich mich setzen, Mr. Glenwood?«

»Entschuldigung, natürlich, Sie haben mich überrascht, als Sie hier so auftauchten.« Er zog einen zweiten Schaukelstuhl aus Hickoryholz heran und stellte ihn so hin, dass er dem Mann gegenübersitzen konnte. »Sie sagten etwas von …«

»Warum haben Sie sich dafür entschieden, hier zu wohnen, Mr. Glenwood?«

Marcus setzte sich und beschloss, es Dee Gautam zu überlassen, den Kurs des Gesprächs zu bestimmen. Einstweilen. »Mein Großvater hat dieses Haus für seine Frau gebaut. Damals war es eine andere Gegend.«

Sein Besucher war so klein, dass er wie ein Kind auf dem geradlehnigen Schaukelstuhl saß – ganz vorn auf der Kante, damit er sich mit den Füßen vom Boden abstoßen konnte. Das Geräusch des Stuhls klang wie ein leiser Trommelwirbel auf den unebenen Dielen. »Das verstehe ich aber immer noch nicht, Mr. Glenwood. Warum haben Sie sich dafür entschieden, in einer solchen Gegend zu wohnen?«

Da, wo das Verandalicht nicht hinreichte, sammelte sich siegreich die Dunkelheit. »Möchten Sie etwas trinken?«

»Danke, nein. Ich kann nicht sehr lange bleiben.«

»Meine Großeltern haben mich aufgezogen. Als sie starben, habe ich das Haus behalten. Ich bin manchmal hier herausgekommen und habe ein bisschen gearbeitet, aber nie lange genug. Nach einem … Unfall habe ich beschlossen, wieder hier zu wohnen. Seitdem bin ich dabei, alles zu restaurieren.«

Gautam streckte die Hände aus und legte sie auf die Armlehnen. Im Zwielicht schienen die zerklüfteten Narben sich ganz über seine Handgelenke zu ziehen. »Bitte entschuldigen Sie die Wiederholungen, Mr. Glenwood, aber ich bemühe mich so sehr, es zu verstehen. Warum haben Sie sich dafür entschieden, wieder hierher zu kommen?«

»Sie meinen, warum wohne ich in einer Gegend, die inzwischen schwarz geworden ist?« Als der kleine Mann sich einfach nur vor und zurück wiegte und den Schaukelstuhl und seinen ganzen Körper zum Nicken benutzte, fuhr Marcus fort. »Manche Leute stört es, dass ich hier wohne. Vor allem die jungen Männer, die keine Arbeit haben. Man sieht sie in Gruppen auf manchen Veranden. Sie beobachten Autos mit Weißen am Steuer, und sie werfen mir diese Blicke zu, na ja, als ob ich eben nicht hierher gehörte, jetzt nicht und niemals.«

Der nächtliche Chor schwoll so allmählich an, dass er ihn überhaupt erst hörte, als er schwieg, um seine wirren Gedanken zu sortieren. »Aber es gibt auch ein paar Leute, die mir das Gefühl geben, mehr als willkommen zu sein. Deacon Wilbur, meine Sekretärin, ein paar andere. Sie … verstehen es.«

»Sie akzeptieren Ihren Schmerz und Ihren Verlust.«

Marcus merkte, dass es ihm widerstrebte, dem Mann in die Augen zu schauen. »Sie haben Erkundigungen über mich eingeholt.«

»Das macht es zu einer Heimat, finde ich. Einen Ort zu finden, wo die Menschen einen so akzeptieren, wie man ist.« Eine Zeit lang hörte man nur die leisen Trommelwirbel des Schaukelstuhls. »Dieser Deacon Wilbur – ich habe seinen Namen schon einmal gehört. Er ist Glorias Pastor, nicht wahr?«

»Sie haben mir gesagt, Sie kennen Gloria Hall nicht.«

»Nein. Mr. Glenwood, ich habe gesagt, ich komme mit sehr vielen Leuten zusammen. Was stimmt.« Dunkle Augen glitzerten gelb und fremdartig im Verandalicht. »Betrachten Sie es bitte von meinem Standpunkt. Ein Fremder kommt herein und stellt viele Fragen. Viele *heikle* Fragen. Fragen, die anderen, die hilflos sind, schaden könnten, wenn ich sie der falschen Person beantworte. Sie verstehen mich?«

Marcus beugte sich vor. »Gibt es eine direkte Verbindung zwischen Fabrik 101 und ›New Horizons‹?«

»Gerüchte, Mr. Glenwood. Nichts als Gerüchte.« Ein Eulenruf füllte die Pause. »So gut wie nichts. Gloria hat mir einmal erzählt, sie wisse, wie man Beweise beschaffen könne. Aber ob sie sie wirklich gefunden hat, weiß ich nicht.«

»Hat man sie entführt?«

»Auch das habe ich versucht herauszufinden. Der Versuch ist gescheitert. Es kommen keine Informationen aus Fabrik 101. Keine.«

»Wer ist dort verantwortlich?«

Dee Gautam hörte auf zu schaukeln. »Ah. Ja. Die gefährlichste Frage von allen.«

»Inwiefern gefährlich?«

»Die Leute geben sich größte Mühe, die Antwort zu einem Geheimnis zu machen. Ich wittere Gefahr für jeden, der da nachforscht.« Sein Lächeln war völlig verschwunden. »Ich habe eine sehr gute Nase für Gefahr, Mr. Glenwood.«

»Ashley Granger versucht, den Eigentümer zu identifizieren.«

»Ich habe Kontakt zu Mr. Granger. Er ist ein guter Mann und muss ebenfalls auf der Hut sein.« Dee Gautam erhob sich. »Sie sind auch ein guter Mann, Mr. Glenwood. Ich bin gekommen, um Ihnen zu sagen, dass Sie sehr vorsichtig sein sollen.«

Marcus erhob sich und folgte dem kleinen Mann quer über die Veranda. »Die Gorillas von ›New Horizons‹ habe ich bereits kennen gelernt.«

Als Dee Gautam die Treppe hinunterging, fiel das Licht auf seinen Schädel; es schien durch die wenigen verbliebenen Haarsträhnen und offenbarte die Kopfhaut darunter. Zum ersten Mal sah Marcus zwei lange weiße Narben, die parallel fast von einem Ohr zum andern verliefen.

»Manchmal kommt es vor, dass jemand sich auf den knurrenden Hund konzentriert und dabei den Bären weiter hinten nicht bemerkt.« Dee Gautam fügte sich mühelos in die Nacht. »Hüten Sie sich vor dem Bären, Mr. Glenwood. Er frisst Sie mit Haut und Haaren.«

ZWEIUNDZWANZIG

Die letzte Vorverhandlung am Donnerstag verlief weitgehend so, wie er es erwartet hatte. Marcus strengte sich an, hart am Ball zu bleiben. Die Anwälte der Verteidigung in ihren dunklen Anzügen gruppierten sich wie gegnerische Schachfiguren in einem ausgeklügelten Gegengewicht zu seinem einsamen Springer. Sie brachten das Thema der Klageabweisung zur Sprache und bezichtigten ihn noch einmal, leichtfertige Behauptungen aufzustellen. Er erhob keinen Einspruch und äußerte sich nicht, denn in Gedanken war er noch immer mit den Geheimnissen des Morgens beschäftigt.

An diesem Morgen war er im Dunkeln gelaufen, um dem Wispern zu entfliehen, das auf den Augenblick lauerte, da er die Augen öffnete – dem Wispern, das da sagte: Du hast nichts in der Hand. Als er sich durch einen beißend kalten Nebel nach Hause schlängelte, trat ein Blondkopf in den Lichtkreis einer Straßenlaterne, eine Erscheinung der dunkelsten Stunde vor der Dämmerung, der unerfüllten Verheißungen. Kirsten deutete hinter sich auf die Akten, die sich vor seiner Tür stapelten. Mit flacher Stimme sagte sie lediglich: »Ich bringe, was ich kann, sobald es fertig ist. Sie brauchen mich nicht wieder anzurufen.« Marcus fiel nichts anderes ein als »Gehen Sie nicht weg!«. Kirsten drehte sich nicht einmal um, sagte nur über die Schulter: »Ich bin die ganze Nacht gefahren, ich bin müde, und ich möchte von Ihnen nichts hören außer ›Auf Wiedersehen‹.« Aber Marcus ließ nicht locker. Sein keuchender Atem mischte sich mit dem Morgennebel, als er hinüberlief und ihre Autotür festhielt, als sie sie schließen wollte. »Liegt es an mir«, fragte er entschlossen, »und wenn ja, darf ich mich wenigstens entschuldigen?« Kirsten hatte heftig herunterschlucken müssen, was sie hatte sagen wollen; sie hatte ihre Tür mit Gewalt zugezogen und war weggefahren.

Jetzt saß Marcus vor dem Tisch der Richterin und musste unwillkürlich darüber nachdenken, wie es ihm bis vor kurzem anscheinend genügt hatte, einfach von einem Tag zum andern zu leben. Vor dem Morgengrauen aufzuwachen, einer festen Routine zu folgen, sich den geringfügigen Rechtsfällen zu widmen, die der Zufall ihm über den Weg führte – das war Leistung genug. Aber jetzt war da dieser Fall, und wieder verließen sich Leute auf ihn. Er stellte fest, dass die Angelegenheit nur weiteres Öl auf das Feuer seines Infernos vor dem Morgengrauen goss. Die Aussicht darauf, die Bürde seiner unerfüllten Verpflichtungen weiter zu vergrößern, war ihm zuwider.

»Marcus?« Richterin Nicols' Stimme holte ihn gewaltsam zurück ins Hier und Jetzt. »Haben Sie die Absicht, heute bei uns mitzumachen?«

Er wandte sich an Logan. Die Worte stiegen ungebeten aus den Tiefen seines eigenen Inneren herauf. »Lassen Sie die Frau frei.«

Die ruhige Forderung war eine Überraschung für alle Anwesenden. »Reden Sie mit mir? Es hört sich nämlich nicht so an …«

»Sagen Sie der chinesischen Fabrik, sie soll Gloria Hall freilassen. Mehr wollen wir nicht. Bringen Sie sie nach Hause, und all das hier wird verschwinden.« Er wandte sich der Richterin zu. »Dieses Angebot gebe ich zu Protokoll.«

»Euer Ehren, das ist die lächerlichste Beschuldigung, die ich je gehört habe.«

»Es ist überhaupt keine Beschuldigung beabsichtigt, Euer Ehren. Lassen Sie Gloria Hall frei, und die gesamte Klage wird zurückgezogen.«

Aber Logan mühte sich so angestrengt um seinen Vorteil, dass er nicht zuhören konnte. »Euer Ehren, das bestätigt doch nur unsere Überzeugung, dass die Klägerseite groben Unfug betreibt. Glenwood muss streng bestraft werden.«

Die Richterin drehte sich langsam um, als widerstrebe es ihr, Marcus ihre Gedanken zu offenbaren. »Nun?«

Marcus nickte zustimmend. Das Spiel folgte so starren Regeln, dass kein Manövrieren möglich war. Niemand konnte über den nächsten Zug hinausblicken, mit dem die Schlacht offiziell eröffnet würde. »Wir haben keine der erbetenen Unternehmensunterlagen von ›New Horizons‹ erhalten, Euer Ehren.«

Logan war vorbereitet. »Weil sie nicht existieren.«

»Euer Ehren, wir haben dem Magistratsrichter und Ihnen fotokopierte Unterlagen mit dem Firmenkopf vorgelegt ...«

»Die wir als Fälschungen bezeichnen, Euer Ehren. Ganz offensichtlich hat diese Miss Hall das Firmenbriefpapier von ›New Horizons‹ fotokopiert und diese Dokumente dann selbst verfasst. Das ist ein wohl bekannter Trick von Gewerkschaften, die den Namen eines Unternehmens beschmutzen wollen. Ohne Zweifel hat sie ihn von denselben Busenfreunden gelernt, die auch hinter dieser leichtfertigen Klage stehen. ›New Horizons‹ hat an die Fabrik 101 ein paar vereinzelte Aufträge gegeben, mehr nicht.«

Es kam entscheidend darauf an, in den Besitz der Originaldokumente zu gelangen. Alles, was Marcus vorzubringen hatte, basierte auf diesen Unterlagen. Das Gericht ließ grundsätzlich keine Fotokopien als Beweismaterial zu. Das Gesetz verlangte eine Bestätigung dafür, dass das, was Marcus besaß, echt war. Marcus griff nach seinem Aktenkoffer. »Euer Ehren, ich habe hier eine beeidigte Erklärung vom Hafenzoll in Wilmington.«

Logan explodierte. »Davon stand nichts in seiner Beweisliste!«

»Wenn Sie vorgelegt hätten, worum wir gebeten haben, wäre es auch nicht erforderlich.« Es war ebenso wenig erforderlich zu erwähnen, dass Kirsten die Dokumente erst früh am Morgen gebracht hatte. »Aus dieser Erklärung geht hervor, dass ›New Horizons‹ Hunderte von Containerladungen mit in China produzierten Waren verzollt hat. Und dass dies einer mehrjährigen Praxis entspricht. Ich beantrage daher, das Gericht möge uns ausnahmsweise erlauben, alle unsere fotokopierten Dokumente als Beweismaterial vorzulegen.«

Die Gesichtszüge der Richterin strafften sich an den Rändern. Sie überflog die Erklärung der Zollbehörde und sagte: »Einverstanden.«

Das durfte Logan nicht durchgehen lassen. »Einspruch, Euer Ehren! Sie …«

»Mr. Kendall, ich billige solche faulen Tricks ebenso wenig wie der Magistratsrichter.« Ihre Stimme klang kalt und hart wie dunkles Eisen. »Versuchen Sie so etwas in meinem Gerichtssaal, und ich ziehe Sie wegen Missachtung des Gerichts zur Rechenschaft.« Sie schaute wieder Marcus an. »Sonst noch etwas?«

»Jawohl. Wir haben keine Reaktion auf irgendeine unserer Vorladungen an die Vorstandsmitglieder des Unternehmens bekommen. Keiner von ihnen stand für eine Zeugenaussage zur Verfügung.«

»Nun, Mr. Kendall? Von den – wie viele Vorladungen haben Sie versandt, Mr. Glenwood?«

»Sechsunddreißig, Euer Ehren.«

»Von den sechsunddreißig angesprochenen Mitgliedern der Geschäftsleitung werden wie viele zur Aussage imstande sein?«

Logan räusperte sich. »Die beiden Leiter des örtlichen Vertriebs, Euer Ehren.«

»Diese Titel sehe ich aber nicht auf dieser Liste.«

»Sie haben auch beide keine Position auf Vorstandsebene, Euer Ehren«, sagte Marcus. »Sie dürften daher so gut wie nichts über die chinesische Partnerschaft wissen.«

»Wir bestreiten, dass eine solche Partnerschaft existiert!«

Richterin Nicols hielt Logan das Blatt mit den Namen entgegen. »Wo sind alle diese Leute?«

»Im Ausland, Euer Ehren. Dieser Prozess trifft mit der alljährlichen Unternehmensversammlung in der Schweiz zusammen.«

»Ich beantrage hiermit«, sagte Marcus, »das Gericht möge sich dafür einsetzen, dass das Außenministerium die Botschaftsvertreter in Bern anweist, die Aussagen all dieser Vorstandsmitglieder zu Protokoll zu nehmen.«

»Einverstanden.« Richterin Nicols klappte die Akte zu. »Sonst nichts mehr? Gut. Am Montagmorgen in der Frühe beginnen wir mit der Geschworenenauswahl.«

Wie gewöhnlich trödelte Marcus noch und ließ der Verteidigung Zeit, vor ihm den Raum zu verlassen; er plauderte derweil mit dem Empfangs- und Wachmann der Richterin über das Wetter. Jim Bell besaß die sehnige Kraft eines Mannes vom Lande und trug den Bart eines Gentlemans, weiß und sehr kurz geschnitten. Er saß auf dem schmalen Stuhl, als wäre es ein Sattel: massiv und aufrecht. Mit der Direktheit eines Mannes, der im östlichen Flachland geboren war, wo die Menschen wortkarg und geradeheraus waren, ließ er das Thema eines möglicherweise frühen Frosteinbruchs fallen und sagte: »Ich habe eine Tochter verloren, zwei Tage vor ihrem zehnten Geburtstag. Hätte am liebsten mich und meine Frau umgebracht. Ist jetzt neunzehn Jahre her, und die Wunde ist noch nicht verheilt.«

Einen Augenblick lang nahm Marcus an, der Mann spreche von seinem eigenen Unfall, und es schmerzte so, als habe jemand sein Herz in eine rot glühende Bratpfanne geworfen. Dann atmete er durch und schob den Schmerz beiseite; er wusste, dass er sich irren musste. Niemand, der so gelitten hatte, würde jemals einen anderen ebenso Betroffenen absichtlich so unverhofft attackieren.

Nein, der Mann sprach offensichtlich von Gloria. »Haben Sie den Fall Hall verfolgt?«

»Ich höre zu, und die anderen hier reden.«

»Jeden Tag, an dem wir wieder nichts hören, wird meine Hoffnung ein bisschen kleiner.«

Der bärtige Mann nickte zustimmend. »Habe zu meiner Zeit ein paar Kidnappings bearbeitet. Nicht viele. Aber die ersten paar Wochen waren immer die entscheidenden.«

»Sie waren bei der Highway Patrol?«

»Einunddreißig Jahre. Manchmal nachts träume ich immer noch von der offenen Landstraße.« Sein Lächeln war überraschend sanft. »Wie hält sich die Familie Hall denn?«

»Wie man es erwarten kann. Sie sind krank vor Sorge. Schlafen nicht gut. Alles wird zur Krise.« Was ihn an die jüngste Konfrontation im Hause Hall erinnerte. »Kennen Sie einen Unterstaatsanwalt namens Wayde Barrett?«

»Er ist hier ein paar Mal durchgefegt.«

»Was haben Sie für einen Eindruck von ihm?«

»Wenn ich ihn unter meiner Schuhsohle fände, würde ich ein langes Stück Holz nehmen, um ihn abzukratzen.« Der gelassene Ton blieb unverändert. »Ich habe gehört, dass man den Mann kaufen kann.«

»Tatsache?«

»Nein, Sir. Ein Gerücht. Aber eins, das ich mehr als einmal gehört habe.«

Marcus wandte sich zur Tür. »Eine Neuigkeit, die ich zu schätzen weiß.«

»Nicht der Rede wert, Mr. Glenwood. Seien Sie nur vorsichtig.«

Marcus' Gedanken waren ein Wirrwarr aus unsortierten Fetzen, als er aus dem Dienstzimmer der Richterin kam. Der lange Korridor, der zum Aufzug führte, war leer, was kaum überraschend war, da Richterin Nicols diese ganze Seite des Gebäudes belegt hatte. Die Diensträume eines anderen Richters begannen am anderen Ende des Ganges. Die Aufzüge befanden sich in einem marmorgetäfelten Foyer mit einem Springbrunnen, der nicht mehr funktionierte. Ihnen gegenüber befanden sich zwei Bundesgerichtssäle. Marcus ging eben den langen Korridor hinunter, als ihm jemand aus dem Foyer entgegenkam. Der Mann war klein, grau und unauffällig. Er trug eine Akte vor dem Leib wie einen braunen Schild. Seine Schritte waren lautlos wie tote Luft.

Marcus nickte grüßend, als sie aneinander vorbeigingen. Der Mann lächelte ein wenig, und als er auf gleicher Höhe mit Marcus war, schlug er zu.

Der Schlag war zu kraftvoll für einen so kleinen Mann. Für Marcus fühlte es sich an, als greife die Faust durch seine Eingeweide und taste nach seinem Herzen. Er knickte über dem Arm zusammen, krampfartig niedergezogen von Schmerz und Atemlosigkeit.

Der Mann war darauf vorbereitet. Er hielt Marcus aufrecht und schleuderte ihn rückwärts. Aber statt gegen die Wand zu prallen, fiel Marcus durch eine offene Tür.

Hände warteten auf ihn und fingen ihn auf. Drei Paar Hände. Sie zerrten ihn vollends in den Waschraum. Der kleine graue Mann trat in den Aktenkoffer, den Marcus fallen gelassen hatte. »Behaltet die Tür im Auge.«

Marcus kam so weit wieder zu sich, dass er sehen konnte, dass die drei Männer Nylonstrumpfmasken trugen. Der kleine graue Mann trat vor und schlug Marcus zum zweiten Mal die Faust in den Bauch. Marcus krümmte sich würgend. Luft war unerreichbar. Seine Lunge brannte schlimmer als sein Bauch.

Eine Hand packte sein Haar und riss seinen Kopf hoch. Irgendein Knäuel wurde ihm in den Mund gestopft. Marcus würgte und sträubte sich gegen die Arme, die ihn festhielten. Noch immer bekam er nicht genug Luft.

»Stellt ihn hin.«

Die Hände hielten ihn aufrecht. Marcus blinzelte durch schwimmende Tränen. Sein Atem pfiff durch seine Nasenlöcher.

Eine tonlose Stimme sagte: »Folgendes. Ich könnte Ihnen einfach sagen, Sie sollen Ihre Klage fallen lassen, und im Augenblick würden Sie wahrscheinlich so gut wie allem zustimmen. Schauen Sie mich an, Mr. Glenwood.«

Die Stimme des Mannes war so grau wie alles andere an ihm. Marcus klappte die Augen angestrengt auf und zu. Das Bild kam und ging. Sein ganzer Körper zitterte vor Schmerzen und der Anstrengung des Luftholens.

»Aber ich möchte nicht, dass Sie jetzt zustimmen und es dann wieder vergessen. Denn wenn Sie das tun, werde ich wiederkommen müssen. Und wenn ich wiederkomme, werde ich Sie umbringen. Nicken Sie, wenn Sie mich verstehen.«

Marcus nickte. Die Stimme des Mannes war leer wie ein wartendes Grab. Marcus nickte noch einmal.

»Gut. Trotzdem muss ich dafür sorgen, dass Sie mich und meine Warnung nicht vergessen, Mr. Glenwood. Es ist die letzte Warnung, die Sie bekommen werden.« Er trat einen Schritt zurück. »Haltet seinen Arm gerade.«

Marcus riss die Augen weit auf, als sein linker Arm straff von seinem Körper weggezogen wurde. Die Bilder nahmen scharfe Konturen an: Ein spindeldürrer Mann mit lehmbespritzten Stiefeln umklammerte sein linkes Handgelenk und hielt ihn fest. Ein zweiter, unsichtbarer Mann mit Schichten von Fett über harten Muskeln nahm ihn in den Schwitzkasten und presste seinen Körper so dicht an sich, dass Marcus sich kaum rühren, geschweige denn wehren konnte. Ein kleinerer, dicklicher Mann drückte die flache Hand an die Tür und hielt alle Hoffnung fern. Durch die beiden Masken in seinem Gesichtsfeld sah Marcus, dass die zwei Männer breit grinsten. Mit ihren zerdrückten gelblichen Gesichtszügen sahen sie aus wie zwei Fleisch gewordene Wasserspeiermonster.

Aber der kleine Mann lächelte nicht. Marcus sah ihn ganz deutlich, als er jetzt in die Jacke griff und etwas herauszog, das aussah wie ein dicker schwarzer Stift. Mit einer ruckartigen Bewegung des Handgelenks ließ er ihn zu einer schlanken, schwarzen Rute auseinander schnappen. Mit den flinken Bewegungen langer Praxis packte er das eine Ende mit beiden Händen und ließ es in weitem Bogen auf Marcus' linken Unterarm herunterfahren.

Das Knäuel in seinem Mund absorbierte den Schrei. Aus dem Innern seines Körpers hörte er den Knochen krachen. Die vier Arme ließen ihn los, und er brach zusammen, fiel mit seinem ganzen Gewicht auf den gebrochenen Knochen. Der Schmerz war ein weiß gleißendes Feuer, das in seinem Gehirn explodierte. Er schrie noch einmal.

Der graue Schatten beugte sich über ihn. »Vergessen Sie nicht, was ich Ihnen gesagt habe, Mr. Glenwood. Lassen Sie diese Klage verschwinden.«

Ein schlammbespritzter Stiefel kam nah genug heran, dass Marcus ihn durch seinen Schmerz sehen konnte. Die schmale Stimme eines Mannes vom Lande schnarrte: »Ich sage immer noch, er sollte sterben.« Der Stiefel holte aus und krachte dann barmherzig gegen seine Schläfe. Marcus tauchte mit ganzem Herzen in die wartende Dunkelheit.

DREIUNDZWANZIG

Das Bewusstsein kam und ging wie der Mond, der durch windgejagte Wolken späht. Zweimal versuchte der Albtraum ihn zu fassen; zumindest konnte er sich an zwei Mal erinnern. Eine Zeit lang hatte er das Gefühl, Dee Gautam sei gekommen. Der kleine Mann machte ein ernstes Gesicht und sagte: »Sie haben nicht auf meine Warnung gehört.« Marcus wollte antworten: »Doch, ich habe gehört, aber nicht gut genug.« Aber die Anstrengung, die es kostete, diese Worte zu bilden, drohte ihm den Schädel zu spalten. Dann war er wieder weggedämmert und reiste durch ein zerstückeltes Reich von Träumen. Vielleicht hatte er es auch überhaupt nie verlassen.

Als er das erste Mal wirklich aufwachte, erwartete ihn blankes Staunen. Denn an seinem Bett saß Kirsten Stanstead, und als er die Augen öffnete, versuchte sie sogar zu lachen. »Wie geht es Ihnen?«

Im Augenblick war ihm so elend, dass er befürchtete, ein zu heftiges Nicken könnte seinen Kopf abfallen lassen. Er hatte einen wahrhaft ekelhaften Geschmack im Mund. Die Zunge schien mit einem gummiartigen Industriedichtungsmittel an den Gaumen geklebt worden zu sein. Er setzte den Kiefer in Bewegung, und seine Lippen trennten sich widerstrebend.

»Durst?« Sie griff zu einem Tisch und schob ihm einen Strohhalm in den Mund. Marcus sog daran und fühlte, wie sein ganzes Wesen die kühle Flüssigkeit absorbierte. Er stöhnte vor Behagen, und der Schmerz, den das Geräusch in seinem Kopf hervorrief, ließ ihn gleich ein zweites Mal stöhnen.

»Ich habe mich angeboten, Alma abzulösen, damit sie sich ausruhen kann.« Kirsten hielt den Becher, bis sie sich sicher war, dass er genug getrunken hatte. »Die Polizei hat gestern Abend angerufen und gesagt, dass Sie verletzt sind.«

Ihr blonder Kopf erschien in seinem Gesichtsfeld und verschwand wieder, und er erkannte, dass ihre Bewegungen so unstet waren, nicht sein Sehvermögen. »Ich sollte die Ärztin hereinrufen, aber ich muss da noch etwas …«

Einen Moment lang war sich Marcus nicht sicher, ob er wieder weggedämmert war, unbemerkt hinübergeglitten in das Reich der Erscheinungen und Phantasien. Aber dann hörte er sie rau einatmen und wusste, dass er noch da war. Und er war froh darüber, auch wenn es ihm wirklich schwer fiel, seine Gedanken zusammen- und die Augen wenigstens halb offen zu halten.

»Ich habe es so schrecklich vermasselt. Alles. Ich konnte Gloria nicht helfen, und bei Ihnen habe ich jetzt auch wieder versagt.«

Endlich drang es durch den trunkenen Nebel seiner Schmerzen, dass Kirsten sich soeben bei ihm entschuldigte. Wofür, das sollte er wissen, spürte er, oder er sollte zumindest zuhören und verstehen. Aber die Worte kamen und gingen und hörten sich an wie Wellen, die übereinander brandeten – eine sanfte musikalische Kadenz im Takt seines mühsamen Atems. Dann hörte sie auf zu reden, und er wusste, dass sie irgendeine Reaktion erwartete. »Es tut Ihnen wirklich Leid?«

»O ja. Ich würde alles tun, um es wieder gutzumachen.«

In seinem Kopf und seinem Arm pochte derselbe Rhythmus. Sein Magen und der untere Brustbereich fühlten sich blutig zerharkt an. »Okay. Gehen Sie zur Krankenschwester, und bitten Sie sie um ein Schmerzmittel.« Marcus ließ seine Augen zufallen. »Und dann kommen Sie zurück und halten meine gesunde Hand.«

Als er das zweite Mal aufwachte, geschah es in einem Zimmer voller Leute. Er merkte, dass das Wachsein diesmal nicht von solchen Schmerzen begleitet war, und das fasste er als gutes Zeichen auf. Zwei Frauen waren an seinem Bett, beide im weißen Kittel. Alma Hall stand am Fenster, neben ihr ein hoch gewachsener, schlaksiger Mann in Uniform. Der Mann kam ihm irgendwie bekannt vor, aber die Anstrengung, seine Identität zu ergründen, war ihm im Augenblick noch zu viel.

Ohne zu fragen, schob ihm die ältere der beiden weiß bekittelten Frauen den Strohhalm in den Mund. »Können Sie sprechen?«

»Ja.« Seine Stimme klang verrostet und lange unbenutzt.

»Ich bin Dr. Teller. Sie haben einen glatten Knochenbruch im linken Unterarm, anscheinend eine leichte Gehirnerschütterung sowie Blutergüsse am Oberkörper, wie ich sie noch nie gesehen habe.«

Der Mann am Fenster räusperte sich. »Ich schon, Ma'am. Mr. Glenwood wurde höchstwahrscheinlich von jemandem mit einem Schlagring in die Mangel genommen.«

Bei dem Schmerz und der Erinnerung daran zog sich Marcus leicht der Magen zusammen. Die Ärztin stellte den Becher auf den Nachttisch und fuhr fort. »Wir haben ein CT gemacht; anscheinend haben Sie keinen Schädelbruch. Tut es weh, wenn Sie den Kopf bewegen?«

»Ja.«

Sie zog eine Miniaturtaschenlampe aus dem Kittel. »Folgen Sie dem Licht, bitte.« Sie beobachtete, wie seine Augen sich bewegten. »Sehen Sie verschwommen? Tanzende Farben?«

»Nein.«

»Gut. Sagen Sie der Schwester Bescheid, wenn sich das ändert.« Sie deutete auf die Uniform. »Der Deputy hier will Ihnen ein paar Fragen stellen. Fühlen Sie sich dazu imstande?«

»Ja. Wie spät ist es?«

»Neun Uhr, Samstagmorgen.« Und an den Deputy gewandt: »Machen Sie's kurz.«

Aber als die Ärztin gegangen war, kam zuerst Alma um das Bett herum und setzte sich daneben. Sie bückte sich und kam mit einer Thermosflasche wieder hoch. Schon bevor sie den Deckel ganz aufgeschraubt hatte, ließ der Duft Marcus das Wasser im Mund zusammenlaufen.

»Die habe ich sechs Stunden kochen lassen, bevor ich sie durchs Sieb gegossen habe.« Marcus sah zu, wie sie den Becher mit einer goldenen Flüssigkeit füllte, so dick wie Sirup. »Kann mir nicht vorstellen, dass wir zu viele Vitamine verloren haben.«

Marcus sog die Hühnersuppe so heftig ein, dass sie ihm heiß und scharf bis in die Kehle schoss. Geräuschvoll nach Luft schnappend, machte er weiter, bis die Tasse leer war. Alma schenkte ihm neu ein und hielt ihm die Tasse hin, und die ganze Zeit lächelte sie müde und traurig.

Er schüttelte den Kopf, als sie ihm eine dritte Tasse anbot. »Danke.«

»Sie brauchen mir für nichts zu danken. Niemals.« Sie schraubte den Deckel auf die Thermoskanne. »Die lasse ich hier stehen – falls Sie mehr wollen.«

Der Deputy verlagerte sein Gewicht von einem Bein auf das andere, wobei das Leder seines Pistolenhalfters geräuschvoll knarrte. Marcus richtete den Blick wieder zum Fenster.

»Amos Culpepper. Wir sind uns bei den Halls begegnet.«

»Ich erinnere mich.«

»Haben Sie gesehen, wer das getan hat?«

»Nur einen. Die anderen trugen Masken.«

»Erzählen Sie mir davon.«

Marcus tat es. Oft musste er Pause machen, damit der Schmerz in seinem Kopf wieder nachlassen konnte. Der Arm tat sowieso weh, ganz gleich, was er tat, aber jedes Wort musste durch seinen dröhnenden Schädel gequetscht werden. Als er fertig war, schwitzte er stark.

»Sie glauben also, zwei der Männer waren dieselben wie die drüben bei ›New Horizons‹.«

»Ja.« Er schloss die Augen und sah wieder die schlammbespritzten Stiefel. »Mit Sicherheit kann ich es natürlich nicht sagen.«

»Schätze, ich werde mal rüberspazieren und sehen, was ich so aufstöbern kann.« Amos wandte sich zur Tür. »Wenn Sie wieder auf den Beinen sind, möchte ich, dass Sie sich ein paar Fotos angucken.«

»Okay.«

Er öffnete die Tür und blieb dann noch einmal stehen. »Haben Sie vor, den Fall sausen zu lassen?«

»Nein.«

Der Deputy nickte einmal, auf und ab, sehr langsam. »Gut.« Sein Blick ging hinüber zu Alma. »Ma'am.« Dann war er draußen.

Alma wartete, bis die Tür sich seufzend geschlossen hatte, ehe sie sich umdrehte und anfing: »Marcus …«

Aber er konnte das Zimmer nicht mehr festhalten. Er schloss die Augen und trieb kreiselnd davon.

Mit einem umfassenderen Gefühl von Wachsamkeit kam er wieder zu sich. Mit der Weisheit des Kranken wusste er, dass es nicht von Dauer sein würde. Trotzdem war er dankbar für die Gewissheit, dass seine geistigen Kräfte nicht beschädigt waren. Und mehr noch, der Donner in seinem Kopf hatte ein bisschen nachgelassen. Er konnte sich umdrehen, ohne Höllenqualen zu leiden, und sah Austin Hall neben sich sitzen. Seine dunklen Augen glitzerten im Licht vom Fenster.

»Möchten Sie noch etwas Suppe?«

»Bitte.« Marcus bewegte ein Gelenk nach dem andern und sparte sich den schweren Gips an seinem linken Arm bis zuletzt auf. »Aber erst helfen Sie mir mal zur Toilette.«

Er musste sich schwer auf den älteren Mann stützen, aber der trug das Gewicht, ohne zu klagen. Als Marcus zurückkam, blieb er einen Moment lang auf der Bettkante sitzen und ruhte sich aus, auch wenn es ihm Kopfschmerzen bereitete. Er wollte noch einen Augenblick länger in dieser Beweglichkeit schwelgen.

Austin fasste es als Signal auf und reichte ihm den dampfenden Becher ohne Strohhalm. »Was macht der Kopf?«

»Geht besser.« Die Suppe war himmlisch, beinahe ein Destillat aus Gesundheit. »Sie brauchen nicht hier zu sitzen.«

»Ich wollte aber.« Austin beendete dieses Thema kurzerhand, indem er Marcus ein Plastikschälchen mit Pillen entgegenhielt. »Die Schwester hat gesagt, die sollen Sie nehmen, wenn Sie aufwachen.«

Marcus gehorchte; er hatte nichts gegen die Aussicht auf die Nebel der Betäubung, da er jetzt wusste, dass sie auch wieder verwehen würden. Und weil sie beide an sie dachten, sagte er: »Erzählen Sie mir etwas von Gloria.«

Austin schien mit der Frage gerechnet zu haben. Vielleicht lag es aber auch daran, dass seine Gedanken immer um diesen Gegenstand kreisten. Alle seine Gedanken, all seine Energie. »Sie hasst Mathematik.« Das Licht des Spätnachmittags war golden und warm und leuchtete von seiner Krawatte. Der Mann tat Wochenenddienst in einem Krankenzimmer und hatte den obersten Hemdknopf geschlossen und den Krawattenknoten straff gezogen. »Sie hat einen großartigen Sinn für Strategie und nicht das geringste Verständnis für Zahlen. Drei Reihen, die addiert werden müssen, und sie rennt schreiend aus dem Zimmer.«

Marcus nippte an seiner Suppe. »Strategie.«

»Sie ist eine brillante Schachspielerin. Hat das Spiel gelernt, bevor sie in die Schule kam.« Das Lächeln war ein flüchtiger Schatten. »An ihrem neunten Geburtstag hat sie mich das erste Mal geschlagen. Ich war verblüfft, das kann ich Ihnen sagen.«

Marcus hatte das Gefühl, dass das alles etwas bedeutete. Oder bedeuten sollte. Aber die geistige Anstrengung war zu viel. »Sie sah so glücklich aus auf diesem Foto.«

»Gloria ist alles oder nichts. Und das dauernd. Hundert Prozent glücklich, hundert Prozent wütend oder traurig oder aufgeregt – was auch immer. Sie taucht kopfüber in ihre Emotionen ein, wie sie es mit allem im Leben tut. Sie ist eine gute Studentin, wenn es ihr passt, und eine schreckliche, wenn sie mit den Gedanken anderswo ist.«

»Wie war sie, kurz bevor sie nach China fuhr?«

»Wie eine Untote. Absolut und durch und durch elend. Sie war seit Monaten völlig niedergeschlagen. Mürrisch und weinerlich und streitsüchtig. Kirsten war die Einzige, die sie aufrecht hielt. Die beiden hatten schon seit Jahren ein enges Verhältnis, aber jetzt standen sie einander näher als Schwestern. Seit sie und dieser Loh sich getrennt hatten, taumelte Gloria am Rande eines Nervenzusammenbruchs entlang.«

Marcus stellte den Becher ab. »Wer?«

»Gary Loh. Ein brillanter Junge. Medizinstudent. Engagiert in der Kirche.«

»Sie waren mit ihm einverstanden?«

»Er hat Glorias Leben umgedreht. Vorher – na ja, Gloria machte eine wilde Phase durch, damals im ersten Jahr in Georgetown.«

Ein lethargischer Nebel bemächtigte sich allmählich Marcus' Gliedmaßen. »Hab ich gehört.«

»Von wem?«

»Oathell.« Er schwang die Beine auf das Bett und ließ den Kopf in das freundliche Kissen sinken.

»Ja, dem Jungen hat sie das Herz gebrochen. Aber Gary tat ihr gut, und Oathell konnte da nicht mithalten, und das ist die Wahrheit aus dem Munde ihres eigenen Daddys. Sie und Gary waren ein wunderschönes Paar. Wirklich prächtig.«

Warme Trägheit sickerte in seine Knochen und wanderte in seinem Körper herauf. »Aber sie haben sich getrennt. Warum?«

»Gloria wollte nicht heraus mit der Sprache. Gerade planten sie und Gary noch die Hochzeit, und im nächsten Augenblick: Ende. Über einen Monat lang hörten wir gar nichts. Dann kam sie zu Thanksgiving nach Hause und schluchzte die ganze Zeit eingeschlossen in ihrem Zimmer. Hätte Alma fast das Herz gebrochen, zumal da sie uns nicht sagen wollte, was ihr fehlte.«

Marcus' Verstand konnte keinem Gedankengang mehr folgen. Er flatterte umher und landete, wo er wollte. »Woher kam dieses Interesse an ›New Horizons‹?«

Austin schien an dieser Sprunghaftigkeit nichts Merkwürdiges zu finden. »Ich bezweifle, dass es in unserer Kirche auch nur eine einzige Familie gibt, die nicht ein paar Geschichten über diese Firma zu erzählen hätte. Und alle sind übel.«

»Sie auch?«, murmelte Marcus.

»Fragen Sie Alma gelegentlich nach ihrem Neffen – nach dem, der für die Gewerkschaft gearbeitet hat.«

Marcus wollte weiterfragen, aber die Sprache verließ ihn. Das Letzte, was er sah, war ein kraftvolles dunkles Gesicht, das zusah, wie er im Schlaf versank und davontrieb.

Er erwachte spät in der Nacht. Erst inmitten dieser Stille erkannte er die Geräusche, die Flure und Zimmer draußen vor seiner Tür erfüllt hatten. Marcus griff nach dem Telefonhörer und wählte eine Nummer aus dem Gedächtnis. Als Charlie Hayes sich meldete, fragte er: »Wie spät ist es?«

»Ich weiß, du musst krank sein. Rufst mich mitten in der Nacht an und weckst mich, um nach der Uhrzeit zu fragen.« Es raschelte kurz. »Es ist kurz nach eins. So. Zufrieden?«

»Ich dachte an eine der Geschichten, die du mir erzählt hast. Über diesen Fall, bei dem du in deinem Schlussplädoyer so aufgeregt warst, dass du über die Balustrade gekippt und im Schoß der Geschworenen gelandet bist.«

»Den Fall habe ich übrigens gewonnen. Schätze, die Leute dachten sich, wenn ich so aufgeregt bin, dann muss ich wohl die Wahrheit sagen.« Pause. »Wie geht's dir, mein Junge?«

»Besser.«

»Ich war zweimal da, aber du hast meine Besuche verschnarcht. Libby hat mich einmal mitgenommen, Deacon beim andern Mal. Libby musste heulen, als sie dich mit eingeschlagenem Schädel im Bett liegen sah.«

Marcus betastete den Verband über seiner linken Schläfe. »Sag ihr, es geht mir prima.«

»Aber hast du deshalb angerufen? Um mich an eine Torheit zu erinnern, die vierzig Jahre zurückliegt?«

»Nein.« Ein Atemzug, dann die Preisgabe. »Die Geschworenenauswahl soll Montag beginnen.«

»Hab ich auch schon drüber nachgedacht.«

»Ich schaffe es nicht allein.«

»Diese Tatsache war mir in dem Augenblick klar, als ich dich zu Gesicht bekam.«

»Ich will den Prozess nicht verschieben, Charlie. Das heißt, dass sie gewinnen, wenigstens für den Augenblick. Und es kommt auf jeden Tag an.«

»Du kannst ruhig fragen, mein Junge. Ich werde nicht nein sagen.«

»Das bedeutet mir eine Menge.« Marcus atmete leichter. »Gute Nacht.«

Marcus war allein, als er am nächsten Morgen aufwachte. Nach dem Frühstück duschte und rasierte er sich und schöpfte großen Trost aus dieser isolierten Mobilität. Die Ärztin kam wenig später, untersuchte ihn gründlich und erklärte dann, er könne gehen. »Aber Sie müssen auf Anzeichen für innere Blutungen achten.«

»Das werde ich tun.« Sein Bauch war ein Regenbogen aus dunklen, wütenden Farben. Es war nicht die Zeit für verwegene Attitüden.

»Und wenn Sie anfangen, verschwommen zu sehen, oder wenn die Kopfschmerzen wieder stärker werden, rufen Sie mich sofort an. Andernfalls möchte ich Sie in einer Woche wieder sehen.«

»Danke, Doktor.«

Als die Ärztin ging, kam Kirsten herein. »Sie sind auf.«

»Mehr als das. Ich darf nach Hause.« Marcus hätte gern gefragt, weshalb sie sich bei ihm entschuldigt hatte, aber nicht um den Preis des kleinen, traurigen Lächelns, das sie ihm schenkte. »Sie sehen sehr hübsch aus.«

Das tat sie wirklich, wie sie so in der Tür stand in ihrem geblümten Rock mit der dunklen Bluse und ihrem Haar, so blond, dass feiner Morgennebel darin schimmerte, wo die Sonne es berührte. Sogar ihre unsichere Haltung gefiel ihm und die Art, wie der Riemen ihrer Handtasche so fest um ihre Finger geflochten war.

»Alma und Austin sind unten. Wir wollten auf dem Weg zur Kirche nur rasch vorbeischauen.«

Obwohl sein ganzer Körper wehtat und er bezweifelte, dass er genug Energie aufbringen würde, um die ganze Runde durchzuhalten, fand er die Aussicht angenehm. »Ist noch Platz für mich?«

Offenbar hatte man diese Frage bereits erörtert. »Ich könnte Sie in Ihrem eigenen Wagen fahren, wenn Sie wollen. Der Deputy hat ihn vom Gericht herübergebracht.«

»Das wäre prima.« Er erhob sich langsam, beschämt über die Notwendigkeit, jedes Gelenk einzeln zu erproben. Dann war er froh darüber, denn sie kam zu ihm und fügte sich an seine Seite. Fast, als ob sie dort hingehörte.

Als sie aus Raleigh hinausfuhren, hingen die Wolken so tief, dass sie beinahe die Berge im Osten streiften. Ihre bleierne Farbe war kaum heller als der Asphalt. Marcus drehte sein Fenster einen Spaltbreit herunter und ließ den beißenden Krankenhausgeschmack von der warmen, feuchten Luft hinausschwemmen.

Kirsten folgte Alma und Austin über die Stadtgrenze. Sie wartete, bis sie auf der vierspurigen U.S. 64 waren, ehe sie sagte: »Ich möchte Ihnen helfen.«

»Das ist gut. Ich brauche alle Hilfe, die ich bekommen kann.«

»Ich meine, bei dem Fall.«

»Ich weiß, was Sie meinen, Kirsten. Und ich bin Ihnen dankbar. Wirklich.« Ihrem Gesicht war anzusehen, dass sie noch nicht überzeugt war. »Wir haben es mit einer Armee zu tun. Sie hatten sieben Anwälte in der Vorverhandlung mit Richterin Nicols. Ich brauche Hilfe bei der Vorbereitung. Jede Menge.«

»Ich dachte, nach dem, was ich Ihnen im Krankenhaus erzählt habe, wollten Sie nichts mehr mit mir zu tun haben.«

Marcus wusste, dass er sie würde bitten müssen, es noch einmal zu wiederholen, und zwar lieber früher als später. Aber ihr Tonfall hatte die ernste Offenheit des Beichtstuhls, und in diesem Augenblick war es sein größter Wunsch, ihr Gleiches mit Gleichem zu vergelten. »Ich wollte diesen Fall niemals übernehmen.«

»Ich weiß.«

»Nicht, weil ich ihn nicht gewinnen konnte. Sondern weil ich Angst hatte, die Halls zu enttäuschen.« Er lehnte den Kopf an die Nackenstütze, ließ sich tiefer in die Polster sinken und den Sitz sein ganzes Gewicht aufnehmen. »Ich vermute, Sie haben von dem Unfall mit meiner Familie gehört.«

»Alma hat mir davon erzählt. Es tut mir so Leid.«

»Ich bin nie in mein altes Haus zurückgekehrt. Carol, meine Exfrau, auch nicht. Ich habe einen Spediteur hingeschickt, und irgendeine Freundin von Carol hat alles beaufsichtigt. Bis auf meine Kleider habe ich noch keine der Kisten ausgepackt. Ich konnte nicht riskieren, zufällig etwas zu finden, das einem der Kinder gehört hat.«

»Ich könnte es Ihnen abnehmen, wenn Sie wollen.«

Dieses Angebot bedeutete so viel, dass er gestehen musste: »Ich wollte nie wieder, dass irgendjemand sich wegen etwas Wichtigem auf mich verlässt. Nie wieder. Ich verstehe mich zu gut darauf, Menschen im Stich zu lassen.«

»Alma sagt, der Unfall war nicht Ihre Schuld.«

Marcus seufzte und begnügte sich damit zu sagen: »Ich habe das Haus meiner Großeltern immer als meine letzte Zuflucht betrachtet. Wo ich hingehen und nur das mitnehmen könnte, was mir angenehm ist.« Nach einer kurzen Pause schloss er: »Nicht zum ersten Mal beweist das Leben, dass ich mich irre.«

Man musste ihr zugute halten, dass sie darauf nicht antwortete. Sie schwieg noch, als sie auf den Parkplatz der Kirche fuhr. Erst als sie den Motor abgestellt hatte, sagte sie: »Alma und Austin glauben beide, dass Sie der Einzige sind, der Gloria nach Hause holen kann. Und Deacon Wilbur sieht es genauso.«

Die Worte legten sich schwer auf sein ganzes Wesen. Marcus öffnete seine Tür und begann den schmerzhaften Prozess des Aussteigens, nur um von einer federleichten Berührung an seinem Arm gleich wieder aufgehalten zu werden. Er drehte den Kopf und begegnete einem Blick, der weit heller war als das Tageslicht. Kirsten sagte: »Und ich finde, sie haben absolut Recht.«

Die Kirche schimmerte weiß unter dem schieferfarbenen Himmel. Der benachbarte Hang war mit Herbstfarben gesprenkelt, deren Leuchten verblüffend wirkte, wo alles andere dunkel und grau dräute. Das Gebäude auf dem Gipfel war zu aschfarbener Verdrossenheit verwaschen, als empfinde es Marcus' Erscheinen als tödliche Beleidigung.

Die Gemeinde hatte sich immer angenehm gastlich gezeigt und

sein Erscheinen mit aufrichtigem Lächeln und warmherzigem Händedruck gewürdigt. Heute aber reichte das Gewohnte nicht aus. Marcus wurde von einer ganzen Batterie von Gesichtern und Begrüßungen und leisen Fragen empfangen. Alma und Austin drangen nicht einmal zu ihm durch, denn zu viele andere drängten heran und nahmen ihn als ihr Eigentum in Beschlag. Alle schienen darauf erpicht zu sein, ihn mit Namen anzureden. Unter endlosem Handauflegen schoben sie ihn in die Kirche und an seinen Platz. Und noch immer umringten sie ihn, streckten die Hände aus und legten sie ihm auf die Schultern, die Arme, die Hände. Nach so viel Aufmerksamkeit fühlte er sich verwundet und dankbar zugleich.

Er saß allein; Kirsten war auf der anderen Seite des Ganges bei Alma und Austin. Menschen umstanden ihn, und ihr Gesang war ein Ruf voll unglaublicher Harmonien. Unglaublich, dass so viele Stimmen so viele Möglichkeiten finden konnten zusammenzukommen. Er fühlte sich schmerzlich allein und doch froh darüber, als wären die beiden Seiten seiner widersprüchlichen Natur zugleich entblößt und doch entspannt und behaglich an diesem lärmerfüllten, aber auch heiligen Ort. Hier war er: der Mann, der sich aus der Welt zurückziehen wollte, und der Mann, der es liebte, in die Schlacht zu ziehen. Der Mann, der das Handgemenge verachtete, und der Mann, der für die formalisierten Turnierkämpfe des Kriegs im Gerichtssaal lebte. Der Mann, der frisch verwundet war, und der, der nicht leugnen konnte, dass er immer noch dabei war zu genesen.

Marcus merkte, dass die Welt wieder ins Lot kam, und er erkannte, dass Deacon Wilbur in die Mitte der Bühne trat. Das Publikum summte beifällig. Offenbar war dies ein unerwartetes Geschenk. Marcus hatte den alten Mann noch nie predigen gehört.

Deacon streckte die Hand aus und ergriff das Lesepult. Er stand nicht einfach da. Er umklammerte das Holz und beugte sich stirnrunzelnd vor, wild wie ein Raubvogel. Marcus mühte sich in seiner Erschöpfung zu lauschen.

»Ihr seid da draußen und lauft mit im Wettrennen des Lebens. Der Druck ist beständig, das Tempo unerbittlich. Ist es so? Lasst mich hören, wie schwer es für euch ist, da draußen vor diesen heiligen Türen.« Deacon Wilbur wartete die Zurufe und das Klatschen ab; stirnrunzelnd und blinzelnd zwang er die Beobachtenden, sich selbst zu beobachten. »Sagt mir, Brüder. Seid ihr müde? Sagt es offen, Schwestern. Verliert ihr manchmal das Ziel aus den Augen?«

Er blieb völlig ungerührt von dem Getöse, das er entfachte. Dabei musste er schreien, um sich Gehör zu verschaffen. »Habt ihr das Gefühl, dass ihr nirgends hingelangt? Dass das Rennen eure ganze Beschäftigung ist? Ist es schwer, noch leicht zu atmen? Hat der Kampf euch verwundet?«

Eine Frau in der zweiten Reihe, ohnehin dick und noch dicker durch ein buntes Tuch, das wie ein zweiter Rock um ihren Leib gewickelt war, drängelte sich an denen vorbei, die ihr den Weg versperrten, und tanzte in den Mittelgang hinaus. Sie schüttelte sich vom Kopf bis zu den Füßen und schwenkte die Hände in der Luft hin und her, und ihre Worte waren ein Gesang von verblüffender Schönheit. »Es ist hart, o ja, Jesus, so hart, so hart!«

Deacon Wilbur ließ sich nicht beirren. Nur sein glänzendes Gesicht ließ ahnen, dass ihn die Botschaft berührte. »Dann ist das Problem, Brüder und Schwestern, dass ihr alle allein rennt.«

Marcus merkte erst, dass er aufgesprungen war, als ihm bewusst wurde, dass er Deacon Wilbur besser sehen konnte. »Brüder und Schwestern, dass ihr so beschäftigt seid, bedeutet noch nicht, dass ihr euch in die richtige Richtung bewegt. O nein. Bekomme ich ein Amen?«

Die Menge stimmte ihren zustimmenden Gesang an.

»Ihr kommt eurem Ziel nicht näher, bloß weil ihr gut in der Zeit liegt. O nein. Die Aufgabe besteht nicht darin, geschäftig zu sein. Nein. Die Welt ist voll von den Verlorenen und Einsamen, die jeden Riss in der Maske, hinter der sie ihr leeres Herz verbergen, mit dem Wort *beschäftigt* zuspachteln. Schaut euch um und seht, wie verzweifelte Menschen Worte schreien, die sie nicht hören wollen. Füllen bloß die Welt mit ihrer Geschäftigkeit, yeah, füllen die Leere mit allem, was sie finden können.«

Deacon Wilbur war wie verwandelt – wild und gebieterisch plötzlich, als sei der Mangel des Alters beiseite geschleudert worden. Das Gesicht des alten Pastors glänzte, als sei es von einer feinen Ölschicht bedeckt. »Hört mir zu, Brüder und Schwestern. Hört mir gut zu. Denn nicht weniger als euer Leben hängt davon ab. Hört ihr mich jetzt?« Als sie lautstark ihre Aufmerksamkeit bekundeten, fuhr er fort: »Also gut. Ich offenbare euch die Wahrheit. Ihr müsst eure Arbeit einer höheren Sache weihen. Eure Schritte müssen mehr zum Ziel haben als nur euch selbst. Beim nächsten Atemzug müsst ihr etwas Größeres im Sinn haben als euer selbstsüchtiges Ich! Bekomme ich ein Amen?«

Die Kirche erbebte unter der donnernden Antwort. Dutzende drängten sich zusammen und tanzten den Mittelgang herauf.

»Und wisst ihr, was dann passiert? Auf den Schwingen eines *Adlers* werdet ihr emporsteigen. Ruft mir das Amen, Brüder und Schwestern! Ihr werdet laufen und *niemals* stolpern. Lasset den Herrn eure Freude hören!«

»Halleluja!«

»Ihr werdet euch plagen und doch nicht müde werden, o nein! Singet ein Lob unserm Herrn!«

Als der Tumult sich gelegt hatte, fuhr der alte Mann fort. »Ihr müsst für etwas Größeres arbeiten, etwas Prächtigeres, etwas Ewiges. Ihr müsst diese große Scheidelinie überqueren, damit eure Arbeit etwas zählt. Ihr müsst über die Brücke marschieren, die vom vollendeten Opfer errichtet wurde. Die Brücke, die Gott für euch gebaut hat, für euch allein.«

Der Aufruhr nahm an Intensität zu, und der Singsang wurde zu einem Lied, das keine feste Melodie hatte und doch wie ein lyrischer Wind durch die Kirche rauschte. »Die Brücke über die große Scheidelinie, o ja, sie ist das unermessliche Geschenk! Das *heilige* Geschenk. Yeah. Und ihr könnt nur eines tun, um ihm einen Sinn zu geben. Hört ihr mich? Ihr müsst dieses Geschenk annehmen. Euer Laufen muss ein Ziel bekommen. So groß eure Angst auch sein mag, wenn ihr über den Rand blickt und in diesen gähnenden Abgrund seht, jawohl, der so dunkel aussieht wie die ewige Nacht und der euch Worte des Todes zuflüstert. Haltet den Blick nur fest auf die andere Seite gerichtet, auf den Ort, wo das Licht wohnt in allen Dingen. Auf den Ort, wo ihr willkommen seid. Jawohl. Auf den einen Ort, den ihr euer Zuhause nennen könnt.«

Die zunehmende Erschöpfung zwang Marcus, sich wieder zu setzen. Seine Müdigkeit schwoll an, bis die Worte nichts mehr bedeuteten. Nur der Willkommensgruß, den sie enthielten, blieb bei ihm. Und das war mehr als genug. Er sah sich um, und sein Blick traf auf so viel offene Freundlichkeit, dass er am liebsten geweint hätte. Unversehens dachte er an das, was Dee Gautam gesagt hatte: Heimat sei der Ort, wo die Menschen einen akzeptierten. Und Marcus merkte, dass er eigene Worte hinzufügte. Vielleicht war Heimat der Ort, der ihn wegen seiner Bedürfnisse akzeptierte. Nicht trotz seiner Mängel und Fehler, sondern gerade ihretwegen. Dann schüttelte er kaum merklich den Kopf. Nein. Das wäre zu viel verlangt. Außer dass man vielleicht für einen kurzen Augenblick dann und wann, in einer Zeit außerhalb der Zeit, das Göttliche berühren konnte. Wie hier und jetzt.

VIERUNDZWANZIG

Der Montagmorgen brachte Marcus nicht die geringste physische Besserung. Körper und Geist schienen sich störrisch gegen den Tag zu sperren. In seinem Kopf dröhnte es, Arm und Bauch taten weh, das Rasieren war eine Plage, sogar die Dusche fand empfindliche Stellen. Vor der Krawatte kapitulierte er vollends. Als er die Treppe hinunterstieg, lastete eine schwere Bürde auf seinem Herzen. Er kannte den Grund für seine Besorgnis und war hilflos angesichts des Ganzen. Der heutige Tag markierte den Beginn des hoffnungslosesten Falls in seiner ganzen beruflichen Laufbahn. Er war verwundet an Körper, Geist und Seele. Er fühlte sich so einsam wie seit der Beerdigung vor achtzehn Monaten nicht mehr. Und er hatte furchtbare Angst, er könnte sie alle im Stich lassen. Wieder einmal.

Als er in den vorderen Hausflur kam, polterten draußen Schritte auf der Veranda. Sein ganzer Körper erstarrte, als Schatten über die schmalen Vorderfenster huschten. Mit lebhafter Klarheit sah er den grauen Angreifer vor sich und hörte die Warnung so laut, dass es einen Augenblick dauerte, bis er begriff, dass die Türglocke geläutet hatte. Marcus zwang seine Muskeln, sich wieder zu lösen. Wenn der graue Mann zurückkäme, würde er sich nicht damit abgeben, an der Haustür zu läuten; dessen war er sich ziemlich sicher.

Deacon Wilbur erschien tatsächlich wie ein Zwerg neben dem jungen Mann an seiner Seite. »Morgen, Marcus. Wie geht's Ihnen?«

»Halbwegs.« Er lächelte dem jungen Mann flüchtig zu. »Hallo, Darren.«

»Die Kirchenältesten sind gestern Abend zusammengekommen.

Wir haben beschlossen, Darren hier zu bitten, ein Auge auf Sie zu haben.«

Die gerade vergangene Angst war noch zu lebendig, als dass Marcus rundheraus hätte ablehnen können. »Das ist eine gute Idee, Reverend. Aber ich kann mir nicht leisten, noch jemanden einzustellen.«

Deacon Wilbur demonstrierte seine Fähigkeit, nicht bloß die Stirn, sondern das ganze Gesicht kraus zu ziehen. »Wer hat denn etwas vom Bezahlen gesagt? Ich kann mich übrigens auch nicht daran erinnern, je eine Rechnung für die Rettung unseres Friedhofes gesehen zu haben.«

»Das war nicht der Rede wert.«

»Sagen Sie das nicht. Denken Sie es nicht mal, nicht einen Augenblick lang.«

Das Gespräch wurde von vier Autos unterbrochen, die hinter Deacons Truck anhielten. Kirsten saß in einem Auto, gefolgt von Austin und Alma Hall in einem zweiten. Dann kam ein Streifenwagen des Sheriffs und schließlich ein Jeep Grand Cherokee in Carolina-Blau.

Die erste Stimme, die an sein Ohr drang, gehörte Boomer Hayes. »Marcus! Wenn ich dich nicht da in deiner eigenen Haustür stehen sähe, würde ich denken, die Leute versammeln sich zu deiner Beerdigung!«

»Du bist jetzt still und nimmst das hier.« Libby Hayes war nur um eine Idee leiser. »Charlie, komm zurück und trag diesen Kuchen.«

Amos Culpepper war der Erste an der Treppe. »Schön, Sie auf den Beinen zu sehen, Marcus. Hallo, Reverend.« Er nickte dem jungen Mann zu, der ihn um fast einen ganzen Kopf überragte. »Sie kenne ich auch.«

»Das ist Darren Wilbur«, sagte Marcus. »Er wurde letzte Woche von der Ortspolizei hochgenommen.«

Mit kühlem Blick musterte der Deputy den jungen Mann, dessen Miene düster versteinert war. »Hochgenommen.«

»Sie warfen ihm den Überfall auf den Seven-Eleven vor. Er hatte Zeugen, die ihn auf der anderen Seite des Flusses gesehen hatten. Gar nicht davon zu reden, dass der Kassierer sagt, er sei mit lautstarken Beschimpfungen überhäuft worden; Darren stottert, und davon hatte der Kassierer nichts gesagt. Der zuständige Officer weigerte sich, ihm zuzuhören. Er brauchte eine warme Leiche. Darren ist groß genug, um ihm Angst zu machen.«

Der Deputy Sheriff taxierte den jungen Mann eine ganze Weile. »Garantieren Sie für ihn, Marcus?«, fragte er dann.

»Ja.«

»Dann werde ich sehen, ob wir den Officer nicht zur Vernunft bringen können.«

»Marcus!« Boomer Hayes führte die ganze Gruppe auf die Veranda. »Ich hoffe, du bist hungrig, denn Libby ist seit Tagesanbruch auf den Beinen und verbreitet alle möglichen guten Düfte.«

»Kultivierte Südstaaten-Ladys lernen schon in früher Jugend, dass Essen die Antwort auf alle Plagen ist.« Libby trug Hose und Pulli in grellem Blau. »Meine Güte, Marcus, dein Schädel sieht ja aus, als ob er eingeschlagen worden wäre.«

»Du solltest mal seinen Bauch sehen«, bemerkte Charlie und vollführte seinen Seitwärtsaufstieg zur Veranda. »Morgen, Reverend.«

»Hallo, Richter. Wie geht's Ihnen an diesem schönen Tag?«

»Würde gern noch schlafen. Libby hat ein Getöse gemacht, das Tote aufwecken konnte.«

»Momma hat immer gesagt, das Essen schmeckt besser, wenn man mit den Töpfen klappert.« Libby musterte Darren langsam von Kopf bis Fuß. »Hier unten im Osten kriegen sie wirklich große Kerle zustande.«

»Darren hat angeboten, auf Marcus aufzupassen«, sagte Deacon. »Hinter der Küche ist ein kleines Apartment, mit eigenem Wohnzimmer und allem Drum und Dran. Da ist er gut aufgehoben.«

Diese Neuigkeit rief einen solchen Chor des Beifalls hervor, dass Marcus spürte, wie seine eigenen Einwände weggespült wurden. Amos sagte: »Ich sollte jetzt los, Marcus. Wollte nur sehen, wie es Ihnen geht.«

»Nicht so hastig.« Charlie hob seine Platte hoch. »Wir brauchen hier alle Hilfe, die wir kriegen können.«

»Wir haben Käsesoufflé«, verkündete Boomer zustimmend,

»Würstchen-Ei-Kasserolle, Weißbrot. Süßkartoffelpastete. Nuss-Rosinen-Kuchen mit Pecans von meinem eigenen Baum. Und Sandwiches mit Räucherschinken.«

»Marcus, hör auf, die Tür zu versperren«, befahl Charlie. »Mach dich nützlich; zum Beispiel könntest du eine frische Kanne Kaffee aufbrühen.«

»Erheben Sie sich. Die Sitzung des Siebten Bezirksgerichts der Vereinigten Staaten ist eröffnet. Den Vorsitz hat Richterin Nicols.«

Marcus' vielfältige Schmerzen meldeten sich in lautstarkem Protest, als er aufstand, aber es machte ihm nichts aus. Neben dem Pochen in Kopf und Bauch, näher noch als der schmerzende Gipsarm, war das Lachen, das er an diesem Morgen in seiner Küche gehört hatte. Boomer Hayes hatte in seinem ganzen Leben noch keinen Fremden kennen gelernt, und nicht einmal Alma Hall hatte ihre Nervosität vor dem Prozess behalten. Marcus hatte dagesessen und gegessen, bis ihm der Bauch von innen ebenso wehgetan hatte wie von außen, und staunend hatte er die vorübergehend ganz verwandelte Atmosphäre seines Hauses gesehen.

»Nehmen Sie Platz.« In ihrer dunklen Robe auf dem Lederstuhl mit der hohen Lehne sah Gladys Nicols unglaublich solide aus, majestätisch wie eine Königin. Ihre Gesichtszüge wirkten noch schärfer konturiert als sonst, als sie Marcus jetzt lange und eingehend musterte. »Die Anwälte mögen zum Richtertisch kommen.«

Der Gerichtssaal war ein elegantes, walnussholzgetäfeltes Theater. Das Zuschauen war kostenlos, das Mitspielen unerhört teuer. Der Preis, den die Verlierer zahlen mussten, betrug alles, was sie hatten, ihren Stolz und ihre Freiheit eingeschlossen. Nur die Flagge der Vereinigten Staaten war hinter der Richterin angebracht, denn die Staatsflagge hatte in einem Bundesgericht nichts zu suchen. Ein holzgeschnitztes Großsiegel der Vereinigten Staaten war über dem Kopf der Richterin in die Wand eingelassen. Siegel und Flagge waren der einzige Schmuck in diesem Gerichtssaal. Das Ergebnis war ein ebenso großartiger wie kompromisslos strenger Raum. Tische, Jurybänke,

Zeugenstand, der hohe Richtertisch, Stenographenplatz und Zuschauerreihen, alles war aus dem gleichen polierten Walnussholz wie die Wände. Ein reich gestalteter, eindrucksvoller Sitz des Rechts, oder eine höchst öffentliche Leichenhalle zum Betrauern zerschmetterter Ambitionen – es kam immer nur darauf an, wer gewann.

Der Richtertisch stand hoch oben auf einem teppichbelegten Podest, umringt von den niederen Plätzen des Stenographen und der beiden Schreiber sowie dem Zeugenstand. Der Stenograph wollte sich erheben, als Marcus und die andern herankamen, wurde aber mit einer Handbewegung an seinen Platz geschickt. Aus der Nähe war Richterin Nicols so ernst, dass sie alterslos erschien. »Marcus, sind Sie dem Ganzen hier gewachsen?«

»Jawohl, vielen Dank, Euer Ehren.«

»Ich bin bereit, noch einen Aufschub zu gewähren, wenn Sie es wünschen.«

»Hier kommt es auf jeden Tag an, Euer Ehren.« Wegen des Pochens in seinem Schädel fiel es Marcus leichter, sich Logan mit seinem ganzen Körper zuzuwenden. »Ihr Klient soll Gloria Hall freigeben, und wir werden sofort sämtliche Klagepunkte fallen lassen.«

Logan riss seinen Blick gewaltsam von dem Bluterguss los, der unter Marcus' Kopfverband hervorreichte. »Euer Ehren, ich empfinde den implizierten Vorwurf als äußerst anstößig.«

Aber Richterin Nicols war mit Marcus noch nicht fertig. »Meine Mitarbeiterin hat mit dem Krankenhauspersonal gesprochen. Die Leute bezweifeln, dass Sie schon so bald in der Lage sein werden, mit den Strapazen der Prozessarbeit zurechtzukommen.«

Charlie rückte ein Stück näher heran. »Um die Geschworenenauswahl werde ich mich kümmern, Euer Ehren.«

Gladys Nicols taute so weit auf, dass sie ihm ein kleines Lächeln schenken konnte. »Wie geht's, Mr. Hayes?«

»Brenne darauf loszulegen, Euer Ehren.«

»Also gut. Marcus, wenn Sie sich frühzeitig zurückziehen müssen, sagen Sie Bescheid.«

»Ich komme zurecht, Euer Ehren. Trotzdem vielen Dank.«

Er hielt sein stoisches Leugnen so lange aufrecht, wie er brauchte, um zum Klägertisch zurückzukehren. Während Richterin Nicols die Jurykandidaten begrüßte, fischte er eine Tablette aus der Jacketttasche. Aber gegen das Zittern seiner Hand konnte er nichts tun, und er war dankbar, als Alma ihm die Karaffe abnahm und ihm Wasser ins Glas goss. Charlie beobachtete das alles von der anderen Seite und bemerkte: »Dir geht's miserabel.«

Austin saß rechts neben Alma, der Geschworenenbank am nächsten. »Der Mann müsste im Bett liegen.«

Marcus stellte das Glas hin und berührte seine Stirn. Als er seine Finger anschaute, waren sie feucht. Er sagte zu Charlie: »Du bist heute allein.«

»Keine Sorge, mein Junge. Ich habe schon mehr Jurys aufgestellt, als du warme Mahlzeiten gegessen hast.«

Die Tablette ließ den Schmerz und den Gerichtssaal in ein sanftes, dumpfes Dröhnen versinken. Marcus saß da und tat, als verfolge er, wie Charlie die Fragebögen der Geschworenen durchging. Nichts drang zu ihm durch bis auf die Tatsache, dass kaum etwas wirklich wichtig war, weil das Ergebnis bereits feststand. Das hier war nur Theater, und Charlie wurde gut allein damit fertig.

Barmherzigerweise machte die Richterin Schluss, bevor die Wirkung der Tablette nachließ. Marcus lauschte ihren Anordnungen, wie er dem Summen eines Insekts gelauscht hätte, und dann stand er auf und sah zu seiner milden Überraschung, dass Darren und Kirsten jetzt bei ihnen waren. Er war froh, als er feststellte, dass seine Beine ihn zum Aufzug tragen konnten. Dort stand der Empfangsmann der Richterin mit den Sicherheitsleuten des Gerichtsgebäudes, lauter pensionierten Polizisten, und alle wollten fragen, wie es ihm ging. Marcus ließ Charlie für sich sprechen. Am liebsten hätte er sich an Ort und Stelle auf dem Boden zusammengerollt.

Der Dienstag fing besser an und versickerte langsamer. In der Zeit zwischen dem Aufwachen und dem Herunterkommen fand Marcus starken Trost in den ruhigen Geräuschen eines anderen, der sich in seinem Haus bewegte. Darren fuhr ihn nach Raleigh, als tue er das schon seit Jahren, schweigend und äußerst wachsam.

In der Mitte des Vormittags, als Schmerz und Erschöpfung drohten, holte er eine Tablette aus der Tasche und wartete, dass Charlie ihm ein Glas Wasser einschenkte. »Die packen die Jury«, murmelte der alte Mann.

»Ich weiß.«

»Sie sorgen dafür, dass die Geschworenenbank die Farbe von frischer Mayonnaise kriegt.« Beide Teams hatten das Recht, acht Geschworene ohne Angabe von Gründen abzulehnen. Logan hatte sechs Mal davon Gebrauch gemacht, Charlie ein Mal. Richterin Nicols hatte vier weitere freigestellt. Der einzige Schwarze unter den bisher benannten fünf Geschworenen war ein Zahnarzt, und er war auch der einzige Akademiker in der Gruppe. Marcus wusste, dass die Verteidigung ihn hatte durchgehen lassen, weil Mediziner dafür berüchtigt waren, dass ihnen große Schmiergeldzahlungen zuwider waren.

»Wieso hast du den Zahnarzt nicht abgelehnt?«

»Kann ich nicht genau sagen. Hatte so 'n Gefühl bei ihm, weiter nichts.« Charlie machte eine Handbewegung zu den Reihen der potenziellen Geschworenen hinter ihnen. »Wünschte bloß, ich wüsste, wonach ich in diesem Haufen suchen soll.«

Marcus wollte antworten, dass es kaum darauf ankomme, weil dieses Verfahren eingestellt werden würde, lange bevor die Geschworenen sich zur Beratung zurückziehen würden. »Die nächsten fünf Kandidaten sind weiß«, fuhr Charlie fort. »Ich könnte sie alle ablehnen, und dann …«

»Kümmere dich nicht darum.« Marcus deutete unbestimmt mit seinem Wasserglas durch den Raum. »Nicols wird es kaum freundlich aufnehmen, wenn die Verteidigung Rasse als Auswahlkriterium einsetzt. Lass uns nicht auf deren Niveau hinabsteigen.«

»Wüsste nicht, was das ausmacht, wenn wir am Ende mit einer Jury dasitzen, die entschieden gegen uns ist.« Charlie trug einen Popeline-Anzug und eine leuchtend gelbe Schleife. Aus dieser Nähe roch er ein bisschen nach Kampfer und Haaröl. Die Augen hinter den dicken Brillengläsern waren von intelligenter Besorgnis erfüllt. »Da müssen ja ein paar Weiße in dem Haufen sein, die einer intelligenten schwarzen Troublemakerin nur zu gern mal eine Abreibung verpassen würden.«

Marcus schluckte seine Tablette. »Charlie, hör auf mich.«

»Gar nicht zu reden von der Arbeit, die die Verteidigung in das Studium der Geschworenenprofile gesteckt haben muss. Sieh dir die Bande doch an – wie Geier im Fummel. Ich wette, die haben ein paar flotte Geschworenenberater, die den Müll dieser Leute durchwühlen ...«

»Vergiss sie.« Marcus spürte, wie Konzentration und Willenskraft nachließen. »Stell fest, welche von denen Kirchgänger sind.«

Charlie Hayes hatte offenbar Mühe, Marcus mit dem richtigen Ausschnitt seiner Bifokalbrille zu erfassen. »Dürfte nicht zu schwierig sein, wenn man bedenkt, dass wir hier mitten auf der Schnalle des Bibelgürtels sitzen«, meinte er. »Aber falls du das noch nicht bemerkt hast: Fast jede Kirche, in die ich bisher den Fuß gesetzt habe, hat ihren Teil an Rassisten. Ich sage nicht, das ist richtig. Ich sage nur, es ist so.«

Marcus hatte nicht genug Willenskraft zum Diskutieren. »Trotzdem.«

»Mr. Hayes«, unterbrach Richterin Nicols ihre Unterredung. »Irgendwelche Fragen an den Kandidaten Nummer siebzehn?«

Marcus sah zu, wie Charlie sich erhob und mit seiner scherzhaften Befragung begann. Der Popeline-Anzug war für einen sehr viel jüngeren Mann gekauft worden und hatte die Neigung, an Charlies alter Figur herumzuflattern. Aber die Geschworenen störte das anscheinend nicht; sie verfolgten Charlies knarrendes Tänzchen mit einem Lächeln. Und Marcus konnte es ihnen von ganzem Herzen nachfühlen. Charlie Hayes tänzelte und taumelte und flatterte wie ein Schmetterling aus Popeline.

»Ist die Tür abgeschlossen? Okay. Alles aufgepasst.« Logan überflog die Gruppe, die sich in seinem Büro zusammendrängte – sieben Rechtsanwälte, zwei Anwaltsgehilfen, zwei interne Geschworenenberater, drei Sekretärinnen. Als leitende Mitarbeiterin beanspruchte

Suzie Rikkers den bequemsten Besuchersessel. Die andern quetschten sich, so gut es ging, auf irgendwelche Plätze. Fünf mussten stehen. Alle legten die mürrischen Mienen und das gelangweilte Gehabe von Leuten an den Tag, die ihre Zeit verschwenden.

»Ich weiß, was Sie denken. Der Prozess ist eine Farce, der Kläger hat nichts in der Hand, und Sie sind alle nur Staffage.« Logan sah, dass man ringsum nickte. Selbst die kleinste Mitarbeiterin empfand ihre Anwesenheit als sinnlos. Und er wusste, womit sie alle als Nächstes rechneten – dass der verantwortliche Partner jetzt ein paar anfeuernde Worte sprechen werde: Dies sei eine entscheidende Gerichtserfahrung, sie müssten zuschauen und lernen, Fragen stellen, Dinge voraussehen, sich auf ihren eigenen großen Tag vorbereiten.

»Tja, bis jetzt hat das auch genau gestimmt. Dan Fussel, unser Seniorpartner, hat mich gestern tatsächlich auf dem Flur angesprochen und mich gefragt, ob wir hier drin nicht noch zwei weitere Mitarbeiter gebrauchen könnten.« Er wartete lange genug ab, um zu sehen, wie Überraschung durch die Langeweile sickerte. Das war jetzt doch einmal etwas Neues: ein Partner, der ihnen tatsächlich die Wahrheit sagte. »Offenbar hat unser Klient dem Seniorpartner einen Blankoscheck ausgestellt. Da ich es abgelehnt habe, noch jemanden dazuzunehmen, wird er Sie vermutlich alle mit den Stundensätzen von Partnern in Rechnung stellen. Ich weiß, dass ich es tun würde.«

Logan stand auf und wandte sich dem Fenster hinter seinem Schreibtisch zu. Die sinkende Sonne schien in Höhe des Horizonts durch einen Schlitz in den Wolken und malte die Welt ockergelb, rosarot und golden an. Zumindest hier waren Raum und Klarheit. »Dan hat dem Klienten seine Version abgekauft«, fuhr er fort. »Er geht davon aus, dass diese Klage grober Unfug ist. Er hat akzeptiert, dass ›New Horizons‹ keine förmlichen Verbindungen zu der chinesischen Fabrik unterhält. Dass das verschwundene Mädchen mit ›New Horizons‹ nicht das Geringste zu tun hat. Folglich steht uns ein Spaziergang im Park bevor.«

Er drehte sich um, und jetzt waren aller Augen auf ihn gerichtet. »Soweit es Dan betrifft, denken wir genau das Gleiche. Sie diskutieren diese Angelegenheit mit niemandem, der jetzt nicht in diesem Zimmer ist, nicht einmal mit Ihrer eigenen Sekretärin. Wenn Sie einen Brief getippt haben müssen, tippen Sie ihn selbst. Sprechen Sie mit niemandem hier ein Wort, außer mit den Leuten, die jetzt in diesem Zimmer sind. Wir können uns nicht erlauben zu riskieren, dass dem Klienten etwas davon zu Ohren kommt. ›New Horizons‹ hat angekündigt, dass sie uns ein größeres Stück von ihrem Anwaltsetat zukommen lassen wird, und diese neue Geschäftsbeziehung wollen wir nicht stören. Ist das so weit klar?«

Diesmal bedeutete das Kopfnicken scharfe Zustimmung. Er hatte ihre ganze Aufmerksamkeit. »Okay. Ich habe das dumpfe, aber starke Gefühl, dass diese Firma uns geradewegs über die Klippe führt.«

Alle im Zimmer atmeten gleichzeitig ein. Suzie fragte in ihrem patentierten Klageton: »Glauben Sie wirklich, die haben das Mädchen gekidnappt?«

»Ich glaube, das ist ganz egal. Ich glaube, sie haben etwas zu verbergen. Etwas Großes. Ob es um Gloria Hall geht, um Fabrik 101 oder um etwas völlig anderes, ist gleichgültig. Was wir uns nicht länger leisten können, ist, einfach dahin zu gehen, wo sie uns hinschicken.«

Er umklammerte die lederne Rückenlehne seines Sessels mit beiden Fäusten und beugte sich hinüber wie über die Seile eines Boxrings. »Wir werden uns auf das Schlimmste vorbereiten. Suzie, stellen Sie ein Team zusammen. Gehen Sie davon aus, dass Marcus die Jury mit vergangener Praxis beeindrucken wird. Bereiten Sie Argumente für die Richterin vor.«

»Gut. Aber ...«

»Kein Aber.« Ein kurzer Blick in die Runde. »Von jetzt an basiert unsere Arbeit auf der Annahme, dass unser Klient nicht unser Freund ist. Klar?« Als sie zustimmten, fuhr er fort. »Zwei Leute machen sich daran, die Gerichtsakten über ›New Horizons‹ durchzuwühlen. Jedes Mal, wenn sie im Umkreis von fünfzig Metern um ein Gerichtsgebäude auch nur geniest haben, will ich darüber Bescheid wissen. Freiwillige? Gut. Sie und Sie.«

Alle Notizblöcke waren jetzt aufgeklappt, alle Stifte in Gebrauch.

»Zwei weitere fangen mit den Vorbereitungen für die Verteidigung an. Okay, Sie beide. Jedes Mal, wenn Marcus irgendetwas vorbringt, präparieren Sie einen Gegenangriff. Wir treffen uns jeden Tag eine halbe Stunde nach Vertagung zu einer Strategiesitzung. Ich lasse Sandwiches bringen. Wochenenden und Abendunternehmungen sind hiermit für die Dauer des Prozesses abgesagt. Noch Fragen?«

Sie schauten sich um, und die ungestellte Frage stand jedem ins Gesicht geschrieben. Schließlich platzte Suzie damit heraus. »Glauben Sie, ›New Horizons‹ hat Marcus zusammenschlagen lassen?«

Logan antwortete mit einem Knurren. »An die Arbeit.«

FÜNFUNDZWANZIG

Als Marcus am Mittwoch aufwachte, war er so klar, dass sein Arm stärker schmerzte als sein Kopf. Den Nachklang des Albtraums begrüßte er nicht wie einen Freund, aber doch als Zeichen dafür, dass sich alles wieder normalisierte. Als er geduscht und sich angezogen hatte, hörte er von unten Geräusche heraufdringen. Er kam in die Küche und sah Kirsten und Darren geduckt und stumm am Küchentisch, während Fay Wilbur klappernd am Herd hantierte und erzürnt vor sich hin brummelte. Er war kaum eingetreten, als sie auch schon über ihn herfiel. »Und? Was starren Sie so?«

»Guten Morgen, Mrs. Wilbur. Schön, Sie wieder zu sehen.«

»Na, wir sind hier nicht in 'ner Unterhaltungsshow. Gehen Sie da rüber, und setzen Sie sich hin.« Sie wandte sich wieder ihrer Pfanne zu und murmelte, als wäre es ein Fluch: »Sie sehen aus wie ein Mann, der morgens drei Eier isst.«

»Normalerweise nehme ich nur Toast und Kaffee.«

»Hmph. Wahrscheinlich haben Sie sich deshalb so zurichten lassen. Keine Kraft. Wer auch nur so viel Verstand hat, wie Gott einem kleinen blinden Maulwurf gegeben hat, der weiß, dass man den Tag mit einem vollen Bauch anfangen muss.« Sie beförderte schwungvoll zwei Teller vor Kirsten und Darren auf den Tisch. Kirsten glotzte auf zwei Eier mit Speck, Würstchen, drei weiche Brötchen, Hafergrütze und Schweinshachse und richtete dann entsetzt einen flehentlichen Blick an Marcus. Fay Wilbur sah es aus dem Augenwinkel und herrschte sie an: »Was starren Sie ihn so an? Der kann Ihnen nichts sagen, was sich zu wissen lohnt – außer dass Sie das alles aufessen müssen, bevor Sie vom Tisch aufstehen.«

Aber kaum hatte sie sich wieder dem Herd zugewandt, griff Darren blitzschnell nach Kirstens Teller und schaufelte sich einen guten Teil davon auf seinen eigenen. Kirsten reagierte mit einem Seufzer voll reinster Dankbarkeit.

»Was führt Sie denn so früh hierher?«, fragte Marcus Kirsten.

»Der Hunger höchstwahrscheinlich.« Fay Wilbur klapperte mit dem Brötchenblech. »Das Mädchen besteht ja nur aus Haut, Knochen und Augen. Sogar ihre Haare sehen kränklich aus.«

»Netty hat heute Morgen angerufen«, sagte Kirsten. »Ihr Sohn hatte eine schlechte Nacht. Sie hat mich gebeten, das Büro zu übernehmen.«

»Still jetzt. Ihr habt noch den ganzen Tag für euren Anwaltskram.« Fay Wilbur knallte Marcus den Teller hin. »Was ich im Moment hören kann, sind Leute, die ihre Gabeln nicht schnell genug benutzen.«

Nach dem Frühstück bewegte Marcus sich watschelnd zur Haustür. Kirstens Ausdruck zeigte leises Staunen. Nur Darren lächelte. Als er ihnen die Haustür aufhielt, sprach er zum ersten Mal an diesem Tag. »B-Begreife nicht, wieso D-Deacon so d-dünn ist.«

Marcus fragte Kirsten: »Haben Sie in Glorias Rechercheunterlagen noch etwas gefunden?«

»Vielleicht.« Ihr Gesicht zeigte wieder diese rätselhafte Wachsamkeit. »Ich bin mir nicht sicher.«

Marcus warf einen Blick auf die Uhr. Es gab Fragen, die er stellen musste, aber nicht jetzt. »Ich brauche alles, was es da gibt.«

»Ich habe ihre restlichen Sachen mitgebracht.« Sie schauten einander nicht mehr in die Augen. »Ich werde heute Abend damit anfangen.«

»Kann ich dabei helfen?«

»Gloria würde nicht wollen, dass ein Fremder ihre Privatsachen durchsucht.« Die Antwort klang eingeübt. »Ich kann es auch schneller allein.«

Der Argwohn begleitete Marcus in den Wagen und zur Stadt hinaus. Als sie auf den Highway kamen – Darren saß am Steuer –, klingelte Marcus' Handy. »Glenwood.«

»Ashley Granger hier, mein Freund. Ich rufe aus Washington an. Wie geht's Ihnen?«

»Gut.«

»Das höre ich aber anders. Der alte Dee sagt, jemand hat Sie ordentlich vermöbelt.«

Marcus starrte in den vor ihm liegenden Tag. »Wie hat Dee Gautam davon erfahren?«

»Diese Frage stelle ich mir auch. Und mir fällt nur eine Antwort ein: Weil er denkt, was Sie da jagen, ist wichtig genug, um Sie im Auge zu behalten, und zwar gründlich. Wie kommt Ihnen das vor?«

»Ich habe heute Morgen eine Menge Fragen und keine Antworten«, antwortete Marcus wahrheitsgemäß.

»Da wären wir schon zwei.« Ashley klang unglaublich vergnügt. »Lassen Sie den Fall sausen?«

»Kommt nicht infrage.«

»So ist's recht. Ich versuche immer noch herauszufinden, wer der Oberboss in Ihrer Fabrik 101 ist. Viele Leute nehmen daran Anstoß. Ich habe mir sogar zwei Warnungen von Dee persönlich eingefangen.«

Marcus umfasste seinen Gipsarm. »Dann sehen Sie sich vor.«

»Ich gehe kein Risiko ein. Aber ich rufe an, um Ihnen zu sagen, dass ich vielleicht demnächst ein paar Antworten aufgetrieben habe.«

»Können Sie jetzt schon etwas sagen?«

»Nein, ich handle nicht mit Gerüchten. Aber so viel kann ich doch sagen: Wenn es stimmt, was ich annehme, dann haben Sie vielleicht einen besseren Fall, als Sie glauben.« In Ashleys Stimme vibrierte die Erregung des Jägers. »Ich an Ihrer Stelle würde anfangen, den Fall zu behandeln wie einen, den ich vielleicht nicht gewinnen, aber doch wenigstens bis zum Letzten durchfechten kann.«

Marcus trennte die Verbindung und saß da, umgeben von Verkehr und Geheimnissen.

»Mr. G-Glenwood.«

»Nennen Sie mich Marcus.«

»Jemand f-folgt uns.«

Diese Worte brachten ihn jäh zu sich. »Was?«

»D-drei A-Autos hinter uns.« Darren machte Fäuste, so groß wie Vorschlaghämmer, als er jetzt Straße und Rückspiegel gleichzeitig im Auge behielt. »'n w-weißer P-Pick-up.«

Marcus fuhr herum, spähte aus dem Rückfenster und spürte, wie sein Bauch protestierte, als er den schmutzigen Laster sah. Eilig durchsuchte er seine Taschen und förderte die Karte des Deputy zutage. Er tippte die Nummer in sein Telefon.

»Sheriff's Department.«

»Machen Sie mir eine Funkverbindung zu Amos Culpepper, bitte.«

»Wer sind Sie?«

»Marcus Glenwood. Deputy Culpepper hat gesagt, ich soll es so machen.«

»Bleiben Sie dran.« Es knackte und zischte ein paar Mal durch die Stille. Dann sagte die Stimme: »Sie können sprechen.«

Das volltönende Näseln erklang. »Marcus?«

»Ich werde von einem der Pick-ups verfolgt, die mich bei ›New Horizons‹ angegriffen haben.«

Durch das Rauschen der Funkverbindung hörte man die Anspannung in der Stimme des Deputy. »Wo sind Sie?«

»Highway 64, Richtung Westen, ungefähr zwanzig Meilen vor Raleigh.« Marcus richtete sich auf dem Sitz auf. »Warten Sie, die biegen ab. Sie haben gerade die Ausfahrt nach Zebulon genommen.«

»Das heißt, dass sie den Polizeifunk abhören. Kein gutes Zeichen. Wohin wollen Sie?«

Ihm war, als hämmere sein Herz jetzt lauter, nachdem der Truck durch eine unsichtbare Bedrohung ausgewechselt worden war. »Zum Bundesgericht.«

»Wir treffen uns da.« Zorn kam knirschend durch den Äther. »Jemand ist dabei, mich sauer zu machen.«

Bis zehn waren sämtliche Geschworenen ausgewählt, und Richterin Nicols war mitten in ihrem Einführungsvortrag über die verfahrensrechtlichen Ge- und Verbote. Marcus warf einen Blick zu Charlie Hayes hinüber und sah seine erschlafften Gesichtszüge und den leeren Blick, und er erkannte, dass der alte Mann annahm, seine Rolle sei zu Ende, und dass er die Gefechte vor Gericht vermisste wie ein Ertrinkender die Luft.

Marcus beugte sich dicht zu ihm hinüber und murmelte: »Ich möchte, dass du die Eröffnungserklärung abgibst.«

Hätte man dem Mann einen elektrischen Kuhtreiber an den Hintern gehalten, so hätte die Reaktion nicht heftiger ausfallen können. Dennoch behielt seine Stimme ihren gerichtsgemäßen Flüsterton. »Ich habe nicht die leiseste Ahnung, was ich sagen soll.«

»Dann haben wir beide ungefähr das gleiche Problem.« Marcus grinste zum ersten Mal seit seinem Besuch im Krankenhaus. Es war ein Gefühl, als wecke er Muskeln auf, die zum Dauerschlaf neigten. »Ich möchte auch, dass du die ersten Zeugen übernimmst.«

Charlie nickte mit dem Kopf wie ein Vogel, der den Himmel sucht, während er Marcus in den Fokus seiner Brille rückte. »Reden wir hier von Strategie?«

»Vielleicht.« Marcus überlegte sich, dass er dem alten Mann eine etwas größere Portion von der Wahrheit schuldete. »Ein Anwalt in Washington meint, er hat vielleicht etwas, das diesen Fall retten könnte.«

»Das heißt, ich soll anfangen, und wenn wir dann den Kurs ändern müssen, sieht es natürlicher aus.« Charlie brauchte nicht lange nachzudenken. »Damit kann ich leben.«

»Gut.«

»'türlich, nach meiner Erfahrung sind diese Rettungen in letzter Minute meistens so zuverlässig wie Rauch am Horizont.«

»Dann haben wir nichts in der Hand, und es ist so oder so egal, solange wir nur ein bisschen öffentliches Aufsehen erregen.« Und Marcus informierte Charlie darüber, was der Eröffnungsvortrag enthalten musste. Lange dauerte es nicht.

Richterin Nicols schaltete sich ein. »Also schön, Mr. Glenwood. Der Anwalt der Kläger kann beginnen.«

»Das werde ich übernehmen, Euer Ehren.« Charlie Hayes tat ein bisschen ungeschickt, als er seinen Gehstock vom Geländer fingerte. Marcus befürchtete schon, er könnte das Herz des Alten überstrapaziert haben, und wollte einschreiten und das Eröffnungsplädoyer doch selbst übernehmen, aber da bedachte Charlie ihn mit einem kurzen Zwinkern, kaum mehr als einem Zucken. Marcus lehnte sich zurück, bereit für die Show.

Schwer auf seinen Stock gestützt, stellte Charlie sich vor die Geschworenenbank. »Mein Name ist Charlie Hayes, und ich bin siebenundsiebzig Jahre alt. Ich hatte die Ehre, in diesem prachtvollen Staat fast fünfzig Jahre lang als Jurist zu praktizieren. Einen großen Teil dieser Zeit habe ich da oben verbracht, wo jetzt Richterin Nicols sitzt. Dann habe ich mich zur Ruhe gesetzt – oh, das muss jetzt fast neun Jahre her sein.« Er hielt inne, um sein Gewicht auf dem Stock zurechtzuschieben. »Ich war bereit, mich zu verabschieden. Ich habe meinem Staat und meinem Land gern gedient, aber die Zeit war gekommen, da ich beiseite treten und mehr Zeit mit meiner Familie verbringen sollte. Aber da kam der Anwalt vorbei, den Sie da drüben sitzen sehen, Marcus Glenwood ist sein Name, und er erzählte mir von dieser Situation. Und ich wusste, ich musste die Kraft aufbringen, noch einen einzigen Fall zu bearbeiten. Ich will Ihnen sagen, warum. Der Grund ist ein sehr einfacher, meine Damen und Herren Geschworenen: Noch nie in meinem ganzen Leben ist mir etwas so Abscheuliches und Heimtückisches begegnet wie das, was uns heute hier zusammengeführt hat.«

Logan war blitzartig auf den Beinen. »Einspruch!«

»Abgelehnt. Der Eröffnungsvortrag steht den Anwälten frei.«

Charlie hatte die Unterbrechung genutzt, um sich zum Richterpodium zu bewegen und sich dort anzulehnen. Es war eine robuste Walnussholzkonstruktion, die der Geschworenenbank gegenüberstand. Charlie holte keuchend Luft und fuhr dann fort. »Jetzt könnte ich uns mit diesem und jenem strapazieren, aber ich bin alt genug, um zu wissen, dass Sie die ganze Zeit dasitzen und denken werden: Das ist alles bloß Anwaltsgerede. Er wird dafür bezahlt, dass er sagt, was er sagt. Hab ich Recht, Leute?«

Marcus sah, dass ein paar der Geschworenen ihn mit einem Lächeln belohnten, und vereinzelt wurde sogar genickt. Die Geschworenen waren eine gemischte Gruppe, über die er fast nichts wusste. Die Verteidigung hatte ihr Ablehnungsrecht umsichtig eingesetzt und die Zahl der Schwarzen auf den Zahnarzt und zwei ältere Frauen beschränkt. Die sechs männlichen Weißen, von denen einer Juryvorsitzender war, ließen die Spuren harter Arbeit im Freien erkennen – kaum der Typ, der viel Sympathie für eine schwarze Aktivistin aufbringen würde. Die drei weißen Frauen wirkten wie leitende Angestellte aus dem öffentlichen Dienst, von strenger Haltung und höchst aufmerksam. Mit Sicherheit wusste Marcus nur, dass die sieben zuletzt Ernannten jeden Sonntag zur Kirche gingen. Bis Ashley angerufen hatte, war ihm das ausreichend erschienen.

»Ich werde Sie also nicht stundenlang hier festhalten und Ihnen vorführen, was von meiner Stimme noch geblieben ist«, fuhr Charlie fort. »Das Beweismaterial und die Zeugen werden für sich selbst sprechen.«

Charlie benutzte das Podium als Krücke und deutete mit seinem Stock auf die Verteidigung. »Da vorn sehen Sie ›New Horizons Incorporated‹ und die Meute ihrer Anwälte in ihren schicken Anzügen. Eines der größten Textilunternehmen der Welt. Sportzeug, Schuhe, Mode, was Sie wollen. Fast zwei Milliarden Dollar Umsatz. Jeder kennt sie. Ich könnte mir vorstellen, dass einige von Ihnen Kinder haben, die ihre Sachen tragen. Sie haben die schrillsten Anzeigen, die heißeste Musik, den größten Namen auf dem Gebiet der Sportbekleidung in unserer Zeit. Aber diese Anzeigen erzählen Ihnen nicht, dass die Kleider von ›New Horizons‹ mit unschuldigem Blut befleckt sind.«

»Einspruch!«

»Stattgegeben. Die Geschworenen sind angewiesen, diese Bemerkung zu ignorieren. Mr. Hayes, beherrschen Sie sich.«

»Jawohl, Euer Ehren. Ich danke Ihnen.« Charlie pochte mit seinem

Stock auf den Boden. »Ich habe gesagt, ich mache es kurz, und ich bin ein Mann, der zu seinem Wort steht. Ich brauche Ihnen jetzt nur eines zu sagen: Wenn wir hier fertig sind, werden Sie ein völlig anderes Bild von ›New Horizons Incorporated‹ haben. Eines, das Sie nicht nur glauben lässt, nein, das Sie *wissen* lässt, dass sie eine junge Frau aus dieser Gegend entführt, misshandelt und gegen ihren Willen festgehalten hat, eine junge Frau namens Gloria Hall. Ich danke Ihnen aufrichtig.«

Charlie humpelte an seinen Platz zurück, bevor die Verteidigung oder die Richterin Gelegenheit fanden, sich von ihrer Überraschung zu erholen.

»Das war's?« Logan Kendall erhob sich. »Das ist alles, was Sie haben?«

»Mr. Hayes«, fragte Richterin Nicols, »sind Sie fertig?«

»Das bin ich in der Tat, Euer Ehren.« Charlie fischte ein Taschentuch aus seiner Tasche und wischte sich übers Gesicht. »Und noch nie hatte ich das Vergnügen, zu einer aufmerksameren Jury zu sprechen; das darf ich wohl sagen.«

»Euer Ehren, das ist absurd!« Logan war auf halbem Wege zum Richtertisch. »Dem Kläger ist es in keiner Weise gelungen, das Unternehmen mit dem Verschwinden dieser Frau in Verbindung zu bringen!«

Richterin Nicols senkte den Kopf zu einem warnenden Funkeln. »Ist das das Eröffnungsplädoyer der Verteidigung?«

Logan bremste sich. »Nein, Euer Ehren. Die Verteidigung verzichtet auf eine Eröffnungserklärung, behält sich aber das Recht vor, sie zu einem späteren Zeitpunkt abzugeben.« Er zog sich zu seinem Tisch zurück und murmelte dabei gerade so laut, dass die Geschworenen es hören konnten: »Falls dieses Verfahren tatsächlich lange genug läuft.«

»Also gut.« Richterin Nicols wandte sich den Geschworenen zu. »Die Verteidigung wird jetzt nicht zu Ihnen sprechen, aber sie kann es später tun. Es wird wahrscheinlich geschehen, bevor sie ihre eigenen Zeugen aufruft.«

Logan blieb stehen. »Euer Ehren, wir beantragen erneut, diesen Fall abzuweisen. Die Eröffnungserklärung der Klageseite hat gezeigt, dass dies alles nichts als eine Farce ist.«

»Nein, ich werde die Verhandlung fortsetzen. Einstweilen.« Ihr Blick war hart und forschend. »Mr. Glenwood, Mr. Hayes, Sie wissen, was Sie zu tun haben.« Sie schlug mit dem Hammer auf den Tisch. »Die Verhandlung ist vertagt auf morgen früh, neun Uhr.«

Als der Donnerstagmorgen heraufdämmerte, fand er Marcus schon bei der Arbeit. Das Licht der aufgehenden Sonne sickerte zwischen seinen beiden Lieblingsbäumen hindurch, der hoch aufragenden Platane und dem Hartriegel, knorrig und mit dicken Ästen wie eine Florida-Eiche. Marcus saß am Schreibtisch und zerbrach sich den Kopf über seine Strategie. Etwa eine Stunde später stellte Darren ihm einen Frühstücksteller und eine Tasse frischen Kaffee hin und verschwand wortlos wieder.

Als Marcus aus dem Haus kam, stand Amos Culpepper mit Darren vor einem zivilen Polizeiwagen. Die beiden schüttelten einander gerade die Hand, ein Anblick, den Marcus ebenso erwärmend fand wie das Frühstück.

Zur Begrüßung sagte Amos: »Wie es aussieht, haben wir das Missverständnis bei der Ortspolizei aufklären können.«

Marcus verstaute einen Stapel Unterlagen im Jeep. »Das ist eine sehr gute Neuigkeit.«

»Mit meinen Besuchen drüben bei ›New Horizons‹ habe ich nicht viel erreicht – allenfalls ein paar Federn zerzaust. Sie behaupten, sie haben keinen einzigen Lonnie unter ihren Mitarbeitern, und sie haben noch nie von jemandem gehört, auf den die Beschreibung Ihres grauen Angreifers passt. Fanden's nötig, das zu bestreiten, noch bevor ich mit meiner Beschreibung fertig war.« Er spähte mit schmalen Augen die Straße hinunter und fragte: »Wie finden Sie die Eingangshalle bei ›New Horizons‹?«

»Sehr kühl, sehr New York.«

»Kommt einem aber doch merkwürdig vor, dass man zwei bewaffnete Gorillas braucht, um den Eingang zur Verwaltung einer Textilfirma zu bewachen.«

»Da kommt und geht eine Menge Prominenz.«

»Mag sein.« Amos ging zu seinem Wagen. »Ich dachte mir, ich fahre mal mit Ihnen, bleibe ein Stückchen weit hinter Ihnen. Mal sehen, ob der Pick-up noch mal erscheint.«

Die Fahrt verlief ereignislos. Amos begleitete Marcus bis zum Eingang des Gerichtsgebäudes und übergab ihn an Jim Bell, den Wachmann der Richterin. Der pensionierte Highway-Polizist nahm den Überfall auf Marcus während seiner Dienstzeit offensichtlich äußerst ernst.

Charlie war schon da und erwartete ihn; er unterhielt sich leise mit Alma Hall. »Austin hat heute Morgen ein Seminar«, sagte Alma, als sie ihn begrüßt hatte. »Er wollte herkommen, aber ich habe gesagt, er soll seinen Unterricht machen.«

»Was immer Sie beide für das Beste halten.« Marcus wandte sich an Charlie. »Wir müssen miteinander reden.«

Charlie streckte die Hand aus und tätschelte Almas Arm. »Vergessen Sie nicht, was ich Ihnen gesagt habe.«

Marcus führte ihn zur leeren Geschworenenbank. »Was hast du ihr gesagt?«

»Nichts, worüber du dir den Kopf zerbrechen müsstest. Sie hat Angst, sie kann nicht schlafen, und sie denkt sich Strategien aus, bei denen dir angst und bange wird. Ich habe mir das alles angehört und ihr dann gesagt, sie soll Vertrauen zu dir haben.«

»Wann war denn das alles?«

»Gestern Abend und heute Morgen noch mal. Ist übrigens 'ne gut aussehende junge Lady, die da bei ihnen wohnt.« Charlie klang zehn Jahre jünger und scharrte erkennbar mit den Hufen. »Ich nehme an, du weißt, wen ich meine. Blond, schlank, messerscharfer Verstand, die bemerkenswertesten Augen, die ich je gesehen habe.«

»Nur schade, dass sie mir nicht mal die Uhrzeit verrät.«

»Das ist aber komisch, wenn ich daran denke, wie sie jedes Wort verschlungen hat, das ich über dich gesagt habe.«

Marcus wusste nicht, ob der alte Mann einen Witz machte oder nicht. Also reichte er ihm den Ordner und sagte: »Ich habe eine Liste der Zeugen für heute und morgen aufgestellt und durchgearbeitet. Du hast eine Schlüsselfrage für jeden Zeugen. Nimm dir Zeit, arbeite jeden Einzelnen gründlich heraus und reite auf diesem einen Punkt herum, so lange du willst.«

Charlie überflog die Arbeit, die Marcus an diesem Morgen vollbracht hatte, und vermutete: »Vergangene Praxis.«

»Genau.« Der Nachweis vergangener Praxis war ein juristischer Dschungel mit Hunderten von Vorschriften und Regelungen auf beiden Seiten. »Hoffentlich wird die Richterin uns erlauben, zumindest den Schluss nahe zu legen, dass dies kein isolierter Fall ist.«

»Die Verteidigung wird aber Granatwerfer auffahren.«

»Ich weiß. Wirst du damit fertig?«

»Ich habe ziemlichen Appetit heute Morgen. Hätte nichts dagegen, das eine oder andere Häppchen von so 'nem schicken Anwalt abzubeißen.« Er klappte den Ordner zu. »Du glaubst, die haben der kleinen Gloria Hall so etwas angetan?«

»Mit jedem Tag, der vergeht, bin ich fester davon überzeugt.«

»Dann reicht abscheulich und heimtückisch nicht mal annähernd als Beschreibung.« Charlie deutete mit dem Kopf auf den Gerichtsdiener, der soeben die Tür zum Richterzimmer aufhielt. »Gehen wir an die Arbeit.«

Charlie hielt sich mit der Leichtigkeit eines Veteranen an Reihenfolge und Strategie. Marcus saß da und ruhte sich aus und kam langsam zu Kräften, und er bewunderte die Geschicklichkeit des Alten. Charlie Hayes humpelte stark, ab und zu klickte seine Zahnprothese, und er sah fast nichts. Aber er war immer noch ein Meister im Gerichtssaal. Sein Timing war das eines Shakespeare-Schauspielers. Die Geschworenen verfolgten jede seiner Bewegungen.

Der erste Zeuge war ein Industrieexperte aus der Gegend. Charlie befragte ihn über die Personalstrukturen in der Textilindustrie und ließ detailliert erläutern, wie Textilunternehmen die Produktion in wirtschaftlich schwachen Regionen bevorzugten, weil sie ungelernte

Arbeitskräfte in großer Zahl beschäftigten. Solche Regionen zahlten Prämien an die Unternehmen, die sich dort ansiedelten, und boten ihnen Subventionen in Form von kostenlosen Grundstücken, Steuerermäßigungen und günstigen Krediten. An dieser Stelle hielt Charlie inne und schob dann die Frage ein, die Marcus bei der Vorladung absichtlich nicht zur Sprache gebracht hatte. »Wenn solche Firmen keine qualifizierten Arbeitskräfte benötigen, ist es dann nicht einfacher für sie wegzugehen?«

»Wegzugehen?« Die Überraschung stand dem Experten ins Gesicht geschrieben.

»Ja. Ihre Zelte abzubrechen und davonzuspazieren. Sobald sie irgendwo Schwierigkeiten bekommen, einfach woanders hinzugehen, wo man bereit ist, sie zu schmieren.«

»Einspruch.« Das Wort kam nicht von Logan Kendall, sondern von einem der jungen Anwälte der Firma. »Irrelevant.«

»Stattgegeben.«

»Keine weiteren Fragen.« Charlie wandte sich seinem Platz zu. »Ihr Zeuge.«

»Zum jetzigen Zeitpunkt keine Fragen, Euer Ehren.«

Charlie warf einen Blick auf das Blatt, das Marcus ihm hinhielt, und sagte: »Kläger ruft Weldon Smith auf.«

Smith war der Leiter der Industrieansiedlungsbehörde für North Carolina. Charlie ließ ihn beschreiben, wie schwierig es war, ein Unternehmen dazu zu bewegen, in Edgecombe County zu investieren. Der Mann war nur allzu erpicht darauf darzulegen, wie wichtig »New Horizons« für die regionale Wirtschaft war. Dreitausendneunhundert Arbeitsplätze. Eine neue nationale Hauptverwaltung. Großartige Gratispublicity für ein wirtschaftliches Notstandsgebiet. Steuereinkünfte. Ein Aufschwung für den lokalen Mittelstand. Neuansiedlung von Lieferanten.

»Sie erwähnten Steuereinnahmen, die Sie durch dieses Unternehmen erzielen.« Charlie humpelte zu Marcus hinüber, der ein Blatt bereithielt. »Haben Sie eine Ahnung, wie viel Steuern ›New Horizons‹ so bezahlt hat?«

»Woher sollte ich? Das ist nicht meine Sache.«

»Ich behaupte, dass es durchaus Ihre Sache ist, da Sie eine zehnjährige Steuerbefreiung arrangiert haben. Außerdem haben Sie für die neuen Erweiterungsmaßnahmen eine weitere zehnjährige Steuerbefreiung angeboten.« Charlie bewegte sich auf den Zeugenstand zu. »Die haben also bisher nicht einen einzigen kläglichen Penny Steuern an den Staat gezahlt, nicht wahr?«

»Einspruch, Euer Ehren. In diesem Fall geht es um einen angeblichen Sachverhalt in einer chinesischen Fabrik.«

»Stattgegeben.«

Charlie drängte weiter. »Ist es nicht außerdem zutreffend, dass ›New Horizons‹ vom ersten Tag an nur Kopfschmerzen bereitet hat und dass derzeit fünf schwebende Verfahren existieren, die der Staat selbst gegen das Unternehmen eingeleitet hat?«

»Einspruch!«

»Stattgegeben.«

»Keine weiteren Fragen.«

»Verteidigung, Ihr Zeuge.«

Ein junger Anwalt erhob sich. »Euer Ehren, ich kann diesen Zeugen nicht befragen, da die Klägerseite es unterlassen hat darzustellen, welcher Zusammenhang zu der Klage besteht, die wir hier verhandeln.«

»Der Zeuge ist entlassen.« Richterin Nicols machte eine Handbewegung, die beide Anwaltstische umfasste. »Ich bitte die Anwälte zu mir.«

Marcus blieb, wo er war, und sah, dass Logan einen Blick zu ihm herüberwarf und dann ebenfalls sitzen blieb. Der junge Anwalt trat an den Richtertisch, um dort mit Charlie zu diskutieren. Marcus empfand knappe Genugtuung bei der Erkenntnis, dass Logan seine Strategie ebenfalls plante und es ihm Zug um Zug nachtat. Wenn Marcus sich zurückhielt, verfuhr er ebenso. Das bedeutete, dass Logan diesen Fall ernst nahm. Und das war das allerbeste Zeichen von allen.

Am Freitag ging es auf die gleiche Art weiter; Charlie befragte Zeugen, und der junge Anwalt agierte für die Verteidigung. Richterin Nicols gestattete, dass Material zu vergangener Praxis vorgelegt wurde, machte aber strenge Einschränkungen: Sie werde ihre Unterstützung möglicherweise zurückziehen, wenn Marcus keinen Zusammenhang mit der chinesischen Fabrik nachweisen könnte.

Ein Pastor aus der Gegend berichtete von der Misshandlung hispanischer Wanderarbeiter bei »New Horizons«. Eine junge Gewerkschaftsaktivistin schilderte die Schwierigkeiten, die sie bei der Organisation eines Betriebsrates bekommen hatte: Ihr Auto war in die Luft gesprengt worden, und man hatte ihre Sympathisanten ausfindig gemacht und entlassen. Im Kreuzverhör musste sie indessen einräumen, dass sie keinen konkreten Beweis dafür hatte, dass das Unternehmen für diese Missetaten verantwortlich war.

Nach energischen Einsprüchen seitens der Verteidigung wurde ein älterer Gewerkschaftsvorstand in den Zeugenstand gerufen. Die »New Horizons«-Fabrik, die er zu organisieren versucht hatte, außerhalb von Tulsa gelegen, hatte mexikanische Einwanderer beschäftigt und ihnen nur die Hälfte des versprochenen Lohns gezahlt. Sie waren unter unhygienischen Bedingungen untergebracht und zum Schuldenmachen gezwungen worden, indem sie im firmeneigenen Laden hatten einkaufen müssen. Sie waren nach Belieben gefeuert worden, hatten unbezahlte Überstunden leisten müssen, waren drangsaliert und misshandelt worden. Die ganze Zeit hagelte es Einsprüche.

Am Nachmittag rief Charlie die beiden verfügbaren Manager des Unternehmens in den Zeugenstand. In seinem Ton lag leiser Spott, als er erst den einen, dann den anderen die ganze Liste der Vorstandsmitglieder und leitenden Angestellten durchgehen ließ und bei jedem nur fragte, wo er sei. Die Antwort war immer dieselbe: in Genf. In der Schweiz. Charlie fragte jeden der beiden, wie weit er für Fabriken in Übersee zuständig sei. In beiden Fällen lautete die Antwort: gar nicht.

Im Kreuzverhör fragte der junge Anwalt nach Verbindungen zu Fabrik 101. Beide Männer waren gut vorbereitet worden. Sie schilderten, dass im Vertriebszentrum in North Carolina Produkte aus siebenundzwanzig verschiedenen Ländern eingingen. War China darunter? Aber natürlich, denn China sei ja nach den Vereinigten Staaten der weltgrößte Produzent von Fertigtextilien. Jede größere Firma in der Branche importiere aus China. Zweimal erkundigte Charlie sich leise bei Marcus, ob er sich noch einmal dem Umstand widmen solle, dass keiner der beiden Männer etwas mit internationalen Geschäftstätigkeiten zu tun habe. Marcus schüttelte nur den Kopf. Entweder lieferte Ashley, was er angekündigt hatte, oder der Fall stand kurz vor dem Ende.

Die größte Freude des Tages erlebte er, nachdem das Gericht sich vertagt hatte. Sie kam in Gestalt eines Mannes, der aus nicht zusammenpassenden Einzelteilen zu bestehen schien. Ein birnenförmiger Kopf saß auf einem Hühnerhals, und er hatte einen Spitzbauch. Das karierte Jackett und die gelbe Hose waren offenbar eigens dazu ausgewählt, sich über eine Gestalt lustig zu machen, die ihm zu sehr missfiel, als dass er sie ordentlich hätte kleiden mögen. »Mr. Glenwood, ich bin Floyd Sneede vom *Raleigh News and Observer.*«

Marcus sah, dass Boomer Hayes am Hinterausgang wartete, und wandte seine Aufmerksamkeit wieder dem Reporter zu. »Ja?«

»›Abscheulich und heimtückisch.‹ Hat Mr. Hayes in seinem Eröffnungsplädoyer ›New Horizons‹ nicht mit diesen Worten beschrieben?«

»Da müssten Sie schon Charlie fragen, aber ich glaube, es ist zutreffend.«

»Die Anwälte von ›New Horizons‹ haben mir gesagt, sie verklagen die Zeitung, wenn ich schreibe, Sie seien von jemand überfallen worden, der etwas mit dem Unternehmen zu tun habe.«

Auf diese Chance hatte Marcus gehofft. »Da sollten Sie wohl lieber auf sie hören. Einen so großen Anzeigenkunden möchte Ihre Zeitung sicher nicht verärgern.«

Das hatte gesessen. »Sie behaupten also, die hatten etwas damit zu tun?«

»Auf jeden Fall. Man hat mir gesagt, ich soll die Klage fallen lassen, oder sie kommen zurück und bringen mich um.«

Der Stift kritzelte eifrig. »Wollen Sie mir etwas über den Fall sagen, das ich zitieren kann?«

»›New Horizons‹ hat sich ihren Namen durch Ausbeutung erworben. Sie beutet die Kids der Nation aus, indem sie ihnen suggeriert, sie würden alle zu Supersportlern werden, wenn sie die überteuerten Produkte von ›New Horizons‹ kaufen. ›New Horizons‹ stellt diese Produkte in Fabriken her, in denen die Arbeiter unter wirklich entsetzlichen Bedingungen ausgebeutet und misshandelt werden. Eine junge Frau aus dieser Gegend, Gloria Hall, hat sich vorgenommen, dieses Grundmuster aus Korruption und Erniedrigung zu entlarven. Sie haben Miss Hall gekidnappt, um sie zum Schweigen zu bringen.«

Das Grinsen des Mannes war so missgestaltet wie der ganze Rest. »Und Sie sind sich sicher, dass ich Sie da zitieren soll?«

»Wenn Sie ein richtiges Zitat haben wollen, dann gehen Sie zu den Eltern des Mädchens. Da wird Ihnen in der Redaktion die Farbe an den Wänden Blasen werfen.« Marcus entschuldigte sich und ging hinüber zu Boomer, der in carolina-blauem Jackett mit ebensolcher Seidenkrawatte dastand. »Was machst du denn hier?«

»Daddy ist klasse, was?« Boomer sprach so leise und respektvoll, wie er nur konnte. »Nächsten Monat wird er achtundsiebzig, aber er zieht immer noch mächtig vom Leder.«

»Bist du gekommen, um ihm in der Verhandlung zuzusehen?«

»Zum Teil. Wollte dir nur sagen, dass der Alte bei ein paar Ärzten gewesen ist. Hat zu keinem ein Wort gesagt, aber Libby kennt eine Schwester drüben im Krankenhaus.« Boomer bemühte sich angestrengt, munter zu klingen, und es wäre ihm beinahe gelungen. »Es heißt, Daddy hat Krebs.«

Marcus hatte das Gefühl, der Tag werde aus den Angeln gehoben. »Du machst Witze.«

»Ich wünschte, es wäre so.« Boomers Grinsen war verflogen, und jetzt wirkte sein Gesicht aufgequollen und sehr besorgt. »Die Schwester sagt, es ist nicht allzu ernst – was immer das heißen mag bei jemandem, der sein Quantum an Jahren auf dem Buckel hat. Er soll nächste Woche mit der Behandlung anfangen, aber das hat er wegen dieses Falles aufgeschoben.«

Marcus sah sich zu Charlie und Alma um, die auf den Reporter einredeten. »Er hat mir nichts davon gesagt.«

»Ja, das ist typisch für ihn. Aber Libby und ich dachten, du würdest Bescheid wissen wollen. Ich soll dir von ihr sagen, seit er mit dir an diesem Fall arbeitet, ist er wieder ganz der alte Charlie. Sie sagt, seit deinem Unfall hat sie von ihm nicht viel gesehen. Meint, das ist noch ein Grund, weshalb wir dankbar sein sollten. Aber an deiner Stelle würde ich das alles für mich behalten. Wäre nicht gut, wenn du ihn merken lässt, dass du es weißt.«

»Nein«, sagte Marcus zustimmend, »das wäre es wohl nicht.«

Boomer deutete mit dem Kinn zu Charlie hinüber, der Alma behilflich war, sich zu setzen, nachdem der Reporter gegangen war. Der alte Mann setzte sich auf den Stuhl neben ihr und legte ihr einen Arm um die Schultern. »Was macht er jetzt?«

»Er tut seine Arbeit«, sagte Marcus leise. »Er tröstet die Verwundeten und spendet Hoffnung denen, die verloren sind.«

SECHSUNDZWANZIG

Der ganze Samstag war einem Krankenhausbesuch gewidmet. Marcus wurde betastet und befragt und gestochen und gescannt und schließlich für fit genug erklärt, um nach Hause gehen zu dürfen.

Der Sonntagmorgen war metallisch in seinem sonnigen Frost. Die hohen Bäume, die die Straße zur Kirche schützend säumten, waren mit ihrem Herbststaat geschmückt. Obwohl die Sonne anscheinend beabsichtigte, spätestens am Nachmittag wieder heiß zu brennen, hatte der Frost doch etwas Tröstliches, und der Tag fühlte sich an, wie es sich gehörte.

Ashley Granger rief in der Abenddämmerung an. »Sie haben hoffentlich nichts dagegen, sonntags abends gute Nachrichten zu kriegen.«

»Sie machen wohl Witze.« Marcus ging mit dem schnurlosen Telefon in sein Büro. »Entweder jetzt, oder wir haben keinen Fall. Wir haben alle unsere Möglichkeiten ausgeschöpft.«

»Nicht mehr. Ich habe gute Nachrichten, und ich habe großartige Nachrichten. Die guten Nachrichten zuerst. Die Fabrik 101 wird von keinem anderen geleitet als von General Zhao Ren-Fan persönlich.«

»Zuerst müssen Sie mir diesen Namen buchstabieren«, sagte Marcus, »und dann müssen Sie mir sagen, wer das ist.«

»Ich faxe Ihnen die Details nachher. Zhao ist der Oberboss der Militärregion Guangdong.«

»Sorry. Ich kann immer noch nicht folgen.« Aber seine Aufregung nahm trotzdem zu.

»Die Macht in den chinesischen Provinzen ist aufgeteilt zwischen der regionalen Kommunistischen Partei und der Volksbefreiungsarmee. Beide sollen einstimmig agieren, aber das tun sie fast nie. Der Konflikt nimmt derzeit stetig zu. Der oberste Machthaber in jeder Provinz operiert ganz offen und unverhohlen. Und in der Region Guangdong ist es das Militär. Und zwar seit den Ereignissen auf dem Tiananmen-Platz, wo General Zhaos Truppen im dicksten Getümmel waren.«

»Der Kerl hat also Macht.«

»In China gibt es keinen Unterschied zwischen *geschäftlicher* Macht und *politischer* Macht. Macht ist Macht. Das Militär betreibt eigene Fabriken, Unternehmen, internationale Lizenzbetriebe. Ausländische Firmen, die darauf aus sind, auf lokalen Märkten Einfluss zu gewinnen, akzeptieren die Notwendigkeit von Partnern auf hoher Ebene nicht bloß. Sie suchen sie sogar. Sie stöbern sie auf. Der beste Maßstab für den Erfolg eines Startup-Unternehmens in China ist der Status des einheimischen Partners.«

»Und dieser General hat den entsprechenden Einfluss?«

»In Guangzhou gibt's wahrscheinlich niemanden, der mehr hat. Und nicht nur das, er hat auch noch Beziehungen zur Macht in Peking. Er ist Mitglied des militärischen Oberkommandos und hat Zugang zu den Spitzenbonzen der Parteihierarchie. Mit seiner Stimme muss man rechnen.«

»Und die Fabrik?«

»Genau. Führen Sie sich nur mal vor Augen, was wir bisher wissen. Dieser Topgeneral ist offiziell verantwortlich für brutale Aktionen, erst auf dem Tiananmen-Platz, dann bei der Niederschlagung der Bauernaufstände. Er besitzt ein Kombinat außerhalb des Stadtzentrums, und in diesem Kombinat hat er eine Fabrik, die als kommerzielles *lao gai* betrieben wird, als ein Fabrikgefängnis also, in dem politische Troublemaker interniert sind, ohne dass man ihnen den Prozess gemacht hätte und ohne dass sie Rechtsmittel einlegen können.«

Marcus war zu angespannt, um sitzen zu bleiben. Er ging im Zimmer auf und ab, schaute sich suchend um, gestand schließlich: »Aber ich bin hier immer noch in einer ernsten Klemme. Ich brauche etwas, das alles das unmittelbar mit ›New Horizons‹ in Verbindung bringt.«

»Tja, auch an dieser Front gibt es etwas Interessantes. Ist Ihr Faxgerät eingeschaltet? Dann warten Sie nur ab, mein Freund. Warten Sie ab.« Als die Maschine blinkte und anfing zu schnurren, fuhr Ashley fort. »Zweierlei. Erstens, ich bekomme jetzt beträchtlichen Druck auch von amerikanischer Seite. Jemand in Washington will diesem Prozess offenbar Dampf machen.«

Marcus nahm das erste Blatt, überflog es und brachte nur eines hervor: »O Mann, o Mann.«

»Zweitens, heute Nachmittag habe ich einen Anruf von Dee bekommen. Habe ihm erzählt, was ich Ihnen hier erzähle. Der Mann war anscheinend kein bisschen überrascht. Eher erfreut, dass ich das hier endlich aufgestöbert habe.« Als Marcus nicht antwortete, fragte er mit lauterer Stimme: »Hören Sie mich noch?«

Marcus nahm das zweite Blatt, und sein Herz schlug so schnell, dass das Zuhören fast unmöglich wurde. »Ja.«

»Das sollten Sie auch. Dee sagt, ich soll Sie veranlassen, einen Mann von der Schweizer Botschaft vorzuladen. Ich faxe Ihnen jetzt seinen Namen und das restliche Zeug. Letzte Seite. Dee sagt noch, Sie sollen für alle Fälle auf der Hut sein. Für welche Fälle, hat er nicht gesagt. Dieser kleine braune Kobold liebt seine Geheimnisse.«

Marcus zerrte das dritte Blatt aus dem Gerät, bevor es fertig war, und zerriss den Rand. »Ich glaub's nicht.«

Das war die Reaktion, auf die Ashley gewartet hatte. »Ist gut, nicht?«

»Das hier«, sagte Marcus fieberhaft, »ist tatsächlich reinstes, massives Gold.«

Randall Walker fand keinen Parkplatz am Rand der großen ovalen Zufahrt vor dem Club, was seine schlechte Laune nur noch verschlimmerte. Seit der Renovierung bedrängte er den Vorstand, das Oval für hochrangige Mitglieder zu reservieren, aber sie beliebten diesen Vorschlag zu ignorieren. Infolgedessen war er, wenn er wie jetzt zu einer Veranstaltung zu spät kam, gezwungen, hinten bei den Tennisplätzen zu parken und zu Fuß zu gehen. Randall Walker verabscheute alles, was einen großartigen Auftritt beeinträchtigte.

Aber sein Lächeln war an Ort und Stelle, und seine Sorgen waren maskiert, als er unter dem hellenistischen Portikus hindurchschritt und das zeremonielle Foyer betrat. Randall hatte zu den führenden Kräften hinter der Renovierung des Clubs gehört, gemeinsam mit anderen gleich gesinnten Königsmachern, die fanden, es sei an der Zeit, dass Raleigh sich zu der Macht erkläre, die es sei. Das ursprüngliche Clubhaus hatte drei Generationen lang seine Dienste geleistet und ungefähr so majestätisch ausgesehen wie ein Paar Pantoffeln. Unter dem Druck von Randall und seinen Busenfreunden war der ursprünglich mit der Renovierung beauftragte Architekt entlassen worden. Man hatte einen neuen aus Chicago geholt und ein Herrenhaus auf dem Hügel entwerfen lassen. Mitglieder waren mit fünfunddreißigtausend Dollar zur Kasse gebeten, die Jahresbeiträge verfünffacht worden, neuen Mitgliedern hatte man die stattliche Eintrittsgebühr von fünfzigtausend Dollar abverlangt, und langjährigen Mitgliedern, die sich solche Zahlungen nicht leisten konnten, wurde eindringlich nahe gelegt auszutreten. Die daraus entstandene Schlacht hatte sich in Randalls Augen gelohnt, denn heute war der Club nicht nur eindrucksvoll, er war überwältigend. Zehntausend Quadratmeter umbauter Raum. Zweihundertundelf Perserteppiche. Sechsundvierzig Kristallkronleuchter. Zehn Meter breite Korridore. Sechs Bars. Fünf Restaurants, zwei davon im Golfpavillon. Wenn sie nur auf ihn gehört hätten, was das Parken im großen Oval anbelangte.

Randall zog die Revers seines Smokingjacketts zurecht und strich sich das verbliebene Haar glatt. An seinem Alter konnte er nichts ändern, und er hatte längst beschlossen, das schwellende Vermächtnis ungesunder Ernährung und mangelnder Bewegung zu ignorieren. Ein Südstaaten-Gentleman brauchte im Alter kein stromlinienförmiger Greyhound zu werden. Er regierte nach eigenem Gesetz. Seinen Schneider wählte er nach dessen Fähigkeit aus, mit Stoff und Nadel zu lügen. Er liebte junge Frauen, die mit ihrem Lob so großzügig waren wie er mit seinen Diamanten. Was machte es schon, solange nur beide Beteiligten Bescheid wussten und nichts dagegen hatten?

Randall klopfte hier eine Schulter, schüttelte da eine Hand, bewegte sich wie ein Ballettstar bei seinem großen Abendauftritt. Dann hatte er seine Beute erspäht, hielt sich aber zurück, erwählte seinen Augenblick mit Bedacht. Erst als die Leute sich zum nächsten Salon und zum Abendessen in Bewegung setzten, ließ er sich von der Menge auf das Paar zuschieben. »George, Weldon – Junge, ihr Burschen seht ja blendend aus heute Abend.«

»Randall, wo haben Sie sich denn versteckt?« Der Topreferent des Gouverneurs war kompakt und lächelte mit der Warmherzigkeit einer fröhlichen japanischen Eisskulptur. »Wir besorgen Ihnen einen Platz an unserem Tisch, oder jemand kann sich morgen nach einem neuen Job umsehen.«

»Nein, geht nicht, kann nicht bleiben. Hab noch ein Dinner heute Abend.« Randall massierte den Arm des zweiten Mannes, des Leiters der Industrieentwicklungsbehörde für das östliche North Carolina. »Wie ich höre, haben Sie im Zeugenstand ordentlich Prügel bezogen, Weldon.«

»Der alte Weldon kann selbst auf sich aufpassen«, behauptete der Referent. »Stimmt's nicht, mein Junge?«

»Sie haben mir kein Haar gekrümmt.« Der Mann hatte das Gesicht eines engagierten Trinkers, der zwei Glas über seinem gewohnten Limit war. »Wir haben ein bisschen Tango getanzt, weiter nichts.«

»Kann sein, aber ich habe gehört, dass die Leute bei ›New Horizons‹ sich Sorgen machen. Und die Zeitung von heute Morgen hat da kein bisschen geholfen.«

Das Lächeln verschwand aus beiden Gesichtern. Randall spürte keinen Widerstand, als er die Männer zur Seite zog. »Habe heute Morgen einen Anruf aus der Schweiz bekommen. Hat mich aus süßen Träumen geweckt. Bin seitdem schweißgebadet.« Er machte eine Pause, um die dramatische Wirkung zu erhöhen, und ließ die Bombe dann platzen. »›New Horizons‹ erwägt, sich aus North Carolina zurückzuziehen.«

»Das meinen sie nicht ernst«, sagte der Referent verächtlich. »So ein kleiner Artikel ist doch kein Anlass zur Panik.«

»Seite eins unter dem Knick ist nicht das, was ich klein nennen würde. Und sie glauben, es ist ein potenzieller Trend.«

»Was für ein Trend denn? Dieser Reporter hat Dreck gesucht. Dieser Anwalt und die Momma des Mädchens haben ihm welchen gegeben. Ende der Sendung.«

»Es wird noch mehr Dreck geben, solange dieser Prozess sich hinzieht.« Randall ließ jetzt ein bisschen Stahl durchblitzen. »›New Horizons‹ hat so etwas schon öfter getan, Gentlemen. Sie wissen das genauso gut wie ich. Sie bricht ihre Zelte ab und ist morgen verschwunden. Ich rede hier nicht von irgendeiner unbestimmten Warnung. Hier geht es um handfeste Fakten. ›New Horizons‹ ist bereits dabei, ihre Fühler in andere Staaten auszustrecken und Pläne für den Ernstfall zu entwickeln.«

»Das kann ich nicht glauben.« Der Chef der Industrieansiedlungsbehörde war noch röter geworden. »Ich habe Blut geschwitzt, um sie hierher zu kriegen.«

»Es wäre ein schrecklicher Verlust, ausgerechnet vor den Wahlen im nächsten Jahr«, sagte der Mann des Gouverneurs sorgenvoll.

Ein Mann kam nervös auf den Referenten zu. »Entschuldigung, George, aber Sie sollen doch vorn sitzen.«

»Ich brauche hier noch ein paar Minuten.«

»Aber Sie müssen ...«

George brachte ihn mit einem einzigen Blick zum Schweigen. »Sie gehen jetzt rein und fangen schon an, haben Sie verstanden?«

Als sie wieder allein waren, sagte George zu Randall: »Sie sind doch nicht hergekommen, nur um dumpfe Düsternis zu verbreiten.«

»Ich sehe nur eine Möglichkeit, den Strom dieser ungünstigen Publicity zu stoppen«, sagte Randall. »Man muss diesem lästigen Prozess ein Ende machen.«

»Ist schwierig«, sagte der Referent. »Wir haben es immerhin mit einem Bundesgerichtsfall zu tun, der bereits vor den Geschworenen verhandelt wird. Die Richterin ist eben erst ernannt worden; selbst wenn diese Nicols so ehrgeizig ist, wie man behauptet, wird sie nicht schon jetzt nach der nächsten Beförderung gieren. Jetzt noch nicht.«

Randall sah überrascht, in welchem Maß George sich über die Situation im Klaren war, aber jetzt musste er sich diesen Umstand zunutze machen, statt ihn infrage zu stellen. »Ich hätte da ein paar Ideen.«

Die beiden Männer hörten ihm wortlos zu. George akzeptierte die Vorschläge mit einem kurzen Kopfnicken und den Worten: »Ich werde sehen, was wir tun können.«

»Was immer Sie tun, es muss schnell passieren.«

»Ich habe gesagt, ich werde mich darum kümmern, Randall.«

Randall ignorierte den Ton und gab seiner Neugier nach. »Schön zu wissen, dass ihr Burschen drüben beim Gouverneur die Dinge so genau im Auge behaltet.«

»Da bleibt uns nicht viel anderes übrig«, antwortete der Referent, und sein Blick war scharf und schneidend. »Nicht, wenn der Gouverneur am Samstagabend einen Anruf aus dem Weißen Haus bekommt. Wenn jemand oben in Washington sich am Wochenende nach einem kleinen lästigen Fall in der Provinz erkundigt, genügt das ja wohl, um die Warnlampen aufleuchten zu lassen. Meinen Sie nicht auch?«

»Unbedingt«, sagte Randall mit ernster Zustimmung.

»Sie haben aber keine Ahnung, wie diese Sache bis hinauf in die Pennsylvania Avenue hat vordringen können, oder, Randall?«

»Nicht die leiseste«, antwortete er und verbarg seine Zufriedenheit mit aller Kraft.

SIEBENUNDZWANZIG

Als Marcus an seinen Tisch im Gerichtssaal kam, fand er dort einen braunen Ordner vor. Sein Herz machte einen kleinen Satz, als er die vertraute Handschrift sah, aber es war gleich wieder vorbei, denn er sah, dass Kirsten keine Nachricht hinterlassen hatte. Er bemühte sich sehr, sich zu freuen, als er den dünnen Stapel durchsah: kleinere Explosionen in Form von weiteren fotokopierten Dokumenten. Alma beobachtete ihn, wie er in dem Stapel blätterte, und wartete, bis er beim letzten Blatt angekommen war, ehe sie sagte: »Marcus, wir müssen miteinander sprechen.«

Seufzend klappte er den Ordner zu. »Ich weiß.«

»Austin sagt, ich soll Sie in Ruhe lassen. Aber es gibt Dinge, die wir wissen müssen.«

Marcus nickte zustimmend. »Ich werde versuchen, heute Abend bei Ihnen vorbeizukommen.«

Die angespannten Schultern lockerten sich ein wenig. »Danke.«

»Wo ist Kirsten? Ich habe seit Tagen nichts von ihr gehört.«

Dem Gerichtssaal und der bevorstehenden Woche zum Trotz musste Alma lächeln. »Also, das ist eine merkwürdige Sache. Die junge Dame hat das ganze Wochenende damit zugebracht, die Papiere zusammenzustellen, die Sie da sehen, und gleichzeitig ums Telefon herumzutanzen. Einen Schritt vor, dann einen zurück. Hat sich nie ganz getraut, obwohl ich nicht sagen könnte, was sie zurückgehalten hat.«

Er musste die Frage stellen. »Meinen Sie, sie wollte mich anrufen?«

Alma lachte leise, tief betrübt und doch höchst amüsiert. »Das war die einzige Dummheit, die ich je aus Ihrem Munde gehört habe.«

Charlie rettete ihn, indem er pustend herangehumpelt kam. »Sorry, Leute, die alten Knochen wollten mir heute nicht gehorchen. Sie sehen wie immer ganz reizend aus, Alma.«

Der Gerichtsdiener kam aus dem Richterzimmer und verkündete: »Erheben Sie sich.«

Marcus sagte leise aus dem Mundwinkel: »Ich übernehme heute die Befragungen.«

Charlie belohnte ihn mit einem großartigen Lächeln. »Hast du von diesem Anwalt aus Washington gehört?«

»Gestern Abend.«

»Und hat er die versprochene Ware geliefert?«

»Die Beste, die ich je gesehen habe.«

Charlie ließ sich seufzend auf seinen Stuhl sinken, als Richterin Nicols Platz nahm. »Feuerwerk habe ich schon immer geliebt. Alles, was knallt.«

Während Richterin Nicols den Geschworenen höflich einen guten Morgen wünschte und sich nach dem Wochenende erkundigte, flüsterte Marcus: »Ich werde die Vorladung eines weiteren Zeugen beantragen. Wenn sie zustimmt, musst du rauslaufen und diese Nummer anrufen.« Er gab Charlie einen Zettel. »Sag ihm, er soll die Unterlagen auf den Weg bringen.«

Charlie warf einen Blick auf die Vorwahl. »Washington.«

»Der Vorladungszusteller müsste in diesem Augenblick bei dem Burschen vor der Tür stehen.«

Richterin Nicols wandte sich dem Tisch der Anwälte zu und fragte: »Mr. Glenwood, sind Sie bereit anzufangen?«

Marcus erhob sich langsam und sah, dass die Richterin mit einem Hochziehen der Brauen reagierte. Logan versteifte sich kaum merklich auf seinem Platz. »Ich bitte an den Richtertisch treten zu dürfen«, sagte Marcus.

»Genehmigt.«

Es war Logan, der als Vertreter der Verteidigung nach vorn kam. Marcus brauchte nicht zur Seite zu schauen, um zu wissen, dass Logan ebenso angespannt war wie er selbst. »Euer Ehren, beim Außenministerium gibt es ganz unnötige Verzögerungen bei der Ausführung unseres Ersuchens, die Aussagen der Vorstandsmitglieder von ›New Horizons‹ einzuholen. Nicht einmal die erste Befragung hat stattgefunden.«

»Ich erhebe Einspruch gegen die Tonart und den Inhalt dieses Vorwurfs, Euer Ehren«, schoss Logan zurück. »Der Vertreter der Klägerseite nimmt etwas, das eine völlig normale Geschäftssituation ist, nämlich die jährliche Generalversammlung der internationalen Abteilungen des Unternehmens, und macht daraus etwas Undurchsichtiges und Fragwürdiges. Versucht es zumindest. Diese Befragungen brauchen natürlich einige Zeit. Es handelt sich um viel beschäftigte Herren.«

»Und es handelt sich um eine dringende Angelegenheit, die von den Mitarbeitern unserer Botschaft ganz offensichtlich in die Warteschleife gelenkt worden ist.« Marcus überreichte das Dokument mit dem Namen, den Ashley Granger ihm genannt hatte. »Ich habe den für solche Angelegenheiten zuständigen Beamten im Außenministerium namhaft machen können. Greg Hadley ist stellvertretender Leiter der Abteilung für Konsulatsangelegenheiten. Er soll übermorgen ins Ausland reisen. Ich beantrage hiermit seine unverzügliche Vorladung, damit wir ihn noch vor seiner Abreise hören können.«

»Euer Ehren, das ist doch lächerlich!« Logan stützte sich mit beiden Fäusten auf die Kante des Richterpodests. »Wir haben hier guten Glaubens gehandelt, trotz der Tatsache, dass diese Klage aus dünner Luft besteht. Dort drüben sitzen zwei leitende Angestellte …«

»Des Vertriebszentrums von North Carolina«, ergänzte Marcus, »die mit den internationalen Aktivitäten nicht das Geringste zu tun haben.«

»… die bereits eine volle Woche von ihrer Zeit geopfert haben, um hier zu sitzen und die Flagge der Firma zu zeigen.«

»Sie können über die Verbindungen des Unternehmens zu Fabrik 101 keinerlei Auskunft geben, Euer Ehren. Etwas anderes wollen wir nicht. Eine einzige Person, die befugt ist, sich verantwortlich zu den internationalen Aktivitäten des Unternehmens zu äußern.«

»Entschuldigung, Euer Ehren, aber sehen Sie nicht, welche Strategie die Kläger hier verfolgen? Sie versuchen, eine weitere Schachfigur auf das Brett zu bringen. Sie verbergen, was sie können. Sie schieben die Figuren umher, um die Zuschauer zu verwirren. Wenn sie in die Klemme geraten, bringen sie eine neue Figur ins Spiel. Sie lenken Ihre Aufmerksamkeit ab. Sie erschrecken Sie. Sie drohen mit weiteren Rauchbomben und Spiegelfechtereien. Wenn das hier vorbei ist, werden sie ohne Zweifel erneut Klage einreichen, unbegründete Revisionsanträge stellen, die Gerichte mit ihren Winkelzügen blockieren.«

Richterin Nicols beobachtete Logan. Ihr Gesicht war eine Maske aus Onyx. »Sind Sie soweit fertig?«

Logan wich um einen Millimeter zurück. »Ja, Euer Ehren.«

Sie wandte sich wieder der Inspektion ihrer Unterlagen zu und reichte sie dann der Assistentin, die hinter ihrem Stuhl wartete. »Dem Antrag ist stattgegeben. Lassen Sie unverzüglich eine Erklärung aufsetzen.«

»Danke, Euer Ehren. Ich habe mir die Freiheit genommen, das heute Morgen schon zu tun.« Marcus wartete, während sie die neuen Seiten überflog, und kam zu dem Schluss, dass sich eine bessere Gelegenheit nicht bieten würde. »Ich habe noch einen weiteren Namen, den ich meiner ursprünglichen Liste gern hinzufügen würde, und zwar aus ähnlichen Gründen.« Er überreichte ein zweites Dokument. »Hans Klein von der Schweizer Botschaft in Washington.«

Richterin Nicols nickte, bevor Logan eine Erwiderung formulieren konnte. »Genehmigt. Sonst noch etwas?«

»Nein, Euer Ehren.«

»Gut. Dann rufen Sie Ihren nächsten Zeugen auf.«

Marcus kehrte zu seinem Tisch zurück. Er wusste, dass er es sich nicht einbildete: Die Luft im Gerichtssaal war versengt von komprimierter Energie. »Der Kläger ruft Marshall Taub in den Zeugenstand.«

Logan langte hinter sich und nahm die Akte in Empfang, die ein Assistent bereitgehalten hatte. Mehrere Geschworene rutschten auf ihren Stühlen ein kleines Stück nach vorn. Am routinemäßigen Ablauf hatte sich nichts geändert, nur dass es jetzt der Anwalt mit dem blau geschlagenen, verpflasterten Gesicht und dem Arm in der Schlinge war, der stand. Trotzdem wusste die Jury, dass der Prozess in eine neue Tonart gewechselt hatte.

Zu seinem dauerhaften Ruhm war Marshall Taub nicht nur nüchtern, sondern sogar ansehnlich. An den teigigen Gesichtszügen und den geplatzten Blutgefäßen an Nase und Wangen konnte der Anwalt aus Richmond nichts ändern. Aber sein dunkler Anzug war ordentlich gebügelt, seine Hand zitterte nicht, als sie nach der Bibel griff, und seine Stimme klang volltönend und fest, als er schwor, nichts als die Wahrheit zu sagen.

Marcus fing langsam und gelassen an; er schilderte zunächst die erfolgreicheren Aspekte von Taubs Karriere – seine Partnerschaft in einer der ältesten Anwaltsfirmen von Virginia, sein Amt in der Anwaltskammer. Die Verteidigung blieb die ganze Zeit stumm. Dann fragte Marcus: »Sie sind in eine langwierige Auseinandersetzung mit ›New Horizons‹ verwickelt, nicht wahr?«

»Einspruch!« Mit einem Satz war Logan auf den Beinen. »Bitte, an den Richtertisch treten zu dürfen.«

Diesmal war es an Marcus, Logan auf seinem Marsch nach vorn zu folgen. Sein Gegner war bereit. Jetzt war es nicht mehr nur ein Geplänkel.

Logan ging sofort zum Angriff über. »Euer Ehren, hier handelt es sich um eine Büchse der Pandora, die Sie gewiss nicht werden öffnen wollen.«

Marcus machte nicht den geringsten Hehl aus seinen Absichten. »Charlie Hayes hat letzte Woche schon darauf hingewiesen, Euer Ehren, dass wir ein durchgehendes Muster in vergangener Praxis nachweisen wollen. ›New Horizons‹ kann auf eine lange Geschichte derart unappetitlicher Aktivitäten zurückblicken.«

»Das ist völlig irrelevant, Euer Ehren.«

»Wo immer ›New Horizons‹ ihren Betrieb eröffnet hat, sind Rechtsstreitigkeiten gefolgt. Die Spur, die sie hinterlässt, ist so breit wie der Mississippi und ebenso trübe.«

Logan schaute ihn zum ersten Mal an diesem Tag direkt an. »Sehr niedlich formuliert. Stammt das von Ihrem Kollegen?«

Richterin Nicols sprang ihm bei. »Ein bisschen weniger Theater, Mr. Glenwood.«

Logan nahm dies als Stichwort. »Es gibt da keine Parallelen, Euer Ehren. Einerseits geht es um Personalangelegenheiten in amerikanischen Betrieben. Andererseits haben Sie eine *chinesische* Fabrik, deren Beziehung zu meinem Klienten keineswegs nachgewiesen ist.«

Marcus verspürte ein einmaliges Kribbeln. Logan wusste – oder argwöhnte zumindest –, dass da noch mehr kommen würde.

Logan ließ die Richterin nicht aus den Augen. »Diese anderen Fälle sind gerichtlich verhandelt und abgeschlossen worden, Euer Ehren, zumeist zugunsten des Unternehmens. Und ich darf vielleicht noch hinzufügen, dass die meisten dieser Auseinandersetzungen von gewerkschaftlicher Seite begonnen wurden. Das ist eine klassische Gewerkschaftstaktik, Euer Ehren. Man bewirft das Unternehmen mit Schlamm, bis das Unternehmen den Forderungen der Gewerkschaft nachgibt, worum es sich auch immer handeln mag. Ich persönlich frage mich, ob die Gewerkschaften nicht auch diesen Fall finanzieren.«

»Euer Ehren, ich erhebe Einspruch gegen diese aus der Luft gegriffenen Unterstellungen.«

Aber Logan war noch nicht fertig. »Wollen Sie in diesem Prozess den vorliegenden Fall verhandeln, Euer Ehren? Oder wollen Sie die Vergangenheit verhandeln? Es ist offenkundig unfair, den Geschworenen solche nicht zur Sache gehörigen Informationen zukommen zu lassen. Wir müssen uns hier an die Tatsachen halten. Und Tatsache ist, dass der Kläger nichts in der Hand hat, um seine Klage zu untermauern. Es gibt nichts, was meine Klienten aus North Carolina mit einem neuntausend Meilen weit entfernten Problem in Verbindung bringt.«

Richterin Nicols zögerte lange. Dann sagte sie: »Ich werde es zulassen. Aber, Mr. Glenwood, ich muss Sie noch einmal warnen. Es muss schon eine handfestere Verbindung dargelegt werden.«

»Danke, Euer Ehren.« Marcus wandte sich ab, ehe Logan oder die

Richterin sehen konnte, was der Adrenalinstoß in seinem Gesicht zu offenbaren drohte. Er hatte diese Verbindung nicht, aber zumindest hatte Ashley ihm ein Seil geschickt, mit dem er sie knüpfen könnte.

Den restlichen Vormittag und einen großen Teil des Nachmittags über befragte Marcus den Anwalt aus Richmond nach seinen eigenen Recherchen zu den Aktivitäten von ›New Horizons‹. Ein dicker Stoß Gerichtsakten wurde als Beweismaterial vorgelegt, während Charlie unter den Geschworenen Zusammenfassungen verteilte. Charlie grüßte die Geschworenen dabei mit stummem Kopfnicken und ließ sie damit spüren, dass selbst ein pensionierter Bundesrichter sich nicht zu fein war, sie zu bedienen. Das war ein unerwarteter Bonus, wie dieser alte Mann sich als williger Assistent betätigte, und auch der Verteidigung entging es nicht. Logan beobachtete mit stirnrunzelnder Aufmerksamkeit, wie Charlie sich wieder und wieder erhob, aber er fand keinen Grund für einen Einspruch.

Das Muster, nach dem »New Horizons« vorging, entfaltete sich wie ein großer, kunstvoll gewirkter Fächer. Es wurde gezeigt, wie das Unternehmen immer wieder in eine bestimmte Region zog und dort hart am Rande der Gesetze operierte. Taub berichtete von einem Fall, den er zunächst gewonnen hatte, und wie er dann hatte zusehen müssen, wie die Anwälte von »New Horizons« ihn in Revisionsanträgen ertrinken ließen. Weiter ging Marcus in diesem Augenblick nicht. Logan würde zunächst das Messer schwingen und Blut fließen lassen, daran war nicht zu zweifeln. Marcus würde dann versuchen, die Wunde wieder zu vernähen.

Von dem Prozess in Richmond ging es weiter zu den Mustern anderer Gerichtsverfahren, deren Zahl sich auf etwas über vier Dutzend belief. Misshandlung von Wanderarbeitern, Zwang zu unbezahlten Überstunden, Nichteinhaltung der Mindestlohnregelungen, Probleme mit Tarifverträgen, Verstöße gegen den Umweltschutz, schwere tätliche Beleidigung von Gewerkschaftsaktivisten, Bestechung lokaler Behördenvertreter.

Logan war aufgesprungen, ehe Marcus die Worte »Keine weiteren

Fragen« aussprechen konnte. Wie ein Raubtier näherte er sich dem Zeugenstand. »Mr. Taub, kehren wir noch einmal zu einigen der unbegründeten Vorwürfe zurück, die Sie soeben gegen meinen Klienten erhoben haben. Sie scheinen ja so gut über alles informiert zu sein. Wären Sie in der Lage, den Geschworenen genau zu sagen, wie viele der eben erwähnten Verfahren von den jeweiligen Klägern tatsächlich gewonnen wurden?«

»›New Horizons‹ hat sehr gute Anwälte.«

»Danach habe ich nicht gefragt. Beantworten Sie meine Frage, Mr. Taub. Wie viele Prozesse wurden von den Klägern gewonnen?«

»Zunächst mal mein eigener.«

»Ihr eigener, ja, zu Ihrem eigenen Fall kommen wir gleich noch einmal. Aber wie viele der anderen sind zugunsten der Kläger entschieden worden? Das ist keine schwierige Frage. Versuchen Sie, uns jetzt eine klare Antwort zu geben.«

»Die klare Antwort ist, dass die Firma jedes Mal, wenn die unteren Instanzen zugunsten der Kläger entschieden haben, diese Entscheidung mit Revisionsanträgen blockiert haben.«

»Das ist nicht die Antwort, Mr. Taub. Das ist nicht die Antwort. Euer Ehren, bitte weisen Sie den Zeugen an, meine Frage zu beachten.«

»Sie sind Anwalt, Mr. Taub«, ermahnte Richterin Nicols. »Sie kennen die Regeln im Kreuzverhör.«

»Jawohl, Euer Ehren.« Marshall Taub wandte sich wieder dem Anwalt der Verteidigung zu. Seine Miene war ebenso müde wie resigniert. Aber seine Stimme blieb felsenfest. »Sehr wenige, könnte ich mir vorstellen.«

»Kein Einziger, lautet die korrekte Antwort, Mr. Taub. Kein Einziger. Eine interessante Tatsache, die Ihrer Aufmerksamkeit entgangen ist, während Sie und der Anwalt der Klägerseite so sehr darauf bedacht waren, den guten Namen meines Klienten in den Schmutz zu ziehen. Nicht ein einziger dieser Prozesse ist gegen meinen Klienten entschieden worden. Null. Zero. Nada.« Logan wartete einen Augenblick und fuhr dann fort. »Haben Sie eine Ahnung, wie hoch die Zahl der gegen ›New Horizons‹ eröffneten Gerichtsverfahren im Vergleich zu denen gegen andere Unternehmen von dieser Größe ist?«

»Nein.«

»Interessant, dass auch dieses zweite entscheidende statistische Detail übersehen worden ist. Aber es ist Ihnen bekannt, nicht wahr, dass die Zahl der Klagen gegen große amerikanische Konzerne ständig zunimmt, weil ehrgeizige Anwälte und habgierige Kläger versuchen, aus Schikanen wie dem vorliegenden Fall ihren Profit zu schlagen?«

»Einspruch, Euer Ehren.«

»Stattgegeben. Die Geschworenen sind aufgefordert, diese Bemerkungen nicht zur Kenntnis zu nehmen.«

Logan wich zurück, distanzierte sich von der Geschworenenbank und dem Kampfplatz. Vom anderen Ende des Gerichtssaals aus fragte er: »Sie hatten ein paar eigene Probleme, nicht wahr, Mr. Taub?«

»Ja.« Der Mann straffte die Schultern, auch wenn es ihn Anstrengung kostete, und er bewahrte sich seine feste Stimme, auch wenn es ihn noch mehr Anstrengung kostete. »Das stimmt.«

»In der Tat, das stimmt.« Logan ging zu seinem Tisch und nahm das Papier, das Suzie Rikkers ihm entgegenhielt. »Von Ihrer Firma wurden Sie gefeuert, nicht wahr?«

»Ich habe gekündigt.«

»Man fand dort, Sie seien Ihren Aufgaben nicht gewachsen, nicht wahr?«

»Ich habe gekündigt«, sagte Taub, und sein Blick ging ins Leere.

»Sie haben einen Offenbarungseid geleistet, und zwar nicht einmal, sondern zweimal. Trifft das nicht auch zu?«

»Ja.«

»Und bei zwei verschiedenen Gelegenheiten wurden staatlicherseits Disziplinarmaßnahmen gegen Sie ergriffen.« Logan hob überrascht und ungläubig die Stimme. »Weil Sie betrunken vor Gericht erschienen sind?«

Marshall Taub blieb stoisch und unbeugsam. »Ja.«

»Finden Sie, dass es Ihnen damit noch zusteht, meinen Klienten zu kritisieren oder sein Ansehen zu beschmutzen?«

»Einspruch!«

»Ich ziehe die Bemerkung zurück.« Logan ging wieder zu seinem Platz. »Keine weiteren Fragen.«

Marcus erhob sich und trat bedächtig an den Zeugenstand. Beschämung und Schmerz hatten sich tief in Taubs ungesunde Gesichtszüge gefressen. Außer einem einzigen, langsamen Kopfnicken hatte Marcus keinen Trost anzubieten. Der Richmonder Anwalt hatte sich wacker geschlagen. »Mr. Taub, zurück zu der Klage, die Sie gegen ›New Horizons‹ vertreten haben. Wie wurde da erstinstanzlich entschieden?«

»Das Unternehmen wurde in allen Punkten für schuldig befunden und zur Zahlung von sieben Millionen Dollar an meinen Klienten verurteilt.«

»Schuldig in allen Punkten«, wiederholte Marcus langsam. »Und wie lange ist das her?«

»Sechs Jahre.«

»Was ist seitdem geschehen?«

»Die Anwälte des Unternehmens haben Berufung eingelegt und den Revisionsantrag mit mehr als vierzig verschiedenen Ergänzungsanträgen erweitert. Ich habe meine gesamte Zeit darauf verwandt, diese Anträge zu bestreiten. Die Arbeit an diesem Fall hat meine Partnerschaft fast neunhunderttausend Dollar gekostet.« Seine Stimme war tonlos, und sein Blick richtete sich auf all seine vergangenen Irrtümer. »Schließlich hat man mich aufgefordert, den Fall auf sich beruhen zu lassen oder die Firma zu verlassen. Da habe ich gekündigt. Ich habe alles, was ich hatte, in diesen Kampf gesteckt. Ich habe meine Familie verloren. Ich habe alles verloren.«

»Haben Sie eine Ahnung, wie viele weitere Fälle unter einer solchen Lawine von Anträgen begraben wurden?«

»Ich habe direkten Kontakt mit neun anderen Anwälten, die allesamt in erster Instanz gewonnen haben. Keiner von denen hat je auch nur einen Penny gesehen. Vier haben ...«

»Einspruch!«

»Ich ziehe die Frage zurück.« Verbittert von dem, was gerade gesagt worden war, kehrte Marcus zu seinem Tisch zurück. »Keine weiteren Fragen.«

»Der Zeuge ist entlassen. Die Verhandlung wird auf morgen früh neun Uhr vertagt.« Richterin Nicols wartete noch einen Augenblick, bevor sie sich erhob – lange genug, um Marcus eine strenge, wenngleich stumme Warnung zukommen zu lassen. Marcus erwiderte den Blick voller Ingrimm. Charlie hatte um ein Feuerwerk gebeten. Es würde ein Feuerwerk geben.

Der Himmel war dunkel, als Darren in die Straße der Halls einbog. Die Häuser hier waren so neu, dass sie im Licht der Straßenbeleuchtung glänzten. Die meisten waren mit wunderlichen viktorianischen Schnörkeln verziert: Eckfenster krümmten sich um Rundtürmchen unter Kuppeln mit hohen Dächern. Veranden waren von kunstvollem Gitterwerk umrankt. Licht flutete aus fast allen Fenstern, die er sah, golden und anheimelnd. Unversehens merkte Marcus, dass sein müdes Herz den unsichtbaren Bewohnern alles Gute wünschte und hoffte, dass sie niemals die Unwägbarkeiten unvorhergesehener Tragödien kennen lernen möchten, aber gleichzeitig ahnte er, dass sich doch auch hinter dieser freundlichen Szenerie Geheimnisse voller Angst, Leid und Schmerz verbargen.

Als sie in die Einfahrt bogen, schloss Alma Hall bereits die Haustür hinter sich und knöpfte sich die Strickjacke zu. Marcus betrachtete das als schlechtes Zeichen und wünschte, er hätte mehr Energie, um dem bevorstehenden Sturm standzuhalten.

Aber die Frau lächelte selbst müde, als sie ihn begrüßte. »Austin ist im Wohnzimmer auf dem Sofa eingeschlafen. Es ist das erste Mal seit Wochen, dass er wirklich zur Ruhe gekommen ist. Haben Sie etwas dagegen, wenn wir uns hier draußen unterhalten?«

»Durchaus nicht.«

»Der arme Mann ist so angespannt, dass ich fürchte, er könnte zerreißen.« Sie beugte sich vor und schaute in das offene Autofenster. »Hallo, Darren.«

»M-Mrs. Hall.«

»Wie geht es Ihnen?«, fragte Marcus.

»Oh, ungefähr genauso wie Austin, aber ich kann es besser verbergen.« Wieder flackerte der Versuch eines Lächelns im Laternenlicht. »Es hat gut getan, Ihren Auftritt heute zu sehen. Aber der arme Mr. Taub.«

»Wollten Sie deshalb mit mir sprechen?«

»Nein. Gehen Sie ein paar Schritte mit mir?« Alma wartete, bis sie die Einfahrt verlassen hatten und ins Meer der Nacht gelangt waren, ehe sie ihre Nerven offenbarte. »Ich möchte wissen, wann Sie das Video zeigen, auf dem sie meinem kleinen Mädchen wehtun.«

»Wahrscheinlich überhaupt nicht, Alma. Ich kann es nicht.« In den meisten Prozessen gab es irgendwelche Beweise, irgendwelche Angriffsmöglichkeiten, die der Klient für entscheidend wichtig hielt, die aber vom juristischen Standpunkt aus eine tickende Zeitbombe waren. Die Schwierigkeit bestand darin, die Logik der gerichtlichen Verfahrensregeln durch die emotionalen Gewitterwolken des Klienten leuchten zu lassen. Marcus erläuterte in behutsamem Ton: »Das Problem besteht darin, dass das Gericht die Reihenfolge des Besitzes ermitteln muss.«

»Das ist mir egal!«

»Das sollte es aber nicht sein, Alma. Es ist wichtig. Wir müssen die Authentizität des Materials nachweisen, indem wir genau darlegen, wie das Video angefertigt wurde und auf welchem Weg es in unsere Hande gekommen ist. Die Verteidigung weiß von dem Band; es ist als Beweisstück aufgelistet, und sie haben eine Kopie davon. Sie können es mühelos ablehnen lassen, weil es keine Möglichkeit gibt, dieses Tape mit der chinesischen Fabrik in Zusammenhang zu bringen.«

Sie erreichten die nächste Lichtinsel unter einer Straßenlaterne. Alma umklammerte ihre Strickjacke vorn mit beiden Händen, sodass sie sich straff um ihren Leib spannte. Das gelbe Licht ließ ihre Gesichtszüge wächsern und durchscheinend aussehen. Ihre Augen waren dunkel und so groß wie die Abgründe eines Albtraums.

Als sie nichts sagte, fuhr Marcus fort. »Wir bewegen uns hier auf sehr dünnem Eis. Vergessen Sie nicht, unser Ziel ist es, Publicity zu wecken und herauszufinden, was mit Gloria passiert ist.«

Ihr Schrei klang, als sei er der Nacht selbst entrissen worden. »Dann zeigen Sie ihnen dieses Band! Die ganze Welt soll sehen, was diese Teufel mit meinem Kind gemacht haben!«

Marcus blieb zwischen den Laternen stehen, wo die Nacht dieser stolzen Frau ein wenig Raum bot, wo sie ungestört war. »Wir können es nicht, Alma. Alles, was man sieht, ist eine brutal geprügelte junge Frau in einer Betonzelle. Es gibt keine Verbindung irgendwohin, nicht einmal eine nach China. Die Verteidigung *möchte*, dass wir das Video zeigen. Warum? Weil sie dann sagen kann, dass unsere gesamte Klage auf Material basiert, das offenkundig nicht haltbar ist. Solange wir nicht demonstrieren können, dass es einen direkten Kausalzusammenhang zwischen ›New Horizons‹ und der Aufnahme dieses Videos gibt, können wir es nicht zeigen. Wir können es nicht.«

Als Alma weiter schwieg, legte Marcus ihr seinen unverletzten Arm um die Schultern. Ihr ganzer Körper zitterte von der Wucht des Schluchzens, das sie nicht herauslassen wollte. Sie standen am Rand des nächsten Lichtkreises, und die Blätter einer benachbarten Eiche über ihnen raschelten wie gelbes Pergament. Als sie schließlich tief Luft holte und ihre Fassung wieder gefunden hatte, drehte Marcus sie um und ging mit ihr wieder die Straße hinauf.

Ihre Worte waren still wie die Nacht. »Gestern habe ich mich die ganze Nacht an die Zeit erinnert, in der Gloria aufgewachsen ist. Austin und ich waren in der Bürgerrechtsbewegung engagiert, schon ehe wir verheiratet waren. Austin ist dreimal mit Reverend King marschiert. Ich hatte viel mit Lokal- und Bildungspolitik zu tun. Austin bezeichnete uns immer als Fußsoldaten im Kampf um die Bürgerrechte. Ich war Wahlkampfhelferin für den ersten Schwarzen, der aus diesem Staat in den Kongress der Vereinigten Staaten gewählt wurde. Da war Gloria elf. Sie war von Anfang an gern dabei, hat tagein, tagaus mitgearbeitet, hat Briefe in Umschläge gestopft, Flugblätter verteilt, Plakate aufgehängt. Sie war eine geborene Aktivistin.«

»Hört sich an, als wäre sie eine wunderbare Frau«, sagte Marcus; er empfand ungeheure Zuneigung zu Alma und stellte sich vor, wie es gewesen sein musste, in einem solchen Haushalt aufzuwachsen, mit zwei solchen Menschen als Vorbild. Und als Herausforderung.

Der Ton der Frau wurde sorgendunkel. »Die ganze Nacht habe ich dagelegen und mich an diese Dinge erinnert, und ich habe zum Herrgott um ein Zeichen gebetet. Um irgendetwas, woran ich sehen kann, dass mein Baby wohlauf ist. Dass sie nicht …«

Marcus konnte nichts anderes tun, als ihre Schultern fest zu umschließen und langsamer zu gehen, um sich ihrem stockenden Gang anzupassen. »Vielleicht möchten Sie beide morgen ins Gericht kommen. Ich hoffe, wir werden eine kleine Überraschung loslassen können.«

Die Pläne für den nächsten Tag gaben Alma einen Grund, sich wieder zu fassen. »Austin und ich nehmen uns frei. Wir tun beide nichts, außer uns Sorgen zu machen. Die Schulen verstehen das. Wir sind für die Dauer des Prozesses freigestellt.«

Er hätte ein Dutzend Gründe dafür nennen können, weshalb das keine gute Idee war. Aber sie hatten selbst zu entscheiden, und mit einer Debatte war nichts zu gewinnen. Als sie in die Zufahrt einbogen, schaute er zum Haus und suchte die Fenster ab. »Ist Kirsten da?«

Trauriger Humor klang in ihren Worten mit. »Die Dame hat sich augenblicklich verdrückt, als sie hörte, dass Sie kommen.«

»Haben Sie eine Ahnung, weshalb sie mich so hasst?«

Das leise Lachen in ihrer Stimme wurde stärker. »Kirsten hat nichts gegen Sie, Honey. Sie ist innerlich zerrissen, das ist alles.«

»Wovon denn?«

»Also, das kann ich Ihnen nicht sagen. Ich kenne sie seit Jahren – seit sie und Gloria in Georgetown zusammengezogen sind. Ich dachte, ich kenne sie besser als sonst jemanden, aber ich habe in den letzten paar Tagen doch dazulernen müssen. Das Mädchen fühlt sich mächtig wohl mit seinen Geheimnissen.«

Seine Gedanken schwirrten umher wie Motten um eine Flamme. »Merkwürdig, dass sie die ganze Zeit zusammengewohnt haben und Kirsten trotzdem Glorias Freund nie kennen gelernt hat.«

»Wie kommen Sie denn darauf?« Alma glitt unter seinem Arm weg und stieg müde die Verandastufen hinauf. »Sie hat die beiden miteinander bekannt gemacht.«

Bei dieser Neuigkeit blieb Marcus wie angewurzelt stehen. »Was?«

»Gary Loh hat als Freiwilliger für die Stiftung gearbeitet, bei der Kirsten ist.« Alma hatte anscheinend Mühe, die Tür zu öffnen, so müde war sie.

»Was für eine Stiftung war das?«

»Far East Mission Board.« Sie trat ins Haus. »Die Fernost-Mission. Ich werde Kirsten sagen, dass Sie nach ihr gefragt haben. Gute Nacht, Marcus.«

ACHTUNDZWANZIG

Als sie zu Hause ankamen, zerbrach Marcus sich immer noch den Kopf darüber, aus welchen Gründen Kirsten ihn belogen haben mochte, als sie behauptet hatte, sie kenne Glorias Freund nicht. Deshalb dauerte es einen Augenblick, bis er bemerkte, dass ein seltsamer kleiner Wohnwagen neben seiner Garage parkte. Der Wohnwagen war einer von der buckligen Sorte, wie man sie in den Fünfzigern gebaut hatte, ein kleiner metallener Maulwurf, angehängt an einen Wagen, der aussah wie ein antiker Chevrolet, von Rost und jahrealtem Dreck überzogen. Er und Darren wechselten einen fragenden Blick und stiegen aus dem Jeep.

Ein Mann, der ebenso seltsam aussah wie das Gespann, kauerte in einer Ecke von Marcus' Vorderveranda. Im Schein der Verandabeleuchtung sah er aus wie eine Mumie, die murmelnd umherhuschte und sich jetzt emporreckte, um den Türrahmen der Haustür zu inspizieren. Er war von unbestimmbarem Alter, aber sicher über fünfzig, aber man konnte unmöglich sagen, ob er nicht auch schon über hundert war. Seine Haut spannte sich straff über einen haarlosen Schädel, seine Augen waren schwarz wie Kohle; er hatte einen beweglichen Mund und eine Redeweise von zorniger Musikalität. Er blickte auf, als er sie kommen hörte, und widmete sich gleich wieder brummelnd der Inspektion des Seitenfensters.

Marcus stieg die Vordertreppe herauf und fragte: »Kann ich Ihnen helfen?«

»Dee Gautam«, fauchte der Mann. »Er sagt, Sie brauchen Gärtner.«

»Tut mir Leid, aber ich habe nichts davon gehört, dass …«

Erbost deutete der Mann mit einem Gegenstand, der aussah wie ein schwarzer Bleistift an einer dünnen Kordel, auf die Tür. »Machen Sie Tür auf.«

Nach einem kurzen Blick auf den riesigen Schwarzen an seiner Seite gehorchte Marcus. »Dee Gautam schickt Sie?«

»Gautam, ja. Ich sage schon.« Unter wütendem Gemurre huschte er ins Haus und wieselte durch die Eingangsdiele wie ein zweibeiniges Frettchen. Nur einmal blieb er lange genug stehen, um die beiden anzuzischen: »Licht, Licht!«

Marcus schaltete die Deckenlampen ein. Er und Darren folgten dem Mann aus der Diele in den Besprechungsraum und von dort in Marcus' Büro. Als der Mann auf Marcus' Schreibtisch zuging, gab ein Gerät, das an seinem Gürtel hing, ein erzürntes Quieken von sich. Der Apparat war ungefähr so groß wie ein Walkman und mit dem anderen Ende der schwarzen Schnur verbunden. Mit triumphierender Miene deutete der Mann mit seinem schwarzen Stift auf die Lampe, die auf Marcus' Schreibtisch stand, und dabei quiekte es beständig und schrill. Er bückte sich, suchte kurz und pflückte etwas von der Lampe. Dann kam er zu Marcus zurückmarschiert und streckte ihm die Hand entgegen, als habe er eine lebendige Heuschrecke gefangen und nicht etwas, das aussah wie ein Metallknopf.

»Dee Gautam ganz Recht«, rief der Mann. »Sie brauchen dringend Gärtner.«

Marcus nahm den kleinen Knopf in die Hand, drehte ihn um und betrachtete sein bösartiges und geheimnisvolles Glänzen im Licht. Zwei feine Drähte sprossen wie Haare aus der Seite.

»Hier, Dee sagen, Sie nehmen.« Der Mann drückte Marcus einen zerknüllten Umschlag in die gefühllose Hand und verschwand dann mitsamt seinem Apparat und seinem Gemurmel aus dem Zimmer.

Darren starrte das Ding auf Marcus' Handfläche an und fragte: »Ist d-das d-das, was ich g-glaube?«

»Jemand hat mein Haus verwanzt«, sagte Marcus mit sanftem Staunen.

Darren drehte sich um und schaute zur offenen Tür hinüber. »Wer ist d-denn dieser D-Dee?«

»Ein Freund. Hier, nehmen Sie.« Marcus gab ihm die Wanze und riss den Briefumschlag auf. Was er darin fand, verschlug ihm ein letztes Mal an diesem Tag die Sprache.

Aus dem Büro seiner Sekretärin drang erneut ein hohes Pfeifen und ein zweiter Triumphschrei.

Darren sagte: »Sie h-haben wirklich ein p-paar k-komische Freunde.«

Der Einzige, den Marcus am nächsten Morgen erreichte, bevor er das Haus verließ, war der Vorladungszusteller in Washington, und auch das nur, um zu sagen: »Machen Sie sich auf den nächsten Satz Unterlagen gefasst.« Seine Bitte an Alma, Kirsten möge ihn anrufen, wenn sie aufwachte, blieb erfolglos. Dann wählte er die beiden Nummern Dee Gautams und bekam unter beiden die gleiche Bandaufnahme zu hören, eine flache Frauenstimme, die nur sagte: »Hinterlassen Sie eine Nachricht.« Er tat es nicht.

Auf der Fahrt nach Raleigh erreichte er schließlich Ashley. »Ich habe gestern Abend versucht, Sie anzurufen.«

»War unterwegs, jagen und sammeln.« Die Stimme klang schwer vor Erschöpfung. »Hab nicht viel zu berichten, aber ich wühle noch.«

»Ich weiß Ihre Mühe zu schätzen, aber ich muss Ihnen sagen, dass ich nicht weiß, wie viel Geld noch zur Verfügung stehen wird. Was die Halls an Barkapital hatten, haben sie für das Lösegeld verwendet.«

»Zerbrechen Sie sich darüber im Moment nicht den Kopf. Erst lassen Sie uns den Fall durchkämpfen. Um den schnöden Mammon werden wir feilschen, wenn die Schlacht geschlagen ist.«

Diese Äußerung war so wundersam wie das Morgenlicht, eine dunstige Mischung aus Nebel und blauem Himmel, die der ganzen Welt einen zinnernen Farbton verlieh. »Ich glaube, ich habe noch nicht viele Anwälte getroffen, die sich keine Sorgen darum machen, ob ihre Rechnung bezahlt wird oder nicht.«

»Na, Sie sind neu in diesem Spiel, und deshalb will ich Ihnen eine simple Wahrheit anvertrauen.« Der Mann nahm geräuschvoll schlürfend einen Schluck von irgendeinem Getränk und seufzte dann: »Diese Arbeit macht süchtig.«

»Was für eine Arbeit?«

»Für das Gute kämpfen. Für diejenigen arbeiten, die keine Stimme haben. Warten Sie nur ab, alter Junge. Irgendetwas sagt mir, dass Sie auch Mühe haben werden, in den gleichen alten Trott zurückzukehren.«

Marcus dachte darüber nach, während sie ein Stück weit über die silbrig getönte Straße fuhren, und sagte dann: »Ich habe gestern Abend von Dee Gautam gehört.«

Darren schoss einen kurzen Seitenblick zu ihm herüber, bevor er seine ganze Aufmerksamkeit wieder der Straße widmete. »Yeah«, sagte Ashley, »er hat erwähnt, dass er Ihnen etwas schicken würde, was er ausgegraben hat.«

»Es sind unglaubliche Dokumente. Ich habe gestern Abend versucht, ihn anzurufen, und heute Morgen noch einmal, aber er ist nicht da.«

»Dee hat die Fähigkeit, sich in einen Geist zu verwandeln, wenn es ihm passt. Hinterlassen Sie eine Nachricht in seinem Büro. Früher oder später stöbern Sie ihn auf.«

»Ich glaube nicht, dass ich so lange warten kann.«

Es folgte eine lange Pause. »Ist es hilfreich, was er Ihnen geschickt hat?«

»Es könnte die Wende für den ganzen Prozess bedeuten«, musste Marcus gestehen.

»Dann wäre ich an Ihrer Stelle vorsichtig. Sie wissen, was man über die exzessive Begutachtung eines geschenkten Gauls sagt. Dee Gautam hat seine Gewohnheiten, und die meisten sind mysteriös, wenn nicht gar paranoid. Aber es ist gut, wenn Sie ihn in Ihrer Ecke des Rings haben.«

Marcus begrüßte Austin und Alma im Gerichtssaal und sagte dann: »Kirsten hat mich nicht angerufen.«

In dem Blick, den die beiden wechselten, lag viel Humor, tief vergraben, aber trotzdem vorhanden. »Ich kann nicht viel mehr tun, als Ihre Nachrichten weiterzuleiten«, sagte Alma.

Er nickte einsichtig, und als er sich umdrehte, sah er, dass Charlie strahlte. »Was grinst du so?«

»Ach, aus keinem besonderen Grund. Ist bloß nett zu sehen, dass du allmählich wieder Augen für die Welt hast.«

Marcus ignorierte das räuspernde Lachen von Alma hinter ihm. »Du musst die Schweizer Botschaft anrufen. Frag nach Hans Klein. Er ist stellvertretender Leiter der Handelsabteilung dort. Lass deinen Charme spielen. Sag ihm, er wird wegen eines Gerichtsverfahrens vorgeladen. Wir brauchen seine Aussage so schnell wie möglich.«

»Willst du, dass es dringend klingt?«

»Dringend und lebenswichtig. Aber sei nett. Wir brauchen ihn auf unserer Seite. Wenn du mit Klein fertig bist, rufst du den Vorladungszusteller an. Mit dem hast du gestern gesprochen. Sag ihm, dass er die Papiere zustellen soll. Er hat sie schon und wartet nur auf deinen Anruf.«

»Dieser Klein wird wahrscheinlich wissen wollen, worum es geht.«

»Sag ihm, es hat etwas mit einer vermissten Frau zu tun, zwar nicht in der Schweiz, aber seine Aussage könnte entscheiden, ob das Mädchen lebt oder stirbt.« Marcus kämpfte die zunehmende Anspannung nieder. So viel hing an einem einzigen seidenen Faden. »Tu dein Bestes. Er muss kommen, Charlie. Aber ich hätte es gern, wenn er bereitwillig kommt. Sobald du weißt, wann er hier erscheinen kann, kommst du zurück und sagst mir Bescheid.«

Während Charlie sich erhob und den Saal verließ, beendete Richterin Nicols ihre übliche Begrüßung der Geschworenen und wandte sich jetzt an Marcus. »Mr. Glenwood, Sie können dann Ihren nächsten Zeugen aufrufen.«

»Danke, Euer Ehren. Der Kläger ruft Greg Hadley in den Zeugenstand.«

Der Mann, der durch die Schwingtür gestürmt kam, war bebrillt, schlank, um die fünfzig und sehr wütend. Er funkelte Marcus an, bevor er auf den wartenden Gerichtsdiener zuging. Er legte seinen Eid ab und setzte sich steif auf den Zeugenstuhl, erzürnt und auf der Suche nach einer Zielscheibe.

Marcus blieb nichts anderes übrig, als sich in seine Reichweite zu begeben. »Mr. Hadley, Sie sind der stellvertretende Leiter der Abteilung für Konsulatsangelegenheiten im Außenministerium der Vereinigten Staaten. Ist das richtig?«

»Ja.« Der Mann war wie eine stoßbereite Schlange. »Und ich darf Ihnen sagen, dass diese Vorladung zu keinem ungünstigeren Augenblick kommen konnte. Wie Sie vielleicht wissen, braut sich in Lateinamerika eine ernste Wirtschaftskrise zusammen, und ich muss morgen früh nach Brasilien zu einer Konferenz auf hoher Ebene.«

»Dann müssen wir uns bemühen, Ihre Aussage heute zu Ende zu bringen«, antwortete Marcus gleichmütig.

»Das reicht nicht.« Hadley wandte sich an die Richterin. »Ich kann keinen vollen Tag für diesen Prozess erübrigen. Ich habe überhaupt keine Zeit, hier zu sein. Ich muss Positionspapiere für die Kongressabgeordneten Williams und Jeffers vorbereiten, die mit mir zusammen hinunterfliegen werden. Eine absolut unumgängliche Arbeit, von entscheidender Bedeutung für die Interessen unseres Landes.«

Marcus war der Richterin dankbar für ihre Geduld, denn die Tirade des Mannes zeigte den Geschworenen, dass er es mit einem feindseligen Zeugen zu tun hatte. Richterin Nicols antwortete in dem gleichen ruhigen Ton wie Marcus. »Dem Gericht ist Ihre bedrängte Situation sehr wohl bewusst; deshalb waren wir damit einverstanden, Sie unverzüglich vorzuladen. Wir benötigen Ihre Aussage vor Ihrer Abreise.«

»Wirklich, Richterin, das ist nicht …«

Ihr Blick wurde ein bisschen härter. »Ich würde Ihnen raten, Mr. Hadley, sich weiterer Proteste zu enthalten, da Sie damit nur die Zeit des Gerichts verschwenden.« Als der Mann es klugerweise unterließ zu widersprechen, sagte sie: »Bitte fangen Sie an, Mr. Glenwood.«

»Danke, Euer Ehren.« Marcus blieb auf Distanz zum Zeugenstand und ließ die ganze Geschworenenbank zwischen sich und dem Zeugen. »Da Sie von Positionspapieren sprechen, Mr. Hadley – waren Sie nicht für die vorbereitende Organisation der Reise des Präsidenten nach China vor fünf Jahren zuständig?«

»Einspruch!« Logan sprang auf. »Euer Ehren, das hat in keiner Weise irgendetwas mit dem angegebenen Zweck der Vorladung zu tun. Darf ich das Gericht daran erinnern, dass die Klägerseite sich nach den schriftlichen Aussagen der Vorstandsmitglieder von ›New Horizons‹ erkundigen wollte?«

Marcus sah die Richterin an. »Wenn Sie mir nur ein paar Fragen gestatten wollen, Euer Ehren, dann wird der Zusammenhang schon bald klar werden.«

»Gut, ich gebe Ihnen die Erlaubnis.« Aber ihr Unterton ließ keinen Zweifel an ihren Vorbehalten. »Einspruch abgelehnt, vorläufig.«

»Soll ich Ihnen die Frage noch einmal wiederholen?«, fragte Marcus.

»Nein. Ich ... ich erinnere mich nicht.«

Marcus wog die Unterlagen von Ashley Granger in der Hand. »Haben Sie dem Präsidenten nicht eine Übersicht speziell von chinesischen Fabriken angefertigt, die amerikanische Waren kopieren? Jemand in Ihrer Position könnte sich doch sicher nicht leisten, ein solches Dokument, das man direkt ans Weiße Haus schickt, einfach zu vergessen.«

»Kann sein. Ich bin mir nicht sicher.« Die Wut des Mannes verrauchte zusehends. »Ich schreibe eine Menge Positionspapiere.«

»Die Klägerseite legt als dokumentarisches Beweisstück dieses Papier vor, adressiert ans Weiße Haus, unterzeichnet von diesem Zeugen.« Marcus reichte das Dokument dem Gerichtsschreiber, der es nummerierte und der Richterin weitergab.

Logan stand immer noch. »Euer Ehren, ich muss protestieren.«

»Abgelehnt. Fahren Sie fort, Mr. Glenwood.«

Marcus zeigte dem Zeugen eine zweite Fotokopie. »Mr. Hadley, ich bitte Sie, sich mit mir zusammen dem Anfang der Seite siebzehn zuzuwenden. Dort finden Sie eine Erwähnung der Fabrik 101 innerhalb eines in Militärbesitz befindlichen Komplexes unter Leitung eines gewissen Zhao Ren-Fan in der Gegend zwischen Hongkong und Guangzhou.«

»Einspruch! Das ist ohne Bedeutung für diesen Fall, Euer Ehren.«

»Ich finde, es ist meine Sache zu entscheiden, was für den Fall von Bedeutung ist und was nicht, Mr. Kendall.«

»Selbstverständlich, Euer Ehren, aber …«

»Würden Sie nicht sagen, dass ich das zu entscheiden habe, Mr. Kendall?«

»Doch, gewiss, ich wollte nur …«

»Warum setzen Sie sich dann nicht einfach hin und lassen uns fortfahren?« Sie wandte sich wieder Marcus zu. »Machen Sie weiter.«

»Da oben auf Seite siebzehn, Mr. Hadley. Würden Sie dem Gericht bitte vorlesen, was Sie da über Fabrik 101 sagen?«

»Ich habe nicht … ich bin mir nicht sicher, dass das …«

»Stellen Sie nicht hier, in einem Dokument, das Sie für den Präsidenten der Vereinigten Staaten verfasst haben, ausdrücklich fest, dass Fabrik 101 zu den schlimmsten Produktpiraten gehört, die in der Textilindustrie operieren?«

»Das kann sein«, murmelte Hadley und versuchte jetzt, sein Gesicht in dem Dokument zu vergraben. »Es gab mehrere Dutzend solcher Papiere, die von meinen Mitarbeitern verfasst wurden. Ich kann mich nicht an jedes einzelne erinnern; ich unterschreibe sie oft nur.«

»Aber das ist Ihre Unterschrift, da am Fuße des Dokuments, oder nicht?«

»Es sieht so aus, ja.«

»Also gut. Kommen wir zum zweiten Abschnitt auf dieser Seite. In dem Sie darlegen, dass die Fabrik sich im Besitz und unter der Leitung eines hochrangigen Militärs befindet, nämlich des eben genannten Generals Zhao Ren-Fan, und dass sie deshalb vor der Stilllegung geschützt ist. Aber von ›New Horizons‹, einem Unternehmen, das einen namhaften Beitrag zum Wahlkampf des Präsidenten geleistet hatte, war offiziell Beschwerde eingelegt worden. Ist das keine Feststellung von Ihnen, Mr. Hadley?«

»Ich sage doch, es wurde mir wahrscheinlich zur Unterschrift vorgelegt und verfasst von …«

»Stellen Sie nicht außerdem fest, dass ›New Horizons‹ behauptet, jährlich an die siebzig Millionen Dollar zu verlieren, weil Fabrik 101 Kopien ihrer Produkte vertreibt, Kopien, die so gut sind, dass nur ein Fachmann den Unterschied erkennen kann?«

»Einspruch!« Logans Stimme klang erbittert und wütend. »Das ist lachhaft, Euer Ehren. Wie ich schon gesagt habe, versucht die Klägerseite, hier Beweismaterial vorzulegen, das ganz offensichtlich irrelevant ist.«

Marcus war in voller Fahrt. »Euer Ehren, ich behaupte, dass das Außenministerium die Beschaffung dieser Aussagen absichtlich verschleppt. Der Grund dafür liegt auf der Hand. Man befürchtet, in das Zusammenspiel zwischen ›New Horizons‹ und Fabrik 101 verwickelt zu werden.«

»In *welches* Zusammenspiel?« Logan schrie fast. »Die Klägerseite hat nichts bewiesen!«

Aber alles das würde sich jetzt ändern. Marcus kehrte zu seinem Tisch zurück und nahm den nächsten Papierstapel zur Hand. »Euer Ehren, ich möchte Beweismaterial in Form von Dokumenten vorlegen, die meiner Ansicht nach zweifelsfrei belegen, dass die Vorstandsmitglieder von ›New Horizons‹ ins Ausland geflüchtet sind, um nicht auf Fragen antworten zu müssen, die sich darauf beziehen, dass sie ein Joint Venture mit Fabrik 101 eingegangen sind, um so der Markenpiraterie ein Ende zu machen. Die Dokumente belegen weiterhin, dass das Außenministerium mit dem Vorstand gemeinsam daran arbeitet, diesen Umstand zu verschleiern.«

»Das ist absurd!«, rief Hadley.

»Euer Ehren!« In Logans Gesicht zeigte sich die Anspannung der Schlacht. »Das alles ist absolut aus der Luft gegriffen! Die Klägerseite hat die Absicht, die Geschworenen mit Lügen und unbegründeten Vorwürfen zu beeinflussen!«

»Nun beruhigen Sie sich!« Richterin Nicols verstand es, mit samtener Faust zuzuschlagen. »Mit den dramatischen Auftritten in diesem Gerichtssaal ist jetzt Schluss! Habe ich mich klar ausgedrückt?«

Hadley hielt das jetzt eintretende Schweigen irrtümlich für eine

Gelegenheit. »Das ist doch verrückt. Wir haben nicht das Geringste zu verbergen.«

Sie funkelte auf ihn herab. Stählern. »Halten Sie den Mund.« Dann wandte sie sich an Marcus. »Ich kann Ihnen nur wünschen, dass es etwas taugt.«

»Ich behaupte, dass sie eine Menge zu verbergen haben, Euer Ehren. Und aus gutem Grund.« Marcus trat an den Richtertisch und übergab das Dokument. Er wartete, während Richterin Nicols es las, und beobachtete, wie ihre Gesichtszüge sich verhärteten. Erst dann gab er Logan die zweite Kopie. In der Stille, die jetzt folgte, sah er Charlie im Mittelgang stehen. Er ging auf ihn zu und sah, wie der alte Mann mit dem Mund das Wort »Freitag« formte. Marcus nickte zustimmend und wandte sich wieder in den Gerichtssaal.

»Also gut, Mr. Glenwood. Ich lasse diese Unterlagen als Beweismaterial zu.«

»Einspruch.« Logans Stimme war so kraftlos wie die Hand, die das Papier hielt. »Sie sind ohne Bedeutung für den Fall, Euer Ehren.«

»Abgelehnt. Fahren Sie fort, Mr. Glenwood.«

Marcus gab dem Zeugen eine Kopie des Dokuments. Es widerstrebte dem Mann sichtlich, das Papier festzuhalten. »Würden Sie den Geschworenen mitteilen, um was für ein Dokument es sich hier handelt?«

»Ich ... das ist geheim ... Sie dürften nicht ...«

»Enthält es nicht eine Liste derjenigen Manager, die den Präsidenten auf jener Chinareise vor fünf Jahren begleitet haben?« Marcus wartete in der Stille, wartete, dass sie sich senkte, auf dem Mann lastete. »Beantworten Sie die Frage, Mr. Hadley.«

»Es sieht so aus ... ja.«

»Gut. Etwa in der Mitte sind zwei Namen markiert. Würden Sie den Geschworenen bitte sagen, wie diese beiden Namen lauten?«

Der Zeuge murmelte eine unverständliche Antwort, was Marcus nur recht war, denn so hatte er einen Grund hinauszutrompeten: »Handelt es sich da nicht um einen Mr. James Southerland, den Geschäftsführer, und Frank Clinedale, den stellvertretenden Vorstandsvorsitzenden von ›New Horizons Incorporated‹? Lässt dies nicht vermuten, dass diese Herren nach China gereist sind, um das Piraterieproblem ein für alle Mal zu lösen? Haben sie nicht an Ort und Stelle entschieden, dass es besser sei, ein Joint Venture einzugehen, statt über weitere Jahre hinweg Einnahmeverluste zu riskieren? Beantworten Sie meine Frage, Mr. Hadley. Zögert das Außenministerium nicht gerade deshalb mit der Beschaffung dieser Aussagen, weil man befürchtet, dass ebendies herauskommen könnte?«

»Nein.« Der Mann hatte seinen Hemdkragen ringsum nass geschwitzt. »So ist es überhaupt nicht. Ich weiß nichts darüber. Gar nichts.«

»Gut.« Richterin Nicols ließ das Wort knallen wie eine Peitsche. »Wenn das so ist, wird das Außenministerium nichts dagegen haben, diesem Gericht die verlangten Aussagen unverzüglich zuzustellen. Und es ergeht hiermit ein Bußgeld in Höhe von zehntausend Dollar für jeden Tag, an dem die Aussagen nicht eintreffen. Und Sie, Sir, erhalten hiermit die Anordnung, in Raleigh zu bleiben und sich dem Gericht zur Verfügung zu halten, bis die Aussagen eingetroffen sind.«

»Richterin, ich kann nicht, ich fliege nach …«

»Das ist eine Anordnung«, fauchte sie. »Ich besorge Ihnen mit Vergnügen eine Unterkunft im örtlichen Untersuchungsgefängnis, wenn es nötig ist.«

NEUNUNDZWANZIG

Die Wut trug Logan Kendall durch eine Batterie von hauptsächlich weiblichen Protesten, die allesamt an Lautstärke und Zorn zunahmen, je weiter er marschierte. Er rannte nicht, aber sein Tempo war so hoch, dass wenige mit ihm hätten Schritt halten können, ohne zu joggen, was aber in den seriösen Räumen von Randall Walkers Anwaltsfirma schwierig war. Die Beschwerden, die ihm folgten, hatten Randalls Sekretärin aufmerksam gemacht, und sie war gerade dabei, aufzustehen und die Tür zu versperren, als er auftauchte. Logan sagte nichts, er schaute sie nur an, und sein wutfinsterer Blick genügte, um sie wie angewurzelt stehen bleiben zu lassen. Das war gut so, denn er hatte keine Lust, mit dem, was da in ihm kochte, irgendjemand anderen zu überschütten als den Mann persönlich.

Aber er hatte keine Wahl, denn als er die Tür aufriss und ins Allerheiligste stürmte, sah er Randall mit einem silberhaarigen Ehepaar am Couchtisch sitzen. Er starrte Randall ins Gesicht und sagte nur: »Schicken Sie sie raus.«

»Wirklich, Logan«, sagte Randall gedehnt und bemühte sich um einen gelassenen Tonfall. »Es gibt bessere Methoden, meine Aufmerksamkeit auf sich zu lenken, als …«

»Glenwood hatte schon wieder eine Überraschung«, schnarrte Logan. »Sie und ich werden das jetzt ein für alle Mal ausfechten – hier und jetzt. Ich warne Sie zum letzten Mal.«

Es war, als entweiche alle Luft aus Randall; seine leutselige Überlegenheit verließ ihn mit einem Seufzer. Er schaute seine Sekretärin an, die sich hinter Logan in die Tür drängte, und sagte: »Vielleicht könnten Sie so nett sein, meine Gäste einstweilen hinunter in Sandras Büro zu führen.«

Die beiden Silberhäupter drehten sich gleichzeitig um. Der männliche Klient sprach mit dem kultivierten Timbre von Treuhandfonds und vornehmem Afternoon Tea. »Wirklich, Randall, so geht es aber nicht.«

»Es tut mir Leid, Stanley. Wirklich.« Randall erhob sich mühevoll. »Aber wir haben hier eine Krise, die ich keinem andern überlassen kann.« Als die beiden gegangen waren, ließ Randall sich schwer auf das Sofa fallen. »Setzen Sie sich.«

Logan blieb unbeirrt stehen. »Marcus Glenwood ist mit Dokumenten angekommen, mit denen sich belegen lässt, dass ›New Horizons‹ offizielle Beschwerden eingereicht hat, die bis ins Weiße Haus hinaufgegangen sind, Randall. Ins Weiße Haus.«

Der Blick des Älteren wurde leer. »O Gott.«

»Die Richterin hat dem Außenministerium ein Bußgeld aufgebrummt: zehntausend Dollar pro Tag, bis die schriftlichen Aussagen des Vorstands eingegangen sind. Auf Marcus' Antrag hat sie die weiteren Zeugenbefragungen bis Freitag ausgesetzt. Er hätte sie zum Tango auffordern können, und sie hätte wahrscheinlich auch zugestimmt. Sie hat's nicht mal gemerkt, als ich auf mein Recht, den Zeugen ins Kreuzverhör zu nehmen, verzichtet habe.«

»Ja«, sagte Randall leise in die Leere vor seinen Augen. »Ich kann mir vorstellen, dass Richterin Nicols ziemlich erzürnt war.«

»Sonst haben Sie nichts zu sagen?« Logan verspürte den plötzlichen Drang, den Couchtisch hochzuheben und ihn krachend auf diesen aufgeblasenen Ballon in seinem Westenanzug zu schmettern. »Können Sie sich vorstellen, was Sie da angerichtet haben?«

»Ich kann es nur ahnen …«

»Nein! Wenn Sie das könnten, würden Sie sich ein Loch suchen, und da würden Sie reinkriechen und sterben!« Das letzte Wort brüllte Logan so laut, dass es seine Kehle unförmig zu blähen schien. Nicht, dass ihn das kümmerte. »Ich habe mich aus South Baltimore herausgekämpft, hab's im Studium bis an die Spitze meines Jahrgangs geschafft, habe Hundertstundenwochen geschuftet, bin Partner geworden – und wofür? Damit ein Schleimscheißer wie Sie daherkommen und mich als Zielscheibe für Marcus Glenwoods Schießübungen aufstellen kann?«

Randall zwang sich aufzuschauen. Mühsam fasste er Logan ins Auge und deutete unbestimmt auf den Sessel gegenüber. »Bitte setzen Sie sich, Logan.«

Logan holte aus und trat so hart gegen den Sessel, dass er ihn damit über den Couchtisch schleuderte und krachend gegen die Wandtäfelung fliegen ließ. Es dröhnte wie ein Donnerschlag. Hinter den geschlossenen Türen erhoben sich Stimmen in schriller Beunruhigung. Logan beugte sich über Randall, bis er nur noch wenige Zoll von seinem Gesicht entfernt war, und nur die Angst vor einer Klage hinderte ihn daran, den Mann Stück für Stück auseinander zu reißen. »Mein Ruf steht hier auf dem Spiel, und was passiert? Mein *Klient* bringt mich schon *wieder* in die Lage, vor Gericht zu lügen! Und diesmal vor einer Bank voll Geschworener!«

»Logan, Sie haben …«

»Wenn die Nicols sich in den Kopf setzt, dass ich absichtlich hinterm Berg gehalten habe, wird sie mir die Zulassung entziehen lassen!« Er wischte sich mit zittriger Hand den Speichel vom Kinn. »Ich bin raus. Ich lasse den Fall sausen. Ich rufe die Zeitung an und gebe eine öffentliche Erklärung ab. Ich erzähle jedem, der es hören will, dass ich auf Material gestoßen bin, das mich auf den Verdacht bringt, mein Klient könnte nicht bloß gelogen haben, sondern sogar tatsächlich schuldig sein. Und dann werde ich Sie verklagen, Randall. Ich werde Sie ausziehen bis auf Ihre jämmerlichen Seidenshorts, und dann lasse ich Sie mit einem Tritt auf die Straße setzen.«

Randall schüttelte langsam den Kopf. Nicht Logan hatte ihn überwältigt, sondern etwas anderes – was immer es war, das da seine Wangen grau färbte. »Sie werden nichts dergleichen tun.«

»Warten Sie's nur ab.«

»Glauben Sie mir, Logan. Dies ist der Fall, von dem Sie immer geträumt haben.« Aber es lag keine Freude in diesen Worten. Nur Resignation. Und Sorge. »Tut mir Leid, dass ich das sagen muss.«

Logan merkte, dass ihm die Brust wehtat. Und der Fuß, von seinem Tritt gegen den Sessel. »Ich höre.«

»Wir haben Ihnen nichts erzählt, weil es nichts gab, was Marcus wissen konnte.« Randalls Stimme klang wie Schilfrohr, das im Wind raschelt, tonlos und müde. »Wir haben Ihre Ahnungslosigkeit als Firewall eingesetzt. Als einen Firewall, der nur zu durchbrechen war, wenn Marcus Informationen hatte, die er nach den Gesetzen der Logik nicht besitzen konnte.«

»Er besaß sie aber, Randall. Er besaß sie.«

»Ja.« Dass er diese Neuigkeit akzeptieren musste, ließ ihn noch älter aussehen. »Und was er noch nicht hat, wird er bald haben. Ohne Zweifel. Er ist zu weit gekommen, um jetzt nicht alles auszugraben.«

»Ich glaube gar nichts mehr, außer dass Sie ein verlogener Hund sind.« Aber Logan war der Wind aus den Segeln genommen, und er wusste, dass man es seiner Stimme anhören konnte. »Und ich habe immer noch vor, auszusteigen und Sie zu verklagen, wenn es Ihnen nicht gelingt, mich von etwas anderm zu überzeugen.«

Randall schien ihn gar nicht zu hören. »Marcus wird auf das Kernproblem stoßen, und bei dem Tempo, mit dem er gräbt, wird es nicht mehr lange dauern. Und wenn das passiert, werden Sie und Ihre Karriere augenblicklich Starruhm erlangen.«

Logan wich drei Schritte zurück, setzte sich auf die Kante von Randalls Schreibtisch und verschränkte die Arme. »Ich will jetzt alles wissen. Alles, bis zum letzten Wort.«

Randall unternahm den unbestimmten Versuch, seine Weste über der eingefallenen Brust glatt zu ziehen, und sagte nur: »Machen Sie sich gefasst auf die Überraschung Ihres Lebens.«

DREISSIG

Marcus verbrachte den Mittwoch und den Donnerstag damit, Kanzleiangelegenheiten zu regeln, die seit Beginn des Prozesses unerledigt geblieben waren. Charlie Hayes kam und machte eine Bemerkung über diesen seltsamen Mann, der im Oktober mit Gartenarbeiten beschäftigt war, und ging dann mit Marcus zusammen an die Arbeit. Marcus wartete auf einen Anruf von Kirsten und empfand leisen Schmerz über ihre fortwährende Abwesenheit. Fragen nach Gary Loh und anderen Geheimnissen kamen und gingen wie die Schatten unter Bäumen im Wind. Trotzdem empfand er manchmal die Bereitschaft, diese Geheimnisse ungelöst zu lassen, wenn er Kirsten dafür nur körperlich und geistig in seiner Nähe haben könnte.

Der *News and Observer* machte viel Aufhebens um die Enthüllungen vom Dienstag, und am Donnerstagmorgen bekam Marcus Anrufe von der *Washington Post* und von der *Atlanta Constitution*. Die Richmonder Zeitung brauchte bis zum Nachmittag, und die aus Charlotte rief erst an, als er im Begriff war, zum Abendessen auszugehen. Er antwortete mit geduldiger Gründlichkeit und trug alles vor, was er durch öffentliche Zeugenaussagen untermauern konnte. Jawohl, »New Horizons« besaß geheim gehaltene Tochterunternehmen im Ausland. Jawohl, anscheinend ging es darum, den Steuerbehörden gewisse Einkünfte vorzuenthalten. Jawohl, man sei dabei, Behauptungen zu prüfen, denen zufolge das Unternehmen Ausbeutungsbetriebe in Übersee unterhalte. Jawohl, es gebe in der Tat andere Fälle, an denen im Detail deutlich werde, wie das Unternehmen in Südostasien minderjährige und unterbezahlte Arbeitskräfte beschäftige und seine

Angestellten Krebs erregenden Materialien aussetze. Jawohl, er sei im Besitz von Dokumenten, die diese Behauptungen belegten. Nein, er könne keinen Kommentar zu der verschwundenen Frau abgeben, aber sie könnten gern die Eltern anrufen und interviewen.

Am Donnerstagabend aß er mit Charlie, Boomer, Libby und ihrem ältesten Sohn, der zu einem langen Wochenende aus Wake Forest gekommen war. Sie aßen im Speisezimmer von speziell angefertigtem Spode-Porzellan: Teller, Tassen, Untertassen und Schüsseln waren zart mit einem wütenden Carolina-Widderkopf bemalt. Boomer machte viel Wirbel um Marcus' neuen Hausgenossen, obwohl Marcus nicht einmal seinen Namen kannte. Der Mann suchte täglich jedes Zimmer im Haus nach Wanzen aus Metall ab. Charlie lachte viel und aß wenig. Marcus war klar, dass niemandem von ihnen daran gelegen war, die zerbrechliche Heiterkeit des Abends mit etwas so Bedrückendem wie der Wahrheit über Charlies Krankheit zu stören. Marcus staunte über ihr gelassenes Lachen, ihre Freundschaft, den festen Zusammenhalt in einer Familie, die sich etwas so Schmerzlichem gegenübersah, dass sie es nicht einmal über sich brachte, es zu besprechen. Stattdessen überschütteten sie Charlie mit allen erdenklichen Gelegenheiten zum Lachen, zum Streiten, zum Glänzen. Marcus merkte, dass er wenig zu sagen hatte, so sehr war er davon gefangen, einen Geist zu beobachten, den er doch in alle Ewigkeit verloren geglaubt hatte.

Nur zu bald war es Freitagmorgen. Auf der Fahrt nach Raleigh zum Gericht war Marcus unversehens so besorgt, dass er Charlie zu Hause anrief. »Ich denke gerade, ich hätte Kleins Aussage doch mit ihm vorbereiten sollen.«

»Mit wem?«

»Du weißt ganz genau, wen ich meine. Hans Klein. Den Mann von der Schweizer Botschaft.«

»Das ist ein gutes Zeichen.« Charlie gab sich keine Mühe, sein Glucksen zu unterdrücken. »Zerbrichst dir den Kopf über etwas, das du nicht mehr ändern kannst. Bedeutet, dass du anfängst, diesen Prozess wie einen echten Prozess zu behandeln.«

»Ich meine es ernst.«

»Ich auch, mein Junge. Aber deshalb ist es nicht weniger komisch. Du hast mit diesem Klein keinen Kontakt aufgenommen, weil er nicht merken sollte, was du planst. Was bedeutet, dass du rechtlich abgesichert bist, falls du die Richtung änderst. Dass ich fand, er klingt am Telefon wie ein halb garer Bengel, ändert daran keinen Deut.«

Marcus fühlte sich außerstande, die Sache so einfach auf sich beruhen zu lassen. »Ich habe diesen Prozess immer ernsthaft behandelt, und das weißt du auch.«

»Kann sein.« Charlies Heiterkeit klang leise wie Glocken, die vom Rankengestrüpp des Alters überwuchert und gedämpft waren. »Aber jetzt behandelst du ihn auch wie einen Prozess, den du vielleicht gewinnen könntest.«

»Der Kläger ruft Hans Klein in den Zeugenstand.«

Der Zeuge war genau das, was Marcus befürchtet hatte, nachdem Charlie die Unterredung mit ihm wiedergegeben hatte: jung, eifrig, von leidenschaftlicher Energie. Die Verteidigung würde ihre Freude haben. Marcus blieb nichts anderes übrig, als anzufangen. »Sie sind stellvertretender Handelsattaché der Schweizer Botschaft in Washington, D. C., nicht wahr?«

»Jawohl, Sir.« Zumindest sprach der Mann gutes Englisch. Mit starkem Akzent, aber gut verständlich. »Seit fünf Jahren. In sieben Monaten kehre ich zurück nach Bern. Ich wünschte, ich könnte noch bleiben. Ich liebe Ihr Land …«

Richterin Nicols schaltete sich ein. »Bitte beschränken Sie sich darauf, die Fragen zu beantworten.« Aber ihr Blick blieb fest auf den Tisch der Verteidigung gerichtet, und ihre Stirn war leicht gerunzelt. Marcus wusste genau, warum, aber er unterließ es, sich noch einmal umzudrehen und hinüberzustarren. Auch ihm war Logans Aussehen nicht entgangen. Der Mann sah regelrecht grau aus, als sei er von einer Krankheit mit schlechter Prognose befallen.

»Jawohl, Richterin. Sorry.« Klein konnte nicht älter als acht- oder neunundzwanzig sein, und wahrscheinlich war er noch nie in einem

Gerichtssaal gewesen. Bestimmt nicht in einem amerikanischen. Zu Marcus gewandt, wiederholte er: »Ich bin seit fünf Jahren hier.«

»Und waren Sie in dieser Zeit jemals mit schriftlichen Aussagen befasst, die Gerichte dieses Landes von in der Schweiz ansässigen Zeugen angefordert haben?«

»O ja, viele Male.«

»Können Sie dem Gericht sagen, wie lange es dauert, solche Aussagen einzuholen?«

»Das kommt darauf an. Manchmal viele Wochen, manchmal nur ein paar Tage.«

»Es geht dabei oft um Bankprobleme, nicht wahr?«

»Um Bankprobleme, Unternehmensdinge, Straftaten, Holocaust-Opfer, Versicherungsangelegenheiten, manchmal auch Ehescheidungen und Sorgerechtsfälle.« Er zuckte bedauernd die Achseln. »Um vieles eben.«

»Gut.« Marcus entschied, dass er dieses Feld nun lange genug beackert hatte. Er nahm ein Blatt von seinem Tisch, ging zur Assistentin der Richterin und reichte es ihr. »Der Kläger bittet, dies als neu gefundenes Beweisstück vorlegen zu dürfen.«

Die Richterin ließ sich das Blatt von der Protokollantin geben und fragte: »Ist das Deutsch?«

»Jawohl, Euer Ehren.«

»Einspruch.«

Marcus nahm dies als Vorwand, sich umzudrehen und Logan anzustarren. Der Mann hatte anscheinend Mühe, sich zu erheben. Sein Gesicht hatte den matten Schimmer einer Wachspuppe, als er sagte: »Euer Ehren, damit hätte man Sie keinesfalls überrumpeln dürfen. Keinesfalls.«

»Es ist ein neu gefundenes Beweisstück«, wiederholte Marcus milde. »Es ist unerlässlich, dass wir seine Beweiskraft durch die Aussage dieses Zeugen ermitteln.«

Richterin Nicols studierte das Dokument. »Wissen Sie, was das ist?«

»Ich glaube ja, Euer Ehren.«

»Und Sie sind sich sicher, dass es für diesen Prozess relevant ist?«

»Wenn es das ist, wofür ich es halte, auf jeden Fall, Euer Ehren. Ohne den geringsten Zweifel. Es ist entscheidend wichtig.«

»Gut. Aber ich warne Sie, Mr. Glenwood. Wenn es nicht so bedeutsam ist, wie Sie behaupten, werden Sie mich kennen lernen.«

»Ich danke Ihnen, Euer Ehren.« Marcus ging zum Tisch der Verteidigung, gab Logan eine Kopie des Dokuments und stellte fest, dass der Mann aus der Nähe noch schlimmer aussah. Er wandte sich zum Zeugenstand, wo Hans Klein den Wortwechsel mit großen Augen verfolgte. Marcus gab ihm die dritte Kopie und sagte: »Könnten Sie dem Gericht bitte sagen, was für ein Dokument das ist, Mr. Klein?«

Der Mann brauchte nur einen Augenblick, um zu erklären: »Das ist die Satzung einer Schweizer Aktiengesellschaft.«

»Einspruch!« Logan bot seine letzten Kräfte auf. »Euer Ehren, ich beantrage Einstellung wegen Verfahrensmängeln. Zum zweiten Mal hintereinander bringt die Klägerseite einen Überraschungszeugen für einen bestimmten Zweck und überfällt uns dann mit etwas völlig anderem.«

»Dieses Material konnte zum Zeitpunkt der Klageeinreichung unmöglich bekannt sein, Euer Ehren«, entgegnete Marcus. Aber sein Gefühl sagte ihm, dass Logan Bescheid wusste. »Wie ich schon sagte, es ist neu entdeckt.«

»Euer Ehren, die Zeiten juristischer Revolvermänner sind lange vorbei.« Aber Logans Protest klang hohl. »Von Anfang an geht es bei diesem ganzen Prozess nicht um die Wahrheit. Ich darf Sie daran erinnern, Euer Ehren, dass es hier um das Verschwinden einer Frau geht. Welche Beweise hat die Klägerseite in dieser Richtung vorgelegt? Keinen. Was hat dieser Zeuge mit dem zentralen Gegenstand dieses Verfahrens zu tun? Nichts.«

Marcus warf einen kurzen Blick auf die Richterin. Sie beobachtete Logan noch immer mit diesem leisen Stirnrunzeln. Im Geiste musste Marcus zustimmend nicken. In den letzten vierundzwanzig Stunden hatte Logan erfahren, was sie immer noch zu ergründen versuchten. Und es hatte ihn bis ins Mark erschüttert.

»Es ist ein strafwürdiger Verstoß, einen Zeugen einzuführen und ihm eine Aussage abzunehmen, die uns im Voraus hätte bekannt gegeben werden müssen«, fuhr Logan fort. »Das verdient schärfste Sanktionen, Euer Ehren, weil der Anwalt der Klägerseite das Gericht täuscht und manipuliert.«

»Ihr Ersuchen wird zurückgewiesen«, sagte die Richterin leise.

»Dann beantrage ich, dieses Beweisstück aus dem Protokoll streichen zu lassen.«

»Der Antrag ist abgelehnt.«

»Dann beantrage ich Einstellung wegen Verfahrensmängeln, da diese überfallartige Vorlage von Beweismitteln nie hätte gestattet werden dürfen.«

»Abgelehnt.«

»Ich ersuche Sie, die Geschworenen auf die entsprechenden Einschränkungen hinzuweisen.«

»Abgelehnt.« Sie wartete eine ganze Weile. »Sind Sie fertig? Gut. Fahren Sie fort, Mr. Glenwood.«

»Danke, Euer Ehren.« Marcus kehrte zum Zeugenstand zurück. »Mr. Klein, Sie sagen, dieses Papier ist ein offizielles Regierungsdokument?«

»Ja. Die Worte, die oben darüber stehen, das ist die offizielle Bezeichnung des Kantons Genf.«

»Genf«, wiederholte Marcus. »Dorthin hat man das Ersuchen um die Aussagen der Vorstandsmitglieder von ›New Horizons‹ geschickt. Ist das richtig?«

»Tut mir Leid, ich habe keine …«

»Schon gut, Mr. Klein. Zurück zu dem Dokument. Können Sie mir sagen, was da genau steht?«

»Ja, natürlich.« Er las rasch und übersetzte. »Das ist die Fotokopie der Satzung eines Joint Ventures zwischen ›New Horizons‹ und einer Fabrik 101 …«

Logan musste seine Stimme anstrengen, um sich in dem anschwellenden Rumoren unter den Zuschauern Gehör zu verschaffen. »Einspruch! Euer Ehren, der Zeuge hat es selbst gesagt. Das sind keine Originaldokumente!«

Marcus nahm weitere Unterlagen von seinem Tisch und sagte: »Ich bitte, an den Richtertisch treten zu dürfen.«

»Kommen Sie her.«

Als sie so nah beieinander standen, dass Marcus die Schweißperlen auf Logans Stirn sehen konnte, zischte dieser: »Interessant, dass Sie bis zu diesem Augenblick warten, ehe Sie Vertraulichkeit beantragen.«

»Schön, das reicht. Fangen Sie an, Mr. Glenwood.«

»Euer Ehren, diese Unterlagen wurden nicht in der Schweiz ausgegraben, sondern in Peking.« Er zitierte wörtlich, was Dee Gautam in seinem gekritzelten Begleitbrief geschrieben hatte, und hoffte darauf, dass die Richterin keine weiteren Informationen verlangen würde, denn er hatte keine. »Dort existiert eine Quasi-Behörde, deren einzige Aufgabe es ist, bei internationalen Unternehmen eine so genannte Auslandsbetriebssteuer zu kassieren. Deshalb sehen Sie in der rechten oberen Ecke diesen seltsamen Stempel.« Er legte seine anderen Unterlagen vor. »Ich möchte dies als weiteres Beweismaterial vorlegen, Euer Ehren. Es ist die Unternehmenssatzung des Schweizer Partners, einer von ›New Horizons Incorporated‹ gegründeten Strohfirma, die nur dem Zweck dient, dieses Joint Venture einzugehen.«

»Einspruch«, erklärte Logan matt. »Das ist schon wieder ein Überfall.«

»Wir haben so lange gebraucht, um diese Dokumente auszugraben, Euer Ehren. Ich sage ja, es ist lauter neu entdecktes Material.«

»Ich werde es zulassen«, sagte Nicols.

»Aber Euer Ehren …«

Sie hob den Arm in ihrer schwarzen Robe und brachte Logan zum Schweigen. »Fahren Sie fort, Mr. Glenwood.«

Marcus kehrte zum Zeugenstand zurück und ging mit dem Zeugen sorgfältig alle Dokumente durch. Am Ende sagte er: »Was wir hier haben, sind offizielle Unterlagen, die der Bundesregierung in Bern eingereicht wurden. Aus diesen Unterlagen geht hervor, dass eine Schweizer Tochterfirma von ›New Horizons‹ einen Neunundvierzig-Prozent-Anteil an Fabrik 101 in Guangzhou, China, hält. Der chinesische Vertragspartner und Mehrheitseigner in diesem Joint Venture ist ein gewisser Zhao Ren-Fan. Und der Geschäftsanteil von ›New Horizons‹ wurde in Form von Maschinen und Lieferverträgen eingebracht.«

»Jawohl.« Hans Klein nickte mit Nachdruck. »Genau so steht es da.«

Marcus beschloss, noch eine weitere Frage zu riskieren. »Können Sie dem Gericht sagen, weshalb ›New Horizons‹ diesen Weg eingeschlagen und sich in der Schweiz niedergelassen hat und nicht in den Vereinigten Staaten?«

»Einspruch. Die Antwort erfordert reine Mutmaßungen seitens des Zeugen.«

»Ich gebe zu bedenken, dass der Zeuge ein Experte auf diesem Gebiet ist, Euer Ehren«, entgegnete Marcus, »und diese Frage aufgrund reicher Erfahrung beantworten kann.«

Richterin Nicols beugte sich über ihren Tisch und fragte den jungen Mann: »Haben Sie die Natur dieser Frage vollständig verstanden?«

»O ja, Richterin.«

»Gut, dann dürfen Sie antworten. Aber nur auf diese exakte Frage.«

Marcus wiederholte. »Warum hat das Unternehmen sich dazu entschieden, sich in der Schweiz anzusiedeln?«

»Meistens gibt es nur zwei mögliche Gründe«, antwortete der Mann strahlend. »Weil die Steuern bei uns sehr niedrig sind und weil sämtliche Firmenunterlagen als Geheimdokumente behandelt werden – niemand aus dem Herkunftsland des Unternehmens bekommt sie zu sehen, nicht einmal die Steuerbehörden. Wir jedenfalls geben sie nicht heraus, meine ich. Was die Unternehmen selbst damit tun, ist ihre Sache.«

»Keine weiteren Fragen.« Marcus trat vom Zeugenstand zurück und enthielt sich der einen Frage, die er nicht stellen konnte: Woher kannte der junge Mann Dee Gautam?

Logan sammelte seine Kräfte und schlug zurück. »Mr. Klein, was

Sie da vor sich liegen haben, sind fotokopierte Dokumente, nicht wahr?«

»Ja.«

»Haben Sie diese Dokumente vor dem heutigen Tag schon einmal gesehen?«

»Nein.«

»Können Sie für ihre Echtheit garantieren?«

»Nein, na ja, vielleicht, aber das ist schwierig, wissen Sie ...«

»Könnten diese Dokumente nicht gefälscht sein, Mr. Klein?«

»Das ist kaum wahrscheinlich, denn ...«

»Ja oder nein, Mr. Klein: Könnten diese Dokumente gefälscht sein?«

»Ja, natürlich, möglich ist alles.«

»Ja, natürlich, es *könnten* Fälschungen sein.« Mit gesenktem Kopf bewegte Logan sich auf die Geschworenenbank zu, als wollte er ihnen diese Tatsache einhämmern. »Wie groß sind Ihre geschäftlichen Erfahrungen, Mr. Klein?«

»Ich habe die Diplomatenschule in Bern absolviert; das ist ein Institut der Universität ...«

»Die Diplomatenschule. Sie sind also im öffentlichen Dienst. Ein Bürokrat. Ohne jede wirkliche Erfahrung im Geschäftsleben. Ist das richtig?«

Die eifrige Beflissenheit des jungen Mannes legte sich zusehends. »Ich bin von der Universität geradewegs in den auswärtigen Dienst eingetreten.«

»Wissen Sie irgendetwas über die Aktivitäten von ›New Horizons‹ in North Carolina, Mr. Klein? Ist Ihnen bekannt, dass sie viertausend Menschen in diesem Staat beschäftigt und dass die meisten davon in einer der ärmsten Regionen im Südosten der Vereinigten Staaten leben? Dass sie tatsächlich der größte Arbeitgeber in dieser Region ist?«

»Tut mir Leid, ich ...«

»Ist Ihnen etwas über die Wohltätigkeitsarbeit bekannt, die dieses Unternehmen zugunsten junger Menschen im organisierten Sport landesweit leistet?«

»Ich habe die Anzeigen gesehen«, antwortete Klein lahm.

»Die Anzeigen. Wie nett. Ist es nicht so, Mr. Klein, dass Sie in Wirklichkeit nichts weiter über dieses Unternehmen wissen als das, was Sie dem Dokument da entnehmen, einem möglicherweise gefälschten Dokument, das Ihnen der Anwalt der Klägerseite aus Gründen vorgelegt hat, die er sich aus den Fingern saugt?«

»Ich … ja, vermutlich …«

»Keine weiteren Fragen, Euer Ehren.« Logan fuhr herum und stapfte an Marcus' Tisch vorbei. Dabei feuerte er einen einzigen, lodernden Blick ab, einen kurzen Warnschuss vor den Bug. Marcus verstand: Logan war getroffen, aber noch lange nicht versenkt. Dies war nur die erste Runde.

EINUNDDREISSIG

»Sie haben diese Angelegenheit von Anfang an vermasselt.« Der Gentleman mit der silbernen Mähne am Kopfende des Tisches funkelte auf Randall herab. »Was vermutlich keinen der Anwesenden überraschen dürfte.«

»Hier sind keine laufenden Kameras, Sidney, und die Presse ist auch nicht da.« Randall legte eine Nonchalance an den Tag, die er nicht empfand. »Sie können sich Ihre Maßregelungen sparen.«

»Jetzt hören Sie mal zu!« Bevor er zwangsweise in den Ruhestand getreten war, hatte der Vorsitzende des China Trade Council ein 17-Milliarden-Dollar-Unternehmen geleitet. Er war daran gewöhnt, dass die Leute sprangen, wenn er bellte. Randalls träge gedehnte Art machte ihn giftig. »So redet niemand mit mir, schon gar nicht so ein Mietling, so ein billiger Winkeladvokat wie Sie!«

»Beruhigen Sie sich, Sidney.« Der stellvertretende Vorsitzende schaltete sich ein, selbst ehemaliger Chef eines Fortune-50-Unternehmens. »Das führt uns nicht weiter.«

Die luxuriöse Bürosuite in Washington hätte besser zu einem Privatclub gepasst als zu einer Lobbyistenorganisation. Aber dies war keine gewöhnliche Lobbyistengruppe, und die hier versammelten Männer waren keine gewöhnlichen Sterblichen. Rings um den Tisch saßen neunzehn pensionierte Topmanager, alle weiß, alle älter als sechzig, und alle hatten Ruhestandsabfindungen von mehr als fünfundzwanzig Millionen Dollar erhalten.

Der China Trade Council war ursprünglich der quasi-offizielle Arm der Internationalen Handelskammer gewesen. Bald aber hatte dieser

Rat gemerkt, dass er sehr viel effizienter arbeiten konnte, wenn er unabhängig war. Und geheim. Zu seinen Häuptlingen gehörten die Spitzenleute von mehr als drei Dutzend der größten Unternehmen in den Vereinigten Staaten. Die Mitgliedschaft in diesem Rat kostete sie zweihundertfünfzigtausend Dollar im Jahr. Der Vorstand selbst wurde auf der Grundlage von internen Kontakten mit der jeweiligen Regierung ausgewählt. Seine Mitglieder begleiteten den Präsidenten auf Handelsmissionen, nahmen im Wirtschaftsministerium an Strategiesitzungen auf höchster Ebene teil, vertraten die amerikanische Industrie vor dem Senatsausschuss für Auslandsbeziehungen und schliefen im Lincoln-Schlafzimmer. Wenn man Randall Walker fragte, so hatten diese Männer ihre Macht schon so lange, dass sie zusammen mit ihren Gehirnen eingerostet war.

Der Vorsitzende bemühte sich, seine Wut im Zaum zu halten. »Ich habe diesen Kerlen bei ›New Horizons‹ gesagt, dass sie einen Fehler machen, wenn sie Ihnen eine so explosive Sache anvertrauen.«

»Was erwarten Sie denn?«, knurrte ein anderes Vorstandsmitglied. »Bei einer Firma, die Tennisschuhe verkauft, die im Dunkeln leuchten?«

»Und irgendeinem Volltrottel eine Million Dollar im Jahr zahlt, weil er springen kann«, höhnte der zweite Vorsitzende.

Randall ignorierte die Sticheleien, weil er sich auf ein anderes Geräusch konzentrierte, das einzige, das er deutlich hören konnte. Rings um den Vorstandstisch des China Trade Council wurden Messer gewetzt. »›New Horizons‹ bezahlt ihre Beiträge genau wie Sie. Sie ernennen ihren Repräsentanten, genau wie Ihre Unternehmen es tun. Dieser Repräsentant bin zufällig ich. Als Mitglieder des Council haben wir das Recht, Sie um Ihre Hilfe zu ersuchen, und das tun wir.«

»Hilfe, um die Sie schon vor Wochen hätten ersuchen sollen! Bevor diese Klage sich zu einer öffentlichen Rauferei entwickeln konnte!«

Der zweite Vorsitzende wandte sich jetzt in besänftigendem Ton an Randall. »Sie wissen doch, wie sehr wir Publicity verabscheuen. Speziell wenn der Vizepräsident eine Handelsmission plant.«

Randall lächelte. Gern hätte er über den Tisch gelangt und den Mann erwürgt. »Ich finde es erstaunlich, dass alle an diesem Tisch im Nachhinein so gut Bescheid wissen.«

»Ich habe Ihnen von Anfang an gesagt, Sie sollen die Akten dieser Hall vernichten!«, kläffte der Vorsitzende.

Randall seufzte. »Und wann genau hätte das passieren sollen? Damals, als wir noch gar nicht wussten, dass solche Akten existierten? Oder erst, als uns klar wurde, dass sie sie in einem Schließfach deponiert haben musste?«

»Jetzt hören Sie mal zu ...«

Aber Randall war noch nicht fertig. »Hamper Caisse hat Auto, Haus, Büro, Badezimmer und Keller der Stanstead durchsucht – nicht ein Mal, sondern drei Mal. Jeder in diesem Raum weiß, dass Caisse der Beste in dieser Branche ist. Deshalb setzen wir ihn ein. Caisse hat gesagt, da ist nichts. Ich habe ihm geglaubt.«

»Und sehen Sie nur, wie Sie sich geirrt haben!«

»Ja.« Randall war zwischen zwei Phantasien hin und her gerissen. In der einen schnitt er den Vorsitzenden mit einem stumpfen Löffel die Zunge aus dem Mund. Die andere bestand aus einem beschlagenen Glas, randvoll mit zerstoßenem Eis und Single Malt Scotch. Er wusste nicht, welche er im Augenblick verlockender fand. »Wir haben uns alle geirrt. Erinnern Sie sich an unser Meeting, kurz nachdem das Ganze losging, Gentlemen? Ich will Ihnen das Protokoll gern noch einmal vortragen, um Ihr Gedächtnis aufzufrischen. Zuerst haben wir einen Anwalt darauf dressiert, den Halls zu sagen, sie hätten kein Material für eine Klage. Als das nicht funktionierte, waren wir uns einig, dass die Sache früher oder später herauskommen musste. Dann nahmen sich die Halls einen dermaßen inkompetenten Anwalt, dass sie den Fall verloren hatten, ehe er angefangen hatte.«

Randall hatte plötzlich alles satt, diese Schlacht wie überhaupt den gesamten Krieg. Damals war alles so einfach erschienen. »Es war eine einstimmige Entscheidung, Gentlemen. Wir waren uns alle einig. Die Halls würden den Fall nicht auf sich beruhen lassen. Man würde einen Anwalt engagieren. Die Halls würden Klage einreichen. Und uns die Halls selbst vorzunehmen hätte das Risiko erhöht, dass alles an die Presse gelangt. Wir konnten sie nicht bestechen, wir konnten ihnen nicht drohen. Wir mussten ein schwaches Glied in der Kette finden. Glenwood war perfekt.«

»Perfekt!« Das Gesicht des Vorsitzenden hatte einen bemerkenswerten bräunlich roten Farbton angenommen. »Der Mann droht unsere Handelsmission entgleisen zu lassen! Einer unserer Kontakte auf höchster Ebene hat uns vertraulich davon in Kenntnis gesetzt, dass China in Betracht zieht, sämtliche amerikanischen Tochterfirmen zu schließen und die Verhandlungen mit sämtlichen US-Unternehmen abzubrechen! Wir müssen damit rechnen, Hunderte Millionen Dollar an neuen Geschäften zu verlieren! Das nennen Sie perfekt?«

Sein Stellvertreter übernahm die Antwort. »Sowie die Fakten ans Licht kamen, haben wir versucht, diesen Glenwood zu stoppen. Caisse wurde losgeschickt. Und andere.«

»Ja, und ich sehe jetzt, wo das Problem die ganze Zeit gelegen hat!« Der Vorsitzende stieß mit einem zitternden Zeigefinger in Randalls Richtung. »Sie hatten nicht den Mumm, die Sache sauber zu beenden!«

Randall musste mindestens ein kurzes Kichern loslassen. »Und Sie haben ihn?«

»Absolut! Und mehr noch, wir haben die Intelligenz, diese absolute Katastrophe als das zu sehen, was sie ist!«

»Im Gegenteil, Sidney.« Randall hatte jetzt genug. »Sie sind so blöd, Sie könnten sich in einem runden Zimmer verlaufen.«

Der Vorsitzende sprang, wie von der Tarantel gestochen, aus seinem Sessel. »Schmeißen Sie den Kerl raus!«

»Sidney, beruhigen …«

»Sie sind gefeuert! Ich werde mit Ihrem Boss telefonieren und die Sache persönlich in die Hand nehmen!«

»Oh, da können wir uns aber auf ein großes Vergnügen gefasst machen.« Randall griff nach seinem Aktenkoffer und beschenkte den Raum mit einem strahlenden Lächeln. Er hatte eine Villa an der Küste von Amalfi, in der er erst ein Mal gewesen war, und er hatte zwei

Bankkonten in der Schweiz, die voll gestopft waren bis zum Rand. Es wurde Zeit, etwas vom süßen Leben zu kosten. Als Randall in die Gesichter der achtzehn anderen schaute, fragte er sich plötzlich, welcher Teufel ihn eigentlich geritten hatte, dass er einer von ihnen hatte sein wollen. »Ich rate Ihnen allen, suchen Sie den nächsten Bunker auf.«

Als das Telefon klingelte, glaubte Marcus zunächst, es gehörte zu seinem Traum. Sein Herz hämmerte im Takt des schrillen Tons, und als er die Augen öffnete, war die Dunkelheit kaum weniger leer als in einem Grab. Ein unbestimmtes gelbliches Licht fiel durch das Fenster herein, gerade genug, um seine Hand zum Telefon zu führen. Er nahm den Hörer ab und spähte auf das Zifferblatt des Weckers. Es war vier Uhr. »Hallo?«

»Gut, Sie sind wach.«

Marcus erkannte Dee Gautams Stimme. »Das kann nicht Ihr Ernst sein.«

»Es ist gut, wach zu sein und gute Neuigkeiten zu erfahren. Manchmal ist die Uhr ein Feind, den man besiegen muss, nicht wahr?«

Marcus schwenkte die Beine auf den Boden, tastete nach dem Lampenschalter, blinzelte in der plötzlichen Helligkeit. »Welche Neuigkeiten?«

»Haben Sie Bleistift und Papier?«

»Moment. Ja, schießen Sie los.«

»Eine gewisse Hao Lin möchte mit Ihnen sprechen.« Die heitere Stimme buchstabierte den Namen. »Sie ist in Haft im INS-Center außerhalb von Washington. Sie wissen, was INS ist?«

»Immigration and Nationalization Service. Die Einwanderungsbehörde. Aber was …«

»Sie halten sie fest. Dies ist die Inhaftiertennummer, die sie Hao Lin gegeben haben.« Er las den Code vor. »Rufen Sie heute an. Besuchen Sie sie sofort. Bevor sie verlegt wird und wieder verloren geht. Beeilen Sie sich.« Dee Gautam legte auf.

Marcus saß mit dem Hörer in der Hand da, bis er sich damit abgefunden hatte, dass sein Nachtschlaf beendet war. Er stand auf und tappte ins Bad. Über eines war er immerhin froh: Zumindest heute Nacht war er dem Albtraum zuvorgekommen.

Er joggte eine Runde im Dunkeln und genoss die kurze Einsamkeit. Er hatte gar nicht gemerkt, wie sehr die ständige Anwesenheit anderer auf ihm lastete. Sogar der Schmerz in seinem Arm fühlte sich an wie ein heilender Pulsschlag.

Die Nacht war schwarz und sternenlos, und die Wolken schimmerten stumpf im Licht der Stadt, das sie reflektierten. Rocky Mount sah aus wie ein Ort, der so müde war, dass ihm die Ruhe einer kurzen Nacht nicht genügte, um sich zu erholen. Marcus lief in Richtung Fluss, nahm die Brücke und kam in die verlassenen Innenstadtstraßen. Die Hochwasserstände des letzten Jahres hatten den alten Spuren der Vernachlässigung nur neue Narben hinzugefügt. An den Wänden der Tabakscheunen, die Fenster schwarze, zahnlose Mäuler, sah man die Firmennamen lang vergessener Companys. Beim Laufen dachte Marcus darüber nach, dass dies der perfekte Nährboden für Ungerechtigkeiten war, dass es unausweichlich war, wenn ›New Horizons‹ hierher kam und aufsaugte, was in dieser müden alten Stadt noch an Gutem zu finden war.

Er kehrte nach Hause zurück, duschte und frühstückte, und dann wartete er bis acht, ehe er Ashley anrief. Er begrüßte den Anwalt mit den Worten: »Das ist ein Stoff für eine großartige Geschichte – wie der eine Rechtsanwalt den andern am Samstagmorgen wegen eines Falles weckt, der wahrscheinlich allen beiden keinen Penny einbringen wird.«

»Soll ich daran etwas komisch finden?«, krächzte Ashley.

»Dee Gautam hat mich um vier geweckt.«

»Rufen Sie in fünf Minuten noch mal an.«

Marcus wartete zehn und wählte die Nummer dann noch einmal. Ashley meldete sich. »Ich nehme nicht an, dass der Kobold wissen wollte, wie Sie geschlafen haben.«

»Er sagt, es gibt eine potenzielle Zeugin, die nicht warten kann. Eine gewisse Hao Lin, die beim INS in der Nähe von Washington inhaftiert ist. Tut mir Leid, eine genauere Adresse hat er mir nicht gegeben.«

»Ich kenne den INS-Knast.« Ashleys Tonfall hatte nichts Verschlafenes mehr. »Ich soll Ihnen eine Aussage besorgen.«

»Ja. Sobald ich von Ihnen höre, dass diese Person echt ist und etwas anzubieten hat, werde ich beantragen, dass das Gericht sie zur Vernehmung herunterbringen lässt.«

»Gut. Okay. Hören Sie, ich hatte gehofft, dass ich dieses Wochenende noch Kontakt mit Ihnen aufnehmen könnte. Wollen Sie jetzt die Gerüchte hören oder in ein oder zwei Tagen die Fakten?«

Marcus überlegte und entschied dann: »Ich bleibe bei den Fakten. Ich weiß nicht, ob ich im Augenblick etwas anderes hinkriegen könnte.«

Marcus legte den Hörer auf, als die Türglocke läutete. Darren erschien hinten im Flur und beobachtete, wie Marcus die Tür öffnete. Draußen stand ein Fremder mit angespanntem Blick und einem abwesenden Lächeln. »Marcus Glenwood?«

»Ja.«

»Gut.« Er übergab ein dickes Paket und wandte sich ab. »Schönen Tag noch.«

Marcus stand immer noch in der Tür und las die Unterlagen aus dem Paket, als sein Telefon schon wieder klingelte. Widerwillig ging er in sein Büro und nahm den Hörer ab. »Glenwood.«

»Marcus, hier ist Jim Bell. Ich hoffe, ich störe Sie nicht.«

»Ganz und gar nicht.« Dass der Sicherheitsmann einer Bundesrichterin ihn während eines Prozesses am Wochenende anrief, war nun wirklich ein Ereignis, das man im Kalender anstreichen konnte. »Was kann ich für Sie tun?«

»Richterin Nicols weiß nichts von diesem Anruf.« Seine Worte klangen wie einstudiert. »Ich werde ihr kein Wort davon sagen, und Sie sollten es auch nicht tun.«

Marcus tastete nach seinem Stuhl. »Okay.«

»Gestern Abend wurde die Richterin von Senator Stern angesprochen. Er hat gesagt, das Weiße Haus ist auf der Suche nach einem neuen unabhängigen US-Staatsanwalt. Es ging irgendwie um Themen im Ethikausschuss des Senats. Und er hat sie gefragt, ob sie die Stelle haben möchte.«

Marcus atmete angespannt. »Und sie hat ja gesagt.«

»Genau. Und ebenfalls gestern hat Jenny Hail einen Anruf vom Büro des Gouverneurs bekommen. Drüben in Winston-Salem ist die Stelle eines Bezirksrichters frei geworden. Jenny kommt dafür in Betracht. Sie wissen, wie gut die beiden sich verstehen.«

Marcus wog das eben abgelieferte Dokument in der Hand. »Ich habe soeben eine Vorladung zugestellt bekommen. Man hat bei der staatlichen Anwaltskammer Beschwerde gegen mich eingereicht. Es geht um einen Fall, mit dem ich vor … oh, es muss fünf Jahre her sein, dass ich damit zu tun hatte.« Er blätterte ein paar Seiten um und bestätigte dann: »Ja, hier ist es, fünf Jahre. Man wirft mir vor, ich hätte einen Mann, dessen Testament ich aufzusetzen hatte, gegen seine überlebenden Erben eingenommen.« Marcus warf die Papiere auf seinen Schreibtisch. »Charlie Hayes würde so etwas als galgenwürdiges Vergehen bezeichnen, denn wenn man mich deswegen verurteilt, verliere ich meine Zulassung.«

»Interessant, dass das alles zusammenkommt.«

»Da sagen Sie was.«

»Na, wir sehen uns am Montag.«

»Ja. Und – danke, Jim. Vielen Dank.« Marcus legte auf und bemühte sich, in das, was er soeben erfahren hatte, nicht allzu viel hineinzulesen.

Aber Ashley Granger rief an diesem Tag nicht mehr an, und es meldete sich auch nur der Anrufbeantworter, als Marcus versuchte, ihn zu Hause und im Büro zu erreichen. Ein steter Strom von Arbeit half Marcus, Geduld zu bewahren, und kurz nach acht gab er schließlich der Erschöpfung nach. Während er dalag und auf den Schlaf wartete, kam er zu dem Schluss, dass ihm der Tag alles in allem unvollständig erschien.

Wie immer zerbarst der Schlaf vor dem Morgengrauen. Diesmal aber öffnete er die Augen und suchte, was seine Sinne nicht mehr erreichten. Er spähte in die Dunkelheit, aber er fand keinen Grund, Angst zu haben. Stattdessen war es, als brächte das Schlagen körperloser Schwingen Unruhe in sein Zimmer.

Marcus setzte sich im Bett auf und versuchte, über die säuselnde Stille der Nacht hinwegzuhören. Der Raum enthielt das Gefühl seines nächtlichen Traumas nicht mehr. Stattdessen spürte er, dass etwas anderes anwesend war, weder gut noch feindselig, einfach nur wachsam. Als stehe er selbst vor Gericht und als frage die Nacht: Bist du würdig? Marcus saß da, bis der Morgen dämmerte, fähig zu nichts außer der Hoffnung, das Urteil möge zu seinen Gunsten ausfallen.

Der Montagmorgen dämmerte mit spöttischer Schönheit und gab dem Himmel und der Straße vor ihm eine falsche Klarheit. Die Lüge wurde Marcus erst offenbar, als Darren auf den Gerichtsparkplatz einbog und er mit seinen wiederholten Anrufen in Ashley Grangers Büro endlich Erfolg hatte.

Nachher schien es ihm, als habe er es gewusst, schon bevor er die leidvolle Stimme hörte, schon bevor er das Weinen im Hintergrund vernahm, schon bevor Ashleys Sekretärin die Neuigkeit schluchzend durch das Autotelefon übermittelte. Marcus saß da und hörte die klagenden Worte und sah voller Ekel die Abwesenheit von Regen und Grau und allgemeiner Trauer.

Er hatte den ganzen Mittelgang im Gerichtssaal hinter sich gebracht, als ihm klar wurde, dass er an Kirsten vorbeigekommen war. Er drehte sich um und begrüßte sie mit einem ernsten Kopfnicken, und dabei dachte er, dass der zerbrochene Edelstein ihres Blicks diesem Moment ganz und gar angemessen war. Hier war wenigstens eine, die seine Trauer teilte, auch wenn sie es noch nicht wusste. Marcus ging zu seinem Tisch und fragte Alma und Austin: »Haben Sie das Video noch?«

Etwas in seinem Blick oder in seiner Stimme ließ sie ihre Fragen herunterschlucken. Alma sagte nur: »Ja.«

»Das Original?«

»In unserem Bankschließfach«, sagte Austin.

Marcus wandte sich an Charlie. »Such uns einen Experten. Er soll es sauber machen und dafür sorgen, dass Gloria so gut sichtbar wie möglich ist.«

Charlie nickte. »Was ist denn los, mein Junge?«

Aber in diesem Augenblick befahl der Gerichtsdiener: »Erheben Sie sich.«

Marcus blieb stehen, als die andern sich wieder setzten, und nicht nur seine Haltung isolierte ihn, als das Gericht die Verhandlung eröffnete. Er wartete, bis Richterin Nicols sich ihm zuwandte, und verkündete dann: »Euer Ehren, es ist meine unglückliche Pflicht, Ihnen bekannt zu geben, dass ein Anwalt, der mich bei der Arbeit an diesem Fall unterstützt hat, nämlich Mr. Ashley Granger aus Washington, am Samstag ermordet wurde.«

»Nein!« Kirstens Aufschrei zerriss Marcus das Herz, aber er drehte sich nicht um.

Logan schoss hoch. »Euer Ehren!«

»Mr. Glenwood, ich sehe, dass Sie betroffen sind«, begann Richterin Nicols. »Aber …«

»Euer Ehren, Ashley Granger wurde brutal ermordet, als er unterwegs war, um eine Aussage zu protokollieren, die mit diesem Verfahren zu tun hat.«

»Euer Ehren! Ich beantrage Einstellung wegen Verfahrensmängeln!«

»Still jetzt, alle beide!« Nicols schlug so heftig mit dem Hammer auf den Tisch, dass sogar Kirstens zweiter Protestschrei in einem Weinen versickerte. »Mr. Glenwood! Sie begehen hier einen ernsthaften Verstoß gegen die Disziplin vor Gericht!«

»Euer Ehren, der Anwalt der Klägerseite hat die Geschworenen mit diesen absolut aus der Luft gegriffenen Bezichtigungen tendenziös beeinflusst.« Logan marschierte nach vorn. »Ich verlange, dass dieses Verfahren eingestellt wird!«

Die Hand, die den Hammer hielt, zitterte bedrohlich. »Sie gehen zu Ihrem Tisch zurück, Sir. Und Sie, Mr. Glenwood, setzen sich auf den Stuhl da.« Erst als beide wieder saßen, ließ sie den Arm mit dem Hammer sinken. »So etwas kommt nicht mehr vor. Nie wieder, nicht in meinem Gericht, was immer der mutmaßliche Grund sein mag! Ist das klar?« Sie funkelte sie an, bis beide Anwälte ergeben nickten. »Also gut. Mr. Kendall, Ihr Antrag ist abgelehnt. Mr. Glenwood, ich sehe, dass Sie trauern. Es tut mir Leid. Mehr kann ich nicht sagen.«

»Euer Ehren, Ashley Granger war unterwegs, um die Aussage einer gewissen Hao Lin zu Protokoll zu nehmen, die im INS-Gefängnis außerhalb von Washington einsitzt.« Kirstens Schluchzen zerrte an ihm, als weinte sie die Tränen, die er sich selbst nicht erlauben konnte. »Ich bitte um die Erlaubnis des Gerichts, heute Nachmittag am Gedenkgottesdienst für Mr. Granger teilzunehmen und danach die Zeugin zu vernehmen und sie, falls nötig, herzubringen.«

Logan wollte nichts davon wissen. »Euer Ehren, dies ist nichts weiter als ein neuerlicher, unverhohlener ...«

»Ich warne Sie nicht noch einmal«, fauchte Nicols und hielt Logan mit blanker Willenskraft auf seinem Stuhl fest. »Ich bin sehr kurz davor, Sie wegen Irreführung des Gerichts und absichtlicher Zurückhaltung von entscheidendem Beweismaterial mit einer empfindlichen Strafe zu belegen. Stellen Sie meine Geduld in diesem Augenblick nicht auf eine allzu harte Probe, Mr. Kendall. Ich warne Sie.« Sie wandte sich wieder an Marcus. »Also gut. Lassen Sie die Papiere aufsetzen. Sie können meine Sekretärin benutzen.« Sie schlug mit dem Hammer auf den Tisch. »Die Verhandlung ist vertagt auf Mittwochmorgen.«

Auf den Ruf des Gerichtsdieners hin erhob Marcus sich mit den andern und wünschte, es wäre möglich, dass das Gericht so stehen blieb, im ehrenden Gedenken an den Verlust eines wahrhaft guten Mannes.

Mindestens Kirsten trauerte um Ashley. Die Vorbereitungen, die Fahrt zum Flughafen, der Flug – alles war untermalt von ihrer Trauer. Sie schien gar nicht zu merken, dass ihren Augen immer wieder vereinzelte Tränen entkamen. Marcus wartete, bis sie in Washington im Taxi saßen, das sie zur Kirche bringen sollte; dann stellte er die erste einer unvermeidlichen Vielzahl von Fragen. »Als wir das letzte Mal miteinander sprachen, sagte Ashley, er sei einer Sache auf der Spur, die von entscheidender Bedeutung für den Fall sei. Haben Sie eine Ahnung, was das gewesen sein könnte?«

Sie war zu niedergeschmettert, um noch irgendeine Art von Schein zu wahren. »Nein. Ich weiß nur, dass Gloria zwei Wochen vor ihrer Abreise wegen irgendetwas so aufgeregt war, dass ich dachte, sie kriegt einen Herzanfall.«

»Vor der Abreise nach China?«

Ihr Nicken war kaum mehr als ein Schaudern. »Sie wollte mir nicht sagen, was es war. Eine so große Sache, dass es alles Mögliche bedeuten konnte – mehr hat sie mir nicht verraten. Dadurch könnte alles der Mühe wert gewesen sein.«

»Was, alles?«, fragte Marcus. »Ihre Forschung? Die Reise?«

Aber diese Frage ließ nur ihre Tränen von neuem strömen. »Ich habe sie angefleht, nicht zu fahren. Ich habe gebettelt. Ich habe gesagt, ich könnte nicht tun, was sie wollte. Sie sagte nur: ›Wenn ich scheitere, wird alles umsonst gewesen sein.‹« Kirsten schien nicht einmal mehr richtig atmen zu können, und ihre Worte klangen zerrissen. »Jetzt ist noch jemand gestorben. Und ich werde das Gefühl nicht los, dass es passiert ist, weil ich es nicht richtig gemacht habe.«

Marcus nahm an, sie redete von Gloria, und sagte nur: »Sie wissen doch nicht, ob sie gestorben ist.« Als Kirstens Tränen weiterflossen, brachte er es nicht über sich, noch mehr zu sagen.

Der Gedenkgottesdienst fand in einem der großen Wahrzeichen von Washington statt, einer steinernen Kirche von erhabenen Dimensionen. Das war auch nötig, denn die Größe der Versammlung war erstaunlich. Was immer Ashley Granger sonst gewesen sein mochte, er war jedenfalls beliebt, und zwar bei einer gewaltigen Vielfalt von Menschen. Schwarze, Asiaten, Hispanics, Indianer und Weiße, alle mischten sich untereinander, und allen gemeinsam war die Blässe der wahrhaft Trauernden. Marcus brachte Kirsten in einer der hinteren

Reihen unter; die Kirche war schon voll, und es wurde eng. Seinen eigenen Platz überließ er einer Frau, die Juwelen und echte Tränen weinte, und zog sich an die hintere Wand zurück. Es waren Leute in Business-Anzügen da, und andere trugen ausgebeulte Jeans und Sweatshirts, blank polierte Schuhe oder Arbeitsstiefel, und alle waren gebeugt von der Last einer unerwarteten Trauer.

Als der Priester seine begrüßenden Worte gesprochen hatte und das erste Lied anstimmte, kam eine winzige Gestalt heran und sagte: »Es tut gut, Sie zu sehen, Marcus Glenwood. Auch wenn der Anlass nicht gut ist, nein, überhaupt nicht gut.«

Marcus starrte Dee Gautam an. Die kleine Gestalt wurde verschluckt von einem Anzug, der um zwei Nummern zu groß war – vielleicht aber auch nur heute zu groß für diesen Mann. »Ich kann nicht glauben, dass so etwas passiert ist.«

»Das ist das Problem bei unserem Los und unserem Leben.« Dee Gautam ließ den Blick über die Menge wandern und nickte jemandem zu, den Marcus nicht sah. »Wir sind Zeugen der bitteren Zerbrechlichkeit des Lebens auf Erden.«

Marcus stellte die Frage, weil das Leid, das er zu tragen hatte, es verlangte. »Ist Gloria Hall auch tot?«

Dee starrte ihn an; seine Augen waren tief und samten. »Ich handle nicht mit Gerüchten, Mr. Glenwood. Sie müssen ebenfalls versuchen, das zu vermeiden. Gerüchte sind ein Meer, in dem man ertrinken kann.«

Die Ähnlichkeit mit seinem letzten Gespräch mit Ashley trieb den Schmerz nur tiefer in ihn hinein. »Ist sie's oder nicht?«

Langsam und ablehnend schüttelte Dee Gautam den Kopf. »Heute begraben wir Ashley Granger, einen guten Mann und einen Freund. Das genügt vorläufig, Mr. Glenwood. Der Tag fasst Tränen nicht in unbegrenzter Menge.«

Der kleine Mann wandte sich ab und ging davon, ließ Marcus ungeschützt vor dem Anprall unangreifbarer Tatsachen. Die Gemeinde richtete ihn sowohl durch ihre Größe als auch durch ihren Schmerz. Marcus stand an der hinteren Wand der Kirche und wusste, dass sein eigenes Scheiden, wäre er derjenige, der dort in dem Bronzesarg im Mittelgang aufgebahrt lag, unbemerkt und unbetrauert hingehen würde. Er würde einfach gehen und dann fort sein wie ein Blatt, gepflückt von der tristen Hand des Winters und fortgeworfen, unbemerkt und unbesungen. Ein Verlust für niemanden außer seinen eigenen vergessenen Träumen.

Der Pastor begann zu sprechen, und in seinen Worten lag eine Totenklage und zugleich eine persönliche Überzeugung. Marcus hörte von einem Mann, den er kaum gekannt hatte und jetzt auch nie mehr kennen lernen würde. Einem Mann, dessen Grundsätze so tief wurzelten, dass sie kaum je ausgesprochen wurden, und auch dann nur mit knappen Worten. Die Geschichte sei voll von solchen Männern, beklagte der Pastor, während die Gegenwart nur ihren Mangel kenne. Ashley Granger habe sich mit seinem Leben der Herausforderung des Samariters gestellt und niemandem den Rücken zugewandt. Er sei tot, jawohl, und doch lebe er weiter. Der Pastor schrie diese Nachricht nicht triumphierend hinaus, er bemühte sich nicht einmal, irgendjemanden zu überzeugen. Aber seine Stimme tönte stetig und entschlossen wie eine Trommel. Ashley Granger lebt weiter, weil er es muss. Er kommt zum Hochzeitsmahl und wird zum ersten Tisch geführt und dort vom Bräutigam selbst begrüßt. Marcus stand da und hörte zu und verstand sehr wenig, außer dass er selbst nichts vorzuweisen hatte.

Nachher stand er unten an der Treppe und schaute zu, wie die Menge langsam herausströmte. Es war, als widerstrebe es den Trauernden, diesen guten Mann mit einer so kläglichen Summe Zeit abzuspeisen. Marcus stand da und erkannte, dass in diesem Gottesdienst etwas mit ihm passiert war. Was es war, wusste er nicht, denn echtes Bewusstsein blieb noch unter der Ebene der Worte. Und doch spürte er es, und er fühlte die daraus erwachsende Energie im Bauch. Er nahm etwas mit von dieser tragischen Konfrontation, etwas so Machtvolles, dass er Tage, vielleicht Wochen brauchen würde, um es zu verstehen. Einstweilen konnte er sich nur vornehmen, seiner Schwäche nicht die Oberhand zu überlassen. Er würde sein Bestes tun, um zu verhindern, dass Ashley Grangers Abschiedsgeschenk zu einer weiteren tonlosen Erinnerung verblasste.

Dieser Vorsatz machte seinen Blick und seine Stimme hart, als Kirsten langsam auf ihn zukam. »Sie kannten Ashley?«

Sie konnte nicht lügen. »Wir sind eine Zeit lang miteinander ausgegangen. Nachdem Gloria angefangen hatte, mit Gary zu gehen. Aber ich war noch nicht bereit … Es hat nicht geklappt.«

Er nahm dieses Geständnis mit einem Nicken entgegen. »Ich möchte, dass Sie hier in Washington bleiben.«

Dieser unverblümte Befehl genügte, um ihren Blick auf ihn zu schärfen. »Ashley war irgendeiner Sache auf der Spur«, fuhr Marcus fort. »Ich habe keine Ahnung, was es war; ich weiß nur, es war wichtig genug, um dem Prozess eine Wende zu geben. Ich möchte, dass Sie herausfinden, was es war.«

Mit einem kaum merklichen Nicken gab sie ihr Einverständnis. »Ich werde es versuchen.«

»Keine Versuche mehr, Kirsten. Kein Ausweichen mehr. Sie werden es tun. Und zwar schnell. Ich kann Ihnen nur Zeit bis morgen geben.« Es kümmerte ihn nicht, wie sich das anhörte. Die Zeit für samtene Wortspielereien war vorbei. »Ich werde mit Dee sprechen und ihn bitten, dass man Sie bewacht und dafür sorgt, dass Ihnen nichts geschehen kann.«

»Von wem?«

»Nicht so wichtig. Übermorgen müssen Sie bereit sein, mit einer neuen Zeugin nach Raleigh zu kommen. Mehr weiß ich frühestens morgen Abend.«

»Aber …«

»Lassen Sie mich ausreden. Ob Sie sich dazu entschließen, in Raleigh zu bleiben, müssen Sie selbst wissen. Aber wenn Sie es tun, erwarte ich eine dauerhafte Veränderung bei Ihnen.«

Etwas funkte in ihren veilchenblauen Augen, ein Schimmern, das in ihm das jähe Verlangen hinterließ, sie an sich zu ziehen, sie so fest zu halten, dass sie den hohlen Raum mitten in seiner eigenen Brust spüren konnte. Dieses Verlangen machte seinen Ton nur noch härter.

»Bis jetzt haben Sie nichts getan, außer nach besten Kräften zu versuchen wegzulaufen. Schluss damit, Kirsten. Wenn Sie in Raleigh bleiben, will ich, dass Sie Antworten haben und den Willen zu kämpfen. Die Entschlossenheit, diesen Fall bis zum Ende durchzufechten.«

Er wandte sich ab und ließ sie stehen. Er schaute sich nicht um, denn das brauchte er nicht. Nicht von Kirsten wandte er sich ab, sondern von allem, was bis dahin gewesen war. Der Weg, der nach vorn führte, war gesäumt von Trauernden und von Schmerz, und so sollte es sein.

ZWEIUNDDREISSIG

Darren holte ihn am nächsten Abend vom Flughafen Raleigh ab und verkündete: »Ch-Charlie Hayes – d-der ruft schon d-dauernd an.«

»Hat er das Video fertig?«

Darren reichte Marcus das Handy, als sie in den Abend hinausfuhren. »H-hörte sich ganz so an.«

Aber Marcus rief nicht an. Er brauchte Zeit, um alles zu sortieren, was er in dem Gefängnis erfahren hatte. Er massierte sich den Nacken, lehnte sich zurück, schloss die Augen. Charlie konnte warten. Sie würden am nächsten Morgen mit dem, was sie hatten, ins Gericht gehen – was immer es war.

Sie waren auf halbem Weg nach Rocky Mount, bevor er zum Telefon griff, und dann rief er seine Sekretärin an, nicht Charlie. Die vertraute Stimme mit der seltsamen Mischung aus Humor, Vernunft und ständiger Tragik meldete sich: »Na, hallo, Fremder.«

»Wie geht's Ihnen, Netty?«

»Kann nicht klagen. Na ja, ich könnte schon. Aber das hilft nicht, und deshalb spare ich mir die Mühe. Im Büro ist ein ziemlicher Trubel.«

»Neue Arbeit?«

»Ein bisschen. Nichts, was nicht warten kann. Die Leute, die kommen, wissen ja, dass Sie mit diesem Prozess ausgelastet sind – ach, Quatsch, die ganze Welt weiß es. Nein, die meisten Anrufe kommen von der Presse.«

Das veranlasste ihn, sich aufzurichten. »Was Sie nicht sagen.«

»Für Charlie Hayes war es ein Festtag. Als er mit dem Reporter von der *New York Times* sprechen konnte, hätte er fast Nesselausschlag gekriegt, so aufgekratzt war er. PBS hat ihn interviewt, und zwei Lokalfernsehsender.«

»Das könnte eine sehr gute Sache sein.« Marcus wünschte, er könnte mehr Hoffnung für die vermisste Frau aufbringen.

»Ist Kirsten bei Ihnen?«

»Nein.« Marcus merkte, wie enttäuscht er auf die unausgesprochene Mitteilung reagierte, dass sie nicht angerufen hatte. »Sie hat sich in Washington noch um etwas zu kümmern.«

»Schade. Alma hat nach ihr gefragt. Mir fehlt sie auch. Sie war letzte Woche eine große Hilfe.«

»Kirsten hat Ihnen geholfen?«

»Fast jeden Tag. Jay hatte wieder eine schlechte Phase. Sie hat sich im Büro um alles gekümmert. Das Mädchen ist eine gute Arbeiterin, mein Lieber. So solide, wie man sich's nur wünschen kann.«

»Das wusste ich nicht.«

»Das ist eine komische Sache.« Der Humor war mit Volldampf zurückgekehrt. »Ich musste ihr versprechen, dass ich Ihnen nichts sage, und sie kam immer erst, wenn Sie weg waren, und musste gehen, bevor Sie nach Hause kamen. Ich schätze, diese Großstadt-Ladys haben Gewohnheiten, die wir Leute vom Lande nie verstehen werden.«

»Vermutlich«, stimmte Marcus ihr müßig zu. Er brauchte eine ganze Weile, um zu begreifen, dass es keinen Gewinn bringen würde, dieses Thema weiter zu erkunden. »Können Sie heute Abend noch etwas für mich tun?«

»Was, jetzt?«

»So bald wie möglich.«

»Ich denke, schon.«

»Sie müssen im Büro vorbeikommen und die letzten zwei Jahresberichte von ›New Horizons‹ abholen. Ich lege sie für Sie bereit. Gehen Sie damit in einen Fotoshop, der noch geöffnet ist, und lassen Sie von allen Fotos der Geschäftsleitung Repros anfertigen. Einen Satz machen Sie so groß, wie es geht, und dann von jedem noch einmal fünfzehn Stück, zwanzig mal fünfundzwanzig.«

Als sie in die Einfahrt bogen, sah Marcus mit ungeheurer Dankbarkeit, wie Dees schäbiger Gärtner aus seinem Wohnwagen stieg und ihnen auf krummen Beinen entgegenkam. »Wir kommen gerade nach Hause«, sagte er ins Telefon. »Sie können jederzeit vorbeikommen.«

Der Gärtner öffnete die Wagentür und gab bekannt: »Dee Gautam sagen, alles erledigt. Lady kommt.«

Marcus fühlte, wie die Wolke von Sorgen, die er mit sich herumgeschleppt hatte, sich zu tatkräftigem Handeln verdichtete. »Er hat eine Dolmetscherin für uns gefunden?«

Das uralte Gesicht legte sich in straffe Runzeln. »Ich gerade gesagt, oder?«

»Gut. Okay. Wann kommt sie?«

»Wenn Sie sagen morgen, sie kommt morgen.« Eingeschnappt drehte der Mann sich um und ging, einen melodischen Fluch brummelnd, davon.

Marcus rief ihm nach: »Warten Sie.« Er griff nach der Einkaufstüte und rutschte aus dem Jeep. Dann ging er zu dem kleinen Mann und hielt sie ihm entgegen. »Das ist für Sie.«

Der Mann war offenbar nicht der Auffassung, dass es einen guten Grund gebe, nach der Tüte zu greifen. »Sie nicht bezahlen. Dee Gautam bezahlen.«

»Das ist keine Bezahlung. Es ist ein Geschenk. Nehmen Sie. Bitte.«

Widerstrebend nahm die verhutzelte Gestalt die Tüte entgegen und zog den ersten der beiden Gegenstände ins Licht der Straßenlaterne. Dann hauchte der Mann ein leises »Iiiija!«. Er faltete den Pullover auseinander, Merinowolle mit Zopfmuster, grün und an Schultern und Ellenbogen mit Wildleder besetzt. Marcus war höchst erleichtert, als er sah, dass die kleinste Größe, die das Geschäft vorrätig gehabt hatte, ihm offenbar gut passen würde, und er sagte leise: »Da ist noch etwas.«

Langsam wandte der Mann sich wieder der Tüte zu und holte ein Paar rehlederne Handschuhe heraus, gelb wie Butter und weich wie ein herbstlicher Sonnenaufgang. »Wie es aussieht, wird der Winter ziemlich kalt für die Gartenarbeit«, sagte Marcus nur.

Der Blick des Mannes hob sich in funkelndem Staunen. »Warum tun Sie das?«

Marcus wusste immer noch nicht, wie er ausdrücken sollte, was er fühlte, und konnte nur sagen: »Manchmal sind Worte allein fast eine Lüge.«

Der Mann nickte langsam und wandte sich wieder der Betrachtung seiner Geschenke zu. »Wie heißen Sie?«, fragte Marcus.

Der Gärtner ließ sich viel Zeit mit der Antwort. »Vor langer Zeit ich war Chung. Seitdem, viele Namen. Viele Orte, viele Namen.«

Marcus senkte eine Hand auf seine schmale Schulter, hart wie ein vom Wind gemeißelter Stein. »Danke, Chung.« Als der Mann nicht antwortete, wandte Marcus sich ab und ging ins Haus.

Marcus schlief wenig und erwachte schroff. Der Albtraum im Morgengrauen war derselbe, nur länger und wilder; er packte ihn und nagte an ihm wie ein Fleisch fressendes Untier der dunklen Stunden. Marcus erwachte nach Luft schnappend und schweißnass von der Anstrengung, sich zu befreien. Er stand auf, frühstückte allein und machte sich dann daran, einen Tag vorzubereiten, der ohne Zweifel eine lange, ermüdende Tretmühle werden würde.

Als Marcus am Mittwochmorgen in den Gerichtssaal kam, war Charlie Hayes schon da, um ihn zu begrüßen. Alma und Austin waren noch nicht gekommen. Bevor Charlie anfangen konnte, sagte Marcus: »Kirsten kommt mit einer neuen Zeugin. Darren ist zum Flughafen gefahren, um sie abzuholen. Sie müssten jeden Augenblick da sein. Mit einer Dolmetscherin. Du musst unten sein, um sie zu empfangen und die Zeugin mit dem Verfahren vertraut zu machen. Wartet im Coffeeshop, bis ihr von mir hört.«

Hinter seiner Brille klapperte Charlie langsam mit den Lidern. »Eine Dolmetscherin.«

»Ja, genau. Die Zeugin heißt Hao Lin. Sie ist Chinesin. Wir haben sie aus dem INS-Gefängnis bei Washington geholt. Sie war in einem Boot, das versucht hat, sich in die Chesapeake Bay einzuschleichen, und wurde dabei gefasst.«

Charlies Körper mochte im Alter schwerfälliger geworden sein, aber sein Verstand war so flink wie eh und je. »Hast du mir deshalb aufgetragen, das Video aufarbeiten zu lassen?«

»Ja.«

»Wusstest du schon, was die Zeugin uns erzählen wird?«

»Ich hab's vermutet.«

»Du hast es vermutet.« Charlie schüttelte langsam den Kopf. »Da hast du aber eine Menge auf eine Vermutung gesetzt.«

»Ich wusste, dass es eine große Sache sein musste, wenn sie Ashley deswegen ermorden.« Als Charlie sich zum Tisch der Verteidigung umdrehen wollte, fügte Marcus hinzu: »Ich bin mir ziemlich sicher, dass Logan nichts darüber weiß.«

»Die Hexe, mit der er reitet, sieht gemein genug aus.«

Marcus warf einen Blick hinüber und sah, dass Suzie Rikkers zurückfunkelte. »Kann sein. Aber nicht Logan. Besessenheit und Ehrgeiz machen einen noch nicht zum Mordkomplizen.« Marcus ignorierte Suzies hasserfüllten Blick und erhob sich, um Alma Hall zu begrüßen. »Sie müssen uns bei etwas helfen.«

»Sie müssen's nur sagen.« Müde, aber fest.

»Ich werde mit der Richterin sprechen. Wenn ich mich Ihnen zuwende, gehen Sie zu Charlie hinunter in den Coffeeshop und holen sie alle herauf.«

Marcus umriss rasch, was er von Charlie wollte. Sie steckten noch die Köpfe zusammen, als der Gerichtsdiener die Anwesenden aufforderte, sich zu erheben. Erst als Marcus sich wieder setzte, fiel ihm das unablässige Gemurmel hinter ihm auf. Als er sich umdrehte, schaute er in einen voll besetzten Zuschauerraum.

»Hast du von der Presse gehört?«, fragte Charlie.

»Netty hat mir erzählt, dass du ein paar Anrufe entgegengenommen hast.«

»Anrufe und Kameras und Mikrofone in Massen. Hatte einen Riesenspaß.« Charlie stand auf. »Ich gehe jetzt hinunter und warte auf die Zeugin, und dann trinken wir eine Tasse Kaffee.«

»Sorg dafür, dass sie in ungefähr einer Stunde bereit ist.« Marcus erhob sich und wandte sich an Richterin Nicols. »Euer Ehren, ich bitte um Erlaubnis, zum Richtertisch zu kommen.«

»Euer Ehren, wir möchten den Geschworenen das Video als Beweisstück vorführen.«

Das Band hatte zwar auf der Liste von Marcus' ursprünglichen Beweismitteln gestanden, aber ganz offensichtlich hatte Richterin Nicols nicht damit gerechnet, dass er eine Jury-Vorführung beantragen würde. Logan hingegen schon. Bevor die Richterin sich gefasst hatte, verkündete er: »Wir erheben hiermit Einspruch, da wir die Authentizität dieses Beweisstücks anzweifeln, Euer Ehren.«

Sie wandte sich ihm mit strenger Miene zu. Marcus versagte es sich, ebenfalls zu ihm hinüberzuschauen, denn Suzie Rikkers stand auf der anderen Seite neben Logan und funkelte ihn an. Aus dieser Nahe konnte er die sengende Hitze fast spüren. Er wandte den Blick nicht von der Richterin, während Logan fortfuhr: »Wir wissen nicht, wer dieses Video produziert hat, Euer Ehren. Wir wissen nicht, woher es kommt. Das erste Problem ist also die Verlässlichkeit. Beim bloßen Anschauen kann man nicht sagen, wer die Sprecherin ist. Bei den heutigen Computermanipulationstechniken könnte es leicht synchronisiert sein, durch eine ganz andere Person.«

Richterin Nicols warf Marcus einen kurzen Blick zu, aber Logans beharrliche Attacke zog ihre Aufmerksamkeit gleich wieder auf sich. »Auch ist die Frage, zu welchem Zweck dieses Video hergestellt wurde, Euer Ehren. Das alles könnte Teil eines raffinierten Täuschungsmanövers sein. Wir haben Zeugen, die bestätigen werden, dass Gloria Hall auf eine lange Vergangenheit als Aktivistin und Troublemaker zurückblicken kann. Anscheinend hegte sie irgendeinen Groll gegen das chinesische Regime. Sie verfolgte ihre eigenen Ziele. Es könnte sich um etwas handeln, das sie sich um der dramatischen Wirkung willen ausgedacht hat. Das Risiko der tendenziösen Beeinflussung überwiegt jeglichen Beweiswert.«

Logan schwieg, als die Richterin Marcus anschaute; offenbar warteten beide auf seine Reaktion. Aber Marcus hatte nicht vor, irgendetwas zu sagen, ehe die Verteidigung ihr gesamtes Pulver verschossen hatte. Wenn er an dieser Stelle schon widerspräche, würde er seine Karten zu früh auf den Tisch legen.

»Und ein letzter Punkt, Euer Ehren«, fuhr Logan fort. »Der Anwalt der Klägerseite möchte das Video nur vorbringen, um die Geschworenen zu empören. Seine Absicht ist es immer noch, Vorurteile gegen meinen Klienten zu wecken. Wir beantragen deshalb, das Video von der Beweisaufnahme auszuschließen.«

Als Marcus weiterhin schwieg, entschied Richterin Nicols: »Ich muss der Verteidigung widerstrebend zustimmen. Sofern Sie die Authentizität nicht klarstellen und darlegen können, dass Sie mit der Vorführung einen akzeptablen Zweck verfolgen, muss ich dieses Video ausschließen.«

Marcus drehte sich um und nickte Alma zu, und diese erhob sich auf der Stelle und verließ den Gerichtssaal. »Wir haben eine Zeugin, die genau dies tun kann, Euer Ehren.«

Die Richterin zog die Brauen hoch. »Das Resultat der Befragung, die Sie beantragt haben?«

»Jawohl, Euer Ehren. Ihr Name ist Hao Lin.«

»Sie kann dieses Video authentifizieren?«

»Sie kann nicht nur aufklären, wer es hergestellt hat, sondern auch, zu welchem Zweck es gedreht wurde.«

Logan schaltete sich ein. »Euer Ehren, ich protestiere …«

»Nein, Mr. Kendall. Ich habe Ihnen bis zum Schluss zugehört. Aber der Kläger hat das Recht, die Beweiskraft zu demonstrieren. Ich stelle meine endgültige Entscheidung über das Video zurück, bis ich die Aussage der Zeugin gehört habe. Bitte sehr, Mr. Glenwood.«

»Der Kläger ruft Miss Hao Lin in den Zeugenstand.«

Der Beamte der Einwanderungsbehörde, der sie nach vorn begleitete, verstärkte nur die Zierlichkeit der Frau. Hao Lin war erst achtundzwanzig, aber sie trug die ermüdende Last zahlreicher Strapazen. Sie hielt sich wie eine Frau, die überstäubt war vom Reif einer Legion von Wintern. Der ganze Gerichtssaal schaute wie hypnotisiert zu, als der Officer der Frau die Handschellen abnahm. Der Gerichtsdiener hatte offenkundig keine Erfahrung damit, den Eid mit Hilfe einer Dolmetscherin abzunehmen, und musste von der Richterin angewiesen werden, ihn auch der Dolmetscherin selbst abzunehmen, die sich als Dozentin für Kantonesisch und Mandarin an der Georgetown University und UN-Dolmetscherin ausweisen konnte. Im Stillen bedankte Marcus sich bei Dee Gautam für seine Gründlichkeit.

Er kam zu dem Schluss, dass es am besten sei, mit dem Schlimmsten anzufangen, und er hoffte, dass er die Verteidigung damit zumindest teilweise entwaffnen würde. »Miss Hao, wie genau sind Sie in dieses Land gekommen?«

Ihre Antwort war ein singendes Wispern, mehr ein Seufzen als eine richtige Stimme, und darin lag alles Elend dieser Zeit. Die Stimme der Dolmetscherin klang im Gegensatz dazu beinahe rau. »Ich bin mit dem Boot gekommen.«

»War das ein legales Beförderungsmittel?«

»Nein.«

»Sie waren also als Flüchtling an Bord eines illegalen Schiffs?«

»Ja.«

»Wo sind Sie an Bord dieses Schiffs gegangen, Miss Hao?«

»In Macao.«

»Wie viel haben Sie für die Passage bezahlt?«

»Fünfundzwanzigtausend Dollar.«

»Hatten Sie dieses Geld?«

»Nein. Ich habe einen Vertrag unterschrieben, in dem ich zugesagt habe, für diese Leute zehn Jahre zu arbeiten.«

»Sie haben sich also bereit gefunden, etwas auf sich zu nehmen, das auf zehn Jahre Leibeigenschaft hinausläuft, um in dieses Land zu kommen.« Er warf einen kurzen Blick in die Runde. Richterin Nicols und die Geschworenen waren offensichtlich gebannt von ihren Worten. Logan kritzelte wie verrückt. Suzie versengte die Luft zwischen ihnen mit ihrem Blick. »Wissen Sie, was für eine Arbeit Sie hier tun sollten?«

»Nein. Es war auch nicht wichtig. Alles wäre besser gewesen als das, was ich hinter mir gelassen hatte.«

Marcus bewegte sich langsam durch den Saal, bis er am anderen Ende der Geschworenenbank stand. Hao Lin trug eine adrette Baumwollbluse mit einem Muster aus Blumen und tanzenden Figuren, die höchstwahrscheinlich einmal einem Schulmädchen gehört hatte. Ihre Jeans wurde von einem Strick in der Mitte gehalten und lag in Falten um ihre schmale Taille. Der harte Zeugenstuhl schien sie zu verschlucken. »Bitte sagen Sie den Geschworenen, was genau Sie in China hinter sich gelassen haben, Miss Hao.«

Die Stimme wurde noch dünner, bis die Übersetzung der Dolmetscherin fast wie ein Schreien klang. »Ich war sechs Jahre lang als politische Gefangene im *Lao-gai*-Gefängnis Fabrik 101.«

Richterin Nicols hämmerte lange und hart auf den Tisch, um den jetzt ausbrechenden Aufruhr zur Ruhe zu bringen. Ihre Stimme war nur wenig mehr als ein Knurren, als sie dem voll besetzten Zuschauerraum vorhielt: »Hören Sie zu! Dies ist kein Theater. Was Sie hier vor sich haben, dient nicht zu Ihrer Unterhaltung. Dies ist ein Gerichtssaal. Ich erwarte, dass Sie Anstand und Respekt zeigen, andernfalls werden Sie des Saales verwiesen. Ist das jetzt klar?« Als Schweigen eintrat, nickte sie Marcus zu. »Fahren Sie fort.«

»Sie waren sechs Jahre lang in der Fabrik 101 in der Provinz Guangdong«, wiederholte Marcus. »Haben Sie je eine Gerichtsverhandlung bekommen?«

»Nein, nur eine Anhörung vor einem Parteitribunal. Weiter nichts. Die Länge meines Urteils habe ich erst erfahren, als ich schon sieben Monate dort gearbeitet hatte.«

»Hatten Sie dann das Recht, Berufung einzulegen?«

Diese Frage verursachte einen längeren Wortwechsel zwischen der Dolmetscherin und der Zeugin, die offensichtlich keine Ahnung hatte, was Marcus meinte. Ihr Gesicht verriet absolute Ratlosigkeit. Marcus sah, dass Richterin Nicols das Mädchen mitleidsvoll beobachtete. Schließlich antwortete die Dolmetscherin schlicht: »Nein.«

»Kein Gerichtsverfahren, kein Recht auf Berufung. Welches Verbrechen hat man Ihnen vorgeworfen?«

»Ich wurde bei einer Protestdemonstration zum Jahrestag des Tiananmen-Platzes verhaftet.«

Marcus ging zur anderen Seite des Raums und legte Abstand zwischen sich und das, was jetzt kommen würde. »Haben Sie in dieser Fabrik jemals Gloria Hall gesehen?«

»Ja.« Sie antwortete unverzüglich, aber ein großer Teil ihrer Antwort ging im Lärm unter und musste wiederholt werden. »Die schwarze Amerikanerin, die kein Chinesisch sprach. Sie hat in meiner Kolonne gearbeitet.«

Marcus nahm ein Foto von seinem Tisch, was bedeutete, dass er die entsetzten Gesichter der Halls aus der Nähe sehen musste. Er zeigte das Bild der Zeugin. »Ist das die Frau?«

Die Zeugin schaute lange, sehr lange hin und sagte dann, ohne den Blick von dem Foto zu wenden: »Dasselbe Mädchen, aber sie sah nicht so aus.«

»Inwiefern war sie anders?«

»Man hatte sie schlimm geschlagen.«

Ein leises Stöhnen kam von den Halls. Richterin Nicols schaute zu ihnen hinüber, sagte aber nichts. Marcus zog es vor, sich nicht umzudrehen; er überließ es den Geschworenen, die beiden anzustarren. »Können Sie uns etwas über die Zustände in der Fabrik erzählen, Miss Hao?«

»Es war schrecklich. Wir waren an unsere Maschinen gekettet. Ich habe Sohlen unter Schuhe geklebt. Diese amerikanische Frau hat an einer Dampfpresse gearbeitet. Die Arbeit an den Pressen war am härtesten. Wir bekamen Grütze zu essen und wurden geschlagen, wenn wir unsere tägliche Quote nicht erfüllten.« Die zarte, singende Stimme war furchtbar in ihrer einfachen Klarheit. »Wir schliefen in einem Schlafsaal, einer langen Halle mit Betonbänken. Wir arbeiteten jeden Tag.«

»Woran hat Gloria Hall gearbeitet?«

»An Kleidern. Leuchtende Farben. Für Kinder, glaube ich.«

»Wir legen als Beweisstück ein ›New Horizons‹-Etikett vor.« Er reichte ihr das Stückchen Stoff. »Erkennen Sie das?«

Es schauderte sie, als sie es entgegennahm. »Das habe ich drei Jahre lang angenäht, bevor ich Schuhe machen musste. Die Schuhe trugen das gleiche Logo.«

Marcus ging zurück zu seinem Tisch und holte das nächste Bild. »Die Klägerseite legt als Beweisstück das Foto eines Mannes vor, dessen Name auf der Gründungssatzung des Joint Ventures zwischen Fabrik 101 und ›New Horizons Incorporated‹ erscheint.«

»Einverstanden.«

Marcus reichte der Zeugin das Foto. »Können Sie mir sagen, wer das ist?«

Die Frau wich zurück; sie weigerte sich, das Bild zu nehmen, es auch nur zu berühren. Ihr Gesicht zeigte nichts als Abscheu. »Zhao Ren-Fan. Ihm gehörte die Fabrik. Er kam, lief umher und ging wieder.«

»Wer führte die Fabrik in seiner Abwesenheit?«

»Sein Sohn. Ein übler Mann. Sehr übel. Und noch ein anderer Mann. Der war noch übler als der Sohn.«

Marcus nahm den Stapel mit den Fotos, die seine Sekretärin hatte abziehen lassen.

»Die Klägerseite legt als Beweismittel Fotos der Vorstandsmitglieder und leitenden Angestellten von ›New Horizons‹ vor.«

Logan war mit einem Satz auf den Beinen. »Einspruch! Unbegründet, aufhetzerisch, unbewiesen!«

»Abgelehnt. Sie können die Zeugin nachher ins Kreuzverhör nehmen. Fahren Sie fort.«

»Miss Hao, ich bitte Sie, diese Bilder sehr sorgfältig zu betrachten. Sagen Sie mir, ob Sie irgendeinen dieser Männer schon einmal gesehen haben.« Marcus hielt den Atem an, als sie den Stapel durchblätterte, denn er hatte keine Gelegenheit gehabt, dies vorzubereiten. Er hatte nur gehört, dass weiße Männer mit dem General da gewesen waren.

Sie gab ihm zwei zurück. »Nur diese.«

»Sie haben diese beiden Männer in der Fabrik gesehen?«

Der Saal explodierte. Sie zuckte zusammen, als die Richterin mit lauten Hammerschlägen Ordnung verlangte. »Ja. Ein paar Mal.«

Marcus las die Namen auf der Rückseite der Fotos. »Wir identifizieren diese Fotografien als die von James Southerland, Geschäftsführer, und Frank Clinedale, stellvertretender Vorsitzender des Vorstands von ›New Horizons‹.«

Logan musste brüllen, um sich in dem Tumult Gehör zu verschaffen. »Einspruch!«

»Ruhe! Mr. Kendall, ich habe gesagt, Sie sollen warten, bis Sie an der Reihe sind.« Sie warf einen wutfunkelnden Blick in den Saal, sagte aber nur: »Fahren Sie fort.«

»Miss Hao, lassen Sie uns zu einem Tag kommen, der ein paar Wochen zurückliegt. Sie haben gesehen, wie die beiden Chinesen, die diese Fabrik in Zhao Ren-Fans Abwesenheit leiten, Gloria Hall von der Dampfpresse losketteten.«

»Ja.«

»Wohin haben sie sie gebracht?«

»In den Raum.«

Gern hätte er verhindert, dass Alma und Austin zuhörten, aber er wusste, dass es unmöglich war. »In was für einen Raum?«

»In den Raum. In den Bestrafungsraum.« Das Gesicht der Frau wirkte innerlich hohl bis in den Kern. Ihr Blick war leblos. »In den Raum.«

»Woher wissen Sie, was dort vor sich ging?«

»Das wusste jeder. Der Raum hatte ein Fenster, damit alle zusehen konnten.«

»Der Bestrafungsraum hatte ein Fenster zur Fabrik – da verstehen wir Sie richtig?«

»Ja.«

»Wie weit waren Sie von diesem Fenster entfernt, Miss Hao?«

»Fünf Maschinen.«

»Das wären nicht mehr als fünfzehn Meter. Ist das richtig?«

Ein kurzer Wortwechsel, dann: »Weniger.«

»Sie brachten Gloria also in diesen Raum. Was tat sie?«

»Sie hat geweint. Jeder hat geweint.«

»Haben Sie gesehen, was drinnen passierte?«

»Ja. Alle mussten zuschauen.«

»Bitte schildern Sie dem Gericht, was Sie gesehen haben, Miss Hao.«

»Sie haben eine Kamera hineingestellt und ein Video gemacht.«

»Ein Video?«

»Ja. Sie haben sie gezwungen, etwas von einem Blatt Papier vorzulesen. Ich habe aufmerksam zugeschaut, denn ich hatte so etwas noch nicht gesehen.«

»War General Zhao dabei?«

»Nein. Der General war seit über einem Monat nicht mehr in der Fabrik gewesen. Länger.«

»Also hat sein Sohn das Video gedreht.« Marcus wandte sich seinem Tisch zu. Er musste zumindest versuchen, den Halls zu zeigen, was ihn dies alles kostete. Die beiden Eltern schienen beinahe gefühllos vor Entsetzen zu sein, und das war ganz gut so. Leise fragte er: »Was geschah dann, Miss Hao?«

»Sie führten das amerikanische Mädchen die Treppe hinunter.«

»Wohin führte diese Treppe, Miss Hao?«

Sie hatte so viel Anstand, die Eltern traurig anzustarren und nichts zu sagen.

Marcus wartete eine ganze Weile. Die Luft selbst hielt erstickt den Atem an. »Miss Hao, wohin führte die Treppe?«

»Das weiß niemand.« Die Stimme der Frau wehte durch den Gerichtssaal wie der Atem des endgültigen Winters. »Niemand ist je zurückgekommen.«

»*Nein!*« Es war nicht Alma, die aufschrie, sondern Austin. Der Mann taumelte von seinem Stuhl und wäre bei seinem Versuch aufzustehen zusammengebrochen, wenn Charlie und Alma ihn nicht aufgefangen hätten. »*Nein!*«

Richterin Nicols hatte sich ebenfalls erhoben. »Das Gericht macht eine Verhandlungspause bis ein Uhr.«

DREIUNDDREISSIG

»Ihre Zeugin, Mr. Kendall.«

»Danke, Euer Ehren.« Logan erhob sich langsam, nicht aus Furcht, sondern aus Vorsicht. Er stand einem neuen Gegner gegenüber, und er musste sich bemühen, ihm einen tödlichen Schlag zu versetzen. »Ich möchte gern verstehen, was Sie dem Anwalt der Klägerseite erzählt haben, Miss Hao. Das *ist* doch Ihr richtiger Name?«

»Hao Lin. Ja.«

Marcus hatte Mühe, sich vollständig zu konzentrieren. Es fiel ihm schwer. Sein Verstand war zerfleischt von der Aussage vom Vormittag und von Austins Zusammenbruch. Ganz zu schweigen von der Neuigkeit, die Kirsten ihm in der Pause eröffnet hatte.

Charlie war fort; er tröstete Austin, so gut er konnte. Marcus saß neben Alma, die darauf bestanden hatte, in den Gerichtssaal zurückzukehren. Einer von ihnen müsse da sein, hatte sie immer wieder gesagt, nicht um ihrer selbst willen, sondern für Gloria. Marcus hatte Kirsten mit einem neuen Auftrag betraut, der nicht warten konnte. Nicht, nachdem er die Informationen bekommen hatte, die sie gebracht hatte.

Nicht nur von der Neuigkeit war Marcus immer noch gepackt, sondern auch von der Art, wie sie ihn informiert hatte. Alma und Austin hatte der Vormittag gebrochen, und die Narben waren noch frisch in Almas ernstem Gesicht. Kirsten indessen hatte weder geweint noch sich zurückgezogen. Sie hatte den Blick fest auf ihn gerichtet, als sei sein Vorbild das Einzige, was sie intakt hielt. Sie hatte ihre Nachricht mit fester Stimme vorgetragen und sich dabei so gedreht, dass sie nicht sehen konnte, wie Glorias Eltern sich bei Charlie zusammenkauerten. Sie hatte beobachtet, wie Marcus die Neuigkeit verdaute, und dann seine Anweisungen mit der schweigenden Festigkeit eines Profis entgegengenommen.

Marcus musste sich zwingen, nicht mehr an diesen wunderschönen, eindringlichen Blick zu denken und stattdessen zu beobachten, wie Logan seinen Jagdtanz eröffnete.

»Also, Miss Hao. Was Sie den Geschworenen einreden möchten, ist Folgendes. Sie wurden zufällig in dieser Fabrik in China festgehalten. Dann sind Sie geflohen. Dann sind Sie auf ein Boot gelangt. Dann haben Sie den Ozean überquert – halt, Entschuldigung: Sie haben *zwei* Ozeane überquert. Denn Sie müssten ja erst über den Pazifik und dann irgendwie hier herüber in den Atlantik gekommen sein. Und dann landen Sie hier im kleinen alten Raleigh, North Carolina. Ist das richtig, Miss Hao? Habe ich das alles korrekt wiedergegeben?«

»Ich wurde entlassen. Ich bin nicht geflohen. Aber alles andere stimmt.«

»Sie wurden entlassen.«

»Ja. Ich habe die ganzen sechs Jahre abgedient, und dann haben sie mich gehen lassen.«

»Und da haben Sie zufällig ein Boot gefunden, das gerade nach Amerika fuhr.«

»Nein. Der Bootseigner hat mich gefunden. Sie nehmen gern *Laogai*-Gefangene. Sie wissen, dass die alles dafür bezahlen, China zu verlassen.«

Logan hielt Abstand vom Zeugenstand. Er rückte nicht näher, drohte nicht. Er bewegte sich vorsichtig, leichtfüßig. Sein Ton war mild, fast ein Singsang. »Aber Sie hatten kein Geld, nicht wahr?«

»Nein.«

»Wenn Sie also nichts bezahlen konnten, würden Sie alles dafür *tun*, China zu verlassen.«

»Ja. Alles.«

Sie war so winzig, so zierlich und müde und tragisch, dass Logan nicht wagte, die Geschworenen gegen sich einzunehmen, indem er ihr einen harten Schlag versetzte. Er ging auf und ab, aber in großer Entfernung. Er stellte seine Fragen mit einer Stimme, die fast so leise war wie ihre. »Sie sind in dieses Land gekommen, indem Sie die Unwahrheit gesagt haben. Trifft das zu?«

»Ja.«

»Sie mussten lügen, um hereinzukommen.«

»Ich bin ohne Papiere gekommen.«

»Aber der Zweck heiligt die Mittel, nicht wahr?«

»Ja.«

»Sie finden, es gibt Gelegenheiten, bei denen das Lügen gerechtfertigt ist. Ist es nicht so, Miss Hao?«

»Ja.«

»Sie haben zu Beginn Ihrer Aussage einen Eid abgelegt. Wissen Sie, was ein Eid ist?«

»Ein Versprechen.«

»Genau. Das Versprechen, die Wahrheit zu sagen. Aber soeben haben Sie gesagt, dass Sie alles tun, alles *sagen* würden, um nicht in China sein zu müssen. Sie würden sogar einen Meineid begehen.«

»Ich habe die Wahrheit gesagt.«

»Also gut. Erzählen Sie mir ein bisschen mehr über Ihr Leben dort drüben. Sind Ihre Eltern noch am Leben?«

»Nur meine Mutter. Sie ist Dorfärztin.«

»Was haben Sie getan, bevor Sie verhaftet wurden, Miss Hao?«

»Ich habe an der Universität Guangzhou studiert.«

»Welches Fach?«

Sie warf einen verbitterten Blick zu Logan auf der anderen Seite des Gerichtssaals – das erste echte Lebenszeichen, das sie von sich gab, seit er sich erhoben hatte. »Ich habe Jura studiert.«

Er verbarg es gut, dass er zusammenzuckte. »Wie lange waren Sie an der Universität?«

»Dreieinhalb Jahre.«

»Mehr als drei Jahre an der Universität.« Logan bewegte sich langsam wieder auf sie zu. »Und doch haben Sie niemals Englisch gelernt?« Er sah, dass sie einen Augenblick lang zögerte, und rückte noch näher heran. »War Englisch nicht ein obligatorischer Bestandteil des Curriculums, Miss Hao?«

Jetzt antwortete sie selbst, mit sehr starkem Akzent. »Verstehen wenig. Nicht sprechen.«

»Sie sprechen also *doch* Englisch. Haben Sie nicht gesagt, Sie hätten verstanden, dass der Eid bedeutet, Sie müssen die Wahrheit sagen?«

Hao Lin antwortete wieder über die Dolmetscherin. »Ich habe nie gesagt, dass ich kein Englisch spreche.«

»Natürlich nicht.« Das spöttische Kräuseln der Mundwinkel galt den Geschworenen. »Sie haben lediglich darauf bestanden, dass das Gericht die Kosten dafür übernimmt, eine Dolmetscherin für Sie einzufliegen, während Sie in Wirklichkeit nur ein bisschen mehr Zeit haben wollten, über die Fragen nachzudenken und ihre Antworten sorgfältiger zu formulieren. Ist es nicht so?«

»Einspruch! Reine Schikane.«

Richterin Nicols zögerte und schüttelte dann den Kopf. »Abgelehnt. Die Zeugin muss antworten.«

»Nein. Ich brauche Hilfe, um alles zu verstehen und zu beantworten.«

»Eines der vielen großartigen Dinge an diesem Land, Miss Hao, ist die Erfordernis, im Zeugenstand die Wahrheit zu sagen.« Logan trat zur Geschworenenbank und lehnte sich dort an das Geländer. »Sagen Sie uns also die Wahrheit, Miss Hao. Wollten Sie nicht immer schon in diesem Lande leben?«

»Ja. Ein bisschen. Aber nicht so sehr wie jetzt.«

»Trifft es nicht auch zu, dass die Chinesische Mauer vielleicht einmal erbaut wurde, um Fremde abzuhalten, dass sie jetzt aber dazu dient, die eigenen Bürger im Land festzuhalten?«

»Das verstehe ich nicht.«

Logan stellte seine sanfteste Frage. »Was würde geschehen, wenn man Sie nach China zurückschickte, Miss Hao?«

Sie war elektrisiert vor Entsetzen. »Ich darf nicht zurück. Ich kann nicht.«

»Sie würden also *alles* tun, um hier zu bleiben.«

»Ja. Das habe ich schon gesagt.«

»Ihren eigenen Bruder verkaufen?«

»Ja. Aber ich habe keinen Bruder.«

Sanft wie eine samtene Peitsche fragte er: »Ihren Körper verkaufen?«

Zum ersten Mal senkte sie den Kopf. Und antwortete nicht.

Marcus schickte sich an, Einspruch zu erheben, falls Logan die Sache noch weiter triebe, aber dieser trennte sich von der Frage und der wortlosen Antwort und kehrte zurück zur anderen Seite des Gerichtssaals. Erst aus der Entfernung fuhr er fort: »Ganz gleich, wie aufrecht Ihre Motive sind, Miss Hao, ganz gleich, wie dringend Sie in diesem Land bleiben möchten – nichts rechtfertigt eine Lüge unter Eid in einem Gericht. In einem *amerikanischen* Gericht. Das ist eine ernste Angelegenheit.« Er wandte sich wieder dem Zeugenstand zu. »Ich frage Sie also noch einmal, Miss Hao, und zwar unter Eid: Würden Sie nicht alles tun oder sagen, um in diesem Land bleiben zu dürfen?«

Die Stimme klang wie der Wind, der durch zerbrochenes Schilfrohr seufzt, und die Dolmetscherin übersetzte: »Ja. Aber ich habe hier die Wahrheit gesagt.«

Logan machte einen einzigen Schritt auf die Zeugin zu. »Trifft es nicht zu, dass dieses Video für Ihren eigenen Fall von entscheidender Bedeutung ist?«

»Ich verstehe nicht.«

Wieder ein Schritt. »Um in diesem Land zu bleiben, müssen Sie der Einwanderungsbehörde darlegen, dass Sie in Ihrer Heimat mit schwerer Verfolgung zu rechnen haben. Sie behaupten, man habe Sie jahrelang in dieser so genannten Gefängnisfabrik festgehalten. Ist dieses Video nicht der einzige Beweis, der diese Behauptung untermauert?«

Ein gepresster Unterton kam in ihre Stimme. »Ich habe die Wahrheit gesagt.«

Logan machte einen dritten Schritt. Er hatte seine Beute fixiert. Jetzt käme der tödliche Hieb. »Trifft es nicht zu, Miss Hao, dass Sie wissen, wie dieses Spiel gespielt wird? Ist Ihnen nicht bewusst, dass der Anwalt der Klägerseite Ihnen helfen wird, im Lande zu bleiben, wenn Sie den Geschworenen alles erzählen, was sie in seinem Interesse hören sollen?« Er trat vollends an den Zeugenstand und legte die Hand auf die Balustrade. »Hat er Ihnen nicht bereits angeboten, Sie bei Ihrem Asylantrag zu vertreten?«

Die Dolmetscherin hatte keine Zeit, bis zum Ende zu übersetzen, da Hao Lin in ihrem eigenen Englisch beteuerte: »Ich sage Wahrheit.«

Logan wandte sich ab. »Keine weiteren Fragen.«

VIERUNDDREISSIG

Der Morgen war geformt aus allen Kostbarkeiten des Herbstes, aber Marcus fand keinen Trost in dem Anblick. Er starrte seitwärts aus dem Fenster des Jeeps, als Darren ihn in die Stadt fuhr, und sah, wie die Herbsteichen ihre Pracht unter einem Blau entfalteten, das so tief war wie der Abgrund des Himmels. Aber ihm tat noch immer das Herz weh von den Erschütterungen der Nacht, und seine Gedanken waren mit dem beschäftigt, was vor ihm lag. Es war eine gallebittere Mischung, ein Hohn auf das Geschenk dieses Tages. Die Luft war so kalt, dass sie einen silberweißen Schleier von Feldern und Wäldern hob, einen, der dicht und tief über der Erde hing. Bäume erhoben sich aus dem Nebel wie in einem Flachland voller Drachen und Mythen, manche noch grün, andere als flammende Wegweiser zu den Wundern der Jahreszeit. Marcus verspürte den überwältigenden Drang, die Augen zu schließen – oder Darren zu sagen, er solle schneller fahren. Mit seiner Unfähigkeit, vom Elixier der Natur zu trinken, beschämte er das Andenken seiner Großmutter.

Der Albtraum hatte ihn umklammert, so hart wie die Umarmung einer eifersüchtigen Frau, hatte ihn nicht loslassen wollen, hatte ihn niedergedrückt, bis er sich sicher war, dass er ertrinken müsse, aber vielleicht hatte er sich auch nur ein rascheres Hinscheiden gewünscht. Noch jetzt wisperte der Traum in seinem Kopf. Schlimmer noch war, dass es ausgerechnet heute hatte geschehen müssen, wo die Welt wartete. Heute, wo der Prozess an einem silbrigen Faden hing, bereit, davonzuschwirren wie ein spiegelnder Kreisel.

Er begriff, dass er etwas tun musste, gerade als sie an einem Trio von Seen am Rande des Highways vorüberfuhren. »Sehen Sie den Picknickplatz da vorn? Halten Sie da mal kurz an, ja?«

Darren fand dieses Ersuchen entweder so natürlich, dass es keines Kommentars bedurfte, oder er hielt es für unwichtig. Er fuhr langsamer, bog ab und wendete dann, sodass der Jeep, als er anhielt, in Richtung Highway stand, bereit zu schneller Abfahrt, falls es Ärger geben sollte. Marcus stieß seine Tür auf, stieg aus und ging davon.

Der Nebel war hier schwerer; er reichte ihm bis an die Schenkel und wirbelte in kalten Schwaden umher, wenn er sich bewegte. Es war dennoch kein Problem, auf dem Kiesweg zu bleiben, denn Kiefern, Platanen und wilde Obstbäume begleiteten ihn auf beiden Seiten. Marcus ging immer weiter, bis das lauteste Geräusch von den unsichtbaren Enten kam, die auf dem nebelverhüllten Wasser ruhten und leise schnatternd über diesen verblüffenden Tag plauderten.

Als er über den tief liegenden Nebel hinausschaute, stieg der Rand der Sonne über den Horizont. Augenblicklich verwandelte sich das Panorama, und aus einer Welt wurde eine andere, die aufstieg in ein Land aus Glanz und Gold. Die ostwärts gewandten Seiten der Bäume grüßten leuchtend in blondester Anbetung. Das stärker werdende Licht musste auch die Wasseroberfläche des Sees erreicht haben, denn ein paar Dutzend Stockenten barsten aus dem goldenen Schaum hervor. Und kaum hatten sie den Nebel hinter sich gelassen, wurden aus den gefiederten Tieren winzige Seraphim mit Flammenspitzen an ihren Schwingen.

Marcus folgte ihrem Flug nach Osten und wünschte, er könnte noch etwas anderes als Leere fühlen. Er wusste jetzt, warum die Albträume stetig wilder wurden. Er versuchte, seinem zerschlagenen, verwundeten Leben eine Wende zu geben. Aber die Erkenntnis brachte keinen Trost, nur Gefahren.

Marcus starrte in den Himmel, in dem jetzt keine himmlischen Geister und Zeichen mehr zu sehen waren, und hätte gern gewusst, wie man betet. Es wäre gut, jemanden zu haben, bei dem er entweder Kraft suchen oder wenigstens einen Weg nach vorn erflehen könnte.

An der Rückseite des Bundesgerichtshauses befand sich ein Säulenalkoven in einer Ecke, ein Raum, ein wenig abseits, für die Deputys, die am Gericht Wache standen. Als Marcus aus dem Jeep stieg, kam eine einzelne Gestalt die Backsteintreppe aus dem Alkoven herunter und auf sie zu. Marcus ging dem pensionierten Highway-Polizisten schräg entgegen.

Zur Begrüßung sagte Jim Bell: »Ist kalt genug heute Morgen, dass man glauben kann, der Sommer ist vielleicht endgültig vorbei.« Der bärtige Sicherheitsmann schenkte Darren ein freundliches Nicken. »Wie geht's, mein Junge?«

»Z-ziemlich gut, Mr. B-Bell.«

Bell wartete, bis Darren ein paar Schritte weit vorausgegangen war, und sagte dann leise: »Ein Mann in meiner Position, der kriegt so manches mit, wenn er ein offenes Ohr hat.«

»Ich höre.«

Die Stimme senkte sich noch ein wenig mehr. »Die Richterin und Jenny haben gestern beide einen Anruf bekommen. Belanglose Fragen im Zusammenhang mit ihrer möglichen Beförderung.«

»Nach denen kein Zweifel mehr bestehen kann, dass die Anrufe miteinander zusammenhingen«, ergänzte Marcus für ihn. »Und mit diesem Prozess.«

»Die Frage ist, was ist so verdammt wichtig, dass sie beide gestern diese Warnanrufe kriegen?«

»Das werden Sie heute Morgen erfahren«, sagte Marcus. »Die ganze Welt wird es erfahren.«

»Gut, Mr. Glenwood.« Richterin Nicols hatte die morgendlichen Formalitäten in Rekordzeit erledigt. »Sie können Ihren nächsten Zeugen aufrufen.«

»Euer Ehren«, gab Marcus bekannt, »ich glaube, es ist Zeit, den

Geschworenen Gelegenheit zu geben, Miss Gloria Hall kennen zu lernen und sie selbst für sich sprechen zu lassen.«

»Einspruch!« Logan war schon aufgesprungen, bevor Marcus zu Ende gesprochen hatte. »Ich bitte um Erlaubnis, nach vorn zu kommen, Euer Ehren.«

»Gut.«

Als sie dicht vor dem Richtertisch standen, sagte Marcus: »Ich beantrage, das Video als Beweisstück zuzulassen, Euer Ehren.«

Logan entgegnete mit einer Geschwindigkeit, die auf gründliche Vorbereitung schließen ließ: »Einspruch. Die Zeugin Hao Lin hat deutlich gesagt, dass sie nicht hören konnte, was gesagt wurde. Vielleicht war dies in der ganzen Zeit, die sie im Zeugenstand gesessen hat, das einzige Mal, dass Miss Hao, oder wie immer sie sonst heißen mag, die volle Wahrheit gesagt hat.«

»Das war unangebracht.«

Logan ignorierte ihn. »Laut ihrer eigenen Aussage hat Miss Hao nichts gehört, Euer Ehren. Sie konnte nur sagen, dass sie gesehen hat, wie ein Video gedreht wurde. Und wir stellen einmütig fest, dass selbst dies eine höchst fragwürdige Aussage war. Die Zeugin ist wiederholt meineidig geworden.«

»Das ist nicht wahr.«

»Sie hat im Kreuzverhör zugegeben, dass sie alles sagen und alles tun würde, um in diesem Land zu bleiben. Und dieses Video ist von entscheidender Bedeutung für ihren eigenen Fall.«

»Das macht die Zeugin keineswegs zu einer Lügnerin, Euer Ehren.«

»Nein, aber es ist ganz sicher ein Motiv.« Logan gab nicht auf, und er lockerte auch seinen Klammergriff an der Kante des Richtertisches nicht. »Miss Hao hat allen Grund, sich zu wünschen, dass das Video echt ist. Es untermauert ihren Antrag auf politisches Asyl. Das hat sie selbst gesagt.«

»Miss Hao hat sich als intelligent und verlässlich gezeigt, Euer Ehren«, konterte Marcus. »Ihre Aussage bildet ein unumstößliches und direktes Bindeglied zwischen Gloria Hall, der Fabrik und diesem Video.«

Logan schüttelte den Kopf wie ein Stier, der die Fliegen verscheucht. »Die Aussage ist inhärent unverlässlich, Euer Ehren. Die Frau hat offensichtlich gelogen, um ihr eigenes Anliegen zu befördern. Wir haben gezeigt, dass diese Zeugin, die von der Klägerseite ja tatsächlich für diese Aussage aus dem Gefängnis geholt wurde, eine Lügnerin und eine Betrügerin ist.«

Richterin Nicols dachte lange nach. Marcus hatte das Gefühl, dass die Luft gerann, bis er nicht mehr ungehindert atmen konnte. Schließlich entschied sie: »Ich werde der Zeugin zubilligen, dass sie vor diesem Gericht eine verlässliche Aussage abgegeben hat. Sie können das Video als Beweisstück vorlegen.«

Marcus flüchtete, bevor sie es sich anders überlegen konnte. Der Weg zurück zu seinem Tisch wurde nur noch länger, weil er dabei in die leidvollen Gesichter von Alma und Austin Hall schauen musste. Der vorige Tag hatte eine tiefe Wunde hinterlassen. Marcus zwang seine Lunge, sich wieder zu öffnen. Heute würde es kaum besser werden. Sie waren gewarnt worden, und sie hatten darauf bestanden, dabeizubleiben. Mehr konnte er nicht tun. »Der Kläger ruft Maureen Folley in den Zeugenstand.«

Die Frau entsprach in jeder Hinsicht der Beschreibung, die Charlie Hayes am Abend zuvor von ihr gegeben hatte – klein und stämmig und mit dem ganzen Charme eines Zehn-Penny-Nagels. Als sie dem Gerichtsdiener ihren Namen nannte und den Eid ablegte, offenbarte sich zudem eine flache, tonlose Stimme wie aus einer Großstadttaxizentrale. Marcus sortierte seine handschriftlichen Notizen und nickte Charlie kurz zu. Sie war perfekt.

Marcus erhob sich und begann. »Mrs. Folley, Sie sind Professorin für Bildende Kunst an der North Carolina State University, ja?«

»Ja.«

»Und Ihr Spezialgebiet ist digitale Bildbearbeitung, richtig?«

»Ja.«

»Einspruch!« Logan war offensichtlich ehrlich erschrocken. »Die Klägerseite hat die Erlaubnis, das Video zu zeigen, aber nicht, es zu bearbeiten!«

Richterin Nicols ließ Marcus gar nicht erst antworten. »Abgelehnt.«

»Mrs. Folley, Sie haben in mehreren Gerichtsverfahren zur Frage der Authentizität von Videotapes ausgesagt, nicht wahr?«

»Ja.«

»Was können Sie uns über das Video sagen, das wir gleich sehen werden?«

»Dass es eine fortlaufende Einstellung ist. Es ist nicht zusammengeschnitten.« Sie wandte sich den Geschworenen zu und fuhr fort: »Amateurvideokameras hinterlassen ihre Spuren auf einem Tape, ganz wie auf einer abgeschossenen Kugel Riefen vom Lauf eines Gewehrs zu finden sind. Das gesamte Tape wurde mit einer einzigen Kamera gedreht, und zwar in einer einzigen kontinuierlichen Einstellung.«

»Einspruch!« Logan stemmte sich gegen seinen Tisch, als sei diese Barriere nötig, um zu verhindern, dass er losstürmte und Marcus bei der Gurgel packte. »Das ist unbewiesen, unbegründet, theoretisch!«

»Abgelehnt. Sie werden im Kreuzverhör noch genug Gelegenheit haben. Fahren Sie fort.«

»Bitte sprechen Sie weiter, Mrs. Folley.«

»Ich habe eine mikroskopische Untersuchung des Tapes vorgenommen. Wie gesagt, die Kamera ist ununterbrochen gelaufen. Was Sie sehen, ist in einer einzigen Einstellung aufgenommen.«

»Einspruch! Es ist ebenso gut möglich, dass das Band aus einer Serie von Einstellungen zusammengeschnitten wurde, eben auf einem Gerät, das die gleichen Spuren hinterlässt wie eine Kamera!«

Richterin Nicols fuhr ihn an: »Ich warne Sie nicht noch einmal.«

»Aber wirklich, Euer Ehren, das ist doch ein …«

»Setzen!« Sie bannte ihn mit ihrem Blick. »Fahren Sie fort, Mr. Glenwood.«

»Bevor wir die Aussage fortsetzen, Euer Ehren, möchte ich gern das Originaltape zeigen.«

»Gut.«

Marcus half dem Gerichtsdiener, das Metallgestell nach vorn zu rollen, auf dem vier Fernsehgeräte standen, und zwar in solchen Winkeln zueinander, dass jeder Anwesende mindestens einen Bildschirm sehen konnte – Richterin, Verteidiger, die Geschworenen und der voll besetzte Zuschauerraum. Ein Videorecorder stand auf einem Bord unter den Monitoren. Marcus ging zu seinem Tisch und nahm die Kassette aus ihrer Schachtel; seine Bewegungen waren langsam und gaben dem Vorgang eine eindrucksvolle Dramatik. Als der Gerichtsdiener den Recorder eingeschaltet hatte, schob Marcus das Band hinein und drückte auf den PLAY-Schalter.

Gloria Hall kam durch Zeit und Raum und sprach zu den Geschworenen. Marcus lauschte und hörte etwas Neues. Es war anders, nicht nur weil es eine öffentliche Vorführung war. Es war das erste Mal, dass er das Tape seit der Aussage am Tag zuvor studiert hatte. Jetzt wusste er, dass Gloria Hall den gleichen stumpfen, weinenden Unterton in ihrer Stimme hatte wie Hao Lin.

Diese Erkenntnis verlieh ihrem groben Sprechmuster eine noch tiefer gehende Schmerzhaftigkeit. Ihre fast unsichtbare Gestalt blieb eine Silhouette vor dem überhellen Hintergrund. Marcus riskierte mehrmals einen Blick auf die Jury und sah, dass viele Geschworene angestrengt blinzelten, als wollten sie das helle Licht durchdringen und die Frau genauer betrachten. Marcus wandte sich wieder dem Video zu und verfolgte den allzu kurzen Schluss.

Er ließ die Monitore stehen, wo sie standen, und schuf damit eine technische Barriere mitten im Gerichtssaal. Almas leises Weinen verstärkte nur die stechende Atmosphäre dieses Augenblicks. »Mrs. Folley, könnten Sie dem Gericht schildern, was es bedeutet, ein Bild digital zu reinigen?«

»Einspruch! Euer Ehren, der Kläger versucht, aus bloßen Theorien hier Realität zu fabrizieren!«

»Abgelehnt.« Richterin Nicols schaute nicht einmal zu ihm hinüber. »Fahren Sie fort.«

»Soll ich Ihnen die Frage noch einmal wiederholen, Mrs. Folley?«

»Nein.« Sie richtete ihre Antwort an die Geschworenen, was zeigte, wie erfahren sie darin war, im Gerichtssaal auszusagen. Das Video schien sie völlig ungerührt zu lassen, was aber natürlich war, denn sie hatte es inzwischen vermutlich schon hundertmal gesehen. »Im Grunde ist es das Gleiche wie das so genannte Remastering bei einem analogen Tonband mit alter Musik. Das Video wird digitalisiert und durch eine Computeranalyse neu aufgezeichnet. Alles Rauschen und in diesem Fall auch das überflüssige Licht kann entfernt werden. Das Bild wird schärfer fokussiert.«

Marcus erkannte, dass die Mehrheit der Geschworenen nichts verstand, aber das war auch nicht so wichtig. »Aber die gesäuberte Version ist immer noch dasselbe Video, nicht wahr?«

»Das zugrunde liegende Bild ist identisch mit dem Original, ja. Genau wie man beim Remastering einer alten Jazz-Aufnahme den Klang besser hört.«

»Gut. Euer Ehren, wir möchten jetzt die Remastering-Version des Videos vorführen.«

»Einspruch!« Logan sprang auf und stürmte quer durch den Raum.

Aber Richterin Nicols ließ es nicht zu. »Sie bleiben, wo Sie sind, Mr. Kendall.«

»Aber Euer Ehren …«

»Das Gericht betrachtet diese Aussage als substanziiert und hat entschieden, Ihren Einspruch zurückzuweisen.« Das dunkle Kinn schob sich kaum merklich nach vorn. »Ich würde Ihnen raten, sich wieder hinzusetzen. Sofort.«

Logan stieß einen wilden Wutseufzer aus, als er sich auf seinen Platz zurückzog. Alle Aufmerksamkeit war woanders, und Marcus nutzte die Gelegenheit, um hinter seinen Tisch zu langen und das vergrößerte Foto hervorzuholen. Er hielt den plakatgroßen Abzug verdeckt, während Charlie Hayes mit der Staffelei herumfummelte, sodass die Geschworenen nur den weißen Styroporrücken sehen konnten. »Mrs. Folley, würden Sie bitte den Digitalrecorder bereitmachen?«

Er blieb mit dem verdeckten Foto stehen, während die plumpe Frau mit dem flachen Gesicht und der ausdruckslosen Stimme ihren klobigen Aktenkoffer hinter Marcus' Stuhl hervorholte. Charlie und er hatten diesen Plan am Abend zuvor ausgeheckt, als sie über die Zeugin diskutiert hatten. Aber als er jetzt zuschaute, wie sie die Kabel einstöpselte und das Gerät anschloss, befürchtete er, sie könnten einen gewaltigen Fehler begangen haben. Eine so leidenschaftslose Zeugin hatte er noch nie zu erweichen versucht.

Er wartete, bis Mrs. Folley alles überprüft hatte und sich wieder aufrichtete. Sie deutete auf den zentralen Knopf in einem Gewirr von Skalen und Schaltern und sagte: »Drücken Sie da, und es läuft.«

»Danke. Würden Sie jetzt bitte in den Zeugenstand zurückkehren?« Jetzt drehte er das Foto um und stellte es auf die Staffelei.

Erst als er sich wieder umwandte, wusste er, dass sie eine kluge Entscheidung getroffen hatten.

Mrs. Folley hatte sich nicht von der Stelle gerührt.

Sie stand da und starrte das Foto an. Zum ersten Mal sah sie Gloria Hall irgendwo anders als in dem Video. Ihre Aufmerksamkeit war gebannt. Die Tatsache, dass ihr Gesicht keinerlei Emotion erkennen ließ, änderte nichts. Mit ihr zusammen war auch die Aufmerksamkeit der Geschworenen auf die Betrachtung einer schwarzen Frau Mitte zwanzig gelenkt, die auf der obersten Eingangsstufe eines ansehnlichen Hauses aufgestellt war, bekleidet mit einem modischen Cocktailkleid, den Kopf zurückgelegt, die Augen geschlossen im Wohlgefühl des Lachens mit Körper und Geist und Seele. Marcus sah, dass mehrere Geschworene ihrerseits lächelten. Sie hatten keine Wahl. Glorias Glück war eine Herausforderung an jeden Einzelnen.

»Mrs. Folley«, sagte er nur, »dürfte ich Sie bitten, Ihren Platz im Zeugenstand wieder einzunehmen?«

Die Frau bewegte sich ruckhaft und stoßweise, eine Marionette an verknoteten Fäden. Erst als sie auf ihrem Platz saß und in ihrer Handtasche nach einem Taschentuch suchte, schniefte sie. Nur einmal, aber das genügte, um alle Geschworenen von Gloria weg zu ihr hinschauen zu lassen; es genügte, um die Tränen zu offenbaren, die über das harte, flache Gesicht strömten.

Marcus drückte auf den Startknopf.

Diesmal war Gloria nicht vom Licht überstrahlt. Das Bild war eindringlich und klar. Die lachende junge Frau war fort. Ihr Haar war so verfilzt, dass die eine Seite des Kopfes aussah wie rasiert. Ein schwerer Bluterguss malte eine Albtraumblume auf die eine Wange. Ihre Lippen waren so aufgequollen und verformt, dass sie an jedem Wort hängen blieben. Das linke Ohr war von getrocknetem Blut verkrustet. Sie war so zerschlagen, dass sie fast nicht wieder zu erkennen war. Zwar dieselbe, aber doch nicht mehr Gloria Hall. Diese Veränderung, noch verdeutlicht durch das Poster, das neben dem Monitor stand, ließ die Geschworenen so laut nach Luft schnappen, dass Austin Halls qualvolles Stöhnen kaum noch zu hören war.

»Hallo, Mutter. Hallo, Dad. Mir geht es gut. Hier ist alles in Ordnung. Ich bleibe eine Weile hier. Ich arbeite. Ich studiere fleißig. Mir geht es gut. Ich brauche Geld für meine Arbeit. Schickt jetzt Geld. Schickt Geld, und es wird mir … gut gehen. Ich bin glücklich. Schickt Geld. Und lasst mich in Ruhe. Aber schickt Geld. Hunderttausend Dollar. Schickt es an die Guangzhou Bank, Filiale Hongkong. Konto Nummer vier-fünf-fünf-sieben-zwei-zwei. Ich bin glücklich. Schickt das Geld. Tut es sofort.«

Als der Bildschirm dunkel wurde, wartete Marcus noch eine ganze Weile, ehe er den Recorder abstellte. Er drehte sich um und starrte Glorias Eltern sehr lange an, so lange, wie er es nur wagte, und er zwang die Geschworenen mit der Kraft seines Willens, mit ihm zusammen hinzuschauen. Es gab nichts weiter zu sagen. Die Erkenntnis, dass er sich dem Ende seiner Zeugenreihe näherte, ließ ihn weder Jubel noch Leere empfinden. Er war zu erschöpft für etwas anderes als die Einsicht, dass der Prozess nun nicht mehr ihm gehörte. »Keine weiteren Fragen.«

Marcus kehrte an seinen Platz zurück. Logan und Suzie Rikkers stürzten herüber und rissen das Foto von der Staffelei. Sie verstauten beides hinter ihrem Tisch, und dann schoben sie das Monitorgestell beiseite. Jedes Mal, wenn Suzie Rikkers vorbeikam, zerharkte sie Marcus mit ihrem wütenden Blick. In der kurzen Stille begriff Marcus endgültig, wieso Logan sie immer wieder ins Feld führte, warum diese Warnung an ihn gerichtet wurde. Die aufkeimende Angst war so groß, dass er die Befragung gar nicht hörte, dass er kein einziges Mal Einspruch gegen Logans wütende Tirade erhob. Er blieb sitzen und starrte auf seine Hände, und er sah nur das Grauen, das jetzt offenbar geworden war. Als Logan endlich wieder Platz genommen hatte, musste Richterin Nicols Marcus zweimal auffordern, seinen nächsten Zeugen aufzurufen.

Sich jetzt zu erheben war das Schwerste, was er in diesem Prozess bisher hatte tun müssen. Marcus sprach die Worte aus, weil er keine Wahl hatte, weil die Figuren aufgestellt waren und der nächste Zug vorherbestimmt war. »Der Kläger beantragt nichtöffentliche Sitzung.«

FÜNFUNDDREISSIG

Der Korridor vom Gerichtssaal zu den Amtsräumen der Richterin war gesäumt von alten Norman-Rockwell-Drucken. Diese Drucke waren Richterin Nicols von einem Büro zum nächsten gefolgt. In früheren Zeiten hatten sie Anlass zu mancherlei Spekulationen geboten – dass sie wohl ausgesucht worden waren, um weiße Wähler zu beschwichtigen, denen es vielleicht nicht gefallen würde, wenn eine hyperintelligente, naseweise schwarze Frau einen Gerichtssaal regierte. Aber wer Richterin Nicols kannte, war sich sicher, dass sie es nur für sich selbst getan hatte.

Ihr Konferenzzimmer bot Platz für achtzehn Personen an einem ovalen Tisch und weitere zwölf in Ledersesseln in zweiter Reihe. Sie machte sich nicht die Mühe, ihre Robe abzustreifen oder sich hinzusetzen, bevor sie sagte: »Also schön, Mr. Glenwood. Lassen Sie hören, was das soll.«

Marcus fiel es jetzt schwerer, Suzie Rikkers zu ignorieren, nachdem die Absicht hinter ihrer Anwesenheit bekannt war. »Euer Ehren, wir sind der Ansicht, dass die Zahl der Beklagten beim jetzigen Stand dieses Prozesses einer Erweiterung bedarf.«

Logan schnaufte vor Frustration und Wut. Dass das Video ihm einen harten Schlag versetzt hatte, war seiner Stimme anzuhören. »Euer Ehren, das ist ganz offenkundig absurd. Wir haben zwei leitende Herren des Unternehmens aus North Carolina hier. Der Vorwurf, den er jetzt gegen den Vorstand richtet, ist lächerlich.«

»Ich spreche«, antwortete Marcus ruhig, »von General Zhao Ren-Fan.«

Die augenblickliche Stille war nicht das Einzige, was er erwartet hatte, und auch nicht Logans schockiertes Gesicht. Marcus drehte sich um und studierte seinen Gegner aufmerksam, wobei er Suzie nach besten Kräften ignorierte. Logan wusste Bescheid, entschied er schließlich. Die Verblüffung war gut gespielt, aber nichtsdestoweniger gespielt. Die Verteidigung wusste Bescheid.

Logan sagte nur: »Was?«

»General Zhao Ren-Fan«, wiederholte Marcus ruhig. »Der Mann, der in der Firmensatzung als Leiter der Fabrik in China aufgeführt ist. Der Mann, der nach Angaben unserer Zeugin Besitzer und Betreiber der Fabrik 101 ist.«

Logan wandte sich der Richterin zu. »Dieser ganze Fall ist eine Travestie auf die Bundesjustiz. Diese neueste Absurdität zeigt nur, dass Mr. Glenwood zu allem bereit ist, um den guten Namen meines Klienten zu beschmutzen.« Logan warf Marcus einen entnervten Blick zu. »Wie um alles in der Welt gedenkt er denn die Zuständigkeit des Gerichts so weit auszudehnen, dass sie jemanden erreicht, der neuntausend Meilen weit entfernt sitzt?«

Marcus' Prozessinstinkt meldete sich lautstark und erkannte, dass nichts von all dem die Überraschung war, die Logan hier vorspielte. Die erschrockene Empörung des Mannes hatte etwas sorgsam Einstudiertes. Marcus nickte nur einmal. Weitere Bestätigung brauchte er nicht, würde er wahrscheinlich auch nie bekommen. Er war endlich bis zu dem Geheimnis vorgedrungen, das sie so bösartig zu verbergen suchten.

»Euer Ehren, bei meinem letzten Gespräch mit Ashley Granger, dem Washingtoner Anwalt, der ermordet wurde …«

»Da geht's schon wieder los«, donnerte Logan. »Zunächst einmal habe ich mit der Washingtoner Polizei gesprochen, die kategorisch dementiert, dass die ihnen vorliegenden Indizien irgendeine Straftat vermuten lassen. Der Mann ist bei einem tragischen Highway-Unfall ums Leben gekommen. Zum Zweiten versucht der Anwalt der Klägerseite das Ableben dieses Mannes auf allerlei für die Sache unwesentliche Art und Weise auszubeuten und mit einer Argumentation zu verknüpfen, die nichts als heiße Luft enthält.«

Marcus' nächste Eröffnung war nur für die Richterin eine Überraschung; dessen war er sich sicher. »Euer Ehren, vor zwei Wochen hat General Zhao Ren-Fan den Posten des Verteidigungsattachés in der Chinesischen Botschaft in Washington übernommen.«

Richterin Nicols staunte unverhohlen. »Er ist hier?«

»Vor der Nase des Gerichts, Euer Ehren. Das war die Information, auf die Ashley Granger am Tage seines Todes gestoßen war.« Und was Gloria herausgefunden hatte, weshalb ihre Reise nach China so dringlich geworden war – daran gab es für Marcus nicht mehr den Schatten eines Zweifels. Sie hatte es gewusst. Und die Verteidigung wusste es auch.

»Euer Ehren!« Logans Stimme zog die ganze Aufmerksamkeit der Richterin auf sich. »Wir erheben Einspruch, und zwar aus mehreren Gründen. Zunächst einmal ist die Information, mit der Glenwood dieses Joint Venture als Realität präsentiert hat, alles andere als solide. Sein Beweis ist nichts weiter als die Fotokopie eines Schriftstücks von einer so genannten chinesischen Behörde, von der kein Mensch je gehört hat. Das ist kein zulässiges Beweismittel. Und zweitens wird der bloße Gedanke daran, einen ausländischen Diplomaten nach North Carolina zu einem Prozess zu zerren, bei dem es im Grunde um einen Vermisstenfall geht, und dies zudem noch aufgrund von derart fragwürdigem Material zu tun, dieses Gericht dem öffentlichen Gelächter aussetzen.«

Die Richterin machte schmale Augen, aber Marcus konnte nicht erkennen, ob sie seine Überzeugung teilte, dass dies alles für Logan nichts Neues war, denn sie sagte nur: »Ich lache aber nicht, Mr. Kendall.«

»Nein, Euer Ehren, das wollte ich damit auch nicht andeuten.« Aber Logan wich nicht zurück. »Ich möchte Euer Ehren nur vor dem Risiko bewahren, in der Revision durch einen gegenteiligen Beschluss beschämt zu werden.«

»Wie gütig von Ihnen.«

Marcus nahm die Zügel wieder in die Hand. »Euer Ehren, ein Unternehmen handelt durch Individuen. Mir liegt lediglich daran, dass bei diesem Prozess diejenigen Personen einbezogen werden, die tatsächlich die Verantwortung für die Entscheidung tragen, die zu Gloria Halls Verschwinden geführt hat.«

»Sie haben nichts von all dem bewiesen«, fauchte Logan.

»Ganz im Gegenteil. Wir haben anhand vergangener skrupelloser Praxis gezeigt, dass diesem amerikanischen Unternehmen in der Tat zuzutrauen ist, sich an der Entführung Gloria Halls zu beteiligen – gerade weil sie dabei war, diese Praxis zu erkunden, und plante, sie ans Licht zu bringen. Und wir haben dargelegt, dass ›New Horizons‹ sich entschieden hat, speziell mit Fabrik 101 zu kooperieren, weil diese chinesische Gruppe das bedrohte, was ihr besonders am Herzen liegt, nämlich ihren Profit.«

»Euer Ehren, ich protestiere. Er hört nicht auf, den guten Namen meines Klienten ohne die geringste Grundlage in den Schmutz zu ziehen.«

Marcus ließ nicht locker. »Profit, Euer Ehren. So heißt das Motiv, das hinter allem steht. Profit und Macht. General Zhao hat sich beteiligt, weil er ebenso gierig ist, sowohl nach Profit als auch nach der Macht, diese Arbeiter gefangen zu halten und zu misshandeln. Diesem Muster entspricht die Praxis *beider* Unternehmen, und genau deshalb waren sie als Partner so erfolgreich, und genau deshalb waren sie gezwungen, Gloria Hall zu beseitigen.«

Richterin Nicols' Blick wurde härter. »Zu beseitigen?«

»Sie zu entführen und gegen ihren Willen festzuhalten«, ergänzte Marcus, obgleich er immer noch zerschmettert war von dem, was er sich selbst gegenüber endgültig zugegeben hatte.

»Euer Ehren, wir protestieren …«

»Genug.« Sie benutzte die flache Hand ebenso wirkungsvoll wie den Hammer. »Ich akzeptiere das Ersuchen des Klägers als stichhaltig. Das vorliegende Material unterstützt seinen Anspruch auf die Erweiterung der Jurisdiktion auf General Zhao als notwendigen Mitbeklagten.«

»Wir werden gegen diese Entscheidung Revisionsantrag stellen, Euer Ehren.« Logans Heiserkeit zeigte, was ihn diese Niederlage kostete.

»Stellen Sie, so viel Sie wollen. Zunächst einmal geht noch heute Nachmittag die Vorladung an die chinesische Botschaft.«

Logan griff nach einem anderen Rettungsanker. »Er wird diplomatische Immunität beanspruchen.«

»Das kann gut sein. Aber wir können den Mann nichtsdestominder vorladen und verlangen, dass er vor diesem Gericht erscheint.« Richterin Nicols erhob sich. »Wir vertagen uns jetzt auf morgen früh, neun Uhr. Gentlemen, Sie sind entlassen.«

Der Anruf kam am nächsten Morgen um Viertel vor sechs. Als Logan blind nach dem Telefon tastete, drehte seine Bettgenossin sich stöhnend auf die andere Seite. »Ich hoffe, das lohnt sich«, murrte er.

»Und ich hoffe, Sie sind wach«, grollte der Anrufer.

»Eine Sekunde.« Logan erkannte die Stimme sofort. Als er aus dem Bett glitt, rief seine derzeitige Freundin den Namen eines anderen Mannes. Er schaute auf sie hinunter, überrascht von der plötzlichen Entscheidung, dass es an der Zeit war, sie gegen ein neueres Modell einzutauschen. Vier Wochen waren lang genug für sie beide.

Logan ging mit dem schnurlosen Telefon aus dem Schlafzimmer zum Fenster in der Diele. Noch schimmerte die Morgendämmerung wie ein leises Raunen über dem Horizont. Er drückte das Telefon an die Brust und atmete ein paar Mal tief ein und aus, um wieder Boden unter die Füße zu bekommen. Er zögerte nicht, weil er noch wach werden musste. In seinem ganzen Leben war er noch nie so wach gewesen wie jetzt. Er hatte diesen Anruf erwartet, und trotzdem pochte sein Herz angesichts des ungeheuren Potenzials, das darin steckte. Noch ein Atemzug, und noch einer. Dann hob er den Hörer wieder ans Ohr und hoffte, dass seine Stimme nicht zitterte, als er sagte: »Okay, ich höre.«

Der Vorsitzende des China Trade Council sagte: »Was Sie wollen, Kendall. Ich habe die volle Unterstützung des Vorstands.«

Der Anrufer hatte die Schroffheit eines Admirals, und die Art, wie er kühl und befehlsgewohnt die Macht in seinem Griff hatte, verriet die jahrzehntelange Erfahrung als Führer einer Unternehmensarmee. Logan kannte den Mann inzwischen. Nach dem ersten Anruf hatte er durch einen Mitarbeiter ein paar Hintergrundrecherchen anstellen lassen. Bis vor einem Jahr war er Vorstandsvorsitzender und Chief Executive Officer in einem der amerikanischen Top-Fifty-Unternehmen gewesen, einem gigantischen Konzern, dessen Geschäfte sich von der Autoproduktion bis zur Hypothekenbank erstreckten.

»Das Problem ist noch das gleiche wie bei unserem ersten Gespräch«, sagte Logan.

»Verdoppeln Sie Ihre Gebühren. Verdreifachen Sie sie von mir aus.« Der Mann zog es vor, nicht auf Logan zu hören. »Nehmen Sie dieses zusätzliche Mandat an, und nennen Sie Ihren Preis.«

»Ich weiß Ihr Angebot zu schätzen, Sir. Aber General Zhao als zweiten Mandanten anzunehmen ist vielleicht nicht im besten Interesse von ›New Horizons‹.«

»Vergessen Sie die!« Das Kläffen ließ ahnen, dass Logan sich auf dünnem Eis bewegte, wenn er dieses Angebot auch nur infrage stellte. »Es ist ja ihre Schuld, dass wir überhaupt in diesen Schlamassel geraten sind.«

»Tatsächlich, Sir, hat General Zhao ...«

»›New Horizons‹ war diejenige, die den ganzen Deal initiiert hat!« Der Vorsitzende des China Trade Council hatte Mühe, seinen legendären Jähzorn zu zügeln. »Hören Sie zu, Kendall. Ich sage Ihnen, was los ist. Verstehen Sie? Und Sie sagen jetzt, was es kostet, General Zhao als Klienten zu übernehmen.«

Logan wusste, dass der Augenblick gekommen war. »Ich möchte zum externen Berater ernannt werden.«

»Was?«

Die Tatsache, dass es ihm endlich gelungen war, den Vorsitzenden des China Trade Council zu verblüffen, gab ihm Zuversicht. »Und nicht nur für das China Trade Council. Ihr früheres Unternehmen hat zwei Tochterfirmen in North Carolina. Die will ich auch.« Als der Vorsitzende nicht antwortete, endete er mit einer Selbstsicherheit, die er nicht verspürte: »Nehmen Sie an, oder lassen Sie's bleiben.«

Zu seiner Überraschung lachte der Vorsitzende. »Sie waren nächtelang auf, um sich das auszudenken, nicht wahr?«

»Ich könnte mir nicht leisten, so viel Zeit darauf zu verwenden, Sir. Ich habe einen Prozess zu gewinnen – erinnern Sie sich?«

Der Mann lachte wieder. »Okay. Abgemacht.«

»Ich will es schriftlich haben.« Diesmal ließ das Zittern in der Stimme sich nicht unterdrücken.

»Natürlich wollen Sie das. Ich lasse es von meinen Leuten aufsetzen, und es geht noch heute per Kurier an Sie ab.« Der Humor erstarb, erstickte in knirschender Wut. »Gewinnen Sie nur diesen Prozess, Kendall. Und begraben Sie diesen Glenwood. Begraben Sie ihn tief. Am besten im Mittelpunkt der Erde.«

SECHSUNDDREISSIG

Marcus erwachte im tiefen Schwarz irgendeiner Stunde vor dem Morgengrauen, einer Stunde, so unbestimmt und Furcht erregend, dass selbst die Dichter alter Zeiten es aufgegeben hatten, ihr einen Namen zu geben. Er bedauerte es nicht, obwohl er lange gearbeitet hatte und sein Bedürfnis nach Schlaf so stark war wie der Hunger eines Verschmachtenden. Er beschloss, auf den frühmorgendlichen Lauf zu verzichten. Seine Gedanken hatten sich bereits auf den Tag und die vor ihm liegende Arbeit eingestimmt; also machte er sich Kaffee und ging damit in sein Büro. Sein Schreibtisch und der größere Tisch nebenan waren von Papieren übersät. Am Abend zuvor waren sie angemessen erschienen. Jetzt waren sie ein Hohn auf das, was in Wahrheit seine Mühen befeuert hatte. Suzie Rikkers verbarg sich in den Schatten, lauerte darauf, dass er ins Gericht zurückkäme, brannte eifrig darauf, über ihn herzufallen.

Das Telefon gellte lärmend durch das Haus, als wären alle diese Apparate darauf eingestellt, Alarm zu schlagen, wenn sie vor dem Morgengrauen benutzt wurden. Eine heitere Stimme fragte: »Habe ich Sie wieder geweckt?«

»Dee Gautam«, sagte Marcus, und es tröstete ihn, dass er einen Namen für das Geheimnis hatte. »Nein, diesmal war ich schneller als Sie.«

Der kleine Mann belohnte Marcus mit einem schrillen Kichern, das irgendwo zwischen dem höchsten Ton einer Orgel und einem Gackern angesiedelt war. »Gut, sehr gut. Sie lernen, dass die Morgenstunde Gold im Munde hat, ja?«

»Ich lerne, aber von Gold wollen wir nicht reden. Was kann ich für Sie tun?«

»Ich rufe an, um Ihnen zu sagen, dass Chung fortgehen muss. Er hat große Angst vor der Polizei.«

»Vielleicht kann ich ihm helfen.«

»Danke, aber das können Sie nicht. Seine Probleme sind alle in der Vergangenheit, und seine Angst ist eine, die nicht heilt. Sie verstehen?«

Marcus hob seinen Kaffeebecher an den Mund, obwohl der Kaffee kalt war und er ihn nicht mehr trinken wollte. »Nur zu gut.«

»Ja, Sie lernen viel. Eine gute und zugleich eine schlechte Sache, die Gabe der Weisheit.«

»Die Weisheit ist okay«, antwortete Marcus. »Es ist all das Gepäck, womit ich meine Probleme habe.«

»Darüber unterhalten wir uns ein andermal, ja? Jetzt rufe ich Sie zu dieser dunklen Stunde nur an, um Ihnen zu sagen, dass Sie heute eine andere Möglichkeit finden müssen, in Ihr Gericht zu kommen.«

Marcus lehnte sich in seinem Sessel zurück. »Noch mal langsam zum Mitschreiben.«

»Ihr Auto wird heute nicht sicher sein, o nein, ganz und gar nicht. Das können Sie Chungs Abschiedsgeschenk an seinen neuen Freund nennen.« Dee Gautam legte auf.

Marcus ließ den Hörer auf das Telefon sinken und dachte eine ganze Weile über all die scharfkantigen Abschiede nach, zu denen der kleine Mann gezwungen gewesen war. Er nahm den Hörer wieder ab, legte ihn aber gleich wieder hin und stand auf. Darren würde wach sein wollen, wenn der Sheriff's Deputy käme und die Bombe unter ihrem Wagen entdeckte.

Sie fuhren mit Amos Culpeppers Dienstwagen nach Raleigh. Darren sah sich auf den Vordersitz gezwängt, wo er mit den Knien an Bordcomputer, Radarpistole und Funkgerät stieß. Es schien ihn überhaupt nicht zu stören. Auf Amos' Vorschlag hin hatte Marcus ein Handtuch über den Rücksitz gebreitet, bevor er sich darauf niederließ. Bei jedem Holpern verströmte der ausgeleierte Polstersitz den Geruch von Schweiß und Übelkeit und Angst. Marcus hörte Amos zu, der Darren eine Führung durch die Spielzeugsammlung des Wagens zuteil werden ließ – von der Sirene über die Pumpgun bis zum Schlagstock mit seinen zahlreichen Kerben und Zahnspuren. Dann zog Marcus sein Handy heraus und beriet sich zwanzig Minuten lang mit Charlie Hayes über die Strategie. Erst als Darren die Sirene heulen ließ, fühlte Marcus sich bewogen, Charlie zu erklären, warum sie mit einem Polizeiwagen zur Arbeit fuhren.

Charlie hörte zu und wollte dann wissen: »Haben sie eine Bombe gefunden?«

»Sie war mit dem Anlasser verbunden. Da haben sie als Erstes nachgesehen. Höchst professionell, haben sie gesagt.«

»Na, prima, dann ist ja alles in bester Ordnung, was? Solange du bloß von jemandem in die Luft gejagt wirst, der sein Geschäft versteht.«

»Es ist nichts passiert, Charlie.«

»Diesmal nicht. Wie hast du es überhaupt erfahren?«

»Das ist eine lange Geschichte. Ich erzähl's dir später.«

»Wenn du noch lange genug lebst. Sieh dich vor, mein Junge. Ich kann mich gut um die Zeugen kümmern, um einen nach dem andern, aber es ist dein Prozess, hast du gehört? Und es ist ein großer.«

Marcus hatte die Verbindung kaum beendet, als das Telefon wieder klingelte. Als er sich gemeldet hatte, sagte Kirsten hastig: »Wir müssen reden.«

Seufzend ließ Marcus sich tiefer in den Sitz sinken. Hoffentlich blieben diese Gerüche nicht hängen. »Nein, müssen wir nicht.«

Von allem, was er hätte sagen können, hatte sie damit offensichtlich am allerwenigsten gerechnet. »Das verstehe ich nicht. Sie haben gesagt, Sie haben eine Menge Fragen.«

»Nicht mehr, Kirsten. Ich muss nur noch eins wissen: Halten Sie irgendetwas zurück, was eine Auswirkung auf diesen Prozess haben könnte?«

»Nein.« Entschlossen und schnell. »Ich bin fertig mit der Durchsicht von Glorias Sachen. Es gab noch ein paar Unterlagen über Lieferungen von der chinesischen Fabrik, aber das ist alles.« Kurzes Zögern, und dann fragte eine sehr viel dünnere Stimme: »Es liegt Ihnen nichts mehr daran – ist es das?«

»Nein, das ist es ganz und gar nicht.« Ihr spürbarer Schmerz verlangte sehr viel mehr an Reaktion. Marcus schaute nach vorn, aber die beiden Männer waren in ein ruhiges Gespräch vertieft und kümmerten sich überhaupt nicht um ihn. »Kirsten, wir alle haben unsere Geheimnisse.«

»Ich verstehe nicht.«

»Wie kann ich verlangen, dass Sie mir etwas erzählen, wenn ich selbst so vieles habe, worüber ich nicht sprechen möchte?« Suzie Rikkers und ihr hasserfüllter Blick wehte vor seinem geistigen Auge vorbei. Die einzige Frage an Kirsten, die ihn im Moment beschäftigte, war die nach Gary Loh, und selbst die war vergiftet von dem, was er bald vor sich haben würde. »Solange Sie kein Material zurückhalten, das wir für den Prozess brauchen, steht es mir nicht zu, Sie überhaupt nach irgendetwas zu fragen.«

Marcus konnte einen endlosen Augenblick lang dem gedämpften Donner des PS-starken Motors lauschen, dem leisen Gemurmel auf dem Vordersitz, dem Surren von Reifen und Wind. Dann fragte dieselbe dünne Stimme: »Und wenn ich Ihnen trotzdem etwas erzählen will?«

Das Herz in seiner Brust machte einen Satz. »Das ist eine ganz andere Sache. Aber das wird ein Weilchen warten müssen. Heute oder morgen wird die Presse angreifen, und ich möchte, dass Sie sich darum kümmern.«

Die Stimme klang kindlich in ihrer Überraschung. »Ich?«

»Charlie und ich müssen die nächste Woche vorbereiten.« So gut sie könnten, fügte er im Stillen hinzu. »Sie sollen die Sprecherin der Kläger werden. Sind Alma und Austin da?«

»Sie warten unten auf mich.«

»Sagen Sie ihnen, was passieren wird. Fragen Sie sie, ob sie der

Welt ihre Geschichte erzählen möchten. Wenn ja, lassen Sie ein paar Handzettel mit ihrer Adresse drucken, auf denen Sie der Presse mitteilen, wann und wo die täglichen Pressekonferenzen stattfinden. Aber wenn die Halls ihre Privatsphäre schützen wollen, müssen Sie die Pressekonferenzen in der Stadt im Gericht organisieren. Die Sicherheitsleute werden Sie hineinlassen; das können wir arrangieren.«

»Ich bin mir ziemlich sicher, dass die beiden daran beteiligt sein möchten.«

»Rufen Sie Netty an; sie soll Ihnen bei den Handzetteln helfen. Drucken Sie viele. Informieren Sie auch die Polizei. Die werden ein paar Leute am Haus stationieren müssen.«

Nach langer Pause fragte sie: »Wie können Sie sich da so sicher sein?«

»Das werden Sie schon sehen«, sagte Marcus. »Sehr bald.«

Er beendete das Gespräch gerade noch rechtzeitig, um zu hören, wie Amos Culpepper sagte: »In unserem Department ist noch Platz für ein paar handfeste Leute wie Sie, Darren.«

Darren wandte in schwerfälliger Überraschung den Kopf zur Seite. »Ich sp-spreche aber n-nicht so g-gut.«

»Quark. Wir haben ein paar Männer draußen auf der Straße, die sprechen überhaupt nicht. Wenn man die übers Radio ruft, klicken sie einmal für ja, zweimal für nein. Das Einzige, was man je von ihnen hört. Lone Rangers nennen wir sie. Wenn zwei von denen über Funk plaudern, hört sich das an wie 'ne Grashüpferparty.« Darren reagierte nicht, bis Amos vor dem Gerichtsgebäude anhielt. »Überlegen Sie sich's, und melden Sie sich bei mir. Jederzeit.«

Marcus betrat das Gerichtshaus unter gedämpften Fanfarenklängen. Amos Culpepper hatte angerufen; Jim Bell war mit zwei anderen Deputys da, und alle wollten wissen, wie es ihm ging und wie um alles in der Welt er die Bombe noch rechtzeitig hatte entdecken können. Durch einen Freund, sagte Marcus. Und mit Glück.

Jim Bell nahm ihn beiseite. »Meine Großmutter sagte immer, es gibt Leute, die ein dünnes Leben leben. Sie meinte damit, dass sie nur einen oder zwei Zoll weit vom Tod entfernt sind. Ich würde sagen, das gilt auch für Sie, Marcus.«

»Ich bemühe mich, vorsichtig zu sein.«

»Das genügt nicht. Sie müssen sich Sorgen machen.« Er senkte die Stimme ein wenig. »Die Richterin weiß nicht, dass ich mit Ihnen spreche, das ist Ihnen klar. Und sie darf es auch nie erfahren.«

Marcus betrachtete den bärtigen Mann mit der straffen Haltung und den Augen, die etwas anderes sagten als seine Worte. »Ich höre.«

Er klopfte mit der flachen Hand auf Marcus' Arm, als wolle er einen Handel besiegeln. »Der Referent des Gouverneurs ist oben im Gerichtssaal.«

Marcus machte sich nicht die Mühe, die Gesichter zu studieren. Es würde nichts helfen. Er hatte keinerlei politische Beziehungen und wusste überhaupt nicht, nach wem er Ausschau halten sollte. Kirsten indessen nickte er zu, und sie belohnte es mit einem Lächeln, das er bis ins Mark fühlte. Es beschirmte ihn vor dem ersten Blick auf Suzie Rikkers' wütendes Funkeln und der düsteren Ahnung all dessen, was bevorstand. Er ließ sich auf seinen Stuhl fallen und sprach die beiden Halls gemeinsam an. »Hat Kirsten mit Ihnen gesprochen?«

Alma antwortete für beide. »Wir werden es von den Dächern schreien.«

»Es ist Ihre Entscheidung. Solange Ihnen klar ist, dass Sie kein Wort zu sagen brauchen.«

Austin beugte sich über seine Frau herüber und sagte: »Doch, das müssen wir.«

»Was höre ich da von einer Bombe?«, fragte Alma.

»Die Polizei kümmert sich gerade darum. Sie haben gesagt, ich kann mein Auto heute Abend zurückhaben.«

»Das reicht aber nicht, Marcus. Ich werde in der Mittagspause mit Deacon Wilbur sprechen.«

»Ich bezweifle, dass er da viel tun kann, Alma.«

Sie wollte antworten, aber der Gerichtsdiener kam ihr zuvor. »Erheben Sie sich.«

Richterin Gladys Nicols absolvierte ihr morgendliches Ritual und begrüßte die Geschworenen, während sie mit einem Auge zum Tisch der Verteidigung und mit dem andern irgendwie zum hinteren Teil des Gerichtssaals schaute. Weder dieser noch jener Anblick schien sie sonderlich zu erfreuen. Aber sie sagte nur: »Der Kläger kann den nächsten Zeugen aufrufen.«

Charlie erhob sich und verkündete: »Euer Ehren, als Erstes möchten wir jetzt gern Professor Sara Seymour aufrufen.«

Eine ältere Frau mit einem dichten Netz von Falten im Gesicht kam zum Zeugenstand und wurde vereidigt. Charlie ließ sich Zeit; routiniert etablierte er die Zeugin als Expertin auf dem Gebiet des modernen China. Marcus hörte zu und war froh über seine Entscheidung, Charlie die Zeugin zu überlassen. Sara Seymour sprach mit der gelangweilten Monotonie einer Frau, die lieber anderswo gewesen wäre. Aber Charlies aufrichtiges Interesse lockte sie nicht nur aus ihrer Reserve, sondern half auch, die Aufmerksamkeit der Geschworenen zu fesseln. Charlie wusste nichts über chinesische Machtpolitik. Was immer sie sagte, so kurz und trocken es auch sein mochte, er fand es faszinierend. Und die Geschworenen ebenfalls. Charlie entlockte ihr die kritische Information – dass Macht in China Macht war. Ob es Geschäft oder Regierung, Geld oder Politik betraf, ob im Gerichtssaal oder im Hinterzimmer oder beim Militär, bedeutete wenig oder gar keinen Unterschied. Die Professorin wurde nach und nach vom Prozess des Lehrens gefangen genommen, und mit einem Touch von akademischer Energie ergänzte sie ihre Erläuterung, als sie darlegte, dass es in einem solchen System keine ausgleichende Teilung und Kontrolle der politischen Gewalt gebe. Wieso? Weil die Leute, die politische oder militärische Macht besaßen, ihre Möglichkeiten dazu benutzten, Geschäftsbeziehungen, Eigentum und Freiheiten zu erwerben. Für sie war der Profit, den sie durch Bestechlichkeit oder den Verkauf von Unternehmenslizenzen erzielten, lediglich ein akzeptabler Nebeneffekt ihres hohen Amtes. Da ihre Tentakel in so viele Richtungen reichten, wurde jeder Versuch einer Reform durch tief verwurzeltes Eigeninteresse und Habgier behindert. Und weil der Reformprozess so schwerfällig in Gang kam, konnte die Justiz mit dem rapiden Wandel in Handel und Industrie nicht Schritt halten. Die geschäftlichen Rahmenbedingungen in China waren daher beinahe mittelalterlich, was die Betrachtung der Arbeitnehmerrechte anging. Charlie Hayes ließ sich Zeit und zeigte tiefe Dankbarkeit für alles, was die Professorin zu sagen wünschte.

Während der gesamten Vernehmung warf Richterin Nicols hin und wieder düster brütende Blicke zum Tisch der Verteidigung hinüber; vielleicht aus diesem Grund erhob Logan Kendall keinerlei Einspruch gegen Charlies weitschweifigen Diskurs. Als Charlie seine Befragung beendet hatte, vermied Logan es, der Richterin in die Augen zu schauen, als er sich erhob und ein halbherziges Kreuzverhör begann. Er war in Rekordzeit damit fertig und hatte der Professorin lediglich das Eingeständnis entlockt, dass es in China in der Tat ein Justizsystem wie auch ein Straf- und Handelsrecht gebe, dessen man sich unter Umständen bedienen könne, um einen Fall wie diesen zu verhandeln.

Aber als Logan zu seinem Tisch zurückkehrte, entließ Richterin Nicols lediglich die Zeugin und fuhr dann fort, das Team der Verteidigung mit funkelndem Blick zu mustern. Aller Augen im Gerichtssaal waren auf das Tableau gerichtet, das vom ersten Tag an unverändert geblieben war. Logan saß auf dem Stuhl links außen, neben ihm Suzie Rikkers und drei oder vier Anwälte in ihren dunklen Anzügen. Hinter ihnen, an der Balustrade, saßen die beiden Vertriebsmanager von »New Horizons«, und daneben, Seite an Seite gedrängt, zwei Sekretärinnen, flankiert von Kisten mit Unterlagen und Gesetzeskommentaren.

Richterin Nicols dehnte diesen Augenblick in die Länge, bis die Geschworenen unbehaglich hin und her zu rutschen begannen und die Zuschauer Blicke und geflüsterte Fragen wechselten. Schließlich wandte sie sich an Marcus. »Nun?«

Marcus erhob sich langsam, gefangen im Bernstein seines eigenen bevorstehenden Endes. Er brauchte nicht zu Suzie Rikkers hinüberzuschauen, um zu wissen, was jetzt kam. Und dass es keine Möglichkeit gab, es aufzuhalten. Keine. »Der Beweisvortrag ist abgeschlossen, Euer Ehren.«

Die Richterin nickte nur und schaute wieder zur Verteidigung hinüber. Schließlich sagte sie: »Mir scheint, hier fehlt uns ein Beklagter, Mr. Kendall.«

»Euer Ehren.« Logan erhob sich zögernd wie ein Anwalt, der weder vorhersehen noch beeinflussen konnte, was kommen würde. »Ich habe heute Morgen einen Brief von der Chinesischen Botschaft in Washington erhalten. Die Regierung der Volksrepublik China hat offiziell auf Ihr Ersuchen reagiert.«

»Ist das wahr.« Ihr Ton war desto bedrohlicher, weil er so gedämpft war. »Sie haben *offiziell* auf mein *Ersuchen* reagiert.«

»Die Regierung der Volksrepublik China nimmt entschieden Anstoß an dieser Vorladung, Euer Ehren. Sie erinnert dieses Gericht daran, dass General Zhao Ren-Fan ein Mann mit ungeheurer Macht im Regime ist, ein Angehöriger des militärischen Zentralkommandos. Sie lehnt kategorisch ab, sich einem solchen Affront zu unterwerfen.«

»Einem solchen Affront.« Das Murmeln war kaum hörbar.

»Die Regierung erklärt Ihr Ersuchen zu einem Verstoß gegen internationales Recht und verlangt, dass es zurückgezogen wird.« Der Brief war wie eine Rassel in Logans Hand. »Sie warnt vor einem ernsthaften diplomatischen Bruch, der sonst daraus resultieren könne.«

»Tatsächlich.« Sie streckte einen Arm unter ihrer schwarzen Robe aus. »Dürfte ich diesen Brief bitte sehen?«

Sie nahm sich Zeit beim Lesen; dann ließ sie den Brief sinken und sagte zu Logan: »Also schön. Ich höre.«

»Es gibt hier ein ernsthaftes Zuständigkeitsproblem, Euer Ehren. Dieses Gericht ist nicht befugt, gegen den *chinesischen* Eigentümer einer *chinesischen* Fabrik zu verhandeln.« Logan kam um den Tisch herum und nahm eine entschlossene Haltung ein. Er war geübt, er war vorbereitet, er war in der Offensive. »Selbst wenn dieses Gericht seine Zuständigkeit geltend machen könnte – was meiner Ansicht nach unmöglich ist –, wäre der Verteidigungsattaché der chinesischen Botschaft nicht notwendigerweise Partei in diesem Prozess.«

Richterin Nicols nahm den Brief noch einmal zur Hand und teilte ihre Aufmerksamkeit zwischen den Worten der Botschaft und denen Logans. Der Verteidiger fuhr fort. »Außerdem ist dieses Verfahren bereits zu weit gediehen, als dass man jetzt noch einen zusätzlichen Beklagten aufnehmen könnte. Wir müssten Einstellung wegen Verfahrensmängeln erklären und noch einmal von vorn anfangen.«

»Müssten wir das«, murmelte Richterin Nicols.

»Jawohl, Euer Ehren, das müssten wir. Sollte dieses Verfahren auf einen führenden Vertreter einer souveränen ausländischen Macht ausgedehnt werden, so müsste die Angelegenheit im Kongress oder im Außenministerium geklärt werden. Nicht in diesem Gerichtssaal.« Logan stieß in die Luft zwischen sich und Marcus. »Wenn der Kläger dies wünscht, wenn er diesen Fall in einen politischen Prozess ummünzen möchte und wenn Sie glauben, das Gericht kann dafür seine Zuständigkeit reklamieren – schön. Dann haben wir damit nichts zu schaffen. Wir beantragen Einstellung.«

Richterin Nicols zog die Pause in die Länge, ehe sie leise fragte: »Sind Sie fertig?«

»Jawohl, Euer Ehren. Wir beantragen Einstellung.«

»Ihr Antrag ist abgelehnt.« Ihr Blick schwenkte hinüber zu ihrer Büroleiterin, die einsatzbereit neben dem Stenographen wartete. »Es ergeht hiermit Haftbefehl und Vorführungsanordnung gegen General Zhao Ren-Fan.«

Für Logan waren diese Worte wie ein Hammerschlag gegen die Brust. »Euer Ehren!«

»Ich ordne hiermit an, dass ein US-Marshal diesen Mann in den Gerichtssaal eskortiert.«

Logan hatte Mühe, sich zu fassen. »Der wird abhauen, Euer Ehren.«

Präzise wie ein doppelter Gewehrlauf schwenkte ihr Blick wieder zu ihm zurück. »Ist das wahr?«

»Unbedingt. Er wird aus dem Land fliehen, und dann sitzen Sie in einem gewaltigen politischen Schlamassel.«

»Gut. Wenn das so ist, bleibt dem Gericht nichts anderes übrig, als die Interessen der Klägerseite für den Fall zu schützen, dass die Geschworenen zu ihren Gunsten befinden.« Sie nahm den Brief der chinesischen Botschaft wieder in die Hand. »Da die Regierung der Volksrepublik beschlossen hat, sich offiziell für beteiligt zu erklären, und da dieser Mann hier als führender Vertreter dieser Regierung anerkannt wurde und in *offizieller* Eigenschaft handelt, werden hiermit die Guthaben der Volksrepublik China bei sämtlichen amerikanischen Finanzinstituten eingefroren.« Sie ließ einmal ihren Hammer niederfahren und versuchte gar nicht erst, den Aufruhr zum Schweigen zu bringen. Ihr Blick richtete sich lediglich auf irgendeinen unsichtbaren Punkt im hinteren Teil des Gerichtssaals, und sie fügte hinzu: »Ein letzter Punkt noch, Mr. Kendall. Die Verteidigung wird hiermit *ersucht*, dem Gericht jemanden zu präsentieren, der befugt ist, Fragen nach den internationalen Aktivitäten von ›New Horizons‹ zu beantworten. Das klingt für Sie doch auch wie ein vernünftiges *Ersuchen*, oder nicht?«

»Doch, Euer Ehren«, antwortete Logan matt.

»Da bin ich aber froh.« Ihr Lächeln war wirklich ein Furcht erregender Anblick. »Die Verhandlung ist vertagt auf Montagmorgen, neun Uhr.«

Als Marcus sich mit den andern erhob, nutzte Alma den Augenblick des Durcheinanders, um zu fragen: »Wussten Sie, dass so etwas passieren würde?«

»Ich habe angenommen, dass General Zhao nicht kommt. Und dass die Richterin sich dann zu einer Reaktion gezwungen sehen würde.«

Charlie musste fast brüllen, um gehört zu werden. »Dass die chinesische Regierung sich dermaßen aufplustert – also das war wirklich ein Geschenk des Himmels.«

Marcus nickte, sowohl um seine Zustimmung zu zeigen, als auch um sich vor Suzie Rikkers und ihrem zerfleischenden Blick zu verbergen, als sie vorüberging. »Sagen Sie Kirsten, sie soll sich auf eine Belagerung vorbereiten.«

SIEBENUNDDREISSIG

Am Samstag wachte Marcus mit dem bemerkenswerten Gefühl auf, dass er seine frühmorgendlichen Widersacher tatsächlich in die Flucht geschlagen hatte. Er erwachte matt und zitternd wie immer, hielt aber einen Fetzen von Genugtuung umklammert. Die Niederlage erschien vorherbestimmt, als sei in dem Kampf, der Morgen für Morgen seine Narben hinterließ, nur ein Ergebnis möglich. Aber zumindest hatte er sich heute zur Wehr gesetzt.

Charlie kam schon in aller Frühe und brachte ein Frühstück in Körben und Kasserollen sowie eine Grußbotschaft von Libby mit: Die beste Antwort auf alle irdischen Schwierigkeiten sei ein gutes Essen. Sie frühstückten zusammen und studierten die Nachrichten.

Zeitungen und Fernsehen waren voll von ihrer Story: was die Chinesische Botschaft sagte, und was Washington sagte, und was die Richterin nicht sagte. Fotos von Alma und Austin Hall erschienen an herausragender Stelle. Netty kam und hatte den erneuten Ansturm der Journalisten bald satt. Sie sprach eine Mitteilung auf den Anrufbeantworter und schaltete ihn ein: Sämtliche Anfragen, hieß es jetzt, sollten an Kirsten Stanstead gerichtet werden, und zwar unter der Telefonnummer der Halls. Darren ließ sich vorn auf der Veranda nieder und verscheuchte jeden, der sich bis in die Wildnis von Rocky Mount vorwagte. Marcus und Charlie zogen sich zurück und planten ihre Abwehrstrategie gegen den bevorstehenden Angriff der Verteidigung.

Die Abendnachrichten sahen sie sprachlos vor Erstaunen. CBS brachte den Fall als zweite Story des Abends. Der Moderator begann mit den Worten, was als Sturm in einem Wasserglas in North Carolina begonnen habe, wachse sich allmählich zur neuesten internationalen Krise aus. Sie zeigten Kirsten, wie sie dastand, schön und resolut. Ihr gemessener Ton bildete einen unmittelbaren Kontrast zu Alma Halls furioser Tirade gegen »New Horizons«. Dann sah man das Foto von Gloria Hall, wie sie lachend auf der Treppe stand, gefolgt von fünfzehn Sekunden mit ihrem zerschlagenen, zerschundenen Gesicht, wie sie um Geld bat. Zum Schluss kam ein Sprecher der chinesischen Botschaft, der erklärte, seine Regierung werde sich diesen unerhörten Vorfall nicht bieten lassen und erwäge eine ganze Anzahl von Vergeltungsmaßnahmen. Der Mann klang nicht einfach nur wütend, sondern regelrecht böse.

Charlie war rücksichtsvoll genug zu warten, bis Netty gegangen war und er sich selbst den Mantel anzog, ehe er sagte: »Suzie Rikkers wird über dich herfallen wie ein Stachelschwein mit Rasierklingen auf dem Rücken.«

Marcus starrte ihn unwillkürlich an. »Du hast es die ganze Zeit gewusst, nicht wahr?«

»War ja nicht schwierig, drauf zu kommen. Sie hat deine Frau bei der Scheidung vertreten, oder?«

»Sie hat eher meine Exschwiegermutter vertreten.«

Solche Kleinlichkeiten tat Charlie mit einem Achselzucken ab. »Logan hat einen besseren Strategieverstand, als ich dachte.«

Marcus führte seinen alten Mentor hinaus und blieb auf der Veranda stehen, als Charlie o-beinig in der Dunkelheit verschwand. »Du bist ein guter Freund, Charlie Hayes.«

Der alte Mann machte auf dem Absatz kehrt und plagte sich wieder die Treppe herauf, als habe er nur auf eine solche Gelegenheit gewartet, um zu sagen: »Ich will dir die Wahrheit verraten, Marcus: Ich hätte alle meine restlichen Jahre für das bezahlt, was du mir umsonst gegeben hast.«

Marcus nickte. »Es ist ein ziemlich großer Prozess geworden.«

Charlies Blick kam aus der Nacht und hielt ihn fest. »Mein Junge, ich rede nicht von dem Prozess.«

Als Marcus am Sonntag erwachte, schien die Sonne, und er spürte die Kühle fernen Donnergrollens. Die Albträume waren überhaupt nicht gekommen. Stattdessen schienen sie dicht über dem Horizont zu dräuen. Noch während er aufstand, duschte, frühstückte und sich anschickte, zur Kirche zu gehen, spürte er die brütende Bedrohlichkeit dessen, was nicht gewesen war.

Die Begrüßung in der Kirche umfing ihn wie die Umarmung eines alten Freundes. Deacon Wilbur kam nach hinten und sagte nur: »Wir werden Maßnahmen ergreifen, um dafür zu sorgen, dass Sie in Sicherheit sind.« Marcus war zu sehr in der Gewalt des Schattens, der ihn begleitete, um mehr als ein Kopfnicken zur Antwort zu geben. Er betrat die Kirche und spürte, wie sein ganzer Körper den Lärm und den Frieden in sich aufsog.

Unmögliche Harmonien. Marcus blieb umfangen von Lärm und Frieden, geschützt und zugleich gänzlich entblößt. Auf das Singen folgten Gebete, und noch immer antwortete die Gemeinde mit lautem Rufen und Händeschwenken. Marcus saß still und ruhig da, weil er ein stiller Mann war. Klänge und Worte fluteten über ihn hinweg und ließen ihn tiefer in sich sinken. All die bisherigen Male, all seine anderen Besuche in dieser Kirche, all die Erkenntnisse, die er gewonnen, der Trost, den er gefunden hatte – all das hatte ein Fundament geschaffen und ihn für diesen Abstieg in sich selbst bereitgemacht.

Marcus saß da und fühlte, wie der Augenblick sich entfaltete. Ruhig und beschützt, entblößt und verwundbar und plötzlich voller Angst. Lauschend. Nicht auf den Lärm um ihn herum, sondern auf seine eigene Innenwelt. Der äußerliche Lärm stürzte wie Brandung auf seine geheime Insel ein, und Farben und Menschen erhoben sich und tanzten und setzten sich und füllten die Gänge wie ein aufgewühltes Meer. Er saß nur da. Und in seinem ruhig wachsamen Zustand beobachtete er, wie der Schatten sich nahte.

Er wollte weglaufen. Noch bevor er wusste, was es war, drängte es ihn mit jeder Faser seines Wesens zur Flucht. Er war nicht bereit dafür, und er würde es nie sein. Aber es kam trotzdem.

Dann überkam ihn das, was in der Stunde vor dem Morgengrauen schon zur Gewohnheit geworden war. Er war unfähig, sich zu bewegen, aufzustehen, ja, zu atmen. Gefangen im Bernstein dieses klarsichtigen Augenblicks, war er so wach und bewusst wie nie zuvor.

Sonntag für Sonntag hatte er dort gesessen und zugehört und gelernt, besser zuzuhören. Still zu sein und die Stille reden zu lassen. Jetzt saß er da und sah, wie der Schatten zu seinem größten Schrecken gerann, und er fühlte sich so verraten, dass er schreien und kreischen wollte, bis ihm die Stimmbänder in der Kehle zerrissen. Aber er bekam nicht einmal genug Luft für ein Stöhnen.

Der Schatten, der die Dämmerung eines jeden Tages hatte gefrieren lassen, formte sich zu solcher Klarheit, dass er endlich einen Namen für das hatte, was ihn so lange verfolgte. Das Wort manifestierte sich an einem Ort, wo weder dem Schatten noch dem Namen Zutritt gebührte, wo sie aber seinetwegen doch eingedrungen waren. Er starrte in die Leere seines zerschmetterten Lebens und rief den Schatten beim Namen.

Der Tod war nicht still in seine Welt getreten, auch nicht der Tag, an dem er die zwei Lebewesen gestohlen hatte, die ihm teurer gewesen waren als sein eigenes Leben. Jener strahlend sonnige Nachmittag war erfüllt gewesen von Radiomusik und dem Geplapper seiner Kinder und den kalten Streitereien seiner Frau. Er konnte sich gar nicht mehr erinnern, worüber sie gestritten hatten. Es war etwas Wichtiges gewesen, denn sie hatten sich fast nie vor den Kindern gestritten. Wahrscheinlich war es um seine Trinkerei gegangen. Der Streit und sein Anlass gehörten zu einem anderen Leben, zu einem, das die Hand des Todes noch nicht zerschmettert hatte.

Der Tod kam an jenem Tag ins Auto mit einem so machtvollen Krachen, dass er seiner Welt alles Licht und allen Sinn geraubt hatte. Seine Seele war mit seinen Kindern gestorben. Warum war sein Körper noch da? Was war in seinem früheren Leben so schlimm gewesen, dass er nun die Abwesenheit seiner Kinder als beständige Strafe erdulden musste?

Dort in der Kirche nahm der Schatten immer deutlicher Gestalt an, schlich sich auf Pantoffeln heran. Das Leichentuch, das er trug, umschlang ihn so fest, dass Marcus spürte, wie die Kirche und der tröstliche Lärm ihm immer mehr entglitten, bis er kaum noch etwas hörte außer dem panischen Pochen seines entsetzten Herzens. Gefangen und hilflos saß er da und musste ohnmächtig zusehen, wie seine eigene ewige Nacht herannahte.

Seine Augen waren so fest geschlossen, dass sein ganzes Gesicht sich in der Anstrengung, den Eindringling abzuhalten, verkrampfte. Dennoch kam er immer näher. Marcus beugte sich über seine Knie und wusste, dass er besiegt war. Verloren.

Hinter seinen zusammengepressten Lidern starrte Marcus in die Finsternis seines allnächtlichen Schlachtfelds. Sein Albtraum war nicht mehr nur eine Erinnerung, vor der er im Licht des Tages davonlaufen konnte. Hier in diesem einzigen Augenblick des Friedens, den er in der Woche finden konnte, war er gefangen von dem, was ebenso real war wie sein Verlust. So real wie seine Trauer. So real wie sein eigener Tod.

Er stand im Flur im Obergeschoss ihres Hauses in Raleigh. In dem Haus, das er nach jenem Tag nie wieder betreten hatte und in das es ihn doch seit anderthalb Jahren fast jede Nacht gezogen hatte. Er stand in diesem Flur, und das Licht war so hell, dass es seine Augäpfel zu versengen drohte. Vielleicht kam es ihm auch nur so hell vor, weil die Dunkelheit, in die er da spähte, so hoffnungslos leer war, dass es darin weder Licht noch sonst etwas gab. Aber wenn er auch nichts sehen konnte, so konnte er doch hören, und an dem, was er hörte, erkannte er, dass er an der Tür zum Schlafzimmer seines Sohnes stand. Aus der Dunkelheit kam die Stimme seines Sohnes, der leise ein kleines Lied über einen Vogel, einen Marienkäfer und einen Schmetterling sang. Sein Sohn hatte auch an jenem Tag gesungen, an dem Tag, als sie vom Strand nach Hause gefahren waren. Hatte gesungen, als sein Vater ihn in die Kreuzung gefahren hatte. Gesungen, als wolle er den Streit seiner Eltern übertönen. Gesungen mit einer Stimme, so sanft wie ein Sommerregen.

Dann hörte sein Sohn auf zu singen, und Marcus fühlte, wie die Trümmer seines Herzens noch einmal vom Klang der liebsten Stimme im Universum zerrissen wurden, von einem einzigen kleinen Wort.

»Daddy?«

Er hatte keine Wahl. Es kam nicht darauf an, dass er wusste, was kommen würde. Sein Sohn rief ihn. Er musste reagieren.

Marcus trat durch die Tür.

Sofort war da wieder dasselbe entsetzliche Blitzen zur Rechten, derselbe Blick nach rechts auf den chromglänzenden Kühlergrill des Lastwagens, auf dem das Sonnenlicht blitzte, und dort im Spiegelbild das Gesicht des nahenden Todes. Dann das Geräusch von explodierendem Metall und Glas, ein Schrei, der allzu rasch abriss – so hell, dass er nie sagen konnte, ob er von seiner Frau kam, seiner Tochter oder seinem Sohn. Vielleicht von allen dreien. Vielleicht war es auch sein eigenes Herz, das schrie, als alle Bänder, die sein Leben zusammenhielten, auf einmal durchschnitten wurden.

Der Traum ging weiter. Er war wieder im Flur, und jetzt verhöhnte ihn die Dunkelheit. Und wieder rief sein Sohn nach seinem Vater. Nur dass der kleine Junge diesmal weinte und sich vor dem Albtraum fürchtete, den sein Vater in seiner Ohnmacht nicht beenden konnte. Wieder sprang er durch die Tür. Und wieder traf ihn der Lastwagen, der Dämon, der Überbringer des Todes. Reißendes Metall, explodierendes Glas und dieser einzelne Schrei schleuderten ihn zurück in den Flur.

Aber diesmal war es nicht der Flur, in dem er da stand, hilflos angespannt, als die kleine Stimme wieder nach ihm rief. Jetzt stand er im Mittelgang der Kirche, gefangen im Schmerz des Lebens in einem Albtraum, der nicht zu Ende ging, nicht einmal, als er die Augen öffnete und Deacon Wilbur auf sich zustürzen sah. Der Schmerz verdrehte ihn wie eine Kugel, die ihn ins Herz getroffen hatte. Er fiel auf die Knie, so betäubt von seinen inneren Qualen, dass er gar nicht spürte, wie Dutzende von Händen nach ihm griffen, um ihn aufzufangen und festzuhalten.

Eine Stimme, viel zu gütig und zu fürsorglich, als dass sie je in seiner Albtraumwelt hätte erscheinen können, murmelte: »Es ist gut, Bruder, es ist alles gut. Der Herr ist hier. Er weiß Bescheid.«

Der Klang verstärkte nur seinen Schmerz. Er brachte einen einzelnen Atemzug zustande, und es war, als streife die Luft durch die glühenden Kohlen der ewigen Reue, aber sie gab ihm die Kraft, den Namen seines Sohnes zu schreien: »Jason!«

»Ja, o Herr, sei hier bei diesem leidenden Mann! Rufe seinen Namen, o Herr, dass er dich hören kann. Zeige seinem Herzen deine heilende Macht!«

Zur Antwort konnte Marcus nur den Namen seiner Tochter hinausschreien, seiner kostbaren »Jessica!«.

»Gütiger Jesus, heile diesen gebrochenen Geist, sei die Salbe auf seinen Wunden, und heile sein Herz.«

Eine Hand packte ihn so hart bei den Haaren, dass er sich nicht in den Boden wühlen konnte, wie er es gern getan hätte. Er stöhnte, und es war, als stöhne die ganze Erde mit ihm, als weine sie mit ihm und um ihn. Marcus weinte, und es war richtig, dass alle um ihn herum auch weinten, denn der Druck, der dadurch entstanden war, dass er die Tränen eines ganzen Jahres und mehr zurückgehalten hatte, war so stark, dass die ganze Welt hätte weinen müssen, und auch dann noch wäre ein Rest von unvergossener Trauer geblieben.

ACHTUNDDREISSIG

Als Marcus am nächsten Morgen aufstand, war er noch immer wie verbrüht vom öffentlichen Abstreifen seiner Maske. Es half wenig, dass der Albtraum an diesem Morgen nur ein Wispern gewesen war und dass er geschlafen hatte, bis die ersten Strahlen der Sonne kraftvoll und klar über die Dächer im Osten gekommen waren. Er schlüpfte in sein Sweatshirt, nur weil es seiner morgendlichen Routine entsprach, aber ihm war, als habe eine Schaufensterpuppe mehr Leben und könnte die Kleider besser ausfüllen.

Als er aus der Haustür trat, empfingen ihn leise Schritte und ein junges Gesichterpaar, das ihm irgendwie bekannt vorkam. Er ging die Treppe hinunter und blieb im stillen Licht des Morgens stehen, und er versuchte sich zu entsinnen, wo er die beiden dunklen Gesichter schon gesehen hatte. Dann erinnerte er sich an die Gruppen von Teenagern, die er auf mehreren Veranden der Nachbarschaft gesehen hatte. Früher hatten sie beobachtet, wie er vorbeikam, mit dem Auto oder zu Fuß, und sie hatten nichts übersehen und noch weniger gesagt. Nie hatten sie ihm jemals signalisiert, dass sie seine Existenz als Nachbar zur Kenntnis nehmen wollten – bis jetzt.

Als er nur dastand und sie anstarrte, teilte der Größere ihm mit: »Der alte Deacon sagt, Sie sollen nicht mehr alleine laufen.«

Er konnte seine Überraschung nicht verbergen, was wiederum ein Grinsen auf den beiden Gesichtern sprießen ließ. »Ihr habt mich beobachtet?«, fragte er.

»Und Ihr Haus«, antwortete der jüngere der beiden Jungen.

Der Größere, ein junger Mann von vielleicht achtzehn Jahren mit den gemeißelten Zügen eines Indianers, sagte: »Was glauben Sie, wieso Sie noch ein Haus haben, in das Sie abends kommen können? Glauben Sie, das ist Glück?«

»Sind schon zweimal Trucks gekommen und haben hier gehalten«, ergänzte der andere. »Wir gehen dann einfach hin und gucken. Da hauen sie schnell wieder ab.«

Marcus wühlte in einer Unzahl plötzlich auftauchender Fragen. »Warum hat mir das niemand erzählt?«

»Wir haben's Deacon erzählt«, sagte der Ältere. »Deacon sagt, er hat's dem Sheriff erzählt. Haben wohl gedacht, Sie haben schon genug Sorgen.«

Marcus spürte, wie es ihm die Kehle zuschnürte, als seien da immer noch Spuren der Trauer vom vergangenen Tag. Also nickte er nur, und dann war er froh, dass er es getan hatte, denn hier im Licht der Morgendämmerung hätte er nichts Passendes zu sagen gewusst.

Er sah die alte Stadt durch den Filter des Trostes, den es ihm gab, dass er nicht allein zu laufen brauchte. Ein schwerer Herbstnebel war herabgesunken, herausgepresst aus den Sternen, denen es anscheinend widerstrebte, dem stärker werdenden Tag zu weichen. Seine Schritte raschelten auf dem schmalen Pfad über das Feld und auf die Brücke zu, und das Rascheln verschmolz mit dem Gesang der Vögel und dem keuchenden Stampfen von drei Männern. Auf irgendeine bemerkenswerte Weise schien er von ihrer jugendlichen Kraft zu profitieren, denn seit Jahren war er nicht so leichtfüßig gelaufen.

Als er schließlich wieder vor dem Haus anhielt, war die Sonne aufgegangen und liebkoste die alten Backsteine mit einer rötlichen Schicht von Goldstaub. Sein Blick wanderte über den Rasen vor dem Haus, ein Feld voller Prismen und winzigen Regenbogen, und der Anblick erfüllte ihn mit ganz neuer Freude. Er wandte sich seinen Laufkameraden zu, die sich pustend und grinsend daran vergnügten, wie sie ihn überrascht und sich an seiner privaten Zeit beteiligt hatten. »Wie heißt ihr?«, fragte er.

»Aaron.«

»Orlando.«

»Ich bin Marcus, falls jemand sich gefragt haben sollte.« Er schüttelte ihnen nacheinander die Hand und wünschte, er wüsste noch etwas zu sagen, aber er sah ihren Augen an, dass sie keine Worte erwarteten. Oder brauchten.

Als er geduscht und sich angezogen hatte, stand der Wagen des Deputy vor dem Haus. Marcus griff nach seinem Aktenkoffer, stellte ihn dann noch einmal hin und ging hinaus zu Darren und dem Deputy, die sich draußen unterhielten. »Morgen, Amos.«

»Marcus.« In seinen Augen schimmerte tiefgründiger Humor. »Wie ich sehe, haben Sie Deacons Secret Service kennen gelernt.«

»Darren, jetzt habe ich meinen Aktenkoffer vergessen. Könnten Sie ihn rasch holen gehen?« Als der große junge Mann verschwunden war, sagte Marcus. »Ich kann Ihnen nicht genug danken. Für alles.«

»Ich habe gute und schlechte Leute kennen gelernt, Marcus. Und die besten sind diejenigen, die mehr geben, als sie nehmen.« Er berührte Marcus zum ersten Mal. Seine Hand ruhte kurz auf der Schulter des Anwalts. »Zerbrechen Sie sich mal nur den Kopf darüber, wie Sie diesen Prozess hier gewinnen.«

Marcus hörte, wie die Tür hinter ihm ins Schloss fiel. »Hat Darren Ihnen von seinen Schwierigkeiten erzählt?«

»Brauchte er nicht.«

»Sie wissen, dass er mit einem Vorstrafenregister nicht zur Polizei kann.«

Amos nickte ganz kurz. »Wollte schon mit Ihnen darüber sprechen. Glauben Sie, dass Sie was tun können, um es aus der Welt zu schaffen?«

»Die Jugendstrafen sind kein Problem; das Gericht hat die Akte geschlossen, als er achtzehn wurde.« Er hörte den jungen Mann herankommen und sagte nur: »Was jüngere Ereignisse angeht, so gibt es nur eins, das zählt, wenn ich recht informiert bin.«

»Stimmt«, sagte Amos. »Ich hab's nachgeprüft.«

»Ich könnte nachfragen.« Marcus nickte dankend, als er seinen Aktenkoffer in Empfang nahm. »Aber ich fürchte, meine Aktien stehen im Moment ziemlich schlecht, wenn es darum geht, Gefälligkeiten einzufordern.«

Jetzt musste Amos grinsen. »Ich glaube wirklich, dass Sie sich da noch auf eine Überraschung gefasst machen können.« Zu Darren gewandt, fuhr er fort: »Ich werde heute hinter Ihnen herfahren, Gents.«

Marcus protestierte. »Das ist nicht nötig.«

Daraufhin grinste auch Darren, und der Sheriff sagte: »Bereiten Sie sich auf Überraschung Nummer zwei vor.«

Marcus fand, dass es nicht nötig war, ihre gute Laune mit weiteren Fragen zu vertreiben. Während Darren den Jeep hinter dem Wagen des Deputy auf die Straße steuerte, rief Marcus mit dem Handy bei den Halls an. Es klingelte so lange, dass er schon fürchtete, er habe sie verpasst, und er hatte Mühe, nicht zu lächeln, weil Kirsten ein wenig atemlos klang, als sie sich meldete. Der Morgen hatte so schön begonnen, dass er sich beinahe einreden konnte, es sei die Aufregung, weil sie gehofft hatte, dass er anrufen werde. »Sie haben großartige Pressearbeit gemacht.«

»Warten Sie, wir waren auf halbem Weg zum Auto, als das Telefon klingelte …« Sie atmete tief durch und fing dann hastig von vorn an. »Die Polizei ist hier. Zwei Wagen. Der eine hat das ganze Wochenende hier geparkt, um die Menge zurückzuhalten. Der zweite fährt uns heute Morgen zum Gericht. Ich habe heute Morgen noch einen Anruf bekommen. ABC will mich für eine Live-Diskussion mit jemandem vom Team der Verteidigung haben. Ich möchte das nicht tun, Marcus.«

»Dann tun Sie's nicht.«

»Aber es könnte gute Publicity bringen.«

»Davon haben wir sowieso schon jede Menge«, sagte Marcus. »Ich glaube nicht, dass eine Diskussion da noch viel bringt. Tun Sie nichts, was Sie nicht tun möchten. Und sagen Sie Alma und Austin, das Gleiche gilt auch für sie.«

»Ja. Okay.« Und eine sehr viel dünnere Stimme fragte: »Wann können wir miteinander sprechen?«

Die Frage genügte, um ihm die Kraft zu geben, ein weiteres Mal zu bekennen: »Wir beide schleppen mehr als genug Geheimnisse mit uns herum, Kirsten. Sie brauchen mir nichts zu erzählen, was Sie nicht erzählen möchten.«

»Ich möchte es aber«, sagte sie. »Sehr.«

»Okay.« Er musste innehalten und schlucken. »Dann muss ich Sie etwas fragen. Die erste Zeugin der Verteidigung ist eine Frau namens … warten Sie, ich hab's hier.« Er klappte seinen Aktenkoffer auf und wühlte in den Papieren. »Stella Soundso.«

»Gladding. Stella Gladding.«

»Sie kennen sie?«

»Wir sind uns nie begegnet, nein. Aber Gloria hat von ihr gesprochen.«

»Okay. Ich muss wissen, warum die Verteidigung sie aufruft.«

Kirstens Stimme verfiel wieder in die flache Monotonie früherer Tage, aber sie scheute vor der Aufgabe nicht zurück. Marcus machte sich während der Fahrt Notizen, und seine Gedanken beschäftigten sich mit strategischen Plänen, während sie erzählte. Als sie verstummte, fragte er: »Das ist alles?«

»Ich glaube, ja. Ist es schlimm?«

»Die Wahrheit ist es vielleicht. Aber solange wir im Voraus Bescheid wissen, können wir uns vorbereiten.«

»Marcus«, sagte sie seufzend, »wann können wir miteinander reden? Ich meine, nicht so wie jetzt. Ich meine … richtig.«

Sein Herz antwortete zuerst, und zwar mit einem flüchtigen Bild von dem, was die kommende Woche ganz sicher bereithielt. »Das muss vielleicht warten, bis das hier vorüber ist.« Was er nicht hinzufügte, war: Falls du es überhaupt noch willst nach dem, was du erleben wirst.

Als sie am Bundesgericht ankamen, fanden sie dort eine Belagerung vor. Straßensperren der Polizei hielten eine Plakate schwenkende Meute zurück. Die Tafeln waren so zusammengewürfelt, dass Marcus nur verschwommen wahrnahm, was darauf stand: Tibet und Mode und Kinder und China und Handel und Missionare und Menschenrechte und mehrere asiatische Namen verschwundener Aktivisten.

Amos setzte sein Blinklicht aufs Dach, und die Polizei öffnete die Absperrung und winkte sie durch. Eine Limousine mit dunkel getönten Fenstern hielt in der Feuerwehrzufahrt. Dann sah man nichts mehr, weil die Presse herandrängte. Marcus stieg im Geflacker von Kamerablitzen und Fernsehscheinwerfern aus dem Jeep.

Jim Bell war zur Stelle, um ihn hineinzugeleiten. Ein Wörterregen von Fragen prasselte wie ein Sturzbach von allen Seiten auf ihn ein. Er überließ es dem pensionierten Polizisten, sich durch die Menge zu pflügen, und sagte nichts. Das alles war erstaunlich.

Charlie Hayes erwartete ihn gleich hinter dem Eingang. »Hast du heute Morgen die Nachrichten gehört?«

Marcus schüttelte den Kopf. Er schaute hinaus in das Chaos und konnte nicht fassen, was er da ausgelöst hatte.

»Die chinesische Regierung hat eine formelle Erklärung abgegeben, in der sie der amerikanischen Regierung einen, wie sie sagt, kleinlichen Akt des internationalen Handelsterrorismus vorwirft.« Als Marcus nicht antwortete, führte der alte Mann ihn zum Aufzug. Jim Bell heftete sich stur an ihre Fersen. »Sieht aus, als hättest du ein bisschen Publicity eingeheimst, mein Junge«, sagte Charlie.

Marcus wartete, bis die Aufzugtür sich geschlossen hatte. »Hoffen wir nur, dass es auch klappt.«

»Wenn *das* nicht klappt – na ja …«

Marcus ließ den unausgesprochenen Satz nicht lange in der Luft hängen. »Wir müssen unsere Strategie besprechen. Ich möchte, dass du die erste Zeugin übernimmst.«

Charlie wandte dem Tumult den Rücken zu. »Ärger?«

»Wahrscheinlich.«

»Erheben Sie sich.«

Richterin Nicols rauschte mit der Majestät einer Frau herein, die dazu geboren ist, königliche Gewänder zu tragen. Sie nahm Platz und unternahm den ehrenvollen Versuch, das Gedränge im Saal zu ignorieren, indem sie die Geschworenen auf die gewohnte Weise begrüßte. »Guten Morgen. Wie geht es Ihnen allen?«

Der Juryvorsitzende, ein ehemaliger Maschinist, dessen Nacken, Gesicht und Arme auf eine Weise gerötet waren, die auf ein ausgedehntes Leben an der frischen Luft schließen ließ, antwortete: »Gut, Euer Ehren.«

»Aus einem speziellen Grund, den ich kennen sollte?« Sie ließ ihr Lächeln fallen, als sie sich dem Tisch der Verteidigung zuwandte, wo Logan stand. »Ja?«

»Euer Ehren, ich habe das Vergnügen, Ihnen General Zhao Ren-Fan vorzustellen.«

Marcus drehte sich mit allen andern im Saal um. Der Mann war stämmig, und das Altern bekam ihm nicht. Sein Gesicht war pockennarbig, sein Körper fleischig und schlaff. Nicht einmal der vorzüglich geschnittene dunkle Anzug konnte verhüllen, wie schwer dem General die Schlacht gegen den nahenden Winter fiel. Zhao wandte den Kopf und schaute Marcus an, und sein Gesicht spannte sich kaum merklich um die Augen, die so schwarz waren wie die arktische Nacht. Kein Licht drang aus diesen Augen. Kein Licht, keine Hoffnung, keinerlei Botschaft.

Dennoch flackerten die dunklen Augen einmal und wandten sich dann wieder ab. Als Marcus sich auf seinem Stuhl nach vorn drehte, sah er den funkelnden Blick, den Alma und Austin Hall gemeinsam auf die Nemesis ihrer Tochter richteten.

Die Richterin brauchte nichts zu sagen, um die Menge zum Schweigen zu bringen. Ein zorniger Blick durch den Saal genügte. Sie wandte ihre Aufmerksamkeit wieder Logan zu. Der Anwalt der Verteidigung fuhr fort. »Die chinesische Regierung möchte in aller Form feststellen, dass sie weder mit diesem Prozess noch mit der Anwesenheit dieses Herrn irgendetwas zu tun hat. Er ist aus eigenem Willen hier, und zwar auf Bitten des China Trade Council. Der Council protestiert mit allem Nachdruck gegen diesen ganzen Prozess und gibt zu Protokoll, dass dies eine äußerst fadenscheinige Angelegenheit ist, die man am besten der Bundesregierung überlassen sollte. Wir erheben dies daher zum Antrag.«

»Ihr Antrag wird zur Kenntnis genommen und abgelehnt.«

»Gut. In diesem Fall, Euer Ehren, möchte die Verteidigung ihren Vortrag mit meinem aufgeschobenen Eröffnungsplädoyer beginnen.«

»Gut.« Richterin Nicols wandte sich den Geschworenen zu und erläuterte: »Wie Sie sich vielleicht erinnern, hat die Verteidigung eingangs auf ihr Eröffnungsplädoyer verzichtet. Ich habe Ihnen seinerzeit angekündigt, dass sie es womöglich später nachholen wird – wahrscheinlich, bevor sie ihren ersten Zeugen aufruft.« Sie wandte sich wieder an Logan. »Fahren Sie fort.«

Logan ging in die Ecke neben der Richtertür und hob das tragbare Rednerpult hoch. Er trug es in die Mitte zwischen dem Tisch der Klägerseite und dem Zeugenstand und stellte es dort auf, etwa drei bis vier Meter von der Geschworenenbank entfernt. Er lehnte sich daran und fing sofort an. »Meine Damen und Herren Geschworenen, womit wir es hier zu tun haben, ist ein Fall innerhalb eines Falles. Die Dinge sind unendlich viel komplizierter geworden, und Ihre Aufgabe ist jetzt viel schwieriger. Aber eines dürfen Sie dabei unter keinen Umständen tun: Sie dürfen nicht aus den Augen lassen, auf welcher Seite die Bürde der Beweisführung liegt.«

Logan Kendall war ein vollendeter Schauspieler. Der Gerichtssaal war die einzige Bühne, auf der er jemals stehen würde, und die einzige, die er brauchte. An seinem Boxergesicht oder an seiner angeborenen Aggressivität war nichts zu ändern. Aber er nutzte beides zu seinem Vorteil und hatte es zu hartem Glanz poliert. Sein Haarschnitt war so makellos wie seine Sonnenbräune, sein Anzug und seine Maniküre. Er trug eine Zweihundert-Dollar-Krawatte von Brioni und handgenähte Schuhe aus Kalbsleder. Binnen eines Lidschlags konnte sich harte Streitbarkeit in warmherziges Entgegenkommen verwandeln. Wenn er seinen beträchtlichen irischen Charme aktivierte, genügten ihm ein paar Minuten vor den Geschworenen, um sie dazu zu bringen, dass sie ihm glauben wollten. Sie wussten, dass es Theater war, aber wie bei jeder guten Performance war es ihnen im Grunde gleichgültig.

»Dieser Fall ist jetzt etwas völlig anderes als das, was er zu Anfang war. Und was wir früher gesagt haben, gilt nicht mehr so klar und eindeutig. Wir haben neue Beklagte, weil das Gericht in seiner Weisheit uns angewiesen hat, sie in den Prozess aufzunehmen. Aber wir stecken gemeinsam drin, meine Damen und Herren. Und gemeinsam werden wir die Wahrheit ans Licht bringen. Meine Aufgabe ist es, Sie dabei zu leiten. Sie beurteilen die Fakten. Und auch wenn es nun ein sehr viel globaleres, sehr viel komplexeres Problem geworden ist, bin ich mir doch sicher, dass wir alle der Aufgabe gewachsen sind herauszufinden, welches die Fakten sind. Unsere Mission ist die Suche nach der Wahrheit. Und wenn wir damit fertig sind, werden wir uns wieder unterhalten. Und dann werden wir hoffentlich ein paar harte Fakten vor uns haben, auf deren Grundlage wir ein stichhaltiges Urteil fällen können.

Die Anwälte der Klägerseite haben die Luft mit ein paar ziemlich abenteuerlichen Behauptungen vernebelt und dabei so getan, als wäre meinen Klienten irgendetwas vorzuwerfen. Wohlgemerkt, diese Vorwürfe gegen meine Klienten sind lächerlich. Die Anwälte, meine Damen und Herren, behaupten, meine Klienten hätten irgendwelche amorphen Verbindungen zu einer geheimnisvollen Fabrik auf der anderen Seite der Welt. Und irgendwie halte diese Fabrik eine Frau namens Gloria Hall versteckt. Es ist wichtig, dass Sie diese eine Tatsache im Gedächtnis behalten, meine Damen und Herren Geschworenen, denn in diesem Prozess sind schon eine Menge Nebelkerzen gezündet worden. Die einzige Frage, die wir hier zu entscheiden haben, ist aber die: Inwiefern – wenn überhaupt – sind meine Klienten verantwortlich für das Verschwinden dieser Frau?

Eines steht fest: Bisher haben wir in diesem Prozess einen Überfall nach dem andern erleben müssen. Die Anwälte der Klägerseite haben wiederholt gegen die Verfahrensregeln verstoßen, indem sie neue Zeugen einführten, neues Beweismaterial, ja, sogar neue Beklagte. Wir waren von dieser ausufernden Serie von Attacken so stark in Anspruch genommen, dass wir vielleicht aus den Augen verloren haben, weshalb wir hier sind. Aber damit ist es jetzt aus und vorbei. Der Anwalt der Kläger hat seine Beweisführung abgeschlossen – und kein Wunder, dass er müde ist nach all den Kunststücken, die er hier vorgeführt hat. Jetzt sind wir an der Reihe.

Sie können mich beim Wort nehmen«, sagte Logan und nahm den

Fuß vom Gas. »Wir werden das amerikanische Justizsystem hochhalten. Wir werden die Ärmel aufkrempeln und angestrengt nach den Fakten suchen. Und wenn Sie abends nach Hause gehen – und denken Sie an die Ermahnung der Richterin, diesen Fall mit niemandem zu erörtern –, wenn Sie dann dasitzen und sich entspannen, können Sie versichert sein, dass mein Team und ich weiterhin auf der Jagd nach der Wahrheit sein werden.«

Logan wandte sich ab und kehrte zu seinem Tisch zurück, wo er zur Unterstreichung des Gesagten einen langen Augenblick auf die Inspektion seiner Notizen verwandte. Dann verkündete er: »Die Verteidigung ruft Miss Stella Gladding.«

Die Haut der Frau hatte fast den gleichen gelblichen Ton wie die des chinesischen Generals. Aber in ihrem Fall war das die Folge eines sehr rauen Lebens. Verstärkt wurde der Eindruck eines harten Lebenswandels durch die Stimme, die ihren Namen nannte und den Eid ablegte. Stella Gladding hörte sich an, als habe sie an diesem Morgen mit Bourbon und Asche gegurgelt.

»Miss Gladding, Sie kannten Gloria gut, nicht wahr?«

»Seht gut. Wir haben in den ersten zwei Jahren in Georgetown in einem Zimmer gewohnt.«

»Würden Sie dem Gericht bitte sagen, wie sie war?«

»Wild.«

»Gloria Hall war wild.« Logan behielt seine Position am Pult bei. Er drehte es so, dass er halb der Geschworenenbank, halb dem Zeugenstand zugewandt war, und verschob es gerade so weit, dass Marcus nicht protestieren konnte, weil Logan ihm absichtlich den Blick auf die Zeugin versperrte. »Wie wild genau, Miss Gladding?«

»Sie hat nicht nur alles ausprobiert«, war die Antwort, »sondern das gleich zwei Mal.«

»Einspruch«, sagte Charlie in gelangweiltem Ton, und seine zusammengesunkene Haltung ließ erkennen, dass es sich nicht lohnte, sich über diese Zeugin zu ärgern.

»Stattgegeben.« Richterin Nicols klang noch ausdrucksloser als Charlie, falls das möglich war.

Alma rutschte auf ihrem Platz neben Marcus hin und her. Er warf einen Blick zu ihr hinüber und wusste, dass keine Warnung möglich, kein Wort ausreichend war. Trotzdem nickte sie, ohne ihn anzuschauen. Sie würde sich beherrschen. Austin Hall auf ihrer anderen Seite sah aus wie aus einem dunklen, leidvollen Stein gemeißelt.

»Miss Gladding, hatte Gloria Hall Männerbeziehungen?«

»Eine Menge.« Sie war gut vorbereitet und noch sorgfältiger eingekleidet worden. Aber kein noch so großer Aufwand an professionellem Make-up und dunklem Kostüm konnte verbergen, dass hier eine Frau war, die viel gesehen und noch mehr getan hatte. »Sie haben von Woche zu Woche gewechselt.« Ein kurzes, spöttisches Kräuseln der Mundwinkel. »Manchmal von Stunde zu Stunde. Gloria war ein sehr freundliches Mädchen.«

Leise fragte Logan: »Hat Gloria Drogen genommen?«

»Auf jeden Fall.«

»Alkohol?«

»Dauernd.«

Die Befragung ging weiter, bis ein Bild von Gloria Hall als hemmungslosem Partyflittchen entstanden war, das wenig studiert und seinen Platz in Georgetown nur durch Glück und ein gutes Gedächtnis behalten hatte. Charlie Hayes schien zu schlafen; Marcus schaute zu, weil er fand, dass wenigstens einer von ihnen zeigen sollte, dass es ihnen nicht gleichgültig war. Logans Problem war es, dass die gelangweilte Gleichgültigkeit der Frau immer mehr zunahm, je länger sie im Zeugenstand saß. Ihre Stimme wurde rauer, die Antworten knapper, als brauche sie einen Drink oder eine Zigarette oder etwas Stärkeres. Und zwar dringend.

Logan merkte das. Er kehrte zu seinem Tisch zurück und sagte: »Die Verteidigung bittet um eine kurze Unterbrechung.«

Richterin Nicols dachte nicht daran. Sie schüttelte den Kopf, ohne den Blick von der Zeugin zu wenden. »Wir werden erst die Befragung dieser Zeugin zu Ende bringen.«

Logan blieb nichts anderes übrig, als zu sagen: »Ihre Zeugin.«

Charlie erhob sich aus seiner zusammengesunkenen Haltung, und seine Stimme ertönte, noch bevor er ganz auf den Beinen war. »Miss Gladding, Sie sagen, Sie kannten Gloria in Ihren ersten beiden Jahren in Georgetown. Ist das richtig?«

»Das habe ich gesagt.«

»Und wie lange ist das her?«

»Vier Jahre.«

Er lächelte, als ob ihn diese Antwort erheiterte. »Sind Sie sich jetzt sicher, dass es vier waren?«

»Ich habe doch gesagt ...« Ihre Augen suchten umher. »Nein. Fünf.«

»Wenn ich richtig rechnen kann, Miss Gladding, sind es eher sechs. Ist es nicht so?«

»Fünf, sechs, fünfzehn, ist doch egal. Ich erinnere mich an Gloria. Sehr gut sogar.«

»Schön. Das ist schön. Es ist nur so, dass ... nun ja, in fünf oder sechs Jahren kann sich vieles ändern, würden Sie das nicht auch sagen?«

»Vielleicht. Aber nicht bei Gloria.«

»Nicht?« Charlie humpelte zur Geschworenenbank und lehnte sich an die Ecke der Balustrade. »Miss Gladding, könnten Sie mich darüber aufklären, aus welchem Grund Sie und Gloria Hall aufgehört haben zusammenzuwohnen?«

»Weil ich ausgezogen bin.«

»Tatsächlich. Ich habe aber gehört, dass Miss Hall diejenige war, die ausgezogen ist.«

Die Hand, die sich hob, um ihr Haar zurückzustreichen, zitterte leicht. »Gloria wurde ernsthaft komisch. Das konnte ich nicht ertragen.«

»Komisch.« Charlie warf einen Blick auf die Geschworenen und humpelte dann zum Klägertisch, um ein Blatt in Empfang zu nehmen, das Marcus ihm anreichte. Es war eine Fotokopie der Verfahrensvorschriften, aber das wusste die Zeugin nicht. »Miss Gladding, bei sorgfältiger Betrachtung von Gloria Halls Studienbuch ergibt sich, dass zu Beginn des vorletzten Jahres bei ihr eine auffallende Veränderung einsetzte.«

»Das kann man wohl sagen.«

»Tatsächlich zeigen Gloria Halls Zeugnisse von diesem Semester an, dass sie während ihres restlichen Studiums nur noch ausgezeichnete Noten erhalten hat.«

»Sie kriegte diese verrückte religiöse Phase. Das war schlimmer als die Kerle. Redete dauernd von Gott und solchem Zeug. Wollte, dass ich mit ihr in die Kirche ging, und tat, als wäre das so was wie ein Meeting der Anonymen Alkoholiker. Sie musste jeden Abend dahin, als hätte sie Angst, sie könnte sonst wieder hinten runterfallen.«

Charlie nickte langsam, noch lange nachdem Stella Gladding zu Ende gesprochen hatte. »Ist Ihnen bekannt, dass Gloria Hall ihr Examen in Georgetown dann mit Auszeichnung bestanden und ein Vollzeitstipendium für ihr weiteres Studium erhalten hat?«

»Um diesen Preis?«, erwiderte die Frau höhnisch. »Wen interessiert das?«

»Und mit welchem Prädikat, wenn ich fragen darf, haben Sie Ihr Examen abgelegt?«

»Einspruch«, protestierte Logan. »Unerheblich.«

»Abgelehnt. Die Zeugin wird angewiesen, die Frage zu beantworten.«

Achtlos und gereizt warf Stella Gladding den Kopf zurück. »Ich bin im letzten Jahr geflogen.«

Charlie kehrte zum Tisch zurück. »Keine weiteren Fragen.«

Der größte Teil des Tages verging mit solchen kleinen Gefechten. Die Verteidigung unternahm einen Vorstoß nach dem andern. Charlie konterte mit wenigen kurzen Fragen, sanft im Ton, eindeutig im Ergebnis. Und doch sah Marcus, wie der Fall sich vor seinen Augen auflöste, und er wusste, dass er nichts dagegen tun konnte, wusste, dass das Schlimmste noch bevorstand. Er brauchte nicht zum Tisch der Verteidigung hinüberzublicken, um zu wissen, dass Suzie Rikkers ihn anstarrte.

Logans Parade wurde mit einem Washingtoner Polizisten fortgesetzt, der im Bezirk um die chinesische Botschaft Streifendienst tat.

Ihm folgte ein Sicherheitsmann aus dem Wachdienst der Botschaft, dann ein Pflichtverteidiger aus D. C. und schließlich eine Wärterin aus dem Frauengefängnis in Washington. Alle bezeugten, dass sie Ärger mit Gloria Hall gehabt hatten. Innerhalb von vierzehn Monaten sei sie neunmal festgenommen worden; die Vorwürfe gegen sie reichten von Verkehrsbehinderung über unerlaubte Versammlung und Landfriedensbruch bis zum Widerstand gegen die Staatsgewalt und Anstiftung zum Aufruhr in der Haft. Charlies Kreuzverhör richtete sich ausschließlich darauf, zu zeigen, dass alle diese Vorwürfe im Zusammenhang mit Aktivitäten vor der chinesischen Botschaft oder anlässlich des Besuchs chinesischer Würdenträger standen. Die Verteidigung konterte mit der Darlegung, dass die Vorwürfe aus einer Vielfalt von Sachverhalten im Zusammenhang mit China resultierten; es sei da von inhaftierten Dissidenten über die Befreiung Tibets bis zu Handelsproblemen und verschwundenen Missionaren alles dabei gewesen. Langsam entwickelte sich das Bild einer zornigen jungen Frau, die entschlossen war, China so viel Ärger wie möglich zu machen. Jeder Vorwand hatte genügt, solange China die Zielscheibe gewesen war. Es war kurz nach vier, als Logan aufstand und erklärte: »Euer Ehren, die Verteidigung bittet darum, die Geschworenen für heute zu entlassen. Außerdem ersuchen wir um die Gelegenheit, einen nichtöffentlichen Antrag zu stellen.«

Charlie beugte sich herüber und flüsterte: »Jetzt kommt's.«

Im Dienstzimmer der Richterin konnte Logan es kaum noch abwarten, dass Richterin Nicols sich hinter ihrem Schreibtisch niedergelassen hatte. »Euer Ehren, wir berufen uns auf den Grundsatz der Unzulässigkeit sekundärer bei Vorhandensein primärer Beweismittel und rufen Marcus Glenwood in den Zeugenstand.«

In einem Augenblick wahrer Verzweiflung empfand Marcus beim Erschrecken der Richterin leise Genugtuung. »Wie bitte?«

»Unzulässigkeit sekundärer Beweismittel, Euer Ehren. Das heißt, dass der Kläger bei allen entscheidenden Beweisstücken die Originalquellen vorlegen muss.«

Richterin Nicols hatte sich wieder gefasst. Verdrossen erwiderte sie: »Maßen Sie sich nicht an, das Gericht in juristischen Sachverhalten zu unterweisen, Mr. Kendall.«

»Nein, Euer Ehren.« Logan blieb absolut geschmeidig und cool. Es war eine vorzügliche Strategie. Er wusste es, und die Richterin auch. Makellos. Nur aus einem einzigen Grund hatte er Suzie Rikkers gestattet, eine offene Warnung zu präsentieren: Er wusste, dass es keine Möglichkeit gab, seinen Zug aus dem Gleis zu werfen. »Der Kläger hat mehrfach erklärt, dass eine entscheidende Quelle für sein wichtigstes Beweismaterial ein Mann war, den wir nie haben befragen dürfen.«

»Kein Wunder«, näselte Charlie. »Wenn man bedenkt, wie Ihre Jungs ihn erledigt haben.«

»Ich protestiere gegen Ton und Inhalt dieser Bemerkung, Euer Ehren.« Logan war so zufrieden mit sich, dass er nicht wütend werden konnte.

Richterin Nicols lenkte ihren Zorn auf die andere Seite des Zimmers. »Mr. Hayes, noch ein solcher Ausbruch, und ich lasse Sie aus dem Gericht entfernen.«

»Sorry, Euer Ehren.« Charlie beschäftigte sich eine ganze Weile damit, seine Bifokalbrille zurechtzurücken. »Und ich entschuldige mich bei diesen Leuten, wenn ich mich geirrt habe.«

Logan ließ es durchgehen. »Dieser Anwalt, Euer Ehren – Ashley Granger war sein Name. Er war offensichtlich die Quelle einer großen Anzahl von entscheidenden Argumenten für den Kläger. Das entnehmen wir den eigenen Erklärungen des Klägeranwalts, die dieser wiederholt hier abgegeben hat. All dem müssen wir unbedingt auf den Grund gehen. Da Mr. Glenwood der Einzige hier ist, der unmittelbar mit dem Verstorbenen gesprochen hat, ist es mehr als gerechtfertigt, wenn wir den Wunsch haben, seine Zeugenaussage zu hören.«

Marcus musste wider Willen einen Blick zur Seite werfen. Suzie Rikkers funkelte nicht mehr zurück. Sie starrte ihn an, und ein schmales Lächeln, das ihre Lippen zu einem fast unsichtbaren Strich zusammenpresste, formte ihre Augen zu Schlitzen. Die Frau sah aus, als stehe sie kurz vor der Ekstase.

»Also gut.« Richterin Nicols musterte Marcus mit forschendem, sorgenvollem Blick. »Wünscht der Anwalt der Klägerseite Zeit für weitere Vorbereitungen?«

Charlie Hayes antwortete, wie Marcus es ihm aufgetragen hatte, aber der alte Mann klang fast wie ein Hinterbliebener am offenen Grab. »Nein danke, Euer Ehren.«

»Mr. Kendall, dies ist ein höchst unorthodoxes Manöver, und eines, das dem Scheinwerferlicht landesweiter Aufmerksamkeit ausgesetzt sein wird.« Sie bemühte sich, ihre Besorgnis nicht durchklingen zu lassen, aber ohne Erfolg. »Ich erwarte, dass Sie sich auf absolut professionelle Weise verhalten.«

»Selbstverständlich, Euer Ehren.« Logan schnurrte fast.

Als Marcus sich erhob und zur Tür ging, formte Suzie Rikkers mit dem Mund ein einziges Wort: Morgen.

NEUNUNDDREISSIG

Obwohl die Abendluft so kalt war, dass sie in der Lunge brannte, hielt Marcus während der ganzen Heimfahrt das Seitenfenster offen. Tief atmete er die Nacht ein und versuchte, seine Lunge vom Staub des Gerichts zu reinigen. Sein linker Arm in dem Gipsverband fühlte sich schwer und klobig an. Sein Herz pochte langsam und unregelmäßig. Er war noch nicht tödlich verwundet, aber die Verletzungen vervielfachten sich, und ihre Wirkung wurde spürbar.

Weil er auf dem Beifahrersitz saß, hörte er das Donnern und erkannte den Winkel, aus dem der Angriff kam. Das gab ihm genug Zeit, um mit der gesunden Hand die Kante des Wagendachs zu umklammern und zu schreien: »Da kommen sie!«

Das Donnern verwandelte sich in ein Ungetüm, das aus der Nacht hervorschoss und so hart gegen den rechten hinteren Kotflügel des Jeeps prallte, dass das Heck glatt von der Straße und auf den Mittelgraben des Highway zuschleuderte. Aber Marcus' Schrei hatte genügt, um Darren zu warnen, und er packte das Lenkrad mit festen Händen, die Schultern angespannt, die Arme kraftvoll und bereit. Er riss das Steuer herum und trat das Gaspedal auf den Boden, sodass der Motor aufkreischte und sie zurück auf den Highway trieb.

Das Reißen von Metall war mehr zu spüren als zu hören, als sie sich von ihrem Angreifer lösten. Marcus riskierte einen Blick nach hinten und sah einen schweren Wagen mit getönten Scheiben, einen Cadillac oder ein Lincoln Town Car oder einen Marquis, und dann hörte er den Motor aufheulen und rief: »Festhalten!«

Der Hammerschlag war nicht mehr so markerschütternd wie beim ersten Mal, weil Darren den Wagen genau im richtigen Augenblick herumriss. Der Angreifer erwischte das Heck des Jeeps und riss die Stoßstange ab; die Nieten platzten mit dem Knall von Gewehrschüssen heraus, und der silberne Bogen verschwand scheppernd hinter ihnen in der Dunkelheit. Der Wagen schwenkte zur Seite, um den fliegenden Trümmern auszuweichen, und Marcus hörte, wie der stärkere Motor neben ihnen herangerast kam. »Schneller!«

»Geht nicht!« Darren krümmte sich über das Lenkrad, als könne er eine Spur von zusätzlicher Geschwindigkeit aus dem Jeep herauspressen, indem er es drückte.

Marcus riskierte noch einen Blick und sah, dass die lang gestreckte Motorhaube des Wagens sich fast auf einer Höhe mit ihrer hinteren Tür befand. »Dann tritt auf die Bremse!«

Darren reagierte so schnell, dass man denken konnte, er habe im selben Augenblick denselben Gedanken gehabt. Seine Beinmuskeln wurden knotig wie Baumstämme, als er das Bremspedal mit beiden Füßen auf das Bodenblech trat. Der Jeep kreischte und erschauerte wütend, aber er blieb aufrecht. Der feindliche Wagen raste vorbei, umhüllt von einer Wolke aus brennendem Gummi.

Die Angreifer schossen über den Highway, drehten sich seitwärts und blockierten die Straße vor ihnen. Marcus schrie, aber Darren hatte bereits den Schalthebel in den Rückwärtsgang gerammt.

Marcus sah, wie ein Wagenfenster herunterglitt. Ein langer Lauf schob sich heraus und schimmerte matt im Scheinwerferlicht. Dahinter konnte er ein Gesicht erkennen, grau und kalt wie der Tod.

Bevor er einen Warnruf hervorbrachte, kam ein zweiter Wagen neben ihnen heran und schoss an ihnen vorbei, ein verschwommener Eindruck nur, so schnell, dass Marcus nichts als brüllendes Metall sah. Er prallte in die Flanke des Angreifers, ließ Glas zerbersten und den Wagen auf den abgewandten Seitenrädern hochspringen. Beinahe sofort legte der Neuankömmling den Rückwärtsgang ein und kam zu Marcus und Darren zurück, die mit dem Jeep mitten auf der Straße standen. Der Motor brüllte ein zweites Mal auf, und die Reifen gingen kreischend zum Angriff über. Aber der erste Wagen gab aufheulend das Signal zum Rückzug, und der Qualm von verbranntem Gummi wehte weit über den Highway.

Der Neuankömmling hielt dicht neben Marcus an, ein unauffälliger Chevy-Oldtimer aus den siebziger Jahren. Ein scharf geschnittenes, hungriges Gesicht erschien im Seitenfenster und rief: »Alles in Ordnung?«

»Ja.« Marcus schaute in das Gesicht, und ihm war, als habe er die Antwort schon, bevor er die Frage aussprechen konnte. »Wer sind Sie?«

»Freund von Dee Gautam! Folgen Sie uns! Fahren Sie!« Das Fenster glitt wieder hoch, und der Wagen jagte davon.

Darren trat das Gaspedal durch und kam dem Chevy so nah, dass er fast die Rücklichter streifte.

Aber als sie in Marcus' Straße einbogen, bremste der Wagen vor ihnen nicht ab, sondern wendete rasant und donnerte davon. Marcus schaute nach vorn und begriff sofort. Sein Haus war umringt von blitzenden Lichtern – Feuerwehr, Polizei, Sheriff, ein Krankenwagen. Polizisten hielten Dutzende von Leuten zurück, die mit Fernsehscheinwerfern und Blitzlichtkameras bewaffnet waren. Eine zweite Gruppe hatte weiter vorn an der Straße eine Absperrung eingerichtet, die sich jetzt öffnete und sie durchließ. Marcus stieß die Tür auf und reckte sich, sodass er auf dem Trittbrett balancierte, und dann atmete er wieder leichter: Sein Haus stand noch.

Er ging auf zwei uniformierte Gestalten zu, die einander gegenüberstanden und sich gegenseitig anbrüllten. Der eine war Amos Culpepper, den anderen kannte er von seinem nächtlichen Besuch auf dem Polizeirevier. Erst jetzt fiel ihm auf, dass Darren nicht mehr an seiner Seite war.

Der Cop war gut einen halben Kopf größer als Amos, und das Schmalzfass, das er vor dem Bauch trug, machte ihn schwerer. Im grellen Licht der Polizeischeinwerfer sah er teigig und schweinsäugig aus – eine degenerierte, trächtige Sau. Amos stand dicht vor ihm und gab sich keine Mühe, seinen Abscheu zu verbergen. »Das nennen Sie Ihre Pflicht tun?«

»Wir wissen über alles Bescheid, Amos.«

»Ich rede nicht vom Wissen, ich rede vom Verhindern. Wer dahinter steckt, wissen Sie genauso gut wie ich!«

»Ich bin derjenige, der hier durch diese Straßen läuft, nicht ihr. Ihr Jungs fahrt den ganzen Tag auf dem Land rum, habt große Flausen im Kopf und kreuzt auf, wenn wir den Dreck weggemacht haben!« Auf den Lippen des Polizisten klebten Speichelflöckchen. »Ich sage Ihnen, Ihr Anwaltskumpel da hat die ganze Stadt gegen sich!«

Amos machte eine wütende Armbewegung in die Runde und verfehlte dabei das Kinn des Cops um einen knappen Zoll. »Schauen Sie sich mal um, Freundchen! Ich habe den Funk genauso gehört wie Sie! Sie haben sechzehn Notrufe bekommen, in denen man Sie vor dem, was hier kam, gewarnt hat! Das hört sich für mich nicht nach hasserfüllter Nachbarschaft an!« Er tat einen Schritt nach vorn. »Und wenn meine Jungs erst aufkreuzen, wenn der Schlamassel schon weggeräumt ist, wie kommt's dann, dass ich gut fünf Minuten eher hier war als Sie und die Feuerwehr?«

»Weil Sie um die Bude hier herumlungern wie ein kranker Geier!«

»Was ja wohl gut für uns beide ist, oder? Immerhin wären Sie ja erst hier gewesen, wenn die Asche schon ausgekühlt wäre! Mir scheint, es wird Zeit, dass Sie anfangen, Ihren Job zu tun, statt ihn mir zu überlassen!«

Der Cop schwenkte jetzt auch den Arm. »Was wollen Sie denn – soll ich losziehen und den ganzen Stadtrat verhaften? Glenwood hat die Leute, die in dieser Stadt das Sagen haben, sauer gemacht, Amos. Das wissen Sie so gut wie ich.«

»Ich weiß nur, dass Sie einen engagierten Bürger hier haben, der endlich mal bereit ist, gegen diese Irren da oben auf dem Berg etwas zu unternehmen!«

»Diese Irren sind diejenigen, die der halben Stadt das Essen auf den Tisch bringen!«

»Das gibt ihnen aber nicht das Recht, gegen die Gesetze zu verstoßen, oder? Der einzige Grund für diese ganze Sauerei besteht darin, dass Sie und Ihresgleichen zu viele Jahre damit verbracht haben, denen die Stiefel zu lecken!«

Der Cop machte eine jähe Bewegung nach vorn, aber Amos machte nur schmale Augen. Er war zu allem bereit. Der Cop wich zurück, auch wenn es ihm schwer fiel. »Sie sind hier nicht zuständig, Amos. Am besten verschwinden Sie jetzt.«

»Ich gehe, wenn ich weiß, dass jemand diesen Bürger vor den Feinden des Gesetzes beschützt, die hier herumschwirren wie Ungeziefer ums Licht.«

»Dann werden Sie hier sein, bis die das Grab ausgehoben haben, mit dem Sie soeben angefangen haben.« Der Cop wandte sich ab und drängte sich an Marcus vorbei. In seiner Wut sah er ihn gar nicht. »Kommt, Jungs, wir sind hier fertig.«

»So ist's recht, zieht den Schwanz ein und haut ab!«, rief Amos ihm nach. »Fahrt nach Hause, zieht die Uniform aus, der ihr doch bloß Schande macht, und verbrennt sie im Garten!«

Die drei Polizeiwagen rollten durch die Menge, als wären die Leute gar nicht da. Amos stand schwer atmend da und starrte in die Schneise, die sie hinterließen. Dann sagte er zu Marcus: »Wir werden uns heute Abend ein bisschen Unterstützung holen. Die Sache läuft mächtig aus dem Ruder.«

»Wir sind auf der Heimfahrt auf dem Highway attackiert worden.« Marcus wollte es rasch hinter sich bringen. Er schilderte kurz, was passiert war.

Amos' Blick klärte sich allmählich wieder, und als er Marcus anschaute, konnte er erkennen, wer da sprach. »Gehen Sie rüber, und kümmern Sie sich um Ihr Haus. Den Rest lasse ich mir von Darren berichten.«

»Ist hier jemand verletzt worden?«

»Es war niemand drinnen, soweit ich weiß.« Amos ging davon.

Deacon Wilbur kam heran, sowie Marcus allein war. »Aaron und Orlando waren drüben und haben aufgepasst. Sie haben gesehen, wie die Kerle kamen und den Brand legten, und haben Hilfe gerufen.«

»Wo war Netty?«

»Sie war ungefähr eine Stunde vorher gegangen.« Die Hand auf seiner Schulter war fürsorglich und kraftvoll. »Alles in Ordnung, Bruder?«

»Ich glaube, ja.« Marcus ging auf das Haus zu, und Deacon kam mit. Ein Rußfleck kräuselte sich seitwärts um das Haus. Als er näher kam, schmatzte der Boden nass und schwammig unter seinen Füßen. Der Gestank von glühender Asche und der Gedanke daran, wie nah er davor gewesen war, das alte Haus zu verlieren, bereiteten ihm Übelkeit.

Deacons Hand spendete ihm erneut Trost. »Hab so was noch nie gesehen. Nachbarn aus der ganzen Gegend waren hier draußen, rannten mit Eimern und Schläuchen hin und her. Sah aus wie ein Zirkus ohne Pferde.«

Als sie seitlich um das Haus herumkamen, blieb Marcus stehen. »O nein!«

»Ich sage Ihnen, diese alten Bäume sind explodiert wie eine Bombe. Wuuusch! Ich kam gerade an, als der größere Feuer fing. Es gab zwei Möglichkeiten: das Haus retten oder die Bäume retten. Ich würde sagen, sie haben sich richtig entschieden.«

Die Platane und der Hartriegel, die sein Bürofenster geziert hatten, waren verkohlte Skelette. Die obersten Äste der Platane reichten so hoch wie das Haus, und sie waren nackt wie alte Knochen. Marcus hätte weinen können, als er es sah.

»Wir kommen morgen, sobald es hell wird, und fangen mit dem Aufräumen an. Im Handumdrehen ist das alte Haus wieder in Ordnung.«

Marcus starrte die Überreste der Bäume an und dachte an den bevorstehenden Tag. »Ich weiß nicht, ob ich noch viel mehr aushalten kann.«

Noch einmal hob die Hand sich und legte sich auf seine Schulter. »Ich weiß, mein Sohn. Ich weiß.«

VIERZIG

Als Logan sich am nächsten Morgen erhob, wandte er sich nicht an Marcus, sondern verkündete: »Die Verteidigung ruft Ron Nesbitt in den Zeugenstand.«

Bei Richterin Nicols blitzte Verärgerung über diese neuerliche Überraschung auf. Marcus konnte sich über diese Schonfrist nicht freuen. Logan zog damit nur die Qual des Wartens in die Länge. Suzie Rikkers schaute nicht mehr zu ihm herüber; sie schien den Gerichtssaal völlig zu ignorieren und war ganz in ihre Notizen vertieft.

Logan verlor keine Zeit. Unverzüglich offenbarte er die Identität des Zeugen. »Mr. Nesbitt, Sie sind Leiter des Regionalbüros des FBI in Raleigh. Ist das richtig?«

»Das ist richtig.« Ron Nesbitt sah aus wie ein Buchhalter, nicht wie ein FBI-Agent. Er hatte ein Gesicht wie eine Dörrpflaume und eine Glatze, und er sprach mit dem näselnden Tonfall eines engagierten Federfuchsers. »Seit neun Jahren.«

»Ihr Geschäft ist das Fangen von Verbrechern, nicht wahr?«

»Ja.«

»Schön. Wenn Sie es mit einem Fall zu tun haben, bei dem es um tätliche Misshandlung geht, wie sie der Kläger meinem Klienten zur Last legt, wo beginnen Sie dann mit Ihren Ermittlungen? Könnten Sie das dem Gericht bitte sagen?«

»Beim Opfer.«

»Beim *Opfer.*« Logan nickte den Geschworenen langsam zu. Gut aufpassen. »Sie haben das Beweismaterial zu diesem Prozess gesehen, nicht wahr?«

»Ja.«

»Und haben wir hier ein Opfer, Mr. Nesbitt?«

»Nein, wir haben keins.«

Logan wartete einen Augenblick. Auf den Einspruch war er vorbereitet, aber er kam nicht. Charlie war für diesen Zeugen zuständig, und er war allem Anschein nach eingeschlafen. Marcus war damit beschäftigt, auf seine Hände zu starren, und bemühte sich, das mulmige Gefühl im Magen niederzuhalten. Er strich sich über die Schläfe und rieb dann die schweißfeuchten Finger aneinander. Hin und her.

Logan fuhr fort. »Wie viel Zeit haben Sie persönlich damit verbracht, diesen Fall zu studieren, Mr. Nesbitt?«

Der Mann warf einen wütenden Blick zum Tisch der Verteidigung, bevor er antwortete: »Zwei Tage.«

»Zwei Tage. Und wie viele aktive Ermittlungen hat Ihr Büro zurzeit zu bewältigen?«

»Siebenundvierzig.«

»Und wie vielen davon haben Sie zwei volle Tage Ihrer persönlichen Zeit gewidmet?«

»Nicht vielen. Das waren fünf. Vielleicht sechs.«

Das Schweigen am Klägertisch machte Logan kühner. »Aber aus Gründen, die uns allen noch ein wenig undurchsichtig sind, waren Sie gezwungen, auf diesen Fall zwei volle Tage zu verwenden.«

»Weil er eine politische Belastung ist. Ich musste Berichte schreiben.«

»Dieser Fall ist also Ihren Vorgesetzten in Washington lästig geworden?«

Wieder ein wütender Blick. »Das kann man wohl sagen.«

»Wie würden Sie das Beweismaterial in diesem Prozess bewerten, Mr. Nesbitt?«

»Als dürftig. Aufgrund dessen, was hier präsentiert wurde, würden wir niemanden verhaften.«

Wieder ein langer Blick zu den Geschworenen. »Das würden Sie nicht.«

»Nein.« Der FBI-Agent wandte sich direkt an die Geschworenen. »Im Gegenteil, wenn ein Mitarbeiter eine solche Taktik vorschlüge, würde ich mich zu einer offiziellen Rüge genötigt sehen.«

»Einspruch.« Charlie klang gelangweilt.

»Abgelehnt. Der Zeuge wird aber angewiesen, sich auf die Beantwortung der Frage zu beschränken.«

Logan fuhr geschmeidig fort. »Welche Erfahrung haben Sie mit Eltern, die ihre Kinder als vermisst melden?«

»Gibt's nur allzu oft.«

»Wie steht es mit Eltern, die in guter Absicht ehrlich besorgt um das Wohlergehen ihrer Kinder sind?«

Der Zeuge folgte Logans Beispiel und vermied es, die Halls anzusehen. »Ich sage ja, das gibt es nur allzu oft.«

»Warum kommen die Eltern zum FBI, Mr. Nesbitt?«

»Meistens, weil sie fürchten, ihr Kind sei entführt worden.«

»Und ist das allgemein der Fall?«

»Nein.«

»Wie oft ist tatsächlich eine Straftat im Spiel? In einem unter hundert Fällen?«

»Nein. Seltener.«

»Wie sieht nach Ihrer Erfahrung das üblichere Szenario aus?«

»Die Kinder sind weggelaufen.« Der gleichgültige Ton ließ seine Worte umso brutaler klingen. Ebenso gut hätte er Zahlen von einem Blatt ablesen können. »Sie haben Probleme zu Hause. Sie haben Streit mit den Eltern oder mit ihrem Freund, und dann laufen sie weg.«

»Oder weil sie eigene Pläne haben?«

»Einspruch«, intonierte Charlie.

»Stattgegeben.«

»Keine weiteren Fragen.« Äußerst zufrieden zog Logan sich zurück.

Marcus holte tief Luft, als Charlie sich erhob. Gern hätte er den alten Freund gebeten, die Befragung auf mehrere Monate auszudehnen.

»Kehren wir zum Beginn Ihrer Aussage zurück, Mr. Nesbitt.« Charlie humpelte zum Pult und stützte sich schwer darauf. »Ist mit der Eröffnung eines zivilrechtlichen Verfahrens die gleiche Beweislast verbunden wie bei einem Strafprozess?«

»Nein. Meistens ist weniger Beweismaterial erforderlich.«

»Danke.« Charlie wandte sich ab und kehrte zum Klägertisch zurück; er war offensichtlich schon fertig. Diese Schnelligkeit überraschte alle, die Richterin, Logan und die Geschworenen. Der Zeuge wollte eben aufstehen, als Charlie an seinem Tisch angekommen war und einen Finger hob, als sei ihm plötzlich noch ein Gedanke gekommen. »Ach, übrigens – was war Ihr Eindruck von dem Video?«

Logan sprang auf. »Einspruch!«

Richterin Nicols schaute ihn überrascht an. »Mit welcher Begründung?«

Logan musste kurz überlegen. »Die Frage zielt auf reine Mutmaßungen, Euer Ehren.«

Ihre Augen wurden schmal. »Sie haben diesen Zeugen soeben selbst auf dieses Gleis gesetzt, indem Sie ihn fragten, was mutmaßlich mit *einer* Person geschehen sei, wenn er seine Erfahrungen mit *anderen* bedenke.«

»Der Zeuge ist Experte, Euer Ehren.«

»Und von Experten wird erwartet, dass sie zu Beweismitteln, die in ihr Fachgebiet gehören, eine Meinung haben, oder etwa nicht?« Ihre Stimme troff vor Verachtung. Sie wartete, bis Logan sich wieder hingesetzt hatte, und wandte sich dann wieder dem Zeugen zu. »Antworten Sie auf die Frage.«

Die trockene Attitüde geriet ins Wanken. »Ich habe es nicht gesehen.«

Charlie zeigte sich verblüfft. »Sie haben das Video nicht gesehen?«

»Nein.«

Charlie schaute erstaunt erst die Richterin, dann die Geschworenen an. »In diesem Fall würde ich sagen, die Verteidigung ist aber ziemlich selektiv vorgegangen, als sie Ihnen das Beweismaterial vorgelegt hat. Würden Sie mir da nicht zustimmen?«

»Einspruch!«

Charlie sank auf seinen Stuhl. »Keine weiteren Fragen.«

Der ganze Saal schien zu erschauern, als Suzie Rikkers sich erhob. Sie tat es mit der Zierlichkeit einer Tänzerin, und ihre Fingernägel trommelten leise auf die hölzerne Tischplatte, als sie sagte: »Die Verteidigung ruft Marcus Glenwood in den Zeugenstand.«

Marcus hörte zuerst ein Murmeln und dann ein Tosen. Er wusste nicht, was seine eigene Angst war und was die Reaktion des Gerichtssaals. Richterin Nicols versuchte, mit Hammerschlägen die Ruhe wieder herzustellen, aber ihr Klopfen wurde von dem Pochen in seiner Brust übertönt. Während die Richterin den Geschworenen den bevorstehenden Vorgang erklärte, trat Marcus nach vorn, lehnte sich schwer an die Balustrade des Zeugenstands und wartete auf den Gerichtsdiener. Der Mann war ein pensionierter Polizist vom selben Schlag wie Jim Bell, und er litt mit Marcus, als er ihn vereidigte und aufforderte, Platz zu nehmen.

»Nennen Sie für das Protokoll Ihren Namen und Ihren Beruf, bitte.«

»Marcus Glenwood, Rechtsanwalt.«

Suzie Rikkers nahm wieder Platz, stellte in einem sehr schnellen Durchgang die Herkunft entscheidender Dokumente fest und legte dar, dass Ashley Granger die Quelle für einen großen Teil dessen war, was das chinesische Militär, den General und »New Horizons« mit der Fabrik verband. Marcus hörte seine eigenen Antworten kaum und die Fragen noch viel weniger. Charlie protestierte nur einmal und wegen einer Geringfügigkeit, nur um warnend darauf hinzuweisen, dass er da war und aufpasste.

Das Schweigen, das dann eintrat, hatte die gebündelte Intensität eines Laserstrahls. Suzie Rikkers erhob sich ein zweites Mal. Sie sprach nicht, als sie in wiegendem Gang das kurze Stück auf ihn zukam. Marcus war unfähig, sich dem unausgesprochenen Befehl zu widersetzen, ihrem Kommen entgegenzusehen. Das war es, worauf Suzie gewartet hatte. Ihr eigener Blick war beinahe sinnlich, dunkel und samten. Ihr Haar war frisiert, und das dunkle Kostüm war neu und schmiegte sich eng an ihre winzige Gestalt. Sie trug eine einzelne Perlenkette, eine zierliche Goldbrosche, frischen Lippenstift. Sie war sorgfältig geschminkt, als ginge sie zu einem wichtigen Rendezvous.

Suzie Rikkers umkrallte das Pult, und ihre Hand stoppte ihre Vorwärtsbewegung. »Mr. Glenwood«, sagte sie mit zufriedenem Seufzen, »Sie wurden aus Ihrer früheren Stellung entlassen. Ist das richtig?«

»Einspruch.« Charlie hatte anscheinend Mühe, auf die Beine zu kommen. »Euer Ehren, dieser Zeuge wurde lediglich aufgerufen, um die Herkunft der Beweismittel festzustellen.«

Suzie wandte sich erst zur Richterin um, nachdem sie sich die Zeit genommen hatte, Marcus einen einzigen, schlehenäugigen Blick zuzuwerfen, und dabei lächelte sie mit allem außer ihrem Mund. Sie wusste so gut wie er, dass Richterin Nicols nichts anderes übrig blieb, als diese Richtung der Befragung zuzulassen. »Euer Ehren, die Fragen, die ich zu stellen beabsichtige, werden ohne den Schatten eines Zweifels deutlich werden lassen, dass der Zeuge diese Klage aus niedrigen Beweggründen eingereicht hat.«

»Dies ist nicht der Augenblick für ein Eröffnungs- oder für ein Schlussplädoyer«, blaffte Richterin Nicols.

»Vielleicht nicht, Euer Ehren.« Suzie Rikkers' winselnder Ton hatte eine ganz neue Schärfe, und die Worte kamen in kurzen, keuchenden Atemstößen aus ihrem Mund. »Aber wenn die Klägerseite darauf beharrt, meine höchst gerechtfertigte Befragung mit Einsprüchen zu unterbrechen, bleibt mir nichts anderes übrig, als zu reagieren.«

Richterin Nicols öffnete den Mund, um die Frau zurechtzuweisen, besann sich dann aber. Suzie Rikkers beobachtete sie mit dem gleichen kleinen Lächeln, mit dem sie auch Marcus angeschaut hatte. Beschwor die Richterin, sich mit Macht auf die Seite des Klägeranwalts zu stellen und der Verteidigung damit die Grundlage für eine Beschwerde zu geben, mit der sie die Einstellung des Verfahrens erwirken könnte. Gladys Nicols' Augen wurden schmal, und ihre Abneigung gegen Suzie Rikkers war für alle Anwesenden unübersehbar. Aber ihr blieb keine Wahl. »Fahren Sie fort.«

»Danke, Euer Ehren.« Suzie Rikkers drehte sich betont langsam um. »Mr. Glenwood, Sie wurden entlassen, ist das richtig?«

»Ich habe gekündigt.«

»Sie haben gekündigt. Sie waren Partner in der Firma Knowles, Barbour und Bradshaw, ist es nicht so?«

»Ja.«

»Ist es normal, dass ein vollwertiger Partner einfach so kündigt?«

»Nein.«

»Trifft es nicht zu, Mr. Glenwood, dass Sie wegen Unfähigkeit vor den Disziplinarausschuss der Firma gebracht wurden?«

»Einspruch, Euer Ehren.« Diesmal versuchte Charlie nicht aufzustehen, denn das hätte seinen Ausruf einen Augenblick länger als nötig hinausgezögert. »Hier handelt es sich um firmeninterne Vorgänge, die nicht als Beweismittel eingebracht worden sind.«

»Ich ziehe die Frage zurück.« Ein verträumtes Winseln färbte ihre Worte. »Sie haben eine der größten Anwaltsfirmen in North Carolina aus freien Stücken verlassen. Ist es das, was das Gericht glauben soll?«

»Es ist die Wahrheit.«

Sie begann, langsam und geschmeidig vor dem Zeugenstand auf und ab zu gehen. »Bei wem sind Sie jetzt Partner?«

»Ich habe meine eigene Kanzlei.«

»Sie sind also allein.«

»Ja.«

»Wo praktizieren Sie?«

»In Rocky Mount.«

»Und wo ist Ihr Büro?«

»Bei mir zu Hause.«

»Sie haben also eine angesehene Partnerschaft aufgegeben, eine begehrte Stellung in einer großen, landesweit vertretenen Firma.« Sie strich mit einem frisch lackierten Fingernagel über die Kante der Balustrade. »Sie haben eine Kanzlei in Ihrem Haus in einer ländlichen Kleinstadt eröffnet, und Sie erwarten, dass das Gericht glaubt, Sie hätten das freiwillig getan?«

»Ja.«

Ihre Lider senkten sich träge und schwer, und der Blick, den sie ihm zuwarf, war ausdruckslos glühend. »Warum haben Sie diese Entscheidung getroffen, Mr. Glenwood?«

»Ich hatte eine schwierige Phase durchzumachen. Ich wollte mich kleiner setzen.«

»Lassen wir vorläufig beiseite, wie weit Sie sich kleiner gesetzt haben.« Diesmal berührte das Lächeln tatsächlich ihre Lippen. »Ich möchte einen Augenblick darauf verwenden, Ihre schwierige Phase zu besprechen. Sie begann mit einem Unfall, ist das richtig?«

Er schluckte mühsam, während eine schreckliche Hand ihm die Kehle zuschnürte. »Ja.«

»Einspruch. Das ist absolut irrelevant.«

Suzie Rikkers machte sich nicht die Mühe, sich zur Richterin umzudrehen. Ihre Lust war es, Marcus zu beobachten. Ihn mit ihrem Blick festzuhalten. »Es ist nicht nur relevant, Euer Ehren, es ist von entscheidender Bedeutung für diesen Fall. Entscheidend.«

Richterin Nicols' Tonfall war anzuhören, dass sie keine Wahl hatte. »Einspruch abgelehnt.«

»Sie hatten einen Autounfall, ist es nicht so?«

»Ja.«

»Sie waren auf dem Heimweg von der Küste.«

»Ja.«

»Ihr Sohn war bei Ihnen, nicht wahr? Wie hieß er?«

Aus dem Augenwinkel sah Marcus, dass zwei weitere Leute lächelten. Der eine war Logan, der andere General Zhao. Die beiden Männer in ihren dunklen Anzügen saßen Seite an Seite, und das Vergnügen in ihren Gesichtern schrie zu ihm herüber. »Jason.«

»Wie alt war er?«

»Dreieinhalb.« Ein Lachen, so hell wie die Glocken des Himmels, funkelte in der toten Gerichtsluft.

»Ihre Tochter war auch dabei. Ihr Name war …«

»Jessica.«

»Und wie alt war sie?«

»Sechzehn Monate.« Und ein neuer Laut, die sanfte Musik eines zufriedenen Kindes, riss ihm das Herz aus dem Leib und ließ ihn blutend und wehrlos zurück.

»Auf tragische Weise haben Sie Ihre beiden Kinder bei diesem Unfall verloren, nicht wahr?«

Die Zuschauer schnappten nach Luft, die Marcus nicht mehr fand. »Ja.«

Sie beugte sich näher zu ihm, verdeckte alles außer ihrer eigenen Anwesenheit. »Der Verlust hat Sie tief verletzt, nicht wahr?«

»Ja.«

»Es war ein furchtbarer, schmerzhafter Schlag, nicht wahr?« Das Trällern, das die kurzen, keuchenden Atemstöße ihren Worten verliehen, überlagerte das schrille Winseln fast ganz. »Es hat Ihr Leben zerstört.«

»Ja.«

»Sie haben ein Alkoholproblem, nicht wahr, Mr. Glenwood?«

»Nein.«

Der Fingernagel strich wieder langsam über die Balustrade. »Ich muss Sie warnen. Ich habe eine Anzahl Zeugen, die das Gegenteil aussagen werden.«

»Ich hatte vor dem Unfall ein Problem. Danach habe ich das Trinken ganz aufgegeben.«

»Tatsächlich?« Ihr schlangenhaftes Wispern umschloss ihn mit einer ganz unwillkommenen Intimität. »Als Folge dieses Unfalls mussten Sie auch eine schwierige Scheidung über sich ergehen lassen.«

»Das dürften Sie wissen.« Die Worte klangen erstickt in seinen eigenen Ohren.

Ein langsames Umwenden, und beinahe singend: »Euer Ehren, bitte weisen Sie den Zeugen an, meine Frage zu beantworten.«

Marcus wartete nicht, bis die Richterin sprach. »Ja. Es war eine schwierige Scheidung.«

»Sie haben Ihren kleinen Sohn verloren, Jason. Sie haben Jessica verloren, Ihre Tochter. Sie haben Ihre Frau verloren. Sie haben Ihre Position in der Anwaltsbranche verloren. Sie könnten doch sagen, dass der Unfall Ihr Leben vollständig zerstört hat.«

Marcus war unfähig zu antworten. Wenn er hörte, wie Suzie Rikkers die Namen seiner Kinder in den Mund nahm, erfüllte ihn das verzweifelte Verlangen, über die Balustrade zu greifen und ihren Hals mit beiden Händen zu zerquetschen.

Suzie Rikkers machte eine Atempause und streckte beide Hände über die hölzerne Balustrade. Ihre blutroten Fingernägel flatterten und tanzten, als wolle sie ihn mit einem Zauberbann belegen. »Haben Sie sich erholt von diesem Unfall und von den Verlusten, die Sie erlitten haben?«

»So gut das irgendjemand kann.« Es kümmerte ihn nicht, dass es die falsche Antwort war. Kümmerte ihn nicht, wie es sich anhörte. Er kämpfte nur noch um seine Beherrschung.

»Ich behaupte, dass Sie sich keineswegs erholt haben.« Wieder dieses intime Lächeln. »Ein einzelner Anwalt, ohne Unterstützung, der einen solchen Fall vor ein Bundesgericht bringt – würden Sie nicht sagen, dass das die Handlung eines Mannes war, der noch lange Zeit brauchen wird, um sich zu erholen?«

»Einspruch!«

Suzie drehte sich nicht um. Sagte nichts. Wartete einfach auf das Unvermeidliche. »Ich werde die Frage zulassen.«

»Nein«, antwortete Marcus. »Das würde ich nicht sagen.«

»Das würden Sie nicht sagen.« Durch ihr Seufzen klang ein leiser Schauer der Ekstase. »Wie viele Klienten haben Sie heute?«

»Ein paar Dutzend.«

»Wie viele größere Firmenetats sind darunter?«

»Keiner.«

»Aber vor dem Unfall – wie viele Klienten hatten Sie da?«

»Mehrere hundert.«

»Und wie viele Firmenetats?«

»Ich erinnere mich nicht genau. Ungefähr dreißig.«

»Dreißig große Mandantschaften, Hunderte von Fällen.« Sie zog eine kleine Grimasse und bedauerte die Notwendigkeit, ihrer Stimme eine leise, winselnde Schärfe zu geben. Die Intimität wich dem Messer. »Und jetzt praktisch nichts. Bis auf diesen Fall.«

»Ich habe gesagt, ich habe noch andere Klienten.«

»Das haben Sie gesagt. Sicher ganz erstklassige.« Sie trat zurück an das Pult. »Dieser Prozess gegen ›New Horizons‹ ist Ihre Fahrkarte zurück zur Oberliga, nicht wahr?«

»Einspruch.«

Die Richterin schüttelte den Kopf. Langsam. Beinahe wie um sich bei Marcus zu entschuldigen. »Abgelehnt.«

»Lassen Sie mich die Frage anders formulieren.« Schärfer jetzt, und das Winseln war das einer scharfzahnigen Säge. »Sie versuchen, Ihren Ruf wieder herzustellen, nicht wahr?«

»Nein.«

»Sie sind *verzweifelt* darauf aus, ein bisschen Publicity für sich zu schaffen.«

»Nein, das ist nicht …«

»Sie haben bei diesem Prozess alles zu gewinnen und nichts zu verlieren. Ist es nicht so, Mr. Glenwood?«

»Ich bin davon überzeugt, dass dieser Fall eine echte …«

»Fangen in einer Kleinstadt von vorn an, praktizieren zu Hause, lechzen nach Mandanten, vermissen die Oberliga. Da mussten Sie sich etwas so Bizarres, etwas so absolut Unerhörtes ausdenken, dass der Presse gar nichts anderes übrig bleiben würde, als von Ihnen Notiz zu nehmen!«

»Nein. Das ist nicht wahr.«

»Nicht wahr. Nicht wahr.« Die Narben überdrüssiger Lust verzerrten ihre Züge. »Entspräche es nicht eher der Wahrheit, Mr. Glenwood, dass Sie ein tadelloses Unternehmen in dieser Region aufs Korn genommen und seinen guten Namen mit Schmutz beworfen haben, nur um Ihrer eigenen trostlosen Karriere einen neuen Schub zu verleihen?«

»Nein.« Er wusste, dass die Kraftlosigkeit seiner Stimme wie ein

Schuldanerkenntnis klingen würde, aber es kümmerte ihn nur noch, dass das Ende jetzt abzusehen war. »Das ist nicht wahr.«

»Nicht wahr.« Das höhnische Grinsen war ätzend. »Nicht wahr.«

»Nein.«

»Nun, dann bin ich hier wohl fertig.« Sie umklammerte das Pult wie mit einer Geierklaue und zwang sich dazu, sich abzuwenden. »Keine weiteren Fragen.«

EINUNDVIERZIG

Marcus stieg aus dem Wagen und brachte nur mit Mühe die Kraft zum Weitergehen auf. Leichter Aschegeruch umwehte den Wagen wie von den Überresten seines eigenen Scheiterhaufens. Darren kam herum und nahm seinen Arm. »K-kommen Sie n-nur.«

Als er die drei Frauen auf seiner Veranda versammelt sah, hätte Marcus am liebsten geweint vor Erleichterung darüber, dass jemand da war, der ihm helfen konnte, die Geister in die Flucht zu schlagen. Netty kam ihm als Erste entgegen; sie schaute ihm forschend ins Gesicht und nahm ihn dann fest in die Arme. »Am liebsten würde ich sie alle über kleiner Flamme braten.«

Alma war die Nächste; ihre Umarmung war kraftvoll und solide wie ihre Gestalt und ihre Besorgnis. Als sie ihn losließ, sagte sie: »Ich habe Ihnen etwas zum Abendessen gebracht.«

»Es tut mir Leid, Alma, ich hätte es nie übernehmen dürfen …«

»Seien Sie still.« Sie zog ihn die Treppe hinauf. »Sie müssen jetzt etwas Warmes in den Magen kriegen.«

Alma ließ ihn los, sodass Kirsten herankommen konnte. Ihre Sorge war so aufrichtig wie die der andern, ihre Umarmung ebenso natürlich. Aber ihre Arme waren süß wie Wein mit Honig, und ihr Duft kam aus einer verheißungsvolleren Jahreszeit. Marcus schloss die Augen und überließ sich dem Gedanken, dass er hier endlich würde ausruhen können.

Sie führten ihn ins Haus und stellten ihm einen Teller hin. Er aß, weil sie ihn beobachteten, aber was er schmeckte, war nur Staub und Asche.

Sie kannten schwere Zeiten selbst gut genug, um diesen Augenblick nicht in die Länge zu ziehen. Nur Kirsten blieb noch stehen, als Netty und Alma zum Auto gingen. »Ich könnte hier bleiben, wenn Sie wollen.«

»Ich werde in fünf Minuten eingeschlafen sein.« Sie war zwar jetzt drei Schritt weit von ihm entfernt, aber er fühlte noch immer ihre Umarmung. »Danke, dass Sie gekommen sind.«

»Es gibt so vieles, was ich Ihnen erzählen möchte.«

Er hatte nicht mehr die Willenskraft, irgendetwas zurückzuhalten. Gedanken formten sich und purzelten gleich hervor. »Ich könnte nicht mehr sagen, was ich für den Prozess verlange und was ich für mich selbst verlange.«

Sie schloss die Kluft zwischen ihnen und griff nach seinem gesunden Arm. Erst als sie mit beiden Händen die seine umfasste, sagte sie: »Ich dachte, wenn ich wütend auf Sie bleibe, könnte das verhindern, dass mir etwas an Ihnen liegt.«

»Sie hatten ganz Recht mit diesem Versuch.«

Sie schüttelte den Kopf, dass die Flachskrone schimmerte. »Aber es hat nicht funktioniert.«

Er atmete ein, und seine zermalmte Seele schmeckte einen Duft, der zu gut für diesen Augenblick war, zu fein. Trotzdem hielt er die Luft an und wünschte, es gäbe eine Möglichkeit, sie für immer bei sich zu behalten.

Sie schien es zu verstehen, denn ihre Finger spannten sich fester um seine Hand. »Glaubst du«, wisperte sie, »zwei zerbrochene Herzen können sich zusammenfügen und ein ganzes werden?«

Seine ganze Innenwelt erbebte von trauriger Sehnsucht, aber seine launische Zunge hinterging ihn. »Ich würde sagen, das ist eher Material für eine Tragödie.«

Trotzdem ließ sie ihn nicht los. »Man sagt, die Liebe heilt alle Wunden.«

Nein, wollte er sagen, das ist eher etwas für Gedichte und Träumer und eine Welt, die weit besser ist als diese hier. Hier war es anders. Hier durchbohrte einen die Liebe wie eine Lanze, tötete nicht ein Mal, sondern jeden Tag wieder. Aber Marcus hielt seine Worte hinter fest zusammengebissenen Zähnen gefangen.

Kirsten wartete und hielt seine Hand, bis Almas Stimme leise vom Rasen herüberrief. Dann berührte sie seine Wange mit Lippen, die zu weich und zu warm für seine harte Natur waren. Sie ging durch die Diele, stieß die Haustür auf und lief die Treppe hinunter in die Nacht. Eine Narbe blieb zurück, nicht von ihrer Berührung, sondern eher von deren Abwesenheit.

Als die Autos abgefahren waren, hob er die Hand und strich mit zwei Fingern über die Wange, und er versuchte, die Flut der Sehnsucht zum Stehen zu bringen. Erst jetzt vermisste er, was er so lange entbehrt hatte.

Randall Walker ging mit der Leichtigkeit eines Mannes, der stets in der ersten Klasse fliegt, durch den Zoll auf dem Flughafen Raleigh-Durham. Sein Butler und Chauffeur erwartete ihn und nahm die Gepäcktickets in Empfang. Randall ging hinaus zu dem großen Mercedes, der im Rettungsbereich parkte. Er blieb neben dem Wagen stehen und atmete die Nachtluft in tiefen Zügen. Es machte nichts, dass es hier nach Kerosin und Flughafenabgasen stank. Hinter diesen Dünsten lauerte der schönste Duft des bekannten Universums: der Duft der Heimat.

Bis zu diesem Augenblick hatte er gar nicht gemerkt, wie sehr er Raleigh vermisst hatte. Seine Villa an der Küste von Amalfi war genau so, wie er sie von seinem ersten kurzen Besuch in Erinnerung hatte: ein echtes Renaissance-Schloss. Seine Frau war in Ekstase geraten; sie lief noch immer wie im Traum umher und konnte nicht glauben, dass es ihr gehören sollte. Aber tatsächlich war er für das leichte Leben nicht geschaffen, mochte der Wein auch noch so süß, das mediterrane Licht noch so zart sein. Er vermisste den Kampf, die Schlacht, die Gefahr. Macht war nichts, wenn man sie nicht benutzte.

Sein Butler kam mit den beiden Alligatorkoffern. »Hatten Sie einen guten Flug?«

»Lang. Von Neapel nach London, von London nach Hause.« Nach

Hause. Welch ein wunderbarer Klang. Wie viel hätten Marcus Glenwood und dieser Fall ihn doch beinahe gekostet.

Der Butler schloss den Kofferraum, warf einen Blick zu ihm herüber und fragte: »Alles in Ordnung, Sir?«

»Jaja.« Randall Walker lockerte seine Gliedmaßen, die in jäher, lodernder Wut erstarrt waren.

»Sie sind ganz bleich geworden.«

»Ich bin nur müde, das ist alles.« Er ließ sich die Wagentür aufhalten, glitt auf den Sitz und bemühte sich, die mahlende Wut niederzukämpfen. So war es ihm seit seiner Abreise immer wieder ergangen. Unvermittelte Wutanfälle hatten gedroht, ihn schreiend durch die Villa zu treiben, und dann hätte er am liebsten alles und jeden auf seinem Weg zerschmettert.

Er musste zurückkommen. Musste dabei sein, wenn der tödliche Schlag geführt wurde. Er zog sein Handy hervor und wählte Logans Privatnummer. Als der Mann sich meldete, sagte Randall schlicht: »Ich bin wieder da.«

»Wo sind Sie gewesen?«

Eine Woge der Erleichterung durchflutete ihn. Logans Ton war ungekünstelt, ungeduldig und herrisch. Was bedeutete, dass der Vorsitzende des China Trade Council seine Drohung, ihn öffentlich zu feuern, nicht wahr gemacht hatte. James Southerland, der CEO von »New Horizons«, hatte Randall versichert, dass er sich persönlich um den Vorsitzenden mit seinem dünnen Geduldsfaden kümmern werde. Offensichtlich war Southerland ein Mann, der zu seinem Wort stand.

Randall zwang sich, entspannt zurückzusinken. Er schaute lächelnd unter die Decke über dem Rücksitz und dann in die Nacht hinaus. »Geschäftlich in Italien. Wie ich höre, lief es heute gut im Gericht.«

»Sie hätten da sein sollen.« Logans schadenfrohe Stimme dröhnte wie ein großer chinesischer Gong. »Suzie hat den Kerl regelrecht in Stücke gerissen.«

»Haben Sie es aufgenommen?«

»Inoffiziell.«

»Ich will eine Kopie des Tonbands.«

»Gern. Kein Problem.«

»Irgendwelche Probleme mit dem General?«

»Nein. Seit er hier ist, hat er nicht mehr als zehn Worte mit mir gesprochen. Der Mann ist wie einer von diesen großen chinesischen Hunden aus Stein.«

Nicht nach dem, was Randall aus anderen Quellen wusste. In privater Umgebung führte der General sich auf wie ein rasender Irrer und schrie nach dem Blut aller, die ihn in dieses Gericht in Carolina gesperrt hatten. Das war es auch, was den Chef von »New Horizons« in die Vereinigten Staaten hatte zurückkehren lassen, nicht das so genannte Ersuchen der Richterin. »Wann wollen Sie James Southerland in den Zeugenstand rufen?«

»Morgen zum Schluss.«

»Was dagegen, mir Ihre Strategie zu erläutern?«

Zurückgelehnt hörte Randall zu, wie der Prozessanwalt ihm in kurzen Worten seinen Angriffsplan umriss. Dabei dehnte sein Geist sich nach und nach wieder aus, streckte sich und nahm seine alte, gewohnte Form an. Seufzend ließ er Wut und Unruhe aus seinen Knochen rieseln. Randall Walker war wirklich wieder zu Hause.

Am nächsten Morgen wurde Marcus auf die Verletztenbank verwiesen, und dort saß er und schaute zu, wie Logan eine Batterie von Zeugen aufmarschieren ließ. In schneller Folge führte der Verteidiger seine Leute durch ihre Aussagen. Er attackierte hart und flink und bereitete den Todesstoß vor, solange Marcus' Haut noch in Fetzen hing. Charlie agierte professionell; er nahm sich die Zeugen vor, wie es Marcus' Notizen entsprach, und schlug mit all seiner Kraft zurück.

Zwei Arbeiter sollten die Vorwürfe der Kläger gegen »New Horizons« wegen Misshandlung der Mitarbeiter entkräften. Der Personalleiter beschrieb ein Empfindsamkeitsprogramm, das in sämtlichen amerikanischen Betrieben auf allen Managementebenen zum Einsatz kam. Eine schwarze Managerin aus New York schilderte ihren Aufstieg, der in der Fabrik in New Jersey begonnen hatte – welche, wie

Charlie im Kreuzverhör ans Licht brachte, längst geschlossen und nach Süden verlagert worden war. Mit jedem Zeugen bekräftigte Logan erneut, wie ausgezeichnet die Mitarbeiterpolitik des Unternehmens war. Solide Ausbildungsprogramme. Großartige Arbeitsbedingungen. Und wie gut wurden die Mitarbeiter bei »New Horizons« behandelt. Selbst in seinem ausgelaugten Zustand konnte Marcus nicht übersehen, dass ihm die Felle davonschwammen. Logan distanzierte sich und seinen Klienten immer weiter von den Beschuldigungen, führte die Geschworenen immer weiter weg von den ersten Zeugenaussagen.

Der letzte Zeuge des Tages war keine große Überraschung, da er schon den ganzen Tag zwischen Logan und Suzie Rikkers gesessen hatte. Als Vorsitzender und Chief Executive Officer von »New Horizons Incorporated« war James Southerland genauso geschliffen und eindrucksvoll, wie man es von einem Mann in seiner Position erwartete. Mit seiner einleitenden Frage gab Logan ihm Gelegenheit, sich erst bei den Geschworenen, dann bei der Richterin dafür zu entschuldigen, dass er nicht die ganze Zeit habe dabei sein können. Aber wenn man einen Zwei-Milliarden-Dollar-Konzern zu leiten und über zwei Dutzend ausländische Tochterunternehmen zu managen habe, erläuterte Southerland, erfordere es einiges Jonglieren, um Zeit für diesen Prozess frei zu machen. Nichtsdestominder sei er nun hier und habe die Absicht, ihnen in einigen wichtigen Fragen zu seinem prachtvollen Unternehmen Klarheit zu verschaffen. Richterin Nicols saß mit versteinerter Miene da, als Logan sich vom Vorsitzenden respektvoll das gewaltige Gefüge der Tochterfirmen des Unternehmens erläutern ließ. Fotos wurden gezeigt, angeblich aus der Fertigungshalle der Fabrik 101. Auf den Bildern sah man eine gut beleuchtete, recht angenehme Umgebung. Die Arbeiter waren offensichtlich Asiaten. Die blitzblanken Maschinen seien allesamt neu, und sie seien Bestandteil der Investition, die »New Horizons« zu dieser erfreulichen, leistungsfähigen Partnerschaft beigesteuert habe, erklärte der Vorsitzende, und sein Tonfall war so kultiviert wie seine Erscheinung. General Zhao ließ sich so weit erweichen, dass er zum ersten Mal eine andere Reaktion als stumme Wut an den Tag legte: Er lächelte wohlwollend, als Southerland die Partnerschaft und die wunderbaren Chancen pries, die sich ihren Arbeitern damit boten.

Auf Logans Bitte erklärte Southerland, warum nur wenige Mitarbeiter wussten, woher die Produkte kamen. Es entspreche der Unternehmenspolitik, sämtliche Produkte als »New Horizons«-Produkte zu behandeln und dabei nicht zwischen einzelnen Fertigungsbetrieben zu unterscheiden. Etliche Arbeiter hätten eine negative Einstellung gegen die Produkte ausländischer Lieferanten, ergänzte er mit bedauerndem Lächeln. Das Unternehmen pflege daher die Herkunft eines Produkts, wenn es ins Vertriebszentrum komme, nur mit einem winzigen Innenetikett zu kennzeichnen, das von der Verpackung verborgen werde.

Charlie tat sein Bestes im Kreuzverhör. Er zeigte, dass jeder der Manager, die bisher ausgesagt hatten, mehr als ein Drittel ihres Jahreseinkommens in Form von Bonuszahlungen erhielt, die ausschließlich nach Gutdünken der Geschäftsleitung bemessen wurden. Er wandte sich dann den ausführlichen Mitarbeiterüberprüfungen zu, die im Konzern übliche Praxis waren, und forderte Southerland auf, die extensive Durchleuchtung zu beschreiben, der sämtliche Manager unterzogen wurden. Geschah das etwa nicht, fragte Charlie, wegen der zahllosen Klagen früherer Manager über die Praktiken des Unternehmens? Als Logans Einspruch stattgegeben wurde, wechselte Charlie die Richtung und wollte wissen, ob das Unternehmen seine Überstundentarife je von unabhängiger Seite habe prüfen lassen. Nach neuerlichem Einspruch fragte Charlie, ob die Bundesbehörden derzeit nicht wegen Verstößen gegen das Arbeitsrecht gegen das Unternehmen ermittelten.

Logan hatte sich nach seinem vorigen Einspruch gar nicht erst die Mühe gemacht, sich wieder hinzusetzen. »Euer Ehren, ich muss Sie ersuchen, die weitere Befragung in dieser Richtung zu unterbinden. Falls es inzwischen alle vergessen haben: In diesem Verfahren geht es angeblich um eine in China vermisste Frau.«

Richterin Nicols schaute Charlie an, der sich erschöpft bemühte, die Anspannung eines allzu langen Tages abzuschütteln. »Mr. Hayes, ich muss der Verteidigung zustimmen.«

Charlie ließ die Schultern hängen, eine Geste, die für alle, die es sahen, Bände sprach. »Der Kläger bittet um Erlaubnis, diesen Zeugen später noch einmal aufzurufen.«

»Die Erlaubnis wird erteilt.« Richterin Nicols gab sich große Mühe, sich ihr Mitleid nicht anmerken zu lassen. Aber es gelang ihr nicht, und für Marcus war dies das Zeichen, dass der Fall für ihn gestorben war.

»Dann haben wir vorläufig keine weiteren Fragen.« Charlie spürte es auch. Er sank auf seinen Stuhl und murmelte so leise, dass selbst Marcus es kaum hören konnte: »Sorry, mein Junge.«

»Du warst großartig.«

»Lügen sind kein Wundpflaster, mein Junge. So was hilft nicht. Sie haben mich matt gesetzt, und das wissen wir beide.« Mit den Knöcheln beider Daumen presste Charlie sich Schweiß und Erschöpfung aus den Schläfen. »Dir die Chance zu geben, später noch mal einzusteigen und selbst ein paar Treffer zu landen, war das Einzige, was ich tun konnte.«

Marcus folgte Logans Blick, als der Verteidiger sich erhob und auf die Wanduhr schaute. Es war kaum zu glauben, dass es erst halb drei sein sollte. Der Tag kam ihm lang vor wie Dürre, Hungersnot und Pest.

»Wir haben nur noch eine Zeugin aufzurufen, Euer Ehren.« Logan hatte Mühe, das Frohlocken in seiner Stimme zu unterdrücken. Geschworene konnten es nie leiden, wenn ein Anwalt annahm, er habe gewonnen. »Aber wir können sie erst morgen früh präsentieren.«

Richterin Nicols stellte die Stacheln auf. »Maßen Sie sich jetzt an, den Zeitplan des Gerichts zu bestimmen?«

»Nicht wir, Euer Ehren, aber unsere Zeugin.« Logans Stimme vibrierte von stillem Triumph. »Als unsere letzte Zeugin benennen wir die Justizministerin der Vereinigten Staaten.«

Als Marcus an diesem Abend nach dem Telefonhörer griff, war ihm, als hebe er eine Ecke des Kontinents hoch. Als wolle er den natürlichen Lauf der Erde verändern, indem er die Rotationsachse um ein paar Grad verschob. Trotzdem wählte er, und als am anderen Ende abgehoben wurde, sagte er: »Randall, hier ist Marcus Glenwood.«

»So wahr ich hier stehe, es hört sich tatsächlich an wie Sie.« Randall wirkte regelrecht glücklich über diesen Anruf. »Ich werde Sie nicht fragen, wie es Ihnen geht, denn das weiß ich schon.«

»Ich möchte mein erstes Angebot wiederholen.«

»Sie sind zerschmettert, das ist es. Stimmt's nicht? Sie sind tot und wissen es bloß noch nicht.« Das Glucksen des Mannes klang feucht, als laufe ihm bei der Aussicht auf ein wunderbares Essen das Wasser im Mund zusammen. »Wenn Sie einen Moment still sind, hören Sie vor ihrer Haustür die Hunde heulen.«

»Lassen Sie Gloria Hall gehen, und wir lassen den ganzen Fall verschwinden.«

»Was denn – und verderben uns die Show? Nach all der vielen, harten Arbeit, die Sie geleistet haben, um diese Truppe zusammenzubringen? Die Presse und das Fernsehen und einen General aus China? Und jetzt auch noch die Justizministerin unserer Vereinigten Staaten?« Jedes Wort klang ein kleines bisschen schärfer als das vorige. »Wir dürfen doch all diese prächtigen Leute jetzt nicht enttäuschen, oder?«

»Sie ist tot, nicht wahr?« Marcus hörte die Totenklage in seiner eigenen Stimme. »Nur deshalb haben Sie sie nicht einfach wieder auftauchen lassen, als das alles anfing. Gloria Hall ist tot.«

»Ich weiß gar nicht, wovon Sie da reden. Haben Sie es bei der Botschaft versucht?«

»Das ist der einzige Grund, weshalb Sie diese Show so lange haben laufen lassen.«

»Falls Sie es noch nicht bemerkt haben, Kollege, das ist nicht meine Show. Es ist *Ihre. Sie* waren es, der die ganze Welt dazugeholt hat, damit sie zuschauen kann.« Die Stimme rasselte von aufgestauter Wut. »Und jetzt will die ganze Welt zuschauen, wie Ihnen bei lebendigem Leibe die Haut abgezogen wird.«

Marcus spürte die Notwendigkeit, alles auszusprechen, aus den Worten eine Litanei der Trauer zu machen, der Trauer darüber, dass er schon wieder Leute im Stich gelassen hatte. »Sie können sie nicht freilassen, weil Sie sie gar nicht mehr haben. Da muss Ihnen irgendein Fehler unterlaufen sein. Es war sicher nicht Ihre Absicht, dass es passiert.«

»Ich werde nur für einen Tod verantwortlich sein, nämlich für Ihren. Und glauben Sie nicht, es ist zu Ende, wenn die Geschworenen zurückkommen und der Welt sagen: ›Wir befinden in allen Punkten für die Verteidigung.‹ No, Sir. Dann fängt der Spaß erst an. Das ist der Augenblick, wo wir Sie aufs Korn nehmen und die Messer wetzen.«

Randall Walker musste innehalten und um Atem ringen, denn in seiner Lunge war mehr Wut als Luft. »Haben Sie schon mal vom Tod durch tausend Schnitte gehört? Wir werden Sie Stückchen für Stückchen auseinander nehmen. Erst Ihre Karriere, dann das, was von Ihrem guten Namen noch übrig ist, dann jeden Cent, den Sie besitzen. Wir werden Sie wegen leichtfertiger Klageeinreichung vor Gericht zerren und Ihnen unsere gesamten Kosten in Rechnung stellen. Und wir werden gewinnen. O ja, das werden wir. Wir treiben Sie in den Bankrott und nehmen Ihnen alles weg, auch das schöne, schicke Haus, das Ihnen so am Herzen liegt. Hab schon ein paar brave Leutchen, die es mir abkaufen werden. Gute Leute, jawohl, Leute, die es *verdienen*, so ein Haus zu haben.«

Marcus wusste, was kam, und die Erkenntnis traf ihn wie eine steinharte Faust ins Herz.

»›New Horizons‹ will ein Museum daraus machen. Die Leute sollen hindurchtrampeln und sich all die hübschen Kleider anschauen, die sie herstellen, und all die großen Stars, die für das Zeug werben.« Randall Walker lachte laut. »Als sie zu mir kamen, wissen Sie, was ich da gesagt habe? Ich habe gesagt, das ist eine großartige Idee. Ein prächtiger Plan. Wenn wir Sie pleite gemacht und die alte Bude übernommen haben, kriegen sie sie für einen Dollar.«

ZWEIUNDVIERZIG

Die Justizministerin der Vereinigten Staaten, Samantha Paltroe, hatte ein rundes Gesicht, das von Falten der Sorge und der Macht durchzogen war, und sie trug ihr dunkles Kostüm so würdevoll wie eine Richterrobe. Sie und Richterin Nicols begegneten Logan Kendalls Herannahen mit der frontalen Strenge langer juristischer Übung.

Logan begann. »Wir sind Ihnen äußerst dankbar, dass Sie sich die Zeit genommen haben, heute zu uns zu kommen, Madam. Könnten Sie vielleicht als Erstes dem Gericht mitteilen, was Sie haben verschieben müssen, um hier zu sein?«

»Ein Meeting mit dem Direktor von Interpol, bei dem es um die Organisation unserer Bemühungen im internationalen Krieg gegen die Drogen gehen soll«, antwortete sie mit jener dunklen, sanften, monotonen Stimme, die durch Hunderte von Fernsehauftritten berühmt geworden war. »Eine Verhandlung vor dem Obersten Gerichtshof und die Teilnahme an einer Kabinettssitzung mit dem Präsidenten.«

Logan ließ den Augenblick nachklingen, um ihm weiteres Gewicht zu geben, ehe er fortfuhr. »Der Kläger hat eine Menge Wirbel wegen angeblicher Verstöße gegen das Arbeitsrecht in China gemacht. Selbst wenn seine Behauptungen zutreffend wären, .was sie aber nach unserer entschiedenen Überzeugung nicht sind – haben Sie nicht eine Anzahl von Strafmaßnahmen zu Ihrer Verfügung, um solchen internationalen Problemen zu begegnen?«

»Der *Staat* hat sie zur Verfügung«, korrigierte sie streng.

»Der Staat. Selbstverständlich.« Es machte ihm nichts aus, sich korrigieren zu lassen. Nicht bei dieser Frau. Logan gab sich so demütig, wie es nur möglich war angesichts des globalen Scheinwerferlichts, des voll besetzten Gerichtssaals und der Aufmerksamkeit, die man jedem seiner Worte schenkte. »Was wären das beispielsweise für Maßnahmen?«

»Es gibt diverse diplomatische Vereinbarungen, in denen mögliche Sanktionen umrissen werden, im Bereich des Handelsverkehrs und anderswo.«

»Angesichts Ihrer Kenntnis des Rechts und dieser spezifischen Situation – finden Sie, dass dieser Fall vor Gericht hätte verhandelt werden dürfen?«

»Nein, das finde ich nicht.«

»Finden Sie, dass General Zhao gezwungen werden durfte, hier zu erscheinen?«

»Unter keinen Umständen. Sein Auftritt hier bringt unsere beiden Länder in große Verlegenheit. Gar nicht zu reden von dem Chaos, dass das durch das von diesem Gericht veranlasste Einfrieren der chinesischen Guthaben im Handelsverkehr und auf den internationalen Märkten verursacht hat.« Zum ersten Mal schaute sie General Zhao direkt an. »Eine Situation, für die ich mich aus ganzem Herzen entschuldigen möchte.«

Logan wartete lange genug, dass die Geschworenen sich umdrehen und den General anschauen konnten, der mit einem einzelnen, ruckhaften Kopfnicken antwortete. »Angesichts Ihrer Kenntnis dieses Falles, Madam – was ist Ihr Eindruck von den Vorwürfen?«

»Als ehemalige Richterin und Bundesanwältin bin ich der Meinung, dass der Anwalt der Klägerseite ernstlich verwirrt ist.« Ihr Ton war kalt und abschätzig. »Wenn ich die Fernsehnachrichten recht verstanden habe, hat er persönlich eine schwere Zeit hinter sich. Man merkt es an der Art, wie er versucht hat, diesen Fall vor Gericht zu bringen.« Das faltige Gesicht wandte sich Marcus zu. »Er sollte Hilfe in Anspruch nehmen.«

Logan schaute Marcus an und schenkte ihm das gleiche Lächeln, das er schon bei der Befragung durch Suzie Rikkers gezeigt hatte. »Verwirrt.«

»Der Kongress der Vereinigten Staaten hat eine ganze Reihe von Handelsgesetzen erlassen, die sich mit unlauteren kommerziellen Praktiken in Übersee befassen. Solche Probleme löst man am besten durch die internationalen Gewerkschaftsorganisationen und die Vereinten Nationen. Dieser Versuch, derartigen Dingen dadurch zu begegnen, dass man eine Klage wegen angeblicher Freiheitsberaubung einreicht, ist absolut unangebracht.«

»Tatsächlich«, schnurrte Logan und wiederholte dann noch einmal für die Geschworenen: »Unangebracht.«

»Absolut.« Die Justizministerin wandte sich Richterin Nicols zu und fuhr fort: »General Zhao wird durch diplomatische Immunität geschützt. Er ist hier ausschließlich aus persönlicher Gefälligkeit gegen den China Trade Council, der über die Art, wie dieses Verfahren die diplomatischen wie auch die wirtschaftlichen Beziehungen in Gefahr bringt, ebenso besorgt ist wie ich.« Ihre Stimme nahm einen schärferen Ton an. »Bei allem schuldigen Respekt vor diesem Gericht, aber dieser Prozess ist eine schwerwiegende Überschreitung juristischer Zuständigkeitsgrenzen, die unverzüglich korrigiert werden sollte.«

Logan wirbelte herum, marschierte zu seinem Tisch und nahm das Blatt in Empfang, das Suzie Rikkers ihm reichte. »Euer Ehren, auf der Grundlage des Expertenrats der Justizministerin der Vereinigten Staaten wiederholen wir hiermit unseren Antrag auf unverzügliche Einstellung des Verfahrens.«

Richterin Nicols nahm das Blatt entgegen und legte es ungelesen aus der Hand. »Zuerst hat der Kläger das Recht zum Kreuzverhör.«

»Euer Ehren …«

Sie zeigte stählerne Härte. »Fahren Sie fort, oder geben Sie die Zeugin frei, Mr. Kendall.«

Wutschnaubend fügte Logan sich. »Ich habe keine weiteren Fragen.«

Charlie wollte aufstehen, aber Marcus legte dem alten Mann eine Hand auf die Schulter und drückte ihn nieder. Er war beim nächsten bedrückenden Moment in einer langen Kette von schmerzlichen Augenblicken angelangt, und er hätte alles dafür gegeben, ihm ausweichen zu können. Er erhob sich, und ihm graute vor dem nächsten Schritt, der darin bestand, sich umzudrehen und die Geschworenen anzusehen. In ihren Augen spiegelte sich morbide Neugier angesichts eines wandelnden Toten. Er nickte resigniert, dankbar für die Schlaflosigkeit, die ihn unterhalb des Gehirns betäubte.

Nachdem er sich der Jury gestellt hatte, war es ein Kinderspiel, der offenen Feindseligkeit der Ministerin entgegenzutreten. »Mrs. Paltroe«, begann er und entkleidete sie damit all ihrer Titel; er ignorierte, wie sich ihr Rückgrat versteifte, und wiederholte mit Nachdruck: »Mrs. Paltroe, könnten Sie dem Gericht genauer darlegen, wie Sie die Möglichkeiten Ihres Amtes genutzt haben, um uns dabei zu helfen, diese junge Frau wieder nach Hause zu holen?«

Ihre Reaktion war von ätzender Klarheit. »Ich habe bisher keinen Beweis dafür gesehen, dass diese junge Frau tatsächlich gegen ihren Willen irgendwo festgehalten wird.«

Marcus nickte langsam und trat näher an die Geschworenen heran. Ließ sie den Schaden aus der Nähe begutachten. Verbarg nichts. Nicht seine Zerbrechlichkeit, nicht die beiden schlaflosen Nächte, nicht den Schmerz, den er in seinem Blick wusste. »Dann könnten Sie uns vielleicht sagen, wie viel Zeit Sie darauf verwandt haben, das Material zu beschaffen, auf dessen Grundlage Sie zu diesem Schluss gekommen sind.«

»Vielleicht ist es Ihrer Aufmerksamkeit entgangen, Mr. Glenwood, aber die Welt dreht sich nicht um Sie.« Im Zuschauerraum wurde gekichert, auf der Geschworenenbank nicht. Sie waren ihm zu nah, hatten ihn und seine Wunden zu deutlich vor Augen. »Es gibt noch andere Angelegenheiten, die meine Aufmerksamkeit in Anspruch nehmen.«

»Andere Angelegenheiten«, sagte Marcus, »die Ihrer Meinung nach wichtiger sind.«

Sie zögerte zum ersten Mal. Ahnte die Falle. »Andere Angelegenheiten, die von nationaler Bedeutung sind. Entscheidende Probleme, die sich auf künftige Generationen auswirken werden.«

»Selbstverständlich.« Er verspürte keine Notwendigkeit, gegen diese Frau in die Schlacht zu ziehen. So dicht vor der Geschworenenbank konnte er die Wellen mitleidiger Ablehnung beinahe fühlen. Sie bedauerten ihn, sie waren voller Mitgefühl für die Halls, aber sie würden im Sinne der Verteidigung befinden. Und Gloria Hall war tot. Er hatte seine Tage und Nächte damit verbracht, diese Tatsachen mühsam zu akzeptieren, und nach all diesen Qualen war ihm, als tanze er auf der Bühne der Verdammten. »Mrs. Paltroe, vielleicht wissen Sie es, vielleicht auch nicht, aber wir haben Material, das von diesem Gericht als Beweismittel zugelassen wurde und das darauf hindeutet, dass die Beklagten schwerwiegende Straftaten begangen haben. Mit allem Respekt, diese triftigen Beweise sind nicht geeignet, die Aufmerksamkeit des Kongresses zu rechtfertigen. Aufgabe des Gerichts ist es, festzustellen, wer *verantwortlich* ist. Wer *schuldig* ist. Die Politik, Mrs. Paltroe, *will* keine Verantwortung zuweisen.«

»Einspruch!« Logan deutete mit seinem Silberstift auf Marcus, aber seinem Gesicht war anzusehen, dass er lieber mit einer geladenen Pistole auf ihn gezielt hätte. »Stellt dieser Mann eine Frage, oder hält er einen Vortrag?«

Richterin Nicols reagierte mit einer Strenge, die sogar den Nebel des Jammers rings um Marcus durchdrang. »Mr. Glenwood hat Ihnen gestattet, gestern noch eine neue Zeugin zu benennen, ohne auch nur Einspruch zu erheben. Ist es nicht so?«

»Aber Euer Ehren, unsere Zeugin ist …«

»Ich weiß so gut wie jeder andere in diesem Gericht, wer sie ist.« Sie stützte beide Ellenbogen auf den Richtertisch. »Mr. Glenwood hat Ihnen sodann gestattet, diese Zeugin ganz nach Ihrem Belieben zu allen möglichen Aussagen anzuleiten, bis hin zur persönlichen Beleidigung seiner professionellen Fähigkeiten. Er hat die ganze Zeit nicht ein einziges Mal protestiert. Ich schlage deshalb vor, Sie setzen sich hin und lassen ihn fortfahren.«

Marcus schaute die Richterin an und sagte ruhig: »Danke, Euer Ehren.«

»Fahren Sie fort.«

»Jawohl, Ma'am.« Als er sich wieder der Ministerin zuwandte, sah er widerstrebende Wachsamkeit in ihrem Blick. Sie war immer noch feindselig, nahm ihn jetzt aber als Gegner war. »Ist Schuldzuweisung nicht ein Verstoß gegen die Grundregeln der Diplomatie?«

»In manchen Fällen vielleicht. Aber nicht in allen.«

»Sie *verhandeln*. Sie verurteilen nicht. Trifft nicht auch das zu?«

»In der internationalen Politik ist es manchmal besser, gemeinsam eine Lösung zu finden.«

»Und in den Fällen, in denen eine solche Lösung nicht möglich ist?« Als sie länger zögerte, trat er einen Schritt näher und ging zum Angriff über. »Genau diese Regierung, die in ihrem Wahlprogramm noch scharfe Kritik an den chinesischen Menschenrechtsverletzungen übte, sagt jetzt überhaupt nichts mehr. Jetzt, da sie im Amt ist, wird der Handel zum entscheidenden Faktor. Der Handel und die Wahlkampfdollars. Etwas so Geringfügiges wie das Verschwinden einer jungen Frau wird da beiseite gewischt.«

Aufblitzender Zorn. »Das ist überhaupt nicht wahr.«

»Ich behaupte, es ist die absolute Wahrheit, Mrs. Paltroe. Ich behaupte, dass Hunderte von Beamten unter Ihrer Leitung absolut nicht das Geringste unternommen haben, um herauszufinden, was mit Gloria Hall geschehen ist. Und warum nicht? Weil sie Angst vor dem haben, was sie vielleicht herausfinden könnten, genau darum!«

»Einspruch!«

»Abgelehnt.«

Marcus trat einen einzelnen Schritt zurück. »Wie Sie selbst gesagt haben, Mrs. Paltroe, ist der Krieg gegen die Drogen eine internationale Angelegenheit, nicht wahr?«

»Ja.«

»Aber wenn Leute auf unseren Straßen Heroin verkaufen, lassen wir sie nicht laufen, oder?«

»Nein.« Jetzt war sie es, die sich vorbeugte. »Nicht, wenn sie auf *unseren* Straßen Heroin verkaufen.«

»Wir überstellen sie nicht dem Kongress oder dem Außenministerium, damit eine diplomatische Lösung gefunden wird, nicht wahr? Wenn nach dem Bundesrecht ein Verbrechen begangen wird, und auch wenn es eines ist, bei dem internationale Angelegenheiten auf dem Spiel stehen, machen wir dem Verbrecher vor unseren Gerichten den Prozess. Ist es nicht so?«

Sie blitzte ihn wütend an. »Geschworene sind nicht zuständig für die Richtlinien internationaler Politik!«

»Nein, aber sie *sind* dazu da, Schuld festzustellen.« Marcus richtete seine Attacke geradewegs in dieses faltige, mächtige Gesicht. »Gerichte sind dazu da, Menschen zur Verantwortung zu ziehen, oder nicht? Diese Jury hier kann nicht alles Unrecht in der Welt beheben. Aber sie *kann* in einem speziellen Fall entscheiden, wer schuldig ist. Ist es nicht so?«

Die Feindseligkeit hinterließ eine Spur von Bitterkeit. »Nicht in einem Fall, der auf so schwachen Füßen steht.«

»Ich würde sagen, das hat das *Gericht* zu entscheiden.« Er kehrte zu seinem Tisch zurück; all sein Kampfesmut, all seine Willenskraft waren verronnen. Er brauchte alle seine Kräfte, um noch zu sagen: »Keine weiteren Fragen.«

Richterin Nicols wandte sich der Ministerin zu und sagte in mildem Ton: »Mit allem Respekt, aber dieses Gericht stimmt Ihrer Bewertung der Zuständigkeit nicht zu. Der Antrag der Verteidigung auf Einstellung des Verfahrens ist abgelehnt.« Sie schlug mit dem Hammer auf den Tisch. »Die Verhandlung ist vertagt auf morgen früh, neun Uhr.«

Als die Richterin gegangen war, ließ Marcus sich unter seiner ungeheuren Bürde auf dem Stuhl zusammensinken und sagte zu Alma und Austin: »Wir müssen miteinander sprechen.«

Alma griff nach seiner Hand. »Sie sehen erschöpft aus.«

Charlie rückte seinen Stuhl näher heran. »Machen Sie sich keine Sorgen um unseren Jungen. Ein Anwalt, der etwas taugt, lernt schon früh, dass er erst dann wieder gut schlafen wird, wenn der letzte Prozess verhandelt und gewonnen ist.« Und zu Marcus gewandt, sagte er: »Boomer macht sich mächtig Sorgen, dass du mit diesem Jeep rumfährst.«

»Das geht schon.«

»Es geht keineswegs. Darren hat es mir gezeigt. Die Stoßstange ist ab, und die Beifahrerseite sieht aus, als hätte ein Pitbull mit Stahlzähnen drauf rumgekaut.«

»Aber es genügt vorläufig.« Marcus ließ Alma und Austin nicht aus den Augen, aber er sprach mit der Frau, denn ihrem Blick war am leichtesten zu begegnen. »Ich vermute, dass die Verteidigung ihre Beweisführung morgen abschließen wird.«

Alma suchte Beruhigung in seinem Gesicht. Als sie keine fand, ließ die Anspannung ihre Stimme eine Spur höher werden. »Das ist doch gut, oder nicht?«

Marcus hatte keine Lust auf Lügen. Auf allzu viel Wahrheit auch nicht. »Mit Ihrer Erlaubnis werde ich mein Recht auf Widerlegung nicht wahrnehmen. Ich habe kein weiteres Material, das unsere Position verbessern könnte.«

Charlie stimmte ihm zu. »Die Dinge zu wiederholen kann in diesem Stadium gefährlich sein. Es kann die Wirkung schwächen, die die Geschworenen empfunden haben, als das Beweismaterial zum ersten Mal vorgetragen wurde. Und danach hat die Verteidigung noch einmal Gelegenheit zum Gegenangriff. Wir werden sie nicht zweimal mit heruntergelassenen Hosen erwischen. No, Sir, nicht diese Bande.«

»Das verstehe ich nicht.« Marcus' Tonfall machte Alma mehr Sorgen als das, was er gesagt hatte. »Wir haben doch gewonnen, oder? Sie haben sie geschlagen.«

»Alma«, antwortete Marcus sanft, »ihre Verteidigung ist sehr stark.« Er betonte jedes Wort mit einer winzigen Pause.

Sie richtete ihren flehenden Blick auf Charlie. »Es kann noch nicht vorbei sein. Wir müssen mehr tun. Es muss doch noch etwas geben ...«

»Alma.« Das eine Wort genügte. Alle drehten sich um. Austin Hall saß auf der Stuhlkante, ein harter, angespannter Knoten. »Es ist genug.«

»Aber er hat gerade gesagt ...«

»Ich habe gehört, was er gesagt hat. Ich habe tagelang hier gesessen und zugehört und nachgedacht. Wenn du dir Mühe gibst, wirst du die einzige Antwort hören, auf die es ankommt, genau wie ich.«

Es war still im Saal; man hörte nur das dumpfe Seufzen der Belüftungsanlage. Dann aus der Ferne ein kaum vernehmbares Getöse, das anschwoll. Eine Flutwelle von Stimmen und Geschrei und Lautsprechern und Sirenen. Der Gerichtssaal hatte keine Fenster. Das bedeutete, dass der Lärm laut genug war, um durch die massiven Betonwände zu dringen.

»Marcus hat getan, was er versprochen hat.« Austin platzierte jedes Wort, als wäre es die präzise Formel eines bewiesenen Theorems. »Er hat uns mehr Publicity verschafft, als wir uns je haben träumen lassen. Die ganze Welt kennt den Namen unserer Tochter. Nur wegen dieses Mannes.«

Austin beugte sich herüber; er sprach leise, aber was er sagte, erschütterte seine Frau nichtsdestoweniger. »Er hat mehr getan, als wir von unseren nächsten Anverwandten verlangen könnten. Er ist geschlagen, verbrannt, vernichtet worden. Er hat da vorn gesessen und sich bei lebendigem Leib die Haut abziehen lassen. Nur für uns. Und jetzt will er, dass wir hinschauen und sehen, was wir die ganze Zeit gewusst haben.«

Almas Kopf begann, sich langsam vor und zurück zu wiegen. Austin holte tief Luft und bot seine ganze Willenskraft auf, um seine tonlose, präzise Selbstbeherrschung zu bewahren. »Alma, unsere Gloria ist tot.«

Sie schnappte nach Luft wie jemand, dem der letzte Atemzug aus dem Leib gerissen wird. Marcus legte ihr eine Hand auf die Schulter, aber er hatte keine Kraft mehr für irgendetwas anderes. Auch keinen Trost mehr, nicht einmal für sich selbst.

»Wenn sie sie noch hätten, wäre sie frei.« Austin sah Marcus an und offenbarte, wie sehr er kämpfen musste, um sich zusammenzuhalten. »Tun Sie Ihr Bestes, Marcus.«

»Das werde ich.«

Ein einzelnes Schluchzen drang aus Almas Kehle, ein zerreißender

Laut, scharfkantig wie ein zerbrochenes Herz aus Kristall. »Tun Sie Ihr Bestes«, fuhr Austin fort. »Nicht für mich. Nicht für Alma. Wir können nichts mehr von Ihnen verlangen. Tun Sie es für meine Gloria.«

Er sah sich suchend um, als wolle er sich vergewissern, dass seine Beine noch da waren und ihn tragen würden. »Komm jetzt, Alma. Wir müssen der Welt unser Leid zeigen.«

»Ich kann nicht.«

»Du kannst. Halte meine Hand. Sei stark.« Er hob seine Frau mit der Kraft seines Willens vom Stuhl. »Gloria schaut zu.«

DREIUNDVIERZIG

Marcus sah sich beim Frühstück die Nachrichten an und fand an diesem nassen, grauen Tag unbestimmten Trost darin, wie Kirsten mit der Presse umging. Sie war am Tag zuvor auf der Treppe zum Gericht gefilmt worden; das moderne, gesichtslose Gebäude und die tief hängenden Wolken bildeten den Hintergrund. Ihr Haar wehte wie verstreuter Winterweizen, als sie Frage um Frage beantwortete. Nur einmal verlor sie ihre Ruhe, als nämlich ein Reporter sie fragte, ob Marcus Glenwood sie nicht als Schutzschild benutze, um dahinter sein Alkoholproblem zu verstecken. Sie antwortete mit leiser Stimme, aber nur weil die Erregung ihr die Kehle zuschnürte. »Marcus Glenwood ist der großartigste Mann, dem ich je begegnet bin«, schoss sie zurück. »Ein Mann, der so tief Anteil nimmt, dass er alles opfern wird, was er hat, um der Familie Hall zu helfen. Ich frage mich, wer so etwas von Ihnen sagen würde.« Als das Fernsehbild zur nächsten Story wechselte, schaltete Marcus den Apparat aus, starrte hinaus in den tröpfelnden Regen und dachte, dass man Augenblicke wie diesen schweigend genießen sollte.

Der Wagen vom State Bureau of Investigation stand startbereit draußen, als er und Darren herauskamen. Marcus winkte hinüber, aber jede Reaktion verlor sich im Regen. Die Fahrt in die Stadt verlief schweigend wie immer, eine Zeit, in der man zuschauen konnte, wie der Highway sich entfaltete, glänzend wie ein grauschwarzer Fluss. Marcus rettete sich im Laufschritt ins Gericht und antwortete nicht auf die unzähligen Fragen, die ihm unter einem Wald von Schirmen hervor entgegengeschrien wurden. Er gelangte ins Foyer, klopfte sich den Regen vom Jackett, erwiderte den Gruß der Wachleute und trat dann allein in den Aufzug. Erst als die Tür sich geschlossen hatte, riss er den Mund auf wie ein gestrandeter Fisch, schnappte hart und lange nach Luft, ließ seine Angst entweichen.

In dem fensterlosen Gerichtssaal verschwanden Wind und Regen und normales Licht, und an ihre Stelle trat, was immer die Richterin diktierte. Selbst die Zeit stand unter ihrer Herrschaft.

Als die Richterin die Jury begrüßt hatte, erhob sich Logan Kendall und gab wie erwartet bekannt: »Euer Ehren, die Verteidigung hat ihre Beweisführung abgeschlossen.«

Marcus erhob sich gleichzeitig und erklärte: »Der Kläger verzichtet auf sein Recht zur Widerlegung, Euer Ehren.«

Logans Tonfall war triumphierend. »Dann erklären wir, dass wir bereit sind, unverzüglich zum Schlussplädoyer zu kommen.«

Richterin Nicols runzelte die Stirn, ein kurzes Zeichen ihrer Besorgnis, gleich wieder fort, wie eine jagende Wolke. »Die Anwälte mögen bitte zu mir kommen.«

Als sie sich vor ihrem Tisch versammelt hatten, fuhr sie fort: »Braucht die Klägerseite noch Zeit für ihre Vorbereitungen?«

»Nein danke, Euer Ehren.«

»Also gut. Ich beschränke die Zeit für jede Partei auf zwei Stunden.«

Marcus wünschte, es gäbe eine Möglichkeit, ihr für den bangen Zug in diesem strengen Gesicht zu danken. »Wir würden gern zu Beginn dreißig Minuten in Anspruch nehmen und uns dann das Recht vorbehalten, nach der Verteidigung noch einmal zu sprechen.«

Logan konterte: »Dann beantragen wir eine zusätzliche halbe Stunde zur Widerlegung des Klägers. Wir haben das Recht auf das letzte Wort, Euer Ehren.«

»Gut. Mr. Glenwood, Sie können anfangen.«

Marcus ging geradewegs zum Pult. Er hatte schon Dutzende von Schlussplädoyers vor allen möglichen Jurys gehalten. Die Worte kamen ihm mühelos und glatt über die Lippen. Während er sprach, schätzte ein Teil seiner Aufmerksamkeit die Reaktion der Geschworenen ab. Er ließ das Beweismaterial noch einmal Revue passieren und gab ihnen eine sorgfältige Zusammenfassung der ersten Zeugenaussagen, die sie sonst vielleicht vergessen würden. Und er studierte sie. In der Mehrheit der Gesichter las er Besorgnis. Das war schlecht. Noch schlimmer war, dass einige von ihnen jetzt mitleidig schauten. Mitleid war mörderisch. Charlie Hayes hatte einmal gesagt, Geschworene zeigten nur dann Mitleid mit einem Anwalt, wenn sie ihm zwar mit dem Bauch zustimmten, sich aber dafür entschieden hatten, ihrem Verstand zu folgen. Und ihr Verstand hatte sich für die andere Seite entschieden. Marcus hatte noch nie erlebt, dass Charlie sich in diesem Punkt geirrt hatte.

Er begann mit seiner Zusammenfassung. »Wie ein Hütchenspieler hat der Beklagte versucht, seine Verbindung zu dieser Fabrik zu verbergen. Aber das Beweismaterial hat eindeutig gezeigt, dass ›New Horizons‹ nicht nur Produkte im Wert von zigmillionen Dollar aus der Fabrik 101 bezieht, sondern dass ihr tatsächlich sogar ein maßgeblicher Anteil an der Fabrik gehört, was sie sowohl vor Ihnen, den Geschworenen, als auch vor den Bundesbehörden zu verheimlichen bemüht war. Wir haben Ihnen gezeigt, warum.

Durch dokumentarische Beweise und die Aussagen von Zeugen haben wir ans Licht gebracht, dass ›New Horizons Incorporated‹ und Fabrik 101 eine Verschwörung eingegangen sind, und zwar mit dem Ziel, aus der systematischen Misshandlung politischer Gefangener ihren Profit zu ziehen.«

»Einspruch!« Logan schoss von seinem Stuhl hoch. »Euer Ehren, das chinesische Gefängnissystem steht hier nicht vor Gericht.«

»Abgelehnt. Fahren Sie fort, Mr. Glenwood.«

»Danke, Euer Ehren.« Marcus wandte sich wieder den Geschworenen zu und sprach weiter. »Wir haben Ihnen gezeigt, wie unsere Klientin misshandelt wurde, weil sie diesen Profit bedroht hat. Sie haben sie auf dieselbe gefühllose Weise behandelt wie ihre Arbeiter. Sie haben diese vorzügliche amerikanische Studentin verschwinden lassen, weil sie ihnen im Weg war.«

Logan stand wieder. »Euer Ehren, ich muss protestieren.«

»Abgelehnt.«

Marcus unterdrückte das Verlangen, die Geschworenen anzuflehen, mit ihm die Überzeugung zu teilen, dass Gloria die ganze Zeit Recht gehabt habe. »Gloria Hall wurde von den Beklagten entführt und misshandelt, weil sie eine geschäftliche Verbindung bedrohte, die in einem Sumpf von Schmerz und Angst und Blut gewachsen war. Eine Verbindung, die sich für nichts interessierte außer für Geld und Macht. Eine Verbindung, die ausschließlich zu dem Zweck existierte, diejenigen auszubeuten, die keine Stimme haben, um darüber Klage zu führen. Sie bemühte sich, Licht in eine Finsternis zu bringen, die viele ertragen mussten, nur weil dies den Konzernbilanzen nützte. Aber diese Partner müssen bestraft werden, meine Damen und Herren Geschworenen. Sie müssen zur Rechenschaft gezogen werden.«

Schweigen folgte Marcus, als er zu seinem Platz ging. Er ließ das beifällige Schulterklopfen von Charlie und Alma über sich ergehen, auch wenn ihre Hände wie Brandeisen glühten. Er konnte die Geschworenen nicht anschauen, bevor Logan ans Pult getreten und ihre Aufmerksamkeit auf sich gezogen hatte.

»Meine Damen und Herren Geschworenen, ich bedaure, dass wir hier sind. Bedaure, dass wir Ihre Zeit und die Zeit des Gerichts gestohlen haben. Bedaure, dass wir alle um einer verlorenen, bedauerlichen Sache willen diese Farce über uns ergehen lassen mussten. Der Anwalt der Klägerseite hat einen Fall konstruiert, wie man sich ihn schlechter nicht denken kann. Er hat mit den Gefühlen zweier trauernder Eltern gespielt und uns alle mit Stricken aus verworrenen Lügen umschlungen und Knoten aus leeren Halbwahrheiten geknüpft.

Eine gute Klage ist wie ein Puzzle. Wenn man es richtig macht, sollte der Vertreter des Klägers am Anfang aufstehen und uns sagen, wie das Puzzle am Ende aussehen wird. Dann sollten wir zusehen, wie die einzelnen Stücke an ihren Platz gelegt werden, eins nach dem andern, während uns die Zeugen präsentiert werden. Und danach, im so genannten Schlussplädoyer, sollte der Kläger in der Lage sein, das fertige Bild zu beschreiben.

Leider aber, meine Damen und Herren Geschworenen, ist das in unserem Fall nicht geschehen. Das Puzzle ist nicht vollständig. Das Bild ist unklar und verzerrt. Die Stücke passen auch nicht zusammen. Ja, ich würde so weit gehen zu sagen, dass wir überhaupt noch nichts haben, was man als ein wirkliches Bild bezeichnen könnte.

Beginnen wir damit, dass wir einige der Worte aufzählen, die der Klägeranwalt hier in Umlauf gebracht hat.« Er hob eine bedruckte Tafel hoch und stellte sie auf die Staffelei neben dem Pult. »Okay. Da war das Wort ›Dokument‹. Sie erinnern sich, wie der Anwalt, der da drüben sitzt, es verwendet hat? Er sagte, er habe dokumentarische Beweise vorgelegt. Das ist unser zweites Wort, das hier steht – sehen Sie? ›Beweise‹. Dann das dritte Wort, der Vorwurf der ›Verschwörung‹. Und es wird schlimmer, denn dann kommt das Wort ›Misshandlung‹ und danach ›politische Gefangene‹. Und schließlich das Wort, das er benutzte, um die vermisste Frau zu beschreiben: ›vorzüglich‹. Das hat er gesagt.«

Logan verließ die Tafel und richtete seine ganze Aufmerksamkeit auf die Geschworenenbank. »Wir wollen uns einen Augenblick lang Zeit nehmen und uns daran erinnern, was die Fachleute über dieses so genannte Beweismaterial gesagt haben. Wenn Sie irgendwo Rat suchen wollen, um zu entscheiden, ob hier tatsächlich irgendeine Schuld vorliegt, würden Sie sich da nicht an die Fachleute wenden? Selbstverständlich würden Sie das tun. Und was haben die Fachleute Ihnen gesagt? Dass es keinen stichhaltigen Beweis gibt, der auf eine direkte Beteiligung von ›New Horizons‹ deutet. Keinen.«

Er benutzte seinen silbernen Stift wie einen Zauberstab, stieß damit in die Luft und drängte die Geschworenen, auf ihn zu hören und ihm zu glauben. Vor allem, ihm zu glauben. »Das Wichtigste für uns ist die Frau selbst. Eine Frau, die alles Mögliche auf sich genommen hat, um Scherereien zu machen. Sie hat es sich zum Beruf erkoren, sich in allerlei Gefahren zu begeben. Sie hat ständig gegen irgendetwas protestiert. Sie hatte eine Abneigung gegen die chinesische Regierung. Warum? Wer weiß das? Was immer der Grund sein mag, eins wissen wir mit Sicherheit: dass Gloria Hall den Ärger gesucht hat.

Traurigerweise hat sie ihn wahrscheinlich gefunden. Ist daran mein Klient schuld? Nein.

Der Anwalt der Kläger hat nicht nachweisen können, inwiefern die *Geschäftsbeziehungen* zwischen ›New Horizons‹ und einer chinesischen Fabrik sich mit so hässlichen Worten wie ›Verschwörung‹ und ›politische Gefangene‹ in Verbindung bringen lassen. Ich darf Sie daran erinnern, meine Damen und Herren Geschworenen, dass ›New Horizons Incorporated‹ neunzig verschiedene Unternehmen betreibt, mehr als zwei Dutzend davon in Übersee, und dabei mehr als siebenunddreißigtausend Mitarbeiter in neunzehn verschiedenen Ländern beschäftigt.« Sofort hob er die Hand. »Nicht, dass es hier um eine Geringfügigkeit ginge. Ganz und gar nicht. Die Möglichkeit, dass Gloria Hall als verschwunden gelten muss, ist furchtbar. Wir alle leiden mit ihr und ihren Eltern. Aber, meine Damen und Herren Geschworenen, der Anwalt der Gegenseite hat nicht den Fetzen eines konkreten Beweises dafür erbracht, dass ›New Horizons‹ irgendetwas mit Gloria Halls Verschwinden zu tun hat. Kann mir irgendjemand sagen, weshalb dieses Unternehmen eine so lukrative Kooperation dadurch gefährden sollte, dass es eine fremde Studentin entführt? Wo läge das Motiv?« Er schwieg einen Augenblick und riss dann die Schultern in einem humorlosen Auflachen nach hinten. »Kommt Ihnen diese Annahme auch so lächerlich vor wie mir?«

Logan verließ das Pult und begann mit einer angespannten kleinen Siegesparade vor der Geschworenenbank. »Bis zu diesem Augenblick ist es in unserem Prozess überhaupt nicht um die Suche nach der Wahrheit gegangen. Stattdessen haben wir zusehen müssen, wie der Kläger sich ein vorzügliches Unternehmen aus North Carolina vorgenommen hat, ein Unternehmen, das allein hier in diesem großartigen Staat viertausend Menschen beschäftigt. Ein Unternehmen, das dabei ist, seinen Betrieb zu erweitern und weitere zweitausend Mitarbeiter einzustellen. Ein Unternehmen, das in East Carolina mehr Familien mit Einkommen versorgt als fast alle anderen. Und wie danken wir es diesem Unternehmen? Indem wir hier sitzen und zuschauen, wie der Anwalt der Klägerseite seinen guten Namen in den Dreck zieht. Wie er die leitenden Angestellten teert und federt. Behandeln wir so unsere Mitbürger in Wirtschaft und Industrie? Indem wir ihr Ansehen mit haltlosen Verleumdungen besudeln?

Diese Klage gleicht einer Schüssel mit nassen Spaghetti. Bei einer solchen Klage nimmt man, was man in die Hände bekommen kann, und schleudert es an die Decke wie nasse Spaghetti. Was immer dort hängen bleibt, dient dem Kläger als Begründung. Und was nicht hängen bleibt – nun, wer verliert dabei? Wer bezahlt dafür? Zu meinem Bedauern muss ich Ihnen sagen: viele Menschen. In diesem Fall ist es zunächst mein Klient, der den Schaden hat. Ein gutes Unternehmen aus North Carolina, das nie etwas mit dieser chinesischen Gruppe zu tun hatte …«

Marcus stand. »Einspruch, Euer Ehren. Ein direkter Widerspruch zum vorherigen Eingeständnis der Verteidigung vor diesem Gericht.«

»Stattgegeben.«

Aber der silberne Stift war schon in der Luft und malte seinen Zauberbann in die Luft, ehe die Richterin gesprochen hatte. »Ja. In Ordnung, ich will es anders formulieren. Unser Anerkenntnis vor diesem Gericht hat besagt, dass eine *gewisse* Geschäftsbeziehung bestand. Wir haben aber auch dargelegt, dass diese Beziehung nicht im Geringsten den Behauptungen der Klägerseite entspricht. Sie sehen, wie die Spaghetti-Klage funktioniert? Sie behaupten dieses. Wir zeigen, dass es sich völlig anders verhält. Sie sagen: Moment, wenn das eine stimmt, dann stimmt auch das andere. Verstehen Sie? Natürlich verstehen Sie. Nasse Spaghetti. Jawohl, das Anerkenntnis lautete: ›New Horizons‹ unterhält gewisse Beziehungen zu Fabrik 101. Ja. Aber wir haben nicht den geringsten Beweis dafür gesehen, dass das Unternehmen aus North Carolina für die Vorgänge verantwortlich ist, die uns hier zusammengeführt haben. Über eines müssen wir uns absolut im Klaren sein, meine Damen und Herren Geschworenen: ›New Horizons‹ steht hier wegen Gloria Halls Verschwinden in China vor Gericht. Und für diesen Zusammenhang gibt es keinen Beweis. Keinen.«

Mit beiden Armen rang er mit der Luft, weil Marcus zu weit weg war, um persönlich attackiert zu werden. »Verknüpfen Sie dies mit der persönlichen Tragödie dieses Anwalts, der verzweifelt versucht, sein Leben wieder in Gang zu bringen, und was haben Sie dann? Einen Schlamassel, der nie bis in diesen Gerichtssaal hätte dringen dürfen. Sie erinnern sich, was ich sagte, bevor ich meine eigenen Zeugen anführte, meine Damen und Herren Geschworenen? Ich sagte, wir würden uns auf die Jagd nach der Wahrheit machen. Und die Wahrheit ist, dass der Anwalt der Klägerseite in allen Punkten gescheitert ist. Es gibt weder glaubwürdige Zeugen noch stichhaltige Beweise, die ›New Horizons‹ mit irgendeiner Straftat in Verbindung bringen. Dies ist eine politische Angelegenheit und ein Fall für die Diplomatie. Und wir haben einen opportunistischen Anwalt am Steuer eines Schiffes, das in den Untergang segelt.«

Logan ließ die Arme sinken, klopfte mit den flachen Händen an die Seiten des Podiums und sammelte sich für den endgültigen Schlag. »Der letzte Punkt, mit dem ich Sie entlassen möchte, ist das, was unsere eigene Justizministerin der Vereinigten Staaten hier gesagt hat. Diese unglaublich mächtige und viel beschäftigte Frau kam freiwillig hierher, um mit uns zu sprechen, einfach weil sie meinte, dass dieser Prozess für die Interessen unseres Landes von großer Bedeutung sei. Sie hat etwas sehr Wichtiges gesagt, und ich möchte Ihre Aufmerksamkeit noch einmal darauf lenken. Sie hat gesagt, dieser Prozess war von Anfang an ein Fehler.« Er lehnte sich über das Pult, und sein ganzer Körper straffte sich in der Konzentration darauf, dieses Argument an den Mann zu bringen. »Ich lege Ihnen diese fachmännische Erkenntnis ans Herz. Ich bitte Sie, sehr ernsthaft darüber nachzudenken. Die Ministerin hätte sich nicht deutlicher oder direkter ausdrücken können, als sie uns erklärte, dieser Fall hätte niemals vor Gericht kommen dürfen.« Er nickte abschließend mit dem Kopf. »Lassen Sie uns ein Ende machen, meine Damen und Herren Geschworenen. Wir wollen diesen Zirkus schließen, damit wir alle wieder in die wirkliche Welt zurückkehren können. Ich danke Ihnen für Ihre Zeit und für Ihre Geduld bei dieser jämmerlichen Travestie eines Prozesses.«

VIERUNDVIERZIG

Als Darren auf der Heimfahrt zum Tanken anhielt, ging Marcus quer über die Straße zum Schnapsladen. Er begab sich geradewegs zu den preiswerten Marken und zog einen Bourbon aus dem Regal, dessen Name so billig klang, dass er wie eine Verhöhnung des Käufers wirkte. Er ignorierte die kostspieligeren Malts, die hinter dem Kassierer funkelten. Er hatte kein Interesse an irgendetwas, das an Feiern denken ließ, an kommende gute Zeiten. Er wollte etwas Übles und Brennendes und Ätzendes. Etwas, das ihn hart niederwerfen und ihm am nächsten Tag wehtun würde. Das war das Schicksal, das er verdiente.

Darren und der Tankwart beobachteten ihn schweigend, als er zurückkam. Er sagte zu keinem etwas, sondern stieg einfach wieder in den Jeep und saß da und wartete. Er wollte nicht diskutieren. Er wollte vergessen.

Darren ließ sich Zeit mit der Heimfahrt; er trödelte im Zickzack durch die Straßen, als sähe er sie zum ersten Mal. Endlich kamen sie aber doch an, überholten den Polizeiwagen und hielten in der Zufahrt. Erst jetzt wollte Marcus gern etwas sagen, ein paar Worte des Dankes für alles, was Darren getan hatte, selbst ein Anerkenntnis des Trostes, den Marcus in der klobigen Anwesenheit des jungen Mannes gefunden hatte. Aber es gab keine Worte, die dieses Mannes würdig gewesen wären.

Marcus ließ die braune Papiertüte auf dem Tisch vorn in der Diele stehen, als er nach oben ging und sich umzog. Als er wieder herunterkam, hörte er, wie ein zweiter Wagen in die Einfahrt kam. Er trat hinaus auf die Veranda und fühlte nicht viel, selbst als er den blonden Kopf am Steuer erkannte.

Kirsten kam die Treppe herauf, atemlos wie jemand, der so tut, als habe er es nicht eilig. Auf der dritten Stufe blieb sie stehen, als sein Gesicht im matten Licht der Verandalampe deutlich zu sehen war. Was immer sie da in seinen Zügen sah, es vertrieb ihr Begrüßungslächeln, noch ehe es zustande kam.

Marcus sagte: »Ich kann nicht mal annähernd erraten, wie es kommt, dass du jetzt hier bist.«

»Darren hat Deacon angerufen.«

»Mal überlegen. Da muss er mein Handy benutzt haben, als ich noch im Schnapsladen war.«

»Deacon hat Alma angerufen. Alma wollte selbst kommen, aber Austin meinte, ich sollte fahren.« Sie kam eine Stufe höher. »Ich soll dir von Austin sagen, Einsamkeit ist manchmal nur ein anderes Wort für Tod.«

Marcus versuchte immer noch, eine Antwort zu formulieren, eine, die ihm den Weg zur temporären Amnesie offen halten würde, als das Telefon läutete. Er ging wieder ins Haus, nahm den Hörer ab und konnte dabei Kirstens Anwesenheit hinter sich ebenso hören wie spüren.

Deacon Wilburs tiefe, honigdunkle Stimme fragte: »Alles in Ordnung mit Ihnen?«

»Nein.« Er konnte den Inhalt der ungeöffneten Flasche beinahe riechen. »Noch nicht.«

»Der Herr im Himmel sagt uns, Er wird sorgen für die Seinen.«

»Was Sie nicht sagen.«

»Halten Sie durch. Suchen Sie keine Fairness. Erwarten Sie kein schmerzloses Leben. Suchen Sie nicht den leichten Weg. Geben Sie sich mit Weisheit zufrieden.«

Die Vision von der Tüte und dem ersten ätzenden Schluck flackerte ein wenig, obwohl Marcus sich angestrengt bemühte, sie aufrechtzuerhalten. »Ich habe versagt. Gloria ist tot, der Prozess ist verloren, es ist alles vorbei.«

»Das Schwerste, was ein Mann tun kann, besteht manchmal darin, seine eigene Menschlichkeit zu akzeptieren.« Deacons Stimme rumpelte so sanft, dass die Worte beinahe genießbar wurden. »Manchmal kann man keinen beschwerlicheren Weg gehen als den der Umkehr, der einen von der Vergangenheit wegführt. Ja, die Fesseln zu durchschneiden, die uns verbinden mit dem, was war und nie wieder sein wird, und uns dann dem zuzuwenden, was noch kommen wird.«

Marcus merkte, dass die Worte des Pastors das Bild der Flasche und seinen eigenen verzweifelten Hunger langsam verlöschen ließen. Er wollte auflegen, wollte sich abwenden von diesem gütigen Mann und seinen schmerzhaften Worten, aber stattdessen gab er sich seufzend geschlagen und ließ sich in den Sessel hinter seinem Schreibtisch sinken.

Deacon wartete eine Weile, und als Marcus stumm blieb, schloss er: »Weiß nicht, was schwerer ist – denen, die tot und dahin sind, Lebewohl zu sagen oder hallo zu dem, was kommt. Manchmal ist die Hoffnung die allerschwerste Bürde. Eine, die Sie niemals allein tragen können. Denken Sie darüber jetzt mal nach. Denken Sie angestrengt nach. Suchen Sie eine Möglichkeit, diesen ersten kleinen Schritt zu tun.«

Als Marcus auflegte, kam Kirsten herein und setzte sich auf den Mandantenstuhl. Es machte Marcus wütend, dass ihnen allen so viel an ihm lag, dass sie ihn am Vergessen hinderten. Die Verbitterung über die Entfernung zwischen ihm und der Flasche ließ ihn übellaunig werden. »Gloria wusste die ganze Zeit, dass sie nicht zurückkommen würde.«

Kirsten nickte langsam. »Ja.«

»Sie fuhr nach China, um sich dort in Gefahr zu bringen. Sie hat damit *gerechnet*, dass sie das Leben ihrer Eltern zerstören würde.« Er stellte seinen gesunden Ellenbogen auf die Tischplatte und richtete einen zitternden Zeigefinger auf sie. »Und du hast es die ganze Zeit gewusst.«

Wieder nickte sie langsam. »Ja.«

»Sie hatte alles bis zum Letzten geplant, auch dass du die Dokumente an mich übergeben sollst. Das hat sie von Dee Gautam gelernt, könnte ich mir vorstellen. Verfüttere die Informationen Stück für Stück an den armen, dummen Trottel von Anwalt. Tu es langsam. Nimm ihn richtig fest an den Haken, und dann ziehst du ihn nach und nach an Land.«

»Stimmt.«

Die Galle stieg ihm in die Kehle. »Nur schade, dass sie Alma und Austin nicht eingeschärft hat, sich einen Besseren zu suchen. Jemanden, der sie nicht abstürzen und verbrennen lässt.«

»Niemand hätte diese Arbeit besser machen können«, sagte sie, aber ihre Stimme war so leise, dass sie nicht einmal ein flackerndes Flämmchen hätte besiegen können.

Im Gegenteil, sie ließ seine Wut erst richtig auflodern. Er schlug mit der Faust auf den Tisch, aber sie zuckte nicht zusammen, zuckte nicht einmal mit der Wimper. »Gloria ist tot, Kirsten. Sie ist tot. Und der Prozess ist verloren.«

Kirstens Blick war aus demselben Stoff wie die Nacht, leer und endlos. »Sie war tot, bevor sie fortging.«

Er lehnte sich zurück, versuchte, seine Wut festzuhalten und merkte doch, dass sie verrann wie Wasser in einer Faust. »Was?«

»Es ist das Einzige, was mich über die Runden gebracht hat. Zu wissen, wie es ihr ging. Sie war innerlich tot. Das hat sie mir hundert Mal gesagt. Tausend Mal. Sie hat nur noch einen Ort gesucht, an den sie ihren Leichnam betten konnte.«

Da ging ihm ein Licht auf, leuchtete herüber aus dem Reich jenseits der Logik. »Der Boyfriend.«

»Gary Loh stand im Medizinexamen, als sie sich kennen lernten. Er war brillant, er liebte das Leben, er liebte Gloria. Sie waren füreinander geschaffen. Wenn man sie zusammen sah, bekam man wieder Hoffnung für die Liebe in einer Welt ...« Sie brach ab, atmete schwer, schaute aus dem Fenster. »Bevor er seine Stelle als Assistenzarzt antrat, fuhr Gary nach Hongkong. Das ist jetzt, oh, achtzehn Monate her. Es war seine zweite Reise. Es gab eine Missionsgruppe, die dort arbeitete, in Partnerschaft mit unserem sozialen Hilfswerk. Sie arbeiteten im Rotlichtviertel unten am Hafen, hauptsächlich für Prostituierte, Obdachlose und Suchtkranke. Sie waren die Einzigen in Hongkong, die ein Hilfsprogramm für Heroinsüchtige hatten. Gary liebte diese Arbeit. Er redete dauernd davon. Das war ein Teil seiner Natur, diese Barmherzigkeit gegen alle Hilflosen.«

Marcus nickte; er verstand es noch nicht, aber er wusste, dass es bald so weit war. »Großbritannien gab Hongkong an China zurück.«

»Gary kam ein Jahr nach der Übergabe. Die Regierung in Peking behandelt alle Suchtkranken als Kapitalverbrecher, genau wie die Dealer. Erst warnten sie die Klinik, dann kam eine Razzia. Gary leistete Widerstand. Davon haben wir später gehört, von einem der Überlebenden. Er hatte eine Reihe von Patienten, die zu krank waren, um sich zu bewegen. Er versuchte, den Soldaten den Zugang zur Klinik zu versperren. Sie schlugen ihn mit den Gewehrkolben zusammen und zerschmetterten ihm den Schädel. Er wurde im Koma nach Hause geflogen und starb drei Tage später.«

»Und für Gloria war es ein schwerer Schlag.«

»Sie ist innerlich einfach verdorrt. Man hat sie so sehr mit Beruhigungsmitteln voll gepumpt, dass sie von der Beerdigung wahrscheinlich gar nichts mitbekommen hat. Tagelang sagte sie immer nur einen Satz, der für mich einen Sinn hatte, indem ich richtige Wörter erkennen konnte: Sag es nicht meinen Eltern; sie sollen es nicht wissen. Ungefähr eine Woche nach der Beerdigung rief sie zu Hause an und erzählte, sie und Gary hätten ihre Verlobung aufgelöst. Irgendetwas musste sie ja sagen. Als sie ihre Stimme hörten, wussten sie sofort, dass sie innerlich zerrissen war.« Ihr Blick offenbarte eine Spur jener Qualen, die sie so ausgehöhlt hatten. »Da beging ich einen furchtbaren Fehler. Ich hätte sie ignorieren und ihnen alles erzählen müssen. Sie hätten sie aufhalten können. Hätten sie einweisen lassen oder sie zwingen können, sich Hilfe zu suchen. Ich weiß nicht. Irgendetwas. Dann hätte sie nicht …«

Marcus wartete, bis er sich sicher war, dass sie nicht weitersprechen konnte. »Aber das hast du nicht getan.«

»Sie war meine Freundin. Sowie sie von den Beruhigungsmitteln herunter war, zeigte sie solche Entschlossenheit – ich meine, wirklich noch am selben *Tag*. Immer wieder sagte sie, sie müsse irgendeine Möglichkeit finden, sie dafür bezahlen zu lassen. Es war eine Art Litanei; ich habe sie oft gehört. Irgendeine Möglichkeit, Garys Tod einen Sinn zu geben. Sie redete ständig davon. Es störte mich nicht so sehr; sie aß wenigstens wieder und redete vernünftig, und es ging ihr besser. Sie kehrte wenigstens wieder ins Leben zurück. Dachte ich.«

»Und dann erfuhr sie von diesem Joint Venture.«

»Gloria hatte schon fast ein Jahr an ihrer Dissertation über ›New Horizons‹ und ihren Umgang mit dem Arbeitsrecht gearbeitet, als Gary starb. Das Unternehmen war eine nahe liegende Zielscheibe für sie. Sie hatte Freunde aus der Kirchengemeinde in fast jeder Abteilung dort. ›New Horizons‹ ist eine üble Bande, und das war sie schon immer. Leute, die den Kids das Geld aus der Tasche ziehen.« Sie machte eine Atempause. »Gloria hatte die Arbeit an ihrer Dissertation weitgehend eingestellt und verwandte ihre ganze Zeit auf Protestaktionen gegen China. Dann passierten zwei Dinge gleichzeitig. Eine Direktionsassistentin erfuhr irgendwoher, dass Gloria gegen die chinesischen Menschenrechtsverletzungen kämpfte. Sie übergab ihr Unterlagen über das Joint Venture.« Wieder holte sie zittrig Luft. »Und dann kamen die ersten Gerüchte darüber, dass ›New Horizons‹ die Kirche zerstören wollte.«

»Du meinst den Friedhof«, korrigierte Marcus.

Sie schüttelte kaum merklich den Kopf. »Es ging nie um den Friedhof. Das war nur ihre Eröffnungssalve. Gloria wusste das, weil die Vorstandssekretärin eine Schwester in der Gemeinde hat. Randall Walker trat vor dem Vorstand von ›New Horizons‹ auf und erklärte: Legt Beschwerde wegen des Friedhofs ein und beantragt beim Stadtrat die Freigabe als Bauland. Tut das, bevor ihr zu eurer Konferenz in die Schweiz fliegt, und überlasst es den Anwälten, den Wirbel über sich ergehen zu lassen.«

»Randall«, sagte Marcus. »Ich hätte riechen müssen, dass er die Finger dabei im Spiel hatte.«

»Wenn der Friedhof erst beschlagnahmt wäre, sollte im nächsten Zug auch die Kirche selbst aufs Korn genommen werden. Sie brauchten das Gelände für ihre weitere Expansion. Es war alles geplant. Der Stadtrat wusste Bescheid und billigte es.«

»Selbstverständlich.« Die Vorstellung, dass das Land seines Großvaters diesen Geiern auf dem Hügel übergeben werden sollte, verschärfte seine Empörung. »Es bedeutete neue Arbeitsplätze.«

»Arbeitsplätze, Investitionen, Entwicklungsmöglichkeiten. Das volle Programm. Dann bist du aufgekreuzt, hast den Stadtrat und die lokalen Richter umgangen und von einer neuen Bundesrichterin alle ihre sorgsam geschmiedeten Pläne über den Haufen werfen lassen.«

Marcus erhob sich aus seinem Schreibtischsessel und trat ans Fenster, um die Dunkelheit draußen zu inspizieren. »Zurück zu Gloria und ihrem Plan.«

»Sie arbeitete Tag und Nacht daran. Sechs Monate lang, acht, die ganze Zeit, in der ich darauf wartete, dass sie wieder einen Grund zum Leben finden würde. Irgendetwas, das sie hier halten würde. Manchmal dachte ich, sie hätte es in diesem Kampf gefunden. Aber das war ein Irrtum. Und dann fand sie etwas Neues heraus, etwas so Dringliches und Aufregendes, dass sie mir ihre ganze Arbeit in den Schoß kippte und sagte: Ich gehe, und ich komme nicht zurück.«

»General Zhao«, sagte Marcus in die Nacht hinaus.

»Ich hätte etwas sagen sollen. Ich hätte sie aufhalten sollen. Ich hätte ihre Eltern warnen und die Polizei rufen sollen. Irgendetwas.«

Marcus schloss die Augen unter der Qual all dieser falschen Entscheidungen. »Das Bett im Gästezimmer ist gemacht. Du kannst gern hier bleiben, wenn du möchtest.« Als sie nicht antwortete, fühlte er sich durch seinen eigenen Mangel an Antworten aus dem Zimmer getrieben. »Gute Nacht.«

FÜNFUNDVIERZIG

Ausnahmsweise war es eine Idee, was ihn weckte, und nicht der Albtraum. Marcus war auf den Beinen und in Bewegung, bevor er noch ganz wach war.

Er war halb die Treppe hinuntergelaufen, bevor ihm die Veränderung in seinem Zuhause bewusst wurde. Er schnupperte, drehte sich um und stieg wieder bis zum obersten Treppenabsatz hinauf. Er ging den Korridor entlang, blieb vor der geschlossenen Tür stehen und starrte sie an. Der Duft war hier stärker, ein sanftes, leichtes Aroma, das schwerelos am Gaumen ruhte. Marcus klopfte. Eine klare, leise Stimme sagte herein. Marcus öffnete die Tür, blieb stehen und schaute in ein Paar Augen, die von einem Herzen erzählten, das verwundet war und doch noch die Kraft zur Anteilnahme fand. Unversehens dachte er an das, was der alte Deacon am Abend zuvor am Telefon gesagt hatte, Sätze, die zusammen mit den Spuren von Kirstens Parfüm durch seinen Kopf wehten. Worte wie *Umkehr* und *Hoffnung*.

»Ich fliege nach Philadelphia«, sagte er zu ihr. »Ich muss da etwas erledigen.« Als sie nur nickte, sagte er: »Du musst Austin und Alma erzählen, was du mir erzählt hast.«

Dies hatte sie offensichtlich beschäftigt und sie auch veranlasst, in der Nacht hier zu bleiben. Der Schmerz der Resignation in ihrer Stimme war nicht zu überhören. »Sie werden mir nie verzeihen.«

Diesmal war Marcus sich der beteiligten Personen sicher genug, um zu wissen, dass er jetzt mehr anzubieten hatte als bloße Worte. »Kirsten, sie haben es längst getan.«

Marcus war auf dem Anwesen der Rices nicht mehr gewesen, seit er Carol und die Kinder das letzte Mal dort abgeholt hatte. Willkommen war er dort nie gewesen. Nachdem er vier Jahre lang vergeblich versucht hatte, die Gunst seiner Schwiegereltern zu gewinnen, hatte er sich mit der Niederlage abgefunden und die Treffen mit ihnen auf Dinners und neutrales Territorium beschränkt. Die Villa hatte sich in all der Zeit aber nicht verändert. Derselbe Gärtner beugte sich über dieselben makellosen Blumenbeete, derselbe Butler öffnete die Tür, die sie aus irgendeinem alten Schloss in Frankreich ausgebaut hatten. Die Eingangshalle war mit Steinplatten gepflastert, und die Decke wölbte sich vier Stockwerke hoch über seinem Kopf. Geräusche mischten sich mit dem Duft von Möbelpolitur und frischen Blumen. Draußen mochte es Herbst sein, aber Jahreszeiten bedeuteten wenig in diesem streng kontrollierten, sterilen Universum.

Carols Mutter erschien in der Tür neben der geschwungenen Treppe, in Gold und Seide gekleidet. In ihrem Blick lag dieselbe kalte Wut wie vor Gericht. »Verschwinden Sie aus meinem Haus.«

»Ich würde gern ein Wort mit Ihrer Tochter sprechen.«

»Sie will aber nicht mit Ihnen sprechen. Nie wieder.«

»Trotzdem möchte ich sie gern sehen.« Marcus blieb aufrecht stehen, und seine Haltung verriet, was seine Worte nicht sagten. »Bitte, Mrs. Rice. Es ist wichtig.«

»Es gibt nichts, was Sie jemals zu irgendeinem von uns sagen könnten, das auch nur von geringstem Interesse sein könnte.« Sie schrie nicht. Kreischte nicht. Ihre Erziehung verbot solche Ausbrüche. Aber ihre Worte waren schneidend wie Dolche. »Ich warte auf den Tag, an dem Ihr Name von der Erde getilgt wird. Mein größtes Bedauern gilt dem Umstand, dass Sie überhaupt geboren wurden.«

Er rührte sich nicht von der Stelle. »Bitte, Mrs. Rice.«

Eine Stimme aus dem Arbeitszimmer rief: »Es ist in Ordnung, Mutter.«

»Nein, es ist nicht in Ordnung. Nichts an diesem Mann ist in Ordnung, und nichts wird es jemals sein.«

»Lass ihn hereinkommen. Er wird schneller wieder gehen, wenn wir uns nicht gegen ihn wehren.«

»Danke«, sagte Marcus und nahm an, dass er eine weitere Einladung nicht bekommen würde. Er betrat das lang gestreckte Zimmer an der Seite des Hauses, dessen handgemachte Fenster einem Schloss in Kent entnommen worden waren. Er überquerte drei antike Perserteppiche und ging unter zwei Kronleuchtern hindurch, und Regale mit ledergebundenen Büchern flankierten seinen Weg. Er näherte sich der Gestalt an einem Kamin, in dem Holzklötze brannten, die dicker waren als seine Taille. »Hallo, Carol.«

»Was willst du?«

Marcus blieb vor seiner Exfrau stehen. Sie saß mit der majestätischen Haltung einer Königin auf ihrem Stuhl, der dicht vor dem Feuer stand und mit seiner hohen Lehne an einen Thron erinnerte. Die Chirurgen hatten an ihrem Gesicht vorzügliche Arbeit geleistet. Bei ihrem professionellen Make-up blieb nur eine winzige Narbe unterhalb der linken Schläfe sichtbar. Ihre Kopfhaltung war genauso wie in seiner Erinnerung; das kastanienbraune Haar war so straff nach hinten gebunden, dass es ihre Augen zu einem ständigen Blinzeln verzog. Das Kinn war kampfbereit vorgestreckt.

»Danke, dass du mich empfängst.«

»Ich habe gefragt, was du hier willst.«

»Ich bin hier, um mich zu entschuldigen.« Er machte sich nicht die Mühe, Platz zu nehmen. Bittsteller suchten weder Sitzplatz noch Trost. »Du hattest in vielen Dingen Recht. Oft haben wir uns nur gestritten, weil ich zu Hause zu sehr Anwalt und zu wenig Vater und Ehemann war. Und du hattest Recht, was das Wochenende angeht. Ich hätte am Abend vorher nicht so viel trinken dürfen. Du hattest Recht, was den Unfall angeht. Wenn ich besser …«

»Du kommst hierher und erzählst mir das alles und bildest dir ein, dass ich den Journalisten dann nicht sage, welch eine Schlange du in Wirklichkeit bist«, schoss sie zurück. »Ich kenne dich. Es muss irgendein niedriges Motiv geben, das dich veranlasst, so zu kriechen.«

»Nein. Diesmal nicht.«

»Hierher zu kommen war Zeitverschwendung.« Ihre Worte frästen sich in das Eis ihres Blicks, ihres Gesichts und ihrer Stimme. »Jeder, der mich fragt, wird alles von mir hören.«

»Das ist dein gutes Recht.« Marcus verspürte sanfte Erleichterung, als er merkte, dass es ihn wirklich nicht kümmerte. »Ich bin nicht hier, um dich um irgendetwas zu bitten. Du solltest nur wissen, dass es mir Leid tut. Alles.«

Irgendetwas flackerte in der Tiefe ihres Blicks – ein Moment der Unschlüssigkeit. Das Kinn hob sich, aber jetzt bedrohte ein leichtes Beben ihre Fassung. »Du konntest noch nie die Wahrheit sagen. Du hast noch nie jemandem etwas gegeben, ohne dein Pfund Fleisch dafür zu verlangen.«

»Wahrscheinlich hast du Recht.« Er hatte immer das Gefühl gehabt, dass das Leben ihn mehr kostete, als es ihm gab. Früher hatte er es immer für gerechtfertigt gehalten, jeden Vorteil zu nutzen, um ein bisschen zurückzugewinnen. Aber jetzt nicht mehr. Es gab nichts zu gewinnen, nichts, was er noch anstrebte außer der Einsicht in die Wahrheit des Augenblicks. »Ich habe meine Selbstsucht dazu benutzt zu verhindern, dass ich sehe, wie hohl ich immer war.«

Das Beben stieg höher und berührte jetzt auch ihre Worte. »Du bist nichts in meinem Leben und wirst es auch nie sein.«

Mit einem Kopfnicken akzeptierte Marcus auch dieses Urteil gegen ihn. »Ich habe nichts anderes verdient.«

Carol presste die Faust an ihr Gesicht, um das Zittern zurückzudrängen. Nur ein einziges heiseres Wort kam aus ihrem Mund: »Verschwinde!«

»Ich bitte um Verzeihung, Carol. Für alles, was ich war, und noch mehr für all das, was ich nicht war.« Er entfernte sich mit lautlosem Schritt über den Teppich.

Er war schon an der Tür, als die Stimme hinter ihm rief: »Marcus!«

Er drehte sich um, sah die halb erhobene Hand, die sich nach ihm ausstreckte, sah die Anspannung in ihrem Gesicht und ihrem Blick. Er wartete voller Sehnsucht nach allem, was er verloren hatte, und sah, wie die Hand sich langsam zurückzog und das Gesicht in die tränennassen Hände sank. Als Marcus das Haus verließ, hätte er gern gewusst, wie er ihr dafür danken sollte, dass sie es wenigstens versucht hatte.

Auf dem Heimflug beobachtete Marcus, wie die Stewardess den Wagen mit den Drinks an seiner Reihe vorbeischob. Die kleinen Fläschchen klingelten einladend, und Lichtreflexe blitzten in klaren und bernsteingelben Flüssigkeiten wie in einem Lebenselixier. Aber das vorübergehende Gefühl, etwas richtig gemacht zu haben, löschte jeden Durst, den er sonst vielleicht verspürt hätte. Und das Gefühl blieb die ganze Nacht bei ihm, bis zum Morgen, der ohne Schweißausbrüche und Zittern heraufdämmerte.

Als sie zur Kirche kamen, erwartete Deacon Wilbur ihn und Darren, um sie zu begrüßen. Journalisten drängten sich hinter einer Absperrung, die sie im Zaum hielt, während sie zuschauten und filmten. »Haben Sie nachgedacht über das, was ich Ihnen gesagt habe?«, fragte Deacon.

»Ja.« Marcus sah, wie Kirsten mit Alma und Austin aus dem Wagen stieg, und bemerkte ihre Anspannung. Eine Note voll Trauer schwang im Läuten der Kirchenglocken mit. Er begriff, dass Deacon auf eine ausführlichere Antwort wartete, und fügte hinzu: »Ich bin hinaufgeflogen und habe mich bei meiner Frau entschuldigt.«

Deacon Wilbur belohnte ihn mit einem einzigen, ernsten Kopfnicken. »Ich würde sagen, das war ein mächtig guter erster Schritt.«

Marcus entschuldigte sich und ging hinüber zu den dreien. Aus der Nähe sah man die Anspannung noch deutlicher. Statt einer Begrüßung sagte er: »Ihr habt darüber gesprochen.«

Das Sonnenlicht lag auf Kirstens Kopf wie ein Lorbeerkranz aus einer anderen Welt. »Du hattest Recht. Es musste gesagt werden.«

Alma war starr vor Trauer und behielt einen ganz neuen Abstand zwischen sich und der jungen Frau. Mit gepresster Stimme sagte sie nur: »Wir haben uns gedacht, dass so etwas dahinter steckte.«

Über dem Blick, mit dem Austin sie ansah, lag der Raureifschleier gemeinsamer Reue. »Wir haben es uns seit einer ganzen Weile gedacht.«

Kirsten erklärte mit leiser Stimme: »Ich reise heute Nachmittag ab. Ich habe allen hier genug Schmerz gebracht.«

Marcus war unfähig zu protestieren; er konnte nur sagen: »Mir hast du nichts dergleichen gebracht.« Aber diese Worte genügten nicht, um ihre Trauer zu vertreiben oder sie daran zu hindern, die Kirche allein zu betreten.

Trotzdem schenkte der Gottesdienst wie immer Platz und Frieden. Marcus saß inmitten von Lärm und Freundschaft. Er sah zu, wie drei Jugendliche sich vor dem Chor versammelten und einen modernen Gospelsong mit ihrem Tanz und ihren hohen Stimmen bereicherten. Zwei von ihnen trugen Schuhe von »New Horizons«. Marcus erkannte die glitzernden Regenbögen und den metallischen Glanz der Schnürsenkel.

In diesem Augenblick, während er noch dasaß und innerhalb seiner eigenen, leeren Welt ein bizarres Gefühl des Trostes empfand, keimte die Idee auf und nahm Gestalt an, als habe sie darauf gewartet, dass er die Hand ausstrecke und eine unbemerkte Tür öffnete. Marcus erhob sich und starrte die tanzenden Jugendlichen an. Er hatte Recht. Er wusste es mit absoluter Gewissheit.

Als er nach dem Gottesdienst ins Sonnenlicht hinaustrat, marschierte er hinüber zu Kirsten und sagte: »Sie müssen mit mir nach Hause kommen.«

Sie protestierte matt. »Ich bin mir nicht sicher …«

»Ich habe keine Zeit für Diskussionen. Ich muss nach Hause und sehen, dass ich Charlie herbeitrommeln kann. Wir haben eine Menge Arbeit.«

Sie schaute ihm forschend ins Gesicht. »Es ist etwas passiert.«

»Noch nicht.« Noch etwas fiel ihm ein, das erledigt werden musste, und er fügte es im Geiste seiner Liste hinzu. »Aber wenn wir …«

Er brach ab, als Alma herantrat und fragte: »Was ist los?«

Marcus sagte unwillkürlich: »Ich glaube, ich habe eine Idee. Eine gute.«

Austins Antwort überlappte fast die seine, so schnell kam sie. »Wir möchten helfen.«

Marcus dachte an all das, was getan werden musste, und konnte nur sagen: »Bei mir zu Hause. In einer Viertelstunde.«

SECHSUNDVIERZIG

Der Anblick der sechs todmüden Leute, die am nächsten Tag im Gänsemarsch hereinkamen, beladen mit Kisten und Büchern und plakatgroßen Paketen, genügte, um sämtliche Anwesende im Gerichtssaal einschließlich der Verteidigung zu Kommentaren zu veranlassen. Darren stellte seine beiden Kisten ab und flüchtete, als müsse er sich aus einem brennenden Haus retten. Marcus stapelte seine Bücherladung auf dem Klägertisch, ehe er einen Blick zum Verteidigerteam hinüberwarf. Neben dem empörten Logan saß der stets schweigende General. In seinen Augen glitzerte wortloser Zorn. James Southerland, der CEO von »New Horizons«, beobachtete ihn mit einer amüsierten Verachtung, wie sie zweifellos Gegnern vorbehalten war, deren Vernichtung beschlossene Sache war.

Selbst Richterin Nicols war auf den Anblick des Klägertischs, der unter der Last von Büchern und Papieren fast verschwand, nicht vorbereitet. Am längsten verweilte ihr Blick auf Charlie Hayes, dessen Gesicht grau vor Erschöpfung war. Aber sie sagte nur: »Mr. Glenwood, ich glaube, es ist Zeit für Ihre abschließenden Worte.«

Marcus erhob sich und erklärte: »Euer Ehren, die Klägerseite beantragt ausnahmsweise die Wiedereröffnung der Beweisaufnahme.«

»Ausnahmsweise!« Logan schrie fast. »Euer Ehren, *unerhörterweise* beschreibt diesen Vorgang wohl besser!«

»Genauer gesagt, Euer Ehren«, fuhr Marcus fort, »möchten wir gern einen kurzen Zwanzigsekundenausschnitt des Videos noch einmal in Augenschein nehmen.«

»Euer Ehren, dieser Mann ist von Sinnen!« Logan stieß sich von seinem Tisch ab, voller Ungeduld, den Abstand zwischen sich und Richterin Nicols zu verringern. »Man sollte ihm untersagen, je wieder einen Gerichtssaal zu betreten. Wir erheben nicht nur Einspruch, wir fordern sogar, dass er mitsamt diesem lächerlichen Fall aus dem Saal geworfen wird! Wir ersuchen das Gericht, ihn mit Strafmaßnahmen zu überziehen und mit uns zusammen bei der Anwaltskammer den Entzug seiner Zulassung als Rechtsanwalt zu beantragen!«

Marcus wartete, bis nur noch Logans rasselnder Atem zu hören war, und fuhr dann fort. »Es gibt zahlreiche Präzedenzfälle, Euer Ehren, bei denen eine entsprechende Erlaubnis erteilt wurde.« Er schwenkte müde den Arm über den Tisch. »Wir haben eine Sammlung solcher Fälle zusammengetragen, um unseren Anspruch zu untermauern. Ich habe außerdem eine Zusammenfassung der einschlägigen Entscheidungen vorbereitet.«

»Dann geben Sie sie mir bitte.«

»Euer Ehren …«

»Einen Augenblick, Mr. Kendall.« Sie überflog die dreiseitige Zusammenfassung, legte sie aus der Hand und sagte: »Die meisten dieser Fälle sind mir bekannt. Eine Wiedereröffnung der Beweisaufnahme wurde nur dann gestattet, wenn *entscheidendes* Material übersehen wurde.«

»Was in diesem Fall geschehen ist, Euer Ehren«, antwortete Marcus.

»Euer Ehren.« Logan war so empört, dass er einen Augenblick brauchte, um seine Gedanken zu sammeln. Wir haben keinen einzigen stichhaltigen Beweis gesehen, der das Video mit der Fabrik oder mit ›New Horizons‹ in Verbindung brächte! Sie können einen solchen Vorgang unter keinen Umständen ausschließlich auf der Grundlage der betrügerischen Aussage dieses chinesischen Mädchens stattfinden lassen. Sie würde alles Mögliche behaupten, um in diesem Land bleiben zu dürfen. Sie hat im Zeugenstand Meineid begangen.« Logan hatte sich bis in die Mitte des Saals vorgearbeitet und stand jetzt breitbeinig da, bereit, um seine Position im Ring zu kämpfen. »Euer Ehren, es ist klar, dass sie die Beweisaufnahme nur noch einmal eröffnen wollen, um das Mitleid der Geschworenen zu erregen, unmittelbar bevor sie sich zur Beratung zurückziehen. Das ist ein ganz niederträchtiges Manöver, das nicht gestattet werden darf!«

Marcus widersprach nicht. Er blieb einfach an seinem Tisch stehen und wartete, dass die Richterin ihn anschaute. Dann sagte er: »Wir hatten die Verbindung die ganze Zeit vor Augen und haben sie nicht gesehen.«

»Und Sie können eine solche Behauptung untermauern, ohne neues Beweismaterial einzuführen?«, fragte die Richterin.

»Ganz recht, Euer Ehren. Aber es wäre hilfreich, wenn wir einen der Zeugen noch einmal aufrufen könnten, nämlich den Chief Executive Officer von ›New Horizons Incorporated‹.«

Richterin Nicols dachte über dieses Ersuchen nach, und ihr Gesichtsausdruck wurde immer strenger. »Ich gebe Ihnen zehn Minuten für den Zeugen und eine Minute für das Video. Nicht mehr.«

Logan stand mit offenem Mund da und brachte nur hervor: »Einspruch, Euer Ehren.«

»Ihr Einspruch wird zur Kenntnis genommen.«

»So viel Zeit dürften wir gar nicht benötigen, Euer Ehren«, antwortete Marcus, und die Erleichterung ließ ihm nur noch die Kraft zu einem Murmeln.

Richterin Nicols beugte sich über ihren Tisch und erklärte: »Hören Sie gut zu, Mr. Glenwood. Wenn ich feststelle, dass diese neuerliche Betrachtung des Beweismaterials diesen höchst außergewöhnlichen Vorgang nicht tatsächlich rechtfertigt, werde ich sie erstens aus dem Protokoll streichen lassen. Und zweitens werde ich Sie vor den Geschworenen mit einem Bußgeld in Höhe von fünfzigtausend Dollar belegen.«

»Ich habe verstanden.«

»Warten Sie nur ab, ich bin noch nicht fertig. Ich werde Sie drittens wegen Missachtung des Gerichts für dreißig Tage ins Gefängnis sperren. Und danach werde ich meinen Namen unter Mr. Kendalls Antrag auf Revision Ihrer Zulassung als Anwalt setzen. Und wenn er geruht, seinen Antrag auf Einstellung des Verfahrens noch einmal zu stellen, werde ich zu seinen Gunsten entscheiden. Ich werde Ihre Klageeinreichung für leichtfertig befinden. Und ich werde seinen Antrag annehmen, Sie für *sämtliche* dadurch für ›New Horizons Incorporated‹ entstandenen Kosten haftbar zu machen.« Sie beugte sich noch weiter vor, und ihr Gesicht war hart wie das eines Falken. »So. Sind Sie sich restlos und absolut sicher, dass Sie fortfahren möchten?«

»Jawohl, Euer Ehren.«

»Also schön. Mr. Kendall, nehmen Sie Platz.« Wie zur Exkommunikation schwenkte sie den Arm in der schwarzen Robe. »Rufen Sie Ihren Zeugen auf, Mr. Glenwood.«

»Der Kläger ruft Mr. James Southerland in den Zeugenstand.«

Der CEO näherte sich dem Zeugenstand mit der steifen Würde eines Mannes, der nicht gewohnt ist, etwas gegen seinen Willen zu tun. James Southerland hatte die rote Fleischigkeit eines sehr reichen Mannes, der gern an der frischen Luft spielt. Wenn er jagte, tat er es mit Purdey-Schrotflinten, Treibern und eisgekühltem Champagner. Wenn er Ski laufen ging, dann mit dem Hubschrauber. James Southerland setzte sich hin und funkelte Marcus mit entrüstetem Abscheu an.

Die Richterin beugte sich vor und sagte zu dem sitzenden Zeugen: »Sie stehen immer noch unter Eid, Mr. Southerland. Bitte sehr, Mr. Glenwood.«

Marcus öffnete eine der Kisten und fing an, die Gesetzestexte auf seinem Tisch mit leuchtend bunter Sportkleidung zu drapieren. »Das hier bezeichnet ›New Horizons‹ als ›Teen Gear‹, nicht wahr, Mr. Southerland.«

»Einspruch, Euer Ehren. Das ist neues Material.«

»Ganz im Gegenteil, das alles wurde schon dem Magistrat vorgelegt und akzeptiert.« Marcus machte sich nicht einmal die Mühe, sich umzudrehen; er zog lediglich ein letztes Sweatshirt mit dem berühmten Kometen und dem Regenbogen hervor und beschwerte es mit einem Paar Turnschuhe. Er war noch dabei, die Falten in dem Sweatshirt glatt zu streichen, als die Richterin Logans Einspruch zurückwies. »Muss ich die Frage wiederholen, Mr. Southerland?«

»Die Antwort lautet: Ja, alles, was Sie da haben, ist ›Teen Gear‹ von ›New Horizons‹.«

»Schön. Und alle diese Bekleidungsstücke kommen aus einer einzigen Quelle, nicht wahr?«

»Einspruch, Euer Ehren. Das führt doch nirgends hin.«

Gladys Nicols fuhr herum. »Meine Geduld ist gleich am Ende, Mr. Kendall.«

»Aber Euer Ehren …«

»Ich habe Mr. Glenwood praktisch die Schlinge um den Hals gelegt. Wenn er beschließt, sich aufzuhängen, werden Sie der Erste sein, der es erfährt. Und jetzt lassen Sie uns mit der Verhandlung fortfahren!«

Marcus wiederholte: »Diese Bekleidung kommt woher, Mr. Southerland?«

»Aus Fabrik 101 in China.« Der Vorsitzende trug ein kariertes Kaschmirjackett und eine Hundertdollarfrisur, und seine Sonnenbräune stammte aus St. Moritz. »Wie ich bereits erläutert habe, war es ein sehr leicht erklärbarer Irrtum des Vertriebsleiters, wenn ihm nicht klar war, woher die Ware stammte. Es ist nicht unsere Absicht, die …«

Die Richterin fiel ihm ins Wort. »Beantworten Sie nur die Frage, Mr. Southerland.«

»Aus Fabrik 101«, wiederholte Marcus. Er hob das Sweatshirt auf. Das Licht erfasste die silbrigen Fäden im Schwung des Regenbogens. »Dieses Sweatshirt stammt auch von dort, nicht wahr?«

»Das habe ich doch gerade gesagt.«

»Ja, natürlich, das haben Sie gesagt. Und Ihre Produktlinien sind allesamt nach einzelnen Fabriken unterteilt. Ist das richtig?«

Southerlands Augen wurden schmal, als er sich fragte, worauf diese Frage abzielte. »Ich kann Ihnen nicht folgen.«

»Zwischen einzelnen Fabriken kommt es nicht zu Überschneidungen, nicht wahr? Was die eine Fabrik produziert, produziert keine andere.«

»So entspricht es der Politik des Unternehmens. Fast alle Textilfirmen …«

»Ja oder nein, Mr. Southerland?«

»Ja.«

Marcus nickte Kirsten kurz zu. Sofort war sie auf den Beinen, packte den ersten Satz Plakate aus und stellte eine Serie von Reklamepostern für »›New Horizons‹ Teen Gear« an der Balustrade auf.

Marcus nahm einen Schuh zur Hand und ging zum Zeugenstand. »Diese Schuhe stammen aus Ihrem Joint Venture mit Fabrik 101, nicht wahr?«

»Ich bin es nicht gewohnt, dass man mich zwingt, mich zu wiederholen!«

Marcus ließ sich nicht aus der Fassung bringen. »Bitte beantworten Sie meine Frage, Mr. Southerland.«

»Das habe ich doch gerade gesagt!«

»Ist das eine bejahende Antwort?«

Der Mann lief rot an vor lauter Anstrengung, sich zu beherrschen. »Also schön. Ja!«

»Alles an diesen Schuhen, bis hinunter zu dem Muster der Sohlen, unterliegt dem Copyright Ihres Unternehmens, nicht wahr?«

»Ja.«

»Genauer gesagt, jedes Teil aus Ihrer ›Teen Gear‹-Linie wird speziell designt und exklusiv von Ihrem Unternehmen vertrieben, nicht wahr?«

»Ja.«

»Sie lassen zum Beispiel dieses unverwechselbare Komet-und-Regenbogen-Logo in die Seite des Schuhs sticken, in die Gummistreifen rund um die Basis brennen, in die Sohle prägen, ja, sogar mit einem speziellen Silberfaden in die Schnürsenkel weben. Ist das richtig?«

»Das sehen Sie doch selbst.«

»Beantworten Sie meine Frage, Mr. Southerland.«

Entnervt wandte Southerland sich an die Richterin. »Euer Ehren, das ist eine ungeheuerliche Verschwendung meiner Zeit.«

»Wenn dem so ist, wird Mr. Glenwood mit seiner Freiheit und seiner Karriere dafür bezahlen«, antwortete sie trocken. »Einstweilen weise ich Sie hiermit an, die Frage des Anwalts zu beantworten.«

Southerland verschränkte die Arme, biss die Zähne zusammen und sagte: »Ja.«

»Und alle diese Komponenten werden in der chinesischen Fabrik hergestellt und nirgendwo sonst?«

Logan sprang auf. »Euer Ehren, bitte! Das ist bereits festgestellt worden. Der Anwalt kujoniert den Zeugen.«

Marcus drehte sich um und starrte die Richterin an. Schaute ihr nur ins Gesicht. Das genügte. Sie erklärte: »Die Information wurde festgestellt und protokolliert, Mr. Glenwood. Die Gegenstände stammen ausschließlich aus Fabrik 101.«

»Danke für die Klarstellung, Euer Ehren. Ich möchte jetzt einen kurzen Ausschnitt aus dem digitalisierten Video zeigen und als Beweisstück ein Standbild aus diesem Zwanzigsekundenausschnitt des Bandes vorlegen.«

»Ich muss nochmals protestieren, Euer Ehren«, rief Logan. »Das geschieht ausschließlich wegen des aufhetzenden Gehalts.«

»Dann wird man Mr. Glenwood in kürzester Zeit bremsen.« Die Richterin nickte. »Fahren Sie fort.«

Austin Hall und Charlie Hayes erhoben sich auf ein Zeichen hin und gingen aus dem Saal. Zusammen mit dem Gerichtsdiener schoben sie den Monitorständer wieder herein und schoben die digitalisierte Kassette in den Recorder. Gloria Halls Bild erschien in grausamer Schärfe auf allen vier Bildschirmen. Austin Hall beugte sich weiter über das Gerät, scheinbar unberührt von der Stimme und dem Bild. Nur Charlie drehte sich um und schaute den »New Horizons«-CEO an. Und grinste wie ein Totenschädel.

»Schickt Geld«, intonierte Gloria stumpf, und auf Marcus' Zeichen hin drückte Austin auf den Schalter und ließ das Bild erstarren.

Marcus nahm das letzte Plakat aus Kirstens Hand und hielt es so, dass man das Bild nicht sehen konnte, während Alma die Staffelei aufstellte.

Dann schrie eine der Geschworenen laut auf. Sie sprang von der Bank hoch, deutete mit ausgestrecktem Finger auf den Monitor und rief: »Sehen Sie doch! Da ist es! Es war die ganze Zeit da!«

Der CEO beugte sich blinzelnd vor und suchte, was er nicht sehen konnte.

Marcus drehte das plakatgroße Foto um, und man sah ein vergrößertes Bild von Gloria Hall. Kirsten verteilte Kopien an die Richterin und die Verteidigung. Und jetzt explodierte die Geschworenenbank. Gleich danach der ganze Gerichtssaal.

Gloria war so fest an den Stuhl gebunden, dass das Fleisch an Armen und Hals ballonartig um die Fesseln quoll. Lange Schnüre schlangen sich um Brust, Hals, Arme und Beine. Die Schnüre waren ungeschnittene Schnürsenkel mit dem Logo von »New Horizons«.

Marcus sah die Bewegung noch rechtzeitig. Er stürzte zu Austin hinüber und hielt ihn fest, legte ihm eine Hand auf die Schulter und sagte leise: »Setzen Sie sich auf Ihren Platz.«

Austin zitterte hart und wütend unter Marcus' Hand. Er starrte den Vorsitzenden von »New Horizons« mit einem raubtierhaften Zähnefletschen an. James Southerland duckte sich in den Zeugenstand, zuckte vor dem Foto und dem Videobild ebenso zurück wie vor Austin selbst.

»Abschalten!« Logan Kendalls Stimme war beinahe schrill. »Schalten Sie dieses Ding ab!«

»Sie halten den Mund und setzen sich *hin*!« Mit lauten Hammerschlägen stellte Richterin Nicols die Ordnung wieder her und wandte sich mit finsterer Miene an Marcus. »Fahren Sie fort.«

»Also, Mr. Southerland«, sagte Marcus, während er Austin zum Tisch und zu seinem Platz zurückgeleitete und ihm ein letztes Mal auf die Schulter klopfte. »Wie es aussieht, haben wir tatsächlich eine unbestreitbare Verbindung zwischen ihrer Fabrik, dem Video und der verschwundenen jungen Frau feststellen können. Würden Sie das nicht auch sagen?«

Der Mann sah so verstört aus, dass man denken konnte, er habe soeben dem Tod persönlich die Hand geschüttelt. »I-i-ich weiß nicht, wovon Sie da reden.«

»Nach Ihrem eigenen Eingeständnis werden die Schnürsenkel, mit denen Gloria Hall gefesselt wurde, von der Fabrik 101 und sonst nirgendwo hergestellt.« Marcus sah, wie Alma sich langsam, beinahe kriechend umdrehte und den chinesischen General mit ihrem Blick an seinen Platz nagelte. Er wartete, bis er sich sicher war, dass es nur ein Blick und nicht mehr war, ehe er fortfuhr. »Ich kann das Protokoll noch einmal verlesen lassen, wenn Sie möchten.«

»Es war … ich habe keine Ahnung … Ich war nicht da … ich war seit Jahren nicht mehr da.«

»Aber es *ist* Ihr Joint Venture, es *ist* Ihr Produkt, es *ist* Ihre Fabrik, oder nicht, Mr. Southerland?«

Er zeigte mit dem Finger auf General Zhao. »Das ist der Mann, den Sie da fragen müssen. Nicht mich! Ich weiß nicht, wovon Sie reden!«

»Aber ich behaupte, dass Sie es wussten, Mr. Southerland.«

»Nein! Ich habe nie … wenn Sie einen Sündenbock suchen, dann nehmen Sie sich Randall Walker vor! Es war *sein* Plan!«

Marcus trat vor und stellte sich so hin, dass Southerland die Geschworenen anschauen oder sich abwenden musste. »Ich behaupte, dass Sie die ganze Zeit Bescheid wussten. Sie wussten es und haben deshalb Ihre Leute veranlasst, mich auf Ihrem Gelände in Rocky Mount zu überfallen.«

Logan schrie so laut, dass seine Stimme sich überschlug. »Einspruch!«

»Stattgegeben.«

»Sie haben veranlasst, dass Randall Walker den ersten Anwalt, den die Halls engagiert hatten, außer Gefecht setzte, indem er ihm eine Partnerschaft anbot.«

»Einspruch!«

»Stattgegeben.«

»Sie haben mich hier im Gerichtsgebäude überfallen, zusammenschlagen und mir den Arm brechen lassen. Sie haben versucht, mein Haus niederzubrennen.«

»Einspruch!«

»Sie haben den Mord an Ashley Granger befohlen, nicht wahr?« Er beugte sich weiter vor und zischte: »Sie haben ihn befohlen, genau wie den Mord an Gloria Hall!«

»Euer Ehren! Ich erhebe Einspruch gegen diese haltlosen Beschuldigungen und gegen diese aufhetzerische Theatralik!«

Marcus klopfte leise mit den Fingerknöcheln an den Zeugenstand, aber schon dieses Geräusch genügte, um James Southerland zusammenfahren und zurückweichen zu lassen. »Keine weiteren Fragen.«

»Mr. Southerland!« Logan sprang vor und versuchte, den Schaden durch reine Lautstärke zu überdecken. »Ist es nicht so, dass in China Produktpiraterie in großem Umfang stattfindet?«

Der Mann warf sich Logan entgegen wie einem Rettungsring. »Ja. Ja. Natürlich, so ist es.«

»Logos und Designkonzepte werden gestohlen und von Piratenfabriken imitiert, und zwar ständig.« Logan riss das Foto von der Staffelei und warf es in die Ecke. Marcus sah, dass mehrere Geschworene und auch die Richterin bei diesem Vorgang zusammenzuckten. »Ist es nicht so?«

»Absolut.« James Southerland strich sich das Haar glatt, sah das Zittern seiner Hände und verbarg sie im Schoß. »Andauernd.«

»Das Piratenunwesen ist ein schreckliches Problem für die Textilindustrie.« Logan schaltete die Monitore aus und herrschte den Gerichtsdiener an: »Schaffen Sie das hier raus.« Dann wandte er sich wieder an Southerland. »Piraten. Ein schreckliches Problem für Ihre Industrie.«

»Schrecklich.« Der CEO bemühte sich erfolglos, den Blick von den Monitoren zu wenden, als sie hinausgeschoben wurden.

»Ja, natürlich. Das ist eine bekannte und umfassend dokumentierte Tatsache.« Logan trat so nah an den CEO heran, dass er ihm den Blick auf alles andere versperrte, und warf ihm einen warnenden Blick zu. »Es ist also durchaus möglich, ja, sogar wahrscheinlich, dass einer Ihrer Konkurrenten das Design gestohlen hat und diese Produkte ohne Ihre Erlaubnis produziert.«

»Ja. Natürlich.« Southerland richtete sich unter Aufbietung all seiner Willenskraft auf. »Wir haben handfeste Hinweise darauf, dass so etwas mit unseren Schuhen geschieht.«

»Und wenn es mit den Schuhen geschieht, geschieht es auch mit den Schnürsenkeln?«

»Selbstverständlich.«

»In Wahrheit gibt es also keinen einzigen stichhaltigen Beweis dafür, dass dieses Video in Ihrer Fabrik gedreht wurde?«

»Nein. Keinen.«

»Es kann überall aufgenommen worden sein. Von Piraten, die moralisch verkommen genug sind, um zu einer solchen Handlung fähig zu sein.«

»Ja. Nicht von uns.«

»Keine weiteren Fragen.«

Richterin Nicols sah zu, wie James Southerland sich aus dem Zeugenstand erhob und zum Tisch der Verteidigung zurücktappte – ein verwandelter Mensch. Sie schaute wieder Marcus an und sagte leise: »Ich glaube, Sie haben noch eine halbe Stunde für Ihr Schlussplädoyer.«

»Ja, Euer Ehren.«

»Möchten Sie sich die für morgen aufheben?«

»Ich bin jetzt bereit.«

Sie schaute auf die Uhr. Es war erst Viertel vor zehn. Marcus teilte ihr Erstaunen. Ihm war, als habe er mehrere Ewigkeiten in diesem Gerichtssaal gestanden. Richterin Nicols schlug mit dem Hammer auf den Tisch. »Die Verhandlung wird für dreißig Minuten unterbrochen. Ich setze die Anwälte davon in Kenntnis, dass ich die Absicht habe, zum Ende zu kommen und die Geschworenen noch heute Nachmittag zu belehren.«

SIEBENUNDVIERZIG

Sie warteten, bis alle gegangen waren, ehe sie sich zur Tür hinauswagten. Darren stand im Foyer und hielt sich bereit, ihnen alle Hilfe zu leisten, die sie brauchten. Marcus führte sie zu den Aufzügen und war auf halbem Wege den Gang hinuntergekommen, als er den ersten Hauch des Tumults vernahm, der im Treppenhaus und draußen vor den Fenstern aufstieg. Eine Flut von Lärm drängte aus allen Richtungen heran, sodass sogar der stoische Austin ein beunruhigtes Gesicht machte.

Kirsten drehte sich hilflos um. »Ich kann nicht. Nicht heute. Bitte.«

Charlie verstand sofort. »Ich gehe hinunter und füttere die Menschenfresser.«

Alma und Austin hielten einander mit der betäubten Blindheit der emotionalen Erschöpfung in den Armen. Marcus hielt die andern mit erhobener Hand auf. »Warten Sie.«

Er ging bis zum Ende des Ganges und passierte zum ersten Mal die Stelle, wo er überfallen war, ohne dass sich sein Magen zusammenzog. Als Jim Bell ihm die Tür zum Amtszimmer der Richterin öffnete, sagte er: »Ich kann mit ihnen nicht da hinausgehen. Wir brauchen einen Platz, wo wir uns hinsetzen und die Sache abwarten können.«

»Kommen Sie mit.« Bell ging zu der kleinen Gruppe hinüber; sie waren allesamt so müde und ausgelaugt, dass sie nur noch um Darren herumstehen konnten wie ein paar jämmerliche Schafe, die unter einem sturmumtosten Baum Schutz suchten. Der alte Polizist kam auf sie zu und sagte: »Wie geht's denn, Leute? Sieht aus, als ob der Winter um die Ecke käme, jawohl, Sir. Ziemlich früh dieses Jahr.« Er holte ein Schlüsselbund aus der Tasche und klimperte damit beim Gehen. »Kommen Sie doch mit mir ein Stück weit den Gang runter. Wir haben nebenan ein leeres Büro und ein Besprechungszimmer.«

Er öffnete die Tür und winkte sie hinein, und seine Stimme beruhigte selbst die Stürme, die in ihnen tobten. »So ist es besser. Darren, kommen Sie mal mit. Wir müssen ein paar Doughnuts und frischen Kaffee für die Leute auftreiben.«

Marcus reichte ihm die Hand. »Sie sind ein Freund.«

»Genau das möchte ich auch sein«, sagte der Sicherheitsmann und ging davon.

Austin und Alma gingen zusammen in den Besprechungsraum. Kirsten blieb in der Tür stehen; sie wusste, dass sie ihnen nicht folgen sollte, war sich aber nicht sicher, was sie sonst tun konnte. Marcus sah, wie die Halls sich in der hinteren Ecke zusammenkauerten und einander Kraft zu spenden versuchten, und er verstand sie. Der Morgen hatte ihnen den letzten Funken Hoffnung geraubt. Hier gab es nichts mehr zu gewinnen. Es gab keinen Triumph, keine wunderbare Errettung. In diesem Augenblick war das Urteil des Gerichts so bedeutsam wie Schnee, der auf die warme Erde fällt, eine Decke, die verschwindet, bevor sie sich bilden kann. Vor den Fenstern erhob sich das Pandämonium des Sieges, ein lärmender Hohn auf die Tragödie innerhalb dieser kahlen Wände.

Eine tiefe Stimme in der offenen Tür fragte: »Kann ich irgendwie helfen?«

»Deacon«, rief Marcus, und er spürte, dass er endlich auch die Bürde seiner eigenen Erschöpfung loslassen konnte. Dass er sie zeigen konnte, in seiner Stimme und in seinen Schultern. »Wie lange sind Sie schon hier?«

»Immer wieder mal, fast die ganze letzte und vorletzte Woche.« Er offerierte Marcus kein Lächeln, keine falschen Worte der Hoffnung. »Sie haben Ihre Sache gut gemacht da drin, Bruder.«

Marcus deutete in den Besprechungsraum. »Man braucht Sie dort.«

»Das dachte ich mir.« Er nickte Kirsten zu, tätschelte ihren Arm, betrat das Zimmer und schloss die Tür hinter sich.

Es war so still, dass Marcus fühlen konnte, was er nicht hörte, nämlich die Last, die Kirsten jetzt zu tragen hatte. Es war das Natürlichste auf der Welt, ihr die Hand auf die Schulter zu legen und zu sagen: »Ich habe viel darüber nachgedacht.«

Sie sah ihn an, und ihr Blick war ganz ohne Hoffnung, ohne das Gefühl, dass es noch ein Morgen gab.

Er betrachtete die veilchenblauen Augen. »Ich bin mir sicher«, sagte er leise, »dass du genau das Richtige getan hast. Bei jedem einzelnen Schritt auf deinem Weg.«

Sie ballte die Fäuste und hielt sie ihm entgegen, fest um die Qual gespannt, die seine Worte ausgelöst hatten. Er umfasste die beiden Hände und sagte: »Gloria wäre so stolz auf dich.«

Er zog sie an sich und hielt sie so fest, wie seine müden Arme es erlaubten. Sie umklammerte ihn mit Händen, die ihn nicht so dicht zu ihr holen konnten, wie sie es gern gehabt hätte. Ihr blonder Kopf wühlte sich an seine Brust, hin und her, und ihre schluchzenden Worte klangen gedämpft und zerrissen. Marcus verstand nur ein Wort deutlich: Gary. Aber das genügte.

»Gloria konnte nicht zulassen, dass irgendjemand von Garys Tod erfuhr. Vielleicht hat sie das am Anfang nur geahnt. Vielleicht war es das auch gar nicht. Vielleicht wollte sie anfangs nur nicht, dass die Welt versuchte, ihre Trauer in eine kleine Schachtel zu packen, die ihr gefiel.« Marcus wusste nicht genau, wie viel Kirsten von dem, was er da sagte, mitbekam. Es kam auch nicht so sehr darauf an; ihre Tränen und ihr Zittern ließen nach, als gebe ihr der Klang seiner Stimme schon Kraft genug. Ebenso sehr für sich selbst wie für sie fuhr er fort: »Die Verteidigung hätte uns auf der Stelle vernichtet, wenn sie gewusst hätte, dass Gloria das alles aus Gründen getan hat, die mit Liebe und Verlust zu tun haben. Sie hätte es von den Dächern hinaustrompetet, und das Verfahren wäre kurzerhand eingestellt worden.«

Jetzt schaute sie ihn an. Als Marcus sie so in den Armen hielt und ihr tränennasses Gesicht sah, war ihm, als könne er sie erst jetzt zum ersten Mal wirklich sehen. Mit zwei Fingern wischte er über Wangen, so weich wie die Wolken aus Kindheitsträumen. Sie rührte sich nicht, protestierte nicht, wich nicht zurück. Ihre eine Hand auf seinem Rücken krallte sich noch fester in den Stoff seines Jacketts. Da schmiegte er die ganze Hand an ihr Gesicht, und er spürte, wie die Nerven unter seiner Haut ihre Form in ein Gedächtnis prägten, das tiefer saß als sein Verstand.

»Ich will nicht, dass du nach Washington zurückfährst«, sagte er.

»Okay.« Ein Flüstern, mehr nicht. Aber die Hand klammerte sich weiter an seine Jacke, und mit dem nächsten Lidschlag rollte wieder eine Träne aus ihrem Auge. Und Marcus ahnte, dass der Grund dafür diesmal nicht nur Trauer war.

»Mr. Glenwood, Sie können jetzt Ihr Schlussplädoyer zu Ende bringen.«

»Danke, Euer Ehren.« Marcus ging zur Geschworenenbank, hob das Pult hoch und trug es zur Seite. Dann stand er ungedeckt und schutzlos vor den zwölfen. Rechts hinter ihm standen zwei Staffeleien, die eine mit dem Foto von Gloria Hall, lachend im Abendkleid, und die andere mit der Vergrößerung des Videostandbilds, dieselbe Frau, gefesselt, geprügelt, des Lebens und der Hoffnung beraubt.

»Meine Damen und Herren Geschworenen, ich werde nicht lange reden. Dies ist nicht die Zeit für theatralische Auftritte. Es ist auch nicht die Zeit zum Trauern. Noch nicht. Der Gedenkgottesdienst für Gloria Hall kann erst beginnen, wenn ihr Leichnam geborgen ist.«

»Einspruch! Diese Bemerkungen sind in schlimmster Weise aufhetzerisch …«

»Abgelehnt.«

Marcus fuhr fort. »In ihrer Belehrung wird die Richterin Sie auf bestimmte juristische Sachverhalte hinweisen. Außerdem wird man Ihnen schriftlich gewisse Sachfragen vorlegen, so genannte Beweisfragen, die Sie mit Ja oder Nein beantworten müssen. Wir glauben, dass es stichhaltige Beweise gibt, die bei jeder einzelnen dieser Fragen ein Ja rechtfertigen. Nachdem Sie diese Fragen beantwortet haben, wird man Sie auffordern, den Schaden zu bewerten.

Wir sollten uns durch glattzüngige Ausreden nicht wankend machen lassen. Die Behauptung der Verteidigung, von allem nichts gewusst zu haben, kam erst, nachdem die anfängliche Strategie des Leugnens gescheitert war. Die Richterin wird Sie belehren, dass Unkenntnis kein akzeptables Argument ist – nicht, wenn sie die Möglichkeit hatten, sich Kenntnis zu verschaffen. Und diese Möglichkeit hatte ›New Horizons‹ unter allen Umständen. Sie hätte die Situation ändern können. Sie hätte diesen Vorgängen ein Ende machen können, lange bevor Gloria Hall je nach China reiste. Sie zog es vor, dies nicht zu tun. Stattdessen setzte sie ihre Partner sogar dazu *instand*!«

»Einspruch!«

»Abgelehnt.«

»Sie setzten General Zhao durch ihre vorsätzliche Unkenntnis zu solchen Handlungen instand.«

»Einspruch!«

»Abgelehnt.«

»Wir fordern Sie deshalb auf, *alle* Beklagten zur Verantwortung zu ziehen. Alle.« Marcus schaute zum ersten Mal seit Beginn seines Plädoyers zum Tisch der Verteidigung hinüber. »Diejenigen, die anwesend sind, und die, die nicht anwesend sind.«

»Euer Ehren, ich protestiere.«

Richterin Nicols widerstrebte es sichtlich, auch nur in seine Richtung zu schauen. »Mr. Kendall, lassen Sie sich ja nicht einfallen, in dieser Richtung weiterzugehen.«

»Welche Richtung meinen Sie, Euer Ehren?«

Ihre Stimme knirschte vor Ärger. »Sich einzubilden«, sagte sie, »dass Sie das Plädoyer des Klägers mit überflüssigen Einsprüchen stören können. Versuchen Sie es, und ich bestrafe Sie wegen Missachtung des Gerichts.« Sie wartete nicht ab, um zu sehen, ob er sich wieder hinsetzte. »Fahren Sie fort.«

Marcus hatte während dieses Wortwechsels dagestanden und seine Schuhe inspiziert. Als er den Kopf jetzt hob, sah er den Blicken der Geschworenen an, dass sie ihm auf irgendeiner sehr tiefen Ebene zustimmten. Diesmal spürte er, dass diese Leute nicht weiter überzeugt zu werden brauchten. Also ließ er alles weg, was er noch hatte vortragen wollen, und sagte lediglich: »Wir müssen uns der Frage des Schadenersatzes widmen. Ich glaube, in diesem Augenblick sollte ich nichts weiter tun. Alles andere würde nur beeinträchtigen, was Sie ohnehin schon wissen.«

Zu seiner Linken stand eine dritte Staffelei mit einer weißen Schreibtafel. Als er sich ihr zuwandte, sah er, wie Richterin Nicols einen funkelnden Blick auf Logan richtete und ihn damit auf seinem Platz hielt. Marcus griff nach dem Filzstift und schrieb: *Tatsächlich entstandener Verlust.* »Wir werden hier einfach eine Zahl einsetzen, weil wir es müssen. Wie man den Wert des Lebens einer jungen Frau, die so glücklich, intelligent und viel versprechend war, in Dollar beziffern soll, ist mir schleierhaft, und deshalb werde ich es gar nicht erst versuchen.« Er schrieb eine Zahl und sagte dabei: »Wir schreiben also einfach: einhunderttausend Dollar.«

Darunter schrieb er *Verschärfter Schadenersatz.* »Der verschärfte Schadenersatz ist ein Schadenersatz, der den Beklagten für den Verlust bestrafen soll, den der Kläger erlitten hat. Hier kann es Unterschiede im Grad der Verantwortung geben. Sie können sich fragen: Wer hat hier böswillig gehandelt? Wer war unmittelbarer als andere für Glorias Entführung und Gefangenhaltung und Folterung verantwortlich und muss daher auch einen höheren Schadenersatz leisten?

Sie können zu dem Schluss kommen, dass das amerikanische Unternehmen lediglich sein Einverständnis zu diesem Geschehen gegeben hat. Ich behaupte aber, dass die Beweisaufnahme zu einem anderen Ergebnis gekommen ist. Ich behaupte, dass die Haltung des Unternehmens eine sehr hohe Gleichmäßigkeit aufweist: Immer wenn etwas ihren Marktanteil oder ihre Profite zu bedrohen scheint, tun sie, *was immer nötig ist.* Nie haben sie irgendeinen Widerspruch gegen die Handlungen ihrer Partner erhoben. Sie sind und waren immer nur an einem interessiert: an ihrem Profit. Ohne Rücksicht auf die, die unter ihnen direkt oder indirekt zu leiden hatten.«

Neben die erste Rubrik schrieb er ›*New Horizons*‹. »Der Jahresbilanz zufolge betrug der Umsatz des Unternehmens im letzten Jahr knapp über eine Milliarde achthundert Millionen Dollar. Der Gewinn vor Steuer lag bei etwa dreihundertsiebenundzwanzig Millionen. Sie haben mehrere gute Geschäftsjahre hintereinander erlebt und verfügen derzeit über Barrücklagen in Höhe von mehr als zweihundert Millionen Dollar.« Er schrieb diese Zahlen an die Tafel und trat dann zurück, damit alle Gelegenheit hatten, sich zu überlegen, was sie bedeuteten.

Dann trat er wieder an die Staffelei und schrieb *China.* »Heute Morgen schrieb das *Wall Street Journal* in einem Artikel auf Seite eins, dass bei amerikanischen Geldinstituten derzeit chinesische Guthaben in Höhe von einundachtzig Milliarden Dollar eingefroren sind.«

»*Nein!*« Das Wort zerriss die Stille wie ein Schwert. Aller Augen richteten sich auf den General, der hinter dem Tisch der Verteidigung stand, die Faust wie eine Pistole auf Marcus gerichtet. Es war das erste Mal, dass Marcus den Mann sprechen hörte. Nur, dass er auch jetzt nicht sprach. Sein Brüllen übertönte das Hämmern von Richterin Nicols. »Das können Sie nicht tun! Es ist ein Verstoß gegen internationales Recht! Man muss Ihnen das Handwerk legen!« Er wandte sich zur Richterin um und schrie: »Sie haben die Macht! Halten Sie diesen Wahnsinnigen auf!«

»Sie setzen sich hin!« Als der Mann nur den Arm sinken ließ, deutete sie mit dem Hammer auf einen uniformierten Officer. »Gerichtsdiener, wenn er sich nicht hinsetzt, fesseln Sie ihn mit Handschellen an den Stuhl.«

»Ach, Sie sind verrückt.« Er ließ sich hart auf den Stuhl fallen und murmelte wütende Beschwörungsformeln.

Marcus kehrte zu seiner Tafel zurück, setzte zum Sprechen an, schüttelte dann den Kopf. Er wandte sich zu den Geschworenen um und sagte nur: »Ich danke Ihnen.«

Richterin Nicols ließ den Augenblick nachklingen, und Marcus konnte sich nicht erinnern, im Gericht je einen stärkeren Beifall entgegengenommen zu haben. Sie schaute Logan an. »Also, Mr. Kendall.«

Er sprang auf, als habe er auf einem Schleudersitz gesessen, und marschierte in die Bühnenmitte, begleitet von einer sorgenvollen Suzie Rikkers. Zusammen klappten sie die Staffeleien zusammen und räumten die Fotos weg. Logan wartete mit seiner wütenden Erwiderung nicht, bis Suzie wieder zu ihrem Platz zurückgekehrt war. »Meine Damen und Herren Geschworenen, die Frage ist jetzt dieselbe wie am Anfang. Die Frage lautet: Was um alles in der Welt tun wir hier? Was um alles in der Welt haben meine Klienten getan, um diesen Zirkus zu rechtfertigen?«

Der silberne Stift war wieder da, und er fuchtelte damit wie ein Tambourmajor, aber die Jury sah aus wie eine Kapelle, die nicht recht wusste, welchen Marsch sie spielen sollte. »Diese Leute haben ein paar Vorwürfe aus der Luft gegriffen und sie an die Wand geworfen, um zu sehen, was davon hängen bleibt. Aber Sie dürfen nicht vergessen, meine Damen und Herren Geschworenen, dass sie ein ernsthaftes Problem mit ihrer Glaubwürdigkeit haben. Sie haben keinen zuverlässigen Zeugen, der irgendjemanden hier mit diesem angeblichen Vorgang in Verbindung bringen kann. Vergessen Sie das nicht. Es ist von entscheidender Bedeutung.«

Er trat an den leeren Zeugenstand, ballte die Faust und legte sie sanft auf das Geländer. Ein letztes Mal: »Kein glaubhafter Zeuge. Niemand, der die Misshandlungen, die Sie gesehen haben, mit meinen Klienten in Verbindung bringt.«

Er senkte leicht den Kopf und setzte sich wie ein Stier in Bewegung. »Ich könnte Ihnen eine Geschichte erzählen, eine tragische Geschichte über eine Fabrik, in der so furchtbare Bedingungen herrschten, dass Ihnen die Tränen kommen würden, wenn Sie davon hörten. Nur war diese Fabrik nicht drüben in China. Nein. Sie war hier in North Carolina, und der Prozess gegen diese Fabrik fand vor dreiundzwanzig Jahren statt. Hier in unserem geliebten Staat, meine Damen und Herren Geschworenen. Weniger als ein Vierteljahrhundert ist es her, dass wir selbst Fabriken hatten, die wie Gefängnisse geführt wurden.«

Er hob den Kopf und schaute ihnen in die Augen. »Jawohl, China hinkt in manchen Dingen noch hinter uns her. Aber sie geben sich dort große Mühe, aufzuholen. Und was noch wichtiger ist, meine Damen und Herren Geschworenen, was hier von absolut entscheidender Bedeutung ist und was Sie niemals vergessen dürfen, ist dies: Diese Bedingungen haben nicht das Geringste mit diesem Fall zu tun. Nichts. Wir sind hier, weil eine Frau vermisst wird. Denken Sie daran. Das ist es, was uns hier zusammengeführt hat. Der Rest ist Rauch. Lassen Sie nicht zu, dass der Anwalt der Kläger Ihnen die Sicht vernebelt, indem er Ihnen Rauch entgegenbläst. Lassen Sie es ja nicht zu.«

Wieder schwenkte er seinen Stift, und diesmal folgten sie ihm mit ihren Blicken. »Sie behaupten, ›New Horizons Incorporated‹ und General Zhao seien irgendwie dafür verantwortlich zu machen, dass eine politische Aktivistin verschwunden ist, die sie nicht finden können. Was sie dabei anscheinend vergessen haben, ist dies: Man kommt nicht in einen Gerichtssaal ohne einen Fall, der irgendwie auf *Wahrheit* beruht. Gesetze und Fakten, und nichts anderes, konstituieren diese Wahrheit. Gesetze und Fakten. Ich gebe Ihnen zu bedenken, meine Damen und Herren Geschworenen, dass sie in beiden Punkten sehr weit vom Ziel entfernt sind. Die Gesetze sind gegen sie. Dies ist eine politische Angelegenheit, die niemals in diesen Gerichtssaal hätte gelangen dürfen. Und die Fakten sind auch nicht auf ihrer Seite. Denken Sie an das, was ich gesagt habe: kein zuverlässiger Zeuge.« Er hielt sie noch einen Moment in seinem Bann und ließ seinen Tambourstab dann sinken und verschwinden. »Sie haben nicht vermocht, meine Klienten mit der vorgeblichen Straftat in Verbindung zu bringen. Ziehen Sie sie also nicht zur Rechenschaft für etwas, das sie nicht getan haben. Ich habe es schon einmal gesagt, und ich sage es wieder: Lassen Sie uns Schluss machen und nach Hause gehen.«

ACHTUNDVIERZIG

Die Belehrung durch die Richterin dauerte anderthalb Stunden. Die Fragebögen wurden verteilt, die letzten Anordnungen feierlich intoniert, und dann begannen die Geschworenen mit der Beratung.

Als sie sich zurückgezogen hatten und die Richterin gegangen war, brachte Marcus seine kleine Schar wieder in die beiden Zimmer zurück, die Jim Bell ihnen zur Verfügung gestellt hatte. Die Presse war ungeduldig geworden und hatte versucht, die Polizeisperre zu überwinden, aber Darren und die Sicherheitsleute hatten bereitgestanden. Darren und Deacon brachten Kaffee und Sandwiches, die niemand anrührte. Marcus starrte das Essen an; er wusste, dass er Hunger hatte, aber er wusste auch, dass er nichts herunterbekommen würde. Er hatte ein solches Tief gelegentlich schon früher erlebt, aber noch nie so vollständig.

Die Tür ging auf, und Charlie schlüpfte herein. Irgendwie schien es, als habe der Aufruhr draußen ihn mit neuen Lebensjahren und frischer Energie versorgt. »Dein Publikum wartet.«

»Nicht jetzt.«

»Komm schon, mein Junge.« Charlie kam herüber und zog ihn am Ärmel. »Ich weiß, wie du dich fühlst, und ich werde dir jetzt eine Binsenweisheit offenbaren: Es kommt nicht drauf an.«

»Charlie, ich habe diesen Leuten nicht das Geringste zu sagen.«

»Aber sicher hast du das.« Er zog wieder, beharrlicher diesmal. »Du bist Anwalt. Du wirst dafür bezahlt, dass du im Stehen denkst und heiße Luft von dir gibst.«

Kirsten lehnte an der Wand und beobachtete die beiden. »Er hat Recht, Marcus.«

»Natürlich hab ich Recht. Hör dir den Lärm da draußen an. Sie warten darauf, dass du rauskommst und sie von höchster Stelle informierst.«

»Die werden mich bei lebendigem Leib auffressen«, sagte Marcus, aber er ließ sich trotzdem auf die Beine ziehen.

»Ach was. Sie knabbern hier ein bisschen und da ein bisschen, aber mehr auch nicht.« Charlie knöpfte die Hemdmanschette über dem Gips auf. »Krempel den Ärmel hoch, und zieh dein Jackett nicht an.«

»Charlie, das ist doch absurd.«

»Ich sage dir, was es ist, alter Junge. Es ist eine ganze Tonne massives Gold, und sie wollen sie dir einfach in den Schoß legen.« Die Augen des alten Mannes funkelten, als wäre die Hälfte seiner Jahre von ihm abgefallen. »Das ist der Klang der Gratis-Publicity da draußen, und ein süßeres Lied könnten sie gar nicht singen.«

Kirsten kam herüber. »Willst du das alles Logan Kendall überlassen?«

»Genau!« Charlie klopfte ihm auf den Rücken und schob ihn vorwärts. »Hör auf die Lady, mein Sohn.«

»Ich weiß nicht, was ich sagen soll«, gestand er.

Sie schob ihre Hand in seine. »Sag ihnen, was du auf dem Herzen hast.«

»Ein kluges Kind hast du da«, bestätigte Charlie und öffnete die Tür. Dann drehte er sich um und zwinkerte ihr zu. »Ich glaube, ich würde die Lady festhalten, wenn ich könnte.«

»Erheben Sie sich.« Die Richterin rauschte herein und nahm Platz. Die Parade der Geschworenen zog ein, und auch sie nahmen ihre Plätze ein. Marcus spürte, wie die Anspannung im Gerichtssaal sich wie ein Titanreifen um seine Brust legte.

Richterin Nicols schaute ernst in die Runde und fragte: »Haben die Geschworenen ihr Urteil gefällt?«

»Jawohl, Euer Ehren.«

Marcus sah auf seine Armbanduhr und dann auf die Uhr an der Wand, und er merkte, dass Charlie das Gleiche tat. Neunzig Minuten zwischen dem Auszug der Jury und ihrer Rückkehr. Ein schlechtes Zeichen. Sehr schlecht. In Zivilprozessen kamen die Geschworenen eigentlich nur dann so schnell zu ihrem Urteil, wenn sie gegen den Kläger befanden. Die Diskussion über verschärften Schadenersatz allein dauerte Stunden, manchmal sogar Tage. Gar kein gutes Zeichen.

»Gut.« Die Richterin schaute den Gerichtsdiener an und deutete auf den Zettel, den der Obmann der Jury in der Hand hielt. Sie nahm ihn entgegen, faltete ihn auseinander, las ihn aufmerksam, schüttelte einmal den Kopf und gab ihn zurück. »Der Obmann möge das Urteil verlesen.«

Der Obmann hielt das Blatt unbeholfen in der Hand und las. »Wir befinden in sämtlichen Punkten zugunsten des Klägers.«

Ein einstimmiger Seufzer ging durch den Saal, unterbrochen vom zerrissenen Schluchzen eines Mannes. Der Obmann hielt inne und schaute zu Austin hinüber, der in den Armen seiner Frau lag. Das Gesicht des Obmanns wurde hart wie eine Faust.

»Kommen Sie zum Schadenersatz«, sagte die Richterin schließlich.

»Jawohl, Ma'am.« Er warf einen Blick auf das Papier, schien aber seine eigene Handschrift nicht wieder zu erkennen. Also hob er den Kopf und erklärte: »Wir könnten sie niemals so bestrafen, wie wir es gern täten; deshalb haben wir entschieden, dass sie beide eine Buße zahlen sollen.«

Die Richterin schüttelte den Kopf. »Nur den Schadenersatz, bitte.«

»Jawohl, Ma'am.« Er raschelte mit dem Blatt, räusperte sich und sagte: »In der Frage des tatsächlich entstandenen Verlustes setzen wir zugunsten des Klägers die Summe von einhunderttausend Dollar fest, zu gleichen Teilen zu zahlen von den Beklagten.«

Austin richtete sich mit einem bebenden Atemzug auf und wischte sich mit ungeduldiger Hand über das Gesicht. Er wollte nichts davon versäumen, nicht einen Augenblick.

»Was den verschärften Schadenersatz angeht« – der Obmann warf einen Blick hinüber zum Tisch der Verteidigung, und ein Funke stieg aus irgendwelchen Tiefen herauf und gab seiner Stimme und seinen Gesichtszügen Schärfe – »befinden wir zugunsten des Klägers und gegen ›New Horizons‹ und setzen die Summe von einhundertachtzig Millionen Dollar fest.«

Der kollektive Aufschrei der Anwesenden bekam Flügel und wollte fliegen, aber Richterin Nicols hämmerte ihn auf die Erde zurück. Der einzige Laut vom Tisch der Verteidigung kam von Suzie Rikkers, ein keuchender Schrei, heiser wie von einer verwundeten Möwe.

Der Blick des Obmanns verweilte auf dem General, bis Richterin Nicols befahl: »Fahren Sie fort.«

»Wir befinden gegen den General und die chinesische Regierung und setzen als verschärften Schadenersatz die Summe von acht Milliarden Dollar fest.«

In dem betäubten Schweigen, das darauf folgte, prägten sich zwei Geräusche tief in Marcus' Gedächtnis ein. Das eine war das Rauschen entweichender Luft, als Logan dieses Urteil quittierte wie einen Faustschlag in den Magen.

Das andere kam von Suzie Rikkers, die jetzt vollends und endgültig die Kontrolle verlor. »*Nein!*« Der Schrei riss sie von ihrem Stuhl. Sie wollte nach links ausbrechen, aber James Southerland hing, alle viere von sich gestreckt, auf seinem Stuhl, als habe er drei Kugeln in den Leib bekommen. »Das können Sie nicht *tun*!«, kreischte sie.

In panischer Hast krallte sie sich an Logan vorbei und suchte verzweifelt einen Fluchtweg. Als er sich nicht schnell genug rührte, raffte sie ihren Rock hoch und wollte über die Balustrade klettern. »Das ist *mein* Fall!«

Richterin Nicols schlug eine Hand vor den Mund und lehnte sich auf ihrem Stuhl zurück, als Suzie Rikkers kopfüber in den Gang polterte. Sie rappelte sich auf, die Kleider in Unordnung, das Haar zerzaust, und schlug mit den Fäusten in die Luft. »Ich habe diesen Prozess *gewonnen*! Er gehört *mir*!«

Richterin Nicols ließ die Hand sinken und offenbarte ihre spöttisch verzogenen Mundwinkel lange genug, um zu sagen: »Gerichtsdiener, entfernen Sie diese Frau.«

Suzie Rikkers nahm offenbar weder die Hände wahr, die sie packten, noch den Tumult, der ihren Auszug begleitete. Marcus wartete, bis man die Kreischende hinausgeschleift hatte, ehe er sich wieder dem Tisch der Verteidigung zuwandte. Logan Kendall hatte sich nicht gerührt.

Die Richterin stand auf und deutete auf die erste Reihe der Zuschauerbänke. Marcus drehte sich nur um, weil ihr ausgestreckter Arm es verlangte. Drei Männer in grauen Anzügen erhoben sich und traten an die Gerichtsschranke, die die Öffentlichkeit vom Gericht trennte. Inmitten des schwirrenden Durcheinanders in seinem Kopf hatte Marcus den Eindruck, dass zwei von ihnen ihm irgendwie bekannt vorkamen.

Richterin Nicols spannte ihn nicht lange auf die Folter. »Zwei dieser Herren sind FBI-Agenten, der dritte ist der Bezirksstaatsanwalt. Während die Geschworenen sich berieten, habe ich mich mit dem Staatsanwalt und dem FBI besprochen und dann zugestimmt, dass Strafantrag gegen James Southerland und General Zhao gestellt wird. Überdies ist Haftbefehl gegen Randall Walker ergangen. Noch heute werden weitere Haftbefehle gegen den gesamten Vorstand von ›New Horizons Incorporated‹ ausgestellt werden. Sie werden verhaftet, angeklagt und wegen Entführung von Gloria Hall vor Gericht gestellt.«

Der Vorsitzende von ›New Horizons‹ blieb reglos zusammengesunken auf seinem Stuhl sitzen. Der General versuchte zu fliehen; er sprang über den Tisch der Verteidigung, aber die Agenten und der Gerichtsdiener stürzten sich gemeinsam auf ihn und rangen ihn zu Boden. Während sie ihm Handschellen anlegten, schrie der General, dass sie so etwas nicht tun könnten, und befahl seinem Anwalt, ihn hinauszubringen.

Aber Logan hatte sich noch immer nicht von dem Tiefschlag erholt und konnte nur stammeln: »General Zhao genießt diplomatische Immunität.«

Die Richterin weigerte sich, auch nur zu ihm hinzusehen. Stattdessen beobachtete sie weiter hingerissen, wie der General hinausgeschleppt wurde. »Er wird nichtsdestoweniger angeklagt. Diese Herren werden in drei Tagen eine formelle Anhörung erhalten, und bis dahin wird die diplomatische Immunität des Generals wohl schon aufgehoben sein.« Sie sah zu, wie die Agenten auch James Southerland auf die Beine zogen und ihm Handschellen anlegten. Sie bedachte den CEO mit dem gleichen grimmigen Lächeln, mit dem sie auch den General angesehen hatte, und sagte: »Bis dahin sind die Herren eingeladen, sich als Gäste dieses schönen Staates zu betrachten.«

NEUNUNDVIERZIG

Marcus trat unter den Backsteinportikus und läutete die Türglocke. Die Nacht war frisch genug für winterliche Stille und so ruhig, dass er die gemessenen Schritte hörte, die sich der Tür näherten.

Gladys Nicols spähte durch das schmale Fenster daneben und zeigte keine Überraschung bei seinem Anblick. Sie öffnete die Tür und sagte nur: »Sie haben mir da eine Zeit lang Sorgen gemacht, Marcus.«

»Mir selbst auch. Darf ich hereinkommen?«

»Natürlich.« Sie hielt die Tür auf. »Kann ich Ihnen etwas anbieten? Einen Kaffee?«

»Nein danke.« Er blieb stehen, als er zwei Teenager sah, die auf halbem Weg in der Diele standen, einen Jungen von vielleicht sechzehn Jahren und ein etwa ein Jahr älteres Mädchen.

»Sie waren großartig, Mr. Glenwood«, sagte der junge Mann.

»Yeah«, fügte das Mädchen hinzu. »Momma erlaubt zwar nicht, dass wir über einen Prozess reden, aber wir haben die ganze Zeit für Sie getrommelt.«

»Danke.«

»Kommen Sie hier herein, Marcus.

Gladys Nicols führte ihn in ihr Arbeitszimmer und schob die Tür hinter ihnen zu. »Setzen Sie sich da an den Kamin.«

Sie wartete, bis sie sich beide niedergelassen und eine ganze Weile ins Feuer geschaut hatten, ehe sie fragte: »Haben Sie die Abendnachrichten gesehen?«

»Ich habe sie absichtlich versäumt.«

»Sie sahen vorzüglich aus.« Sie schenkte ihm ein winziges Lächeln. »Und, meine Güte, so eloquent.«

Marcus wusste nicht, was er darauf sagen sollte; deshalb begnügte er sich mit einer gründlichen Betrachtung der Flammen.

»Die Presse sagt, die Argumente der Verteidigung waren dünn wie Schnürsenkel. Das gefällt mir. Hat einen gewissen Klang.« Als er nicht antwortete, fuhr sie fort: »Die chinesische Regierung hat ihren Botschafter zurückgerufen und das Urteil als kriegerischen Akt bezeichnet. Ich habe bisher drei Einladungen zu einer Reise nach Washington abgelehnt, und jede kam von einer höheren Stelle als die letzte. Sie können einer Bundesrichterin nicht drohen, weil sie ihre Arbeit tut, aber versuchen können sie es allemal.«

»Es tut mir Leid, dass ich Ihnen so viel Unannehmlichkeiten mache.«

»Finden Sie, dass ich aussehe, als ob es mir etwas ausmachen würde?« Sie hakte die Schuhspitze unter einen Schemel und zog ihn zu sich heran. Als sie die Beine ausgestreckt und sich tiefer in den Sessel hatte sinken lassen, fuhr sie fort: »Mal sehen, was sie in den Nachrichten sonst noch gesagt haben. Drei Spitzensportler von ›New Horizons‹ haben erklärt, dass sie ihre Werbeverträge kündigen. Randall Walker wurde festgenommen, als er versuchte, mit einem falschen Pass ein Flugzeug nach London zu besteigen. Und das Außenministerium legt offiziell Beschwerde gegen das Urteil ein.«

Marcus rieb sich die Schläfen, als er an die Schlachten dachte, die noch bevorstanden. »Über all das werde ich mir morgen den Kopf zerbrechen.«

Sie verlagerte ihr Gewicht im Sessel, als wolle sie die Angelegenheit aus einem besseren Blickwinkel betrachten. »Ich hatte am Ende den deutlichen Eindruck, dass Miss Gloria Hall die ganze Sache von Anfang an geplant hat.«

»Wenn Sie nur wüssten«, sagte Marcus zu den Flammen.

»Nicht heute Abend. Aber bald.« Sie legte den Kopf auf die Seite. »Eine Frage genügt einstweilen. Sie wusste, dass der General nach Amerika kam, nicht wahr?«

»Ich kann es nicht mit Sicherheit sagen, aber ich nehme es an.« Tief in den Knochen spürte Marcus Erschöpfung und Erleichterung. »Meine Vermutung ist, dass sie hoffte, wer immer die Fabrik übernehmen würde, werde weniger ... nun ja, beherrscht sein.«

»Sie wollte sie dazu provozieren, etwas zu tun, womit sie sich entlarven würden, damit sie bei uns vor Gericht landen. Und sie wollte, dass es geschieht, wenn der General hier ist, in unserer Reichweite.« Gladys Nicols schüttelte den Kopf. »Das arme Mädchen.«

»Ihre armen Eltern.«

»Ja. Die auch. Wie geht es ihnen?«

»Nicht gut.«

In ihrem Blick lag mitfühlende Trauer. »Und wie geht es Ihnen?«

»Ich überlebe.« Marcus streckte das Rückgrat; er wusste, dass es nicht aufzuschieben war. »Euer Ehren ...«

»Im Augenblick sind wir nicht im Gericht. Sie können mich Gladys nennen.«

Sein Blick genügte, um sie straff aufzurichten. »Dieser Fall ist erst erledigt«, sagte er, »wenn wir genau wissen, was aus Gloria geworden ist. Und vielleicht nicht einmal dann.« Er saß da und lauschte dem Knistern des Feuers, ehe er weitersprach. »Nächste Woche werde ich die Unterlagen für eine neue Zivilklage einreichen. Ich fand, dass ich es Ihnen schuldig bin zu sehen, ob Sie möchten, dass ich den Druck an einen anderen Richter weitergebe.«

Sie zögerte lange. »Ich bin sowohl müde als auch versucht, ja zu sagen. Aber schon mein ganzes Leben lang höre ich das Wort vom Kelch, der vorübergehen soll.«

»Es gibt ein Bundesgesetz, das zu Zeiten des Sowjetreiches entstanden ist«, erläuterte Marcus. »Damals versuchte Russland, sich der Verantwortung für Straftaten seiner Staatsunternehmen zu entziehen, indem es Immunität als souveräner Staat beanspruchte.«

»Ich könnte mir vorstellen, dass wir denselben Einwand zu hören bekommen, wenn die chinesische Regierung in die Revision geht.«

Marcus nickte. »Ich will ihnen zuvorkommen. Diesem Gesetz zufolge kann eine ausländische Regierung, die aus rein kommerziellen

Gründen an einem Unternehmen beteiligt ist, für die Handlungen dieses Unternehmens unmittelbar haftbar gemacht werden. Einschließlich aller Schadenersatzforderungen.«

Richterin Nicols richtete sich noch weiter auf. »Du liebe Güte.«

»Nicht nur das, es gibt auch eine gesetzliche Ausnahme für die Immunität. Da heißt es, wenn nachgewiesen werden kann, dass eine einzelne Handlung Teil eines allgemein gültigen Musters ist, kann der Staat als Anstifter zu diesen Handlungen zur Rechenschaft gezogen werden.«

»Sie wollen den Einsatz erhöhen, nicht wahr?«, sagte sie leise. »Ihnen noch mehr schlechte Publicity um die Ohren schlagen. Den Druck verstärken, bis sie Antworten liefern.«

»Sobald ich die Unterlagen beisammenhabe, gedenke ich, Zivilklage gegen die chinesische Regierung wegen Verletzung der Menschenrechte in ihren *Lao-gai*-Gefängnissen und Zwangsarbeitsfabriken einzureichen«, schloss Marcus. »Bundesweit.«

»Dann werden meine Fragen zu Gloria vermutlich noch ein Weilchen warten müssen.« Richterin Nicols erhob sich, und Marcus tat es ihr nach. »Ich sehe Sie morgen früh um acht in meinem Büro.«

EPILOG

Der Spätnovembertag trug ein Kleid, das so dunkel war wie Almas. Der Blick durch die Flughafenfenster auf die Rollbahn war verschleiert von einem Dunst, der so fein und zart war, dass man ihn gar nicht als Regen bezeichnen konnte. Die riesige Menge der Journalisten, Fotografen und Trauergäste, die sich an der Rollbahn versammelt hatten, war zu einem gleichförmigen Grau verwaschen. Marcus hatte Kirsten den Arm um die Schultern gelegt und schaute zu einer Gruppe von Fernsehreportern hinüber, die im düsteren Schatten vor einem Schwarm von elektronischen Augen standen und schwatzten, und er wünschte, er könnte gegen solchen Tumult ebenso unempfindlich werden wie gegen das Nahen des Winters.

Sie waren alle bei ihm, all die Fremden, die jetzt mit ihm verbunden waren, eingeflochten in das Gewebe seines Lebens. Alle außer Gladys Nicols, die zur Vertretung Jim Bell geschickt hatte. Der pensionierte Polizist und Amos Culpepper standen seit ihrer Ankunft zwei Stunden zuvor an der Tür auf Posten.

Alle zusammen hatten sie zugesehen, wie das Flugzeug landete und die Passagiere von Bord gingen. Jetzt stand der stählerne Kurier stumm und abwartend da, in dieselbe graue Trauer getaucht wie alles andere an diesem leidvollen Tag.

Jim Bell kam herüber. »Sie wissen, dass Richterin Nicols hier wäre, wenn sie könnte.«

Marcus nickte, sowohl zur Antwort auf diese Mitteilung, als auch um sein Verständnis dafür kundzutun, dass es viel leichter war, ihn anzureden als Alma oder Austin Hall. Er hatte zwei neue Fälle, die sich in langsamen Windungen auf eine neue Schwurgerichtsverhandlung im Gerichtssaal der Richterin zubewegten. »Es ist schön, dass Sie gekommen sind.«

Jim Bell reichte ihm ein Blatt Papier, steif wie Pergament. »Sie hat mich gebeten, Ihnen das zu geben.«

Marcus faltete das Blatt auseinander, las, was darauf stand, und rief dann: »Darren, kommen Sie bitte mal her.« Er reichte dem großen jungen Mann das Blatt und sagte: »Auf Antrag von Richterin Nicols und Charlie Hayes hat der Gouverneur sich bereit erklärt, Ihre Vorstrafe zu tilgen. Soweit es irgendjemanden angeht, gehen Sie mit einer weißen Weste hier zur Tür hinaus.«

Amos Culpepper trat zu ihnen. »Möchten Sie immer noch zu unserem Team im Sheriff's Office kommen, Darren?«

Der Mann hob den Blick nicht von dem Papier, das in seinen Händen zitterte. »J-ja, Sir.«

Amos nickte feierlich. »Schön zu wissen, dass aus diesem Tag doch noch etwas Gutes kommt.«

Es klopfte an der Tür. Alle sahen Amos nach, als er hinüberging und ein paar Worte mit einem uniformierten Streifenpolizisten wechselte. Dann wandte er sich an das Paar, das sich in die dunkle Ecke schmiegte, und gab bekannt: »Sie laden jetzt den Sarg aus.«

Deacon Wilbur erhob sich als Erster und legte eine Hand auf die Hände der beiden Eltern. »Kopf hoch«, sagte er, und seine Stimme hallte bis zu der Flut, die sich durch die offene Tür hereindrängen wollte. »Die ganze Welt ist da draußen versammelt und schaut zu. Ihre Gloria kommt nach Hause.«

DANKSAGUNGEN

Eine Reihe von Leuten haben sich beim Zustandekommen dieses Buches behilflich gezeigt. Katie Simon ist Staff Attorney und Chief Aide bei US-Bezirksrichter Earl Britt. Ihre Energie und ihre geduldigen Erklärungen waren von entscheidender Bedeutung für die ersten Phasen meiner Recherchen. Kieran Shanahan, Rechtsanwalt und Mitglied des Stadtrats von Raleigh, hat bei der Gestaltung des Prozesses und der Strategie der Verteidigung geholfen. Seine und Katies Unterstützung waren von unschätzbarem Wert. Es war eine Ehre und ein Vergnügen, mit ihnen zu arbeiten und ein bisschen mehr von ihrer Welt kennen zu lernen.

Reuben Blackwell, ein ehemaliger Manager der Handelskammer von Raleigh und jetziger Leiter des RMOIC, des Komitees zur Vertretung von Minderheiteninteressen in Raleigh, ist seit vielen Jahren ein guter Freund. Das Haus, in dem ein großer Teil dieses Buches spielt, wurde nach dem Vorbild seiner Nachbarschaft in Rocky Mount gestaltet. Ihm und seiner Frau Neva bin ich dankbar dafür, dass sie sich bemüht haben, ihre Welt mit mir zu teilen. Dank gebührt auch dem Pastor ihrer Kirche und seiner Frau, Chris und Sherron Jordan, sowie ihrer ganzen, wunderbaren Gemeinde. Sie haben gesungen, sie haben getanzt, sie haben geschrien, sie haben mein stilles Nachdenken hingenommen, und sie haben mir das Gefühl gegeben, willkommen zu sein. Welch ein Geschenk!

Eine der großen Vergnüglichkeiten bei diesem Buch war die Zusammenarbeit mit meinem Lektor bei Doubleday und seiner Assistentin Elizabeth Walter. Sie bringen ein bemerkenswertes Level von

Professionalität und Klugheit an den Tisch. Danken möchte ich aber auch zwei weiteren unter den vielen Leuten bei Doubleday, mit denen zu arbeiten ich das Glück hatte, nämlich Judith Kern und Steve Rubin. Und von ganzem Herzen dankbar bin ich auch dem wundervollen Team bei Waterbrook, darunter Dan Rich, Lisa Berggren, Michelle Tennesen und Rebecca Price. Es ist ein Privileg, sie als meine Freunde bezeichnen zu dürfen.

Meine Frau Isabella ist Anwältin für Internationales Recht und studiert zurzeit Theologie und Ethik in Oxford. Ihre erste Hausarbeit hatte die Menschenrechtsverletzungen im Netzwerk der chinesischen *Lao-gai*-Gefängnisse zum Thema. Sie hat mich auf jedem Schritt des Weges begleitet, vom Traum bis zur Verwirklichung.

Über hundert Interviews wurden für dieses Buch gemacht. Einige der Befragten haben darum gebeten, nicht genannt zu werden, aber Dank verdienen sie nichtsdestoweniger. Zu den vielen andern, die einen Beitrag geleistet haben, gehören George Ragsdale von Ragsdale, Liggett & Foley, Ashley Thrifte und Lawrence Davis von Womble Carlyle, der Richter am Obersten Staatsgerichtshof David M. Britt, Bundesrichter W. Earl Britt, Magistratsrichter Alexander B. Denson, Ted Borris von Hatch, Little & Bunn, Leslie C. Griffin, Direktor der Abteilung für Asiatische Angelegenheiten bei der US-Handelskammer sowie die Mitarbeiter in den Amnesty-International-Büros in Washington und London.

Und schließlich danke ich meinem Vater, der mehr als vierzig Jahre lang in Raleigh als Rechtsanwalt gearbeitet hat. Danke, Dad – du hast mir deine reichen Erfahrungen zugänglich gemacht und mir viele Türen geöffnet.

Gary Krist

Der falsche Trip

Aus dem Amerikanischen von Hans M. Herzog

Band 15232

Ein packender Thriller über zwei Jungen in Washington, D.C., die nur einen Fehler machen: zur falschen Zeit am falschen Ort zu sein. Sie werden Zeugen eines perfekt inszenierten Mordes. Ohne es zu ahnen, geraten die beiden hinein in eine tödliche Verschwörung mitten im Machtzentrum der korrupten Hauptstadt. Und als Zeugen müssen sie bald um ihr eigenes Leben fürchten. Eine gnadenlose Jagd beginnt.

»Eine spannende Lektüre für alle,
die gute Kriminalgeschichten lieben.«
Radio Bremen

Fischer Taschenbuch Verlag

fi 15232 / 1